바람은
은빛 숲에 머물고

바람은 은빛 숲에 머물고 2

초판 1쇄 찍은 날 | 2016년 9월 5일
초판 1쇄 펴낸 날 | 2016년 9월 13일

지은이 | 소하
펴낸이 | 예경원

편집 | 유경화 · 안유진

펴낸곳 | 예원북스
등록번호 | 제396-2012-000132호
등록일자 | 2012. 7. 25
YRN | 제1-0160호

주소 | 경기도 고양시 일산동구 호수로 646-24 위너스 21-Ⅱ 206A호 (우) 10401
전화 | 031-819-9431 팩스 | 031-817-9432
http://cafe.naver.com/yewonromance
E-mail | yewonbooks@naver.com

ⓒ 소하, 2016

ISBN 979-11-5845-212-4 04810
ISBN 979-11-5845-210-0 (세트)

소하 장편 소설

YEWONBOOKS ROMANCE STORY

바람은 은빛 숲에 머물고

2

예원

❖ 목차 ❖

제10장 신벌(神罰) ……………………… 7

제11장 회생(回生) ……………………… 81

제12장 눈 내리는 전야(前夜) ………… 139

제13장 성야(聖夜) ……………………… 179

제14장 환시(幻視)의 종(從) …………… 233

제15장 호성(呼聲) ……………………… 261

제16장 파옥(破獄)의 열쇠 ……………… 297

제17장 숲의 심장 ……………………… 333

제18장 바람이 머물렀던 곳을 지나 … 357

제19장 일출(日出) ……………………… 393

외전 …………………………………… 423

제10장

신벌(神罰)

까마귀 몇 마리가 성벽 위로 날아올랐다.

리카르는 그 새들 중 한 마리라도 날아와 앉기를 기다렸지만, 모두 멀리 날아갈 뿐이다.

이곳은 바르가스, 프라팔가스와 판디온으로 갈라지는 길을 지키는 요새이며 제국에서 가장 견고한 성이다.

두꺼운 성벽과 첨탑으로 보호받으며, 머물 수 있는 병사나 기사들, 유지할 수 있는 기마(騎馬)만도 어마어마하다. 이그라탄의 공세가 이 서부 대륙까지 미쳤을 때 이 대륙을 지켜낸 보루이기도 했다.

그런 성이라서 프레데릭 황자는 가장 안전하다 판단하고 들어앉기로 한 것이다.

상투아리움의 영웅이자 판디온이 축복한 프레데릭이건만, 그의 전공은 이권과 영토를 미끼로 여러 국내 귀족들을 포섭한 고티에 황자의 협잡질만 못했다. 그렇다고 프레데릭에게 그것을 뛰어넘는 능력이 있는 것도 아니었다. 국내로 들어온 이래, 프레데릭이 그나마 이루어낸 쓸 만한 판단은 모두 바세바가 한 것이었다.

반응과 판단이 굼뜨고 그나마도 적절하지 못한 프레데릭에게 있어, 영리한 바세바는 꼭 필요한 조력자였다. 바세바는 프데데릭을 돕기로 결정하자마자 현 황후이자 토마스 황자의 어머니인 쟈클린을 구금한 다음, 리카르의 손을 빌려 토마스의 군사를 전멸시키고 블랑셰리온을 점령했다.

그것으로 다 이길 듯 보이던 이 전쟁은, 보름 전에 있었던 라이너 경의 패배로 상황이 바뀌었다. 그 패배는 프레데릭에게 정신적으로도 현실적으로도 상당한 타격이었다. 프레데릭은 동생 고티에의 협잡질과 영주와 귀족들의 배신만 걱정했지, 진짜 전쟁에서 지는 것은 생각조차 하지 않았던 것이다.

마인베르크의 전력은 생각 외로, 아니, 상상을 넘어 강했다. 라크세니아를 야만인이라고 무시한 프레데릭의 실수였다.

겁에 질린 프레데릭은 가장 안전한 곳에서 꿈쩍도 하지 않고 적을 기다리고만 있다. 바세바 역시 지금은 공격을 할 때가 아니라 판단해 프레데릭의 결정을 존중하는 중이다.

프레데릭의 시종이 저녁 만찬에 대해 알려온 것은 리카르가 그런 생각으로 머리가 복잡해져 있을 때였다.

가고 싶지는 않아도 취향과 기호로 행동을 정할 수 있는 시기는 지나갔다. 리카르는 알아서 준비하고 가겠다 말하고 처소로 돌아갔다.

처소에는 그를 기다리는 사람이 있었다.

"바세바."

바세바는 화사한 녹색 비단 드레스 차림이었다. 갈색 머리는 잘 땋아 말아 올려 얇은 금관으로 장식하고 있었다.

리카르는 아내의 차림새를 보며 물었다.

"만찬 때문에 온 거요?"

"아니요. 마침 할 말이 있어서 온 건데, 기왕 이리된 거 같이 가는 것도 나쁘지는 않겠네요."

며칠 전 몬타에서 이 요새로 돌아왔을 때부터 바세바는 쌀쌀맞게 화를 내고 있는 중이다. 리카르는 자신을 단 한 번도 감정적으로 대했던 적이 없는 여자의 감정적인 태도가 당혹스러웠다.

"다행이군. 나도 할 말이 있는데."

"마법사들에 관한 거라면, 그건 나도 어쩔 수가 없어요."

"쓸 만한 마법사들은 전남편의 동생에게 다 빼앗긴 거요? 당신 마법사들이 가장 정성들여 한 일은 내게 신화학 강의를 길게 한 것뿐이지. 이럴 거면 몬타로 가서 이그라탄과 협상하는 편이 나을 것 같더군."

평소라면, '아, 그래요? 그런데 그 이그라탄하고는 누가 협상하나? 당신? 나?' 하며 그녀답게 빈정댔어야 할 바세바는 아주 모욕 받은 얼굴로 노려보았다.

"왜 그러시오. 당신과 내가 이 정도 대화도 못할 사이였나. 우리가 왜 결혼했는지를 기억은 하고 있소?"

"알아요."

"알고 있다면 이에 대한 이야기를 계속해야 하지 않을까."

"……파르지발이 올 거예요."

"원하는 이야기는 아니지만, 알려야 하는 이야기이긴 하군."

일찍도 온다. 바세바의 군사 중 절반 넘게 끌고 있는 놈이 여태 노닥거리다 이제 온단다.

"며칠 뒤에 도착한다고 알려왔어요. 그리고…… 파르지발이 오면 내 군대의 사령관 자리는 넘기세요."

리카르는 어이가 없었다.

이건 또 무슨 소리인지.

바세바 직속의 군사는 리카르가 이끄는 군사의 절반이 넘는다. 즉, 저 말대로 하면 군대 안에 사령관이 둘이 생기는 셈이다.

"언제 전쟁이 터질지 모르는 상황이오. 유감이지만 파르지발은 전쟁에 나서본 적도 없는 스무 살 청년이지. 그리고 난 그저께 사령관직을 맡은 것도 아니고, 아직 물러나야 할 만큼의 실책을 한 기억도 없지. 공훈이 필요해서 그러는 거라면, 미안하오. 당신 아들을 위해 그런 배려를 할 만한 상황이 아니오."

"당신과 내 계약에 그 조건이 들어 있지 않았던가요. 파르지발은 내 아들이고, 내 군대는 그 아이 것이니까."

"앞에 '협의'라는 조항을 넣었던 것 같은데. 하지 않겠다는 게 아니라, 지금은 아니란 것뿐이오. 다시 한 번 말하지만, 아직은 전쟁 중이오. 그리고 이번 전쟁은 당신 아들이 영웅이 될 수 있는 전쟁이 아니야. 걸린 목숨이 너무 많다고."

"리카르!"

바세바가 분노에 차서 외쳤다.

"무척 지겨운 잔소리를 하려는 것 같군, 바세바."

"하면 안 되나요?"

"우리는 법적으로는 부부이지만, 실제로는 아니요. 잔소리를 할 사이도 아니거니와 들어줄 사이도 아니지. 기분이나 감정은 우리 사이에 그 어떤 변수도 될 수 없소. 그리고 이건 당신이 먼저 내게 말한 것이기도 하지. 나는 그걸 받아들였고, 남편으로서 그 어떤 요구도 해본 적이 없소!"

"그 여자는 대체 왜 여기로 부른 건가요."

리카르는 갑자기 따귀를 맞은 기분이었다. 불쾌하고 수치스러웠다.

"그 여자가 세레나를 말하는 거라면, 그녀는 내게 누이 같은 존재요."

바세바는 코웃음을 쳤다.

"약혼녀를 누이 같은 존재라고 하나요?"

"바세바, 세레나와 내 문제는 당신이 관여할 바가 아니오! 그러니 세레나에 대해 그 어떤 언급도 하지 마시오."

"내 앞에 데려다 놨는데 관여할 문제가 아닌가요?"

"나는 당신 애인들에게 관대했고, 아샹보가 온갖 멍청한 짓을 다 해도 다 봐줬어! 그리고 그 아샹보가 패하지 않았다면 그렌 성에서의 문제는 아주 쉬워졌을 거요. 그럼에도 불구하고 나는 이 문제를 당신에게 말한 적이 없소."

"당신하고 내가 같나요. 우린 달라요."

바세바가 리카르의 자존심을 긁으려고 일부러 하는 말이다. 리카르는 화내봤자 바세바가 원하는 대로 될 거란 걸 알아도 화가 났다.

"내가 당신의 용병이란 건 나도 알고 있소. 하지만 이건 전쟁이고, 이겨야만 하는 전쟁이요. 지면 협상이고 뭐고 아무것도 없어! 그런 지금, 고작 그 이유로 나를 몰아내고 그 애송이를 총사령관으로 앉히겠다는 거요?"

"파르지발은 앙골랍의 왕이 될 왕자고, 이 팔가스 황가의 적통 중 하나예요!"

"피에 황금이 흐르는 황족이라도 애는 애요. 그러니 진짜 하고 싶은 말을 하시오. 이런 식으로 내 자존심을 긁지 말고!"

"당신, 정말!"

"말하라니까!"

바세바가 떨리는 입술을 눌렀다.

"리카르, 나는 이해할 수 있었어요."

"뭐가."

"니안느, 그 아이는."

리카르는 심장이 쿵 내려앉았다. 여태 꾹꾹 눌러왔던 걱정과 불안이 다시 끓어올랐다.

몬타에서 이곳 바르가스로 온 이후, 리카르는 단 한순간도 안정된 적이 없었다.

생각하고 또 생각했다.

니안느가 무사한지, 돌아올 수는 있는지, 어디로 간 건지. 그러나 물어볼 곳도 호소할 사람도 없었다. 당장 찾으러 가고 싶었지만 어디로 가야 할지조차 모른다.

그러니 지금 미친 듯이 화가 났다. 분노보다는 조바심과 신경질에 가까웠다.

"니안이 지금 상황에서 대체 무슨 상관인 거요."

"있어요! 나는 당신이 그 마법사를 가까이하는 것도 이해할 수 있고, 나보다 더 우선하는 것도 역시 이해할 수 있었어요. 내 앞에서 여자로 대했다 해도 역시 이해할 수 있었어요. 근 십 년을 같이해 왔고, 조건 없이 헌신해 주었고, 당신보다 한참 어리지! 마음으로 하는 헌신에 마음으로 보답하는 게 무슨 잘못이겠어요. 그 아이가 당신의 정부(情婦)가 되었다 해도 다 이해했을걸요."

"그만하시오."

모멸감이 손에 힘이 들어가게 했다.

리카르는 고함을 질렀다.

"그 아이에 대해 다시는 그런 식으로 말하지 마!"

"그런데 그 여자, 세레나는 아니야."

바세바는 온 얼굴에 감정을 드러냈다. 분노였다.

"그 여자가 당신에게 무엇을 해줄 수 있지? 가진 거라곤 딱 하나, 얼굴뿐인 여자가 대체 뭘! 그 예쁜 얼굴로 아양 떨면 당신 같은 남자들은 안절부절못하지. 다른 여자들에게는 온갖 도움을 요청하면서, 그런 여자들만은 아낌없는 자비와 관심의 대상이야!"

"아무 일도 할 수 없는 것이 세레나 책임은 아니잖소. 그녀는 이제 막 남편에게서 벗어났어."

"하지만 당신이 이렇게 구는 건 당신 책임이에요. 알면서도 당신이 이리하도록 만드는 것 역시 그 여자 책임이고! 그 여자가 뭔지 알아요? 자그마치, 마인베르크의 아내야! 당신 마음 가는 대로 데리고 다닐 수 있는 상대가 아니라고!"

"대체 왜 이러는 거요."

리카르는 바세바의 모습을 믿을 수가 없어 고개를 저었다.

"이유가 있을 것 같군. 왜 이러는 건지, 말을 하시오."

"마인베르크로부터 전령이 왔어요."

"뭐요?"

"파르지발에게 왔고, 파르지발은 내게 연락했어요."

"바세바, 지금 내게 무슨 짓을 한 건지 알고는 있소?"

"알아요."

리카르는 바세바의 행동에 너무나 어처구니가 없었다. 적장으로부터 연락을 받았는데, 그것을 총사령관에게 보고도 하지 않고 혼자서 꼼지락대고 있다가 엉뚱한 말부터 한 것이다. 파르지발도 황당한 것이, 보고를 리카르가 아닌 자기 엄마한테 하고 있다.

"뭐라 했소."

"마인베르크는 세레나가 여기에 있다는 것을 알아요."

"대체 어떻게?"

바세바가 아무 말 하지 않아도 리카르는 마인베르크가 누구 덕에 알게 되었는지 모르려야 모를 수가 없었다. 이 여자가 알린 것이다.

"왜 그런 거요. 아무 말 하지 않아도 손해 볼 것도 이익 볼 것도 없는데. 당신이 이런 식으로 행동하면서까지 원하는 건 뭐요."

"그 여자를 마인베르크에게 보내면 돼요."

"그건 안 되오."

"리카르!"

"당신 말대로 마인베르크는 적이지! 그런데 그 적이 원하는 것을 시작도 전에 내놓는 바보가 어디 있나. 차라리 세레나를 인질로 잡자는 말이라면 내가 이해라도 하겠어. 하지만 이건 순전히 당신 기분 탓에 벌어지는 일이잖소!"

그리고 리카르는 탁자를 후려쳤다.

"다음부터는 할 말이 있으면 반드시 직접, 정확하게 하시오! 당신과 나는 남자와 여자 사이가 아니고, 연애를 하는 것도 부부 생활을 하는 것도 아니니까."

바세바는 눈살을 찌푸리면서도 웃었다.

"뭐라고요?"

"바세바, 당신은 나와 결혼할 때 내가 요구하는 것을 모두 들어주었지. 그중에 세레나 일도 포함되어 있었소. 당신이 그리 쉽게 허락한 이유를 이제는 알 것도 같군. 당신은 세레나가 눈앞에 나타날 일은 절대 없을 거라 생각한 거요."

"그건 아니에요."

"아니, 맞을 거요. 당신은 니안느는 용납할 수 있다고 했지. 그러나 그건 당신이 그 아이가 그 어떤 위협도 되지 않으리라 확신해서 그리 말하는 걸 거요."

"아니라니까!"

"모두 진실은 아니라도, 적어도 어느 정도는 맞는 말이겠지!"

리카르는 피로를 느꼈다. 수렁에 들어와 도저히 벗어날 수 없다는 건 알겠다. 그런데 적어도 조금은 숨을 쉬고 싶었다. 중요한 순간에 결정적인 실수를 했다는 것을 충분히 깨닫고 있다.

"당신이 지난번에 말했지. 좋기만 하면 선택이란 게 필요 없을 거라고. 나도 같은 말을 해주고 싶소. 오로지 당신만이 이기는 전장이란 없어. 당신 예측대로만 되는 전장 역시 없고. 그러니 마음대로 되지 않더라도 결과를 받아들이시오!"

리카르와 바세바는 한참이나 서로를 보기만 했다.

"그만 얼굴 펴시오. 곧 연회장으로 가야 할 테고, 적어도 부부처럼 보이기는 해야지."

그리고 그렇게 말한 쪽은 리카르였다.

리카르와 바세바가 도착했을 때 만찬장은 장군 이상의 지위를 받은 지휘관과 귀족 출신 기사들로 이미 채워져 있었다. 프라팔가스의 궁중 분위기로 구색은 맞춰졌지만, 지난 패전으로 모두 풀이 죽어 있었다.

프레데릭은 상석에 앉아 있었다. 아내인 앙리에타는 아이들과 함께 친정으로 피신해 있어, 그의 옆자리는 여동생인 바세바의 것이었다.

"어서 오게."

리카르와 동갑인 프레데릭이다. 처음 만났을 때만 해도 활기찬 미남이었던 이 남자는 최근 눈에 뜨이게 얼굴이 비틀리기 시작했다. 지금 그는 끝없이 자신의 적을 만들어내는 중이었다. 현실에 있을 때도 있지만 상상에서만 존재하는 경우가 대부분이었다. 리카르는 언제고 자신도 이 남자의 적이 될 날이 오리란 사실을 알고 있었다.

그때 한쪽이 술렁였다.

입구에 세레나가 서 있었다. 세레나는 에스코트해 주는 남자도 없이, 사람들의 시선을 한 몸에 받으며 들어왔다.

놀란 리카르에게 프레데릭이 말했다.

"내가 초대했네. 여기가 수도원도 아닌데 귀부인이 방에서 기도만 올릴 이유는 없잖은가. 사람들도 만나고 즐길 것도 즐겨야지."

세레나가 치장한 보석은 사파이어가 박힌 은팔찌와 은 목걸이가 전부였다. 옷도 은은한 미색이 감도는 소박한 드레스였다. 그러나 물결치는 새카만 머리카락으로 감싸인 서늘한 미모는 주변 여자들의 평범함과 흠을 도드라지게 했다. 델 판의 잔혹한 마왕이 미치도록 사랑하는 아내라는 신분도 그녀를 더 돋보이게 한다.

시선을 사로잡는 세레나를 보며 리카르는 엉뚱하게도 칼릭스트를 떠올렸다.

성에서, 다시 몬타에서, 몇 번 마주치지도 않았건만 그 오베른의 아들은 리카르의 두 눈에 잔상을 남겼다.

청년은 겨울의 금빛 햇살처럼 차고 날카로우면서도 눈부셨다. 눈처럼 희고 서늘한 콧날과 예리한 눈에 서린 경계심에, 그 경계심이 몸 구석구석 배이게 한 절제는 청년을 눈보라에 휘감긴 겨울의 신처럼 느껴지게 했다.

아무것도 아닌 사이였다면 리카르도 그 눈부심에 감탄했을 것이다. 호의를 느끼고 즐겁게 매혹되었을 것이다.

그런데 그날 리카르가 느낀 것은 언짢음과 불편함이었다. 한참이나 뒤에야 리카르는 그 불편함의 이유를 깨달았다.

질투, 그것도 남자의 질투였다.

황당한 감정이었다.

가질 수 없는 것을 가지고 싶은 적도 없거니와 남이 가진 것을 탐내본 적도 부러워한 적도 없다. 특히나 그런 종류의, 경쟁하려 하면 웃기기만 하는 것에 질투하는 어리석은 짓은 해본 적이 없었다. 그런데 그런 리카르가 거의 아들 나이쯤 되는 칼릭스트를 상대로 남자의 질투를 하고 있는 것이다.

"리카르."

세레나가 리카르에게 다가왔다. 리카르는 옆자리를 권했다. 신분상 그녀는 리카르와 동급이었으니 옆에 앉는 게 맞기는 했다.

"잘 지내고 있소?"

"덕택에요. 마인베르크 이야기는 들었어요. 마인베르크가 나를 보내라 했다면서요."

"아, 그게……."

비밀로 하려 했던 리카르는 당혹스러웠다.

"누가 이야기한 거요."

"당신 아내의 시녀가요."

바세바의 너무 속 보이는 행동에 리카르는 수치심을 느꼈다. 명예를 걸고 지켜주어야 하는 여자에게 그런 상황을 들킨 것도 수치스럽기는 매한가지였다.

"당신을 그자에게 데리고 가는 일은 없을 거요. 나는 당신을 데리고 그어떤 거래도 하지 않을 거요."

"리카르."

세레나의 얼굴은 긴장해 있었다. 차갑고 무표정하던 세레나의 얼굴에 순진하던 소녀 시절이 보였다.

"난 두려워요."

"약속은 약속이오. 지켜주겠소."

"고마워요. 하지만 그 남자와 만난 후론 내 운명은 죄다 가시밭이네요."

리카르에게도 세레나가 겪은 일은 충격적이었다. 게다가 얼마나 겪고 겪으며 익숙해졌는지, 그런 비참한 일에 대해 말하고 있어도 세레나는 너무도 차분했다.

"그런 남자에게 당신을 보낸 오베른을 원망하시오?"

"안 한다면 거짓말이죠. 지금도 원망해요."

리카르는 사라피온에서 세레나가 마인베르크와 결혼했다는 것을 알게 되었다. 자신이 왜 하필이면 사라피온에 있게 된 것인지에 대한 답이었다.

사라피온 공은 마인베르크와는 덕은 베풀지 않아도 악에는 협조할 정도로 친하기는 했다.

"오베른에게 한 일 중, 후회되는 일이 하나 있소. 내가 잘못한 일이지."

"당신이 오베른에게 잘못한 일이 있을 거라고는 상상도 안 되네요. 대체 당신이 오베른에게 무슨 잘못을 했나요."

"잘못은 아니오. 후회되는 일일 뿐이지."

오베른과 그 아버지 스테판은 둘 다 부자지간으로 태어난 것이 잘못인 듯 사이가 나빴다. 오베른은 자존심이 강했고, 스테판은 고집이 셌다. 영지에 대한 관점도, 중요하게 생각하는 것도, 사람을 대하는 방식도 달랐다. 둘 다 자기 방식이 옳다고 생각해, 바뀌거나 양보할 가망도 없었다.

오베른이 결혼만 하지 않았다면 그 부자지간은 언제고 서로를 목 졸라 죽이는 것으로 끝났을 것이다. 오베른은 외국인인 데보라와 사랑에 빠졌고, 아버지 몰래 결혼했다. 아내인 데보라와 아들 칼릭스트를 인정받게 하고 싶었던 오베른은 한동안 아버지에게 고분고분해질 수 밖에 없었다. 그 자존심 강한 오베른이 유일하게 아버지에게 머리를 숙이던 시절이었다. 스테판도 그 사실을 알았고, 실컷 이용했다.

그날, 리카르는 스테판이 불러서 그의 집무실인 서재를 찾아갔다. 서재 문은 열려 있었고, 그 문 너머에 오베른이 서 있었다.

'더 말할 가치도 이유도 없다. 그 창녀가 낳은 사생아는 당장 내 앞에서 치워.'

리카르가 들어도 이마가 선뜩한 말이었다.

오베른의 얼굴엔 아버지가 입힌 상처의 고통이 고스란히 드러났다. 아버지를 싫어하는 오베른도 그 정도 공격을 감당할 준비는 되어 있지 못했던 것이다.

오베른은 감정을 주체할 수 없어 고개를 돌리다 리카르와 마주쳤다. 그 눈이 간절하게 부탁했다. 뭐든 말해줘, 도와줘.

'리카르냐.'

안에서 스테판의 목소리가 들렸다.

'들어와라.'

리카르는 뒤늦게 오베른 옆에 있는 어린아이를 발견했다. 오베른이 리카르에게 도움을 요청하는 이유는 아이 때문이었다.

아이도 알아들었을 것이다. 사생아란 말이 뭔지는 몰라도 그 말에 실린 경멸과 적대감을 모를 나이는 아니다. 아이의 얼굴에 리카르는 가책을 느꼈다. 자신이 한 짓이 아님에도, 이런 어린아이에게 상처를 줬다는 사실 자체가 가책이었다.

'아닙니다. 나중에 뵙겠습니다.'

리카르를 보는 오베른의 얼굴은 실망감을 드러냈다. 하필이면 리카르에게 도움을 요청한 자신에 대한 한심함과 함께.

오베른은 아들을 안아 들고 아버지에게 인사도 없이 도망치듯 서재를 나섰다. 리카르의 바로 옆을 지나면서도 오베른은 돌아보지 않았고, 대신 아이의 눈이 리카르를 향했다.

오베른을 가장 증오하던 순간조차도 그 기억만은 지워지지 않았다.

'그날 나섰으면 뭐가 달라지지 않았을까.' 라는 생각과 함께.

나서기만 했다면, 자존심 강한 오베른은 그 작은 배려도 갚아야 하는 은혜라 생각했을 것이다. 그러나 리카르는 가만히 있었고, 오베른은 리카르를 이미 미운 놈인데다가 그런 상황에서조차 제 몸만 보전하는 비겁한 놈이라 경멸하게 되었을 것이다.

결국, 오베른은 스테판이 세상을 뜬 뒤에 리카르를 고발하는 고발장에 서명했다. 오베른은 리카르를 용서하지 못하고 리카르에게 영원히 용서받지 못할 죄를 저지른 것이다.

"리카르."

세레나가 불렀다. 리카르는 고개를 들다 바세바와 마주쳤다. 바세바가 신호를 보냈다. 바세바의 시녀 둘이 주인에게로 갔다. 그중 하나는 항상 바세바에게 붙어 있는 시녀 필리파다. 이것이 세레나에 대한 바세바의 경고라는 것 정도는 둔한 편인 리카르도 알 수 있었다.

세레나는 촛대를 들어 옆에 놓았다. 불빛이 그들 앞에 놓인 탁자를 비추었다.

"왜 그러시오."

"좀 어두워서요."

곧 만찬이 시작되었다. 술을 마시는 프레데릭에게 시종이 와서 무언가 알렸다. 프레데릭은 턱을 매만지더니 고개를 끄덕였다.

"괜찮으니 들여보내라."

연회장 안으로 성전기사단의 제복을 입은 자들이 들어왔다. 성전기사단의 기사는 아니었다. 급보나 소식을 대행해 전달하는, 일종의 우편 업무를 대행하는 자들이었다.

판디온 소속의 기사가 모두 전쟁을 위한 기사인 것은 아니다. 우선 일곱 성기사대의 성기사들이 있고, 그중에 우마니엘 성기사단은 구호와 치료를 담당하며 우에리타엘 성기사단은 교육과 연구를, 베네디카엘은 재무를, 가우디엘은 의전과 호위를 담당한다.

성전기사단은 교황 직속이다. 판디온의 행정적 업무를 수행할 뿐만 아니라, 은행업 및 우편업까지 대행해 교단의 부를 축적하는 데 지대한 공헌을 하는 자들이었다. 베네디카엘의 가문인 라우렌베움 가의 영향력이 크긴 하나, 어쨌건 교황의 것이다.

성전기사단은 들고 온 궤를 내려놓았다. 검고 무거운 나무로 되어 크고 묵직해 보였다. 프레데릭이 그 상자를 보며 물었다.

"뭐가 들었나."

"저희는 모릅니다."

바세바가 프레데릭 대신 말했다.

"마인베르크와 고티에의 선물이라는군요."

연회장의 분위기는 어수선하게 얼어붙었다.

바세바가 말했다.

"열어."

성전기사단원이 궤의 자물쇠를 풀고 뚜껑을 열어젖혔다.

순간, 어마어마한 악취가 폭발하듯 퍼졌다.

들고 온 성전기사단이 안에 든 것을 확인하고 얼굴이 하얗게 변했다. 그들 역시 자기들이 무엇을 들고 온 것인지 몰랐던 것이다.

"모, 모르는 일입니다."

기사단원이 말했다.

"정말 모르는 일입니다!"

안에 들어 있는 것은 피에 흠뻑 젖은 머리였다. 얼굴은 보자마자 알아볼 수 있도록 방부처리를 했으나, 악취는 어쩔 수 없었다. 대신 단단히 밀봉해 악취가 새지 않도록 했다.

리카르가 가장 먼저 그 얼굴을 알아보았다.

"발레리안 추기경?"

얼굴은 물론이요, 절단된 손의 손가락에 끼워진 반지는 발레리안 추기경이 항상 끼고 다니는 우마니엘의 반지였다.

몬타 추기경 발레리안, 즉 오베른과 세레나의 숙부이자 교단의 추기경이다.

미친 짓 이전에 교단 자체에 대한 도전이다.

세레나가 리카르의 팔을 잡았다. 겁에 질렸을 거라 생각하며 돌아보자, 세레나는 차분한 얼굴로 궤 아래를 가리켰다.

"저길 봐요."

리카르는 세레나가 가리키는 곳을 보았다. 궤 아래에 구멍이라도 뚫린 듯 검은 피가 고이고 있었다.

리카르는 칼자루에 손을 가져갔다.

상투아리움의 전장에서 저런 걸 몇 번 보았다. 같은 것을 본 테날디가 외쳤다.

"소환술입니다!"

리카르와 상투아리움에 있었던 모든 기사들이 일제히 검을 뽑았다. 무엇을 의미하는지 누구보다 잘 아는 자들이다.

"니안—"

그리 말하다, 리카르는 이를 물었다.

버릇이 이렇게 무섭다.

세레나와 테날디의 눈이 리카르를 향했다.

그때 검게 고인 그 샘에서 긴 몸체가 흐르듯 나왔다. 리카르는 식탁을 뛰어넘어 그것의 머리를 내리찍었다. 테날디는 물론이요, 다른 기사들 역시 그 뒤를 따라 나오는 괴물들과 맞섰다.

탁자 위로 족제비를 닮은 괴물이 뛰어들자 바세바가 철퇴로 내려쳤다. 탁자가 단숨에 쪼개지며 괴물의 몸이 으깨졌다. 피와 살점이 흘러내렸다.

리카르 쪽으로 발레리안의 목이 굴러왔다. 리카르는 그 머리를 걷어차려다, 그 머리 아래에 검은 다리들이 수북하게 뻗어 있는 것을 보고 역겨워졌다.

발레리안의 입이 뒤틀리며 벌어졌다.

[세레나는.]

"……!"

발레리안의 목소리가 아니다. 나른하고 끈적끈적한, 몇 번 말을 섞어 본 적도 없지만 너무 독특해 아직도 기억하는 목소리였다.

"마인베르크?"

[아, 내 목소리 아는군? 반가워, 리카르. 세레나는 어디 있지. 보고 싶은데 말이야. 돌려보내 달라 했는데 안 보내줘서 이렇게 온 거야.]

"꺼져라."

[오, 아니야. 공짜로 달라는 건 아니야.]

"항복하고 고티에 황자라도 넘겨주겠나?"

[원한다면 줄 수 있어. 통째로 줄 수도 있고 썰어서 줄 수도 있고, 원하는 부위만 따로 보내줄 수도 있지.]

리카르는 기가 막혔다.

"이 미친놈아!"

[하지만 네가 원하는 건 그게 아니겠지. 네 여자와 내 여자를 바꾸는 게 어떨까. 공평할 거라 생각되는데.]

"내 여자가 내 아내를 말하는 거라면 저기에 있다."

키득대는 웃음이 발레리안의 입술에서 흘러나왔다.

[그 계집애가 서운해하겠네. '네 여자'라는 말에 제일 먼저 떠올린 게

아내라니.]

리카르의 눈에 열기가 찼다.

"뭐라 지껄이는 거냐!"

니안느의 얼굴이 떠오른다. 겁에 질린 얼굴로 저놈의 이름을 말했었다. 분노가 치밀어 올랐다. 이로 누른 아랫입술에서 피가 나왔다. 턱이 떨린다. 팔에 힘이 들어갔다.

"그 아이는 손대지 마."

[내 마음이야, 리카르. 그리고 내 마음은 네가 어떻게 하느냐에 따라 자주 변할 테지.]

"마인베르크—!"

[남자 대 남자로, 남자의 이야기를 좀 나누어보도록 하지, 우리. 장소는 아크노 다리가 좋을 것 같아. 여기서도 가깝고, 우리 둘 다 단단히 준비할 수 있는 곳이지. 어때? 생각할 시간은 줄게. 닷새 정도?]

리카르의 검이 발레리안의 머리에 수직으로 내리꽂혔다.

썩은 과일이 주저앉는 듯 기분 나쁜 소리와 함께 머리가 터졌다. 바닥에 흥건하게 고여 괴물들을 토해내던 검은 물 역시 사라졌다.

리카르는 떨리는 손을 검에서 뗐다. 시뻘겋게 달아오른 눈은 마법이 떠난 발레리안의 머리를 노려보고 있었다.

바로 옆으로 테날디가 와 있었다.

"뭐라 한 겁니까."

"아크노 다리가 여기서 어느 정도 거리인가."

"네?"

격렬한 분노가 가늘 수 없는 공포와 같이 왔다.

"어느 정도냐고!"

차가운 물고기의 등이 심장을 스친 것 같았다.

선뜩한 놀라움과 함께 니안느는 눈을 떴다. 이마와 목덜미에 식은땀이 맺혀 있었다. 등도 뜨거웠다.

기대어 자고 있던 긴 의자 위로 햇볕이 내리쪼일 뿐 아무것도 없다. 니안느 대신 주변을 경계하던 전령조들이 니안느에게 돌아왔다. 전령조들이 본 것들 중 주의할 일은 아무것도 없었다.

"이상한 꿈이었나 봐."

니안느는 몸을 일으켰다. 잠들기 전에 보고 있던 책들이 바닥으로 떨어졌다. 소인(小人)들이 만든 듯 화려하고 섬세한 표지의 그 책에는 고대 신의 마법에 관해 적혀 있었다. 고대신의 아이들이 아닌 이상 마법 자체를 알기는 어려우니, 대체로 관찰기록이었다.

데본에 대해 알고 싶어 찾아온 책이다. 아직 살아 있는 신들에 대해 아는 것도 어려운데, 잊힌 신들에 대한 것은 더 어려운 일이라 변변찮은 것만 적혀 있었다. 동방 숲에 남아 있는 기록들을 볼 수 있다면 좋겠지만, 그 숲에 들어가는 것 자체가 위험이니 이 정도 선에서 만족해야 한다.

뭘 어떻게 해야 할지, 어디부터 시작해야 할지 모르겠다. 또…… 얼마나 더 있을 수 있는지도.

니안느는 어깨를 매만졌다.

리카르도 위험한데 이제는 칼릭도 그렇다.

어쩌면 더 위험할 수도 있다.

마인베르크에게 있어 리카르는 그저 원수지만 칼릭은 아내인 세레나만큼이나 집착하는 대상이다. 지금이야 아무 일 없으니 그 시간을 이용해 뭐든 하고 있지만 이 정적은 곧 끝날 것이다. 그것도 마인베르크의 의지에 의해.

메피스토가 창밖에서 슬그머니 머리를 내밀어왔다.

"어서 와, 메피."

니안느는 창을 열었다. 메피스토는 창턱에 머리를 얹고는 애정을 구하는 눈으로 애처롭게 쳐다보았다. 니안느는 용의 머리를 안고 볼을 댔다. 메피스토가 기분 좋다는 듯 눈을 가늘게 떴다.

"아무 일도 없나 보구나. 네가 이렇게 심심해하는 것을 보니."

뜰에는 니안느가 만든 돌멩이 병정들이 열을 맞춰 행진하고 있었다. 칼릭은 좀 큰 녀석은 '돌멩이 경'이라 부르고, 아주 큰 몇 녀석들은 '돌멩이 장군'이라 불렀다. 그러나 아직 사령관으로 진급한 녀석은 없다.

그때 문 두드리는 소리가 났다.

"누구죠?"

"저예요, 아가씨."

페이였다.

"들어와. 무슨 일이지?"

페이는 무릎을 굽혔다 펴서 인사를 하고는 말했다.

"며, 명을 받고, 아니, 이게 아닌데, 시키는 일이 있어…… 아니, 그게 아닌데. 죄송해요. 뭐라 말해야 할지 몰라서! 귀부인은 모셔본 적이 없어서 이렇습니다!"

"괜찮아. 나도 귀부인 대접을 받아본 적이 없으니까."

성 사람들은 모두 니안느를 정중하게 대했다. 칼릭이 귀족 아가씨라 거짓말을 한 것이 매우 유효했거니와, 이 성안에서 칼릭의 심기를 건드리고도 버틸 강심장은 없었다. 칼릭은 눈썹을 조금 찌푸리는 것만으로도 그들에게 나라를 팔아먹은 것 같은 깊은 죄책감을 느끼게 했다. 니안느가 귀빈 대접을 받는 데는, '니안에게 잘해줘.'라는 칼릭의 한마디면 충분했다.

"옷을 가지고 왔는데 방에 아가씨가 안 계셔서 여기로 왔어요. 방해한 건…… 으아아, 용이다!"

메피스토가 페이를 물끄러미 보고 있었다.

"페이, 메피는 사람을 물지 않으니 너무 겁먹지 마. 가만, 메피스토. 그렇게 웃으며 장난치지 마."

메피스토는 이를 드러내 보이며 웃고 있었다.

니안느는 메피스토의 콧잔등을 손가락으로 때렸다.

"메피, 이 못된 녀석. 장난을 치려면 말이야, 저기 지나가는 무척 커다란 아저씨 있지? 그 아저씨한테 가렴. 어서."

니안느는 마침 때맞춰 뜰을 지나가는 고든을 가리켰다. 메피스토는 매달려 있던 창에서 내려갔다. 잠시 뒤에 고든의 비명 소리가 들렸다.

"자, 페이. 페이는 방으로 가자."

방에 도착하자 침대 위에 이디스가 준비한 옷이 놓여 있었다. 소매와 가슴에 은방울 꽃 자수를 넣은 우아한 녹색 모직 드레스였다. 니안느는 시중을 들겠다는 페이를 내보낸 뒤 드레스를 집어 갈아입었다. 옷의 매무새는 바람의 정령을 불러 다듬었다. 바람은 치마를 탈탈 털어 펴고 끈은 단단히 조인 다음 매듭을 만들어 늘어뜨렸다. 노을빛 머리카락도 바람으로 빗어 다듬고 원하는 방향으로 말아 올렸다. 니안느는 드레스 옆에 놓여 있는 비단 끈으로 바람이 다듬어 준 머리를 묶었다.

그럴싸한 숙녀가 완성되자, 니안느는 거울을 보며 팔을 들어 소매의 매무새를 확인했다. 치마가 길고 크긴 했지만 그럭저럭 맞았다.

기분이 좋아진 니안느는 예전에 칼릭이 클라비코드로 쳐주었던 노래를 엉터리로 읊으며 춤을 추는 시늉을 해보았다. 그러니까 발을 이렇게 하고 팔은 이렇게 하고, 다음 발은 이렇게, 그리고 여기서 한 바퀴—

"그렇게 하라고 가르쳐 준 기억은 없는데."

문 옆에 칼릭이 서 있었다.

"아, 그 춤이 아니라 내가 개발한 춤이에요. 어때요?"

"흉해."

"……."

눈썹 가운데를 모으고 있는 것을 보니 진담이다. 정색하는 게 아니라 질색하고 있다. 어마어마하게 흉한 짓을 한 것 같아, 니안느는 얼굴을 붉히며 시선을 피했다.

"무슨 일이에요? 구경거리가 있을 거라 미리 알고 온 것 같지는 않고."

"줄 게 있어서. 우선 뒤돌아봐."

"또 거꾸로 입었어요? 그렇다면 이디스한테는 말하지 말아요. 분명 놀릴 테니."

"걱정 마. 제대로 입은 거 맞으니까."

칼릭은 목덜미의 머리카락을 걷어냈다. 목에 입술이 닿았다. 쪽, 하는 목에 입 맞추는 상쾌한 소리와 함께 목덜미로 차가운 금속 줄이 스쳐 지나갔다.

"자."

목 뒤에서 달칵— 잠그는 소리가 들렸다. 칼릭의 입술이 이번엔 귀 뒤를 건드렸다. 뜨거운 숨결이 살갗에 닿아 간지러웠다.

"봐."

칼릭은 니안느의 머리를 들어 거울을 보게 했다. 칼릭이 걸어준 것은 진주 세 알을 금사슬로 꿰어 만든 목걸이였다.

"예쁘네요. 뭔가요."

"예전에 어떤 상인을 도와준 적이 있는데, 현금이 없으니 그걸로 해결해 달라고 했지. 보석상을 찾아가 감정하지는 않았으니 얼마인지는 몰라."

니안느는 손가락 끝으로 진주알을 톡톡 쳤다. 진주알 주변에 흰 물보라가 나타났다가 사라졌다.

"진짜 진주예요."

"그렇다면 다행이군."

칼릭은 니안느의 목덜미를 부드럽게 주무르고는 손을 내렸다.

"그런데 그게 진짜면 내가 좀 비싸게 받은 셈인데."

"그럼 흠 안 나게 조심조심 쓰고 돌려줄게요."

"뭐?"

칼릭이 꽤 상처받은 얼굴로 니안느를 보았다. 이 남자가 눈살을 찌푸리면 나라 팔아먹은 죄책감이요, 이런 표정으로 정색하면 나라를 망하게 한 자책감이 든다.

"칼릭스트 경?"

"그거, 주는 건데."

니안느는 대뜸 물었다.

"왜요?"

"……."

더 상처받은 얼굴이 된다.

니안느는 세상을 망하게 하고 있는 기분이었다.

"주는 거라고."

"저, 저기 칼릭스트 경. 나는 이런 비싼 보석을 받을 이유가 없는데요. 아무것도 안 했는데……."

"……."

니안느는 슬그머니 물었다.

"있어요?"

칼릭은 눈도 안 깜빡이며 바라만 보고 있었다. '매우 당황한 표정'이다.

니안느는 지상에서 가장 바보가 된 것 같은 두려움을 느꼈다.

"저기, 이거…… 알아야 하는 거였나요?"

"아니."

칼릭은 깊이 한숨을 내쉬고는 돌아섰다.

"아니야."

"말을 해줘야 알죠. 왜, 왜 그래요!"

"가슴이 찢어지기 전에 답답…… 해서."

"……!"

니안느는 어깨를 세우고 눈을 크게 떴다.

비난이다. 즉, 잘못하고 있다는 것이다. 그런데 정작 당사자인 칼릭은 그게 뭔지 말하지 않으니 뭔지 알 도리가 없다. 이 남자로부터 비난을 듣고 그 이유도 모르고 있으니, 세상이 곧 망할 테니 준비하고 있으라는 말을 들은 기분이었다.

"칼릭스트 경!"

니안느는 급히 칼릭의 옷자락을 잡았다. 이대로 보내고 두려워 떠는 것보다는 야생 짐승 취급이라도 받는 편이 낫겠다. 그러니까, 약간의 교화 가능성이 있는 야생 짐승.

"말해줘야 알죠!"

칼릭이 고개를 숙여 입술에 입을 맞췄다.

"잘 생각해 봐. 뭔지."

그리고 칼릭은 손을 흔들고는 방을 나갔다.

니안느는 멍하니 그 뒷모습을 보았다.

당한 건 분명한데, 뭘 당한 건지도 모르겠고 왜 당한 건지도 모르겠다.

그리고 목걸이를 준 이유는 여전히 모르겠다.

이디스에게 물어볼까. 아니다, 그만두자. 한 시간 반 정도 비웃은 뒤에 정작 답은 하지도 않을 테니.

페이에게 물어볼까? 역시 좋은 생각이 아니다. 그 감성 폭발인 소녀에게는 무슨 말을 해도 제대로 된 답을 듣기 어려울 것이다.

니안느는 그 무엇도 알지 못한 채 만찬 시간이 다 되도록 주저앉아 있어야 했고, 고든이 숨어버려 심심해진 메피스토가 돌아와 그런 니안느를 안쓰럽게 보았다.

생각하고 또 생각해도 모르겠으니, 니안느는 내가 라크세니아 출신이라 이 나라 예법에 무지해서 일어난 일이라 하고 답을 듣기로 했다. 그래서 일찌감치 나와 기다리는데, 칼릭이 당황한 얼굴로 홀로 들어왔다.

"니안, 먼저 가면 어떻게 해."

"네? 왜요?"

칼릭은 이걸 어디서부터 설명해야 할지 모르겠다는 표정을 보였다. 바다에 대해 설명해야 하는데 옹달샘도 모르는 자를 앞에 둔 표정이다.

또 야생 짐승이 되어버렸다!

니안느는 안절부절못하며 물었다.

"저기, 안 되는…… 거였나요?"

"아니."

"말해줘요! 정말 모른단 말이야!"

칼릭이 그런 니안느의 얼굴을 보다, 결국 품— 하고 웃었다. 놀림 받은 걸 깨달은 니안느는 화가 났다.

"칼릭스트 경!"

"미안. 그런데 이거, 너무 재밌네. 알았어, 이제 안 놀릴 테니 얼굴 풀자."

"물어본 거나 답해줘요! 뭐냐고요!"

"미안, 그건 절대 말해줄 수 없지. 이리 와. 여기는 니안의 자리가 아니니까."

칼릭은 니안느를 데리고 입구 자리가 아닌 식탁의 중앙으로 데리고 갔다.

연회는 해가 저물 무렵 시작되었다. 서른 명 정도가 참석한 그다지 크지 않은 만찬 자리였다. 기사와 지위가 높은 병사, 관리인과 하인 하녀들로 성에서 먹고 자며 일하는 사람들이었다. 고든도 있었고, 니안느가 처음으로 보는 '기사대장' 파울로도 보았다.

껍질을 바삭하게 구운 돼지 구이, 삶아 양념한 닭고기와 자고새 파이, 흰 빵이 주식으로 나오고, 계피를 뿌려 구운 사과와 달게 조린 배, 말린 포도 등이 후식으로 나왔다. 호사스러운 만찬은 아니었지만, 좋은 포도주가 곁들여진 흥겹고 풍족한 자리였다.

만찬이 열린 홀도 매우 넓었다. 천장까지 곧게 뻗은 기둥들 옆에 촛불과 등불이 켜져 있고, 그 위에는 들꽃으로 만들어진 추수맞이 장식이 걸려 있었다.

하인 하나가 류트를 타며 흥겹게 노래를 불렀다. 연회장 안의 사람들은 어깨와 몸을 들썩이며 따라 불렀다.

이어서 삶은 소시지와 양념에 재워 구운 돼지 족발이 커다란 접시에 담겨 나왔다. 한 통 가득한 맥주가 나와 사람들을 환호하게 했다.

다른 하인이 바이올린을 켜기 시작했다. 류트와 바이올린이 어우러지며, 경쾌한 춤곡이 근사하게 흘러나와 홀을 채웠다. 페이와 한스가 홀의 중앙으로 가 춤을 추기 시작했다. 뒤이어 다른 몇몇이 짝을 지어 춤을 추었다. 칼릭도 이디스를 데리고 들어가 그 열에 끼었다. '내 남자' 칼릭과 춤을 추게 된 이디스는 매우 흥분했다.

"같이 추겠습니까?"

고든이 점잖게 니안느에게 청했다. 니안느는 웃으며 말했다.

"각오하시는 게 좋을 텐데요. 저, 엄청 못 추거든요."

"아, 제가 전투와 도전을 좋아해서요. 실패하더라도, 뭐 제법 괜찮은 도전이 될 것 같습니다."

고든은 어깨를 으쓱해 보였다. 그러나 그렇게 시작된 둘의 춤은 고든이 니안느에게 무릎과 정강이를 세 번 걷어차이고 발을 두 번 밟히는 것으로 끝나고 말았다. 칼릭이 비명을 참는 고든의 어깨를 잡아 옆으로 치우며 말했다.

"더 하다가는 고든이 전투불능이 되겠군. 가뜩이나 손도 부족한데."

니안느가 손을 놓자마자 고든은 절뚝대며 홀 구석으로 도망쳤다. 칼릭은 니안느의 손을 잡았다.

"나하고 마저 하지."

"내가 칼릭스트 경을 걷어차면 성 사람들이 죄 내 다리만 노려볼 텐데요?"

"내가 뛰어나니 그건 걱정 마. 니안의 몸 다루는 건 많이 해봤잖아."

"칼릭스트 경!"

니안느는 놀라고 당황해 얼굴을 붉혔다.

그때 병사 하나가 홀 안으로 뛰어 들어왔다. 칼릭은 니안느에게 양해를 구한 뒤, 병사를 데리고 홀 구석으로 갔다.

병사로부터 보고를 받는 칼릭의 얼굴이 굳었다. 걱정이 된 니안느는 커다란 회장의 창을 통해 성 아래를 보았다.

성으로 들어오는 다리에 말에 탄 남자들이 있었다. 그들은 칼릭의 허락 없이 무장한 채로 본성으로 왔다.

니안느는 홀을 나가 성의 입구로 달려갔다. 말이 달려오는 소리가 가까워졌다. 니안느를 발견한 선두의 기사가 말했다.

"니안느?"

"울리치."

울리치 페더만, 리카르의 지휘관 중 하나다. 이 사람이 온다는 건 니안느도 알았지만, 칼릭은 분명 내일 올 거라 말했다. 그래서 칼릭이 성 사람들에게 오늘 연회를 베푼 것이다.

"네가 왜 여기 있는 거지? 볼프람 각하의 명령인가."

"그게……."

울리치는 아직 니안느가 리카르를 떠난 것을 모를 것이다. 니안느는 리카르의 군영 내에서 지정된 지위가 없으니, 떠난다 하더라도 직접 알리지 않는 한 알 수가 없다.

"사정이 있어서요."

"무슨 사정?"

울리치의 눈썹이 올라갔다. 이 울리치의 잔소리가 어지간한 노인네들보다 방대하며 집요하다는 걸 아는 니안느는 막막해졌다.

"그게……."

그때 니안느의 어깨에 칼릭의 손이 얹히더니 목을 감아 당겼다.

칼릭은 니안느의 머리카락에 입을 맞추고는 물었다.

"이분은 누구시지?"

"울리치 페더만이오."

울리치가 자신을 소개했다. 칼릭은 눈을 가늘게 뜨고는 말했다.

"내일 오라고 하지 않았나."

"상황이 긴급해져서 오늘 온 거요."

울리치는 니안느의 목에 얹힌 칼릭의 팔을 불편한 눈으로 보았다. 남녀가 상대방 눈을 의식하지 않고 이리 친밀하게 굴려면 어떤 단계가 필요한지는 누구나 알 것이다.

"같이 연회를 좀 즐긴 다음 이야기하려고 했는데, 얼굴을 보니 그러고 싶지 않은 것 같군. 그래도 음식이 있으면 접대를 하는 게 이 지방 예의니, 울리치 경. 이리 와."

칼릭은 니안느의 어깨를 잡아당기며 홀로 향했다.

성 사람들은 한참 웃고 떠들다 울리치와 그 수하들이 들어오자 싸늘하게 가라앉았다. 블랑셰리온 가의 사람들은 그들을 노려보며 말없이 잔을 비우고 음식을 씹었다.

칼릭은 이디스를 불러 말했다.

"이디스, 이 새로운 손님들도 자리에 끼워줘. 내가 이 울리치 경과 이야기하는 동안 말이야."

이디스는 페이를 비롯한 하녀들에게 자리를 피하라 했다. 울리치의 수하들은 그들이 비워준 테이블에 앉았다. 이디스는 가장 덩치 큰 하인에게 명령해 음식을 차려주도록 했다.

칼릭은 울리치를 데리고 1층의 집무실로 들어갔다.

"일찍 온 이유가 뭔가."

"이유가 있으니 온 거요."

"짐작은 되는군. 라이너 경이 패한 것 때문이겠지?"

울리치는 창백해졌다.

"아, 알고 있었나?"

"나도 내 귀에 소식을 전해주는 사람은 가지고 있으니까. 라이너 경이 패하고, 마인베르크의 군사가 드디어 텔 판에서 나와 바르가스로 모이고 있다는 것도 알아. 그 과정에 몬타가 잠깐 기습받았다고 들었다. 약탈에 가까운 교전이었다더군. 발레리안 추기경이 포로가 되어 돌아오지 못했다는 것 역시 들었지."

"그럼 왜 가만히 있었던 건가!"

"발레리안 추기경을 구하는 일은 판디온의 요청이 없는 한 내 일이 아니다. 그리고 나는 리카르에게 분명 블랑셰리온에 있을 거라 말했는데. 내가 논의하자고 한 건 그 문제였고."

"바르가스로 가야 한다는 건 알고 있고?"

"자네의 의견인가, 아니면 리카르의 명령인가."

"뭐가 달라지는데."

"상관없어. 결론은 같으니까. 우선, 바르가스로 가는 거야 좋다만, 그곳으로 가려면 엔누마 협곡을 통과해야 하지. 그러나 마인베르크의 군사는 산악전에 능하고, 가는 길에 쉽게 급습당할 수 있어. 누구의 포로가 되는 것도 싫지만, 마인베르크의 포로가 되는 건 그중에 가장 질색할 만한 일이다."

칼릭은 집무실에 놓인 지도를 짚은 다음 직선으로 그었다.

"여기서부터 여기까지 군대를 모아서 데리고 가는 게, 바르가스로 간다면 가장 원만한 경로지. 하지만 이 지역에 대해 너보다는 잘 아는 내가 추천하는 건, 이것을 제한 다른 두 가지다. 하나는 파르지발 왕자와 합류해서 바르가스 뒤에 있을 고티에 황자를 치는 것, 다른 하나는 일단 그들이 교전한 뒤에 뒤에서 지원하는 것."

울리치의 마른 얼굴에 의심과 분노가 보였다.

"경이 마인베르크에 붙지 않을 거라는 보장은 누가 하나."

"믿기 싫으면 그건 어쩔 수 없는 문제지. 단, 지금 당장 네가 여기 있을 군사를 가지고 바르가스로 가는 건 반대한다. 그러겠다면 나는 협조하지 않을 테고, 블랑셰리온의 군사는 따로 움직이겠다. 위험은 감수하지만 뻔한 희생은 가치가 없으니."

"경의 아버지와 경을 자유롭게 해준 볼프람 공에 대한 배신이잖아! 게

다가 지휘권을 돌려준 것도, 경이 이리 결정하라고 한 건 아니야."

그것은 칼릭도 동의하는 바였다. 리카르의 입장으로 보자면 굉장히 관대한 결정이었다. 그리고 기이한 건, 그것은 아버지 오베른에 대한 신뢰 없이는 불가능한 결정이란 것이다.

"울리치, 나는 그 누구보다 마인베르크가 패배하길 바라고 있다. 그리고 내가 어떤 선택을 하든, 선택의 방향은 바로 그 목적을 위한 것이다. 마인베르크는 패배해야 한다. 블랑셰리온을 위해서도 또 제국을 위해서도. 리카르의 입장도 마찬가지겠지. 그리고 리카르가 블랑셰리온의 지휘권을 돌려준 것도 내 판단을 믿어서겠고."

"그럼, 니안느는 왜 여기 있지?"

칼릭의 눈 아래로 싸늘한 그림자가 드리워졌다.

"사정이 있었다. 리카르의 명령은 아니니, 너는 신경 쓰지 마라. 하지만 리카르에게 해가 될 일은 아니다."

"언제 전쟁이 벌어질지 모르는데, 볼프람 각하를 버려두고 여기서 젊은 남자하고 노닥거리고 있으니 이유가 궁금한 게 당연하잖아!"

"이봐, 울리치."

"왜."

칼릭은 눈을 들어 울리치를 똑바로 보았다. 서늘하고 위압적인 눈동자에 울리치는 말문이 막혔다.

"니안느는 여기 피신 중이고, 아주 위험한 일이 있었다. 그 위험의 원인은 마인베르크였고, 그 문제가 해결되지 않으면 그녀는 물론이요 리카르 볼프람 공도 위험하게 할 수 있다. 그러니 그녀는 여기, 이곳에 있는 게 나아. 마인베르크가 완전히 패배해서 그 어떤 위협도 되지 않을 때까지는."

"누굴 걱정하는 건가, 칼릭스트 경. 볼프람 각하? 아니면 니안느?"

"내가 리카르 볼프람을 걱정할 이유는 조금도 없지. 나는 그녀의 안위를 걱정하는 거고, 그녀가 그 생각에 동의한다면 최선을 다해 보호할 생각이다. 또 그건 네가 간섭할 일이 아닌, 나와 그녀만의 일이다."

"간섭할 일이 아니라니? 나는 거의 십 년을 니안느와 알아왔어. 가족 같은 사이라고! 그 녀석이 잘못된 선택을 하거나 바보 같은 일을 하면 당연히 나서야 해!"

아하, 가족이라.

칼릭은 울리치를 갈겨 버리고 싶었다. 이것은 언제든 그리할 용의가 생겼다는 거지, 그 정도로 울컥했다는 비유적 의미는 아니었다. 게다가 지금, 고작 지휘관 주제에 바락바락 반말로 기어드는 작태가 고약했다. 칼릭은 예의에 대해 까다로운 사람은 아니었다. 다니엘이나 팔스가 칼릭에게 반말로 굴어도 상관하지 않는다. 그러나 지금 이 울리치의 문제는, 이 태도가 칼릭의 상황과 처지를 깔보고 있기에 나오는 태도라는 것이다.

"그래서 니안더러 지금 당장 리카르 볼프람을 도우러 가라는 건가?"

"그건 그 녀석이 해야 할 일이야!"

"울리치, 니안느는 리카르 볼프람의 마법사가 아니다. 공식적으로 인정받은 그 어떤 지위도 없지. 머문 것도 그녀의 의지에 따른 거고, 돌아가지 않겠다는 것이 그녀의 의지라면 그것 역시 간섭할 일이 아니다. 리카르 볼프람이 전쟁에서 진다면, 그건 니안느가 슬퍼할 일은 되어도 책임질 일은 아니란 거야."

말을 하면서도 칼릭은 상당한 인내가 필요했다. 뭐가 저리들 당당한가. 니안느는 숲의 마법사고, 숲의 마법사는 인간을 위한 일은 하지 않는다. 여태 리카르 옆에 있었던 것은 숲의 왕이 니안느에게 리카르를 찾아가라 했기 때문이고, 도운 것은 니안느 개인의 의지였을 뿐이다. 그것은 대가도 의무도 아니다. 호의이자 선의였지. 또, 그것을 받는 자가 감사하고 보답해야 할 일이기도 했다.

"그러니 니안느에 대해서는 잊어. 도움을 받고 싶으면, 바세바의 편에 있을 앙골랍의 마법사들에게나 해라. 그들은 계약을 하고 돈을 받는 이들이니 도와줄 의무는 있지. 니안느에게 도우라느니 오라느니 하는 뻔뻔한 말은 하지 마라."

"니안느는……."

"하지 말라 했고, 지금은 조언이지만 곧 경고가 될 거다. 그리고 나는 경고를 한 뒤의 유예를 그다지 길게 두지 않아."

울리치는 칼릭이 이런 식으로 나오는 이유가 모략이나 계산이 아니라는 것 정도는 알아보고 있었다. 누가 봐도 니안느를 뻔한 위험으로부터 보호하려는 것이다. 또, 울리치가 니안느에게 선택을 강요하지 못하도록 차단하는 것이기도 하다.

팔가스 제국의 귀족들은 순수한 호의나 정의로 이런 일을 하지 않는다. 남자의 보호 본능 없이는, 자신이 지켜야 하는 여자라는 확신이 없지 않는 한 결코 나오지 않다.

"칼릭스트 경, 지금 경이 무슨 짓을 하고 있는지 알고는 있는 거냐."

"네가 상관할 일이 아니란 건 알고 있지."

"전쟁터에서 그 누구도 니안느를 건드리거나 시도조차 하지 않았어. 암말도 여자로 보이는 곳인데, 우리가 그랬다고. 경처럼 예쁘장한 얼굴만 있으면 사내라도 욕정이 생기는 곳에, 자그마치 여자애에게 그랬다고. 왜 그랬을 것 같아?"

"닥쳐."

나른하지만 차가운 목소리였다.

"입 닥쳐, 울리치."

그러나 속에서는 열기가 번진다.

남자의 분노이기도 하고, 니안느가 모욕을 받고 있기에 드는 분노이기도 하다.

"안 닥칠 거다! 그건, 빌어먹을, 니안느가 리카르 볼프람의 여자여서 그런 거야! 그런데 네 아버지는 리카르 볼프람의 원수고, 너는 그 원수의 아들이지. 하지만 이리하면 그 처지는 달라질 거다."

울리치가 노려보며 말했다.

"원수의 아들에서 그냥 원수로!"

순간, 책상에 얹혀 있던 칼릭의 팔이 확 당겨졌다.

한쪽은 점령군이고 다른 한쪽은 점령당한 쪽.

당장 물어뜯고 싸울 듯 살벌하게 적대하는 양 진영 사이에 앉아, 니안느는 노려보느라 눈이 빨갛게 달아오른 고든에게 말했다.

"그냥 한 잔씩 더 한 다음 취한 척하고 서로 멱살을 잡는 게 어때요? 내가 둘 다 심각한 심신미약 상태였다고 말해줄 테니, 마음놓고 두들겨 봐요."

"그런데 그전에 걱정되는 게 있어요. 우리가 싸우면 니안느 양은 어느 편입니까."

고든은 기대에 차서 말했지만, 니안느는 고개를 저었다.

"미안, 나는 중립이에요. 그래도 남은 사람 숫자를 세서 누가 이겼는지 판단하는 것 정도는 공정하게 해줄게요."

"실망이네요, 니안느 양."

고든이 부루퉁하게 말했다.

"미안, 울리치는 좀 귀찮은 남자라."

그 울리치는 칼릭과의 용무가 끝나면 왜 이런 시기에 여기 있는 건지부터 시작해서 재작년에 잘못한 것까지 다 끄집어내서 잔소리를 쏟아낼 것이다. 그놈의 잔소리는 원래도 많았는데 리카르가 프레데릭 황자의 수하가 되자 어마어마해졌다. 니안느의 행동, 예의, 차림새까지 모조리 잔소리 대상이었다. 니안느가 귓등으로도 듣지 않자, 화가 난 울리치는 그 꼴로 다니면 '특정 직업의 여성'으로 오해받을 거라 말해 기어코 리카르가 역정을 내게 만들었다. 물론, 가장 먼저 턱을 날린 것은 베르나르였지만.

그때 울리치가 홀로 들어왔다. 나갈 때와는 달리 입술이 터져 있었다. 울리치는 니안느와 마주하자 움찔하며 얼굴을 가렸다. 니안느는 풉, 웃으며 말했다.

"자해를 한 것 같지는 않은데."

"입 다물어."

"칼릭스트 경에게 따귀라도 맞았어요?"

그러나 얼굴 상태를 보니 따귀 정도는 아니겠다. 니안느는 칼릭의 힘이 용도 때려잡을 수 있을 정도로 강하다는 것을 알았다. 그 주먹에 맞았으니, 거의 쇠몽둥이로 맞는 거나 다를 바 없이 아팠을 것이다.

"나는 항상 울리치 경이 따귀 맞을 소리만 한다고 생각했는데, 칼릭스트 경은 내가 알기론 세상에서 제일 신사다운 기사거든요. 그런 칼릭스트 경에게 맞다니. 얼마나 따귀 맞을 소리를 한 거람."

"무슨 헛소리야."

울리치의 표정으로 말할 것 같으면, 호랑이나 표범, 또는 그에 준하는 맹수를 순한 집고양이로 소개하는 인간을 보는 표정이었다.

"이 정신 나간 계집애가."

"어허, 무례하시군, 울리치."

고든은 물론이요, 블랑셰리온 가문의 하인들과 기사들까지 모두 노려보았다. 니안느는 생글생글 웃으며 말했다.

　"기분 좋은데요. 울리치 경으로 말하자면, 나하고 안 지 십 년이 다 되도록 나를 싫어하는데 며칠 전 만난 여러분은 이렇게 내 편을 들어주니."

　"니안느 양은 칼릭스트 나리의 손님이고, 나리 손님은 우리 손님이거든요. 우리들로 말하자면, 나리가 들고양이를 들고 와도 손님으로 대접할 테지만요."

　"고마워요, 고든."

　울리치는 이를 갈며 쏘아붙였다.

　"니안느, 너는 여기서 대체 뭘 어쩌고 다닌 거야!"

　"즐겁게 있었죠. 그리고 여기는 즐겁게 있기만 해도 다들 좋아해 주는 곳이고요. 울리치, 얼굴 펴요. 그 표정으로 다니면 그 누구도 좋아하지 않을 거라고 했잖아요."

　"이야기 좀 할 수 있을까."

　"할 수는 있지만, 혼내거나 잔소리하는 건 금지예요."

　"중요한 말이다, 아주."

　니안느는 울리치의 얼굴을 물끄러미 보았다. 굳은 걸 보니, 정말인 것 같다. 잔소리를 할 건 아니다.

　"알았어요. 이리로 와요."

　니안느는 울리치를 데리고 홀의 입구를 나섰다. 뒤에서 고든이 말했다.

　"저 양반이 괴롭히면 반드시 와서 이르세요, 니안느 양. 대신 뒤통수라도 한 방 쳐드릴 테니."

　"들었죠, 울리치? 나에게 예의 바르게 말하라고요."

　"알았으니 나가기나 하자고!"

니안느는 울리치를 데리고 정원으로 나갔다. 환한 달빛이 정원의 향나무와 장미나무를 비추고 있었다.

"말해요. 입이 근질거리는 것 같은데."

"왜 여기 있는 거냐."

"말한 대로예요. 사정이 있어서요. 습격을 받았고, 나를 공격한 자는 마인베르크— 즉, 리카르의 적이에요. 다행히 그때 칼릭스트 경이 도와줘서 위험한 상황을 면했고요."

"볼프람 각하는 모르고?"

"여기 있다는 건 모르지만, 내게 일이 있었다는 건 알죠. 리카르 앞에서 마인베르크에게 당했거든요."

"너, 그럼 저 칼릭스트가 몇 년간 마인베르크 아래에 있었고 그 후계자나 다를 바 없는 위치였다는 건 알고 있는 거냐."

니안느는 고개를 끄덕였다.

"알아요. 혹시 내가 리카르 볼프람을 배신할까 봐 이러는 건가요? 칼릭스트 경에게 넘어가서 그와 손잡고 마인베르크를 도울 거라고? 저런, 솥단지 하나 걸어놓고 리카르 볼프람을 향한 저주의 주문이라도 외우고 있을 걸 그랬나."

"놀리지 마!"

"칼릭스트 경과는 우연히 이리된 거지, 마인베르크나 이 전쟁과는 정말 상관이 없어요."

"과연 우연일까?"

"필연이 좀 있긴 한데, 결론적으로는 우연이 더 많아요."

그래도 니안느는 리카르에게 무슨 일인가 벌어졌다는 건 짐작할 수 있었다. 몬타에서 도망칠 때의 상황을 생각한다면, 리카르에게 아무 일 없기도 힘들겠지만.

"리카르에게 무슨 일이 벌어진 건지나 말해요. 울리치가 생각하는 것보다, 아니, 그 이상으로 리카르는 내게 소중하니까요."

이 남자도 니안느의 감정을 알고는 있었을 것이다.

니안느가 떠나려는 것을 미리 알았다면, 분명 말했을 테지. 리카르 볼프람은 너를 사랑하고 있단다. 정략결혼을 하긴 했지만, 마음은 너에게 있을 거야. 믿고 기다려. 언제고 바세바 공주와의 관계를 정리하면 네게 기회가 올 테니.

그 말은 희망에 굶주렸던 니안느에게 잔인한 결과만 가지고 왔을 것이다. 목이 말라 들이켜고 나서야 알게 되었을 테지. 그것이 눈물처럼 짜다는 것을.

"엊그제 보고가 왔어. 프레데릭의 지휘관이 모두 패했고, 바르가스로 마인베르크가 이끄는 군사가 진군 중이지. 볼프람 각하는 바로 그 바르가스에 있고."

"상황이 얼마나 위험한 거예요?"

"이게 마지막이고, 여기서 패하면 끝장이다."

"칼릭스트 경은 뭐라고 하고요?"

"조금 전 합류를 거부했다. 오베른은 리카르의 원수고, 칼릭스트는 그 오베른의 아들이니 오히려 상황이 좋은 거지."

"아니에요."

니안느는 고개를 저었다. 울리치의 분노는 이해하지만, 니안느가 보기에 칼릭에게는 리카르를 위해 희생할 의무도 책임도 없다.

"울리치, 칼릭스트 경은 이 성의 성주이자 많은 사람들의 목숨을 책임지는 위치라고요. 리카르의 위험을 책임질 의무는 없어요."

"어이가 없네. 지금, 저 칼릭스트 편을 드는 거냐."

"울리치가 부당하게 말하니까 그렇죠! 오히려 아버지 잘못을 갚겠다고 이곳 사람들을 위험에 처하게 하면, 나는 그게 더 황당했을 거라고요! 오베른의 잘못은 오베른이 갚아야 할 문제지, 칼릭스트 경이나 이곳 사람들이 갚을 일은 아니에요!"

"그럼 누가 갚아야 해!"

"나야 모르죠. 하지만 지금 울리치가 그 일을 근거로 칼릭스트 경에게 따지는 건 부당하다는 거예요."

"편드는 거야? 연모하던 남자가 눈앞에서 결혼해 버려 허탈한 건 이해하지만, 그렇다고 이렇게 쉽게 리카르의 적에게 넘어가는 건 말이 안 되잖아!"

이제 니안느가 화가 날 차례였다.

"뭐라고요? 대체 왜!"

모멸감에 목이 뜨끈해졌다.

"울리치는 자기가 칼릭스트 경을 설득 못한 주제에, 왜 나한테 이래요?"

게다가 리카르 일을 꺼내는 건 반칙 중의 반칙이다. 그것은 니안느의 가장 큰 약점이었다.

그런데 울리치의 얼굴이 갑자기 창백해졌다. 니안느가 돌아보자, 등 뒤의 기둥에 칼릭이 어깨를 기대고 있었다.

섬세한 얼굴 위로 달빛이 내려앉았다. 내리깔린 눈 아래로 드리워진 그림자는 짙고 차가웠다.

"울리치, 가라고 한 말은 말이다, 즉시 문 열고 가라는 의미지 이렇게 쑤시고 다닌 다음에 가라는 말이 아니었다."

칼릭은 울리치의 어깨 너머를 가리켰다.

"나가라, 울리치. 내 수하들에게 네 부하들을 성 밖으로 내보내라 명령했으니 어서 같이 가라."

울리치가 머뭇대자, 칼릭은 나직하고 분명하게 말했다.

"당. 장. 더 맞고 싶지 않으면."

울리치가 나가는 소리가 등 뒤로 들렸다. 그가 완전히 사라질 때까지 칼릭은 하얗게 타는 시선으로 노려보았다.

"칼릭스트 경—"

"아무 말 하지 마. 리카르와 관련된 말이라면 하지 마. 싫어."

칼릭은 지친 목소리로 말했다.

"아주."

니안느는 칼릭의 팔에 손을 얹었다.

한결 누그러진 칼릭은 니안느의 손등에 손을 얹고 두드렸다.

"니안, 너한테 화난 거 아니니 그런 얼굴로 보지는 마. 대신 오늘 연회는 이만 끝내도록 해야겠어. 다들 더 즐길 기분도 아닐 테지만."

울리치와 그 수하들이 떠나고 연회도 끝났다.

하인들이 성안을 치우며 두런두런 이야기하는 소리가 들리다 곧 조용해졌다. 숨죽이듯 고요해진 성안으로 풀벌레 소리와 밤새들의 울음소리가 들려오기 시작했다.

니안느는 이디스가 주었던 드레스를 갈아입고 방을 나섰다. 정처 없이 걷다, 성 아래를 훤히 볼 수 있는 테라스에 이르렀다. 차가운 돌난간에 기대 바라보는 그렌 성의 전경은 참 아름다웠다. 너른 비탈 아래를 휘감아 도는 푸른 강이 있고, 그 강가에는 버드나무와 자작나무가, 숲에는 떡갈나무와 상수리나무가 우거졌다. 뜰에는 아몬드 나무, 정향나무와 장미나무가 가득하다.

울긋불긋 물든 가을도 근사한데, 봄에는 정말 향기로울 것이다. 희고 탐스러운 아몬드 꽃과 우아한 장미가 연달아 필 테고, 거기에 정향나무 꽃의 향기까지 더해질 테지.

그 봄이 보고 싶다. 여름도 보고 싶고, 가을도 한 번 더 보고 싶다. 겨울에는 창가에 앉아 봄을 기다리고 싶다.

니안느는 두 팔을 들었다. 바람이 머리카락과 옷 속으로 스며들어 흔들렸다. 소매도 펄럭였다. 이마의 각인이 빛을 발하며 작은 촛불처럼 어두운 난간 위를 밝혔다.

목덜미를 스치는 서늘한 느낌에 니안느는 손을 얹었다. 칼릭이 준 진주 목걸이였다. 잘 쓰고 돌려준다고 했을 때 칼릭이 짓던 조금 상처 입은 표정이 생각난다.

니안느는 눈을 감았다. 이마의 각인이 더 밝게 빛나고, 혼은 육체를 떠나 둥실 떠올랐다. 빠르게 시야가 변한다. 허공, 달, 별, 구름, 벌판, 바다, 강, 산, 바위, 온갖 것들이 뒤엉켰다. 굴에 들어간 듯 어두워졌지만 곧 흰 달이 두 눈 가득 들어왔다.

니안느는 풀을 헤치고 달리고 있었다. 니안느가 들어간 것은 젊은 늑대의 몸이었다. 어깨는 튼튼하고 다리는 빠르다. 컴컴한 숲을 달리다, 허공으로 다시 솟구쳐 하늘을 나는 박쥐의 몸으로 들어갔다. 어둠에 밝은 그 눈을 통해 숲의 우듬지를 훑었다. 다시 그 몸에서 빠져나와 들쥐와 함께 달리고, 그 들쥐를 향해 날아오던 부엉이의 몸으로 들어갔다.

크고 밝은 부엉이의 눈을 통해 니안느는 숲 곳곳에 숨은 존재들을 발견했다. 검은 그늘 속에 악령들이 숨어 있다가 사라졌다.

니안느는 높이 날아올라, 성벽에 기대어 조는 보초 옆을 지나갔다. 날개를 한 번 쳐서 고도를 올린 다음, 성의 사령탑으로 향했다.

탑의 창은 열려 있고 촛불은 환하게 밝혀져 있다. 그곳에서 리카르는 생각에 잠긴 듯 의자에 기대 벽을 보고 있었다. 니안느는 부엉이가 날개를 접고 창턱에 앉도록 했다. 리카르의 눈이 부엉이를 향했다.

말해야 할까.

리카르가 어깨를 당기고 두 다리에 힘을 주고 일어났다. 그의 얼굴에 희망과 절망이 혼란스럽게 뒤섞였다.

[리카르.]

그 눈빛을 그냥 보고 있을 수가 없어 말했다.

리카르의 눈이 떨리더니, 탄식이 터졌다.

"니안?"

[맞아요. 그런데 오래 말할 수는 없어요.]

"무슨 일이 생긴 거냐? 아니, 무사한 거냐."

[괜찮아요.]

울리치가 했던 말이 떠오른다.

몇 년간 연모하던 남자가 결혼해서 허탈한 마음에.

이제 니안느는 리카르를 볼 때마다 수치심을 느낄 것이다. 그 말을 칼릭이 듣게 되었을 때의 수치심 역시.

리카르는 진심으로 이렇게 걱정해 주는데, 자신이 그런 생각으로 원망하고 있다는 것이 미안해졌다. 줄 수 없는 것을 바랐던 것은 니안느 쪽이니, 접어야 하는 것도 니안느였다.

"내가 이대로 죽는 줄 알았다, 정말. 괜찮은 거냐! 대체 왜…… 아니, 어디 있었던 거냐!"

[숨어 있었어요. 위험해서요.]

"내가, 아니면 네가."

[둘 다요.]

"마인베르크 그놈이 너한테 대체 무슨 짓을 한 거냐."

[많은, 매우 많은 짓을 했죠.]

니안느는 정신이 흐릿해지는 것을 느꼈다.

리카르가 급히 물었다.

"혹시 다친 거냐."

[그건 아니에요. 그게 아니라…… 마인베르크 짓이었어요. 숲, 숲의 왕, 내 형제들, 모두. 숲의 왕이 당신을 찾아가라 했던 것도 그 탓이었어요. 당신이야말로 마인베르크의 진짜 적이 될 수 있는 남자였으니. 리카르는 그동안 괜찮았나요? 그리 급박한 상황에서 사라질 수밖에 없어서 걱정했어요.]

"조금 전까지는 지옥이었는데, 지금은 아니다. 괜찮아."

[마인베르크가 당신과 싸우러 간다고 들었어요.]

"어차피 그와 나는 적이다. 언제고 싸워야지."

그러나 니안느가 본 마인베르크는 생각보다, 아니, 상상보다 강했다.

누가 이길지 모른다. 게다가 니안느는 숲의 왕이 원하는 것이 마인베르크에 대한 징벌인지 어떻게든 숲을 되살리는 건지도 모른다. 리카르를 찾으라 한 것에는 전자의 이유가, 칼릭을 도와준 데는 두 번째 이유가 중요했다. 그렇다면 둘 다 원하는 건데, 더 중요한 문제가 무엇인지 판단해야 했다.

[리카르, 내가…….]

말을 채 하지 못했다.

의식이 더 흐려졌다.

들켰다.

마인베르크가 아주 가까이에 있다. 잠깐 더 지체하면 저 마인베르크에게 지난번처럼 지배당한다. 아직은 그에서 벗어나는 방법을 알아내지 못했다.

[가봐야 할 것 같아요. 급해요. 위험하니.]

"니안! 네가 어디에 있는지 말해다오."

[미안해요, 그럴 수 없어요.]

지금 말하면 마인베르크가 엿들을 수 있다. 리카르에게 그만 걱정하라는 말도 할 수 없었다.

니안느는 엄청난 속도로 몸으로 돌아왔다.

돌아오자마자 현기증이 일어났다. 깊이 숨을 들이마셔야 했다.

리카르와 싸우게 되면 마인베르크는 반드시 니안느를 찾으려 할 것이다. 그럼 차라리 아예 리카르 옆에 있는 편이 나을 것이다.

니안느는 블랑셰리온을 내려다보았다. 이곳에 그 마인베르크를 들일 수는 없다. 칼릭이 안전하면 좋겠다.

칼릭과 함께 보낸 성에서의 날들이 정신없이 좋았다는 것은 인정할 수밖에 없다.

너무 행복했다.

다 잊고 미뤄두고 싶었다.

그의 손길에 눈이 흐려지고 입맞춤에 걱정을 잊었다. 경계 밖은 겨울이자 황무지건만, 그의 품 안에서는 달콤하고 황홀하며 행복했다.

그의 눈빛, 그의 목소리, 그의 손길, 그것들이 하나하나 니안느를 향할 때마다 설레었다. 다른 사람이 되는 기분이었다. 여태 알고 있던 니안느보다 훨씬 더 빛나는 무언가가 되는 기분이었다.

그런 지금, 니안느는 자신에게 그런 나날들을 준 칼릭이 다치는 것도 위험한 것도 싫었다.

그 피투성이 모습, 다시는 보고 싶지 않다.

칼릭이 리카르를 도우러 가지 않기로 한 건 다행이다. 그는 이곳에서 안전할 테지. 리카르가 져도 안전할 테고 이겨도 안전할 것이다. 그리고 그런 그를 영원히 안전하게하기 위해서는 마인베르크가 사라져야 한다.

치마 아래로 검은 얼룩이 나타났다. 얼룩은 손끝에서부터 팔을 타고 등으로 흘러들었고, 그곳에서부터 깃털로 뒤덮이기 시작했다.

순간, 허리 앞에 손바닥이 보였다.

"……!"

그 손이 거칠게 허리를 낚아채 당겼다. 거센 힘에 변신을 위한 마법이 취소되며 검은 깃털이 사라지고 팔과 등이 원래대로 돌아왔다.

강한 팔은 니안느의 몸을 당겨 기둥에 밀어붙였다. 검은 머리카락과 그 아래의 분노한 녹색 눈이 니안느의 앞으로 확 다가왔다.

"어디 가는 거지."

서리처럼 싸늘한.

니안느는 한 번도 보지 못한 칼릭의 분노가 얼마나 깊고 뜨거운 것인지, 오늘 처음 알았다. 피가 얼어붙는다.

"어디 가는 거냐고!"

"난……."

칼릭의 불타는 눈빛에 니안느는 근본부터 뒤흔들리는 것을 느꼈다. 이건 교감이 아니다.

상처와 분노를 동시에 보이는, 진솔하게 고통을 호소하는 남자를 보며, 니안느 자신이 직접 느끼는 것이다.

"칼릭스트 경."

거대한 부채가 밀려드는 기분이다. 도저히 갚을 수 없는 부채가 아픔과 함께 밀려들고 있다. 무슨 말을 하든 두렵고, 그의 눈빛이 어찌 변할지 몰라 버거웠다.

니안느는 떨리는 목소리로 말했다.

"리카르에게."

솔직하게 말할 수밖에 없다.

"리카르에게 가야 해요."

그리고 니안느는 자신이 칼릭이 예상한 최악의 답을 했다는 것을 깨달았다. 도저히 이 남자를 속일 수가 없어 말한 것이지만, 니안느는 멍은 듯 자신을 바라보는 칼릭의 두 눈이 아리도록 보여주는 상처를 감당하기 힘들었다.

"가야 해요."

"가지 마."

"가야 해요."

"젠장, 위험하다고! 리카르가 뭐든 간에, 지금 네가 위험해!"

"칼릭스트—"

"이러니 말 안 한 거야! 너는 분명 갈 테고, 그곳은 네 무덤이나 다를 바 없는데 내가 어떻게 너를 보내!"

니안느는 고개를 저었다.

다시, 칼릭의 눈이 고통을 보인다.

"가야, 가야 해요. 리카르가…….."

"목숨이라도 걸고 가야 하는 거야?"

"……나는…….."

그렇다고 답하지도 못하는 니안느를 보며 칼릭이 느끼는 것은 배신감이었다.

자신이 한 선택 자체가 자신에게 가하는 배신감.

"리카르가 네게 뭔데."

니안느의 눈이 더 흐려졌다.

"나는 네게 뭐고!"

다시, 이 두려운 질문. 머리도 심장도 눈처럼 하얗게 얼어붙어, 여기서 뭘 더 말해야 할지 모르겠다.

이제 칼릭도 더 물어볼 수가 없었다.

아직도 그를 사랑하느냐고. 그래서 이렇게 가야 하는 거냐고.

리카르에 대한 니안느의 오랜 감정의 흔적들은 항상 예상치 못한 순간에 튀어나와 칼릭을 건드렸다. 볼 때마다 욱신거리고 이마에 불길이 일었지만, 그래도 참았다.

한 번 허문 것은 다시는 돌이킬 수 없었다. 한번 허락해 버린 마음 역시 절대 돌이킬 수 없으니, 그 뒤를 따라 뭐가 들어오든 막을 수 없다. 독물이든 소금물이든 흘러드는 대로 받아들여야 했다. 그것이 다른 남자에 대한 사랑이라 할지라도.

그러니 칼릭은 자신이 약자라는 것을 알았다.

먼저 허문 것이 자신이고, 애걸하는 것도 자신이었다. 먼저 애정을 바란 것도, 품에 안겨주길 바란 것도 그 자신이었다. 그러니 니안느가 채 털어내지 못한 리카르의 흔적에 눈을 감는 수밖에 없었다.

십 년을 같이해 왔고, 그와 관련된 이야기를 하는 것만도 며칠이 걸리는 상대이기도 하다. 그런 남자와 관련된 것을 건드리고 없애려 하면 오히려 니안느가 상처 입을 것이다. 그래서 하지 않았고, 이미 알고 있기에 감수했다.

언제 단단한 바위가 튀어나올지 모르는 짙은 안개 속 같았다.

또 알았다.

선택을 해야 할 때가 온다면 현실이 나타날 것임을. 희망으로 짠 안개가 걷히며 진실을 보여줄 아침이 오리란 것을.

그리고 그 진실은 칼릭이 원하는 것일 수도 있지만, 생각보다 더 잔인한 것일 수도 있었다.

"나는 네게 뭐야, 니안."

니안느의 눈에 연민이 차올랐다.

"그런 표정 하지 마."

칼릭은 다른 건 다 견뎌도 연민은, 특히 니안느의 연민은 견딜 수가 없었다. 연민이야말로 아무것도 해줄 수 없는 자가 지을 수밖에 없는 얼굴이니.

"이 빌어먹을……."

칼릭이 말했다.

이, 빌어먹을 사랑이란 것.

결국, 이 사랑이다.

그 빌어먹을 것을 나 혼자 시작한 게 고통이었다.

언제 어떻게 끝내야 하는지를 모르는데. 시작한 것이 내 선택이 아니듯 끝내는 것 역시 내 권리가 아니라는 것만 알지.

"이럴 거면 애초에 시작도 하지 말았어야지."

"칼릭—"

"아예 아무것도 아니게 했다면, 그러면 이렇지는 않을 것 아냐!"

니안느의 손이 목에 닿았다. 손끝이 서늘하게 볼을 스쳐 머리카락을 건드리고, 그러며 산들바람이 불어오듯 니안느의 몸이 칼릭의 가슴으로 내려앉았다. 니안느는 칼릭의 심장에 이마를 댔다. 따스하고 단단한 이마의 각인과 그의 심장이 반응한다.

"칼릭스트, 제발."

니안느의 몸이 떨렸다. 놀라움과 다급함에 겁에 질린 것이다.

칼릭은 깊은 탄식을 토해냈다.

무엇으로 이어질지, 그는 분명히 알았다.

예감도 예언도 아니다.

그건 너무도 당연한 말이었다.

"니안— 아무 말도, 아무 말도…… 하지 마."

"미안해요."

칼릭은 눈을 감았다.

왜 네가 미안한 거지.

그런 말은 아무것도 줄 수 없을 때나 하는 말이잖아. 네가 택하는 것이 결국 리카르와 함께하는 위험이라 미안한 것이고.

속 안에 있는 것이 와르르 무너진다.

"가."

"……."

"그리고…… 다시는 보지 말자."

더 버틸 수가 없었다.

마음이 무너진 자리에 남은 것은 폐허다.

시든 장미 꽃잎과 죽은 나비의 날개처럼, 한때는 향긋하고 아름답던 것들이 손끝 한 번만 건드려도 먼지가 되어버린다.

"칼릭스트."

여전히 이마를 그의 가슴에 묻은 채로 니안느가 말했다.

"나는…… 나는 지금 아무것도 장담할 수 없어요. 내가 내일 살아 있기는 할지, 그것조차 장담할 수 없어. 그런 내가 여태 가장 두려워한 건…… 의무를 다하지 못하고 세상을 뜨는 거였어요."

니안느는 이마를 뗐다.

고개를 들고 자신을 보는 칼릭에게 말했다.

"그런데…… 그럼에도 불구하고 이곳에서 내 시간은 잠시 정지했어요."

달콤한 순간들에는 몰랐던 것을 날카로운 칼날이 스쳤을 때야 알게 된다. 어째서 피가 나야 그곳에 살이 있는 줄 알게 되는 것인지.

"당신과 있을 때 나는 그 어느 순간보다 행복했어요. 행복해서 시간은 지워지듯 정지해 버렸어요. 너무 눈부시면 오히려 아무것도 볼 수 없듯⋯⋯."

왜 행복했는지, 왜 즐거웠는지, 그런데 왜 슬프기까지 했는지 알 것 같았다.

당신이라 행복했고, 당신이라 즐거웠고, 당신이라 슬펐다.

"당신은 내가 숲을 나와 만나고 본 것 중 가장 빛나고 가장 소중한 존재였어요. 도저히 거절할 수 없게, 발이 떨어지지 않게, 눈길조차 돌릴 수 없게⋯⋯ 당신 옆에 머무는 순간부터 내 모든 것이 흔들렸어요."

그리고 내가 좋아하던 많은 것들.

붉게 단풍진 나뭇가지를 적시는 촉촉한 가을비, 흰 눈송이 아래의 솔방울, 측백나무 잎 위로 흐르는 은색의 달빛, 그 달빛과 함께 쏟아져 뒤섞이는 폭포의 흰 물거품.

그 모든 아름다운 것들 안에 그가 섞이고, 정답게 바라보던 모든 것에 그가 깃들었다.

밤안개처럼 부드러운 목소리가, 다정하게 빛나던 눈동자가, 검은 표범처럼 우아하게 움직이는 어깨와 뜨거운 심장 소리가.

니안느는 칼릭의 얼굴에 손을 얹고 그 살과 체온을 느꼈다. 이것이 그녀의 것일 때 얼마나 벅찼으며, 니안느가 그의 것이기도 했을 때는 또 얼마나 행복했던지.

리카르와 함께하는 내내 고통스러워서 몰랐다. 쓰디쓴 담즙을 마시는 것 같았으니 사랑이면 다 그런 건 줄 알았다. 또, 리카르를 잊는다는 것이 불가능할 줄 알았다. 너무 힘들어서 누구도 쳐다볼 수 없을 줄 알았다.

그런데⋯⋯ 이 남자와 함께하자 고치의 등이 갈라지듯 완전히 새로운 세상이 태어났다. 서글프고 황폐했던 틈을 뚫고 나오는 것은 비취빛 나비 날개처럼 아름다웠다.

"그러니 미안해요, 칼릭스트."

어차피 떠날 내가 이리해서.

아무것도 약속할 수 없는 내가.

"하지만 나는 도저히 당신을 거부할 수 없었어요. 이토록 빛나고 이토록 아름다운 것을 처음 봤기에, 품에 안아 기쁨을 누리고 싶지만…… 그런데 동방 숲의 니안느는 지금 떠나야 해요."

손바닥에 칼릭의 체온이 고스란히 젖어들었다. 놀란 눈도, 떨리는 입술도, 굳은 목도.

"칼릭스트, 각인을 받은 나는…… 길고 긴 길을 달려온 나는 가야 해요. 이것이 내 최후를 향하는 길이라 하더라도 내 할 일이니 해야 해요. 그것이 나, 동방 숲의 마지막 마법사 니안느의 의무예요……."

그리고.

언제고 괜히 들었다고 아파할 것을 알면서도 이런 말을 하는 나를 용서해요.

"그렇게 동방 숲의 니안느, 그 마법사는 가야 하지만……."

니안느는 칼릭의 볼에서 손을 뗐다. 손끝에 잔향이 남는 것 같다. 봄의 꽃잎이 남긴 마지막 향기와 낙엽 아래 묻힌 지난여름의 기억처럼.

"숲속 마을에서 나고 자란 나는, 그 아무것도 아니었던 난……."

니안느는 터질 것 같은 마음을 누르며 말했다.

"나는 당신을 사랑해요."

이리 빛나는 당신을 사랑하지 않으면 내가 무엇을 사랑할까.

어디에 내 마지막 발자국이 찍힐지는 모르지만. 그래도 내 마음이 머물고 멎은 곳은 이곳, 이 숲, 이 성, 당신이 있는 이곳.

바람이 머물 곳은 이 은빛 숲.

"안녕."

니안느는 바람 속으로 자신이 녹아드는 것을 느끼며 칼릭의 볼에 입을 맞추었다. 검은 깃털의 바람으로 화하면서 속삭였다.

"안녕, 칼릭스트."

아크노 다리.

협곡.

그리고 이기기 위해 생각해야 할 여러 중요한 사항들.

리카르는 무구를 챙겼다.

니안느는 무사하다.

며칠간 그를 속 타들게 했던 일이 해결되자 안전한 분노가 일었다. 걱정하고 초조해하는 대신 화를 내기만 해도 되는 것만도 다행이다. 마인베르크가 저리 나오는 건 어서 싸우고 싶고 다급해서일 것이다. 그에게는 빨리 전쟁을 해야 할 이유가 있는 것이다. 그러나 그런 식으로 조급해하는 자들은 항상 실수하게 되어 있다.

갑옷의 죔쇠를 당길 때 시종이 숙녀의 방문을 알려왔다.

시종은 바세바를 두고 '숙녀'라 하지 않는다. '전하'라고 하지. 바세바가 아니라면 바세바 대신 원격으로 잔소리를 해댈 사람, 즉 바세바가 항상 데리고 다니는 서출 사촌 누이인 필리파일 것이다. 팔가스 황가의 서출들은 적극적으로 적출들의 일을 돕는다. 그들이 핏줄로부터 받을 수 있는 혜택이 그들이 바치는 충성으로 결정되니, 체면을 깎을 만한 일들은 대체로 그들 차지다.

누구냐고 묻지도 않고 그냥 들여보내라고만 했다. 주변에 옮길 말을 주고 싶지 않아 무구를 챙기는 것을 돕던 종자도 내보냈다.

그러나 들어온 사람은 황새처럼 목이 길고 바짝 마른 필리파가 아니었다.

"세레나?"

"당신 아내가 일어나기 전에 오느라, 이리 일찍 왔네요."

안개가 깔리듯 조용히 말하는 세레나는 치장한 모습은 아니었다. 항상 입고 다니는 검소한 순례자의 옷에, 검고 부드러운 머리는 뒤로 땋아 늘어뜨렸다.

"혹시 바세바가 뭐라 했소?"

"바세바 공주는 내 앞에 오지도 않거니와, 말도 걸지 않아요. 대신, 그분의 시녀들이 뭐라 하지요. 참새, 거위, 닭과 오리, 그리고 그 무리를 이끄는 황새까지. 오늘은 항상 내 머리맡에서 자는 참새가 없어서 나올 수 있었지요."

필리파를 비롯한 그녀의 지휘 아래에 있는 시녀들을 말하는 것이다. 황새는 그 무리의 지휘자인 필리파다. 참새는 바세바가 이 세레나에게 붙여준 시녀를 말함이고.

세레나의 녹색 눈이 리카르의 갑옷을 향하더니, 다가와 갑옷의 쬠쇠를 당겼다. 그의 종자가 다 하지 않고 남겨놓은 것이다. 세레나는 끈을 하나하나 당겨보고 제대로 묶었다. 불편했던 갑옷이 그녀의 손이 스치자 편안해졌다.

세레나의 눈이 웃었다.

"사실, 궁금한 게 있어요. 그 때문에 찾아온 거고."

"말하시오."

"마인베르크가…… 만약 그가 죽거나 한다면, 그의 영토는 어찌 되는 건가요."

"아직 당신이 이혼은 하지 않았으니, 일단 당신 것이오. 하지만 당신과 그자 사이에는 자식이 없지. 후계를 정해야 할 거요."

"리카르, 그 지역을 당신이 가져볼 생각은 없나요."

"무슨 소리요."

"어차피 나는 물려받아 봤자 지킬 수도 없어요. 당장 여기저기서 몰려와 약탈할 테죠. 당신이 델 판을 점령한다면 그곳은 당신 거라고요. 그렌성에 이미 당신 군대가 가 있으니, 이웃한 델 판까지 진격하는 건 마인베르크만 없으면 쉬운 일 아닌가요. 또, 칼릭스트도 당신 아래 있죠. 칼릭스트는 마인베르크의 수족이었으니, 그곳에 대해 자기 몸처럼 잘 알아요. 그 아이 도움을 받으면 어렵지 않게 점령할 수 있어요."

칼릭스트라는 이름이 리카르의 속을 차갑게 찔렀다. 추하게 일어나는 질투와 함께.

"세레나, 좋은 제안이긴 하지만……."

리카르는 세레나의 손에서 몸을 떼어냈다.

"이 군대는 내 군대가 아니오. 바세바의 군대지. 또, 그렌 성까지의 진격은 그녀가 허락한 것이라 가능한 것이고, 지금 마인베르크가 프레데릭과 이 팔가스의 적이기에 내 지휘권이 확고한 거요. 그러나 그 이후는 아니지. 마인베르크의 영지와 라크세니아는 그 나름의 운명이 있을 거요. 나와는 상관없는."

세레나의 눈이 내려갔다. 약간의 기대를 품고 왔던 것 같다. 실망하는 것을 보니.

"아쉽군요."

"조언은 고맙소. 이 군대가 내 것이었다면 충분히 생각할 만한 조언이었소."

"마인베르크가 없으면 그곳은 금방 혼란해져요. 그러면, 블랑셰리온도 위험해질 테지요. 마인베르크 하나 상대하는 것도 힘들긴 하지만, 그가 사라진 라크세니아에서 쳐들어올 적들은 귀찮고 번거로운 강도떼가 될 거예요."

"예전에는 그러지 않지 않았잖소."

"마인베르크가 라크세니아의 공후(公侯)들 중 상당수를 죽였고, 그 영지는 그의 수하들에게 나누어 주었죠. 그 수하들이 아는 통치의 방식이란 하나예요. 약탈하고 빼앗고 요구하고 응징하죠."

"대단하군. 대체 언제까지 그럴 작정이었던 거요."

"세상 모든 것을 그의 손안에 넣으면 끝날 것 같긴 했죠. 이 팔가스의 내전에 끼어든 것도 그 탓이고."

"대체 왜 그랬던 거요."

"정복을 원하는 게 아니에요. 내가 보기에, 그가 원하는 것은 파괴예요. 완벽한 파괴. 내가 그와 처음 결혼했을 때만 해도 라크세니아는 그 정도는 아니었어요. 미개하고 가난한 곳이긴 했지만, 고통스러운 곳은 아니었죠. 그런데 그런 곳을 그가 지옥으로 만들었죠. 고통의 피와 절망의 고름이 흐르는."

"당신 조카도 그런가."

세레나의 눈이 흔들렸다.

"무슨 말이죠?"

"묻고 싶소. 칼릭스트가 마인베르크와 가까웠던 건 알고 있으니. 당신 조카도 그리했는지, 묻고 싶소."

"그 아이는 그러지 않았어요. 마인베르크가 흑익의 공작이었다면, 그 아이는 젊고 강력한 용왕자(龍王子)였어요. 마인베르크의 정복과 지배를 대행한 적은 많았지만, 그 아이는 잔혹하게 하지 않았어요. 항상 빠르고 완벽하게 이기고 길게 지배할 수 있게 만들었지요. 그러다 삼 년쯤 전에 갑자기 마인베르크의 곁을 떠났어요. 그다음은 당신이 아는 대로예요."

"그 아이가 가지고 있던 지역은 그대로요?"

"다 그대로예요. 마인베르크는 고티에 황자를 지원하며 바빴죠. 또, 칼릭이 없어도 그 지역은 얌전했어요."

"그렇다면 라크세니아의 일은 그 아이에게 맡기도록 하시오. 순조롭게 해결할 수 있을 거요. 또, 당신 혈육이 아니오. 나보다는 낫지."

세레나는 얼굴을 붉혔다.

"그렇긴 하네요. 노력해 볼게요."

"그래도 이야기해 줘서 고맙소. 조언이 필요하다면, 또 내가 할 수 있는 일이 있다면 무엇이든 말하시오."

"지금 내가 바라는 건 하나뿐이에요."

세레나는 리카르의 목을 당기고 볼에 입을 맞췄다.

당황한 리카르에게 세레나는 따뜻한 미소를 지어 보였다.

"전장에 나가는 기사에겐 숙녀의 키스가 필요하죠. 이 입맞춤이 모든 칼날로부터 당신을 보호하기를."

리카르가 처음 출정할 때 세레나가 밤에 찾아와 했던 말이다. 둘 다 서툴렀지만 꽤 오래 추억할 만한 밤이 되었다.

"무사해요, 리카르."

세레나는 부드럽게 말했다.

"내가 이 세상에서 믿을 건 당신밖에 없어요. 그리고 이 자리에 있는 것이야말로 내가 내 생의 모든 것을 걸고 얻은 거예요. 후회는 없지만, 두렵지 않다면 거짓말이죠. 그러니 당신에게 부탁해요. 나를 지켜줘요."

새카만 머리카락, 아름다운 녹색 눈과 화사한 이목구비.

리카르는 다시 칼릭스트를 떠올렸다.

닮았다, 확실히.

또 스치는, 이 옹졸한 질투.

"편히 있으시오, 세레나. 나를 믿고."

게다가 세레나가 바라보고 있으니, 지난번 같은 긴장감이 다시 느껴진다. 사랑 이전에 추억에 대한 존중의 문제였다. 더럽히고 싶지는 않았다. 세레나도 리카르의 생각을 눈치챈 듯 한숨을 내쉬었다.

"우리가 어쩌다 이렇게 되었을까요."

"꼬였지. 다."

"더 꼬지는 말아야지요. 나는 이만 갈게요."

리카르는 직접 문을 열었다.

문 앞에 깡마른 여자가 서 있었다. '황새'라 불리는 필리파였다. 필리파는 무릎을 굽혀 인사를 했다.

"각하."

"뭔가."

"지금 방에 계신 손님을 찾으러 여기까지 왔습니다. 방에 계시지 않아 찾다 보니 여기까지 왔네요. 마침 계셔서 다행입니다."

보나마나 미행했을 것이다. 세레나를 감시하던 그 '참새'가 전했을 테고, 바세바는 저 '황새'를 보낸 것이다. 이것은 둘 모두를 향한 바세바의 경고다. 세레나에게는 엄두도 내지 말라는 경고이며 리카르에게는 주제 파악하라는 경고. '참새'가 자리를 비운 건 우연이 아니었다. 어찌하나 보려고 일부러 그런 걸 테지. 이 안에서 리카르가 세레나와 좀 더 진전이 있었다면 당장 들어왔을 것이다. 출정 나갈 남편을 찾아온다는 명분하에.

니안느에게도 이랬던가.

아니, 그런 적 없다. 그럴 이유도 없거니와 그럴 리도 없다.

니안느는 앙골랍의 마법사 모두를 합친 것보다 강한 마법사였으니, 바세바에게도 유용하다. 리카르와 몸이라도 섞었다면 오히려 안도했을 것이다. 니안느가 머물 이유는 더 많아지는 셈이니. 언젠가는 비위줄 아내

자리로 구슬렸을 테지.

그런데 이 세레나는 니안느와는 달리 바세바에게 쓸모도 없거니와 골치만 아프다. 세레나의 미모는 많은 남자들을 통제 밖으로 만들고, 프레데릭부터 그렇게 행동하고 있다. 리카르는 프레데릭이 세레나를 볼 때마다 욕정을 감추지 못하는 것을 알고 있었다.

"필리파."

"네, 각하."

"바세바에게 전해라. 나는 우리의 계약을 분명 기억하고 있고, 당신이 나보다 먼저 계약을 지킨 이상 나 역시 어기지 않을 거라고. 당신이 얻을 차례이고, 나는 분명 갚을 생각이니, 나를 믿지 못해 얻어야 할 것을 잃지 말라고."

"알겠습니다."

리카르는 세레나를 돌아보았다.

"필리파와 같이 가시오. 불편한 것 있으면 반드시 말하고."

세레나가 아닌 필리파에게 하는 말이었다. 이런 일로 그를 성가시게 하지 말라는 경고다.

세레나는 리카르 앞을 지나 필리파에게 갔다. 필리파는 세레나를 데리고 자리를 떴고, 여자들을 보내고 나자 리카르는 벌써 전쟁을 치른 기분이었다.

종자가 와서 출발 준비가 끝났음을 알렸다. 리카르는 드디어 성을 떠날 수 있게 된 것에 안도했다.

한참 가야 도착하는 세레나의 처소에 도착하자, 필리파는 방을 둘러본 뒤에 말했다.

"바세바 전하께서 부인에게 할 말이 있다 하셨습니다."

"기다리라는 건가?"

"네, 그렇습니다. 자리 비우지 말고 기다리십시오."

필리파는 세레나의 시중을 맡은 시녀 '참새'에게 세레나 옆에 붙어 있으라 한 뒤에 나갔다. 세레나는 조용하게 앉아 리카르가 출정하는 소리를 들었다. 병사들이 모두 나가며 철문이 닫혔다.

오후가 기울 무렵 필리파가 돌아왔다. 옆에는 시녀들이 여러 명 붙어 있었다.

"제 주인이신 바세바 전하의 뜻을 전하러 왔습니다."

"리카르를 찾아간 것에 훈계라도 하려고?"

"그 정도 일이라면 제 선에서 할 수 있습니다. 당신 따귀를 때린다거나 하는 정도로요."

"무례하네."

"원래 제 할 일이 무례하지만 해야 할 일을 하는 것입니다."

"자기 자랑은 그만하고, 네가 할 말이나 해."

필리파는 움찔했다. 겁먹거나 기가 죽는 여자들만 상대해 온 필리파로서는 당연한 반응이었다.

이 여자가 모르는 것이, 세레나는 위치상으로 바세바보다는 못해도 신분은 독립적이다. 바세바에게 기가 죽거나 눌릴 처지는 아니다. 그리고 이미 마인베르크를 남편으로 둔 세레나가 바세바나 그 시녀들이 무서울 리가 없다.

"말해. 어서. 둘러대지도 비꼬지도 말고."

"지, 지금 당장 이 성을 나가 당신의 남편에게 가십시오."

"문 열고 걸어가라는 거야? 내 남편은 꽤 멀리 있는데."

"그곳까지 안내는 해드리겠습니다."

"내가 간다면 내 남편이 군대라도 물릴 거라 했나?"

"공작부인, 이것은 거래가 아닙니다. 원하는 것도 없고, 받을 것도 없습니다. 당신은 그곳으로 조건 없이 가십시오. 볼프람 공에게는 당신이 자발적으로 간 것으로 말해두겠습니다."

필리파는 시녀들에게 말했다.

"모셔라."

세레나는 웃었다. 그녀의 얼굴에는 긴장감도 두려움도 없었다.

"나한테 왜 이러는 거지?"

"필요하니 하는 겁니다. 당신이 수녀원 같은 곳에서 쉬고 있었다면야 전하께서도 상관하지 않으셨을 겁니다. 하지만 아니시죠. 당신은 이곳에 와 풍파를 일으키려 하고 계십니다."

세레나는 항상 경멸과 경계에 찬 눈으로 자신을 보는 그 키 큰 공주가 싫었다. 니안느보다 그 여자가 더 싫었다. 니안느야, 개인적으로는 유감이 없다. 죽어 없어지길 간절히 바랐는데, 그것은 그 아이가 싫어서도 리카르가 그 아이를 좋아해서도 아니었다. 그냥 없는 게 나았다. 여태는 도움이 되었지만 지금은 방해만 된다.

하지만 바세바는 공적으로도 유감이 있고 개인적으로는 더 유감이 있다. 성격도 싫고 얼굴도 싫고 신분도 싫다. 바세바도 그래서 세레나를 싫어할 것이다. 동등하면 동등할수록 서로 싫어지는 관계란 게 있는데, 바세바와 세레나 사이가 딱 그랬다.

"나는 아무 잘못도 없이 살았지."

세레나는 중얼거렸다.

"시간이 없습니다."

필리파가 재촉하자 세레나는 촛대를 들었다. 촛불이 훅— 하고 저절로 타올랐다. 필리파의 눈이 커지며 급히 말했다.

"모두 나가. 어서!"

시녀가 문고리에 손을 댔다가 비명을 질렀다.

"꺄악! 필리파 님, 저기, 이게, 너무 뜨거워요!"

문고리는 벌겋게 달아올라 있었다. 필리파는 세레나를 돌아보며 겁에 질린 목소리로 물었다.

"마법사였어?"

"아, 너희들이 생각하는 그런 종류의 마법사는 아니야. 앙골랍의 그 수도 많고 시시껄렁하기 짝이 없는 자들과는 다르지."

세레나는 촛대를 더 높이 들었다. 불꽃이 더 높이 솟구쳐 올라 천장까지 번졌다.

"세상에는 여러 힘이 있어. 너희들의 그 작고 좁은 머리로는 이해하기 어려운 많은 힘들이. 나는 그중 하나를 가진 것뿐이고."

필리파의 얼굴이 흙빛이 되었다.

세레나는 즐겁게 보았다.

좋네, 이거. 조금 전까지 나를 깔보던 그 건방진 얼굴이 이리되다니.

동방 반도에서 나를 그리도 헐뜯어대던 귀부인들이 그랬지.

내가 무엇을 하든 내 잘못이라던 여자들이 죽기 전에는 뭐든 자기들이 잘못했으니 용서해 달라 하더라.

"예정된 대로 살았다면, 나는 내가 무엇을 할 수 있는지도 모르고 살았겠지. 하지만 그러지 못했고, 그래서 나는 강해지기로 했어. 뭐, 나이 열아홉에 인생이 망했다는 걸 알게 된다면 누구나 그리되긴 할 테지만."

세레나는 데인 손을 쥐고 있는 시녀를 향해 손을 뻗었다. 시녀가 비명을 지르며 가슴을 움켜잡았다.

"아악!"

시녀의 가슴에서 검은 연기가 피어오르며 몸이 축 늘어졌다. 옷의 가슴 부분이 검게 그을렸다. 필리파가 외쳤다.

"그, 그만둬!"

"조금 전까지 그 창녀를 보는 것 같던 눈은 어디로 간 거니?"

"저, 저기! 저기, 델 판 공작부인. 그만둬요!"

"다시 한 번 말해봐. 필요하니까 한다고 했지? 그럼, 나도 필요하니—"

세레나는 다른 시녀를 가리켰다. 그 시녀의 손과 가슴이 석탄처럼 시뻘게졌다. 시녀는 울부짖으며 바닥을 나뒹굴었다. 살 타는 냄새가 방 안에 가득 찼다.

"이러면 되겠네. 안 그래?"

필리파가 고함을 질렀다.

"다, 당신 뭐야!"

"블랑셰리온, 그 예쁜 그렌 성에 말이야, 순진한 소녀가 살고 있었지. 세레나 스테파나 블랑셰리온이라고 말이야. 둥지 속 하얀 알처럼 보살펴 주는 대로 가만히 있기만 하면 되던 소녀였지. 그런데 그러고 살았더니, 완전 망해 버렸지 뭐야. 소녀는 못되어 먹은 공작의 아내가 되어 한 발자국 옮기는 것도 마음대로 할 수 없는 처지가 되었지."

사랑해.

그 남자는 항상 말했다.

너를 사랑해서야. 너를 정말 사랑해, 세레나.

나의 달, 내가 살아갈 모든 순간순간에 네가 있어야 하고 너는 내 것이어야 해.

네 마음이 내 것이든 아니든 그건 크게 상관없어. 네 삶에 남자는 오로지 나밖에 없다는 것이 중요할 뿐.

너는 영원히 내 아내이며 내 여자야.

너를 사랑하는 게 내 삶 자체니까.

그러나 세레나는 그 남자를 증오했다. 그가 부르짖던 사랑은 세레나로

하여금 남자의 그 어떤 것도 용서하지 못하게 만들었다. 남자에게서 벗어날 수만 있다면 뭐든 할 수 있었고, 남자가 없는 세상에서 눈뜰 수만 있다면 역시나 뭐든 할 수 있었다.

도망쳤다가 붙들려 와 다시 범해진 날, 세레나는 잠든 남자 옆에서 도망쳤다. 준비하고 도망쳐도 잡히는데, 그리 나가서 잡히지 않을 리가 없었다.

얼마 가지도 않아 마인베르크가 쫓아왔다.

비바람 치는 날이었다. 차갑고 무거운 비가 세레나의 몸 위로 세차게 쏟아져 휘감았다. 남편을 본 세레나는 단도를 들고 고함을 질렀다.

'가까이 오지 마! 난 오늘 여기서 죽을 거니까, 그렇게 데리고 가고 싶거든 시체나 가지고 가. 그건 공짜야! 나를 찾으려면 저승으로나 오든지!'

남자가 세레나의 팔을 낚아챘다. 비에 젖은 단도가 바닥에 떨어져 진창에 박혔다. 남자는 안도하며 손을 놓았다.

'젠장, 쓰지도 못하는 검을 들고 날뛰지 마!'

세레나는 그 순간 남자의 허리에 있는 검을 뽑아, 그 검으로 마인베르크의 배를 찔렀다.

검이 살 속으로 들어갈 때는 놀랄 정도로 기분이 좋았다. 남자가 피를 흘리며 쓰러질 때도 좋았고, 지축이 흔들리고 성지의 바위가 진동할 때도 좋았다.

꿈이었을까.

비바람 속에 쓰러져 정신을 잃었을 때, 세레나는 푸른 풀로 덮인 벌판과 거석으로 만들어진 구조물을 보았다. 그 거석들은 얼핏 보면 제멋대로 있는 듯 보여도 자세히 보면 간격도 정확했고 높이도 같았다. 그 위에는 불덩어리가 달군 동전처럼 둥글게 타오르고 있었다.

검은 하늘과 푸른 벌판, 회색 바위, 그리고 기이하게 이글대는 불덩어리.

환상인지 꿈인지 모르겠다.

깨어났을 때 누워 있던 곳은 델 판에 있는 세레나의 침대 위였다. 옆에는 그녀를 가르쳐 주고 돌봐주던 왼손 잘린 노파가 있었다. 사방에서 진한 약냄새가 풍겨왔다.

세레나는 벽난로 안에서 타오르는 불을 보았다.

불꽃이다. 참으로 아름다운.

세레나는 꿈속에서 본 불꽃을 생각했다. 허공에 떠올라 둥글게 휘감겨 타오르던, 신의 눈동자 같던 불꽃을.

'데본은 불꽃과 함께 오지요. 선택도 불을 통해서 하고요.'

노파가 생각을 담은 눈빛을 보내며 말했다.

'데본이 마님을 택했고, 이제부터 저 불은 마님의 힘이 될 겁니다. 마님이 그 데본이 원하던 것을 주었으니, 이제 데본은 당신에게 길을 가르쳐 주고 말을 터줄 것입니다.'

노파는 약을 내밀었다.

'마셔요. 회복되어야죠. 그리고 이제는 좀 더 조심하도록 하죠.'

'너는 살아 있네? 내가 도망쳤으니 다 죽은 줄 알았는데.'

'그건 마님이 저를 진심으로 아껴서 그런 겁니다. 공작 나리는 마님이 조금만 좋아해도 절대 해치지 않잖아요.'

노파는 정성스럽게 세레나를 보살펴 주었다.

몸이 회복될 무렵 마인베르크가 왔다. 거의 보름 넘게 근처도 오지 않았으니 엄청나게 참은 것이다.

'죽을 뻔했어, 세레나.'

세레나는 마인베르크의 몸을 보았다. 멀쩡했다. 쓰러지기 전의 상황을 생각한다면, 죽을 뻔해야 하는 건 세레나가 아니라 이 남자였어야 한다.

이 남자를 찌른 게 꿈이었나, 아니면 다른 일이 있었던 건가.

생각해 보니 저 마인베르크에게는 엉뚱하게도 치유의 힘이 있기는 했다. 신의 후손이라더니, 우마니엘의 혈족보다 나은 치유 능력이었다. 예전에 좀 크게 다쳤을 때 구경해 볼 수 있었다. 하녀가 바로 옆에서 그릇을 깨는 바람에 세레나는 발을 다쳤다. 마인베르크는 미친 듯이 달려와 치료했고, 하녀는 그 자리에서 유리 조각에 뼈가 드러나도록 살이 긁혀 나갔다.

'당신, 아주 앓았지. 아주, 아주. 앓다 죽는 줄 알았어. 해달라는 건 다 해줄 테니, 죽지만 말아.'

죽지만 말라니, 내가 그럴 리 없잖아.

세레나는 살 생각은 있었다. 리카르가 있으니까. 리카르가 아직 목숨이 붙어 있는 것도 그 덕이다. 마인베르크는 세레나가 아끼는 것이라면 찻잔조차 깨지 못한다. 리카르 역시 마찬가지. 모순적이게도, 리카르는 세레나가 사랑하는 남자라는 이유로 살아 있는 것이다.

'밖으로 나가고 싶어. 어차피 멀리 도망치지는 못하니까, 돌아다니게만 해줘.'

마인베르크는 허락해 주었다.

그날부터 세레나는 마을을 방문하고 숲 근방을 돌아다녔다. 영지에는 아름다운 공작부인에 대한 소문이 퍼졌다. 마인베르크가 끔찍하게 사랑하는 아내라, 영지민들은 세레나 앞에서 겁먹은 개처럼 비굴했다.

그러던 어느 날 세레나는 산속의 오두막에 사는 부부를 만났다. 부부는 자기 아이를 자랑하고 싶어 했다. 도토리처럼 귀여운 아이의 이마에는 각인이 있었다.

'숲의 왕이 택한 아이입니다.'

부부는 자랑스럽게 아이를 보이며 말했다.

이리 와봐라, 하고 세레나는 말했다.

아이는 의심 없이 귀부인의 손을 잡았다. 계집아이였다. 다행이다. 사내아이였다면 이 손이 잘렸을 테니.

세레나는 아이들이 싫지도 좋지도 않았다. 자신에게 허락된 아이는 어차피 마인베르크의 아이들이었을 테니 자식이 없는 게 아쉽지도 않았다. 마인베르크의 아이는 가능성조차 혐오스러웠다.

'너하고 친하게 지내고 싶구나.'

아이는 온몸을 새빨갛게 물들이며 좋아했다.

세레나의 독보적인 아름다움은 아이든 어른이든 약하게 했다. 쓰다듬어 주기만 해도 아이의 호의는 신앙이 되었다.

'숲의 왕은 어떻게 만나는 거니?'

'꿈을 꾸면 돼요.'

숲의 왕. 위대한 고대 힘의 주인.

같은 고대신인 데본, 이 흑익 가문을 열어준 그 신 역시 한때는 그만큼이나 위대한 신이었으나 벨사키엘과 이그라탄에 의해 멸망했다.

저 동방 숲의 왕은 당시 벨사키엘의 우마니엘을 도와 데본을 멸망시켰다. 멸망한 데본의 땅을 모두 차지하여 더욱더 번성했다.

'숲의 왕이라는 존재가 어떻게 생겼는지 궁금하구나. 또, 어디 있는지도. 내게 보여줄 수 있어? 난 대천사의 후손이니까, 너와 내가 조금만 노력하면 나도 동방 숲의 왕을 만날 수 있을 거야.'

아이는 공작부인을 만족시킬 수 있다는 기쁨에 들떴다.

이리 와요, 하고 아이가 말하며 자신의 이마를 가리켰다.

세레나는 아이의 이마에 이마를 댔다.

쉽게 볼 수 있었다. 깊은 숲으로 향하는 길과 숲의 왕의 세계가 보인다. 곧 숲의 왕이 깃든 거대한 물푸레나무가 보였다. 너무나 거대하고 아름답다. 가장 고귀하고 훌륭한 것이 모여서 만들어진 것 같았다.

'아가야. 나 말고 다른 사람에게도 보여줄 수 있니?'

'네.'

'그럼 공작님에게도 보여주렴. 저런, 무서워하지 마. 공작님은 아주 좋은 분이란다. 내가 너를 좋아하면 그분은 나보다 더 너를 좋아할 거야.'

마인베르크는 저녁에 돌아왔다. 세레나는 아이를 옆방에 재운 뒤 남자를 받아들였다. 남자의 사랑은 잔인하고 강압적이었으나 진심이기는 했으니, 화를 내고 고함은 질러대도 손찌검은커녕 물건조차 던지지 못했다. 상냥한 시늉이라도 하면 양처럼 순해지거나 개처럼 비굴해진다.

세레나의 두 다리 사이에서 마인베르크는 무너졌다. 세레나는 더없이 만족하고 누운 남자의 귀에 속삭였다.

'당신이 해줄 게 있어, 마인베르크. 당신이 해주지 않으면 난 실망할 거야.'

요구한다는 것 하나만으로도 마인베르크는 귀를 기울인다. 세레나가 요구하면 무엇이든 하지만, 대신 어떤 대가든 치러야 한다.

'저 숲을 가져.'

가지고 오라는 말이 아니었다. 어차피 세레나는 숲이 필요 없었다.

'숲의 왕에게 가는 길을 알아낼 수 있으니, 그대로 가기만 하면 될 거야.

그 길을 가서 숲의 왕을 가져.'

마인베르크가 패배해 죽는다면 더 좋다. 그날로 담을 넘어 도망쳐 버리면 되니까.
하지만 이긴다면.
그것도 나쁘진 않다.
이대로 이 남자가 세상을 파괴하는 것을, 특히나 저 오베른을 파괴하는 것을 구경하면 될 테니.

'당신은 데본의 후손이라 데본의 힘이 있지. 그걸 써봐. 수천 년이 흘렀고, 한번 붙어볼 때가 되긴 했을 테니.'

얼마 뒤 동방 숲에 불길이 일었다.
그날 밤 세레나는 성 아래에서 검은 사냥개들이 뛰쳐나가는 소리를 들었고, 검은 날개를 펼친 불길하고 사악한 마룡이 날아가는 것도 보았다. 왼손 잘린 노파가 치를 떨며 말하는 델 판의 흑익이 출정하고 있는 것이다.
델 판의 성 지하에는 숲의 왕에게서 강탈해 온 전리품이 쌓였고, 세레나는 아주 오랫동안 그곳에서 흘러나오는 비명과 신음을 들었다.

'자, 다음은 오베른.'

마인베르크는 그렇게 했다.
칼릭스트를 데려왔고, 그 아이는 오베른이 무슨 짓이든 할 수 있게 하는 인질이 되었다.

그다음 세레나는 말했다.

'자, 이제는 라크세니아.'

역시, 마인베르크는 그렇게 했다.

파괴당하는 세상을 보며 세레나는 꿈을 꾸기 시작했다.

세레나의 호소와 불행에 눈감고 저 스스로 행복했던 세상이 마인베르크에게 파멸하도록 하자. 그렇게 하여 남은 세상을 내가 원하는 사람에게 주자.

"그, 그만둬요! 살려줘요!"

세레나는 필리파를 내려다보았다.

"너는 꽤 공들여서 죽여 버리고 싶었지. 정말 얄미웠거든. 그런데 시간이 없으니 그냥 죽여줄게."

필리파는 눈을 크게 떴다.

"고, 공작부인!"

꿈이 생긴 세레나는 준비하기 시작했다.

리카르 볼프람이 돌아올 날을.

리카르는 세레나에게 피해를 주지 않은 유일한 남자이자 사랑하는 남자였다. 그녀가 가진 것 중 유일하게 더럽혀지지 않은 존재다.

그러나 리카르는 거의 십 년이 다 되도록 오지 않았다.

몬타에서 리카르에게 외면 받은 날, 세레나는 결국 알게 되었다.

변치 않게 해달라 빌었던, 가장 소중하게 간직했던 것이 변질되었다.

리카르가 자유로워졌을 때 바로 찾아갔더라면, 무슨 수를 써서라도 그의 품으로 달려갔더라면, 그러면 그대로였을지도 모른다. 그의 심장은 여전히 그녀의 것이었고, 그의 운명은 그녀와 함께였을지도 모른다.

그러나 세레나는 그러지 않았다.

마인베르크가 모든 세상을 집어삼키는 것을 지켜보며 기다렸다. 아직 세상으로부터 받을 게 많다고 생각하며 기다렸다.

필리파의 비틀리던 몸이 멎는다. 세레나는 시선을 들어 문을 보았다. 문이 열리며 병사들이 뛰어 들어왔다.

"부인, 무슨 일입니까!"

세레나는 몸을 떨며 말했다.

"모, 모르겠어요, 이게 대체 무슨 일인지. 갑자기 이들이 쓰러졌어요!"

"맙소사, 부인 이리 오십시오! 어서!"

기사는 급히 세레나의 몸을 당겨 등 뒤의 수하들에게 넘기고 검을 뽑았다. 쓰러진 시녀들의 몸 위로 어두운 그림자가 드리워졌다. 창밖도 검게 물들었다.

쩡—!

굉음이 울렸다.

거센 진동과 함께 벽이 안으로 무너졌다. 먼지가 피어오르고 바람이 불어 닥치며 역한 비린내가 확 풍겨왔다.

병사들이 고함을 질렀다.

"저, 저게 뭐야!"

피어오르는 먼지 사이로 흉측한 얼굴이 보였다. 하나밖에 없는 눈이 그들을 노려보았다. 찢어진 입술 사이로 두껍고 뭉툭한 이빨이 드러났다.

세레나는 복도로 도망쳤다. 등 뒤로 공포에 질린 병사들이 울부짖는 소리가 들렸다.

"괴, 괴물이다!"

"누가! 이그라탄이냐!"

"이그라탄이다!"

"으아아아!"

세레나는 창밖을 보았다. 물고기처럼 뾰족한 머리의 괴물이 들러붙어 있다. 이가 수북하게 돋은 입에는 사람 팔이 물려 있었다. 거대한 괴물들의 울부짖음이 메아리처럼 연달아 들린다. 바르가스의 두꺼운 성벽이 울린다.

그래, 마인베르크.

다 부숴 버려봐.

그것이야말로 내가 정하고 네가 집행하는 신벌(神罰)이 될 테니.

제11장

회생(回生)

아크노 다리는 아크노 협곡 중앙에 놓인 넓은 다리였다.

가을이라 곳곳에 낙엽이 쌓여 있고, 계곡 사이로 부는 바람은 몹시 찼다. 흐르는 물도 얼어붙을 듯 새파란 빛이다.

맞은편에는 벌써 검은 갑옷의 기사들이 모여 있었다. 대열이 중구난방이라 용병들처럼 보였다.

웅성대는 그들 사이로 검은 갑옷의 기사가 나왔다.

델 판의 공작이자 라크세니아의 마왕(魔王) 마인베르크.

리카르로서는 근 이십 년 만에 보는 것이다. 기억하는 것과 크게 달라지지 않았다. 갸름한 얼굴에 안색은 창백했다. 키는 큰 편이었고, 체격은 호리호리해도 허리는 꼿꼿했다.

평범한 인간에서 한 치씩 어긋나 보이는 남자였다. 이리 보면 잘생긴 남자인데, 저리 보면 기괴하다.

이십 년 전 리카르와 만났던 저 남자는 이제 막 델 판의 공작이 된 몸이었다. 저 남자가 자기 형제들을 남김없이 찢어 죽여 버린 뒤에 공작이 되었다는 것을 모르는 채, 이상한 땅을 다스리는 괴상한 젊은 영주라고만 생각했다.

마인베르크가 말했다.

"우리, 한가운데서 이야기하지. 다리 무너지면 나도 죽고 너도 죽는 곳 말이야."

특유의 나른한 목소리도 여전하고, 리카르를 향한 경멸이 담긴 것도 여전하다.

"좋다. 가도록 하지."

리카르는 다리 위로 올라갔다. 거리가 가까워졌다. 가까워진 마인베르크가 고개를 젖히며 말했다.

"여기까지 오는 데 몇 년이 걸린 거지, 리카르? 십 년인가 이십 년인가."

"옛날이야기를 할 생각은 없으니, 바로 본론으로 들어가지."

"너무 차갑군. 우리가 그런 사이였나?"

"그런 사이다."

마인베르크의 얼굴이 굳었다. 리카르의 등 뒤에서 웃는 소리가 났다.

"네가 말하지 않겠다면 내 용건만 말하고 가겠다, 마인베르크."

"세레나는 못 준다고 말하려고?"

"아니. 그건 세레나가 정하는 것이고, 나는 그녀의 의견을 존중할 뿐이다. 세레나에 대한 이야기를 하려고 온 건 아니다."

"맙소사."

마인베르크는 걱정된다는 표정을 과하게 지어 보였다.

"눈치가 없는 거야? 아니면 그 계집애가 어찌 되든 말든 상관없는 거야? 내가 무슨 말을 한 건지 못 알아들어? 아니면 내가 마음이 약해서 아무 짓도 못할 거라고 생각해?"

"세레나의 일은 니안과 아무 상관 없다는 거다. 세레나를 돌아오게 하고 싶으면, 내 앞에서 이러지 말고 꽃이나 보내."

다시 리카르의 등 뒤에서 크게 웃는 소리가 났다.

마인베르크의 얼굴이 일그러졌다.

"그 계집애가 어찌 되든 정말 상관없다는 거냐! 그런 거냐고!"

"그 아이와 세레나를 교환하기를 바란 거라면, 그럴 수 없다는 거다. 내가 가라고 해서 세레나가 가는 것도 아니요, 내가 가지 말라고 해서 가지 않는 것도 아니란 거지. 또……."

리카르는 차분하게 말했다.

"어차피 너에게 니안이 있는 것도 아니잖아."

마인베르크의 입술 끝이 올라가며 눈이 불타올랐다.

"마인베르크, 네 손에 정말 니안느가 있었다면 너는 애꿎은 발레리안 추기경이 아닌, 니안느의 손가락을 보냈을 거다. 안 그래?"

"너, 후회할 거다."

"어차피 내 인생은 항상 후회로 가득하지. 더 한들 뭐가 나아지겠는가."

마인베르크가 팔을 들었다. 마인베르크의 기사들이 일제히 그 뒤로 물러났다. 리카르의 말이 겁에 질려 주춤주춤 물러나기 시작했다. 다른 말들 역시 마찬가지, 말발굽이 바닥을 치는 소리가 불길하게 잦아졌다.

마인베르크는 음산하게 웃으며 말했다.

"그러면 하나 더 추가하게 해주지. 자, 이 지옥 속에서 실컷 후회해 봐!"

다리 너머에 있는 검은 기사들이 빠르게 제자리를 잡아가기 시작했다. 질서정연하면서도 엄청난 속도였다. 완전히 다른 사람들이 된 것 같았다.

마인베르크는 말 머리를 돌려 자신의 기사들에게로 돌아갔다. 리카르 역시 돌아서 그의 기사들과 합류했다.

그때 마인베르크가 외쳤다.

"모두 공격해라!"

마인베르크의 기사들이 다리 위로 쏟아졌다.

두두—!

다리가 진동했다. 몰려나온 마인베르크의 기사들이 다리를 넘어와 리카르의 기사들과 충돌했다.

바윗덩어리들이 부딪히는 듯 격한 금속음이 터졌다.

검과 검이 부딪히고 갑옷과 갑옷이 부딪혔다. 검에 맞은 기사들이 통째로 나동그라졌다. 방패와 검이, 창과 창이 부딪혔다. 사방에서 흙냄새와 피비린내가 피어올랐다. 다리 위는 돌격해 나가려는 마인베르크의 기사들로 가득 찼고, 다리 앞은 그것을 막는 리카르의 기사로 가득했다. 실랑이가 벌어졌다. 나오는 쪽이나 막는 쪽이나 막상막하였다.

리카르는 도끼를 휘두르는 기사의 팔목을 잡고 가슴을 향해 검을 내려쳤다. 검이 갑옷에 맞아 튕겨 나갔고, 기사의 도끼도 날아올랐다. 리카르는 그 도끼를 낚아채 휘둘렀다. 적의 목이 통째로 날아가며 피와 살점이 튀어 올랐다.

"마법사들, 어서 해라!"

리카르가 고함을 질렀다. 아무 일도 일어나지 않자, 리카르는 더 크게 외쳤다.

"어서 하라고, 이 머저리들아!"

화르르, 소리가 들려오더니 다리 위가 삽시간에 불타올랐다. 다리 위에 있던 적들은 불에 뒤덮였다.

"불이야!"

"불!"

마인베르크의 기사들은 앞 다투어 도망쳤다. 발이 꼬이고 진영도 엉켰다. 그러나 그것은 리카르의 기사들 역시 마찬가지였다. 불벽과 연기가 그들 사이를 가로막아 서로 보이지 않게 되었다.

마법사들의 화공이 생각보다 강하긴 했으나, 질서정연한 것도 아니고 제대로 된 것도 아니라 리카르는 이들이 얼마나 버틸지 장담할 수가 없었다. 이그라탄과의 전쟁에서 이그라탄 쪽 마법사들이 어느 정도였는지는 안다. 그중 하나만 있어도 이 다리 하나 정도는 한 번에 날려 버릴 수 있다. 그러나 그들이 강하다는 것을 아는 만큼 이 앙골랍의 마법이 약하다는 것도 안다.

그때 베르나르가 외쳤다.

"각하, 저기!"

리카르는 베르나르가 가리키는 곳을 보았다.

숨이 끊어졌던 적병과 아군이 꿈틀대며 일어나고 있었다. 목이 베어져 나갔던 자는 목이 잘린 그대로, 팔이 잘리거나 가슴이 갈라진 자들 역시 모두 그 모습 그대로 일어났다.

리카르는 기가 막혔다.

"저 미친 짓을!"

베르나르가 질렸다는 표정으로 말했다.

"저, 저런 거 본…… 적 있습니까. 저는, 저는 본 적이 없습니다!"

"없지는 않다."

"어디서 보신 겁니까."

"사라피온의 섬에서!"

그것은 사라피온 대공의 유희 중 하나였다.

그날의 대전이 너무 빨리 끝나면 사라피온은 그가 거느린 주술사를 불러 패한 자들의 시체를 되살렸다. 그것을 처음 본 날, 리카르는 자신이 얼마나 아무 일도 없는 세상에서 살아왔는지 깨달았다.

"없애는 방법 있습니까?"

"없다. 주술사 자체를 없애지 않는 한! 다 태워 버려라, 어서! 나머지는 물러나!"

당시 리카르가 한 일은 시체가 일어날 거리가 없어질 때까지 잘라내는 것이었다. 전사의 일이라기보다는 푸줏간 주인의 일에 가까웠다.

"어서 물러나! 저것들은 죽지도 쓰러지지도 않는다!"

리카르의 기사들은 급히 둥글게 뭉쳐 물러났다. 앙골랍의 마법사들이 움직이는 시체들을 모두 태웠다. 시체에 불이 붙으며 악취가 고약하게 피어올랐지만, 시체들은 불에 타면서도 꿈틀대며 기어나왔다.

그때 리카르 진영에서 고함 소리가 터졌다.

불벽 너머에서 육중한 것들이 몰려오는 소리가 들렸다.

두—

바닥이 울릴 정도였다. 다리가 흔들리며 먼지와 모래가 피어올랐다.

리카르는 턱에 힘을 주었다. 이런 젠장, 소리가 목구멍까지 올라왔다. 마인베르크는 고작 저 시체들로 싸우려던 게 아니었다. 주의를 끌고 겁을 주려고 만든 것이다.

"모두⋯⋯."

리카르가 돌아보며 외쳤다.

"모두 물러나!"

불길을 뚫고 중무장한 기병들이 달려나왔다. 육중한 갑옷으로 몸을 덮은 그 기사들은 그들만큼이나 두꺼운 철갑을 두른 말을 타고 돌격했다. 말들이 달릴 때마다 거인이 움직이듯 하늘과 땅이 울렸다. 그들과 맞서는 기사들은 코뿔소에 들이받힌 듯 날아가고 바닥으로 구르다 짓밟혔다. 흙

먼지가 피어올랐다. 마법사들이 일으킨 불은 그들의 갑옷 껍질 근방에서 좀 널름대다 꺼졌다.

리카르는 말의 방향을 틀어 협곡 쪽으로 달렸다.

"모두 협곡으로 퇴각해라! 어서!"

리카르의 군사들은 협곡 쪽으로 달렸다. 협곡 위에서 대기하고 있던 궁병들이 몰려나와 활시위를 당겼다. 리카르의 군사들이 그들 앞을 통과하자마자, 궁병들이 쏜 화살이 델 판의 기사단을 향해 비처럼 쏟아져 내렸다. 화살이 검은 군단 위에 수북하게 꽂혔지만, 델 판의 대군은 화살이 꽂히든 말든 아랑곳하지 않고 돌진했다.

협곡 입구에 대기하고 있던 창기병들이 창을 세웠다. 리카르는 그들을 향해 달려가며 외쳤다.

"준비해라!"

창기병들이 자리를 잡고 창을 세웠다.

리카르는 속으로 숫자를 셌다.

하나.

협곡 바닥에 쌓였던 낙엽이 깃털처럼 흩어졌다. 날리는 낙엽 너머로 검은 벽이 밀려오듯 델 판의 기병들이 밀려들고 있다. 그들과 맞서려 하는 기사들과 병사들은 모두 갈려 나가듯 짓뭉개졌다.

둘.

베르나르가 긴장하며 말했다.

"각하, 협곡 밖으로 나오도록…… 하, 할 겁니까."

"못 나오게 만드는 방법이 없다."

셋—

그들이 협곡 중간을 통과하자 리카르는 창기병들 사이에 서서 외쳤다.

"돌격!"

창을 든 리카르의 기사들이 돌진했다. 일렬로 늘어선 창기병들의 창이 몰려드는 중장기병을 향해 빠르고 정확하게 돌격했다. 창기병들의 창이 델 판의 기사들을 뚫었다. 그러나 델 판의 기사들은 선두의 기사들이 뚫리든 쓰러지든 상관하지 않고 쏟아졌다. 창기병들이 바닥으로 내동댕이쳐지고 그 발굽에 휘감기듯 나동그라졌다. 갑옷을 입은 기사들이 바닥으로 떨어져 버둥대다 델 판의 기사들의 창과 검에 찔려 내동댕이쳐지고, 말들은 형체도 알 수 없게 짓밟혔다. 창기병 뒤에 있던 병사들도 델 판 기사들이 휘두르는 검에 벌레처럼 쓸려 나가 쓰러졌다. 아군이 가루가 되어 사라지는 것을 보며 리카르의 병사들은 얼어붙었다.

경악한 건 리카르 역시 마찬가지였다. 전술이고 검술이고 아무 소용 없었다. 그냥 뭉개고 돌진해 대고만 있는데, 있지도 않은 전술에 리카르의 군사는 짚단처럼 밟혀 사라지고 있었다.

화살이 다시 비처럼 쏟아졌지만, 그에 타격을 받는 델 판의 기사는 아무도 없었다. 모두 무쇠로 만든 듯 돌진하고만 있었다.

리카르가 외쳤다.

"넓은 곳으로 나오게 해라! 모두 더 뒤로 퇴각해!"

병사와 기사들이 일사불란하게 뒤로 물러났다. 델 판의 기사들이 협곡을 벗어나며 흩어졌다. 드디어 그 엄청난 돌파력이 힘을 잃자, 리카르의 기사들이 델 판의 기사들을 향해 달려들었다. 리카르도 말을 몰아 자신을 향해 달려오는 거대한 기사를 향해 검을 날렸다. 검에 맞은 기사가 나동그라졌다. 리카르는 다른 기사의 공격을 방패로 막고 검으로 목을 내리쳤다. 그런데 등 뒤에서 엄청난 속도의 일격이 날아와 리카르를 내려쳤다.

쩡—!

말이 그 힘을 감당하지 못해 비틀거리며 밀려날 정도였다. 리카르는 떨어질 뻔한 것을 간신히 면하며 몸을 세웠다. 다시 공격이 날아들자, 몸을 돌리며 피했다. 날아든 검 너머로 마인베르크의 얼굴이 보였다.

"안녕."

마인베르크가 웃으며 말했다. 비껴 나간 검의 방향이 꺾였다. 바위가 날아오듯 강력한 일격이 리카르를 단숨에 날렸다. 쇠몽둥이에 맞은 듯 엄청난 타격과 함께 리카르는 말과 함께 무너졌다. 몸이 바닥으로 나동그라졌다. 갑옷이 바닥에 부딪히며 머리가 울렸다.

"젠장, 마인베르크!"

쓰러진 말의 몸이 눈앞에서 갈리듯 짓밟혔다. 주변이 순식간에 마인베르크의 검은 기사들로 뒤덮였다. 리카르의 군사가 낫에 베이듯 싹 밀려나가며 리카르가 고립되어 적진에 남은 것이다.

마인베르크가 말에서 뛰어내려 달려들었다. 리카르는 마인베르크가 내려치는 검을 막은 뒤, 몸을 돌려 그 공격을 흘려버리고 검을 내려쳤다. 마인베르크가 몸을 돌려 공격을 막더니 거세게 밀어붙여 왔다. 리카르는 힘을 주었지만 두 다리를 댄 바닥이 파였다.

"마인베르크, 네놈……!"

"이게 최선이야?"

아니라 말하고야 싶지만, 이미 다리가 후들거리고 어깨가 아프다. 도저히 버틸 수가 없는데, 여기서 힘을 풀면 마인베르크의 검에 목이 날아간다.

"호오, 리카르."

마인베르크의 눈이 가늘어졌다. 그의 검과 갑옷에서 검은 기운이 피어올랐다. 온몸이 검게 피어오르고 있었다. 리카르의 검에서 불길한 소리가 나더니, 챙— 하고 깨져 떨어졌다.

"……!"

리카르는 경악하며 보았다. 그런 리카르를 향해 마인베르크가 비웃으며 말했다.

"너는 내게 더 보여줄 게 없는데, 나는 아주 많아. 다 구경하고 가. 하나라도 보여주지 못하면 내가 아쉬울 것 같거든!"

마인베르크의 몸을 중심으로 검은 불꽃이 펼쳐져 사방을 뒤덮었다. 델판 기사들의 몸에서도 같은 기운이 피어올랐다. 그들의 힘이 더 강해지고 빨라지는 듯 보였다.

분명 숫자는 리카르의 병사들이 많았으나, 그 병사들은 제대로 싸우지도 못하고 검은 기운을 휘감은 기사들의 검과 말발굽에 뭉개졌다. 그들이 검을 휘두르고 창을 날릴 때마다 사방에서 피보라가 일어났다.

리카르는 바닥에 있는 주인 없는 검을 집어 마인베르크를 향해 달려들었다. 그 공격은 챙— 하는 소리와 함께 가볍게 막혔다.

리카르는 이를 갈아붙이며 외쳤다.

"대체 무슨— 넌 대체 뭐냐!"

"나? 아, 델 판은 흑익의 가문이고 신의 가문이지. 그리고 나? 나는 신의 후손이고. 너하고는 다르게!"

마인베르크가 리카르를 밀어붙여 내동댕이쳤다. 바닥으로 나가떨어진 리카르를 향해 마인베르크의 검이 박혔다. 리카르는 피했고, 마인베르크의 검은 아슬아슬하게 리카르의 가슴을 스치며 바닥에 박혔다.

"이게!"

리카르는 화가 났다.

빌어먹게, 정말로 빌어먹게 열 받는다.

지금 리카르는 마인베르크에게 한참 밀리고 있었다. 검을 들고 싸우기 시작할 때부터 자신이 누군가에게 밀릴 수 있을 거라 상상도 해본 적이 없는 리카르였다.

그런데 바로 지금, 리카르는 다른 누구도 아닌 마인베르크를 간신히 막고 있었다. 힘도 검술도, 모두 밀린다.

"항상 근질근질했지. 제대로 붙어보고 싶었어! 사라피온이 너에 대해 경이에 찬 칭찬을 할 때마다 속이 뒤집어졌지! 내 상상 속의 너는 나에게 패하기도 하고 이기기도 했지! 그런데, 하!"

마인베르크는 비웃으며 고개를 저었다.

"네가 이렇게 형편없을 줄은 몰랐네! 아, 물론 네가 얼마나 형편없는 지…… 세레나에게 말할 생각은 없어. 내가 바라는 건 말이야……!"

리카르는 숨을 몰아쉬며 노려보았다.

온갖 전쟁터에서 온갖 적을 만났지만, 이렇게 단숨에 당하는 건 처음 이었다.

문제라면, 역시 상대가 하필이면 마인베르크란 것이다.

"내가 바라는 건 말이다, 네가 나에게 도전할 엄두도 못 내게 밟히는 거니까! 세레나도 알게 되겠지. 내 앞에서 겁에 질려 꼬리를 말고 도망치 는 너를!"

마인베르크를 감싼 검은 불꽃이 타올랐다. 그에 닿은 바위가 검게 물 들어 바스라진다. 휘말린 리카르의 기사들도 사라졌다. 가엾은 자들의 비 명이 계곡을 울렸다.

리카르의 안으로 밀려드는 것은 절망과 분노였다.

어떻게 해볼 수가 없다.

마인베르크가 이런 상대일 거라곤, 사라피온에서도 몰랐고 상투아리 움에서도 몰랐다.

오베른이 경고하고 칼릭이 그리 말한 이유가 이거였다.

악마.

이놈은 악마다.

그때 리카르의 눈앞으로 검은 깃털이 스쳐 지나갔다.

쇠비린내 가득한 공간, 먼지와 피보라만 피어오르는 전장에서, 그 새카만 깃털이 눈앞을 스치자 정적이 찾아온다.

깃털은 천천히 허공을 가르며 내려와 바닥으로 가라앉았다. 까마귀 날개에서 금방 뽑혀져 나온 듯 검은 윤기가 흐르는 깃털이었다.

리카르는 깃털을 향해 손을 뻗었다. 깃털이 먼지 낀 쇠 장갑 위에 앉았다.

세상이 정지한다. 리카르는 마인베르크도 전장도 잊었다. 내전도 내란도 승패도 잊었다. 이 세상에서 유일하게 의미가 있는 것은 바로 이것, 기다리던 이가 찾아온다는 예고의 속삭임이었다.

"니안……?"

부르고도 이 답에 대한 응답이 있을 거라 믿어지지 않았다.

마인베르크의 눈이 가늘어졌다.

"오호라."

마인베르크가 바닥을 박차고 몸을 날렸다. 그의 검이 리카르의 이마를 향해 똑바로 날아왔다.

"……!"

리카르가 피하며, 그의 귀로 서늘한 날이 스치는 순간 그들 사이로 엄청난 깃털의 돌풍이 터졌다. 거인의 손처럼 강력한 힘이 마인베르크의 몸을 뒤로 밀어냈다. 마인베르크와 리카르 사이를 가득 채운 검은 깃털의 돌풍 속에서 검푸른 옷과 노을빛 머리카락이 나타났다.

"니안느."

리카르는 떨리는 목소리로 말했다.

검은 깃털이 니안느의 몸을 중심으로 회오리치다 사라지고, 곧 바닥이 들썩였다. 굵은 바위들이 먼지와 흙을 흘리며 바닥에서 솟아 나왔다. 계곡과 비탈에 박힌 바위들도 바닥에서 뽑혀 나왔다.

천둥 울리는 소리와 함께 육중한 바위들이 서로 들러붙으며 거인을 만들어냈다. 그들이 땅을 휩쓸어 적들을 상대하기 시작했고, 그 틈에 니안느는 가시덩굴을 불러와 주변에 벽을 만들었다.

"리카르! 괜찮아요?"

리카르는 아무 말도 못하고 바라만 보았다. 니안느는 리카르의 어깨를 잡아 흔들었다.

"괜찮냐고요!"

바로 어제까지 옆에 있었던 것 같은 말투여서 리카르는 기가 막혀 말했다.

"니안."

"맞아요. 나예요."

니안느는 리카르가 다치지 않았다는 것을 확인하고 안도했다.

"조금만 늦게 왔으면 후회할 뻔했네요."

리카르는 니안느의 볼에 손을 얹었다.

장갑 너머지만 이 느낌은 진짜였다. 꿈도 환각도 아니다.

"걱정…… 했잖아!"

갑옷 때문에 제대로 할 수 없지만 리카르는 니안느의 머리를 가슴으로 당겼다. 숨이 턱턱 막혔다. 이제는 기쁜 건지 화가 나는 건지도 구분이 되지 않았다. 펄펄 끓는 마음을 주체할 수가 없었다.

"정말, 정말 걱정했단 말이다! 대체 어디 있었던 거냐!"

"나중에 이야기해요. 그래도 안전하고 좋은 곳에 있었다고, 자신 있게 말할 수 있어요. 그곳에서 있었던 일을 말하자면 반나절은 잡아야 할 거예요."

"아무것도—"

"네?"

"나는 할 말이 아무것도 없구나."

리카르는 걱정하느라 바빴을 뿐이다. 아침부터 걱정하고 저녁까지 걱정하고 꿈에서도 고민했다.

니안느는 맑게 웃었다.

"내가 있으나 없으나 당신은 똑같네요. 그러면 나중에 얌전히 벽난로 앞에 앉아 졸면서 내 이야기나 들어봐요."

그런데 가시덩굴이 검게 물들더니 지워지듯 사라졌다. 니안느는 어깨 너머로 돌아보았다.

검은 갑옷의 호리호리한 남자가 어깨를 들썩이며 웃고 있었다.

"드디어 왔군, 이 빨간 생쥐! 정말 기다렸거든! 아, 리카르. 너를 두들겨야 이 생쥐가 나올 거라, 나도 별수 없었어!"

리카르는 어이가 없어 고함을 질렀다.

"이 자식아!"

"나는 너보다는 이 계집애가 더 필요했거든. 네가 생각보다 더 형편없어서 신나긴 했다만. 아, 걱정 마. 이 계집애를 상대한 뒤에 너도 마저 상대할 테니!"

니안느는 입술 위로 손을 가져갔다.

"저런, 당신이 나를 그렇게 그리워했는데 어쩌나요. 난 아닌데."

니안느의 각인이 빛났다.

힘이 발현되자 협곡이 울리기 시작했다. 절벽에서 먼지가 자욱하게 피어올랐다.

리카르가 외쳤다.

"궁병, 모두 뒤로 물러나라!"

리카르의 수하 중 하나가 알아듣고 뿔피리를 불었다. 궁병들이 일제히 뒤로 물러났다. 절벽의 바위들이 그 껍질이 벗겨져 나가듯 쿵쿵 떨어졌다. 검회색 바위 조각들은 몰려들어 부딪혔다. 돌조각이 튀도록 빠르게 거인들이 만들어졌다. 깨진 바위로 만들어져 더 사나운 그 거인들은 델판의 중기병들을 향해 돌격했다.

흑익 군단이 말 그대로 박살나며 허공으로 검은 갑옷이 날아올랐다. 부서진 갑옷 속에서 사람이 아닌 연기가 피어올라 허공으로 흩어졌다.

니안느는 망토를 젖히며 앞으로 나섰다.

"다시 찾아온 우리 둘의 시간이네요."

"아주 기쁜걸."

마인베르크는 날개 예쁜 벌레라도 잡은 듯 신난 표정이다.

니안느는 마인베르크의 주변을 감도는 힘을 느낄 수 있었다.

적장 자체가 마법을 쓸 수 있는 경우는 처음 겪어본다. 이그라탄의 마법사들은 조력자이자 참모들이지 장수들은 아니었다. 마도장군이라 불리는, 마탑 서열 상위권인 사마냐 공이 있긴 하지만 그 여마도사는 북부에 있어 만날 일도 없었다.

"나하고 싸우는 방법은 익혀두고 왔니?"

곧 차가운 기운이 니안느의 이마와 가슴으로 스며들었다. 역시, 지난번과 같은 방식이다.

"그럼요, 흑익대공 전하."

니안느는 정신을 집중하는 대신 아예 산산이 흐트러뜨렸다.

영혼이 조각조각 나 수십 개로 흩어졌다.

수십 개의 눈을 한꺼번에 얻은 것 같았다. 세상의 모든 것들을 향해 니안느는 자신의 의식을 퍼뜨렸다. 바위로 들어가고 나무로 들어갔다. 새로 들어가고 들쥐로 들어가고 사슴과 늑대, 말로 들어갔다.

마인베르크에게는 박쥐 떼가 동굴에서 산더미처럼 튀어나오는 것이나 다를 바 없었다. 경악한 마인베르크 안으로 의식의 파편 중 하나가 들어갔다.

마인베르크의 기억 몇 개가 보였다. 델 판의 거대한 성채, 소녀 시절의 세레나, 거울에 비친 어린 시절의 마인베르크도 볼 수 있었다. 창백하고 날카로운 소년이다.

"꺼져!"

분노에 찬 외침과 함께 니안느는 마인베르크의 기억에서 추방당했다. 조각났던 영혼들이 단숨에 니안느를 향해 모여들었다. 니안느를 지배하려던 마인베르크의 힘도 사라졌다.

니안느는 그 짧은 순간을 놓치지 않았다.

잠시 멈칫대던 바위 거인들이 무겁게 움직였다. 발에 검은 기사들이 뭉개졌다. 그렇게 델 판의 기사들이 거인의 발에 짓밟혀 박살나는 동안, 가시덩굴은 거인의 몸을 타고 올라가 기사들의 진로를 막았다. 덩굴에 막혀 멈춘 델 판의 기사들은 거인의 주먹에 맞아 박살났다. 그렇게 거인들이 휘저어대는 동안, 리카르의 군사들도 정신을 차리고 적과 싸우기 시작했다.

리카르 역시 마찬가지였다. 마인베르크의 기사 중 하나가 리카르를 발견하고 달려들었다. 리카르는 그것을 향해 검을 내려쳤다. 허공에서 그 기사의 몸이 깨지며 분해되었다. 갑옷이 조각조각 날려 바닥으로 떨어졌다.

니안느는 이마와 가슴이 서늘해지는 것을 느꼈다.

니안느는 흩어질 준비를 했다. 마인베르크의 목소리가 들렸다.

[나는 네가 며칠 전까지 누구와 어디에 있었는지 알아.]

"알아서 뭐 하시게요. 꽃다발이라도 보내려고 그러셨나요?"

[내가 그럴 필요는 없지.]

웃음소리가 이어졌다.

[칼릭스트와는 잘 지냈나?]

"……!"

얼음물이 쏟아진 듯 온몸이 차가워졌다.

[아주 잘 지냈을 거야, 나는 그 녀석을 알거든.]

니안느는 돌아보았고, 그 순간 앞이 캄캄해졌다.

"……."

[나는 알아. 녀석이 자기가 좋아하는 상대에게 얼마나 달콤하게 굴 수 있는지. 또, 알지. 그 애의 눈빛이 닿으면 사람들은 다 정신을 놓고 홀린다는 것을…….]

여전히 앞이 보이지 않는다.

검회색으로 물든 세상에 악령들만 검게 이글댔다.

마인베르크가 말했다.

[몇 년간 말이야, 칼릭스트는 내 것이었단다. 운명이 내게 준, 제법 근사한 선물이었지. 세레나는 내 마음대로 되는 게 하나도 없었지만, 녀석만은 내 마음대로 되어갔지. 녀석의 눈과 살, 가슴에…… 나는 내가 원하는 것을 꽤 많이 새겨 넣었어. 너도 가끔 보았을 거야. 녀석이 분노할 때마다 그 안으로 치는 섬광을, 그 훌륭하게 다듬어진 검 같은 증오를.]

큭큭 웃는 소리가 들려왔다.

[그 아이가 떠난 뒤, 나는 상상하곤 했지. 그 아이가 밤에 어떤 악몽을 꾸며 일어날지, 내가 녀석에게 남긴 것 중 무엇을 가장 가슴 깊이 기억할지, 나의 무엇을 떠올리며 이를 갈지, 매일 상상해. 그러면 그 녀석은 내 손을 떠나도 내 것이지.]

니안느는 마인베르크와 마주하고 있었다.

마인베르크의 갸름하고 창백한 얼굴이 다가오고, 그 목소리는 귀에 들러붙을 듯 가깝게 들렸다.

"너는 모를 거야. 녀석이 제일 근사한 표정을 지을 때가 언제인지 말이야. 그건 말이야, 어찌할 수 없는 상대를 향해 분노할 때야. 얼마나 근사한지, 몇 번이나 떠올려도 질리지가 않아! 뼈가 박살나도, 살을 잘라내도, 항상 그런 표정을 짓지. 네 형제들과 스승들도 결국에는 자포자기하고 원령들의 진흙탕에서 떠돌게 되었는데……."

숨소리가 다가왔다.

"녀석은 절대 굴복하지 않고……."

차가운 손이 가슴에 얹혔다.

"새벽을 가르는 금빛 칼처럼 빛나지."

니안느는 치명적인 순간이 왔다는 것을 깨달았다. 마인베르크는 니안느의 혼이 흩어지지 못하도록 육체에 묶어버렸다. 육체에 영혼을 묶어 죽어서도 떠나지 못하도록 하는 것. 필람몬과 아이들에게 했던 것과 같다. 이제 아무것도 할 수 없게 되었다.

끈끈한 눈빛이 니안느의 얼굴을 매만지듯 보았다.

"이러고 보니 또, 궁금하네."

마인베르크의 입술이 위로 올라가며 미소를 지었다.

"녀석이 여자하고 할 때는 어떤 표정인지 말이야."

"……!"

분노로 가슴이 까맣게 타올랐다.

동시에 바위 거인들의 공격 방향이 바뀌기 시작했다. 마인베르크의 군사가 아닌, 리카르의 군사를 향해.

니안느는 가장 두려워하던 일이 현실이 되었다는 것을 깨달았다. 바위의 거인들이 리카르의 군사들을 내려쳤다. 마인베르크의 기사들이 공격할 때와는 격이 달랐다. 팔을 한번 휘두를 때마다 리카르의 군사들은 개미 떼처럼 쓸려 나갔다.

마인베르크의 웃음이 터졌다.

"어이, 빨간 생쥐. 네 문제점이 뭔지 알아?"

"……마인베르크!"

"그 말랑말랑한 심장이야. 어찌나 움켜잡기 딱 좋은지. 어찌나……."

말이 끝나기도 전에, 바위처럼 거대한 것이 고속으로 회전하며 마인베르크의 등을 후려쳤다.

꿍음과 함께 마인베르크의 몸이 밀려났다. 마인베르크가 몸을 뒤틀어 그를 공격한 것의 배를 베어내고 걷어찼다. 검회색 비늘의 용이 그 공격에 맞아 나가떨어졌다.

협곡의 바위에 세게 부딪힌 메피스토는 긴 목과 등 위의 뿔을 바짝 세우고 으르렁거렸다. 벌린 입 너머에서 이글이글 불길이 타올랐다. 등과 배의 상처에서 피가 흘러나왔고, 그 고통과 출혈에 메피스토는 숨을 식식 몰아쉬었다.

마인베르크가 비웃었다.

"저 쪼그만 용으로 뭘 하겠다는—"

말은 채 끝나지 못했다. 무언가를 느낀 듯 마인베르크의 얼굴이 일그러졌다.

순간에, 엄청난 일격이 마인베르크를 떠밀었다. 그의 몸이 옆으로 단숨에 확 밀려들었다.

"어—"

마인베르크의 얼굴이 창백해졌다. 그러나 그가 정신차리기도 전에, 다음 공격이 무서운 속도로 그를 내리쳤다.

쩡!

갑옷과 검이 한꺼번에 휘갈겨지며, 마인베르크는 허공으로 떠올랐다가 나동그라졌다. 먼지와 흙이 피어올랐다.

"으! 이게……!"

마인베르크는 몸을 일으켰다. 통증에 분노가 치민 그의 몸을 중심으로 검은 불꽃이 터져 올랐다. 바닥이 녹아버리고 파이며 그를 공격한 자를 향해 쏟아졌다. 주변에 있던 바위도 재가 되어 파스스 흩어졌다. 옆에 휘말린 마인베르크의 흑익 기사들까지 잘려 나갔다.

"누가 나를 상대…… 하려고!"

이를 갈아붙이며 고함을 질렀다.

"어느 누가!"

마인베르크의 검을 향해 묵직한 검이 수직으로 날아들었다. 검날은 허공을 베어내고 마인베르크의 검과 부딪혔다. 마인베르크의 검에서 시커먼 기운이 피어올랐으나, 그에 맞서는 검은 서늘한 푸른빛이 피어오르더니 마인베르크를 막아냈다.

인간과 싸우는 동안 일어날 리가 없는 이 놀라운 상황에 주춤한 마인베르크를 향해 두 번째 일격이 날아들었다.

쩡, 하며 마인베르크가 만들어낸 검은 불꽃이 그를 밀어낸 검에 잘려 나갔다. 조각조각 날리며 박살났다. 검은 불꽃들은 모두 지워져 사라졌다. 검은 새가 죽어가듯 파편이 되어 흩어졌다. 마인베르크의 검은 기사가 주인을 위해 달려들었지만, 단숨에 잘려 나가며 검은 기사의 갑옷과 파편이 튀어 올랐다.

"네 문제점이 뭔지 알아?"

차가운 목소리는 무심했다. 분노도 성취의 기쁨도 없다. 두려움도 각오도 없다. 가장 강력한 최후의 집행자처럼 담담할 뿐이다.

검은 갑옷을 입은 키 큰 몸이 가라앉는 먼지 속에 서 있었다. 그리고 그 위, 젊은 기사의 녹색 눈이 마인베르크를 노려보고 있었다. 깊게 그늘진 눈매 아래로 드러난 두 녹색 눈이 타올랐다. 그 몸에는 언제라도 가해질 강력한 일격의 힘이 깃들어 있었다.

흑익의 파편은 이미 모두 사라졌고, 젊고 강한 용(龍)처럼 일격을 이루어낸 남자는 마인베르크를 보았다. 주변을 모두 숨죽이게 하건만, 청년을 둘러싼 기운은 들끓고 있었다. 곧 세상을 뒤덮으며 쏟아질 얼음의 폭풍을 경고하듯.

"항상 뒤통수 치기 딱 좋게 서 있다는 거지."

칼릭은 검을 세워 마인베르크를 가리켰다.

"그리고 네 교만은 항상 너를 더 어리석게 만들어."

칼릭의 검은 다른 검 몇 개를 합친 듯 거대한 검이었다. 별다른 장식도 문양도 없었으나, 검 자체가 가진 힘과 위압과 균형은 그에 더할 것도 덜할 것도 없어 보였다. 푸른빛이 검날을 훑으며 사라졌다.

마인베르크가 말했다.

"오, 반갑구나. 칼릭스트. 정말 만나서 좋아. 여기서 만날 줄이야!"

마인베르크는 이를 드러내면서 웃었다.

"네가 내 뒤통수를 몇 번이나 쳤지! 그런데 과연, 우리가 얼굴을 마주치고 제대로 부딪히면 네게 승산이 있을까?"

칼릭의 검은 예고도 없이 마인베르크를 향해 똑바로 내리꽂혔다. 산사태 같은 검격을 마인베르크는 피할 시간이 없어 검으로 막았다. 칼릭의 검은 마인베르크의 검과 마인베르크를 동시에 바닥으로 내던졌다. 마인베르크의 두 다리가 꺾이며 바닥에 내동댕이쳐졌다.

마인베르크를 둘러싼 검은 불꽃이 칼릭을 덮치자, 칼릭은 검을 휘둘렀다. 검의 궤적에 닿은 불꽃이 삽시간에 사그라졌다. 칼릭의 허리 쪽으로 마인베르크의 검이 날아들었다. 칼릭이 뒤로 물러나며 검을 막았다. 마인베르크가 이를 갈아붙이며 고함을 질렀다.

"너는 나를 이길 수 없어! 결코!"

"착각하지 마. 나는 너를 이기려고 온 게 아니니까."

칼릭의 검이 궤적을 베어내며 마인베르크의 목을 향해 날아들었다. 바람 찢어지는 소리가 날 정도로 엄청난 속도를 피하는 것은 아주 힘들었고, 마인베르크의 갑옷이 깊게 베어져 나갔다. 갑옷이 깨지고 튀었다. 살이 베어 피가 튀어 올랐다.

마인베르크의 눈이 가늘어졌다. 턱이 떨렸다. 어깨는 긴장으로 굳었고 두 다리는 뒤로 주춤주춤 물러났다.

"내가 원하는 건 너를 이기는 것도, 복수하는 것도, 이해하는 것도 아니니까."

칼릭은 마인베르크의 다리를 걷어찼다.

"흑!"

마인베르크가 신음을 흘렸다. 칼릭은 마인베르크가 무릎을 굽히자마자 바로 정강이를 치고, 검으로 막으려 들자 그 검을 아래로 밀어붙였다. 갑옷이 검에 긁혔다. 쇠 긁는 끔찍한 소리와 함께 마인베르크의 몸은 나동그라졌다. 들썩대는 갑옷의 가슴을 향해 검이 내리꽂혔다. 마인베르크는 옆으로 돌아 간신히 그 공격을 피했다. 칼릭은 검을 뽑아 마인베르크를 향해 휘둘렀다. 마인베르크는 공격을 피해 몸을 뒤틀곤 돌진해 왔고, 칼릭은 그의 겨드랑이 쪽으로 파고들며 주먹으로 후려갈겼다. 화사한 얼굴 때문에 많이도 무시되는 사실이나, 칼릭의 힘은 어지간한 거인보다 강했다. 갑옷이 칼릭의 갑옷에 긁히고 찌그러지며 그 몸은 밀려났고, 마인베르크는 넘어지는 것만 간신히 면하며 검을 내질렀다. 그러나 어차피 부상 때문에 몸 가누기도 힘들었고, 부상이 없었다 하더라도 맞을 수가 없는 공격이었다. 검날에 오히려 마인베르크의 기사들이 나가떨어졌다. 검에 맞은 기사들의 몸이 잘려 나가며 허공으로 검은 연기가 흩어졌다.

"칼릭스트—!"

마인베르크가 검을 당기며 고함을 질렀다. 칼릭의 입술 끝이 올라갔다. 에메랄드빛 두 눈동자 위로 시퍼런 비웃음이 보였다.

"항상 생각했지. 네 등을 보며, 네 뒤통수를 보며, 네 목을 보며, 단 하나만을."

마인베르크의 얼굴이 일그러졌다.

칼릭이 말했다.

"죽어."

"……."

"그것, 단 하나만 바란다. 네 죽음, 바로 그 단 하나."

마인베르크의 얼굴에 절망과 패배감이 보였다. 흑익의 기사들이 칼릭을 향해 돌격해 왔다. 그러나 칼릭의 검이 내지른 궤적에 맞은 기사들이 황소에라도 들이받힌 듯 쓰러졌다. 흙과 풀이 파이고 피어올랐다. 그 뒤를 이어 기사들이 더 몰려들었으나, 그 순간에 칼릭 앞으로 가시덩굴과 바위가 파도처럼 몰려와 뒤덮었다. 기사는 바위와 가시덩굴에 뒤엉켜 짓뭉개졌다. 박살난 갑옷에서 검은 연기가 피어올랐다.

니안느는 칼릭을 잡았다. 여기서 이렇게 만나게 될 것도 몰랐거니와, 다시 마주할 때 무슨 말을 할지도 준비된 바가 없었다.

"어떻게……."

니안느는 이보다 더 멍청한 질문은 없을 거라 생각했다. 니안느가 생각한 것은 이 남자가 그렌 성에서 그의 성과 성민을 지키는 거였지, 이곳에서 만나는 것이 아니었다.

"왜 급하게 간 거지."

"그게 최선이었어요."

"너 혼자 생각하는 최선은 시작부터 최선이 아니잖아, 이 바보야!"

니안느의 손이 떨렸다. 칼릭의 눈도 흔들렸다. 니안느는 이 청년이 이렇게 모든 것을 내보이는 것을 처음 보는 것 같았다. 상처든 감정이든.

"내가 말문이 막힌 것 같으면 그냥 기다려. 내 머리가 항상 제때 돌아가는 게 아니니까."

"그, 그게! 당신이, 그러니까!"

더 말을 하지 못하고 니안느는 입술을 물었다.

칼릭이 그런 니안느의 정수리에 이마를 댔다. 거친 숨소리가 들려왔다. 긴장이 풀리고 안도하는 숨소리이자, 만남 그 자체에 기뻐하는 숨소리이기도 했다.

"니안, 나도 네 마지막 발걸음이 어디에 머물지 몰라. 그래도…… 이건 알아줘. 네가 가는 곳이 어디든, 전장이든, 지옥이든, 천국이든, 낙원이든. 네가 뭐든, 무엇을 하든, 그 어디라도……."

칼릭은 젖어드는 니안느 눈에 입을 맞추었다.

"내 걸음이 멈출 곳 역시 그곳이야."

칼릭은 이 느낌이야말로 예언이기를 바랐다. 니안느와 만난 뒤로 내내 주변을 감돌던 시체의 살빛 같은 불길한 것이 아닌, 이 낙관적인 말이 진리이며 예언이길, 오로지 이것만이 현실이기를 바란다.

"나는 너를 두고 어디로든 가지 않아."

칼날이 비처럼 내리꽂히는 세상이라도, 디디는 모든 곳이 폐허라도, 네가 있다면 가야 할 곳이 될 테지.

끓어오르는 것을 간신히 가라앉히며, 칼릭이 말했다.

"니안— 지금, 블랑셰리온과 라크세니아에서 온 병력이 저 마인베르크가 들고 온 군사의 후방을 칠 거다. 다리 쪽으로 밀고 올라올 예정이야. 어떻게든 버텨."

"라크세니아라니요?"

"내 군사. 정확히는 델 판에 대한 반란군이지. 처음부터 이곳으로 오고 있었지. 마인베르크의 후방, 즉 그의 본진을 치기 위해."

니안느는 울리치가 했던 말이 생각났다. 칼릭이 리카르를 돕는 것을 거절했다며. 그런데 나셀와 몬타에서 칼릭은 분명 무언가를 하고 있었다. 라크세니아의 기사들이 칼릭과 있기도 했고, 칼릭은 그들을 어딘가로 보내기도 했다.

"이건 너만의 싸움이 아니야. 모두의 전쟁이다."

칼릭은 니안느의 볼을 쓸어 올렸다.

"또, 처음부터 내 전쟁이기도 했지."

칼릭이 말했다.

"나는 희생하거나 내 자신을 내던지러 온 게 아니야, 니안. 이기기 위해 왔고, 싸우기 위해 왔고…… 지키기 위해 온 거지."

니안느는 칼릭의 손등에 손을 얹었다. 철장갑 아래여도 느껴지는 강인한 손에 신뢰를 보낼 수 있었다.

처음이다.

누군가와 진심으로 믿고 서로를 돕는 것은.

니안느는 칼릭을 위험한 곳에 결코 보내고 싶지 않았고, 안전을 건 선택을 하게 만들고 싶지도 않았다. 그리 걱정하면서도 자신이 이 남자를 믿어야 한다는 것을 깨달았다.

믿고 믿어야 했다. 하지만 그것은 니안느에게 있어 홀로 모든 것을 헤치고 나아갔을 때보다 더 두렵고 어려운 일이었다. 리카르를 보낼 때도 이런 적이 없었고, 혼자 적과 맞서 싸울 때도 이러지 않았다. 슬프기는 했어도 두렵지는 않았는데, 지금은 기쁜데도 두 다리로 서 있기도 힘들게 무서웠다.

싫다고, 차라리 저기 멀리 있으라 하고 싶었다. 그러나 니안느는 이 남자에게도 마찬가지란 것도 알았다. 둘 다 마음이 같다면, 여기서 손을 놓고 최선을 다해야 한다. 지금은 달리고 싸우고 이겨야 할 때다. 아무리 두려워도 견뎌야 할 때이기도 하다.

"알았어요."

니안느는 손을 내렸다.

"그래, 믿어."

칼릭의 가슴이 멀어졌다.

니안느는 당장 후회하며 말리고 싶었지만, 그럴 수가 없었다. 싸우기 위해 왔으니 이기고 지키고 싶었다. 여기 이렇게 달려온 것은 숲의 왕과 형제들을 위해서였으나, 마인베르크가 없어져야 하는 진짜 이유는 이 남자, 칼릭스트를 위해서였다. 이 남자가 행복하기를, 이 남자의 미래가 빛나기를 바란다. 근 십 년을 방랑하면서도 지금만큼 간절한 이유로 싸운 적이 없었다.

바위와 가시덩굴이 사라지며 하늘이 나타났다.

니안느는 등에 닿는 바람을 느끼며 내일의 하늘도 볼 수 있기를 바랐다. 이마의 각인에서 흰 빛이 터져 나와 주변으로 펼쳐지고, 힘이 발현되자 멈추었던 거인들이 다시 움직이기 시작했다.

칼릭은 니안느를 등지고 검을 비껴들고 앞으로 나갔다. 니안느 덕에 이제 칼릭과 마인베르크의 싸움에 끼어들 것은 없어졌고, 칼릭의 앞에는 마인베르크만이 어깨를 씨근대며 서 있었다.

칼릭은 항상 궁금했다.

이 사내를 낳은 것은 과연 여인인지. 그러나 이 남자가 하는 것을 보며 확신했다. 사람이 낳지 않고서야 이리 끔찍할 수는 없을 거라고.

남자의 꼴은 엉망이었다. 갑옷은 조금 전의 공격으로 찌그러지거나 긁혀 나갔고, 몸은 지쳐 흔들리는 데다 어깨도 들썩이고 있었다. 게다가 조금 전 칼릭에게 베어져 나간 상처 역시 치료가 되지 않고 있다.

"나하고 꼭 싸워야 하니. 나는 네게 모든 것을 줄 수 있어."

칼릭은 검을 세워 이마에 댔다. 검의 날이 푸르게 빛났다.

"아니."

칼릭은 팔을 내려 검으로 마인베르크를 가리켰다. 검날에서 푸른 기운이 피어오르다 점점 하얗게 물들기 시작했다.

"너는 내게 그 무엇도 줄 수 없다."

그것을 보는 마인베르크의 얼굴은 다시 굳고 창백해졌다.

상황이 만만한 것이 아님을 마인베르크도 깨달았다. 마인베르크는 자신의 검을 보았다. 검은 기운이 피어오르던 검은 그 날이 여기저기 파여 있었다. 검을 쥔 손도 부들부들 떨리고 있었다.

붉게 물든 마인베르크의 눈이 일그러졌다. 코를 찡그리고 입술을 끌어올리며, 검으로 허공을 내려치고는 고함을 질렀다.

"모두 이리 와!"

주변에서 싸우던 흑익의 기사들이 칼릭과 마인베르크 쪽으로 파도처럼 모여들었다. 리카르의 기사들이 막아도, 니안느가 불러낸 거인들에게 박살나도, 그 기사들은 돌격해 들어갔다. 바위 거인이 뛰어들어 그 기사들을 풀처럼 뽑아 던졌다. 그러나 중심으로 밀려드는 기사들을 다 막을 수는 없었다.

칼릭은 허리를 숙이고 검을 휘둘렀다. 검이 궤적을 따라 기사들의 몸이 모두 갈려 나갔다. 빛은 기사의 몸만 가른 게 아니라 뒤따라오는 다른 기사들까지 같이 베어냈다. 그 궤적 한 번에 기사들이 한 번에 쓰러지며 바닥으로 떨어졌다.

마인베르크는 충격 속에 그 광경을 바라보았다. 델 판에 군림하면서 온갖 반항과 반격과 저항을 다 뭉개봤지만, 이건 처음 보는 광경이었다. 이번에야말로 온 힘을 다해 싸워야 한다는 것을, 이제 마인베르크도 인정할 수밖에 없었다. 다른 누구도 아닌 칼릭을 상대로 그리해야 한다.

앞에 있는 칼릭은 지하 감옥에서 마음껏 농락할 수 있었던 어린 소년이 아니었다. 수하 몇 명만 데리고 가 잡아올 수 있었던 연약한 소년도 아니었고, 동방 숲에서 간신히 마인베르크의 손에서 벗어나 도망쳤던 청년도 아니었다.

마인베르크에게 있어, 마음대로 할 수 없는 상대란 있을 수도 없고 있어도 안 되었다.

그런데 지금 앞의 칼릭은 그런 존재였다.

델 판의 마왕 마인베르크와 대등하다 못해 압도하고 있는.

마인베르크는 인정할 수도 받아들일 수도 없었다. 지금 칼릭의 힘이 대체 뭔지를 한참 생각해야 했다. 결론은 하나였으나, 그 하나는 불가능한 것이었다.

권능.

항상 우습게 알던 것이었다. 전파와 전몰이면 뭐 하나, 겁나서 쓰지도 못하는 것을. 쓰기만 하면 모기 새끼처럼 널브러지는 그런 힘이 무슨 소용인가.

벨사키엘은 인간에게 권능을 허락했지만, 그 힘은 인간의 연약한 육체에 어마어마한 고통을 준다. 그것이 바로 인간이 신의 영역으로 오지 못하도록 한 족쇄였다. 신의 힘을 쓰고 신이 거두어가게 만드는 것이 권능이다.

마인베르크와 맞서려면 효과가 있는 힘은 그뿐이나, 가능은 가능일 뿐이었다. 마인베르크는 칼릭을 억류할 때 그 가능성은 알아도 위협이 될거라 생각해 본 적도 신경 써본 적도 없었다.

그런데 마인베르크의 힘에 맞서는 저 힘은 분명 권능이다.

다른 힘은 있을 수가 없다.

쓰면서도 멀쩡한 권능이라면, 마인베르크는 더 비웃을 수가 없다는 것을 깨달았다. 원리가 뭔지도 모르겠고, 대체 어째서 저런 일이 벌어지는지도 모르겠지만, 분명한 건 칼릭이 그 어떤 대가도 없이 권능을 쓸 수 있다는 것이다. 또, 고통과 몸의 희생을 대가로 치르지 않는 권능은 말 그대로 권능이라 같은 신의 힘이라도 파괴할 수 있다. 신 그 자체가 될 수 있는 것이다.

마인베르크는 검을 바닥에 꽂았다.

여태 그가 쓰던 모든 힘이 몰려들었다. 검은 시커멓게 물들고, 그 검이 궤적을 그리는 바닥이 녹아 사라지고 검게 먹혀들었다. 그리고 폭발했다. 그 힘에 휘말린 가엾은 병사들이 울부짖었다. 갈라지고 찢기고 피보라가 터졌다. 마인베르크가 불러냈던 흑익기사단의 몸도 찌그러지며 휘말렸다.

마인베르크는 그 힘을 모두 합쳐 칼릭을 향해 내리꽂았다. 가루를 내고 먼지로 만들 힘이었다. 칼릭은 검을 들어 정면으로 맞부딪혔다. 마치 그러기를 기다리기라도 한 듯 정확하게 마인베르크의 힘, 그 중앙을 후려쳤다.

쨍—

마인베르크의 검이 박살났다.

엄청난 폭발이 일어나 마인베르크의 힘을 터뜨려 버렸다. 드러난 마인베르크의 배를 칼릭의 검이 꿰뚫었다.

"허……!"

마인베르크는 믿어지지 않는다는 듯 몸을 뚫은 검을 보았다. 피가 바닥으로 떨어져 검게 물들인다.

칼릭은 마인베르크를 노려보았다. 녹색 눈은 압도적인 분노와 징벌자의 힘을 담고 타올랐고, 칼릭의 손에 쥐어진 검에서는 조금 전에 폭발한 빛이 여전히 머물고 있었다.

붉은 피에 은빛의 빛 한 가닥이 섞여 흘러나왔다.

예상치 못했던 일이라, 칼릭은 긴장하며 그것을 보았다. 그 은색 실오라기 같은 빛은 또 나타났다. 이어 한 가닥 더 나타났다. 더, 더, 더, 수없이 나타나 피를 뒤덮었다. 붉은 피에서 흘러나오는 은빛의 물줄기와도 같았다.

마인베르크가 상처에 손을 가져갔다.

"칼릭스트?"

마인베르크는 떨리는 눈으로 칼릭을 보았다.

"나는 네게 모든 것을 주었어! 너도, 세레나도! 왜…… 왜 나를 이해하지 않는 거지! 모든 것을 주는데, 내 모든 것을 바치는데!"

그 눈이 더 붉어진다.

"왜! 왜 쳐다보려고도 하지 않는지! 왜……."

"……마인베르크."

칼릭이 타이르듯 말했고, 마인베르크는 처량하게 그런 칼릭을 보았다.

칼릭은 팔에 힘을 주었다.

갑옷이 깨지며 검은 더 깊이 파고들었다. 그 틈으로 흘러내리는 피는 이제 완전한 은빛이었다.

"네가 얼마나 외롭든, 얼마나 사랑받고 싶어 하든—"

칼릭은 조용히 말했다.

"나하고는 아무 상관 없어."

그리고 검을 뽑았다.

피가 하늘로 치솟았다. 마인베르크는 가슴을 잡고 무릎을 꿇었다. 어떻게든 상처를 회복시켜 보려 했지만, 피는 계속 흘러내렸다. 그리고 더이상 붉은 피가 아니었다.

마인베르크의 몸에서 흘러넘치는 은빛 핏줄기는 온 바닥을 뒤덮었다. 그 몸에서 나오는 피가 아니었다. 스스로 부풀어 오르고 확장하고 있었으며, 대지를 뒤덮고 하늘로 솟아올랐다. 덩굴처럼 솟아올라 하늘을 휘감고 시냇물처럼 흙의 틈으로 스며들어 대지를 물들였다.

칼릭은 뒤로 물러나 그 빛이 넘치는 세상을 바라보았다.

자신이 무엇을 보고 있는지, 무엇의 부활을 보고 있는지 알 것 같았다.

저기 있었다.

숲의 왕이.

어디에도 없던 왕은 바로 저 마인베르크의 영혼이 가둔 깊은 세계에서 기다리고 있었고……

지금 되살아나려 하고 있다.

서늘한 감촉이 니안느의 이마를 스치고 지나갔다.

니안느가 돌아보는 그 순간 리카르의 검이 니안느에게 다가온 적을 날렸다.

"하―!"

리카르는 숨을 몰아쉬었다. 지쳐 있었다. 가슴과 어깨의 갑옷은 절반 정도 망가진 상태였다. 아직 부상은 심하지 않았지만 한 번만 더 공격을 받으면 그때는 치명상을 입을 수 있다.

"리카르."

니안느는 리카르에게 다가가 가슴과 어깨를 건드렸다. 덜렁대던 갑옷이 고정되었고, 리카르의 어깨와 다리를 떨리게 하던 피로도 잦아들었다.

리카르의 눈이 니안느를 향했다. 니안느는 그의 볼에 손을 얹으며 말했다.

"오래는 못 가요."

니안느는 가슴이 서늘해지는 것을 느꼈다. 눈살을 찌푸리며 몸을 움츠렸다.

리카르가 손을 뻗으려 했으나 니안느는 물러나며 고개를 저었다.

설마 칼릭이⋯⋯ 그러나 니안느는 마인베르크가 그녀를 장악할 때와 다르다는 것을 깨달았다.

차가운 쇠사슬로 조이는 것 같은 고통이 아니다. 여름의 열기를 식히는 저녁 바람처럼 서늘하며, 마른 목을 적시는 물처럼 달콤하다. 주변으로 그만큼이나 부드럽고 익숙한 기운이 느껴진다. 살을 어루만지고 이마를 건드리고 가슴을 따뜻하게 한다.

니안느는 하늘을 올려다보았다. 허공에서 은빛 덩굴이 뻗어나가다 사라졌다. 니안느가 그 궤적의 잔흔(殘痕)을 향해 손을 뻗자, 따스하고 익숙한 기운이 스며들었다. 니안느는 두 팔을 더 높이 들었다. 조금씩 나타났다 사라지던 은빛 덩굴은 진해졌다. 허공에서 말려 올라 하늘로 치솟고, 공중에 녹아 사라졌다가 다시 나타나 니안느의 손가락과 손목을 감았다.

"아⋯⋯."

니안느는 각인이 달아오르는 것을 느꼈다. 하늘로 새로운 윤곽이 드러났다. 나뭇가지들이었다. 나뭇잎이었으며, 꽃이었고, 숲이었고, 세계였다.

은빛의 세상이 만들어지고 있었다. 그 윤곽을 채우는 빛은 더욱더 강해지며 니안느의 몸을 적셨다.

이것은 니안느가 알던 신의 빛이었다. 어린 시절, 숲의 왕의 부름을 받고 찾아가 왕의 축복과 권능을 받았을 때부터 알아왔던, 바로 그 신의 빛이었다.

빛의 주인은 항상 니안느 옆에 머물며 가르쳐 주고 돌봐주고 도와주었다. 사랑하고 경애하며 존중하고 아꼈다. 이 빛 속에서 니안느는 마법사였으며, 위대한 정령의 선택을 받은 아이였으며, 신에게 복종하는 전사였다.

니안느는 무릎을 꿇고 바닥에 이마를 댔다. 살육의 땅에 각인이 닿자 주변에 가득한 빛의 흐름이 반응했다. 빛은 부드러운 바람이 되어 니안느의 머리를 매만졌다. 다정한 손길처럼 어깨를 감싸 안았다. 그리운 가슴처럼 허리를 안아주었고, 상냥한 인사처럼 머리카락을 넘실거리게 했다.

온몸이 따뜻하게 끓어오른다.

볼을 타고 흐르는 눈물 한 방울과 함께, 니안느가 알던 그 세상이 다시 눈을 뜨고 문이 열리고 있었다.

다시는 들을 수 없을 거라 생각했던 소리가 들리고, 다시는 느낄 수 없을 거라 생각했던 것을 느끼고 있다.

왕이 니안느의 세상으로 돌아왔다.

이마에 입 맞추고 손을 잡아주며 내가 여기 있노라 속삭이고 있다. 어서 기뻐하라고, 안도하라고 위로하고 있다.

계곡을 뒤덮은 빛이 모두 나무들로 변했다. 이곳에 있던 모든 싹이 돋아 천 년을 뛰어넘어 숲이 되는 것 같았다. 가느다랗던 둥치는 부풀어 오르고 나뭇가지는 무성해졌다. 초록 잎이 팽팽하게 커지고 나무뿌리도 굵어졌다. 니안느의 힘을 받아들이며 달콤한 비를 삼킨 싹처럼 커진다.

델 판의 기사들이 숲의 나무들에 뒤섞였다. 굵은 나무뿌리에 잡혀 바닥으로 빨려 들어가고, 나뭇가지에 묻히고 둥치에 삼켜졌다. 찌그러진 갑옷 속에서 검은 기운이 피어올라 흩어졌다. 힘을 잃고 쓰러진 기사들의 갑옷이 무너졌고, 텅 빈 그 갑옷들은 덩굴에 뒤덮였다. 전장은 수백 년 전에 버려진 곳인 듯 변해가고 있었다.

　마인베르크는 떨리는 손으로 가슴을 잡았다. 칼릭은 검을 들었다. 마인베르크의 눈과 마주하자, 칼릭은 그의 심장을 향해 다시 정확히 찔러넣었다.

　푹—

　검이 마인베르크의 몸을 뚫었다. 피가 날을 타고 흘러나와 바닥으로 뚝뚝 떨어졌다. 피는 은빛도 아니었고 검은색도 아니었다.

　그냥 붉은색이었다.

　평범한 인간의 피는 평범하기 그지없는 생명이 나가고 있다는 징표이기도 하다. 또, 그것을 막을 그 어떤 방법도 없다.

　이 전장의 흔해 빠진 병사들 중 하나와 똑같은 운명이 된 것이다.

　그런데 그게 참, 인정하기 어려웠다.

　그 자신이 사람이며 똑같은 몸뚱이를 가졌다는 것이.

　또, 지금 심장이 뚫렸다는 것이.

　무엇보다도 이제 끝장이라는 것이.

　검에 박힌 채 마인베르크가 웃었다. 절망 어린 스산한 웃음 소리였다.

　"칼릭스트…… 너를 정말 좋아하는데 말이야……."

　칼릭은 차분하게 말했다.

　"네 유언 같은 것은 듣고 싶지 않다. 네 말 한마디도 세상에 남겨두고 싶지 않으니."

　칼릭은 마인베르크의 가슴에 다리를 대고 검을 뽑았다.

　"그만 죽어."

　붉은 피가 바닥에 흠뻑 고였다. 그냥 붉은 피가.

　마인베르크의 얼굴이 일그러졌다. 어떻게든 버텨보려 했지만, 그는 어

쩔 수가 없었다. 피가 스스로 멈출 리 없거니와, 멈추게 할 능력도 힘도
없었다.

허, 하는 짧은 신음이 흘렀다. 버티는 힘을 잃은 마인베르크의 몸이 풀
썩 쓰러졌다.

칼릭은 고개를 젖히고 숨을 토해냈다.

잠시 세상에 정적이 오는 것 같았다.

모든 것이 멎는 순간, 엄청나고 격렬한 것이 밀려오기 직전의 순간이.

이거였습니까, 숲의 왕. 내내 저 안에 있으며 해방될 날을 기다리고 있
었던 겁니까. 그리고 저 안에서 나를 지켜보고 나를 구해주고 그녀와 만
나기를 기다렸던 겁니까.

동방 숲의 왕은 사라진 것이 아니라 저 안에서 상대를 멸망시킬 순간
을 기다리며 숨죽여 있었던 것이다.

니안느가 마인베르크로부터 도망쳐 안둔으로 갔던 것도 그 덕일지 모
른다. 니안느는 가장 적합한 곳으로 보내진다고 했다. 또, 안둔은 영혼이
육신이 없어도 형체와 의지를 가질 수 있는 곳이라고도 했다. 그렇다면,
니안느의 목에 있던 그 펜던트 안에 남아 있던 왕의 힘이 발현할 수도 있
었을 것이다. 그곳에서 왕은 어떻게든 칼릭이 숲으로 도망친 시점과 니안
느를 연결시켜 칼릭에게 자신의 힘을 전달했던 것이다.

아버지가 생명을 바쳐 가며 보고 또 보고 확인하고 또 확인했던 것은
바로 이것이었을 테지. 아버지는 이 희망에 모든 것을 걸었을 테고, 그 희
망이 진짜 미래가 될 수 있도록 할 수 있는 최선을 다했던 것이다.

지치고 흐린 칼릭 앞에는 돌아온 동방 숲의 왕의 힘이 만든 숲이 펼쳐
져 있었다. 죽음과 비탄과 신음을 이겨낸 기적의 숲이다.

옆에서 메피스토가 나지막하게 우는 소리가 들렸다. 칼릭은 급히 돌아
보았고, 다행히 메피스토는 무사했다. 큰 부상일 것 같았던 상처는 흉터

만 남기고 아물어 있었다.

왕의 축복이다.

칼릭은 빙그레 웃었다. 메피스토도 만족한 듯 눈을 가늘게 뜨고 울었다.

"나 도와주느라 수고했다, 메피."

칼릭은 다가가 메피스토의 머리에 손을 얹었다. 메피스토는 콧김을 내뿜으며 칼릭의 손을 콧등으로 밀었다.

"네가 없었으면 아무것도 못했을 거야."

부드러운 응대의 으르렁거림이 목 안에서 흘러나왔다.

"이제 니안을 찾아야겠다."

칼릭은 주변을 둘러보았다.

어디 있지, 니안.

이 바보야, 무슨 교감이야.

너 혼자만 할 수 있으면 그게 무슨 교감이야.

어서 답해. 너, 어디에 있는지. 무사한지.

그리고 칼릭은 마침내 리카르를 발견했다. 그는 한쪽 무릎을 꿇고 팔로 니안느를 안고 있었다. 니안느는 눈을 감고 그 품에 기대 쓰러져 있었다.

"……마인베르크는 어떻게 되었지?"

리카르가 물었다.

리카르도 상태가 좋지는 않았다. 갑옷은 깨져 있고 그 아래로 피가 흘러나오고 있었다.

"그는 내 몫이었고, 내 몫으로 가져갔습니다."

그리고 들고 있던 검을 리카르 앞에 꽂았다. 리카르는 지친 눈으로 그 납빛 검을 보았다.

"아까 봤다. 그것…… 혹시, 성무구(聖武具)인가."

"아마도."

보통 검이 아닌 건 당연했다. 그 정도 권능을 썼다간 천하 명검도 한 번 찌르고 박살난다. 신이 직접 만들어 인간에게 준 무구만이 권능을 버틸 수 있고, 그 성무구는 모두 교단의 것이었다.

"판디온 교단에서 빌려줬나."

"아닙니다. 주웠습니다."

리카르가 어처구니없다는 듯 그리 말한 칼릭을 보았다.

"지금, 나하고 농담하는 거냐."

"주운 게 맞습니다. 길에서 뽑아온 것이니, 주운 게 맞지요."

"못…… 알아듣겠구나."

"몬타에 있던 겁니다. 유스티카엘 석상 앞에 있는."

리카르의 눈이 커졌다.

"설마, 그거?"

"네. 그겁니다."

"미친."

"천 년 넘게 주인이 찾아가지도 않던 물건 아닙니까. 쓸 만한 검도 없고 해서, 그냥 뽑아왔습니다. 돌려달라고 하면 그때 돌려주면 되겠지요."

몬타의 천사상 앞에는 격마 전쟁 후 유스티카엘이 남기고 간 성검이 있다. 그의 주군인 벨사키엘이 하사한 검이니, 따지자면 벨사키엘의 무구이다. 칠천사 교단이 모두 그 검을 가져가려 했지만 아무도 성공하지 못했다. 검을 쓰는 데는 어마어마한 권능이 필요했고, 기사단장이 즉시 순교할 정도라 다들 시도하는 시늉만 좀 하다가 끝냈다.

바로 그것을 칼릭이 들고 온 것이다. 아주 태연하게 주워와 당연하게 휘둘러 싸웠다.

지금쯤 교단은 난리가 나 있을 것이다. 없어졌다고 한바탕하고, 그렇다면 누가 들고 간 거냐며 한바탕하고, 우마니엘의 혈족인 칼릭이 가져갔다는 게 알려지면 또 한바탕하겠지. 달라고 하면 그때 주면 될 거다. 팔아먹지도 못하는 거, 가지고 있으면 뭐 하나.

"마인베르크는 정말 죽은 거냐."

"네. 그렇습니다."

칼릭은 계곡을 뒤덮은 숲을 바라보았다. 리카르의 병사들이 정신 차리고 있는 것이 보인다.

리카르가 말했다.

"……칼릭스트, 잠시 부탁이 있다, 아주 중요한 부탁이다."

"하십시오."

"이 아이를 부탁한다."

칼릭은 리카르의 가슴에 기대고 있는 니안느를 보았다.

아, 이 바보, 뭐 하고 있는 건지. 당장 달려가고 싶은 것을 간신히 참았다.

"지금 가봐야 할 곳이 있다. 이 아이가 눈을 뜰 때까지 부탁한다. 눈뜨고 나서 내가 없다고 투덜대거든 말해다오. 급한 일이 있어서 간 거니, 여기서 기다리라고. 되도록 위험한 일은 하지 말고 가만히만 있으라고. 알겠지?"

"알겠습니다."

리카르는 니안느를 바닥에 조심조심 눕혔다. 메피스토가 다가와 니안느를 향해 머리를 숙였다.

"볼프람 각하!"

울리치가 나타나 달려왔다. 그 뒤에는 이제 막 전쟁을 마친 병사와 기사들이 따르고 있었다.

"자네는 대체 어떻게 된 건가."

리카르가 묻자, 울리치는 아크노 다리 쪽을 가리켰다.

"델 판과 고티에의 군사 후방을 치고 올라오는 길입니다. 마인베르크를 도울 군사는, 적어도 저쪽에는 없습니다."

리카르는 칼릭을 돌아보았다.

"설마, 너……."

칼릭이 말했다.

"바르가스 쪽이 걱정되는 거라면, 지금 당장 남은 군사를 챙겨 가십시오. 우리도 정리되는 대로 도우러 가겠습니다."

울리치도 말했다.

"저는 여기 남겠습니다. 이 녀석을 타고 가십시오, 각하."

울리치는 리카르에게 자신의 말을 넘겼다.

"고맙다. 그리고 수고했다, 울리치."

"당연히 할 일을 했습니다."

리카르는 울리치가 건네준 말에 탄 다음, 남은 기사와 병사들을 모았다. 병사들과 기사들은 금방 모여 리카르를 따라 출발했다.

칼릭은 메피스토가 보호하는 니안느에게 다가갔다.

"니안."

칼릭은 장갑을 벗고 니안느의 볼에 손을 얹었다.

지금 이곳을 뒤덮은 기적의 숲은 니안느가 부른 것이다. 해방된 왕의 힘을 받아들여 마인베르크가 이끌고 온 흑익의 기사들을 박살 냈다. 마인베르크를 죽인 것은 칼릭이지만, 이 전장을 완벽하게 쓸어내 이기게 해준 것은 니안느다.

칼릭은 니안느 쪽으로 머리를 숙여 이마에 입을 맞췄다. 칼릭이 보기에도 이 계곡을 모두 휩쓸어 마인베르크의 마법을 쓸어 없애는 것은 힘든 일로 보였다. 지친 게 당연하다.

"일어나, 니안느."

칼릭은 조용히 말했다.

"이제 그 자식이 없는 세상이니, 일어나."

니안느의 눈썹 끝이 흔들렸다. 다행이다. 기다려야 하는 시간이 그다지 길지 않아서.

니안느는 조용히 눈을 떴다. 속눈썹 아래 은보라색 눈동자가 멍하니 허공을 보다가 칼릭을 발견했다.

"칼릭스트."

"그래, 나야."

니안느는 칼릭의 갑옷을 보았다. 여기저기 흠집이 나 있고, 먼지투성이이다. 그러나 피가 날 만한 상처도 뼈가 아픈 상처도 없어 보였다.

"가장 좋은 소식부터 말해줘요. 마음에 들 정도로 좋은 소식이면 당장 일어나고, 나쁜 소식이면 그것이 꿈이라고 판정될 때까지 잘 테니."

"리카르는 무사해."

"내 착각인가요. 애석하다는 듯이 들리네요."

말은 그리해도 니안느의 눈에는 기쁜 빛이 가득했다. 칼릭도 눈을 가늘게 뜨며 웃었다.

"그날 그렇게 말한 건 미안해."

니안느는 설마 그건가 싶었지만, 그래서 더 이해할 수 없었다. 뭐가 미안하다는 건지 모르겠다.

"다시는 안 그럴게."

어차피 화나지도 않았던 니안느는 없던 잘못도 용서해 주고 싶은 기분이었다. 무슨 일을 했던 간에, 이 자리로 이렇게 달려와 준 것으로 다 녹는 듯 사라진다.

"불공평하네요. 칼릭스트 경이 그 얼굴로 그러면 말이죠, 분명 내가 억울한 일인데, 일단은 용서해 줘야 할 것 같단 말이지요."

"정말 미안했어. 그리고…… 인정할게."

"뭘요."

"너한테 리카르가 아주 소중하다는 것. 너그러이 받아들어야 할 것 같아. 일일이 화를 내다가는 지난번처럼 크게 상처 입히고 말 테지. 생각해 보니, 그게 더 나쁜 것 같아. 내가 짜증나는 것보다 네가 상처받는 게 더 큰 문제 같으니까."

"정말요?"

"내 자리와 그의 자리가 남자 둘이 앉기에는 지나치게 가까운 건 맞지만 말이야, 어쩔 수 없는 건 어쩔 수 없겠지. 네가 버텨온 십 년의 옆자리에는 그 남자가 있었으니."

칼릭은 니안느의 이마를 매만지고 관자놀이를 건드렸다.

"그리고 그 남자에게 너는 아주 소중해. 그거면 된 거 아닐까."

"……."

"이렇게 인정하니까, 용서해 줘. 다시는 안 그럴 테니."

니안느는 몸을 일으켜 칼릭의 품에 기댔다. 피 냄새도 상처의 징후도 없다. 다행이네, 안 다쳤구나. 그러니 다 용서하기로 했다. 지금은 이것만이 좋다. 이겨내고 다시 만났고, 서로가 무사하다는 것이.

"다른 좋은 소식은 없나요? 그다음으로 좋은 소식."

"마인베르크가 죽었어."

"……."

"고개 돌리면 어딘가에 그 시체가 있을 테지만, 그리고 그 시체뿐인 것도 아니지만, 나중에 봐…… 니안?"

"놀라서요."

니안느는 충격 받은 듯 굳은 얼굴이었다.

"좋다고 팔짝팔짝 뛰기라도 할 줄 알았는데."

"그렇기에는 그가 잃게 한 게 너무 많아서. 그가 없어진다 해도 내가 잃은 것은 돌아오지는 않아요. 이제는 슬퍼하기만 해야 하는 시간이죠."

"그래도 이제 그는 네게서 아무것도 빼앗아갈 수는 없을 거야. 나에게도 마찬가지고."

칼릭은 눈을 감았다가 천천히 떴다. 눈썹 아래로 평화롭고 조용한 녹색 눈동자가 드러났다.

"그거면 된 거겠지."

"……."

그 눈동자를 보며 니안느는 안으로 따뜻한 물결이 밀려드는 것을 느꼈다.

니안느는 복수의 완성을 앞에 두었을 때의 리카르를 알고 있었다. 그 끝이 눈앞에 있건만, 리카르가 원하는 것은 아무것도 없었다.

지금 니안느도 그렇다.

잃어버린 숲은 잃어버린 대로 사라졌다. 되찾은 것은 아무것도 없다. 그러나 이 남자는 지금 이 자체에 기뻐한다. 그래서 니안느도 기뻤다. 복수나 징벌만을 원하거나 니안느 자신만을 생각했다면 지금 허탈하고 슬프기만 했을 것이다. 다시는 돌아올 수 없는 형제들과 스승 필람몬의 죽음에 울기만 했을 것이다.

그런데 아니다.

니안느는 지금 자신이 두 눈을 뜨고 있다는 데, 두 팔로 이 남자를 안을 수 있다는 데, 이 남자도 자신을 보고 있으며 살아 있다는 데 너무나 기뻤다. 이제는 모두가 안전하게 되었다는 것에 더더욱 기뻤다.

"나, 오래 누워 있었나요."

"그다지."

니안느는 몸을 일으켰다.

전쟁터는 이제 완전히 숲속으로 변해 있었다.

"네 왕이 돌아온 건가."

"일단 태어나야 해요. 깃들 곳을 찾고 힘을 찾아야죠. 숲의 왕은 신이니까. 그리고 나는 그분이 어디로 간 건지 찾아내야 할 테죠. 동방 숲으로 돌아간 거면 좋겠어요. 아니, 어쩌면 그렌 숲으로 갔을지도 모르겠네요. 그렌 숲으로 간 거면 말이죠, 내가 오두막 하나 짓고 들어앉아 개종하라고 돌아다녀 볼게요. 우선, 칼릭스트 경부터."

"미안, 이번에 벨사키엘에게 신세 진 게 좀 많아서 당분간 개종은 곤란해."

칼릭은 바닥에 박힌 성검을 가리켰다.

"이거 말이야."

"어디서 가지고 온 건가요?"

"몬타에서."

니안느도 몬타에서 보았던 그 검을 기억해 냈다. 그 검과 이 검이 같은 것이라는 것을 인정하는 데는 시간이 좀 필요했지만.

"메피와 같이?"

"그래. 아침에 일어나 보니 녀석이 돌아와 있더군. 그래서 동의 받고 같이 갔어. 날개 달린 녀석이라 도움이 되었지. 그다음은…… 울리치가 가지고 있는 군사 중 산행에 능한 자들을 고르고 블랑셰리온과 라크세니아 쪽 산악 경비대를 불러다 후미를 치기로 한 거야. 마인베르크는 선두와 후미에 가장 형편없는 녀석들을 세워놓거든. 마인베르크는 그들을 돼지 떼라 불렀지. 쉽게 격파해 여기까지 올 수 있었다."

과거를 생각하는 듯 칼릭의 눈으로 어두운 그림자가 번졌다.

"그리고…… 리카르가 마인베르크와 만나기로 했다는 말을 듣고, 울리치와 내 수하들을 하루 먼저 도착하게 한 뒤 대기시켰어. 마인베르크는 주력은 모두 바르가스로 보냈더군. 자신은 흑익기사단만 가지고 리카르와 맞설 생각이었던 거야. 오히려 일이 쉬워졌다 생각했다. 인간 군사나 전마들과 싸우는 것보다야 마인베르크 하나와 싸우는 게 간편했으니까."

"언제부터…… 저 검에 대해 생각했나요."

"내내, 항상. 마인베르크가 정말 신의 후손이라면 그 목을 끊기 위해서는 역시나 신의 힘이 필요할 테지. 성기사단에 들어가 성무구를 얻어낼까도 생각했지만, 후계자로 선포된 대가문의 직계는 성무구를 가질 수 없지. 그러다 몬타에서 저 검을 보고 알게 되었지. 제일 쓸 만한 게 저기 있었다고 말이야. 주인도 없고 쓸 사람도 없으니, 어디 갈 일도 없겠지."

칼릭은 니안느의 목을 끌어안았다.

"어쨌건 그놈은 이제 없고, 세상은 이리 고요하고 아름답지."

니안느는 그의 품에 기대다, 옆에 쭈그리고 앉아 있는 울리치를 발견하고 놀랐다.

"에? 울리치?"

"계속해. 보기 좋네."

울리치는 심드렁하게 말했다.

니안느가 분노하며 외쳤다.

"울리치가 여기 있다는 말은 왜 안 했어요!"

"좋은 소식부터 전하라며. 이거야말로 최악의 소식인데."

"그럼 나 깨기 전에 치웠어야죠!"

"미안. 그리고 이 녀석하고 여기까지 오면서 깨달은 건데 말이야. 아무래도 이 녀석이 니안느를 좋아했던 것 같아."

니안느는 너무 기가 막혀 입을 벌렸다.

"그거, 나 웃기려고 하는 말인가요?"

울리치도 고함을 질렀다.

"헛소리하지 마! 내가 왜 이 들짐승 같은 계집애를!"

칼릭이 입술 끝을 올렸다.

"어이, 울리치. 그때 나한테 말했지. 전쟁터란 곳이, 암말도 여자로 보이는 곳이라고. 그럼 너 역시 당연하겠네. 암말한테도 발정 나고, 여자같이 생긴 남자에도 발정 나고, 그러면 니안느에게도 당연히 발정 나는 거지. 조금 생각해 보니, 그거 네 얘기더라."

니안느는 몸에 송충이가 붙은 표정이었고, 울리치는 송충이를 먹었다는 말을 들은 표정이었다.

그런 둘을 보는 칼릭의 입술 끝이 더 올라갔다.

"이해는 한다. 언제 죽을지 모르는 전쟁터였으니. 니안느 정도면 요정이나 성녀처럼 보였을 테지. 그런데 어쩌나. 발정이든 연정이든 간에, 뭘 해보고 싶어도 옆에 있는 리카르가 무서워서 아무것도 할 수가 없네."

"이 야만인 이교도 계집애한테 내가 왜!"

"그러는 너는 들이댈 구석이라곤 하나도 없는 형편없는 남자고."

"아니라니까!"

"게다가 이거 봐. 네가 일어날 때까지 기다리잖아. 이러는데, 몰라주는 것도 예의가 아니더군."

울리치는 부르르 떨었다.

"칼릭스트, 입 닥쳐! 그리고 니안느, 리카르가 애지중지해서 남자 무서운 줄도 모른다지만, 저놈이 대체 뭐가 좋아! 얼굴 빼고는 아무런 미덕도 없는 놈이잖아! 성격도 엉망이고, 건방지고, 짜증나고!"

"가만, 얼굴이 어때서. 흔해빠진 노력으로 얻는 미덕보다야 태어나면서부터 가지고 있는 게 더 희귀한 거 아닌가."

"아무런 노력도 없이 얻은 외양 따위!"

"너처럼 손톱만큼의 미덕도 없는 것보다야, 날로 먹은 미덕이라도 있는 게 낫지. 안 그래?"

울리치는 기가 차서 입만 벌렸으나, 반박은 할 수 없었다.

"자, 이러니 니안, 다음에 내가 예민하게 굴면, 그건 니안 잘못이 아니라 이놈 잘못이야. 당장 이 녀석에게 달려가 두꺼비로 만든 다음 작은 바구니 안에 가둬 버려. 나한테 주면 내가 잘 돌봐줄게. 기름진 귀뚜라미를 먹여가며."

니안느는 울리치가 아주 끈질긴 남자에게 원한을 샀다는 것을 깨달았다.

칼릭이 니안느의 등에 가슴을 댔다. 니안느는 그의 손에 손을 얹어 매만지곤 조용히 물었다.

"리카르는 어디로 간 건가요."

"바르가스."

"나도 그곳으로 가볼게요."

"나한테 허락받는 건가?"

"네. 이제 나 혼자가 아니라면서요."

칼릭은 니안느에게 더 깊이 몸을 숙였다. 머리카락이 흘러내려 니안느의 볼을 스쳤다. 전장을 뒹군 몸이라 쇠비린내에 젖어 있었으나, 특유의 상쾌한 체취는 옅게 섞여 있다.

"잠시라면 보내줄게."

니안느는 잠시라면— 라는 말이 품은 의미가 궁금해졌다.

"돌아와. 믿고 있을 테니. 그리고 네가 돌아와야 나도 이 고생을 한 보람이 있지."

칼릭은 고개를 돌려 니안느의 볼에 입을 맞추었다.

"그리고 잘 기억해 둬. 나는 아무 말 안 했다는 것을."

"네?"

"고백에 관한 한, 네가 먼저 했어. 나한테서도 듣고 싶거든 반드시 돌아와. 손해 보지 말라고."

니안느는 얼굴에 미소를 흠뻑 담았다.

"당연하죠! 그럼 다녀올게요."

"그래."

니안느의 몸은 순식간에 검은 새로 변해 날아올랐다.

칼릭은 새가 사라질 때까지 지켜보았다. 아쉽지만 어쩔 수 없었다. 아직 다 끝난 건 아니니.

멀리서 전장의 소리가 들려온다.

칼릭은 성검을 집어 들고 주인 잃은 말을 찾아 그 등에 실었다. 울리치도 일어나 주인 잃은 말을 찾았다. 메피스토가 몸을 일으켜 주변을 둘러보더니, 겁에 질린 말 한 마리를 찾아 울리치 쪽으로 몰아주었다. 칼릭은 울리치의 어깨를 치고는 물었다.

"……울리치 너, 용병 출신이지."

"그렇긴 하지. 왜."

"꼴 보니 귀족 생활 같은 건 못할 것 같고, 혼자서 수도승 생활이나 하는 게 타인에게는 좋을 것 같은데 그것도 못할 것 같고. 그러니 너, 라크세니아로 오는 게 어때?"

"라크세니아?"

"마인베르크가 죽었다는 소문이 여기저기 퍼지면 라크세니아에서는 일이 많아질 테지. 거기서 일 좀 하라고."

"나 싫어하는 거 아니었냐?"

"물론 아주 싫어하지. 기대보다 못하기도 하고. 그런데 지금은 너 정도도 아쉬울 지경이라.”

“…….”

“어쩔래?”

저 멀리서 한 떼의 군마가 나타났다. 선두에는 운텔가움의 벤자민이 있었다.

“가자, 아직 할 일이 남았다. 결정은 내일 해도 되니, 지금 서둘러.”

리카르가 도착했을 때 바르가스는 동문이 완전히 무너진 상태였다. 성 안은 완전히 지옥이었다. 무너진 벽 안에 전마들이 새카맣게 들끓고 있었고, 그들 아래에 시체가 갈기갈기 찢겨 널려 있었다.

리카르는 달려드는 거대한 전마의 머리를 후려갈겼다. 머리뼈가 박살 나며 안에 든 뇌수와 살점이 쏟아졌다. 따라온 기사와 병사들도 같이 싸우기 시작했다. 바닥으로 흉측한 머리들이 떨어져 굴렀다.

“바세바!”

리카르는 다시 덤벼드는 전마의 몸을 베어버리며 외쳤다.

“있으면 답해, 바세바!”

성에서 나선 시간을 생각하면, 상당히 빨리 무너진 것이다. 바세바나 지휘관급 기사들은 사령탑을 벗어날 틈도 없었을 것이다.

리카르는 성안으로 들어가 성벽 위의 사령탑을 보았다. 그 위에 들러붙어 있던 전마 몇 마리가 기어 내려왔다. 성벽에는 핏물이 길게 늘어져 있었다. 리카르는 계단을 오르려다, 그 아래로 회색 옷자락이 나타난 것을 보았다.

리카르는 급히 그 몸을 잡았다.

역시, 세레나였다.

"리카르?"

"세레나."

세레나는 눈을 감고 한숨을 내쉬었다.

"맙소사, 이렇게 만나다니. 다행이에요. 무사히 왔군요."

"바세바는 어디 있소."

세레나는 어떻게 그 이름이 먼저 나오느냐는, 충격 받은 표정이었다. 리카르는 세레나를 잡았던 손을 놓았다.

"바세바가 어디 있는지 모르면 여기 가만히 있으시오."

"리카르. 가만요, 멈춰요."

세레나는 리카르를 붙잡았다.

"위험해요. 가지 말아요."

"마인베르크가 죽었소."

세레나의 손에 힘이 꾹 들어갔다.

"어, 어떻게……"

"긴 이야기는 할 수 없소. 지금 나는 바세바를 찾아야 하오."

세레나는 급히 말했다.

"같이 가요."

"세레나, 나는 바세바를 찾아야 해."

"당장 여기를 떠나 나하고 같이 가자고요! 더 멀리! 우리 둘만 있을 수 있는 곳으로!"

리카르는 한숨을 내쉬고는 세레나의 어깨를 잡았다.

"내 말 잘 들어, 세레나. 마인베르크는 죽었고. 여기서 내가 이길지 질지는 모르오. 이긴다면 좋겠지만, 진다면 또 어쩔 수 없지."

"그러니 같이 가자니까요! 여긴 버려요."

"그럴 수 없소. 나는 약속을 했고, 지켜야 해. 그리고…… 마지막이 될지도 모르니 지금 이야기하겠소."

리카르는 세레나의 얼굴을 똑바로 보았다.

"이대로 돌아가 아무 일도 없었던 것처럼 사시오. 칼릭스트는 아직 모를 테고, 오베른은 아무 말도 하지 않은 걸로 보아 그래도 당신을 지키고 싶은 것 같소. 그러니 아무도 당신에게 책임을 묻지 않을 테고, 의심도 하지 않을 거요."

"그게 무슨 말이에요."

"당신이 무엇을 해왔는지, 어떤 일을 했는지, 다 알지는 못하지만…… 그래도 아예 모르는 건 아니오. 하지만 그냥 침묵했소. 아무것도 하지 않는 편이 나을 거라 생각했으니. 그러나 어제 아침 당신이 나를 찾아왔을 때 알았지. 당신과 나 사이의 일은 피한다고 지나가는 일이 아니란 것을. 당신이 내게 원하는 것이 있는 한, 절대로 피할 수 없다는 것도."

세레나는 고개를 저었다.

"무, 무슨 말을 하는 거예요. 내가 뭘 했다고!"

"세레나, 나는 마법의 원리나 기원에 대해서는 무지하오. 아무것도 모르지. 하지만…… 그것이 마법을 쓰는 사람에 대해 모른다는 의미는 아니고, 무엇이 마법이고 무엇이 우연인지 구분하지 못한다는 의미도 아니었소."

세레나의 얼굴이 하얗게 얼어붙었다. 입이 굳고 볼이 창백하게 변하며 눈은 공포에 질렸다.

리카르가 말했다.

"당신이 뭘 할 수 있는지, 나는 알고 있소."

리카르를 잡았던 세레나의 손이 천천히 내려갔다.

"……그럴 수가."

"지금 내가 할 수 있는 최선은 침묵하는 것뿐이오. 그리고 이건 당신이 당한 고통이 나도 아프기 때문이기도 해. 나는 당신이 한 번이라도 기회를 얻기를, 평화로운 삶을 얻기를 바라오. 그러니 이게 마지막 기회이자 유일한 기회요. 여태 해왔던 모든 일은 마인베르크의 죄가 될 것이고, 당신은 가엾은 미망인이 되어 책임으로부터 벗어날 수 있는 기회를 얻을 거요."

세레나는 고함을 질렀다.

"싫어요! 다 당신을 위해서였어! 당신이 돌아오길 바라며, 다 당신을…… 당신에게 주고 싶었어요. 당신 자리…… 당신 자리를 마련한 거야! 저 공주의 용병 자리가 아닌, 진짜 당신의 자리를! 봐, 마인베르크가 죽었고— 그러면 그 자리는 당신 것이 될 수 있어요!"

"바란 적은 없소. 내 삶은 내 것이고, 선택도 내가 하오."

"그래서 나를 버리겠다는 건가요?"

"아니, 잊겠소."

세레나는 충격으로 몸이 떨렸다. 싫다는 말보다 이 말이 더 잔인했다.

"대체…… 누가 이야기한 건가요. 설마, 마인베르크?"

"당신 자신이 한 거요."

"어떻게!"

"몬타에서 습격이 있던 그날, 나를 찾아온 당신을 보고 알았소. 그래서 당신을 불러 내 옆에 있게 했지. 내 불길한 예상이 틀리길 바라면서. 당신은 내가 마지막까지 놓을 수 없었던 아름다운 추억이었으니."

리카르는 세레나가 마인베르크로부터 안전하게 도망친 것을 보았을 때부터 의심했다. 칼릭이 도왔다고는 하나 그것만으로는 이유가 될 수 없다. 몬타에서 그녀가 나서는 것을 보면서 짐작하기 시작했고, 또 바르가스에서의 모습을 보며 확신했다.

리카르는 마법의 원리는 무지해도 마법을 모르지는 않았다. 니안느와 같이 지낸 시간이 십 년이다. 또 그가 지낸 곳은 마법을 가장 많이 볼 수 있는 상투아리움이다. 어떤 것이 마법인지 알아볼 눈 정도는 가지고 있었다.

리카르는 세레나가 하는 모든 것을 지켜보았고, 그녀가 마인베르크에게 얼마나 결정적인 도움을 주었는지도 알아챘다.

마인베르크는 쉽게 몬타의 니안느를 찾아냈고, 소환 마법 정도는 어느 정도 방어가 되는 바르가스 안으로도 침투했다. 또, 마인베르크는 전력이 나뉘는 위험을 감수하면서 이 바르가스로 상당수 전력을 보냈다. 누군가의 관여와 의지 없이는 불가능한 일이었다.

리카르는 세레나가 마인베르크에 대한 증오를 표하면서도 돕는 이유를 짐작하지 못하다, 세레나의 제안을 듣고 깨달았다. 세레나는 마인베르크가 이기길 바라서 이런 일을 하는 게 아니었다.

"이제부터 나더러 어쩌라고요. 당신도 없이……!"

"과거는 태우고, 추억은 버리시오. 이제부터 어찌 살든, 그건 다 당신만의 일이오."

리카르는 더 말하지 않고 돌아섰다.

그때 그 앞으로 흰 나비가 나타났다. 나비는 빛의 궤적을 그리며 그의 앞을 나풀나풀 날아다녔다.

"니안?"

리카르는 미소를 지었다.

깨어났구나, 다행이다.

나비는 계단 위로 날아올라갔다. 리카르는 나비가 만들어내는 흰 빛을 따라갔다. 참혹한 시체들이 여기저기 널려 있었다. 뜯겨 나간 팔다리가 흩어져 있고, 뽑혀 나간 목이 뒹굴었다. 전마들 역시 당하기는 매한가지였다. 화살이 수북하게 박힌 채 쓰러진 것들이 보였다.

나비가 구석으로 날아가 멈추더니 천천히 사라졌다. 리카르는 그곳을 보았다. 거대한 전마가 쓰러져 있었다. 목에 부러진 날이 박혀 있었다. 그것이 치명타가 되어 괴물은 쓰러졌다. 마지막 남은 사람에게 운이 있었다면 살았을 것이다.

"바세바."

리카르는 괴물 앞에 쓰러져 있는 바세바를 발견했다. 손 옆에는 부러진 칼자루가 떨어져 있었다.

바세바의 흐린 눈이 리카르를 향했다.

"리카르."

리카르는 안도의 한숨을 내쉬었다.

"살았군. 다행이오."

"그런데 다리는 부러졌어요."

"그 정도면 괜찮은 거니, 아무 생각 마시오. 움직일 수 있겠소?"

"아뇨. 그리고 아프니까 손도 대지 말아요. 그런데 왜…… 온 건가요. 그대로 가지."

"우리는 약속을 했고, 나는 내 힘이 닿는 데까지 그 약속을 지킬 의무가 있소."

바세바의 눈에 눈물이 고였다. 고마워서 우는 것이다. 리카르는 이 여자가 이렇게 약한 얼굴을 보이는 건 처음 보았다.

"화냈던 거 미안해요."

"내가 잘못한 것도 있소."

"그래도."

"우리는 부부잖소. 부부 싸움이야 누구나 하지 않겠소."

리카르는 사령탑의 창밖을 보았다. 지평선 끝이 검게 물들고 있었다.

뿔 나팔 소리가 길게 들려왔다.

"지원군이 오고 있나요?"

"그렇군."

"어디인가요. 내 아들은 아닐 텐데."

리카르는 성을 향해 달려오는 거대한 깃발을 보았다.

그 뒤로 은빛 갑옷을 입은 거대한 기사단이 돌진하고 있었다. 지평선 위로 은빛의 파도가 쏟아져 내리는 것 같았다.

리카르는 멍하니 그 광경을 보았다.

이런 것을 평생에 볼 수 있을 거라, 상상조차 해본 적이 없었다. 환각인지 실제인지도 모르겠다.

목소리가 떨리는 것을 느끼며 리카르는 말했다.

"······판디온 교국이오."

"네?"

펄럭이는 거대한 금빛 깃발과 그 위에 수놓아진 푸른 날개와 성검(聖劍), 저건 판디온의 깃발이다.

"판디온의 성기사들이오."

리카르는 보고 있어도 믿을 수 없는 장관을 보며 깨달았다.

리카르가 아는 사람 하나가 판디온으로 떠났다.

오베른.

그러나 리카르는 여태 무시하고 있었다. 전쟁을 앞두고 있는 상황에서 오베른이 마인베르크 앞으로 부를 죄목은 너무 시답잖은 것들이었다.

믿어달라는 오베른의 말에 담긴 것이 무엇인지는 몰랐다. 블랑셰리온에게 지휘권을 돌려준 것은 바세바를 못 믿어서였지 칼릭과 오베른을 믿어서는 아니었다. 당시 리카르 입장에서는 칼릭 쪽을 믿는 편이 나아 보였다.

그러나 오베른은 교황과 선약 없이 언제라도 대면할 수 있는 일곱 대 가문 중 하나의 주인이다.

또, 그 블랑셰리온 가(家)가 부여받은 권능은 예언. 그들이 하는 예언은 그냥 예언이 아닌, 신의 절대명령이다.

게다가 마인베르크와 싸우기 위해 칼릭이 들고 왔던 것은 벨사키엘의 성검이다.

신의 명령이랄 수 있는 예언과 수천 년간 그 누구도 쓸 수 없었던 성검의 발현.

두 가지만으로도 교국이 나설 수 있는 신의 계시는 충분한 것이다.

성기사들, 대륙 최강의 전사들이 이 전쟁에 참전하여 고티에 황자와 마인베르크를 격파하고 프레데릭을 도와야 한다는 신의 계시로.

제12장
눈 내리는 전야(前夜)

교국 판디온의 성기사단은 일곱 개이며, 일곱 보좌천사의 이름을 땄다. 당연한 일이지만, 그 구성도 각 대가문에 소속된 이들로 이루어졌다. 가문의 피를 이어받은 기사들은 권능의 축복과 천사들의 피를 이어받은 이들로, 권능을 배제한다 해도 전투력 자체가 압도적이었다. 권능을 쓰지 않아도 될 정도로 갈고닦은 덕에 그리된 것이다. 권능이 인간의 육체에 가하는 고통이 어느 정도인지는 본인들이 더 잘 알았으니, 그 권능을 쓸 일 자체를 줄이는 것이 그들 수련의 목표였다.

이런 일곱 성기사단 중 진짜 전쟁에 나서는 것은 판천사 유스티카엘의 히페리움, 투천사 글로리우스의 비스토니온, 위광천사 암플리투스의 악펠리 가문이 이끄는 기사단이다. 악펠리 가문의 성기사들은 모두 북부에 있으니, 대륙에서 실질적으로 가장 강력한 전투 성기사들을 이끄는 대가문은 히페리움 가와 비스토니온 가다.

대가문 중 가장 계산 많은 두 가문이 이끌다 보니, 성기사단이 끼어드는 전쟁의 조건은 아주 까다로웠다. 그리고 그 도도한 성기사단이 바르가스까지 온 것은 바로 예언 때문이었다.

교단은 예언에 따라 바르가스 요새의 적을 교단의 적으로 선언했다. 판디온과 대가문들은 그 명분하에 프레데릭을 확실하게 지지하는 편이 나을 거라 판단했다.

그렇게 역사적인 성기사단의 개입과 함께 시작된 바르가스 전은 사흘 만에 프레데릭의 승리로 끝났다.

성기사들은 바르가스를 뒤덮었던 전마들을 모두 해치웠다. 고티에 황자의 군대는 블랑셰리온 가가 라크세니아에서 데리고 온 군사들이 맡았고, 남은 델 판의 군사는 리카르 볼프람이 격파했다.

프레데릭과 교단이 신의 승리를 선언한 날, 유스티카엘의 성기사단장은 주둔지에서 젊은 기사를 맞이했다.

기사는 전흔이 남아 있는 갑옷 차림이었으나, 망토에 새겨진 가문의 문장은 대가문 블랑셰리온의 것이었다.

"칼릭스트 오베리안 드 블랑셰리온이다."

"어서 오십시오, 칼릭스트 경."

성기사단의 단장이 직접 나와 맞이하는 것은 귀빈 중의 귀빈이란 의미였다. 일곱 대가문의 수장이 가지는 권위는 일곱 보좌천사의 불멸의 위상과 함께한다. 그 후계자가 가지는 권위 역시 마찬가지. 게다가 칼릭의 등에는 몬타에 있던 성검이 있다. 기사단장이 직접 나올 만한 방문이다.

이미 검에 대해 알아낸 교단은 블랑셰리온 가에 벨사키엘의 검을 맡기기로 결정했다. 누군가가 성검을 쓰고 있고, 그 검이 교단의 적을 상대하는 데 쓰였다면 그것만으로도 현 교황과 교단에 신의 뜻이 있다는 증거가 된다. 다행히 욕심 많은 히페리움 가도 아니고 새해마다 제국에서 독립할 거라고 떠들어대는 비스토니온 가도 아니다. 최소, 더 나빠지지는 않을 정도는 된다.

칼릭은 기사단장을 보며 말했다.

"아버지를 찾아왔다. 여기 계시다고 들었다."

"블랑셰리온 공은 조금 전에 출발하셨습니다. 만나겠다면 지금 출발해 따라가야 할 겁니다."

"고맙다. 아버지가 여기까지 오실 수 있게 도와주어서."

"할 일이었습니다."

기사단장은 성검을 제대로 보고 싶었지만, 생각해 보니 몬타에서 박혀 있을 때 실컷 봤다. 그냥 보내주는 것이 예의라고 판단해, 가슴으로 손을 가져가며 인사를 했다.

"가호가 있기를, 칼릭스트 경."

"경에게도. 안드레아 파빌리안 드 히페리움."

칼릭은 가슴에 손을 대어 인사를 한 뒤에 말 머리를 돌렸다. 같이 왔던 울리치가 놀라며 물었다.

"아는 사이였어?"

"옛날 친구."

"정말? 기사단장이랑?"

"자꾸 잊는 것 같은데, 나는 블랑셰리온 가의 소당주다. 어린 시절 내 교우 관계가 평범할 리가 없지. 그리고 아직 모르는 것 같은데, 너는 내 인맥 중 최하층이야."

칼릭은 입을 벌리는 울리치의 어깨를 두드렸다.

"자, 나는 이만 간다."

"야, 뭐, 저기!"

"나중에 성야 때 보자. 잘 지내. 수고했고."

칼릭은 말의 속도를 높여 길을 달렸다.

잠시 달리자, 다행히 찾던 일행을 금방 발견할 수 있었다.

칼릭은 말에서 내렸다. 일행이 멈추어 돌아보았다. 그중 마른 쪽이 머리의 후드를 벗었다. 희게 센 머리와 병색 완연한 얼굴이 드러났다.

"네가 올까 봐 서둘러 떠난 건데, 붙잡혔구나."

오베른이 어색하게 웃으며 말했다.

"몸은 괜찮으십니까."

"괜찮다고 말하고야 싶다만, 피곤하구나. 얼른 집으로 돌아가 누워 있으마. 두 다리로 걷는 것도 힘들고, 말에 타는 건 더 힘드니 마차라도 빌려볼까 생각 중이었단다."

오베른은 아무렇지도 않다는 듯 어깨를 으쓱해 보였다.

"그리고 칼릭, 그동안 내가 사고 친 거, 정말 미안하다. 돌아가면 정리하는 데만도 일 년 넘게 걸릴 거다……."

칼릭은 달려가 오베른을 안았다.

"죄송해요."

칼릭은 아버지를 안은 팔에 더 힘을 주며 말했다.

"정말 죄송해요, 아버지."

"……너란 녀석—"

오베른은 뭐든 허튼소리라도 하려 했다. 힘든 일을 당하면 항상 나오는 오베른의 버릇이었다. 괜찮아, 괜찮아, 아. 물론 괜찮은 일은 아니지만. 그래도 그런 일이 생기면 말이다 걱정은 하지 말고 생각을 하자꾸나. 아픔이나 슬픔은 사랑하는 사람들을 위한 것만 남겨놔도 충분해.

"너, 너란 녀석 말이다……."

오베른은 칼릭의 등을 안았다. 일순 말문이 막히고 몸이 떨리더니 결국 눈물이 터졌다.

"정말이지…… 다, 다 내 잘못이잖아!"

오베른은 턱을 떨었다. 눈물이 끝없이 흘러내려 볼을 적셨다.

"다 내 잘못이야. 내가…… 내가 그 고생을 하게 만들었어. 내, 내가 어쩌면 좋을까. 내 탓인데, 내 잘못인데! 너도, 데보라도, 세레나도! 너를 그렇게 만든 거, 네가 그리 살아가게 된 것, 다…… 도저히, 도저히…… 용서는 꿈도 못 꾸고, 어떻게…… 갚아야 하는지, 도무지 모르겠어……!"

흐느낌으로 오베른의 몸이 흔들렸다.

"내가 잘못했다. 다…… 다 내 잘못이야! 내 잘못인데……."

"알아요, 아버지."

"……"

"아니까, 그러니 그렇게 자책하지 말아요. 괜찮아요. 적어도 나에 관한 것만큼은 다 괜찮아요."

아버지가 얼마나 괴로워하는지 아니까. 얼마나 고통스러운 대가를 치러왔는지, 아니까. 그러니 다 괜찮다.

"그래도 이제는 다 끝났잖아요. 그러면…… 된 거니까."

송곳처럼 날카롭고 단단했고, 그 날카로움으로 사람들을 찔러대고 있었다. 특히나 아버지를.

그런데 칼릭이 그렇게 외면하는 동안 아버지는 혼자서 싸워야 했다. 두려웠을 것이다. 한 치라도 잘못되면 끝장이니.

아버지의 세상엔 그렇게 아버지 혼자였다. 그래도 묵묵히 견뎠을 것이다. 모두 그의 잘못이라 생각해서.

그걸 이제 알았다. 아버지를 이해할 수 있고 도울 수 있었던 유일한 존재였음에도, 그러지 않았다.

아버지가 뭘 잘못했는지는 안다. 그것을 부정하진 않지만, 아버지 혼자 내버려 둬서도 안 되었다.

"다시 시작해요, 아버지."

칼릭은 떨리는 아버지의 몸을 안고, 아버지의 몸이 얼마나 말랐는지 깨달으며 말했다.

"아버지, 아버지가 무슨 일을 어떻게 해왔는지…… 자세히는 모르지만 짐작은 하고 있어요. 얼마나 외롭고 힘든 길이었는지도 알아요. 그러니 이제 아버지 혼자 하지 마세요. 같이 해요. 같이 있어요."

오베른의 몸이 더 크게 떨렸다. 눈물도 더 뜨겁게 흘러내렸다. 믿어지지 않는다는 듯 고개를 저으며, 알아듣기도 힘든 목소리로 말했다.

"칼릭, 난…… 이건 단 한 번도, 단 한 번도 보지 못했다……. 그렇게나, 그렇게나…… 몇 번이나 미래를 보았는데, ……이건 본 적이 없다. 단 한 번도……."

예언을 통해 몇 번이나 죽음을 보고 삶을 보았으나, 이건 보지 못했다.

예상을 할 수 있는 일도, 예언으로 볼 수 있는 일도 아니니 당연할지도 모른다.

이건 기적이니까.

이유도 인과도 예측도 필요 없는 기적이니, 그러니 두 눈 앞에 나타나면 믿고 받아들이고 감사하는 것 외에는 아무것도 할 수 없다.

칼릭은 눈을 감으며 아버지의 흐느낌을 들었다.

이제 끝났다고, 마음 놓고 새로 시작하자고 하고 싶었다. 아버지도 세레나도 이제 정말 마인베르크로부터 해방되었다.

세상에 평화와 고요가 올 테니, 칼릭은 그 안에서 마음 놓고 속없이 행복해지고 싶었다. 웃고 싶으면 웃고 편하게 있고 싶으면 편하게 있는, 누구든 침탈하지 못하고 방해하지 못하는 곳에서 이 황금 같은 시간을 누리고 싶었다.

아버지와……

그리고 그녀와.

힘들었던 시간이었지만, 소중한 존재를 준 세상과 운명을 향해 감사한다.

팔가스의 내전은 거의 두 해 만에 프레데릭의 승리로 끝났다.

상투아리움 전쟁에서 프레데릭이 귀환한 지 일 년 반 만, 고티에가 스스로 황위를 계승할 것임을 밝힌 지 이 년 만이었다.

고티에의 시신은 온 전장을 다 뒤진 끝에 간신히 찾아냈다. 프레데릭은 그 괘씸한 동생의 시체까지 찾아내 장례를 치를 생각은 없었지만, 죽었다는 사실은 필요했다.

고티에의 공식적인 사망이 선포되자, 귀족들은 일제히 검을 내던지고 프레데릭 앞에 무릎을 꿇었다. 막내 황자인 토마스는 화합과 평화의 이름으로 용서받았으며, 토마스의 어머니이자 선황의 마지막 황후 쟈클린은 외국으로의 재혼 자리를 약속받고 얌전히 주저앉았다. 남은 귀족들은 오늘부터 영원한 충신이 되어 프레데릭에게 충성을 맹세했다. 팔가스 제국의 귀족들 대부분이 충심(忠心)보다는 복심(腹心)으로 움직이니, 승패가 분명해지면 분명해질수록 태도도 분명해진다.

승리를 선포한 프레데릭은 판디온에서 성대한 대관식을 올렸다. 교황은 그 프레데릭의 머리에 관을 얹어주며 이 신황제에게 찬사를 바쳤다. 신의 예언도 있고 성검도 있고 상투아리움에서 획득한 도시 몇 개도 판디온 아래로 넣어주었으니, 교황은 입으로 하는 축복만은 아낌없이 바쳤다.

프레데릭은 판디온으로부터 가장 많은 찬사를 받는 황제가 되었다.

프레데릭이 그리 신나는 동안 공신 중의 공신인 리카르는 복잡한 상황이었다.

바세바의 군대로 점령한 영지를 리카르의 것으로 하는 데, 블랑셰리온가가 고티에 황자 편이 된다는 전제 조건이 필요했다. 그러나 블랑셰리온가는 바르가스까지 군사를 끌고 와 도운 데다, 마인베르크가 패배한 덕에 라크세니아 쪽으로도 상당한 영향력을 미칠 수 있게 되었다. 반년 만에 역신에서 공신이 된 것이다.

세레나는 블랑셰리온 가의 호위를 받으며 델 판으로 돌아갔다. 세레나가 마인베르크의 아내이니, 이것은 블랑셰리온 가가 델 판까지 접수하겠다는 의미다.

프레데릭은 그런 블랑셰리온 가를 무시할 이유가 없었다. 게다가 기본만 치러도 되는 대가문과 꽤 많은 것을 챙겨줘야 하는 리카르 사이에서 프레데릭이 할 선택은 분명해 보였다.

"나라면 점령하자마자 그 오베른과 아들을 암살해 버렸을 텐데 말이죠."

바세바의 말을 들으며, 리카르는 괜히 왔다 싶었다. 바세바를 찾아온 목적은 병문안이었지 잔소리 청취는 아니었다.

"바세바, 당신은 그들 덕에 살았소. 다른 사람이라면 몰라도 당신이 할 말은 아닌 것 같은데."

"객관적으로 판단하자면 그렇다는 거지, 그러라는 건 아니었어요. 어차피 당신 같은 사람은 정직하게 행동하는 편이 나아요."

바세바는 진한 포도주를 한 모금 마시곤 말했다.

"며칠 뒤에 있을 성야는 일곱 대가문이 한자리에 모이는 자리이고, 그 블랑셰리온의 칼릭스트는 당연히 올 테지요. 그런데 말이죠, 당신. 그 자리에서 이 문제를 해결해 보겠다고 나서지 말아요. 당신이 나서면……."

바세바는 또박또박 말했다.

"망. 해. 요."

"……그리 강조하지 않아도 될 것 같군. 그래서 나더러 어쩌라는 건가."

"드디어 내게 조언을 구하는군요. 어쩌긴요. 당신이 블랑셰리온 가의 영지를 차지하는 건 이제 불가능해졌다는 거죠. 칼릭스트는 절대 양보하지 않을걸요. 당신이 자기 아버지에게 꽤나 당했다는 건 알지만, 그건 그거고 영지는 영지니까."

"내가 한 전쟁이 모두 헛수고가 되었다는 거요?"

"아직은 아니에요. 이제부터 잘해야 한다는 거죠. 하지만 유감스럽게도, 당신에게는 이 일을 해결할 방법도 능력도 없군요. 상대가 별로 좋지 않아요. 당신이 그 젊은 블랑셰리온에게 해도 되는 말은 가호를, 건배, 안녕, 이것으로 끝이에요."

리카르는 정치적 술수가 평균보다 못하고 칼릭은 평균보다 훨씬 상회하다 못해 상위권인 데다가 대가문의 후계자다. 등급 자체가 다르다 보니, 애초에 상대가 되지도 않는다.

"바세바, 그렇다면 당신이 칼릭스트를 상대할 거요?"

"어차피 그 영지는 내 군대로 정복한 거니 당연하죠. 다만…… 나도 처음 만나는 거라 꽤 궁금해요. 한 번 보면 잊을 수가 없다던데, 그렇게 잘생겼나요? 대가문 직계들에 미남 미녀 많은 거야 다 아는 사실인데, 블랑셰리온의 경우는 유난스러운 데가 있어서요."

"……잘생겼다기보다는 빼어나다 말하는 편이 나을 거요."

그러나 그 빼어남은 천사의 매혹이라기보다는 악마의 마성에 가까웠다. 그다지 가까이하고 싶지는 않은 종류의 매력이다. 특히 리카르의 경우, 아무리 세레나와 닮았어도 볼 때마다 불편했다.

"더 궁금해지네요. 당신이 그리 말할 정도라니. 그것도 원수의 아들을 두고."

"아샹보의 뒤를 이을 새 애인을 찾는 거요?"

"이봐요, 리카르. 내가 아무 남자나 고르는 것 같아 보여도 다 기준이 있어요. 복잡한 남자는 절대 안 건드린다고요. 황족인 내가 대가문의 후계자를? 미쳤어요?"

"알겠소. 그리고 다음에 내가 병문안 오면, 이런 종류의 대화는 좀 피하도록 하지."

리카르가 힘없이 하는 말에 바세바는 깔깔 웃었다.

"그럼 당신과 내가 무슨 이야기를 하나요. 당신은 재미 보는 거라곤 하나도 모르는 남자잖아요. 봐요, 성야의 축제 기간에 당신이 뭘 하고 있는지. 창녀를 만나고 연회장을 누비고, 술을 마시고 길에 널브러져 있어요. 도박만 빼곤 다 해보라고요."

"남편에게 별걸 다 권하는군."

"너그러운 아내에게 감사하라고요."

리카르는 한숨과 함께 천장을 보았다.

"이만 가겠소. 우리 둘 다 즐거워지려면 그게 제일 현명한 판단이 되겠군. 다음에는 내가 직접 오는 게 아니라 광대나 악사라도 보내주겠소."

"오, 고맙네요. 그럼, 이번에는 나가면서 카치아를 들여보내 주겠어요?"

"결국 그 아이를 쓰기로 했소?"

바세바의 시녀들이 바르가스에서 죄 죽는 바람에 누구든 새로 들여야 했고, 바세바는 누군가가 추천해 준 누군가의 딸인 카치아를 시녀로 들였다. 그러나 그 카치아가 최악이라고 판단하는 데는 이틀이면 충분했다.

"선택의 여지가 없으면 최악이라도 받아들여야 하잖아요. 귀하고 머리하고 연결이나 되어 있는지 의심스러울 지경이지만."

"그럼, 나는 왜 택한 거요."

"네? 갑자기 무슨 소리예요."

"궁금해서 그렇소. 카치아는 선택의 여지가 없다지만, 내 경우는 아니지. 당신이 택할 수 있는 남자는 많았소. 나보다 더 다루기 쉬운 남자도 많았고, 사정이 단순한 남자도 많았을 거요. 그럼에도 당신은 나를 택했소."

바세바는 허리를 당겼다.

"그러는 당신은 왜 나를 받아들였어요?"

"무슨 소리요."

"당신 역시 마찬가지예요. 굳이 그러지 않아도 되었다고요. 나는 그 정도 여지는 충분히 주었다고 생각해요. 칼 들고 협박한 것도 아니요, 결혼하지 않으면 당신을 망하게 하겠다고 한 적도 없거든요."

"내가 뭘 했어야 한다 생각하는 거요."

"리카르, 나는 내 아들에게 왕위를 돌려주고 싶어요. 내가 잘못해서 그 아이가 잃게 한 그 왕위를 말이죠. 하지만 당신은 이 복잡한 세상, 암투와 모략과 배신이 판치는 세상에 돌아올 필요가 없었어요. 프레데릭의 믿음직한 지휘관으로 이 내전에 참여해 공을 쌓고 상만 받아도 되었다고요."

리카르는 새삼 바세바가 말하는 '그래도 되었던 일'을 택하지 않은 자신이 후회되었다. 그러나 당시에는 그러고 싶지 않았다. 들뜨고 벅차서 다른 생각을 할 틈이 없었다.

"스물한 살이오."

"……네?"

"스물한 살, 딱 그 지점에서부터 내 삶은 완전히 변해 버렸지. 그래서 나는 그 세상으로 돌아가고 싶었소. 평화롭고 일상적이었던 그곳으로, 마법도 괴물도 악귀도 악령도 없는 세상으로 돌아가고 싶었어. 내게 익숙한 생활과 상식이 지배하는 곳에서 기억하던 대로 살고 싶었지."

그래서 세레나에 대한 조건을 걸었다. 모든 것을 다 되찾고 싶었다. 이십 년 전에 멈춘 모든 것을 다시 한다. 기사이자 귀족이던 리카르로 돌아가 세레나를 되찾으면, 이제 그의 그 고통의 이십 년은 없는 것이 될 거라고.

그러나 그 세상은 스물한 살이 보아서 그런 세상이었던 것뿐이다. 이십 년을 보내고 돌아온 그가 기억하는 세상은 어디에도 없었고, 찾을 수도 없었다.

"그러는 당신은 왜 나를 택한 거요, 바세바."

"그야, 마음에 들어서요."

리카르는 기겁해 고개를 들었다.

"뭐라고?"

"당신이 마음에 들었어요. 그게 다예요."

"……."

"리카르?"

리카르는 아무 말도 못하고 눈만 깜빡깜빡 움직였다.

웃기려고 하는 말인가. 아니, 그럴 리가.

진지하게 하는 말인가. 설마.

그럼, 비꼬는 건가? 왜 굳이 지금.

"저녁 접시 위에 송충이라도 얹어준 표정이군요. 그렇게 싫어요?"

"그건 아닌데, 이상해서."

"……이상?"

"정말 이상하잖아."

솔직하지만 리카르답게 눈치 없는 답변이라, 바세바는 어깨를 늘어뜨리며 한숨을 내쉬었다.

"당신이 그러면 그렇지. 그만 가요. 자고 싶어요."

"알았소. 정말 피곤한가 보군."

바세바의 얼굴에 포기가 보였다. 리카르가 문을 열자 문밖에 바짝 붙어 있던 카치아가 뛰어들어 왔다. 놀란 리카르는 뒤로 물러났다.

"전하, 시키실 거 없으십니까?"

"있다. 저기 저 꽃병 있지?"

"있습니다! 옮길까요? 꽃을 꽂아놓을까요?"

"그 옆에 똑같이 서 있어. 그 외에는 아무것도 하지 마."

"……."

리카르는 문을 닫고 밖으로 나섰다.

난간 밖으로 눈이 날리고 있었다. 이제 겨울, 곧 성야가 오며 한 해가 끝날 것이다. 많은 것이 벌어지고 끝난 이 한 해가 가고 무엇이 벌어질지 모르는 다음 해가 올 테지.

뜰에는 무시무시하게 생긴 개가 돌아다니고 있었다. 못생겨도 너무 못생겨, 개라기보다는 악마가 만들다 포기한 짐승처럼 보였다. 시녀들이 그 개를 보고 비명을 질렀다.

"메피! 이리 와. 거기서 사람들 놀라게 하지 말고."

정원수 뒤에서 니안느가 나왔다. 어깨에는 검은 전령조들이 가득 앉아 있었다.

"리카르!"

니안느는 리카르를 보고 손을 흔들었다. 어깨에 앉았던 전령조들이 모두 날아갔다.

리카르는 정원으로 내려갔다.

"웬일로 나와 있는 거냐."

"내가 안에 있으면 그게 더 이상한 일인데요."

"할 말이 없어서 그리 물어본 거다. 신경 쓰지 마."

니안느는 쾌활하게 웃었다.

"리카르가 그렇죠, 뭐."

리카르는 기분이 좋아졌다.

상황은 골치 아프지만, 그래도 니안느가 돌아와 아직 머물고 있는 건 좋았다. 가장 소중한 존재가 옆에 있는 것이다.

"바세바 공주는 잘 계신가요?"

"여전히 씩씩하지. 그리고 그녀는 내가 아는 사람 중 가장 용사란다."

전마들을 상대하고 다리가 부러져도 정신만은 꿋꿋했던 바세바다. 다른 바르가스의 생존자들은 아직도 악몽에 시달리는데, 바세바는 좀 술꾼이 되긴 했지만 잘 견디고 있다.

"성야가 지나면 리카르는 앙골랍으로 떠나는 건가요."

"누가 그러더냐."

"테날디 경이요. 그리고 테날디 경이 말하는 것은 정말 중요하거나 이미 결정되어 번복할 수 없는 일들이죠."

"파르지발이 이곳으로 오면 곧 앙골랍의 일이 논의될 거다. 그 녀석을 왕으로 만들어야 내 일도 끝날 테지. 몇 년이 걸릴지는 모르지만, 어서 끝나기만 바란다."

"리카르가 어딜 가나 전쟁터인 건가요, 아니면 전쟁터만 찾아다니는 건가요."

"내게 어울리는 곳이 그런 곳인가 보구나."

리카르는 씁쓸하게 웃었다.

"너의 임무는 다 끝난 거냐."

오는 내내 리카르는 곰곰이 생각했다. 이 여정이 어쩌면 이 아이의 작별 인사일지도 모른다고. 마인베르크가 죽고 숲의 왕도 해방된 지금, 니안느가 인간 세상에서 할 일이 뭐가 더 있겠는가.

"그 섬으로 같이 갈 수는 없을 것 같아요."

"그래."

예상은 했지만 안타까웠다. 정말 이게 끝인가 싶어서.

리카르는 니안느의 정수리에 눈송이들이 얹히는 것을 보았다. 소금처럼 희고 작은 눈송이가 노을빛 머리카락에 녹아 스며든다. 니안느가 사라진 뒤 매일 느꼈던 아픔이 다시 느껴졌다.

"니안."

니안느의 눈동자가 리카르를 향했다.

"네가 떠나고 난 뒤…… 네가 한 말을 내내 생각해 봤다. 내가 줄 수 없는 것을 네가 바랄지도 모른다는 말. 그 때문에 힘들어질지도 모르겠다는 말."

니안느는 고개를 저었다.

"잊어요, 그건. 이젠 바라지 않으니까."

"왜 말하지 않았지?"

"네?"

"네가 내게 무엇을 원하는지, 내가 무엇을 해줬으면 좋은지, 왜 말하지 않았느냐고. 네가 말해주지 않으면 나는 모른다."

니안느는 부끄럽다는 듯 눈을 내리 깔았다.

"두려웠나 봐요."

"내가 거절할까 봐, 아니면 네가 원하는 대로 하지 않을까 봐, 아니면— 내게 네가 그다지 중요하지 않은 존재일까 봐?"

"다, 모두 다예요."

"너는 내 은인이다, 니안느. 네가 없었으면 나는 그 지옥에서 영혼조차 풀려나지 못하고 아직까지 썩어가고 있었을 거야. 그런 네가 내게 소중하지 않을 리가 있니."

"그렇게 생각하지 말아요."

니안느는 당황하며 리카르의 팔을 잡았다.

"나는 리카르에게 내가 은혜를 베풀었다고 생각하지 않아요. 리카르를 찾아가라고 한 건 숲의 왕이고, 나는 그 명령에 따랐을 뿐이에요. 숲의 왕이 다른 사람을 지목할 수도 있었어요. 그렇다면 나는 그 사람을 구했겠죠. 그러니 그건 리카르가 나에게 빚진 것도, 갚을 것도 아니에요."

"너는 몇 번이나 나를 구해주었다."

"리카르도 그랬잖아요. 서로 몇 번 구해줬나 세다 보면 끝도 없을걸요. 그러니 우리, 누가 더 신세를 졌는지 따지지 말기로 해요."

"너는 정말이지……."

니안느는 달라진 게 하나도 없었다. 정직하며 다정하다. 세상에서 제일 중요한 게 당신이라는 얼굴로 맑게 바라본다.

그런데 속이 아프다.

왜 요구하지 않는 건지, 왜 기대하지 않는 건지.

바라는 게 없으면 줄 것도 없고, 줄 게 없으면 머물 이유도 없어진다.

"어리광 좀 부려봐라. 내가 좀 쩔쩔매게 해보란 말이다. 왜 안 그러니. 얼마든지 그럴 수 있는데."

"내가 어떻게 그래요! 나는 리카르에게 고향이 어떤 의미인지 알아요. 신분을 되찾고 명예를 되찾는다는 게 어떤 의미인지. 당신의 이름을 찾는다는 것이, 당신의 세레나를 찾는다는 것이 어떤 것인지."

그래, 세레나.

그랬었지. 한때 그의 모든 것이었던 첫사랑.

파르지발의 왕위가 돌아오면 바세바와 이혼한다는 것은 이 니안느도 알고 있다. 이 아이는 아직도 그 목적이 세레나일 거라 생각하고 있을 것이다. 그 계약을 할 때의 목적이 세레나인 것은 맞지만, 이제는 아니고 아마도 영원히 아닐 것이다.

"그래, 그것들 다 중요하다. 원했지. 아주, 간절히. 하지만 니안, 내게는 그 모든 것보다 네가 더 소중하다."

리카르는 니안느의 눈을 마주 보며 말했다.

"내겐 네가 가장 소중해."

"리카르."

"네가 내 은인이라서도, 네 덕에 이 삶을 다시 살게 되어서만도 아니야. 그냥 네가 소중하다. 너를 잃어서라도 얻어야 할 건 아무것도 없다. 그러니 네가 알아줬으면 한단다. 네가 떠난 뒤, 내가 어땠는지. 너를 잃는다는 것이 내게 어떤 의미인지."

니안느의 눈과 볼에 순수한 기쁨이 번졌다. 연한 복숭앗빛으로 달아오르는 그 얼굴이 리카르의 마음을 밝혔다.

그리웠다, 이 맑고 따뜻한 애정이.

또, 사랑하는 마음은 여전하다.

아끼고 싶고 행복하게 해주고 싶은 마음도, 이 아이가 그것을 받아들여줬으면 좋겠다는 바람도 여전하다.

"나에게도 리카르는 아주 소중해요. 리카르를 고른 건 숲의 왕이지만, 리카르여서 다행이라고 생각했어요."

니안느는 리카르의 턱에 손을 얹고 살짝 당겨 볼에 입을 맞추었다.

"다행이에요. 아니, 더 좋네요. 내가 아는 것보다 리카르는 더 좋은 사람이고, 또 더 소중한 사람이란 것을 알게 돼서."

니안느는 행복해 보였다. 리카르는 자신이 니안느에게 이 정도 행복을 주었던 게 언제였는지 아득하게 느껴졌다. 이곳으로 오는 내내, 니안느는 항상 버석버석 소리가 날 정도로 메마르고 침울해 있기만 했다.

"고마워요, 리카르."

고마운 건 리카르도 마찬가지였다. 이렇게 순수하게만 받아들여 줘서 감사하다.

그때 니안느의 어깨로 전령조가 돌아왔다. 니안느는 리카르의 볼에 얹었던 손을 내렸다. 전령조는 니안느의 몸 안으로 스며들었다.

"쉿, 가만요."

니안느는 입술 위에 검지를 올렸다. 은은한 미소가 입가로 번지고 볼은 더 붉어졌다.

그 흥분하는 모습이 귀여워, 리카르도 웃으며 물었다.

"그 참새가 무슨 소식을 가지고 온 거냐."

니안느는 기대와 행복에 찬 눈으로, 입술 양끝을 살며시 올리며 리카르를 보았다.

"눈보라가 저기 저 먼 북쪽에서부터 하얗게 내려오고 있다고요. 소나무 숲, 가문비나무 숲, 삼나무 숲과 측백나무 숲은 눈으로 덮여 은빛이고, 그 위로 겨울의 까마귀들이 날아오른다는군요. 성야의 순례자들이 저기 저, 판디온의 언덕에서 출발하고요……."

은보라색 눈이 반짝였다. 너무나 즐거운 것을 말할 때 보이는 니안느의 얼굴이었다.

"그리고?"

"호화롭게 치장한 그들이 황금 제단을 어깨에 메고 녹색의 휘장을 걸치고 와요. 다들 기대하라네요. 성대한 성야의 축제를……."

그때 전령조 한 마리가 더 날아와 니안느의 가슴으로 들어왔다. 소녀처럼 재잘대던 니안느는 눈을 가늘게 떴다.

그리고 그건……

여자의 얼굴이었다.

리카르가 단 한 번도 본 적이 없는.

리카르는 불길함을 느꼈다. 무언가가 등을 세게 후려칠 것만 같은, 아주 제대로 후려칠 것만 같은 기분이다.

"그리고……."

니안느느 활짝 웃으며 어깨너머를 보았다. 노을빛 머리카락이 등 뒤로 휘몰아치며 흩어졌다. 니안느의 얼굴은 세상의 모든 빛이 그곳에 있는 듯 눈부셨다. 또, 그것은 리카르가 아는 니안느의 얼굴 중 가장 아름다운 얼굴이기도 했다.

불길한 예감과 도망치고 싶은 확신 속에 리카르는 고개를 들었다. 하얀 눈이 진녹색 측백나무 위로 흩어지고, 그 앞에 검은 옷의 청년이 서 있었다.

청년은 고개를 젖히고 눈이 얹힌 모자를 벗었다. 차가운 총기(聰氣)를 담은 녹색 눈이 리카르를 향했다.

"칼릭스트 경."

니안느는 칼릭에게 달려갔다. 니안느를 보는 칼릭의 얼굴에 가벼운 웃음이 떠올랐다. 반가움과 애정이 배인 웃음이었다. 니안느는 흐음— 하고 마주 웃곤, 흰 손가락을 들어 칼릭의 검은 머리와 어깨에 묻은 눈을 털어냈다.

"언제 왔어요?"

"조금 전."

"봐서 너무 좋아요. 어서 와요."

리카르는 차가운 손가락이 심장을 누르는 것 같았다. 여태 칼릭의 존재감을 느낄 때마다 느끼는 그 언짢음과는 격이 다른, 묵직하고 추한 감정이 올라온다.

그것은 증오에 가까운, 분노를 담은 질투였다.

니안느는 턱을 젖혀 칼릭을 올려다보았다.

"어서 울리치와 베르나르에게도 이 소식을 말해야겠어요. 둘 다, 좋아 미칠 거야."

"나는 그 둘을 보면 미칠 것 같은데."

"어, 그대로 전할게요. 잠깐만 기다려요. 주먹을 불끈 쥐고 달려오는 걸 볼 테니."

니안느는 성안으로 들어갔다. 메피스토가 슬그머니 다가와 칼릭에게 아는 체를 했다.

"메피구나. 이번에도 근사한걸."

메피스토는 칼릭의 허벅지에 머리를 문질렀다. 칼릭은 메피스토의 머리를 쓸어주며 리카르를 보았다.

"반갑습니다, 볼프람 공. 인사가 제일 늦은 것 같지만."

그러나 그리 말하는 청년의 눈에 서늘한 경계가 담겨 있었다.

리카르는 웃고 싶었지만 웃어지지 않았다.

"그래, 어서 와라, 칼릭스트."

니안느가 떠나던 날, 리카르는 말했다.

'이 성으로 오는 게 아니었다.'

'그대로 남아 있는 것은 아무것도 없고, 기억하는 것과 닮은 것이라곤 하나도 없구나.'

리카르는 절망 속에 다시 그 말을 하고 있었다.

오는 게 아니었다.

정말로, 정말로 오는 게 아니었다.

❖

하늘은 흐리고 땅에는 누런 안개가 끼어 있다.

겨울이라면 이가 시리고 뼈가 굳을 정도로 춥기나 할 일이지, 델 판의 어중간하게 싸늘한 겨울은 사방을 진창으로나 만들 뿐이다.

그래도 동방 숲 덕에 여름은 아름다웠다. 초록색 나무들이 무성하게 자란 숲은 너무나 크고 웅대했다. 세상 끝까지 나무의 바다로 뒤덮인 것 같았다. 바람에 출렁이는 우듬지와 하얗게 날아오르는 새 떼를 보면 고향 생각이 났고, 리카르 생각도 났다.

"어이, 형수."

세레나는 역겨운 목소리에 눈살을 찌푸렸다.

"무슨 생각을 그리하시는 거요. 내 말 들어?"

세레나는 앞에 앉은 남자를 마지못해 보았다.

앞에는 마인베르크의 이복동생이라 주장하는 남자가 앉아 있다. 마인베르크보다 더 크고 정말 못생겼다. 마인베르크의 아버지가 암퇘지와 붙어먹고 낳은 건가 싶다.

"마인베르크가 자기 형제들은 남김없이 다 죽었다고 하던데, 정말 그의 동생이 맞아?"

"봐, 형님하고 꼭 닮았지. 아마도 나 빼고는 다 죽었을 거요, 형수. 난 열심히 도망 다녔지. 형님이 말이야, 형수도 알다시피 섬세한 성격은 못되거든."

"그건 알아."

그 남자가 집요하기는 하다. 집착도 강하고. 그러나 그것이 효율적인 것도 유용한 것도 아니었다. 그의 영지 관리는 그 성격 덕에 엉망이었다. 약탈품과 해적들을 습격해 얻어내는 것들로 델 판의 성은 항상 부유했지만, 그뿐이다. 그 부는 절대로 싹트지 않는 씨앗처럼 미래가 없는 부였다.

그리고 그 남자의 동생이라는 이 멧돼지가 쳐들어온 것이 오늘 새벽, 자기 수하들을 죄 끌어다 성의 홀에다 풀어놓고는 술 내놔 고기 내놔 하더니 세레나를 불러다 앉혀놓고 떠들어대는 중이다. 돼지 울음 비슷한 목소리로 한 말을 요약하자면, 자기가 마인베르크의 동생이니 그가 남긴 성과 영지, 정복지는 물론이요 세레나의 남편 자리도 물려받아야 한다는 것이다.

지난 전쟁의 결과는 분명하다. 마인베르크는 지고 죽었다. 그나마 세레나가 만족할 만한 결과는 그 정도뿐. 리카르는 세레나와 더 이상 아무 관계도 없을 거라 선언하고 떠났고, 칼릭스트는 여전히 블랑셰리온의 주인이다. 그 아이는 세레나에게 의중을 물어 델 판으로 돌아가도록 해주었다. 마인베르크의 시신을 싣고 가는 길을 도와줄 군사도 보내주었으나, 세레나는 도착하자마자 그들은 돌려보냈다. 그들이 호위에서 감시자가 될 거라 생각해서 그런 건데, 이놈들이 몰려올 줄 알았다면 그냥 둘 걸 그랬다.

"내가 뭘 해야 한다고 그랬지?"

"곧 여기저기서 몰려올 거요. 누구든 이 성으로 쳐들어와서 성을 차지하고 형수님을 겁탈할 거야. 자, 그러니 어서 결혼해서 남편을 만들라고."

"나는 아직 마인베르크가 죽었다고 선포하지 않았어."

"겨우 그 핑계야? 형수, 내가 그것도 안 알아보고 왔을까. 속이려면 좀 그럴싸한 걸로 속이쇼."

세레나는 남자의 얼굴을 아무리 봐도 그와 닮은 구석을 찾을 수가 없었다. 이 남자는 못생겨도 너무 못생겼다.

"정말 그의 동생이 맞아?"

"어머니는 달라. 우리 어머니는 아버지 마누라가 아니었지만 형님은 그 마누라 아들이었으니."

"결국 서자란 거군."

"형수, 이 땅의 주인은 땅 그 자체야. 그 땅은 신이라고. 서자든 뭐든 간에 말이야, 친자식이 아니라도 그 신이 택하는 자가 주인이 되는 곳이야."

"알아."

신비롭지만 차가운 동방 숲, 사악하고 두려운 마그네시아, 잔혹하고 무자비한 브라세니아, 많고도 많은 신들이 있다. 이 세상의 진정한 주인은 거인의 몸에서 태어났다는 바로 그 고대신들이다.

"너무나 잘 알지."

그 신이 택하는 것이 이 땅의 주인이라, 인간들이 핏줄을 따져 가며 물려주는 행위는 가소로울 것이다. 그러나 아무리 이 땅의 주인이 따로 있다 하더라도, 적어도 이 앞의 멧돼지는 아닐 것이다.

"이리 와봐, 네가 마인베르크의 동생이라는 말은 일단 믿기는 할 테니."

"어디로 가게?"

"오면 알 거야."

세레나는 모피 숄에 어깨를 묻고는 밖으로 나갔다. 남자가 큰 발소리를 내며 따라왔다.

둘은 좁은 복도를 지나 철문 앞에 이르렀다.

"이리로."

세레나는 좁은 철문을 밀었다. 습하고 역한 공기가 피어오른다. 좁은 입구는 좁은 통로로 이어졌고, 그곳을 통과하자 넓은 방에 도착했다. 판판한 바닥에 튼튼한 기둥을 세운 공간이었다. 그 한가운데 놓인 검은 털가죽 위에 남자가 누워 있었다.

"형님이군."

마인베르크는 금방 죽은 듯 누워 있었다. 남자는 바닥에 침을 뱉었다.

"정말 그때 죽은 거요? 왜 이리 멀쩡해. 어제 죽은 것 같네."

"말했잖아. 죽었다고 말한 적 없다고."

"그런데 죽었다는 건 맞아 보이는 걸?"

"이리 와서 잘 봐."

남자는 낄낄 웃었다.

"와, 오늘 처음 보는 형수지만 정말 감동적이야. 속이 다 울렁대. 죽은 남편도 살아 있다고 할 정도로 정숙할 줄이야! 그런데 말이야, 형수. 내가 제정신이 들게 해줄 수 있어. 밤낮으로 내 생각만 하게 해줄 수 있다고!"

남자의 눈이 욕정으로 번들댄다. 그 눈을 보며, 세레나는 이 남자가 마인베르크의 동생이 맞겠구나 싶었다. 결혼할 수 없다고 말하던 세레나를 짓누르고 치마를 걷어 올릴 때 딱 저 눈빛이었다.

"마인베르크."

세레나는 조용히 말했다.

"남편 이름은 여기서 왜 불러."

남자는 몸을 더 바짝 붙였다.

역겨워진 세레나는 주먹을 쥐고 울부짖듯 외쳤다.

"마인베르크! 일어나! 네가 나를 망친 만큼 내가 저주할 테니, 그러니 일어나라고!"

남자가 비웃으며 세레나의 치마를 잡았다. 세레나는 혐오감을 참지 못하며 이를 갈았다.

남자의 몸이 덜컥 멈추더니 뒤로 확 당겨졌다.

"으엑, 뭐야!"

거대한 몸이 허공에서 휙 돌아 바닥에 내동댕이쳐졌다. 바닥에 눌린 남자의 머리를 맨발이 짓밟았다. 남자의 이가 부서지고 턱이 으깨졌다. 짓뭉개진 뼛조각 틈으로 피가 흥건하게 고였다.

세레나는 멍한 눈으로 마인베르크를 보았다.

한 번 죽었던 남자가 왜 이렇게 평범해 보이는 걸까. 그러다가 곧 깨달았다. 이 남자가 세레나 인생에 들어온 후, 평범한 것은 특이한 것이 되고 기괴함과 뒤틀림은 일상이 되었다는 것을.

마인베르크의 붉은 눈이 세레나를 향한다. 세레나는 잠시 뚫어져라 보았다. 성공한 것인지 아닌지 모르겠다.

죽은 자를 살리는 거야, 마인베르크는 할 줄 알아도 세레나는 처음 해보는 일이었다. 쥐새끼 한번 해본 적이 없는 세레나는 처음으로 해보는 일이 성공할 줄은, 그것도 이 정도 되는 자를 깨우는 게 성공할 줄은 몰랐다.

두려우면서도 궁금하다. 살아 있을 때의 마인베르크처럼 강할까. 아니면 마인베르크가 살린 시체들처럼 꿈틀대는 것밖에 모르는 살덩이일까.

세레나는 벽에 기대어 머리를 묶어 올린 끈의 매듭을 풀었다. 검게 물결치는 머리카락이 어깨에 흘러넘쳐 허리를 감고 바닥으로 쏟아진다. 그런 세레나를 보는 마인베르크의 눈에 황홀한 생기가 돌았다. 죽었다 살아났건만 세레나를 볼 때마다 눈에 가득하던 동경과 선망의 빛은 여전하다.

그 눈빛을 보자 세레나는 안도가 되었다. 어떻게 부활했든 간에, 이 남자는 절대 세레나를 해칠 수 없을 테니.

"놀랐어? 죽은 줄 알았는데 다시 살아나서? 저런, 너도 말했잖아. 너는 흑익, 신의 후손이라고. 신의 후손이란 분이 몸에 칼집이 좀 거창하게 났다고 죽을 수 있을 리 없잖아. 자, 지금부터 서둘러야 해. 가야 할 곳이 있고, 해야 할 일이 있으니."

세레나는 촛대 하나를 집어 들었다. 촛불이 활활 타올라 동굴을 밝혔지만 그것을 통해서는 아무것도 보이지 않는다.

들리는 건 그때의 목소리뿐이고, 보이는 것은 그때 그 리카르의 눈빛뿐이다. 그리고 그것은 듣고 싶지 않아도 들리고 보고 싶지 않아도 보인다.

'잊겠소.'

눈은 어찌 그리 차갑던지.

세레나는 그의 손길이 친절했던 때를, 그의 품이 든든하던 때를 아직 기억하고 있었다.

지난 이십 년간, 그것만이 살아가는 이유였으며 그 안으로 돌아가는 날만이 목표였다.

그런데 그걸 다 잊으란다.

내가 가진 유일하게 아름다운 것들이었는데, 그걸 다 버리란다.

그런데 잊겠다는 말만큼 잊히지 않는 말도 없다.

니안느는 성야가 겨울맞이 행사 비슷한 거라 생각했다. 신성한 숲에 제물을 바친 다음 음식 늘어놓고 잔치를 벌이며 신나게 춤을 추는 겨울맞이 행사.

그랬던 니안느는 성야 일주일 전부터 어마어마한 규모의 행사가 시작되자 경악했다. 벌써 성야냐 물었더니, 다들 '이제 겨우 칠전야'라고 했다. 무슨 전야가 일곱 날이나 되느냐 묻자, 고개를 갸웃하며 일곱 날인 게 당연하지 않느냐고 했다.

대충 주워들어 보니, 칠전야는 성야 전의 일곱 밤을 의미한다고 했다. 일곱 밤 동안 일곱 대가문이 돌아가며 의식의 좨주가 되어 매일 밤마다 기도를 올린다. 마지막 날의 기도가 끝나면, 다음 날 오후에 신성한 언덕에 있던 성상이 성문을 통과하고 그때부터 성야가 시작된다.

사람들은 광장으로 몰려나와 성상의 입성을 축하하고, 그날 입성한 성상은 대성전으로 옮겨져 승천일까지 모셔진다. 그 승천일이라 함은 지상의 격마대전을 마친 이그라탄과 벨사키엘이 천상으로 돌아간 날이다. 또, 그때부터 봄이다. 성야가 새해맞이 행사 비슷하다면 승천일은 봄맞이 행사와 비슷한 것이다.

울리치로부터 종을 몇 번 치네, 향을 몇 번 흔들고 기도문을 외우고 어쩌고저쩌고 듣다가 니안느는 꾸벅꾸벅 졸기 시작했다. 니안느가 알고 싶은 것은 일곱 대가문의 대표가 누구이며 그 성격이 어떠하냐는 정도였는데, 울리치는 칠천사의 강림에서부터 그 화신이 깃드는 과정과 의미까지 다 설명하는 중이다. 두 번째 화신이 태어나는 동안 졸기 시작한 니안느는, 여섯 번째 화신을 가질 여자가 천사와 만날 즈음에는 코를 박고 있었다.

"니안느!"

니안느는 엎드린 채로 귀를 막았다.

"다 끝나면 깨워요. 안 듣고 있어요."

"벨사키엘은 네가 믿는 신보다 늦게 강림했지만 더 완벽한 신이다. 할 말이 많은 게 당연하지! 일어나!"

"그렇다면 이 세상의 신들 중 막내란 거잖아요. 내가 모시는 숲의 왕보다 더 어리군요. 세상에 대해 더 배워야 할 분이네."

"신성모독!"

"누명이에요. 내가 벨사키엘 교도일 때나 성립되는 죄목인 것 같은데요. 난 이교도니까 신성모독이 아니라 의견 표시죠."

"내가 그렇게 만만하냐! 젠장, 행여, 그 계집애같이 생긴 녀석이 한 말을 믿고 나를 우습게 아는 거라면 말이다, 허튼소리야! 나는 너 좋아한 적 없어!"

"그런 건 절대 아니에요."

니안느는 허리를 당겨 일어난 다음 말했다.

"칼릭스트 경이 한 말은 신경 쓰지도 않거니와, 믿지도 않고, 진실이라 하더라도 상관없어요. 울리치는 예전부터, 아주 예전부터 나한테 만만했으니까."

"아니, 다 그놈 탓이야! 칼릭스트 그 녀석을 내가 당장—"

"나한테 뭘 어쩌겠다고?"

울리치는 돌아보지도 않고 미치겠다는 목소리로 말했다.

"너는 바쁘지도 않냐."

"안 바쁜데."

칼릭이 거실 입구에 서 있었다. 메피스토가 좋아라 하며 머리를 들이밀었다. 칼릭은 그 머리를 두드려 주고는 거실 안으로 들어왔다.

"어차피 내가 있어야 하는 삼야는 이미 지났고, 앞으로 내가 성전에서 할 만한 일은 제일 앞자리에서 조는 것뿐이라."

"방탕한 놈."

칼릭은 웃으며 말했다.

"괜찮아. 나는 그래도 되니까."

"건방진 놈."

"저런. 울리치, 우리 둘 사이의 위계, 신분, 미덕, 등등 가치를 근거로 판단하건대, 네가 나에게 건방지다는 말을 할 수 있을 만한 낙차는 성립 되지 않는데."

그리고 칼릭은 입술 끝을 슬쩍 올리며 말했다.

"안 그래, 하층민?"

그런 말을 해도 칼릭의 태도는 우아하기 그지없었다. 경멸이라면 칼릭 의 인성 문제가 될 테지만, 이건 깨끗한 무시라 울리치의 급수 문제가 된 다.

"그리고 이만 자리 비켜주지, 울리치. 니안느하고 할 이야기가 있어 서."

"이곳은 리카르 볼프람 공의 거처고 나는 그분의 지휘관이다. 경이 그 렇게 까불어대도 되는 곳이 아니야!"

"네 집은 아니란 거네."

니안느는 한숨을 내쉰 뒤 울리치의 등을 밀었다.

"울리치, 설명해 줘서 고마워요. 개종은 불가능할 것 같지만, 울리치의 신심은 감동적이었어요. 안녕."

그리고 니안느는 칼릭의 손을 잡아당겼다.

"칼릭스트 경은 이리로 와요."

울리치가 기겁해 따라왔다.

"야, 너! 이 발랑 까진 계집애가 남자하고 단둘이 어디로—"

"울리치, 그건 울리치가 상관할 문제가 아니고요—"

니안느는 입술에 검지를 댔다.

"귀찮게 할 문제는 더더욱 아니네요."

바닥에서 가시덩굴이 순식간에 자라나 울리치를 막았다. 울리치가 고함을 고래고래 질렀다.

"이거 당장 치워! 어서!"

울리치가 고함을 지르든 말든 니안느는 칼릭을 데리고 방으로 올라갔다.

"들어와요."

니안느의 방은 불도 피우지 않고 창도 활짝 열려 있어 아주 추웠다. 칼릭의 입가에 성에가 맺히는 것을 본 니안느는 얼른 창을 닫고 벽난로에 쌓인 장작에 불을 붙였다.

"울리치는 왜 불러다 앉혀놓은 건가."

"성야에 무슨 행사가 있는지 궁금해서요. 그런데 그에 대한 설명을 해줄 만한 사람이라곤 울리치뿐이라."

"……하긴."

자기 이름도 못 쓰는 베르나르에게 물어볼 수는 없을 테고, 테날디는 칼릭이 보기에도 어려운 상대다. 그리고 리카르는…… 그냥 물어보지 말라고 하고 싶고.

새삼 동쪽의 상투아리움 전쟁터에서 니안느가 어떻게 지냈는지 궁금해졌다. 리카르 주변의 세 남자를 보면, 하나는 음흉하고 하나는 생각 없고 하나는 짜증난다. 바세바 공주가 니안느에게 있어 가장 친절하고 배려심 깊은 상대였을 거란 생각마저 든다.

"니안, 다음부터 궁금한 게 있으면 그냥 나한테 물어."

"창피할 정도로 하나도 몰라서요. 칠전야가 뭐냐고 물어봤더니, 다들 어디서부터 그 당연한 것을 설명해야 할지 모르는 표정들이 되더라고요.

그리고—"

니안느는 생긋 웃었다.

"사실, 칼릭스트 경에게 이미 다 알고 있다며 으스대려 했죠. 실패했지만."

"칠전야는 대가문이 자기 가문의 시조가 되는 천사들에게 기도를 올리는 날일 뿐이야. 각 가문에서 배출한 성인들도 같이 추모하면서 말이야. 일주일 중 하루만 있어도 되는데, 오늘은 칠전야의 마지막 날이라 아침에는 다 모여야 했지."

"와, 제일 간단하지만 내가 알고 싶은 건 다 있네요. 그럼 그곳에서 뭐 하고 왔나요? 인사만 하지는 않았을 것 같은데."

"귀족들을 잔뜩 만나는 귀찮은 자리일 뿐이야. 대가문의 직계와 후계자들이 한자리에 모이는 날이란 꽤 드문 날이니까. 나는 오랜만에 오는 거라 더 바빴고. 청혼도 받았네. 신붓감 아버지들에게서였지만."

니안느의 얼굴이 흐려졌다. 칼릭이 니안느의 볼을 건드렸다.

"이런, 니안. 얼굴이 왜 이래?"

"정략결혼이라면 안 좋은 기억만 있어서요."

칼릭의 입술에 냉소가 얹혔다.

"누구 때문인지는 알겠군. 그런데 니안, 나는 대귀족 가문이야. 그래서 일단 대가문 간 통혼은 원칙적으로 금지야. 그다음, 후계자의 경우는 법전에 명시된 귀족 가문과 결혼하려면 허가가 필요해. 배우자의 승계권이 박탈되니까. 이건 황가와 결혼한다 해도 마찬가지야."

니안느는 처음 아는 사실이었다. 대가문이라면 여기저기로 정략결혼을 하는 줄 알았더니, 이런 식으로 제약이 많다면 결혼이라는 방법으로 세력을 확장하는 건 거의 불가능하다.

"왜 그래요?"

"일곱 대가문의 일원만이 추기경이 될 수 있지만 교황이 될 수 없는 것과 마찬가지야. 이 제국의 일곱 기둥이지만, 황제가 될 수는 없지. 즉, 대가문의 후계자가 제일 하기 힘든 게 정략결혼이야. 후손의 권한이 완전히 박탈되거나, 심지어 가문 자체가 말소될 수 있다는 조건은 쉽게 받아들이기 힘들지. 오히려 둘째나 셋째가 결혼하기 쉬워. 후계자가 일찍 죽어서 그들이 물려받게 되면 그들과 결혼한 가문들은 날벼락을 맞는 셈이지만. 아버지처럼 외국인과 결혼하는 대귀족들은 많지는 않아도 없지도 않아. 사실, 그게 가장 편하지. 간섭하는 사람도 없고 마음만 맞으면 되니까."

"그런 줄은 몰랐네요. 라크세니아는 순혈을 위해 남매끼리 결혼하는 가문도 있었거든요."

"여기는 그런 속 거북한 짓은 안 해. 게다가 피가 섞인 사람과 결혼하면 권능을 쓸 수 있는 후손이 태어날 가능성은 오히려 낮아지지. 사촌이나 같은 일가의 사람과 결혼하면 아예 태어나지 않고."

그것은 삼대째 친척과 결혼했던 노티온 가가 증명했다. 정식 결혼에서는 하나도 태어나지 않아 이러다 명맥이 끊어지는 게 아니냐 한탄하는 동안, 서출에서만 무더기로 태어났다. 그 후로 대가문은 암묵적으로 근친혼을 피하게 되었다.

정략결혼이 가장 성행하는 곳은 팔가스 황가다. 리카르 이전에 바세바의 두 남편 역시 그 이유로 선택되었으며, 팔가스의 선대 황후가 세 번이나 바뀐 이유도 그 탓. 황제의 아내나 여제의 남편들 자리는 대가문들의 정치적 모략과 계산에 따라 빈번하게 교체되었다. 황가의 일원들이 독사들이라면, 그 독사들의 싸움을 붙이는 것은 대가문들이었다.

"그런데 내가 다른 여자하고 결혼하면 어쩔 거지?"

"네?"

니안느가 답을 못하니, 칼릭은 얼굴을 가까이 대며 재촉하듯 물었다.

"자, 어서. 어쩔 건지 말해봐."

니안느는 빤히 보았다. 어쩔 줄 몰라 하는 니안느와는 달리, 칼릭의 눈에는 황홀한 찬탄과 뜨거운 애정이 담겨 있다. 니안느는 얼굴이 달아올랐다. 굉장한 존재가 된 듯 들뜨면서도 두려웠다.

"어서."

"……어떻게 할까요. 울면서 보고만 있을까, 아니면 하루 정도 이를 간 다음 냉큼 다른 남자를 찾아갈까."

"둘 다 싫군."

칼릭의 미소에 니안느도 기분이 편해졌다.

니안느는 칼릭에게 다가가 가슴을 붙이며 말했다.

"그러면 말이죠, 칼릭스트 경을 세상에서 제일 예쁜 개구리로 만들어 버리곤, 내가 입 맞춰줄 때만 사람으로 변하게 만들게요. 뒤뜰에 연못을 파고 그곳을 집으로 주지요. 자, 그리고 영원히 함께하는 마녀 니안느와 기사 칼릭스트 경."

후, 하고 웃는 소리가 들리더니 니안느의 귓불에 입술이 닿았다. 뜨겁고 간지럽다. 니안느는 쑥스러워 몸을 움츠렸다.

"그거, 아주 마음에 드네."

"그러면 그걸로 결정할래요. 이제부터 조심해요. 이상한 소문 들리면, 다음 날부터 개구리가 될 테니."

"알았어. 명심하지."

칼릭은 니안느의 목에 입을 맞췄다. 열기에 젖은 숨결이 쇄골에 닿았다. 니안느는 떨리는 아랫입술을 물었다.

칼릭은 니안느의 턱에도 입을 맞추곤 손으로 허리를 감았다.

"성야가 끝나면……."

"네."

"같이 가자."

니안느는 눈을 들었다. 마주친다. 에메랄드빛 여름을 담은 녹색 눈동자가 니안느를 보고 있었다.

"같이 가자고요?"

"메피스토도 같이 데리고 와. 다른 용이나 괴수들이 있으면 미리 말하고. 네가 데리고 오는 거면 사람 씹어 먹는 녀석들만 아니면 괜찮아."

"메피는 꽤 많이 먹을 텐데, 괜찮아요?"

"그건 걱정 마. 아버지하고 아렌이 몰래 만들어둔 이중장부 다 털었어. 남은 재산이 좀 되더군. 더 없냐고 하니, 조금 더 있긴 한데 그건 내가 불효자로 판명될 경우를 대비한 노후 자금으로 남겨달라고 하시더군. 내 효도만 믿고 노후 대비 안 하기는 곤란하다나. 그래서 봐드리기로 했어."

"그럼 얼마나 복구한 건가요."

"예전만은 못하지만, 제법. 굶기지는 않을 거야. 철마다 새 옷과 보석도 줄 수 있고."

니안느는 눈을 반짝였다.

"다행이네요! 그럼 말이죠, 그리핀이 한 세 마리 있고요, 히드라도 한 마리 있고, 친구같이 지내는 하피 소녀도 하나……."

"그만, 그만."

칼릭은 정색했다.

"혹시 당장 숲으로 돌아가야 하는 건 아니지?"

"아직은 몰라요."

니안느의 허리 뒤에 맞물린 칼릭의 두 손에 힘이 들어간다. 니안느는 등이 밀려 올라가는 것을 느꼈다. 가슴과 가슴이 닿았다. 니안느는 그 느낌이 좋아 발뒤꿈치를 올렸다. 칼릭이 기분이 좋은 듯 몸을 더 바짝 기울였다.

"그러면 나하고 같이 있자."

"나는 요리도 못하고 바느질도 못하고 영지 관리 같은 거 하나도 모르는데, 데리고 가봤자 하나도 쓸모없을 거예요."

"그건 내가 알아서 하면 되는 거고, 내가 할 수 없는 건 시키면 되지. 너는 네가 하고 싶은 일만 해. 가지고 싶은 것이 있으면 뭐든 말하고, 원하는 것이 있으면 역시나 뭐든 말해. 어지간하면 다 해주지."

"안 되는 건 뭔가요."

"같이 안 가는 것뿐이야."

긴 입맞춤이 이어졌다. 혀가 밀려들며 기다리던 작은 혀를 찾고, 입술 안을 뜨겁게 젓는다. 쿵쿵 뛰는 심장이 그의 심장과 부딪히는 것 같았다. 그의 혀를 받아들이고 감기는 것도 받아들이다, 저도 모르게 혀를 밀었다. 칼릭은 자신의 입안으로 들어온 혀를 감미롭게 빨아들이다 천천히 뗐다.

"그것뿐."

니안느는 두근거림을 참기 어려웠다. 가슴에 닿는 그의 크고 단단한 몸도, 어깨와 목덜미를 누르는 그의 힘도, 모두 니안느의 몸을 달아오르게 했다. 칼릭이 나른하게 속삭였다.

"그리고……."

"그리고요?"

"그 후로 오래오래, 아마도 영원히……."

칼릭의 입술이 귓가를 스쳤다. 니안느는 가슴이 출렁였다.

"……영원히 사랑하겠지."

멍하니 보던 니안느는 입술 끝이 저절로 올라갔다.

웃지 않을 수가 없고, 두근대지 않을 수가 없다. 달콤하지 않을 수가 없으니, 행복하지 않을 수가 없다.

"아껴두고 아껴두다 말할 줄 알았는데. 이렇게 들을 수 있을 줄은 몰랐어요."

"오자마자 내가 아주 불리하다는 것을 깨달았지. 중요한 말을 아껴둘 처지가 아니더라. 그러니 이리 말하는 거야."

니안느는 칼릭이 리카르를 말한다는 것을 알았다. 니안느가 가진 것 중 이 남자가 거슬려 하는 것은 그 리카르뿐이니. 그러나 그 부분은 니안느가 지고 들어갈 수밖에 없다.

"이해한다면서요."

"그건 알아. 그 남자와 같이한 그 긴 시간을 내가 어찌할 수는 없겠지. 그리고…… 니안더러 이래라저래라 하고 싶지도 않고, 해서도 안 되겠지. 하지만 역시, 너무 길고 너무 많아. 그 남자는 너의 너무 많은 것을 가지고 있지. 내가 어떻게 할 수 없는, 너무도 많은 부분을."

"그렇지만."

"그래서 참기로 했는데, 막상 그를 보니 열 받더군."

칼릭은 니안느의 심장 부근을 건드렸다.

"여기, 내 여기가 뜨거웠어. 화가 나서 죽을 것 같았지."

"칼릭—"

칼릭은 두 손으로 니안느의 턱을 잡아 자신을 보게 했다.

"그러니 그 문제에 관한 한 나는 꽤 속 좁게 굴 테니, 내가 좀 이상해 보여도 참아. 셋이라 북적대던 세상이 우리 둘만 남고 고요해지면, 나는 다시 좋은 남자가 될 테니. 네가 안심하고 사랑해도 될 만한 좋은 남자가."

니안느는 자신을 보는 남자의 열망에 찬 눈을 보며 자신의 눈에는 어느 정도 담겨 있을지 궁금해졌다.

모자라고 싶지는 않았다. 소중한 만큼 소중해지고, 다시 소중해진 만큼 더 소중하게 여기고 싶었다.

언제부터 이 남자가 이렇게 소중했던 걸까.

같이한 시간의 길이가 중요한 게 아니다. 어떤 순간을 같이하고, 그 같이하는 순간이 흔들릴 때 무엇을 했는지가 더 중요했다.

도저히 돌이킬 수 없는 순간들을 모두 이 남자와 같이했고, 어느 지점을 지나자 자신이 했던 많은 선택이 이 남자를 위한 것이 되었다. 이 남자 역시 마찬가지였다.

남자의 눈길을 담고 손길을 느낀다. 마음을 담은 심장의 고동 소리에 행복해지고, 종종 너무 버거워 무섭기도 했다. 칼릭이 바라보는 눈에 담긴 자신은 니안느의 실제 자신보다 더 아름답고 고귀한 듯 보였다.

"성야가 끝나면 바로 출발할 건가요."

"아마도. 아버지가 몸이 안 좋으셔서."

오베른에 대한 이야기는 니안느도 알고 있었다. 과거 오베른에 대해 품었던 생각에 미안해지며, 그런 아버지가 아픈 칼릭이 가엾었다.

"같이 가요."

니안느는 조용히 말했다. 칼릭의 눈이 커진다. 항상 조금씩 비웃는 표정을 짓는 그가 이럴 때면 정말 소년 같았다. 그래도 천진하고 깨끗하며 사랑스러운 표정을 짓는 이 남자의 얼굴만은 니안느는 자신만 알고 싶었다.

칼릭의 팔이 니안느의 몸을 감싸 안아 당겼다. 니안느는 그의 품 안에 몸을 묻고 체취와 열기를 흠뻑 느꼈다. 니안느는 칼릭의 단단한 몸으로 흐르는 떨림을 찾아 품으로 파고들며 말했다.

"라크세니아의 니안느는 당신을 사랑하고……."

등 뒤의 창문이 닫히며 조용하고 어둑어둑해졌다. 밖의 소리가 한 겹 조용해지며 칼릭의 숨소리가 더 가까워졌다.

"동방 숲의 니안느도 당신을 사랑하니까."

칼릭의 숨소리가 짧아졌다. 한숨, 탄식, 졌으니까 이만 포기하겠다는 듯 신음이 이어진다.

"하필이면 지금 그런 말을 하는 거, 너무하는 거 아닐까."

"왜요."

칼릭이 고개를 숙여왔다. 두 번째 입맞춤은 더 뜨거웠다. 머리카락 속으로 파고들어 목덜미를 잡는 손은 강하고 단단하다. 입술을 떼며 칼릭이 속삭였다.

"지금은 성야고, 저 행렬이 시작되면 한동안 이 근방에는 아무도 없을 테지."

"그럴 테죠……."

칼릭의 몸이 가만히 니안느를 밀었다. 바짝 갇힌 채로, 강하게 압박하는 몸을 느끼며 숨죽이고 그를 보아야 했다.

속눈썹 아래 칼릭의 눈이 깊게 그늘졌다.

"나는 신사이고 기사지만, 이런 순간에는 유감스럽게도 남자인 게 우선이라."

제13장

성야(聖夜)

귓가로 나팔 소리가 들려온다.

여러 번 울렸을 테지만 들리기 시작한 것은 얼마 되지 않았다.

니안느는 드디어 뭉근하게 흐트러졌던 몸이 돌아오는 것을 느껴갔다. 나른하게 가라앉는 남자의 숨소리가 들리고 볼과 맨가슴이 닿은 시트도 느껴진다.

"오늘 내내 그냥 여기 있을까."

칼릭의 손이 엎드린 니안느의 등을 쓸어 올렸다. 니안느는 그 손바닥의 느낌을 맨살로 기분 좋게 음미하며 말했다.

"할 일 없나요."

"뭐, 있겠지만 무시하면 되는 거지."

칼릭이 목덜미에 입을 맞추었다. 니안느는 으음— 하며 신음을 흘렸다. 머리를 젖히자 머리카락이 흘러내렸다.

"난 있어요. 오후에 바세바 공주가 오라고 하던데요."

"그 공주가 왜."

칼릭의 목소리가 살짝 높아졌다. 니안느는 고개를 저었다.

"나쁜 거 아니에요. 좋은 거지. 처음 보는 프라팔가스 성야의 축연인데 예쁘게 꾸미고 가라면서 부르는 거라고요. 드레스이든 보석이든…… 그리고 치장해 주겠다면서. 그래서 나는 그럴 거면 무진장 예쁘게 해줘야 한다고 했어요. 잘 보이고 싶은 사람이 있으니까 매우 잘해야 한다고."

"누구한테 잘 보이려고."

니안느는 애교 부리듯 칼릭의 가슴에 자신의 어깨를 댔다.

"칼릭스트 경한테는 잘 보일 필요가 없다는 소리로 들리는데요."

"나한테 예쁜 건 너뿐이니까, 굳이 여기서 더 할 필요는 없어서."

칼릭은 니안느의 몸을 바로 눕히고 위로 올라왔다. 큰 손이 맨 허벅지를 감싸 쓸어 올렸다. 니안느는 몸을 젖혀 그가 만지도록 해주며 말했다.

"칼릭스트 경은 그래도, 나한테 근사한 칼릭스트 경이 남한테도 근사할 것 같아서 말이죠. 나도 예쁘게 꾸민 아가씨들 사이에서 자신감 넘치게 있고 싶어요."

"핑계 아냐?"

"들켰네."

칼릭의 손가락이 허벅지 안쪽을 문지르고는 위로 옮겨왔다. 스치는 순간 금방 열기가 올라 니안느는 눈살을 찌푸렸다.

"오늘은 봐줄 테니까, 앞으로는 나 없는 데서 그러지 마."

"다른 남자를 유혹할까 봐?"

"그것도 그거지만, 나 혼자 못 보면 꽤 분할 것 같아서."

"속 좁기는."

"너하고 있으면 꽤 속 좁아져. 투덜대기도 많이 투덜대고, 짜증도 나고. 조급해지기도 하고, 불안하기도 많이 불안하고."

니안느는 고개를 기울였다. 콧날이 겹치며 입술이 닿았다.

"나하고 있으면 기분 나빠진다는 건가요."

"그럴 리가. 그냥 상황에 화가 나는 거지. 내가 모르는 너, 내가 못 보는 너, 내가 없는 곳에 있는 너, 그런 것들에."

칼릭의 가슴이 몸에 닿아왔다. 단단하고 뜨거운 가슴이 누르자 그 압박감에 니안느는 기분이 좋아졌다.

"사소한 것까지 다 가지고 싶어서, 네가 있는 모든 곳에 내가 있었으면 싶어서, 네가 보는 곳에 항상 내가 있으면 싶어서."

"그 반대는 없나요. 가령, 칼릭스트 경이 한눈판다든가."

"그럴 수 있을 리가."

칼릭은 큰 손으로 니안느의 턱을 쓸어 올렸다.

"너는 항상 내 옆에 있어. 네가 앉았던 의자, 네가 기댔던 창가, 네가 보던 숲, 네가 걷던 복도, 네가 거닐던 오솔길…… 그곳에 다 네가 있지. 나는 그렇게 항상 너를 봤고."

칼릭은 니안느의 입술을 매만졌다.

"그리고…… 너와 이렇게 마주하면 오로지 너만 남지. 네 눈, 네 볼, 네 목덜미, 네 웃음소리…… 그 속에서 나는 웃고 떠들며 좀 멍청해져. 근사한 남자 같은 거, 네 앞에는 없어. 너한테 사랑받고 싶어 안달하는 남자가 있을 뿐이지."

니안느는 칼릭의 손가락을 당겨 입을 맞추었다. 목덜미를 더듬어 올리고 칼릭의 머리카락 속으로 손가락을 밀어 넣곤, 볼과 입술에 연달아 입을 맞췄다. 몸을 젖혀야 했기에 칼릭의 맨가슴과 배가 더 바짝 닿았다.

"예쁜 말을 해줘서 고맙다는 상인가, 이건?"

"비슷하네요."

"흠— 그래."

칼릭의 넓은 어깨가 시야를 덮으며 느릿하게 니안느의 몸 위로 올라와 눌렀다. 니안느는 압박과 함께 밀려드는 뜨거움에 숨을 몰아쉬었다. 두 가슴을 사이에 입을 맞춘 뒤 부드럽게 미끄러지는 턱은 배를 스치고 다리 사이로 향했고, 곧 꿀처럼 달착지근한 감각이 민감한 부분을 덮는다.

저리게 등골을 타고 올라와 몸속으로 파고드는 감각에, 화려하게 피어나는 꽃이 몸의 피를 타고 흐르는 것 같았다. 손가락 끝이 움찔거리고 다리 끝에 힘이 들어갔다. 칼릭의 머리카락이 허벅지 안쪽을 스치며 그 황홀한 감각은 더 깊고 넓게 퍼졌다.

"칼릭스트⋯⋯."

이마와 목덜미가 이슬 맺히듯 땀에 젖고, 온몸이 달콤한 것으로 가득 차 있지만 입안은 말랐다. 흐늘흐늘 녹아가는 몸 위로 칼릭이 다시 올라왔다. 팽팽해진 가슴을 그의 큰 손이 잡아 누르고, 입술이 덮어왔다. 긴장과 열망으로 수면처럼 떨리는 가운데, 그의 입술이 니안느의 입술을 찾아냈다. 뜨거운 숨이 터지며 그의 몸이 내리 눌러왔고, 다리 사이로는 굵고 딱딱한 것이 느껴졌다.

"니안."

단단하고 묵직한 것이 지긋이 안으로 들어오자, 니안느는 눈살을 찌푸리며 신음을 흘렸다.

"또, 이 생각도 좀 많이⋯⋯ 하지."

니안느는 압박과 함께 밀려드는 단단한 뜨거움에 숨을 몰아쉬었다.

입술과 손은 꿀처럼 달고 부드럽지만, 안으로 박혀오는 그는 쇠처럼 단단하다. 등이 침대에 눌리고, 다리 사이로 그의 몸이 묵직하게 들러붙으며 더 깊이 들어온다.

몸이 뜨거운 것이 되어 녹아내리고, 황금빛 환희로 차오른다. 두 팔을 칼릭의 어깨에 얹고 몸을 밀어 올렸다. 그 밀려오는 전율이 안에 들어온 칼릭을 삼키듯 빨아들였다. 그의 단단한 허리를 두 다리로 감고 목을 안아 당겼다. 고개를 젖히고 그의 입술을 받아들였고, 몸을 젖히자 그가 더 깊이 들어왔다. 서서히 그가 더 흥분하려는 것이 느껴졌다. 그 격렬한 순간을 대비하며 입술을 뗐을 때, 칼릭이 속삭였다.

"……사랑해."

니안느는 몸이 먼저 반응했다. 뜨거워지며 그를 받아들인 부위가 출렁였다.

탄식이 칼릭의 목 안에서 터졌다.

그렇게 축복받는다, 이 성야가.

"사랑해요."

이 성야를 축복하며, 니안느는 온몸으로 그를 안았다.

악펠리 후작가의 네이필레 공녀가 그날의 집전자가 되는 것으로 전야제가 마무리되자, 팔가스 황가는 황제의 영웅담을 내용으로 하는 선전극을 시작했다. 규모는 엄청나고 길이는 끔찍했다. 승리자이자 황제 프레데릭은 벨사키엘이 휘두르던 성창의 일부와 성물을 찾아냈으며, 가는 곳마다 죽은 성자들이 그를 돕기 위해 무덤에서 일어났다. 자다 깬 성자들은 거의 삼십 분 넘게 자기들이 프레데릭을 돕는 이유를 읊어댔고, 보는 사람들은 그들의 머리를 후려갈겨 다시 재우고 싶어졌다.

어느 지경인지 미리 알고 있던 대가문들은 초대되었어도 각자 핑계를 대며 나가지 않았다. 아끼는 말이 우울해한다거나(노티온 가), 아직 신고 나갈 신발을 고르지 못했다든가(비스토니온 가), 금욕의 맹세를 한지라 한동안 연극을 보아서는 안 된다든가(히페리움 가), 조금 전 기도를 시작했는

데 천사님들과 이야기를 좀 길게 해야 할 것 같다거나(악펠리 가), '안 가'
(블랑셰리온 가).

장장 다섯 시간에 걸친 선전극은 조금만 더 하면 누군가가 칼을 뽑아
들고 난입해 배우를 죽여 버릴 것 같은 분위기 속에서 막이 내렸다. 객석
에 앉은 얼마 되지도 않은 관객들에게는 무대 인사를 봐줄 아량도 남아
있지 않은 상태였다.

부상을 핑계로 늦게 나온 바세바는 깔깔 웃으며 말했다.

"세상에, 세상에. 그걸 처음부터 다 본 건가요, 리카르?"

"그렇소."

리카르는 중노동이라도 마친 듯 초췌한 얼굴이었다. 황제 프레데릭도
없는 자리에서, 리카르는 그만큼이나 고지식한 앙리에타 황후와 함께 끔
찍한 연극을 잠도 못 자며 봐야 했다. 같이 끌려왔던 스테파니아 공주는
아주 잠깐만 나갔다 온다더니 영원히 돌아오지 않았다.

"안 봐도 되는 거면 미리 말하지 그랬소."

"보라고 옆에서 칼을 들이밀어도 안 보는 연극이라는 거, 다 안다고
요."

"난 몰랐소."

"저런, 저런."

갑자기 급한 일이 생겼던 리카르의 부하들도 하나둘 돌아왔다. 니안느
는 자기는 이교도라며 일찌감치 불참을 통보한 뒤였다.

연극이 끝났다는 신뢰할 만한 정보를 입수한 대가문의 대표들도 연회
장에 들어섰다. 각 대가문의 문장을 수놓은 망토와 예복을 입은 기사들이
그 뒤를 따랐다.

성야는 전통적으로 각 가문이 조용히 서로의 실력과 위세를 견주는 자
리였다. 가문 간의 경쟁은 하루이틀 일이 아닌지라, 성야 같은 대규모 행

사는 이합집산과 파벌 재확인의 장이다. 그나마 성야는 조용히 견주기지, 승천일에 3년마다 한 번 열리는 무투회는 대놓고 재는 자리라 전쟁이나 다를 바 없다. 거의 매일 저녁마다 싸움질을 해대고, 정신 차리면 또 싸움질이다. 그렇게 싸우다 보면 정작 무투회 당일에는 부상 안 당한 기사를 찾기가 더 힘들게 된다.

지금도 그 분위기는 여전했다. 고티에가 이기길 기원했던 비스토니온 가는 기가 죽었고, 그 비스토니온 가와 앙숙인 히페리움 가는 만족했다. 항상 모든 것을 비웃는 악펠리는 오늘도 비웃었고, 노는 것 빼고는 어디에든 관심 없는 노티온은 오늘도 어디에든 관심이 없었다.

가장 먼저 온 것은 악펠리 가의 네이필레 공녀였고, 그다음 나타난 것은 노티온 가의 에밀리오 공자였다. 각자 자기들이 가장 늦을 줄 알았던지라 무척 분해했다.

이어 히페리움의 엘렌드가 앉고, 그 옆에는 비스토니온의 쿠르티우스가 앉았다. 그 둘은 자리가 지나치게 가깝다며 거칠게 생긴 수하들을 의전담당에게 보냈지만, 자리는 조정되지 못했다. 둘 중 누가 옮기느냐가 문제고, 둘 다 옮기면 옮기는 대로 문제다.

리카르는 칼릭을 기다렸지만 늦기로 작정한 건지 나타나지 않았다. 바세바도 궁금해하며 물었다.

"당신 원수 아들은 아직 안 왔나요?"

"늦나 보군."

그러나 곧 연회장 한구석이 서늘해졌다. 바세바는 시종이 따라주는 포도주를 받아 들곤 그쪽을 보았다.

블랑셰리온 가의 기사들이 들어서고 있었다. 그중에는 리카르와도 아는 기사인 고든도 있었다.

칼릭은 기사들 사이로 나와 연회장 안으로 들어왔다. 칼릭과 친한 노티온의 에밀리오와 악펠리의 네이필레가 인사를 했다. 시종이 달려와 칼릭을 그들 쪽으로 안내했다.

이제 몰락하는 블랑셰리온이 아니다. 라크세니아를 아우를 지배자이며, 반도의 전장을 누비고 바르가스와 황제를 구원한 공신이다. 겉으로는 바뀐 것이 없어도 시선과 관심은 모두 칼릭을 향하고 있었다.

"세상에, 오베른은 저런 아들을 어떻게 만든 건가요."

바세바가 마시려던 잔을 내리며 감탄했다.

"관심이 가오?"

"관심이 안 가는 게 이상한 거 아닌가요. 신기하네요. 같은 대가문에 미남이더라도 저 도도한 엘렌드는 재수만 없는데."

칼릭은 등과 어깨가 넓은 근사한 몸매를 검은 옷으로 감싸고 있었다. 일부러 멋을 부린 곳도 없는 단순한 옷이었으나, 은여우 털을 댄 망토와 목과 가슴을 장식한 금빛 자수만으로도 기품 있게 화사한 느낌이 들었다. 일부러 과시하지 않아도, 보이는 것만으로도 사람들의 시선을 사로잡고 숨을 삼키게 하는 밀도 높은 우아함이 있다. 아무것도 의식하지 않는 무관심한 분위기 역시. 우아하게 뻗은 팔다리에 빈틈없이 깃든 자태는 언제 보든 완벽했지만, 어려움이나 긴장감이 없기에 매혹적이었다. 잘생기거나 아름다운 것만으로 치자면 악펠리 가의 네이필레도, 히페리움 가의 엘렌드도 아름답다. 매력적인 것은 노티온의 에밀리오도 만만치 않다. 그러나 블랑셰리온의 칼릭스트에게는 그것을 넘어서는 잔혹한 압도감과 차갑고 화려한 매혹이 있다. 흰 눈 속의 붉은 동백꽃처럼, 또는 서리 맺힌 가을의 황금 숲처럼.

"리카르, 표정이 왜 그래요?"

바세바가 물었다.

"많이 이상하오?"

"누구든 한 대 치겠네요. 그만둬요. 지루한 연극을 본 것, 너무 억울해 하지 말아요."

"알겠소."

리카르는 고개를 젖히며 밀려드는 분노를 몰아내려고 애썼다. 그러나 보고 또 보며, 인식하고 또 인식한다. 흥분과 분노가 자꾸 튀어나왔다. 목에 불타는 석탄이라도 걸린 것 같았다.

"……당신 아들은 대체 언제 오는 거요."

"곧 와요. 친절하게 대하는 거 잊지 말아요. 나는 당신과 그 아이가 사이좋게 지냈으면 해요."

바세바의 첫 번째 남편은 한 살 된 아들 파르지발과 왕비 바세바를 남기고 죽었다. 원래는 바세바가 섭정이 되어 앙골랍을 다스려야 했지만, 어렸던 바세바는 남편의 동생을 불러와 섭정을 맡겼다. 좋은 선택은 아니었다. 그다음 해, 바세바는 축출당해 파르지발을 안고 도망쳐야 했다. 바세바는 아버지인 황제에게 도와달라고 사정했지만, 황제는 도와주는 대신 바세바를 새 남편에게 보냈다. 그 두 번째 남편과의 사이에 태어난 것이 바스티앙과 프레데리카, 그 남편이 병사한 지 반년 만에 맞이한 남편이 바로 리카르였다.

"어차피 계부와 처음부터 사이가 좋은 의붓아들은 없어요. 계속 사이가 나쁘면 그때부터 신경 써야 하는 거고."

"노력은 해보겠소. 하지만 어린아이도 아니고, 스무 살이 된 아들이오. 어머니를 뺏겼다고 질투할 나이는 아니지. 즉……."

리카르는 고개를 돌리다 막 그의 어깨를 건드리려던 흰 손과 마주쳤다. 제비꽃 색 드레스를 입은 날씬한 몸이 서 있었다.

리카르는 놀라서 상대를 보아야 했다.

"니안?"

니안느였다. 장미 패턴이 들어간 비단으로 만든 드레스에, 노을빛 머리카락은 양옆을 덜어내 땋아 말아 올린 뒤 비단 머리띠로 고정하고 있었다. 목에도 진주 목걸이가 걸려 있었다.

바세바가 니안느를 보며 활짝 웃었다.

"이 근사한 숙녀는 과연 누구일까. 이리 와, 니안. 예쁘기도 해라."

니안느는 쑥스러워하며 어깨를 움츠렸다.

"치장을 도와준 전하의 시녀가 울 것 같은 얼굴로 저를 봐서 좀 불안했는데. 괜찮아요?"

"아, 그런 건 조금도 신경 쓰지 마. 걔는 항상 그런 얼굴이야. '당신이 나에게 미안한 짓을 하고 있긴 하지만 참을게요.' 라는."

니안느는 유쾌하게 웃었다.

"그래도 착해 보이던데요."

"착하기야 하지. 그런데 이틀 이상 있다 보면, 실수를 해도 혼내지를 못한다는 게 얼마나 난처한 상황인지 알게 될 거란다."

"대체 누구에게 이 일을 시킨 거요."

리카르가 묻자, 바세바는 니안느를 옆에 앉히며 말했다.

"카치아요. 이 드레스 쥐여준 다음 니안느를 연회장 안에서 가장 예쁜 숙녀로 만들라고 했죠. 금방 마치고 오기에, 프레데리카를 재우라고 보냈어요."

"프레데리카에게?"

가엾은 카치아는 이 성야에 프레데리카의 발에 차이거나 이에 물리거나 손톱에 찍히고 있을 것이다. 리카르는 올해 아홉 살인 그 꼬마를 볼 때마다 쟤는 미친 게 분명하다고 생각했다.

"카치아가 당신에게 무슨 잘못을 한 거요."

"존재 자체가 잘못이에요. 아예 무능하지는 않았지만 말이에요. 봐요.

제법—"

그리고 니안느의 어깨를 잡아 돌려세웠다.

"예쁘잖아요, 봐요. 당신도 어서 칭찬해 줘요."

니안느도 기대에 찬 눈으로 바라보자, 리카르는 활짝 웃으며 말했다.

"예쁘구나."

진심이었다.

예뻤다. 작은 얼굴도, 긴장과 기대감으로 발그레하게 물든 볼도, 쾌활하게 웃는 예쁜 눈도, 다.

칭찬에 기분이 좋아진 니안느는 고개를 젖혔다. 노을빛 머리가 찰랑이며 뒤로 흘러내렸다.

"이렇게 예뻐진 김에 여기 앉은 모든 기사님들을 내 노예로 만들어볼까요?"

"그건 무리일 것 같구나. 여기 얌전히 있어. 바세바도 그러라 그런 것 같으니."

바세바는 손을 저었다.

"아, 아니에요. 난 찬성이니 응원해 줄게, 니안. 다 꼬셔 버려. 라크세니아 산(産) 마녀의 매력을 보여주라고."

"바세바, 애한테 뭘 시키는 거요."

"애라니요. 스무 살 넘은 아가씨에게."

이건 오만하고 도도한 바세바가 가진 의외의 기질인데, 처지가 곤란하다 싶은 젊은 아가씨들이나 아이들에게는 물러터진 호구였다. 예전에 갈 곳 없던 자기 처지가 생각나서 그런 것이다.

군대 하나를 휩쓸 수 있는 마법사인 니안느도 바세바에게는 가엾고 의지할 데 없는 아가씨였다. 바세바는 세레나 같은 여자와는 손톱 발톱 다 꺼내가며 싸울 수 있지만, 니안느에게는 처음부터 잘해주었다.

니안느는 하인이 건네주는 쇠고기와 절인 배 요리를 받았다. 배를 본 메피스토가 니안느 옆에서 슬그머니 머리를 들이밀었다. 메피스토의 흉악한 머리가 튀어나오자, 담대한 바세바도 깜짝 놀랐다.

"얘. 그거, 악마한테서 사 온 개니?"

"설마요. 저는 이 나라의 천사와도 인연이 없고 악마와도 모르는 사이랍니다. 보기에는 이래도 순해요. 안 물어요."

무대의 시인이 류트를 타며 노래를 부르기 시작했다. 메피스토에게 배를 먹이던 니안느는 그 노래에 귀를 기울이며 말했다.

"이거 알 것 같아요. 금발의 율란데와 기사 마두스에 나오는 노래죠."

"금발의 율란데, 기사 마두스, 그리고 대왕 파르투스지."

바세바는 턱을 괴고 그 유명한 노래를 들었다.

남자 시인의 목소리는 부드럽고 감미로웠다.

"너도 안다니 신기하네. 하긴, 불륜이야말로 종교를 뛰어넘는 이야깃거리지. 얼마나 아니?"

은팔의 대왕 파르투스는 이웃나라와의 전쟁에서 이기고 그 공주 율란데와 약혼한다. 결혼식 날, 율란데는 나이 든 남자에다 백성과 아버지의 신하들을 죽인 자와 결혼하는 것을 한탄하다 파르투스를 수행하던 젊은 기사 마두스를 유혹해 도망쳐 버린다. 십 년간의 쫓고 쫓기는 추격 끝에, 검은 창의 데오네스가 중재를 하여 마두스와 파르투스가 화해한다―

라는 것이 니안느가 아는 끝이었다.

바세바는 혀를 찼다.

"너도 그게 끝인 줄 아는구나. 그다음에 더 있는데. 그게 4장까지의 이야기고, 실제로는 5장에서 끝나. 왕은 그들을 용서한 게 아니었어. 둘을 끌어내기 위해 그리한 거지. 이웃나라와 전쟁이 벌어지고, 마두스는 사악한 창에 맞아 큰 부상을 입지. 보통 상처였다면 괜찮았을 텐데, 그 부상은 마법의 상처라 치료가 되지 않았단다. 신의 힘만이 그 상처를 낫게 할 수 있었어. 파르투스 왕에게 바로 그 치유의 능력이 있었지만 그는 마두스를 살려주려 하지 않았어. 마두스가 자신이 몇 번이나 왕을 구했다며 호소해도 소용없었지. 용맹한 기사 마두스는 그리 허망하게 죽고, 그 일에 실망한 파르투스의 기사들은 왕을 떠나. 율란데는 남편의 장례를 치른 다음 이웃나라로 넘어가 적장과 결혼하고. 파르투스는 곳곳에서 일어난 전쟁을 막지 못해 죽으면서 이야기는 끝난단다. 하지만 보통은 4장까지만 이야기하지. 왕이 비겁한 짓을 하다 나라 말아먹는다는 이야기는 왕이 다스리는 나라에서는 듣기 곤란하잖니."

니안느는 배신이라도 당한 표정이었다.

"나는 행복하게 끝나는 줄 알았는데!"

그 표정이 귀여워, 바세바는 잔을 건네며 말했다.

"충격이 큰가 보네. 자, 한잔 마시고 잊어. 네 마음속에서는 모두가 행복하게 끝나면 되는 거 아냐."

니안느가 잔을 받기도 전에 리카르가 중간에 가로채 버렸다.

"얘는 술 못 마시오. 권하지 마."

"하여간, 과보호는 여전하다니까."

바세바는 단숨에 잔을 비우고 입맛을 다셨다. 리카르는 경악하며 말했다.

"그러는 당신은 그렇게 마셔도 되는 거요? 혼자서 한 동이는 마신 것 같군."

"나 술고래인 거 몰라요? 아직 멀었어요."

그때 시종이 와서 바세바에게 무언가를 알렸다. 바세바는 고개를 끄덕인 다음 호위 기사를 불렀다.

"무슨 일이오."

리카르가 묻자, 바세바는 웃으며 말했다.

"내 남자 파르지발이 왔다는군요. 다녀올게요."

"걸어갈 수 있소?"

"걸어는 갈 수 있어요. 달팽이 비슷한 속도일 테지만. 자, 이리 와, 나 좀 일으켜 세우렴. 내가 자리 비운 동안 당신은 좋은 아버지가 되는 연습 하고 있어요. 알겠죠?"

바세바는 기사의 부축을 받아 연회장을 떠났다. 니안느에게 받아먹을 만큼 먹은 메피스토는 슬그머니 자리를 떠 대가문들이 앉은 곳으로 갔다. 칼릭 주변의 기사들이 모두 칼자루에 손을 가져갔다. 동석한 에밀리오와 네이필레도 놀라서 보았다. 칼릭은 머리를 들이미는 메피스토에게 접시에 놓인 사과와 포도를 주었다. 니안느가 보고 있다는 것을 알자, 칼릭은 부드럽게 웃으며 여기로 오라며 손짓을 보냈다. 그의 옆에 있는 에밀리오와 네이필레도 돌아보았다. 에밀리오는 구릿빛 얼굴의 미남이었고, 네이필레는 얼음처럼 하얀 얼굴에 백금발 머리를 가진 미녀였다.

"리카르, 나 잠시—"

순간 팔이 세게 잡혔다. 니안느가 당황하며 보았지만, 손목을 틀어잡은 리카르의 손에 힘이 들어갔다.

"리카르?"

니안느는 곤혹스러워하며 말했다.

"리카르, 아파요."

"아. 미안하다"

리카르가 깨어난 듯 급히 손을 놓았다. 니안느의 손목이 붉게 물든 것을 본 그는 난처한 듯 턱을 문질렀다.

"그런데 칼릭스트와는 어떻게 된 거냐. 성에서 한 번 본 사이치고는 친해 보여서 말이다."

"그게……."

니안느는 볼을 붉혔다. 즐거움과 설렘을 감추지 못하고 있었다. 그 표정에, 리카르는 다시 벌겋게 달아오른 분노를 느끼며 손에 힘을 주었다.

"아니, 말하지 마라."

리카르는 고개를 저었다.

"하지 마."

니안느는 걱정스럽게 물었다.

"왜 그래요. 무슨 일이 있어요?"

다행히 때맞춰 회장 입구로 젊은 기사와 그 수하들이 들어왔다. 바세바 공주의 장남인 파르지발 왕자였다. 풍채 당당한 젊은 왕자는 바세바 공주 없이 리카르가 있는 곳으로 왔다.

"바세바는 어디 간 거냐."

"프레데리카가 뭔가 사고를 친 것 같더군요. 시녀가 지금 기절했다나. 잠시 들렀다 온다 하시며 가셨습니다."

그리고 파르지발은 리카르의 옆자리를 흘끔 보았다.

"그런데 여기가 이교도 마녀가 있을 자리는 아닌 것 같습니다, 볼프람 공."

"그 이교도 마녀가 네 어머니를 구했지. 이 자리에 누구보다 적합하다. 그리고 다른 누구도 아닌 바세바가 직접 앉으라 한 자리다. 네가 뭐라 할 권리도 이유도 없다."

주변 사람들은 둘의 눈치를 살피며 말을 아꼈다.

바세바가 없으니 예상했던 대로 진행되고 있었다. 젊은 왕자는 적대감을 감추지 못했고 리카르는 관대해질 생각이 없었다.

니안느는 자신이 이런 불편한 두 사람 사이에서 트집거리가 될 수 있다는 것을 알았다. 그러나 니안느가 자리를 뜨면 리카르의 자존심이 상하고, 가만히 있으면 파르지발이 리카르를 불쾌하게 할 것이다. 바세바가 있었다면 파르지발이 그러도록 놔두지 않았을 텐데, 하필이면 지금 없다. 니안느는 리카르를 좋아했지만, 그가 이런 문제를 해결하는 요령이 없다는 건 알고 있었다.

그때 시종이 니안느에게 달려왔다. 시종은 니안느에게 쪽지를 건네주곤 물러났다. 니안느는 그것을 펼쳐 보았다. 적혀 있는 말을 읽자마자 웃음이 나왔다.

"뭐냐."

리카르가 물었다.

니안느는 얼른 종이를 접어 손에 쥔 다음 말했다.

"급히 할 이야기가 있다며 부르는 사람이 있어요. 잠깐 자리 비울게요. 미안해요. 즐겁게 즐겨요."

적절한 순간이었다. 이대로 버틸 수도 없고 물러날 수도 없는데, 누군가가 불러서 나간다는 핑계만큼 적절한 것도 없다. 게다가 핑계가 아닌 진짜가 아닌가.

니안느는 리카르의 볼에 입을 맞춰 성야의 인사를 하고 자리를 나섰다. 리카르의 눈길이 느껴졌지만 돌아보지 않았다. 연회장 입구를 나가자마자 문 앞에서 부르는 소리가 들렸다.

"니안."

니안느는 얼른 돌아보았다.

칼릭이었다.

"불러줘서 고마워요. 그……."

칼릭이 화난 얼굴로 다가와 니안느의 팔을 잡아들었다. 소매가 뒤로 젖혀지며 붉게 물든 손목이 드러났다.

칼릭은 눈살을 찌푸렸다.

"이게—"

"괜찮아요."

칼릭은 여전히 손목을 노려보고 있었다. 이런 일을 한 당사자의 손목을 부러뜨려 버리고 싶다는 눈빛이었다.

"왜 그런 거지."

"묻지 말아요. 나도 모르니까."

니안느는 둘러댈 말을 찾지 못했다. 실수로 그런 거라 하자니, 리카르에게 있을 수 없는 일이다. 일부러 그런 거라면, 그건 그것대로 문제다.

칼릭이 손을 놓았다.

"파르지발이 오면서 분위기가 험악해지던데. 왜 그런 건가."

"파르지발 왕자나 그의 기사들은 원래 저래요. 더 있어봤자 싸움만 나니까 신경 안 써요. 그래도 칼릭스트 경이 빼줘서 고마워요. 이대로 갈 수 있게 되었으니."

"네가 그런 대접을 받을 위치는 아닐 텐데."

"내가 잘못한 것도 없는데 내가 싫다는 사람이 있는 건 불편하지만, 그 탓에 리카르나 베르나르, 심지어 울리치까지 기분 나빠하는 건 더 싫어요. 한숨 자고 일어나면 내일이 되겠죠."

니안느는 정말 아무 일 아니라는 듯 가슴을 폈다. 칼릭은 옅게 웃었다. 니안느가 이러면 더 화내지 않겠다는 것이다.

"이제부터 혼자서 뭘 할 거지?"

"이거나 듣고 있게요."

니안느는 손을 들고는 후, 하고 숨을 내쉬었다.

바람이 불며 음악소리가 들려왔다. 안둔에 있을 때 칼릭이 쳤던 그 곡이었다.

"이걸 아직도—"

"시간 날 때마다 들어요."

홀에서 바이올린 소리가 들려오기 시작했다. 무도회가 시작되는 것이다.

칼릭은 문을 조금 열고 안을 들여다보았다. 춤을 추려는 남녀가 각자의 파트너를 데리고 무도회장으로 들어서고 있다.

"이리 와."

칼릭은 니안느의 손을 잡아당겼다. 싫다며 내뺄 틈도 없이, 칼릭은 단숨에 니안느를 무도회장 중앙에 세웠다.

환한 조명 아래 남들 시선을 받으며 서 있으니 니안느는 얼굴이 달아올랐다.

"칼릭스트 경."

"긴장하지 마."

사람들 시선을 받는 것은 항상 질색인데, 이렇게 모두가 보는 자리에 서 있는 것은 더 질색이다. 그것도 춤을 추는 자리라니.

"나, 엄청나게 못 추는 거 알잖아요. 참사가 일어나고 말 거라고요!"

"내가 알아서 할 테니, 그런 건 신경 쓰지 말고……."

칼릭이 팔을 들자, 니안느는 그 팔에 손을 얹었다. 칼릭은 니안느의 허리에 손을 얹고 한 걸음 앞으로 다가왔다.

"즐겨, 이교도 아가씨. 네가 즐겁지 않으면, 나도 그러니까."

"협박 같은데요. 절대로 슬퍼하지 말라는."

"왜 그렇게 되는 건데."

"칼릭스트 경이 즐겁지 않다니. 그거야말로 세상에서 제일 중요한 문제잖아요. 당장 해결해야 해요."

당신이 웃는 얼굴이 얼마나 좋은데.

니안느는 그래서 칼릭을 항상 행복하게 해주고 싶었다. 상처도 고통도 없는 세상을 만들어주고 싶었다. 자신이 할 수 있는 일이라면 뭐든 해주고 싶기도 했다.

칼릭이 고개를 숙였다. 볼에 닿는 숨결을 따라 그의 우아한 목소리가 들려왔다.

"그럼 네가 먼저 웃어. 저 못생긴 놈들이 너를 기분 나쁘게 하면……."

"그 모두와 결투라도 하게요?"

"그건 무리지만, 천천히, 하나하나, 남김없이 처리할 수는 있지."

그리고 입술 끝을 슬쩍 올리며 웃었다.

니안느가 '못된 미소' 라 이름 붙인 그 웃음이었다.

니안느는 그 얼굴을 보며 말했다.

"드디어 웃네요, 칼릭스트 경이. 좀 심술궂어 보이긴 하지만."

"네가 웃잖아. 좀 심술궂어진 건 저기 저 왕자가 재수가 없어서 그런 거니 이해해."

칼릭이 리드했으니, 춤을 추는 것은 문제가 없었다. 돌아야 하는 방향으로는 손을 얹어 유도하고, 뛰어야 할 때는 몸을 가볍게 당기며 이끌었다. 치마가 허리에 감기고 머리카락이 목을 스친다. 니안느는 칼릭의 검은 옷 안에 숨은 단단한 몸을 느낄 때마다 짜릿함에 가까운 기쁨을 느꼈다.

"나, 사실 칼릭스트 경에게 기분 나쁜 일이라도 있는 줄 알았어요. 굳어 있기에."

"아주 기분 나쁜 것을 보고 있었거든."

"뭔데요."

칼릭은 고개를 숙여 니안느의 손목에 입을 맞췄다. 니안느는 심장이 두들기듯 뛰었다. 칼릭의 손이 손등을 스치고 올라가 손가락 사이로 스며들 듯 파고들더니 꽉 잡아 내렸다.

"니안, 내가 네 남자라는 것만 그렇게 확인하지 말고, 네가 내 여자라는 것도 자각하는 게 어때. 그러면 더 기분 나쁘지는 않을 거야."

칼릭의 가슴이 가까워지고 그 입술이 관자놀이를 스쳤다.

"난 경쟁자는 정말 질색이거든."

바이올린과 비올라의 선율이 피에 달착지근하고 뜨거운 감각을 불어넣는 것 같았다.

세상의 황홀하고 아름다운 모든 것이 이마와 목덜미로 쏟아지는 것만 같다. 그의 품 안으로 몸이 들어갔다. 넓은 가슴과 단단한 어깨가 니안느를 감쌌다.

"많이 늘었네, 니안."

"간신히 종아리를 걷어차지 않는 정도죠."

음악에 실린 홍이 최고조에 다다랐다가, 날개를 접듯이 춤과 음악이 끝났다. 박수 소리가 홀을 채웠다. 춤을 마친 남녀는 서로에게 허리를 숙여 인사를 했다.

칼릭은 인사를 마치자마자 니안느의 볼에 손을 얹고 맞은편 볼에 입을 맞추었다. 니안느의 눈에 웃음이 가득 찼다.

"예뻐."

칼릭이 귓가에 속삭이고는 고개를 들었다.

"내가 제일 먼저 보지 못해서 분한데."

니안느는 볼을 붉히며 고개를 숙였다.

"자, 나가자. 번잡한 곳을 떠나 단둘이서 성야를 즐겨야지."

"알았어요."

"잠깐 자리 정리하고 따라 나갈게. 기다려."

"네. 먼저 갈게요."

니안느는 그 손을 놓았다.

❖

"맙소사, 저 녀석!"

베르나르는 박수를 치며 감탄했다.

"우리 딸이 세상에나, 끝내주는 놈으로 물은 것 같다! 대견해!"

"쳇, 그렇게 블랑셰리온을 씹어대더니."

"그건 그거고 이건 이거지. 대단하지 않냐? 여기서 제일 예쁘잖아. 남자 여자 다 합쳐서."

"봄이 가면 덧없이 시드는 것이 꽃인 것을."

베르나르는 어처구니가 없다는 듯 울리치를 보았다.

"한때나마 꽃인 것과 처음부터 잡초인 게 같냐, 멍청아. 너는 잡초 중에 못생긴 잡초고. 그리고 생각을 해봐라. 너하고 평생을 사는 게 좋을까, 쟤하고 하루를 사는 게 좋을까. 야, 나라면 후자다. 무조건 쟤하고 하루야."

"거기서 왜 내 이야기가 나와!"

"너, 니안느 좋아하잖아."

"그런 적 없다!"

"아니. 너 빼곤 다 아는데?"

"베르나르, 이 개자식!"

울리치는 결국 연회장을 박차고 나가 버렸다. 춤 신청해 봤자 여자들이 난처하다는 듯 딴청을 피우는 상황만 벌어지고 있어, 어떻게든 나가려던 중이었다.

그동안 바세바가 돌아왔다. 프레데리카와 무슨 일을 벌였는지 얼굴은 지쳐 있고 머리카락은 몇 올 튀어나와 있었다.

"나 왔어요."

"어머니."

파르지발이 일어나 어머니인 바세바의 손등에 입을 맞추었다. 바세바는 소녀처럼 웃었다.

"아들, 연회는 어떠니."

"어머니를 기다리는 동안은 아무 즐거움도 없는 시간이죠. 이 안에서 가장 아름다운 분께 춤 신청을 하고 싶은데, 어떤가요?"

"난 되었다. 네가 들고 추지 않는 한 못 춰. 마음에 드는 아가씨가 없어서 이렇게 나한테 아양 떠는 거라면, 네 사촌 동생이나 구제하렴. 저기 있잖니."

바세바는 황후 앙리에타 옆에 앉아 있는 스테파니아 공주를 가리켰다. 올해 열넷인 공주는 지금 엉뚱한 쪽에 넋을 놓고 있었다. 바세바는 조카를 측은하다는 듯이 보며 말했다.

"어서 가서 말하렴. 블랑셰리온의 칼릭스트가 아무리 잘생겨도 너는 공주라서 그 남자와 결혼할 수 없다고 말이야."

"불가능하지는 않죠. 스테파니아가 승계권을 모두 포기하고 지참금을 절반만 가져간다면."

"그전에 칼릭스트 경한테 의향을 물어보는 게 예의 아닐까? 아까 오면서 보니, 칼릭스트 경의 상대는 정해진 것 같던데. 그러니 파르지발, 네가 스테파니아한테 가."

"이번에는 양보하지만, 내년 성야의 첫 춤은 어머니와 저입니다."

"아니. 그때는 네 아내와 해야지. 너는 내가 상대하기에는 너무 젊은 남자야."

파르지발은 일어나 스테파니아에게 갔다. 공주는 잘생긴 블랑셰리온 공이 아닌 사촌 오빠가 오자 몹시 실망했다. 산해진미를 보고 입맛 다시는데 네 건 이거라며 감자 한 접시를 받은 표정이었다. 그런 표정을 보는 파르지발도 기분이 좋은 건 아니었다. 네가 뭔데 나 정도 남자를 앞에 두고 밥투정이냐는 것이다.

아들을 보낸 바세바는 리카르에게 말했다.

"표정이 왜 그래요, 아까부터."

"어떻소."

"당신이 들어가야 하는 관을 보는 것 같군요. 리카르, 오늘은 성야고, 젊은 남녀가 사랑에 빠지는 건 전혀 이상하지 않아요. 니안느가 연회장 안의 모든 남자는 유혹하지 못했지만, 이 안에서 제일 아름다운 남자는 건졌네요. 축하해 줄 일이니까, 당신도 속 좁은 홀아비처럼 굴지 말아요."

"당신에겐 남녀 문제는 항상 그런 거군."

"그럼요. 나는 젊고 보기 좋은 애들이 연애하는 게 너무 좋거든요. 내가 할 때도 좋은데, 구경하는 건 더 재밌어요. 그리고 당신은 칼릭스트 경에게 감사해야 해요. 이 연회장에서 불편하게 쫓겨날 뻔한 니안느를 손님으로 만들어준 게 칼릭스트 경이라고요."

"알았소?"

바세바는 코웃음을 쳤다.

"파르지발은 항상 그러는데, 오늘이라고 예외일 거란 생각은 안 했어요. 리카르, 그러니 당신도 니안느에 대해 뭐든 제대로 지위를 줘요. 지난번처럼 훌쩍 사라져도 아무 말 못하는 그런 애매한 상황으로 만들지는 말라고요. 당신의 마법사로 위임을 하든, 나한테 주든."

"니안느로 뭐 하게."

"공작의 마법사가 안 된다면, 공주의 마법사로 만들면 되죠. 내가 가로채는 게 싫으면 당신이 직접 주든가. 니안느가 다른 남자한테 관심 보인다고 툴툴대지도 말고요. 스무 살 넘은 아가씨고, 또래 남자가 좋은 건 당연한 거잖아요. 게다가 저 정도 청년이 유혹해 온다면 있던 남편도 버리겠네요."

바세바는 나중에 어떻게 되든 재미 볼 건 재미 보고 즐긴 건 즐기자는 주의였다.

그러나 리카르는 묻고 싶었다. 다른 누구도 아닌 오베른의 아들이, 다른 곳도 아닌 리카르의 눈앞에서 이런 일을 벌이는 것이 어떤 의미인지.

서로가 서로를 보는 눈, 손길을 거부하지 않는 몸짓, 다정한 접촉과 속삭임, 그 모든 것이 눈앞에서 벌어졌다. 애정에 찬 니안느의 눈빛이 칼릭을 향하고, 그런 니안느를 보는 칼릭의 눈과 몸을 매만지는 손길에는 노골적인 애정이 담겨 있었다. 여자의 모든 것을 아는 남자의 눈이며, 모든 것을 가진 남자의 손길이다. 같은 남자인 리카르가 모를 수가 없었다.

배신감과 분노가 뒤섞여 추하고 탁한 빛을 띤다. 니안느를 향한 것은 하나도 없고, 오로지 칼릭만을 향한다.

그런 리카르의 눈에 니안느가 홀의 문을 나서는 것이 보였다.

"잠시 나갔다 오겠소."

"알았어요. 대신 빨리 와요."

리카르는 밖으로 나가 금방 니안느를 따라잡을 수 있었다.

"리카르?"

부르지 않아도 기척을 느낀 니안느가 돌아섰다.

"어디 가는 거냐."

"아, 뒤뜰이나 구경해 보려고요. 회향나무 정원에 눈이 가득 쌓였거든요."

그러나 눈은 다른 곳을 향하고 있었다. 리카르에게 말하기 좀 쑥스러운 약속이 있는 것이다.

"리카르도 그러려고 나왔나요? 재미없어하는 것 같던데."

"그래, 아주 재미없었다."

"와요, 그럼."

둘은 한참을 걸어 뒤뜰에 도착했다.

벌써 눈이 두껍게 쌓여, 회향나무 가득한 정원은 털가죽을 뒤집어쓴 듯 보였다. 까마귀 몇 마리가 돌아다녔다.

니안느는 치마를 걷고 눈 덮인 뒤뜰을 밟았다. 발자국이 자그마하게 찍혔다. 리카르는 니안느 쪽으로 손을 내밀었다. 니안느가 다가와 그의 손을 잡았다.

"왜 그래요. 계속 표정이 안 좋네요."

"외로워서."

"사람이 이렇게 많은데요?"

"사람이 많아도 외롭구나. 너와 단둘이 지낼 때보다 더."

"그러지 말아요."

니안느의 얼굴에 걱정이 어렸다. 리카르는 가슴이 아파오는 것을 느꼈다. 이 걱정이 오로지 리카르를 향하던 시절이 그리워서. 이 아이 세상에 리카르 하나밖에 없던 시간들을 돌려받고 싶어서.

"니안, 지금 생각해 보면 말이다, 나는 소중한 것을 소중하게 대해본 적이 없는 것 같구나. 어린 시절부터 내게는 뭐든 당연히 주어졌지. 가장 훌륭한 것들은 항상 내 몫이었다. 그래서…… 그만, 너도 그렇게 대해 버렸던 것 같구나. 네게 나밖에 없을 줄 알았고, 그게 당연하다 여겼지."

"그러지 말아요. 서운하지 않으니까."

"아니, 미안하다. 정말."

니안느를 너무나 당연히 그의 것이라고 여겼다. 어떤 선택을 하든 니안느는 그의 것이었어야 했고, 그의 보호를 받으며 그의 그늘 아래 있어야 했다.

또, 그만큼 소중하기도 했다.

니안느가 없으니 그리 외로울 줄 몰랐고, 이 아이가 위험할 때 그렇게 속이 타들어갈 줄도 몰랐다. 다시 옆에 오자, 다시는 놓치고 싶지 않았다.

그러니 지금 분통이 터진다.

놓친 시간은 정말 짧았는데, 그 짧은 순간에 돌이킬 수 없는 일이 일어 났다. 지금 리카르는 그 모든 것을 어떻게든 되돌리고 싶었다.

"미안하다. 그동안 내가 했던 모든 선택, 너와 멀어지게 한 그 선택들 이."

"리카르, 그만해요. 당신한테 사과 받을 일 없어요."

"아니, 있다. 용서해."

리카르는 돌이킬 수만 있다면 무릎이라도 꿇고 싶은 심정이었다. 다 후회되는 일뿐이다. 결혼을 한 것도, 이 아이의 말에 제대로 귀를 기울여 주지 않은 것도 다 후회된다.

이 아이는 항상 그의 옆에 있으며 그에게 진심을 다해주었는데, 정작 리카르는 힘들다는 이유로 받기만 했다.

"용서해라."

"내가 뭘…… 용서해요."

"그냥 용서해다오. 딱 한 번만, 정말 한 번만 용서해다오."

"리카르."

"네가 없는 동안 나는 아무것도 아니었어. 내게 중요한 것은 아무것도 없었다. 너를 제하곤 아무것도 없었어!"

"리카르, 그게……."

리카르는 고개를 저었다.

"내가 했던 선택들, 후회하고 또 후회한다! 바세바와의 결혼은 내 선택이고 이미 늦었으니, 내 선에서 어떻게든 해보겠다. 하지만 그게 잘못이란 것, 정말 실수였다는 건 나도 안다. 인정해. 그러니 내 곁에 있어다오."

"리카르, 제발요. 그렇게 책임지려 할 필요는 없어요."

다시 생각난다.

오베른의 아들, 칼릭스트.

왜 하필이면 오베른의 아들인 건지.

이놈의 운명은 대체 어디까지 나를 조롱하는 건지.

그놈은 네 아버지가 나에게 한 짓이 뭔지 알면서도 니안느를 현혹한 거다.

이 아이가 내게 어떤 의미인지, 뻔히 알면서도.

니안느에게 누가 손을 뻗어도 화가 났을 테지만, 하필이면 칼릭이란 것에 더욱더 화가 치밀었다.

그 손이 이 아이를 잡았던 것에, 이 아이의 애정을 얻어내고 신뢰까지 가져간 것에 화가 치밀었다. 더 깊고 돌이킬 수 없는 것을 받아갈 수도 있지만, 그에 대한 생각은 시작조차 두려워 할 수가 없었다.

"그러면 그냥 있어다오."

"그럴 수…… 가 없어요, 리카르."

니안느의 목소리가 흐려졌다.

"리카르는 너무 소중하고, 내 가족이에요. 리카르는 내게 아버지고, 친구였고, 가족이에요. 그리고 그렇게 사랑해요. 하지만……."

"니안—"

"예전처럼 리카르 옆에 있을 수는 없어요."

"왜냐."

니안느는 고개를 저었다.

"그건 리카르도 알잖아요. 우리는 여기까지라고."

칼로 찔리는 것 같고 못을 삼키는 것같이 아프다.

우리의 길은 여기까지.

그것으로 끝난 것을 인정해야 하는데, 그런데 그럴 수가 없다.

세레나는 잊을 수 있었다. 없이도 살았다. 그리워는 했으나 그리워만
했을 뿐이다. 그런데 이 니안느 없이는 숨이라도 쉴 수 있을지도 모르겠
다. 다른 남자에게 뺏기고도 그럴 자신은 더더욱 없었다.

"리카르, 우리가 좋았다 하더라도…… 그건 그때라서 좋았던 거예요.
우리에겐 우리 외에는 아무것도 없었으니까! 그런데 지금은 아니잖아요!
당신에겐 아내가 있고, 세레나도 있고, 이제…… 공작이고, 장군이에요!
그리고 내겐……."

니안느의 말이 흐려졌다.

"내겐……."

리카르는 니안느가 무슨 말을 하려는지 알 수 있었다.

숲이 아니다, 지금 말하려는 건.

말하기 두려워하면서도 니안느는 얼굴과 눈에는 감출 수 없는 감정이
배어 있었다.

리카르의 손바닥이 니안느의 하얀 얼굴을 감쌌다. 긴장한 은보라색 눈
이 리카르를 향했다.

말하고 싶다. 또, 화내며 호소하고도 싶다. 난폭하게 굴고 싶기까지 했
다. 너는 가서는 안 된다고, 우리 사이가 그런 사이였느냐고.

그런데 그럴 수가 없다.

이 아이 앞에서 추해지는 것만큼은 할 수가 없었다. 고귀한 남자가 아
닌 다른 남자가 된다는 것, 실망한 이 아이의 눈이 흐려지고 저 정직한 애
정이 사라지는 것은 도저히 견딜 수 없다.

"내가 너와 지내며 가장 힘들었던 건…… 좋은 남자가 되는 거였단다."

리카르는 천천히 손을 내렸다. 부드러운 볼의 느낌이 손을 떠났다.

"지금도…… 힘들구나."

한숨과 함께 허연 성에가 눈보라 속으로 흩어졌다. 그 눈보라를 보며 리카르는 고개를 젖혔다.

"너무 힘들어."

온 세상이 그의 앞에서 무너지고 있는 기분이었다.

리카르는 힘겹게 돌아섰다.

❖

"어이. 칼릭스트, 혹시 연애하는 거냐."

칼릭스트는 한숨과 함께 돌아보아야 했다. 악펠리의 네이필레와 노티온의 에밀리오였다. 둘은 마주 보자마자 손을 흔들었다.

"맞긴 하지만, 그걸 너희들한테 신기하다는 듯 들을 이유는 없지. 특히 너, 에밀리오한테."

연애로 말할 것 같으면, 에밀리오를 따라갈 남자는 어디에도 없다. 거의 일 년 내내 연애 중이며, 상대는 반나절마다 바뀐다. 여자에 바세바가 있다면 남자에는 에밀리오가 있었다.

"나는 오랜만에 만난 친구들을 두고 뛰어나갈 정도의 연애는 한 적이 없는데."

"웃기네."

네이필레가 옆에서 싸늘하게 빈정댔다. 북방을 지키는 악펠리 가의 장녀이자 후계자인 네이필레는, 칼릭이 그 관심을 구걸해 비굴하게 만드는 존재라면 이 여기사는 비굴해질 수밖에 없도록 강요하는 존재였다. 눈만 마주쳐도 벌벌대는 그녀의 남편을 포함해서 말이다.

회장은 이제 손님의 시간으로 접어드는 중이다. 황제의 손님이 아닌 귀빈들이 초대한 손님들이 오는 시간이다.

"나는 이만 가도 될까."

칼릭이 말했다.

에밀리오는 술을 마시며 고개를 저었다.

"네 여자 데리고 여기로 와라. 혼자서는 안 가는 게 좋을 것 같아. 오늘 분위기 이상하지 않았냐?"

"며칠 전에 내전이 정리된 나라 분위기가 이상하지 않으면 그게 더 이상한 것 아닌가."

그러나 칼릭도 지금 에밀리오가 무슨 말을 하는지 알았다.

파르지발의 기사들과 리카르의 기사들 간의 불꽃은 칼릭에게도 보였다. 파르지발과 리카르가 덜그럭댄다는 건 리카르와 몬타에서 만났을 때부터 짐작하고 있었다. 리카르로 하여금 차라리 원수의 아들에게 지휘권을 돌려주게 할 정도였으니.

그런 상황에서 지난 바르가스 전쟁의 성과는 파르지발을 더 조급하게 만들었을 것이다. 어떻게든 리카르를 찍어 누르려고 안절부절못하고 있다.

성야에 붙은 별명이 있으니, 혈야(血夜)다. 황족들과 대가문들이 사병들을 끌고 모이는 자리라 크든 작든 충돌이 생긴다. 수십 년 전 벌어진 쌍방 대학살에 가까운 충돌도 바로 이 성야에 있었고, 두 황제가 동시에 등극하여 궁에 시체가 산더미처럼 쌓였던 날도 성야였다.

오늘 갈등의 주역은 파르지발과 리카르 볼프람.

황제는 모르는 척하고 있지만 속으로는 신났을 것이다. 남동생들이 털려 나가자, 이제 바세바가 조력자에서 프레데릭의 경쟁자가 되었다. 전우인 리카르도 지금은 경쟁자의 가장 든든한 아군이 될 수 있는 존재일 뿐이다. 적이 될 수 있는 이들이 서로 찔러대는 것은 누가 봐도 만족스러운 상황이다.

칼릭은 파르지발의 기사들을 눈여겨보았다. 기사들은 칼릭을 흘끔 보곤 얼굴이 굳으며 외면했다. 칼릭은 고든 쪽으로 손짓을 보냈다. 이미 대기하고 있던 블랑셰리온 가문의 기사들이 모였다.

"고든, 명령해 둘 게……."

그때, 손님의 문이 열렸다. 들어오는 방문자를 본 사람들의 눈이 멎었다. 술렁임이 회장을 흔들었다. 바세바가 술을 마시다 말고 하얗게 굳은 얼굴로 입구를 보았다.

입구로 늘씬한 귀부인이 들어오고 있었다. 검소한 하늘색 드레스를 입고, 검은 머리는 은빛 띠로 장식해 정숙함을 더하고 있었다. 그리 차려입어도 여자의 아름다움은 달이 뜬 듯 압도적이었다.

"델 판 공작부인."

프레데릭이 말했다. 눈에 반가움과 욕정이 보였다. 황후 앙리에타의 얼굴에 긴장이 떠올랐고, 주변의 모든 여자들이 긴장했다. 특히 바세바의 얼굴은 완전히 엉망이었다.

세레나는 무릎을 굽혀 인사를 했다. 뒤로는 기사들 몇이 따르고 있었다.

"네 고모 맞지?"

네이필레가 물었다. 에밀리오도 감탄했다.

"너하고 많이 닮았다. 네가 더 예쁘긴 하지만."

"닥쳐, 에밀리오."

칼릭은 세레나 등 뒤에 붙어 있는 기사를 보았다. 투구도 벗지 않았다.

선뜩한 불길함과 불안함, 그리고 분노가 칼릭을 건드린다.

"고든."

바로 옆으로 고든이 왔다.

"벤자민을 데리고 와라. 시간 되는 대로 궁을 떠난다. 그리고 네이필레, 에밀리오, 너희들도 기사들을 모아 자리를 뜨는 게 나을 것 같다."

"내 기사들은 벌써 창녀촌과 술집으로 갔는데."

에밀리오의 말에 칼릭과 네이필레가 황당하다는 표정을 지었다. 에밀리오는 어깨를 으쓱해 보였다.

"우리 집안은 지혜의 우에리타엘이고, 가장 지혜롭게 성야를 보내는 방법을 알지. 너희들은 너희들 알아서 해. 나는 조금 있다 나갈 테니."

네이필레가 자기 기사들을 불렀다. 네이필레를 닮아 백금발에 창백하고 차가운 얼굴을 가진 키 큰 기사들이 모였다.

칼릭도 고든에게 말했다.

"우선, 나는 잠시 자리를 비울 테니, 내가 돌아올 때는 모두 나갈 수 있도록 준비해라."

"네."

칼릭은 연회장을 나섰다. 파르지발의 기사들은 그런 칼릭을 눈여겨보았지만, 그중 하나가 칼릭의 기사들을 가리키자 시선을 거두었다.

회장을 나선 칼릭은 복도 근처를 뒤진 다음 기도실로 향했다. 다행히, 칼릭이 찾는 사람은 기도실에서 자고 있었다.

"어이, 울리치."

울리치가 깨지 않자, 칼릭은 의자를 걷어찼다.

"일어나라, 하층민."

울리치는 벌떡 일어났다.

"흐익, 누구십…… 칼릭스트!"

"볼프람 공은 어디 있지."

"젠장, 내가 경고했잖아! 볼프람 공 코앞에서 무슨 짓을 한 거야!"

"지금 중요한 게 그게 아니다. 일단 내 말 잘 들어."

"뭔데."

"우선 확인 좀 하고."

칼릭은 울리치의 배를 쿡 찔렀다. 울리치는 화들짝 놀라며 배를 감쌌다.

"무슨 짓이야!"

"운동 좀 해라. 푸딩처럼 말랑말랑하군."

"이 자식아!"

"지금 네 배가 이리 말랑말랑한 동안, 파르지발의 기사들은 예복 아래 갑옷을 입고 있다. 거북이 등처럼 단단해 보이더군."

울리치는 바닥을 가리키며 되물었다.

"이, 이 궁 안에서?"

"궁이니 오히려 당연한 일이다. 지금 당장 네 친구 베르나르와 테날디를 다 데리고 가 무슨 수를 써서라도 무장해라. 도망치는 것이 제일 좋은 방법일 것 같다만, 볼프람 공이 그럴 리 없지. 또—"

"또?"

칼릭은 세레나 뒤에 있던 기사가 다시 신경 쓰였다. 투구와 갑옷으로 몸을 가리고 있었지만 어딘지 익숙했다. 그러나 고개를 저었다. 그럴 리가 없다. 그 자식은 죽었다.

"아니다. 그건 너희들 일이 아닐 것 같다. 우선 도망이나 쳐라."

"볼프람 공은 영웅이고 프레데릭 황제 폐하의 측근이야. 왜 도망쳐야 한다는 거야?"

"그러나 바세바 공주의 남편이지."

"에?"

"고티에 황자는 죽고 토마스 황자는 승계권이 박탈되었다. 남은 직계 황족은 바세바뿐이지. 게다가 황제의 아이들은 아직 어린데, 바세바 공주의 아들인 파르지발은 이미 장성했다. 그것만이 아니다. 프레데릭에게는 쓸 만한 지휘관이 없어. 라이너 경은 패한 뒤 그 부상으로 사망했고, 휘하 기사들을 바르가스에서 상당수 잃기도 했다. 리카르 볼프람만 남았는데, 그는 바세바가 자기 남편으로 만들었지."

"황제 폐하가 배신할 거란 거냐."

"직접 죽이거나 추방하는 일은 없을 테지만, 바세바 공주의 영향력을 약화시키는 데 집안싸움만 한 것도 없다는 건 알 거다. 리카르 볼프람을 부추기지는 않을 거다. 리카르가 고지식하고 요령 없는 건 나도 아는데 황제는 더 잘 알겠지. 그런데 파르지발은 젊고 가진 것은 없는데 욕심은 많지."

"그러는 너는 왜 알리는 거야."

"아버지가 리카르에게 진 빚은 어떻게든 갚아야 하니까. 어서 가라, 울리치. 빠르면 빠를수록 좋다."

칼릭은 울리치의 어깨를 두드린 다음 일어났다.

"저기, 칼릭스트."

"할 말이 남았나."

울리치는 의자 다리를 툭툭 걸어차며 말했다.

"니안느 부탁한다."

"무슨 말이냐, 그건."

"우리들더러 리카르를 데리고 가라 하면서도 니안느 이야기는 하지 않았잖아. 그러면 뻔하지. 네가 데려…… 가려는 거잖아."

"그 당연한 말을 왜."

칼릭은 어처구니가 없어 바라보았다.

울리치는 우물우물 말했다.

"그, 그 녀석, 어마어마한 마법사이긴 한데, 속은 물러터진 녀석이야. 상처 주지 마라. 힘들게도 하지 말고. 에, 그러니까, 그게……."

울리치는 얼굴을 붉히며 고개를 숙였다.

"너한테 맡기니까 잘 부탁한다고."

칼릭이 물끄러미 보자 울리치는 얼굴을 더 붉혔다.

"왜 그러고 보냐."

"네가 뭔데."

"……."

"네가 그러는 이유를 도무지 모르겠다. 네가 뭔데."

그리고 칼릭의 입술 끝이 슬쩍 올라갔다. 프라팔가스 궁의 모든 여자들과 일부 남자들의 가슴을 두근거리게 하는 미모건만, 울리치에게는 세상에서 제일 보기 싫은 얼굴일 뿐이었다.

칼릭이 입술 끝을 더 올리며 말했다.

"가만. 너."

"마, 말하지 마!"

"너 혹시, 니안느가 리카르를 포기하면 너에게 올 거라고 생각했던 거 아냐?"

"그런 적 없어!"

"왜 아닌가. 리카르의 수하 중에 제일 젊고, 또 귀족 출신이라 자신감도 넘쳤던 것 같고, 아는 것도 나름 많으니 다른 놈에게 없는 지성미도 있을 거라고 생각했을 테지. 그러니…… 리카르 다음은 너라 생각했던 건가."

울리치가 입을 벌리며 덜덜 떨자, 칼릭의 눈이 가늘어졌다.

"맞네."

"아냐!"

"맞지?"

"이 못된 놈아! 그걸!"

울리치는 거의 우는 얼굴로 기도실 밖으로 달려나갔다.

칼릭이 울리치의 등에 대고 외쳤다.

"내가 한 말 잊지 마!"

"알았다니까, 이 못된 놈아!"

울리치가 달리는 소리는 순식간에 멀어졌다. 칼릭은 잠시 기다린 뒤에 기도실을 나섰다.

연회장에서 멀어질수록 주변이 조용해지며, 곧 사람 하나 없이 적막해 졌다. 이건 좋은 징조가 아니다. 이 팔가스의 궁과 가까운 사람들은 금방 피 냄새를 맡는다. 싸울 자가 아니면 다 자리를 피한다.

니안느부터 찾아야 하겠다.

어서—

칼릭은 맞은편에서 오는 리카르를 발견했다.

잘되었다고 생각하며 칼릭은 리카르 쪽으로 발걸음을 빨리해 다가갔 다.

"볼프람 공."

리카르가 고개를 들며 둘의 시선이 마주쳤다.

"할 말이……."

그러나 리카르의 눈에 담긴 것은 살의와 증오였다. 칼릭은 지금은 마 주쳐서는 안 되는 순간이란 생각이 들었다.

리카르의 발걸음이 빨라졌다. 그 팔이 그대로 칼릭의 목을 낚아채 뒤 로 밀어붙였다. 세게 몸이 뒤로 밀려나며 벽에 등과 머리가 부딪혔다.

"네가!"

분노에 찬 고함이 터졌다.

"왜 네가!"

칼릭의 목을 잡은 리카르의 팔에 힘이 들어갔다. 어마어마하게 감정적인 공격, 그것도 방비도 각오도 없는 상태에서 당하는 감정적인 공격이다. 리카르 정도 되는 남자가 이런 짓을 하는 것은 칼릭의 예상 밖이었고, 지극히 감정밖에 없는 그 힘은 엄청났다.

"젠장, 리카르—!"

칼릭은 등을 밀며 고개를 젖혔지만 리카르의 팔에 힘이 더 들어갔다. 칼릭은 리카르의 손목을 잡은 다음, 리카르의 무릎을 세게 걷어찼다.

"윽!"

리카르가 팔을 굽혔다. 칼릭은 주먹을 휘둘러 그의 턱을 후려갈겼다. 리카르의 몸이 뒤로 주춤 물러났다.

칼릭은 숨을 몰아쉬며 벽에 기댔다.

"왜 이러는 겁니까."

리카르는 허공을 노려보며 입술의 피를 훔쳤다. 잠시 진정한다 싶었으나, 그의 몸이 갑자기 젖혀지며 칼릭의 얼굴을 주먹으로 내리찍었다.

"……!"

빨리 피한 덕에 정면으로 맞지는 않았지만, 화끈한 통증과 함께 눈 위가 찢어졌다.

상대는 다른 누구도 아닌 사라피온의 검투장에서 살아남은 남자다. 그런 리카르가 눈을 공격한 것은 계획된 것이 아닌 본능이었다. 피가 눈가로 스며들었다. 시야가 흐려지는 그 찰나에 반대편에서 일격이 날아들었다. 엄청난 힘이 칼릭의 쇄골 부분을 강타했다. 몸이 바닥으로 내동댕이쳐졌다.

"젠장—"

칼릭은 통증을 견디며 몸을 일으켰다. 얼굴 정면으로 리카르의 주먹이 다시 날아들었다. 칼릭은 몸을 숙여 피하고 리카르를 향해 몸을 던졌다. 리카르의 가슴과 칼릭의 어깨가 충돌했다. 칼릭은 그대로 밀어붙여, 리카르의 몸을 내동댕이쳤다.

눈 밑의 상처에서 피가 뚝뚝 떨어져 흰 눈을 붉게 물들였다. 칼릭은 피를 훔쳤다. 리카르가 몸을 일으키며 검을 뽑았다.

"리카르—!"

더 봐줄 수가 없다. 칼릭은 바로 바닥을 박차고 몸을 날려, 리카르의 얼굴을 갈겼다.

리카르가 검을 놓치지 않자, 칼릭은 그의 팔을 잡아 겨드랑이 쪽을 무릎으로 쳐올렸다. 빡, 하는 뼈가 부딪히는 소리가 났다. 리카르의 몸이 주춤하며 검이 철컹 떨어졌다. 칼릭은 그 검을 걷어차 날렸다.

"뭐냐."

칼릭은 화가 나 외쳤다.

"뭐냐고!"

"……왜 너지."

리카르가 내쉬는 뜨거운 숨이 하얗게 얼어붙어 흩어졌다.

"왜 하필 너인 거냐! 너, 오베른이 내게서 빼앗아간 모든 것을 가지고 있는 너냔 말이다—!"

칼릭은 이 남자가 대체 무슨 말을 하는 건지 깨달았다.

"왜 그런 말을……."

"왜냐고? 지금 왜냐고 묻는 거냐!"

리카르는 자신의 가슴을 후려쳤다.

"내 청춘도 미래도 다 네 아버지가 앗아갔단 말이다! 네 아버지가! 네 아버지가 날 지옥에 처박았고, 거기서 청춘의 십 년을 고통 속에 갈아 넣

없어! 하필이면 네가 이러는 것이 내게 무슨 의미인지 정말 모르는 거냐!"

리카르의 말에 칼릭은 기가 막혀 탄식했다.

"이 개자식아."

깊은 아픔과 울분을 느끼며 칼릭은 말했다.

"입 닥쳐, 이 개자식아."

칼릭을 보는 리카르의 눈에 분노가 스민다.

칼릭은 고함을 질렀다.

"닥치라고!"

네가 그런 말을 할 자격이라도 있냐. 네가 한 짓이나 생각하라 하고 싶다. 오베른과 칼릭에 대해서는 분노도 증오도 다 견딜 수 있었다. 그럴 만하니까. 그러나 니안느는 아니었다.

"네 이야기뿐이었지."

칼릭은 이를 물었다 떼며 말했다.

"니안이 할 과거의 이야기는 숲의 이야기를 제하곤 네 이야기뿐이었다고."

니안느가 숲을 나와 한 일들은 모두 이 남자와 함께한 일들뿐이었다. 이 남자를 구하고, 이 남자와 방황하고, 이 남자를 도왔다. 니안느의 과거는 모두 이 남자의 것이었다. 당시 칼릭이 줄 수 있는 그 어떤 진심도 이 남자가 약속할 거짓보다 가치가 없었다.

"하지만 너는 버렸지."

그래, 이것이다.

그런 남자였던 주제에 그런 짓을 했다.

"네가 버렸단 말이다!"

이가 맞물리며 으득 갈리고, 다시 고함이 터졌다.

"네가 바세바 공주와 결혼하고 고향으로 돌아가려 할 때 니안느가 받아들여야 했던 게 그거다, 이 자식아! 네가 자신을 버렸다는 것! 그건 실수도 오판도 아니야! 너는 제대로, 제정신으로 그녀를 버린 거라고!"

리카르가 고생한 건 안다. 힘들었던 것도 안다. 그것이 아버지 탓이란 것도 인정하는데, 그 모든 것을 니안느가 책임지고 버려줄 이유는 없었다.

그건 그거고 이건 이거였다.

"너는 내 아버지를 짓밟고 네 과거를 되찾을 기회가 되자마자 그녀를 버렸어. 그래, 네가 원하는 건 중요했겠지! 그런데…… 젠장, 그런데 그녀는 네게 무슨 대가를 받았지? 받을 만큼 받은 네놈은 대체 뭘 줬냐고! 뭘 희생했어!"

리카르의 눈이 커졌다. 평생 모를 일을 알게 된 자의 눈이었다.

칼릭은 고개를 저었다.

"제대로 알지도 못하는 낯선 나라로 너를 따라왔지만…… 네가 모든 것을 이룬 그날 알았겠지. 이걸 위해 네가 자신을 버린 거라고."

그래서 칼릭과 만났을 때 니안느의 속은 이미 폐허였다. 고독과 공허의 먼지만 날리는 폐허.

리카르를 떠났던 니안느가 만난 것은 무엇이었나.

숲의 형제들의 참혹한 시체들이었다.

그때도 혼자였고, 마인베르크와 만날 때도 니안느는 혼자였다.

리카르는 그럴 때마다 없었다.

실수도 아니고, 상황이 어긋난 것도 아니었다. 그가 택하지 않아서였다. 그가 니안느를 위해 무엇이든 했다면, 그는 그 순간에 같이 있었을 것이다. 그랬다면 이 자리의 위치는 바뀌었을 것이다.

"너는 실수한 것도 적절한 순간을 놓친 것도 아니야. 늦은 것도 잘못

선택한 것도 아니고! 그 길을 고른 건 너고, 그 일을 돌이키고 싶어도 이미 네 권한이 아니라고."

리카르는 피의 비릿한 내음과 몸 여기저기에서 오르는 통증을 느끼며 멍하니 서 있었다. 칼릭은 눈의 피를 훔치고는 말했다.

"파르지발이 당신을 죽이려 한다."

칼릭은 숨을 길게 내쉬었다. 부연 성에가 시야를 가렸다. 그 사이로 눈이 흩어지고 있었다. 눈이 소리를 먹는 고요한 밤이다.

"자리를 피하든, 부하들과 함께 맞서든 알아서 해라. 당신이 택해 들어간 굴은 애초에 그런 독사굴이었으니."

고지식한 남자.

종종 측은한 마음까지 드는, 그런. 그런 남자라 원하던 것을 포기하는 것도 못 해서 니안느를 버렸고, 지친 니안느는 떠나며 마음을 버렸다.

리카르가 바닥의 검을 집는 소리가 들렸다. 칼릭은 칼자루에 손을 가져갔다.

뿌득— 눈 밟는 소리가 나기 시작한다.

리카르는 천천히 앞으로 가고 있었다. 검은 칼집으로 돌아갔다.

눈보라 너머로 리카르가 사라지자, 칼릭도 돌아섰다. 기둥 사이로 희게 미친 눈보라가 몰아친다.

칼릭은 굵은 기둥이 늘어선 주랑(柱廊)을 달려 궁의 정원 중 하나에 도착했다.

니안느의 뒷모습이 보였다. 눈보라 너머로 붉은 머리카락이 보인다. 제비꽃 색 드레스도.

"니……."

부르려다, 칼릭은 기둥 사이로 검은 그림자가 나타나는 것을 보았다.

"니안!"

칼릭이 고함을 질렀다. 니안느가 등을 돌렸다. 그녀 앞으로 검회색 순례자의 옷을 걸친 남자가 달려가 두 팔을 들었다. 양손에서 단도가 튀어나왔다. 단도의 사이에서 빛의 실타래가 나타나 촉수처럼 뒤엉켰다.

젠장, 앙골랍의 마법사다.

칼릭은 검을 뽑으며 달렸다. 검을 던지는 편이 나았으나, 저 마법이 무엇을 할 수 있을지 모르는 상태에서 단 한 번의 기회를 불확실한 시도로 날릴 수는 없었다.

푹—

칼릭의 검이 자객의 머리를 뚫었다. 뜨거운 피가 바닥으로 흩어지며 남자가 쥔 단도가 바닥으로 떨어졌다. 치익, 소리를 내며 바닥이 시뻘겋게 달아올랐지만 곧 눈보라에 식었다.

니안느가 놀라 외쳤다.

"칼릭스트 경!"

칼릭은 바닥에 쓰러진 자객의 머리에서 검을 뽑았다. 뜨거운 피가 바닥에 흘러들었다.

"개자식."

파르지발이 리카르를 노린다면 가장 먼저 처리해야 하는 상대는 다름 아닌 니안느다. 설득이나 포섭의 대상조차 아닌 첫 번째 자리다.

이 빌어먹을 개자식.

개자식, 리카르.

리카르가 한 말과 한 짓을 모두 합친 것보다 칼릭을 화나게 하는 건, 그놈이 항상 그녀를 위험하게 한다는 거다.

마인베르크도, 이 파르지발도 그놈 때문에 니안느를 노렸다. 칼릭이 보지 못한 그 수많은 전쟁터에서 니안느는 항상 리카르 때문에 위험했을 것이다.

그럼에도 그 자식은 왜 너를 사랑한다는 건지.

너는 왜 그리 오래 그를 사랑했던 건지.

보답 받지도 못하고 상처만 받으면서.

나는 왜 그 수많은 상처가 너를 괴롭힌 다음에서야 너와 만난 건지.

칼릭을 바라보는 니안느의 얼굴이 창백해졌다.

"세상에, 칼릭스트 경!"

볼에 서늘하고 하얀 손이 얹혔다.

"어쩌다 이렇게 다치고 왔어요……."

니안느의 손가락이 칼릭의 상처에 멈추었다. 볼과 목을 적신 피는 벌써 굳어 있고 통증도 없었지만, 니안느의 눈은 그 상처가 세상에서 가장 중요한 듯 멎어 있었다.

칼릭은 어이가 없어 말했다.

"정신 차려, 니안. 죽을 뻔한 건 너야."

"하지만 칼릭스트 경…… 다쳤잖아요!"

칼릭은 이 상황이 어디서부터 잘못되었는지 감도 잡히지 않는다.

"이 바보야……."

나한테 너 말고 뭐가 더 중요하다고.

왜 그걸 아직 몰라.

"너 왜 이렇게 바보 같아!"

내가 듣고 싶은 말은 니안느 네가 괜찮다는 말이지, 내가 다쳤다는 말이 아니었는데. 그런데 왜 나부터 보고 그런 표정으로 말해.

"내가 미친 게 맞는 것 같다."

"네?"

"미쳤지, 내가."

칼릭은 니안느를 안았다.

"하필이면 너 같은 녀석이 좋다고."

허구한 날 위험하고 허구한 날 이상한 놈들이 쫓아다니고. 어디로 튈지도 모르고 뭘 어떻게 할지도 모르는데, 무슨 말을 할지도 모른다. 그럼에도 불구하고 마음은 돌이킬 수가 없다. 조바심 내고 걱정하다가도, 무사하다는 것을 확인하면 다 괜찮아져 버린다.

"이럴 때마다 속이 뒤집어지는데, 그래도 네가 좋아서."

머리를 감싸 당기자 니안느의 이마가 목덜미에 닿았다.

"이러니 내가 어쩌면 좋냐."

얼마나 바보같이 살고 있었을지, 안 봐도 훤히 보이는데. 그래서 화가 치밀면서도 어쩔 수가 없다.

네가 좋아서.

조용해져서 고개를 들었다.

니안느는 입술을 물고 눈에 힘을 주고 있었다. 눈가에 눈물이 맺혔다.

"니안?"

니안느는 고개를 저었다. 눈물이 볼을 타고 흘러내렸다. 놀란 칼릭은 당황해 급히 말했다.

"너한테 화난 거 아니야."

"그럼 왜 말을 그렇게 해요! 왜……."

"미안."

"다쳐 놓고선 그런 말을 하면 어떻게 하냐고!"

눈물이 방울방울 흘러내려 볼을 적셨다.

칼릭은 앞뒤가 하나도 생각나지 않을 정도로 당황해 버렸다. 태어나서 처음으로 말문이 막혔다. 칼릭은 니안느의 팔을 두 손으로 잡으며 급히 말했다.

"안 그럴게."

"……."

"정말, 다시는 안 그럴게."

칼릭을 보던 니안느는 눈을 감고 고개를 숙였다. 눈송이가 니안느의 머리카락과 어깨에 송이송이 얹혔다가 녹았다. 칼릭은 한숨을 내쉬었다. 흰 입김이 니안느의 이마 언저리에서 눈보라와 섞였다.

"가자."

"지금 무슨 일이 생긴 건가요."

"번잡한 인간들의 일."

칼릭은 눈보라 치는 뒤뜰에 무장한 자들이 나타난 것을 보았다. 갑옷 차림은 아니지만, 그들의 검에서는 칼릭이 보아도 느껴지는 힘의 파장이 흘러나왔다.

니안느가 말했다.

"마장기(魔藏器)예요."

칼릭은 주변의 자객들을 둘러보았다. 모두 하나씩 챙겨 든 것을 보니, 저 정도 갖춰 보내려면 앙골랍의 마탑 정도는 되어야 할 것이다. 당장 장만했을 리는 없으니, 꽤 오랫동안 준비한 것이다. 배후는 당연히 연회장 안의 파르지발이겠고.

칼릭은 니안느를 등으로 지키며 주변을 살폈다.

하나, 둘— 아홉 명이다. 2층의 난간 쪽에 활시위를 당기고 있는 놈이 둘 더 있다.

남자가 앞으로 나서며 말했다.

"그 여자 마법사만 내놓으면 보내주겠다. 파르지발 왕자의 명이니 물러나라."

제 딴에는 큰 권위의 말이라 생각한 것 같으나, 칼릭은 파르지발의 명을 들을 만한 위치가 아니다. 파르지발은 고작 황제의 조카지만 칼릭은 제국에 일곱 자리밖에 없는 대가문의 후계자. 의전(儀典)상의 서열은 오히려 위다. 이런 서열을 모르는 사람은 제국 내 아무도 없으니, 결국 이들은 칼릭을 모른다는 뜻이 된다.

자객이 검을 세우며 말했다.

"한 번 더 경고한다. 너 혼자서는 못 당하니 비켜라."

칼릭은 눈보라 너머를 보았다.

눈보라 속에서 활시위 당기는 소리가 들렸다.

"그런데 말이다……."

칼릭의 입술 끝이 올라갔다.

"여기 나 혼자만 있는 거 아니거든."

"무슨 말이냐."

"친구가 하나 더 있어."

칼릭은 활시위를 당기는 궁수의 등 뒤에서 시뻘겋게 타오르는 두 눈을 보며 말했다.

"날개도 달리고 불도 뿜는 친구로 하나 더."

우레처럼 어마어마한 포효가 터지며 눈보라를 뚫고 거대한 불길이 폭발했다. 불길이 난간을 넘어 뒤뜰을 가득 뒤덮었다.

"으악!"

"용이다!"

칼릭은 니안느에게 달려가, 니안느의 허리를 안아 당겼다.

타는 냄새로 가득 차며 고함과 울부짖음이 들려왔다. 활을 던져 버리고 이층 난간에서 뛰어내리는 자들도 있었다.

"이리 와!"

칼릭은 니안느의 손을 잡고 안으로 달려 들어갔다.

메피스토가 불을 내뿜어 입구를 막았다. 불길에 맞은 자객들이 뒤로 도망치며 비명을 질렀다.

다행히 마침 맞은편에서 고든이 달려왔다. 옆에는 벤자민이 있었다. 고든은 입구에서 불을 내뿜는 메피스토를 보고 움찔했다.

"고든. 어떻게 되었지?"

"아. 여, 연회장 안으로 파르지발의 기사들이 들어오고 있습니다."

"그 안에서 전쟁을 벌일 건가."

"그런가 봅니다."

"그 멍청이가."

상황이 생각보다 급히 진행되고 있다.

연회가 끝나고 리카르가 자리를 뜨면 그때 그를 공격할 거라 생각했던 칼릭의 예측을 벗어났다.

파르지발은 이 성야에, 그것도 온 대가문이 다 모여 지켜보는 곳에서 리카르를 습격할 생각인 것이다. 대가문들 앞에 고깃덩이를 던져 주는 거나 다를 바 없다. 일이 어떻게 되든 간에 다들 몰려들어 파르지발은 물론이요 바세바까지 몰락시킬 것이다. 이리 부추긴 것은 분명 프레데릭일 테고.

"일단 고든, 자네는 니안느와 같이 궁을 떠나. 벤자민, 혼자 왔나?"

"좀 더 있습니다."

"그럼 자네는 나하고 홀로 가도록 하지. 둘 다 서둘러."

니안느는 칼릭의 팔을 잡았다.

"리카르에게 무슨 일이 생긴 건가요?"

"있는 건 맞지만, 니안은 나가야 해."

"칼릭스트 경."

"이건 인간들의 일이야. 그때와는 다른. 이런 일에 아무것도 걸지 마. 알겠지?"

칼릭의 손이 니안느의 볼을 만지곤 내려갔다.

"무엇이든 간에 너보다는 다 못해. 내가 알아서 할 테니, 니안은 가 있어."

칼릭은 벤자민과 함께 자리를 떴다. 니안느는 그를 따라가려 했지만, 고든이 붙잡았다.

"가지 말아요, 니안느 양. 나리 말이 맞습니다."

"대체 무슨 일이 벌어진 건가요?"

"정치적인 일이니 끼지 마세요. 지저분한 싸움입니다."

"잠깐요."

니안느는 전령조들을 만들어냈다. 검은 새들이 허공에서 섬광처럼 나타나 주변으로 휙휙 날아갔다.

고든이 히익, 하고 손을 움츠렸다.

새들은 눈보라 치는 성을 빠르게 날아다니며 그들이 발견한 것을 니안느에게 보냈다. 굵은 기둥들, 조각상들, 그리고 눈에 덮인 지붕도 보인다. 정원수와 창살로 둘러싸인 뜰을 지나자 곧 연회장이 나타났다.

칼릭과 그 수하들이 연회장 홀로 향하는 것이 보였다. 다른 대가문들의 기사들 역시 그들의 주군이 있는 홀로 향한다. 그들 모두 무언가를 알아챈 것이다. 다른 곳도 아닌 연회장 안에서 무시 못할 상황이 벌어질 거란 사실을.

그때 니안느는 이상한 것들을 발견했다. 굵은 기둥을 비추는 불빛 속에 검은 그림자들이 보였다. 어두운 지붕을 훑고 지나가는 그림자들도 눈에 뜨였다.

자객도 병사들도 아니다.

"……아."

니안느는 입으로 손을 가져갔다. 마법이지만, 이것은 앙골랍의 마법도 이그라탄의 마법도 아니다.

불안해진 니안느는 전령조들을 모두 연회장으로 보냈다.

회장 안에 앉은 프레데릭이 보였다. 그는 연회장 안으로 계속 눈치를 주며 수하들을 옮기고 있었다. 불편한 얼굴의 바세바도 보인다. 그녀는 자리를 뜰 준비를 하고 있었다.

그리고……

세레나가 있었다.

아름다운 세레나의 뒤에는 검은 기사가 서 있었다. 니안느의 전령조가 기사의 옆으로 다가가자, 기사의 눈이 새를 향한다. 기사의 붉은 눈과 마주치자마자 니안느의 전령조는 사라졌다.

경악한 니안느는 입을 막으며 어깨를 움츠렸다.

설마.

설마, 설마 그럴 리가 없어.

고개를 저었다.

아니야, 아닐 거야, 라는 말을 연달아 외쳤는데도 그렇다, 그렇다, 그렇다, 라는 답은 더 많이 들려왔다.

저 눈, 잊으려야 잊을 수가 없다.

그런데 그 남자일 리 없다.

죽었다고, 그는. 칼릭의 검에 꿰뚫리고 숲의 왕의 힘이 빠져나가며 죽었어.

순간 니안느는 안둔에서 마인베르크의 기억을 통해 보았던 광경이 생각났다.

숲의 성지 앞에서 스스로 목을 베겠다고 울부짖던 세레나의 모습이. 데본이 우마니엘의 힘으로 봉인되어 억눌려 있었던 성지……. 그러나 니안느가 성에 머물면서 보았던 그곳은 그냥 바위와 땅이었을 뿐이다.

그런데…… 그래서는 안 되었다.

저절로 사라진 것이 아니었다. 누군가가 빼간 것이지.

즉, 봉인되어 있던 데본의 힘이 누군가로 옮겨갔고, 그자가 마인베르크라면 그가 갑자기 강해진 게 설명이 된다.

그뿐이 아니다. 안둔에서 있을 때, 니안느 앞에 나타났던 의심쩍은 광경. 금색으로 빛나는 틈이 만들어졌었고 그 틈으로 여자의 검은 머리와 하얀 목덜미가 보였었다. 그 마법은 화경(火鏡)의 마법, 고대신의 마법을 쓰는 자들이라면 얼마든지 쓸 수 있는 마법이다. 니안느가 정령을 불러내 그들의 눈을 통해 볼 수 있듯, 불의 힘을 쓰는 자들은 그 화경을 통해 무엇이든 볼 수 있다. 그리고 불은 데본이 가진 힘의 근원이다.

게다가 니안느가 바다 위에 있을 때도 금방 찾아내던 마인베르크가, 니안느가 그렌 성에 있을 때는 찾지 못했다. 니안느가 마인베르크에게 발각되었을 때를 돌이키면, 그때마다 항상 세레나가 있었다. 바다에서 습격받았을 때는 배에 세레나가 있었고, 몬타에서 습격 받았을 때는 세레나의 반지를 받은 이후였다. 안둔에서 세레나의 반지를 잃어버린 후 다시는 마인베르크의 습격이 없었다.

세레나가 마인베르크를 지배하거나 조종한다고까지는 생각되지 않지만, 적어도 유도하기는 했다. 세레나가 원하는 곳에 항상 마인베르크도 있었다.

마인베르크는 분명 죽었지만, 당시 그 근방에는 세레나가 있었다. 데본의 힘은 영혼을 육체에 매어둘 수 있게 하고, 방법만 알면 되살리는 것도 가능하다.

'나는 이 블랑셰리온 가문의 직계고, 그런 이상 물려받은 권능을 이용하기 위해 방법은 배워두어야 하니까. 라크세니아에서 알게 된 건데, 그게 정

령술이나 소환술, 강령술 등과도 비슷하더군. 이그라탄의 마법과는 아주 다르지만.'

'혹시 그곳에서 좀 배웠나요? 정령술이나 소환술은 조금만 알아도 유용할 텐데.'

'별로. 고모는 많이 배운 것 같던데, 나는 시간도 없었고…… 가르쳐 주지도 않더군. 그래서 비슷하다는 것만 알아.'

"가야……."

니안느는 떨리는 목소리로 말했다.

"가야 해요."

그때 다른 전령조가 자신이 본 것을 니안느에게 보내왔다.

불꽃 속에서 검은 그림자들이 튀어나온다.

순찰하던 기사들과 병사들이 피보라를 일으키며 쓰러졌다. 지붕과 벽에서 검은 마수들이 나왔다. 그들의 움직임이 연회장을 향하고 있었다.

"칼릭스트……!"

안도한 뒤에 느끼는 절망감은 격이 달랐다. 각오의 갑옷을 무장한 상태가 아니니, 더더욱.

니안느는 일이 돌이킬 수 없을 지경이 아니기만 바라며 달리기 시작했다.

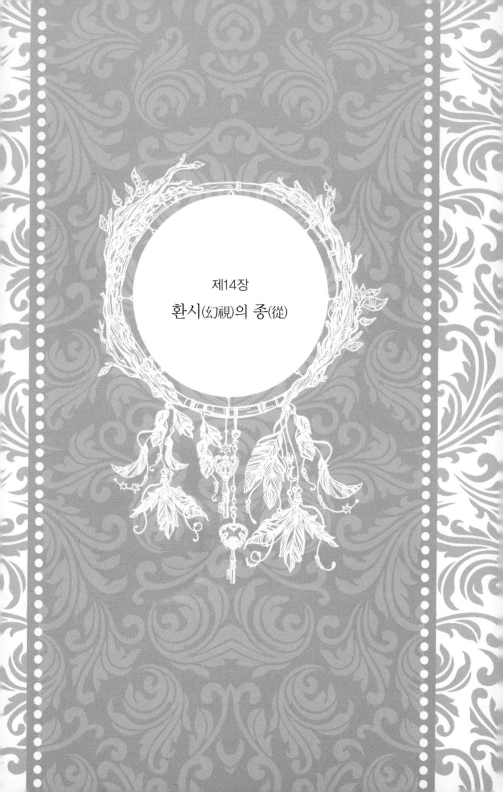

제14장

환시(幻視)의 종(從)

"각하!"

리카르는 튀어나오는 울리치를 보고 멈추었다.

"아무 일도 없으셨…… 아니, 얼굴이 왜 그러십니까!"

리카르는 그제야 부은 얼굴과 터진 입술에 대해 할 말이 없다는 것을 깨달았다. 한참 어린 녀석하고 여자 문제로 주먹다짐했다고 솔직하게 말할 수는 없는데, 공주 남편의 얼굴에 이 정도 타격을 주고서도 무사할 사람은 이 궁에 별로 없다. 대가문과 귀족들 몇몇이 나는 아니라며 고개를 저으면 범인은 금방 나온다.

"혹시 습격을 받으신 겁니까."

"그건 아니니 신경 쓰지 마라."

"위험한 상황이라서 그렇습니다. 정말 아무 일도 없으셨던 거 맞습니까?"

"없다."

"그럼 얼굴이 왜……."

"굴렀다."

"네?"

"굴렀다고. 그런 표정 짓지 말고, 나는 연회장으로 갈 테니, 너는 당장 숙소로 가서 군사를 준비시켜라. 바세바 쪽 기사들은 모두 배제하고 우리들만 모여야 한다."

"이미 준비했습니다."

"어떻게 알고 있었던 거냐."

"칼릭스트 경이 그러라 했습니다. 각하가 계시지 않아, 테날디와 베르나르와 상의했고 그들 역시 옳다 판단했습니다."

리카르는 그제야 그에게 달려오던 칼릭의 얼굴이 떠올랐다. 분명 찾던 사람을 발견한 얼굴이었다. 이걸 알리려 한 거구나. 세상에, 그런 상황에서 내가 대체 무슨 짓을 한 거냐.

"우리들만 모이면 얼마 정도 되나?"

"백 명 좀 안 됩니다. 나머지는 성 밖에 있습니다."

"나쁘지는 않군. 어서 가, 내가 가망 없다 싶으면 떠나거라. 네 목숨까지 달라 하는 자는 없을 거다. 그러니—"

울리치가 말을 잘랐다.

"각하, 칼릭스트 경에게 도와달라고 하십시오."

"무슨 소리냐."

리카르는 크게 동요하면서도 울리치가 눈치채지 못하길 바랐다.

"칼릭스트 경에게 영지를 원래대로 돌려준다는 약속을 하고 지키겠다고 맹세하기만 하면 도와줄 겁니다. 자기 아버지가 지은 죄가 있으니, 갚는 차원에서라도 말입니다. 그는 대가문의 후계자, 그러니 이 궁 안에서 다른 대가문과 그 기사들을 움직일 수 있습니다. 파르지발 왕자가 측근을 잔뜩 풀어놓았다 하더라도 대가문들의 기사들이 더 위력적입니다. 그들이 각하를 보호해 주면 됩니다. 황제조차도 대가문들의 힘은 무시할 수 없습니다. 아니, 무시해서는 안 되지요. 내전이 끝난 지 얼마 안 되는 상황이니. 위험한 상황은 넘길 수 있습니다."

꽤 정확하고 날카로운 상황 분석이라 리카르는 감탄했다.

"제국에서 태어난 나보다 네가 더 잘 아는구나."

"테날디 경과 논의한 겁니다. 그리고 연회장으로 가실 거면 같이 가게 해주십시오."

"알겠다. 따라와라."

리카르는 연회장 안으로 들어갔다. 아직 음악과 춤이 이어지고는 있었지만, 상황이 심상찮아서 어수선했다. 바세바를 찾으려던 리카르는 한 여자의 얼굴에 눈이 멈추었다.

"세레나?"

있어서는 안 되며 기대도 하지 않았던 세레나가 연회장 안에 앉아 있었다.

리카르는 바세바를 보았다. 바세바는 분노를 감추지 못한 얼굴로 앉아 있다가, 리카르의 얼굴을 보고 놀랐다.

"리카르, 얼굴이 왜 그래요."

"신경 쓰지 마시오. 별거 아니니."

바세바의 어깨너머로 황제 프레데릭이 황후와 이야기하는 것이 보였다. 황후는 꾸벅꾸벅 조는 스테파니아 공주를 깨워 홀을 나섰다. 황후 뒤로 프레데릭의 호위 기사들이 따라갔다.

"리카르, 나도 이만 나가볼게요."

바세바는 잔을 비운 다음 일어났다. 옆의 호위 기사들이 바세바를 부축했다.

"내일 아침에 봐요, 리카르."

여자들이 먼저 자리를 비우는 것이 무슨 의미인지, 리카르는 모를 수가 없었다. 앞으로 벌어질 상황이 무엇일지 보지 않아도 보는 것 같았다.

이 불화에는 프레데릭의 입김과 협잡도 들어가 있을 것이다. 그러지 않고서야 저리 흘끔대며 눈치를 살피다 슬슬 자리를 피할 리가.

프레데릭이 리카르에게 원한 것은 신의 안배로 만나 그를 도울 운명의 기사였지, 리카르 그 자체가 아니었던 것이다. 리카르는 전설 속의 조력자들이 거의 그러하듯, 일이 끝나면 사라졌어야 했다.

분노가 치밀며 비참해졌다. 이런 꼴이 되려고 여기까지 온 게 아니었다.

그런 리카르의 팔에 흰 손이 얹혔다.

"진정해요, 리카르."

리카르는 멍하니 고개를 들었다.

세레나가 다가와 있었다.

왜 왔느냐고 물으려다 그만두었다. 이 여자의 선택이 아직도 리카르를 위한 것일 리 없다.

"바보 같네요, 당신. 어찌 이리 가는 곳마다."

"여긴 왜 온 거요."

"당신을 구하러 왔어요. 그리고 내 예상대로, 이 궁 여기저기에 당신에게 칼을 꽂으려는 자들이 숨어 있네요."

리카르는 웃었다. 다시는 보지 말자고 큰소리친 주제에 이런 꼴이 되어 있는 자신이 웃겨서. 세레나가 리카르 때문에 온 게 아니라고 생각하자마자 그 때문에 왔다고 말하고 있는 이 상황도 웃겨서.

"내가 이 꼴이 될 줄 알고 있었소?"

"네, 알았어요. 그래서 유감이네요. 당신은 약속을 지키러 바세바에게 돌아갔는데 이리되다니."

"어떻게 알아낸 거요."

"처음부터 알았어요. 프레데릭은 당신을 끝까지 믿어줄 자가 아니었고, 바세바는 아들이 당신을 쫓아내려 하면 아들의 손부터 들어줄 여자였죠. 당신은 애초에 고립되어 있었어요."

"당신은 그런 바세바를 구하러 가던 내가 웃겼겠군."

"내가 진실을 말해봤자 아무 소용 없었을걸요. 화야 났지만, 그래도 당신이 몰락하거나 죽는 것이 싫어서 오기로 했어요."

"나는…… 나는 당신에게 아무것도 해줄 수가 없소."

"이제는 상관없어요, 리카르. 일단 이곳을 안전하게 벗어나면 원하는 곳으로 보내줄게요. 저승만 빼고요."

세레나는 희미하게 웃었다.

"나를 택하지 않아도 돼요. 그리고 지금 상황에서 당신이 나를 택한다면 그건 그것 나름대로 비참할 것 같군요."

리카르는 연회장 안을 살폈다. 사람들은 서로 눈치를 살피고 있었다. 곧 무언가 시작될 것임을, 되도록 피하고 모르는 척해야 하는 일이 벌어질 것임을 알아채고 있는 것이다.

프레데릭이 말했다.

"먼저 일어나도록 하겠소. 남은 사람들 모두 이 성야를 마저 즐기시오."

프레데릭은 잔을 비우고 연회장을 나갔다. 그 뒤를 따라 호위 기사들이 달라붙고 시종은 앞문을 닫았다.

황제가 자리를 비우자, 파르지발은 그의 기사들을 리카르에게 보냈다. 울리치와 테날디, 베르나르가 칼자루에 손을 가져갔다.

파르지발의 기사가 말했다.

"왕자님께서 드릴 말씀이 있다 하십니다."

"여기서 말하자는 거냐."

"아닙니다. 조용한 곳에서 하자고 하십니다. 오시지요."

리카르는 그들을 노려보았다.

어차피 리카르는 거절할 테고, 이들은 예상하고 있을 것이다. 이들은 바로 이 자리에서 결판을 낼 생각이리라.

리카르가 궁 밖을 나가 수하들과 합류하면 기회가 없을 테니, 아예 이곳에서 처리하겠다는 것이다.

대범하나 미련한 방식이다.

"하지 않……."

순간이었다. 리카르의 팔을 잡은 기사의 목이 뎅겅 날아갔다. 피가 솟구쳐 오르며 그 몸이 쓰러졌다.

파르지발이 벌떡 일어났다. 갑작스레 흐르는 피에 사람들이 비명을 질렀다. 대가문의 기사들이 모조리 방어대형으로 늘어서며 그들의 주군을 둘러쌌다.

"이게……."

경악한 리카르는 바닥에 고이는 피와 구르는 머리를 보았다.

세레나를 따라온 검은 갑옷의 기사가 그 기사의 목을 날린 것이다.

"세레나!"

세레나가 당황하는 것이 보였다. 그녀로서도 예상 밖인 것이다. 검은 기사의 검이 달려드는 기사들의 몸을 날렸다. 목이 떨어지고 몸이 쓰러졌다. 피보라가 시뻘겋게 일며 후드득 떨어졌다.

"공격해라!"

파르지발이 외쳤다. 그의 기사들이 서둘러 검을 빼 들고 검은 기사에게 덤볐다. 검은 기사가 검을 휘둘렀다. 퍽, 퍼벅 소리와 함께 공격하려던 기사들의 팔과 다리가 날아가고 허리가 잘려 떨어졌다. 연회장 안의 사람들이 비명과 고함을 지르며 입구로 달려갔다.

리카르는 급히 외쳤다.

"세레나, 멈추게 해! 어서! 여긴 연회장이야!"

리카르는 물론이요, 테날디와 울리치, 베르나르도 모두 경악하는 중이었다. 세레나도 얼굴이 하얗게 굳어 있었다.

"설마, 멈추게 할 수……."

리카르는 검은 기사를 보았다. 일순 얼어붙는 기분이었다. 더 말을 할 수가 없었다. 투구 아래로 석탄불 같은 붉은 눈이 보였다.

"……!"

리카르는 검을 뽑아, 그 기사를 향해 달려들었다.

파르지발이 외쳤다.

"리카르의 기사들을 없애! 어서!"

파르지발의 기사들과 리카르의 기사들이 부딪혔다. 검 부딪히는 소리가 연회장에 가득 찼다.

리카르는 검은 기사를 거듭 내려쳤다. 그러나 그 기사는 리카르의 몸을 밀어붙여 내던진 뒤, 다른 기사의 배를 뚫었다. 기사가 비명을 지르며 쓰러지자마자, 무릎을 앞으로 빼고 검을 위로 올려쳐 리카르의 검을 막았다.

리카르는 검을 짓누르며 상대를 노려보았다.

"리카르!"

세레나가 외쳤다.

"하지 말아요! 당신 적이 아니야!"

그러나 리카르는 멈추지 않았다. 검을 내려치고 다시 내려쳤지만 연달아 막혔다. 투구 아래 붉은 눈이 리카르를 향하며 리카르를 밀어붙였고,

리카르는 뒤로 확 밀리며 나가떨어졌다.

세레나가 달려와 리카르를 부축했다.

"리카르, 진정해요."

"이게 대체!"

리카르는 검은 기사를 노려보며 외쳤다.

"어떻게 된 거냐, 마인베르크!"

검은 기사가 투구의 턱을 잡더니, 머리 위로 쑥 밀어 올렸다.

창백한 얼굴이 드러났다. 그를 알아본 자 몇이 비명을 질렀다.

마인베르크는 서늘하게 웃었다.

리카르는 다시 검을 잡은 손에 힘을 주어 몸을 일으켰다. 그런 그를 세레나가 막았다.

"싸우지 말아요, 리카르."

"어떻게 된 거요! 저자는 죽었어!"

"괜찮아요. 죽었던 사람이긴 하지만 지금 내 말은 들어요. 내 기사라고요."

"저자는 악마야! 빌어먹을, 괴물이라고! 당장 죽여야 하는!"

세레나는 리카르에게서 손을 떼고 마인베르크 쪽으로 갔다.

"어디 가는 거야! 세레나, 이리로 와!"

"이제 그는 내 기사예요. 아무런 해도 끼치지 못하는!"

세레나는 마인베르크 앞에 멈추어 말했다.

"물러나야 할 것 같아. 너무 소란해졌잖아!"

세레나는 마인베르크가 움직이기를 기다렸다. 검붉은 눈이 세레나를 향하더니, 정확하게 말했다.

"아니, 당신이 나가 있어."

세레나는 등이 오싹했다. 뱀처럼 차가운 것이 목을 틀어쥐는 기분이었다.

마인베르크가 다시 말했다.

"당신이 나가 있으라고. 나는 이제 막 재밌어지려던 참이거든."

세레나는 뒤로 주춤 물러났다.

"설, 설마."

남자의 입술 끝이 솟아올랐다.

"왜 그래, 세레나. 거의 이십 년을 같이 산 남편에게 얼굴이 그게 뭐지? 하긴. 우리의 결혼식 날에도 당신은 그런 표정이었지. 그러나 상관없었어. 싫든 좋든 당신은 내 아내였으니."

차가운 금속에 덮인 마인베르크의 손이 세레나의 볼을 쓸어내렸다. 세레나는 도망치려 했지만, 마인베르크의 손이 어깨를 강하게 붙들었다.

"그거면 된 거지."

"어, 어떻게 된 거야."

"그전에 표정 풀어. 웃어야지."

세레나는 몸을 뒤틀었지만 꿈쩍도 할 수 없었다.

그때와 느낌이 너무도 같다. 이 남자에게 처음으로 범해지던 날. 살과 뼈와 피에 속속들이 각인된 그 수치심과 역겨움이 모두 되살아나고 있다.

"다시 깨어나는 그 순간부터 내 마음대로 할 수 있었어. 당신이 내 옆에 있는 게 좋아서 들어주는 척해줬지. 당신을 좀 더 재미있게 해주고 싶은데, 아무래도 여기는 위험한 것 같으니 먼저 집에 가 있어. 나중에 이야기해 줄게."

"하지 마! 싫……."

세레나의 눈앞이 일시에 흐려졌다. 물고기가 공기에 익사하듯 숨이 턱 막혔다. 소름 끼치는 감각이 몸을 덮친다. 축축하고 묵직한 물을 통과하는 듯 무서운 감각이었다.

잠시 뒤 주변이 차츰차츰 보이기 시작했다.

익숙한 곳이다. 발바닥이 없어도 부드럽게 밟을 수 있을 최고급 카펫, 몬타의 공방에서 만들어진 호화롭기 그지없는 침대. 금으로 모서리와 손잡이를 장식한 사치스러운 콘솔, 호박으로 만들어 루비로 장식한 보석함, 금빛 포도덩굴 조각으로 뒤덮인 옷장 안에는 낙엽보다 빨리 쌓이던 화려한 옷들이 있다.

지금 세레나가 있는 곳은 마인베르크가 만든 호화롭고 사치스럽고 쓸모없는 것으로 가득 찬 방이었다. 너무나 혐오하고 싫어하던 방이라, 돌아왔을 때 세레나는 차라리 헛간에서 잤으면 잤지 이 방은 문 근처도 가지 않았다.

"안 돼! 이럴 수는 없어!"

세레나는 문으로 달려갔다. 문고리를 당겼으나 꿈쩍도 하지 않았다.

"누구 없어! 문 열어!"

세레나는 문을 쾅쾅 두드리고 또 두드렸다. 그러나 밖에서는 아무 소리도 들리지 않았다. 세레나는 무릎을 꿇고 주저앉았다.

"누구든 문 열어!"

호화로운 감옥이 다시 그녀의 것이 되었다.

이번에는 결코 도망칠 수 없을 것이다.

"자, 이제 우리들 이야기를 해볼까, 리카르."

마인베르크는 리카르를 웃으며 보았다.

눈가에 비웃음이 차 있었다.

"여긴 왜 온 거냐!"

"아, 그야. 이렇게 멋진 축연이 벌어졌는데, 이 전쟁에 한몫했던 입장에서 참석해 주는 게 도리인 것 같아서 왔지."

"미친!"

"아주 근사한 연회가 될 거야. 이 나, 델 판의 마인베르크를 결코 잊지 못……."

순간, 마인베르크는 놀라 급히 돌아섰다.

쨍―!

검은 벼락이 내리듯 마인베르크를 향해 강력한 공격이 가해졌다. 마인베르크의 몸이 주욱 밀려 나갔다. 그가 딛고 있는 바닥에 금이 갈 정도였다. 마인베르크의 몸은 식탁과 장식품을 같이 밀어내며 벽에 내동댕이쳐졌다.

노려보는 눈이 마인베르크를 날려 버린 검 위로 나타났다.

칼릭이었다. 풍랑 치는 바다처럼 격렬한 분노가 청년의 얼굴에 가득했다.

"마인베르크――!"

칼릭은 열기가 목을 덮는 것을, 분노와 증오가 동시에 치밀어 오르는 것을 느꼈다.

"네놈이 왜 여기 있는 거냐!"

당장 갈아버리고 싶을 정도로 분노가 치밀었다. 마인베르크가 걸어간 세상까지 한꺼번에 박살 내 무너뜨리고 싶을 정도로.

"왜!"

마인베르크가 몸을 일으켰지만 다시 칼릭의 검이 마인베르크를 향해 내리꽂혔다. 흰 섬광이라도 칠 듯 강력한 일격과 일격의 충돌이었다. 마인베르크는 검을 막기는 했지만, 칼릭이 강해도 너무 강했다. 마인베르크의 검이 바닥에 내리 찍히며 바닥에 박혔다.

마인베르크는 웃으면서도 눈살을 찌푸렸다. 어깨에 미세한 떨림이 올라온다. 칼릭은 마인베르크의 다리를 걷어차고, 비틀거리는 그를 향해 단숨에 검을 꽂아 넣었다.

마인베르크는 간신히 피했으나 갑옷이 검에 베여 나갔다. 그나마도 심장이 찍힐 뻔한 것을 간신히 피한 것이다. 갑옷이 긁히다가 엄청난 힘에 깨어져 나가며 파편이 튀었다. 반대편으로 칼릭의 주먹이 날아와 머리를 갈기고, 다음 거듭 배를 가격했다. 갑옷이 찌그러지고 긁혔다. 정신없이 난타당하며, 마인베르크는 죽었다 살아나든 살았다 말았든 간에 자신이 칼릭을 도저히 상대할 수 없다는 것도 인정해야 했다.

칼릭은 마인베르크의 몸을 걷어찼다. 마인베르크는 신음을 삼키며 바닥에 나동그라졌다. 칼릭은 검을 돌려 잡고 마인베르크의 목을 노리고 달려들었다.

그때 벽난로의 불길이 카펫으로 옮겨 붙고, 커튼과 식탁보, 벽을 감아 올렸다. 불은 마치 살아 있는 듯 벽을 핥았다.

벤자민이 외쳤다.

"칼릭스트 님!"

칼릭은 불꽃 속에서 검은 그림자들이 튀어나오는 것을 보았다. 단숨에 그를 향해 덮쳐 오는 것을 향해 검을 찔러 넣었다. 튀어나온 거대한 몸집이 꿰뚫렸다. 일격에 숨이 끊어진 그 몸이 바닥으로 떨어졌다.

칼릭이 외쳤다.

"라크세니아의 마법이다! 야도, 하크만, 모두 여기로 와!"

칼릭의 기사들이 달려들어 마수들의 몸을 갈랐다. 바닥으로 피와 역한 액체가 쏟아졌다.

세레나와 같이 왔던 기사들의 몸이 우르르 무너지더니, 그 안에서 사람이 아닌 괴물들이 튀어나왔다. 둥근 머리가 나오더니 굵은 코와 뭉툭하고 거대한 이가 부풀어 올랐다. 그뿐이 아니다. 다른 수행원들은 물론이요, 주변의 평범한 사람들까지 몸을 뒤틀며 쓰러졌다. 그 몸이 찢어지고 내장이 튀어나오며 안에서 마수들이 꿈틀대며 튀어나왔다. 피를 뒤집어 쓴 괴물들이 울부짖었다. 형체도 확인하기 어려웠다. 사람들은 비명을 지르며 앞 다투어 도망쳤다. 그러나 입구에도 괴물들이 튀어나와 도망치려는 사람들을 삼켰다.

벤자민이 달려들어 그중 하나를 베어냈다. 블랑셰리온 가의 기사들 모두 닥치는 대로 싸우기 시작했다. 괴물과 기사들이 부딪히며 괴물들이 쓰러지고 날아갔다.

칼릭은 엄청난 몸집의 마수를 향해 몸을 날려 내려쳤다. 칼릭의 검날에 희미한 빛이 스미어 나왔다. 그러나 권능을 쓰니 날에 균열이 가는 건 어쩔 수가 없었다. 평범한 검은 권능을 버티어낼 수 없으니 당연했다.

검에서 쩍― 하는 불길한 소리가 나자, 칼릭은 옆으로 달려드는 마수에게 검 대신 주먹을 휘둘렀다. 일격에 괴물의 머리가 터졌다. 쪼개진 머리에서 뇌수가 쏟아졌다. 동시에 칼릭은 통증을 느꼈다. 리카르에게 맞았던 어깨와 가슴 부위였다.

"젠장!"

하필이면 지금……!

칼릭은 통증을 참으며 머리를 들이미는 괴물의 목을 팔로 내려치고는 그 머리를 걷어찼다. 덮치듯 몸을 던지는 검은 갑옷의 기사의 허리도 후려쳤다. 그 몸이 공중에서 터지듯 박살났다.

그것을 본 네이필레가 식탁을 걷어찼다. 식탁에 괴물이 맞아 나가떨어졌다. 네이필레는 식탁을 넘어오는 놈을 향해 은접시를 휘둘러 날린 다음, 자신의 기사들을 향해 외쳤다.

"모두 나가라! 이 쑤시려고 검을 들고 온 게 아니라면!"

악펠리 가문의 기사들이 몰려나왔다. 누군가가 네이필레에게 검을 던졌다. 네이필레는 검을 낚아채 식탁 위로 기어오른 마수의 머리를 꿰뚫었다. 이제 네이필레의 기사들은 물론이요 다른 대가문들의 기사들까지 뛰어들었다. 네이필레의 등을 공격하려는 괴물이 에밀리오의 검에 목이 뎅겅 잘려 나갔다. 네이필레의 검이 에밀리오의 다리를 공격하려는 괴물의 등을 갈랐다.

불꽃이 크게 부풀어 오르더니, 이번엔 소를 닮은 괴물이 달려나왔다. 발굽이 바닥을 무너뜨리고, 그 입이 벌어지며 사람 하나를 삼켰다. 칼릭의 검이 그 목에 닿는 순간에 머리가 잘려 바닥으로 떨어지고 거대한 몸이 넘어지며 기둥을 무너뜨렸다. 천장이 들썩이며 흙과 먼지가 떨어졌다. 그 와중에 회장 안의 불길은 홀을 휩쓸고 커튼과 태피스트리를 휘감았다. 엄청난 열기가 홀 안에 가득했다. 불길들은 사람들을 몰아세웠고, 그 불길 속에서 연이어 마수들이 뛰쳐나왔다. 사람들의 팔이 씹히고 몸에서 뜯겨 나갔다.

"마인베르크!"

칼릭이 고함을 질렀다.

"어디 있어!"

정면으로 부딪히면 이제 진다는 건 마인베르크도 알았다. 그리고 애석하게도, 마인베르크는 욕심 그 자체만 있을 뿐이지 승부욕은 없었다.

칼릭은 검을 돌려 잡았다. 통증이 더 심해지고 있다.

드디어 붉은 불길 사이로 마인베르크가 나타났다.

칼릭의 얼굴이 보이는 미세한 균열을 마인베르크가 감지한 듯했다. 그 얼굴에 웃음이 보였다.

"다쳤구나, 너."

약점을 발견한 마인베르크의 눈은 더없는 기쁨으로 가득 찼다.

"이리되면, 우리들…… 좀 더 재미있게 놀 수 있겠는 걸."

무엇을 의미하는지 칼릭은 알 수 있었다.

그때 한쪽 벽이 쏟아지듯 허물어지고 문이 넘어졌다.

우르릉— 하는 소리와 함께 차가운 눈보라가 안으로 휘몰아쳐 들어와 불길을 덮쳤다. 불이 꺼지고 재가 튀어 올랐다. 연기가 자욱하게 퍼져 사람들의 눈을 맵게 했고, 그 속에서 가시덩굴이 몰려나와 괴물들의 몸을 휘감았다. 핑, 핑, 하는 허공을 가리는 소리와 함께 괴물들은 덩굴에 어마어마한 속도로 감겨 꿈쩍도 하지 못한 채 바닥에 짓눌렸다.

재와 눈이 뒤섞이는 연회장 안으로 호리호리한 여자가 모습을 드러냈다. 노을빛 머리카락과 제비꽃 색 드레스가 그 하얗게 휘몰아치는 가운데 펄럭였다.

마인베르크를 본 니안느는 분노에 차 외쳤다.

"마인베르크—!"

마인베르크가 말했다.

"아, 올 줄 알았다. 어때? 이 성을 너를 위한 축하객으로 채웠는데!"

니안느의 눈에 열기가 스며들었다. 니안느를 중심으로 무너진 벽의 바위들이 탕탕 뭉쳤다. 가시덩굴이 그 바위를 휘감았다.

마인베르크가 바닥에 떨어진 검을 들고 돌진해 왔다. 니안느는 마법으로 가시덩굴을 만들었다. 그들은 마인베르크의 검에 맞자마자 검게 타 사라졌다.

니안느는 더 쏘아 보냈지만, 마인베르크의 몸에 닿지도 못하고 녹거나 검게 물들더니 재가 되어 흩어졌다. 바위와 가시덩굴이 마인베르크 앞으로 쏟아졌지만 재가 되어 흩어지고 먼지가 되어 쏟아졌다.

"아……!"

창백해진 니안느의 얼굴로 검은 그림자가 빠르게 드리워졌다.

"……!"

칼릭이 몸을 날렸다. 팔로 니안느의 머리를 감싸고 몸을 가슴으로 당겼다. 니안느를 노리던 검이 칼릭의 어깨에 박혔다. 칼끝이 단숨에 어깨를 뚫고 가슴 앞으로 튀어나왔다.

"칼릭스트!"

니안느가 비명을 질렀다.

칼릭은 검에 뚫린 채로 등 뒤로 팔을 젖혔다. 팔이 마인베르크의 갑옷을 후려쳤다. 검이 뽑히며 몸이 앞으로 쏟아졌지만 무릎에 힘을 주어 버텼다. 칼릭은 몸을 돌리며 마인베르크를 향해 검을 찔러 넣었다. 검에서 빛이 치솟았다. 그 날이 마인베르크의 검을 깨뜨리고 갑옷을 박살 냈다. 무방비 상태가 된 마인베르크를 향해 칼릭은 주먹을 내려쳤다. 엄청난 힘이 마인베르크를 날려 버렸다.

"으—!"

칼릭은 통증을 참으며 가슴을 잡았다.

그런 칼릭의 눈에 리카르가 보였다. 리카르는 검을 잡은 채로 멈추어 있었다. 리카르의 등 뒤에 있는 괴물은 가시덩굴에 휘감겨 죽어 있었다.

니안느는 바위와 가시덩굴을 뒤덮어 벽을 만든 다음 칼릭의 몸을 당겼다.

"괜찮아요?"

니안느는 칼릭의 상처를 보았다.

분명 꿰뚫렸는데 피가 나지 않는다. 하지만 그것이 더 불길한 징조란 것은 안다. 니안느의 손끝에서 흘러나오는 빛이 상처를 비추었다. 상처는 깊고 검었다. 그 빛이 닿자 상처 안에 박힌 검은 덩어리가 꿈틀댔다. 통증이 오는 듯 칼릭은 신음을 흘리곤 눈을 감았다.

"칼릭스트 경."

"그래."

"비밀을 만들지 말아요. 나도 만들지 않을 테니. 이거, 뭔가요."

"죽지는 않아. 좀 곤란한 일이야 생기겠지만. 뭐, 좀 견디고 참고 하다 보면 어떻게든 될 거야."

니안느의 얼굴은 더 창백해졌다.

"그냥 말해줘요. 어서! 그래야 어떻게든 해볼 수 있어요."

"흑익의 각인."

"그게 뭔가요."

칼릭은 곤란하다는 듯 웃었다. 정말 안 좋은 소식을 전하는 얼굴이었다.

"마인베르크의 악령술 중 하나. 집안 대대로 내려오는 거라 그만의 특기도 아니야. 치명적인 공격을 한 뒤에 그 부위에 이걸 박아 넣지. 박혀 있는 동안에는 그 명령에 따르거나 아무것도 할 수 없게 된다."

이건 정말 마음에 안 드는 일을 한 상대에게 마인베르크가 내리던 벌이었다. 그리고 칼릭은 정말 마음에 안 드는 일을 하는 경우가 많았다. 그나마 칼릭은 관대한 처분을 받은 편에 속한다. 이게 박히면 자식을 죽이거나 아내의 팔다리를 잘라내는 것 정도는 일도 아니었다. 자기 얼굴에 톱질하는 놈까지 봤다.

칼릭은 마인베르크의 얼굴과 그 검을 보았을 때 무엇을 하려는지 알아보았다. 다치는 것보다 더 혹독한 일이 벌어진다는 것을 알면서도 가만히 있을 수는 없었다.

"당장 없애요!"

"그러면 상처의 출혈도 막을 수 없게 되겠지."

칼릭이 말했다.

"위치가 좋지 않아. 그러니 잠시 내버려 두기로 하자. 어떻게든 버틸 수 있어. 처음 당해보는 것도 아니니까."

니안느의 눈이 떨렸다.

"처음…… 이 아니라니요!"

"어차피 아주 오래전 일이야."

"……그런……."

니안느는 고개를 저었다.

"왜 그랬어요."

"선택이란 게 가능하면 선택했을 테지. 하지만…… 아니잖아."

막아내는 것이 최선이었으나, 결국 부상이 그를 한발 느리게 했다. 선택할 기회도 시간도 없었다. 조금 더 빨리 움직일 수 있었다면 아무 검이나 집어 들고 마인베르크를 찔러 버렸을 테고, 조금 더 빨랐으면 니안느와 같이 무사할 수도 있었을 것이다.

"내가 어떻게든 막아낼 테니 해봐요."

니안느가 칼릭의 가슴에 이마를 댔다. 이마의 빛이 가슴으로 번지며, 칼릭의 심장이 뜨거워졌다.

"포기하지는 말아요."

"안 해. 그건 내가 아닌 너를 배신하는 일이 될 테니. 나는 속여도 너한테는 못하겠다."

칼릭은 눈을 감고 깊게 한숨을 내쉬었다.

자신하기 어려웠다.

어린 시절에 당했을 때야, 치명적인 부위이긴 했어도 이런 난리통은 아니었다. 또, 당시 마인베르크에게는 칼릭을 살릴 이유가 있었다. 각인을 없애도 목숨을 구할 수는 있었다는 의미다.

하지만 지금은 아니다.

"그나저나 너는 왜 온 거야. 도망치라 했더니."

"지금 온 성에 마인베르크가 불러낸 괴물로 가득해요. 이제는 인간들의 번잡한 일이 아니에요. 내 일이지. 또 당신의 일은……."

니안느는 희미하게 웃었다.

"내게는 세상 전체의 일이나 마찬가지예요."

칼릭은 맥이 탁 풀렸다.

"……이, 바보야."

이런 거였나.

너에게 있어 세상에서 제일 중요한 사람이 된다는 것이.

바위와 가시덩굴은 그들을 보호하고 있지만, 얼마나 갈지는 모르겠다.

재가 날리고, 무너진 벽 사이로는 눈이 내린다.

"그러니 포기하지 말아요. 내겐 당신이 가장 중요하니까. 내가 당신에게 소중하다면…… 그래 줘요."

말하고 싶다. 믿어, 그냥 보고만 있어. 난 괜찮으니.

감추고 싶은 것을 덮어둔 껍질이 얇아지는 기분이다. 애정, 두려움, 안타까움 같은 것. 그런데 드러내고 싶은 것이 오히려 두꺼운 껍질 안에 묻히고 만다.

그것은 힘, 용기, 희망.

"니안—"

니안느의 눈이 칼릭을 향했다.

"니안, 조금만 지나면 성에 봄이 올 거야…… 바람은 달콤하고 새소리는 좋은, 그런 봄이. 아버지는 곧 죽겠다고 투덜대시는데, 내 생각이지만 한 백 년은 잘사실 거야."

쿵, 소리가 들린다.

다시 쿵, 쿵.

"항상 챙겨줄 필요는 없고…… 가끔만 우리 아버지 들여다봐 줘. 아버지 챙겨주고 불평을 들어주는 건 아렌이나 이디스의 일이 될 테니까, 너는…… 너는 그것만 해주면 돼."

불안하게 보던 니안느는 칼릭의 팔을 잡았다.

"그렇게 말하지 말아요! 포기하지 말라고 했잖아요!"

"너도 포기하지 마. 삶도, 소망도, 희망도. 다. 네 쓸쓸한 얼굴은 다시는 보고 싶지 않으니……."

칼릭은 니안느의 이마에 입을 맞추었다.

"웃어, 니안."

아마도 내가 머물 수 있는 곳은 바로 그곳, 그 순간일 테니.

웃는 얼굴이 눈부시기에 네 쓸쓸함과 아픔이 내게 의미를 가지기 시작한 것이니.

내가 어디에 있든 그것이 없어졌다 생각하지 않게 해줘.

다시 주변이 서늘해진다. 벽과 바닥이 검게 물든다.

꽈릉, 소리와 함께 그들을 지키던 바위와 가시덩굴의 벽이 무너졌다.

니안느는 복마전이 열리기라도 한 듯 사방이 변하는 것을 보았다. 벽은 검게 물들고, 궁의 모든 곳에 마(魔)가 깃들기 시작했다.

그 자체가 세상의 경계가 된 것 같았다.

신이 없는 곳이 된 것 같았다.

칼릭이 몸을 일으켰다. 니안느는 급히 다시 그를 잡았다.

"칼릭, 내가 막을게요. 당신은……."

"마인베르크가 또 너를 공격하면, 그때는 어쩔 거지? 저놈은 포기하지 않을 테고, 내게 또 기회가 있을 거라는 보장은 없어. 그러니…… 니안, 내가 하게 해."

니안느도 칼릭이 무엇을 하려는지는 안다. 최선이 그것이라는 것도. 마인베르크와 맞설 만한 힘을 가진 사람은 이 안에 칼릭뿐일 것이다. 그러나 아무리 그게 최선이라 하더라도, 그의 최선일 뿐이다.

니안느는 자신의 최선이 무엇인지 깨달았다.

괴물들, 그리고 그 주변을 휩쓰는 악령. 엄청나게 강해진 마인베르크, 그를 상대하기에는 버거운 자신.

그럼 할 수 있는 방법은 이것뿐이다.

니안느는 고개를 숙였다. 이마의 각인이 담고 있던 흰 빛이 흐려지며 그 아래에서부터 서서히 회색으로 변하기 시작했다.

무엇을 하려는지 알아본 칼릭의 눈이 커졌다.

"니안."

칼릭이 고개를 저었다.

공포가 그 눈에 보였다.

"니안— 하지 마."

"아뇨."

차가운 기운이 니안느의 심장에서 흘러나와, 목덜미를 타고 올라와 이마까지 뒤덮었다.

"하지 마!"

바위 거인의 몸이 금이 쩍쩍— 가며 무너졌다. 니안느의 가시덩굴도 검게 변해 재가 되어 흩어졌다.

시간이 없구나.

니안느는 웃었다.

그래, 웃자.

니안느는 손을 들었다. 손끝이 회색으로 물들기 시작했다. 이마의 각인 역시 얼음이 입 맞춘 듯 차게 식어가고 있다. 니안느는 두 손으로 칼릭의 볼을 건드렸다. 니안느는 두 눈에 눈물이 고였다.

"……하지 말라고!"

칼릭은 니안느가 지금 무엇을 하는지 알고 있을 것이다.

그 풍랑 치는 바다에서 필람몬과 형제들의 참혹한 모습을 보았을 때 그녀가 하려 했던 일이니.

그날 헤어나기 힘든 절망 속에서 니안느가 바란 단 하나는 적의 파멸이었다.

지금 역시 그렇다.

원하는 것은 하나, 이 적을 이기고 막아내는 것이다. 목표는 다르다. 그때는 아무것도 남기지 않기 위함이었지만, 지금은 세상에서 가장 소중한 것을 남기기 위함이다.

"당신에게 선택의 기회가 없듯, 내게도 없어요. 이건 분노도 증오도 적개의 마음도 아니에요…… 내 간절한 소망."

다시 웃었다.

"칼릭스트, 나는 내 발걸음이 어디에서 멈출지 몰랐어요. 내가 마지막으로 볼 하늘이 어디일지, 내가 등을 댈 땅이 어디인지 몰라 항상 두려웠어요. 낙엽 위에 내 한 몸만 누워 있을까 봐, 내가 아는 세상에 나 혼자 있을까 봐."

"니안……."

칼릭은 니안느를 볼 때마다 항상 들던 그 불길한 예감을 다시 느끼고 있었다. 니안느의 눈을 볼 때마다 그들 사이를 한 겹 덮은 듯한 그 느낌이. 애써 떨쳐 내려 해도 악령의 숨결처럼 항상 차갑게 감돌던 그 예감이.

하지만 이런 생각이 들어.

너는 언제고 내 가슴을 찢어놓을 거라고.

이것이 예감인지 예언인지는 몰라.

그런데 그런 생각이 들어.

니안느의 손이 칼릭의 볼을 떠났다.

"그런데 다행이에요. 내가 아는 세상의 마지막에 당신이 있어서……
가장 소중한 당신이."

그리고…….

"사랑하는."

니안느는 속삭였다.

"사랑하는 나의 칼릭스트."

당신이 아직 이 세상에 있으니. 내가 마지막으로 보는 세상이 이것이
라면, 이토록 아름답다면 괜찮아요.

니안느는 돌아섰다. 칼릭이 붙잡으려 했지만 니안느는 가시덩굴의 회
오리를 만들어 그를 밀어냈다. 칼릭은 금방 저것들을 해치우고 올 테니,
니안느는 그 짧은 시간에 모든 것을 할 생각이었다.

휘몰아치는 잿빛 재와 눈보라 너머로 검은 그림자들이 보이기 시작했
다.

"여기 이 제단에 바치니……."

온몸이 회색의 깃털로 뒤덮였다.

회색으로 변한 이마의 각인이 그 끝에서부터 검게 물들기 시작했다.
니안느는 눈을 감았다.

"저들을 모래로, 재로, 눈물로."

둘러싼 모든 것이 재로 변하기 시작했다.

불길 없는 열기에 적들은 회색으로 변해 회오리치며 흩어졌다. 괴물들
은 그에 휘감겨 사라지고 불길은 뒤덮여 꺼진다.

동시에 니안느의 몸도 같이 재로 변해갔다. 옷자락이 물들고 노을빛

머리카락이 회색으로 물들어 흩어졌다. 적들은 완전히 회색으로 뒤덮여 타올랐다. 회오리가 되고 돌풍이 되고 폭풍우가 되어 휩쓸렸다. 그리고 그 거대한 힘의 물결은 마인베르크를 중심으로 휘몰아쳐 그를 덮었다.

경악한 마인베르크의 얼굴이 그 재의 회오리 사이로 사라졌다. 분노의 고함이 터졌지만 더 들리지 않는다.

그 무시무시하게 세상을 휩쓰는 회색의 폭풍에 니안느 역시 뒤덮였다. 몸이 휩쓸려 지워진다.

생각했다.

지금 내 힘으로 다 없앨 수 있으면 좋겠다고. 그러나 그것까지는 불가능하다는 건 안다. 지금 할 수 있는 일이라고는 이 모든 것을 다른 곳으로 옮기는 것 정도.

"니안——!"

칼릭은 차가운 힘이 사라지는 것을 느꼈다. 마인베르크가 새겨 넣었던 검의 낙인이 사라지며 불타는 고통이 찾아왔다.

무엇 때문인지 칼릭은 알았다.

마인베르크가 만들어낸 이 지옥이 사라지고 그의 힘이 거두어지고 있다. 니안느가 막아내고 있다. 그 힘을 얻기 위해 니안느는 너무 큰 희생을 치르고 있었다.

칼릭은 가슴에 손을 얹었다. 피가 터져 나와 손과 가슴을 적셨다. 주먹을 쥐고 이를 갈아붙이며, 단단한 땅이 그의 몸을 받아들이는 것을 느끼면서 외쳤다.

"그러지 말라고 했잖아!"

차가운 바닥에 이마를 대고 오열과 고함을 터뜨리며 다시 외쳤다.

"그러지…… 말라고!"

세상이 무너지며 불길도 사라진다.

검회색 그림자가 가라앉는 불길 위로 나타나 칼릭을 덮었다.

염화(炎火)가 대지로 빨려 들어가는 듯 꺼지고 고요해진다. 그 고요 속에서 칼릭은 눈을 감았다. 뜨거운 피가 가슴을 적신다. 차가운 바람이 일며 누군가가 칼릭을 부축했다.

"칼릭!"

별일 없다고, 잘 끝났다고 말하는 소리가 들리길 바라면서도 아무 소리도 들리지 않을 거란 사실을 안다.

심장 없는 세상, 죽어버린 세상에는 숨소리도 속삭임도 없다.

내가 말했었지.

너는 언제고 내 가슴을 찢어놓을 거라고.

제15장

호성(呼聲)

검은 하늘.

흰 나뭇가지.

먼지처럼 메마른 땅.

희미하게 풍겨오는 재 냄새.

투명한 정령이 되어 사라지는 것 같았다. 몸은 바스라지고 영혼은 흐릿해지며 세상에 녹아든다. 감각은 희미해지고 숨소리는 사라진다.

그리고……

어디를 부유하고 있는지 모르겠다.

지금 나는 날개 없이 날고 있으며 디디지 않고 달리고 있으니.

니안느는 부옇게 흐려진 허공을 보며 하나하나를 짚었다.

어디까지였더라.

아니, 어디서부터였더라.

손끝을 스치던 온기와 절망에 찬 두 눈, 비탄에 찬 고함. 그러나 그런 칼릭에게서 손을 놓으며 니안느가 바란 소망은 단 하나였다.

그의 목숨과 안전.

마인베르크는 신 그 자체였다. 악신이든 광신이든 간에, 어쨌건 부활과 함께 엄청난 존재로 거듭나 버렸다. 이기기 위해 모든 것을 다 내던져야 했으니, 니안느는 가진 모든 힘을 퍼부었다. 다 쓸어 담아 이동의 마법으로 얽어맸다.

숲의 마법사들은 주문이나 도구의 힘이 아닌 자신 그 자체로 마법을 쓴다. 강한 힘이, 그 자신이 가진 것보다 더 강한 힘이 필요하면 희생이 필요하다.

종종 생각한다.

우리들이 그렇게 약했나.

그러다 알게 된다.

사람이 사람을 해하는 것은 참 쉬운 일이다.

그저 양심만 잊으면 할 수 있는 일이라.

운이 없다면 무자비하게 강한 존재를 만날 수도 있으며, 더 운이 없으면 그자가 잔혹하고 탐욕스러울 수도 있다. 연약하여 바위 같은 운명에 짓밟히는 자들이 할 수 있는 일은 별로 없다.

눈앞은 이제 하얗다.

재가 날리는 가운데 괴물들의 숨소리와 으르렁거림이 악의에 찬 울부짖음과 함께 들려온다.

힘을 다 긁어모아 궁과 도시 안의 모든 괴물과 마인베르크까지 끌고 오며 빌었다.

아무것도 없는 곳으로 가기를, 내가 닿는 곳이 운 없는 생명체가 없는 곳이기를. 니안느는 형제들을 잃었을 때 너무도 아팠고, 그런 고통을 남도 겪기를 바라지 않았다.

곧 달이 뜨듯 희미한 빛이 보이기 시작했다.

차갑게 얼어붙었던 이마의 각인에 온기가 스며들었다.

따뜻한 입술이 닿는 것 같다.

그 스침과 함께 심장으로 온기가 스며든다. 낙엽처럼 버스럭대던 몸에 다시 살이 돌아온다. 피부가 다시 따스해지고 입술이 촉촉해진다.

흐릿한 눈에 은색의 빛의 실오라기가 보였다. 그것이 니안느를 향해 뻗어와 니안느의 몸을 휘감았다. 그 빛이 사라지려는 니안느를 붙잡아주는 것 같았다. 영혼을 보듬고 길을 가르쳐 주고 힘을 모아주는 것 같다.

그리고……

[아이야.]

상냥한 속삭임이 들려온다.

니안느의 발에 차가운 풀이 닿았다.

재가 되어 사라졌어야 할 몸이 서서히 돌아왔다. 감각 역시 새로 빚어 낸 듯 돌아오기 시작한다.

니안느는 어깨를 감싸며 발을 디뎠다.

숲이었다. 어둡고 어두우며 고요하다.

니안느는 자신의 손을 내려다보았다. 그대로다. 볼에 손을 얹었다. 역시 그대로. 머리카락도 어깨도 몸도 모두 그대로다. 놀라울 정도로 온전히 이동해 온 것이다.

대체 어떻게 이런 일이 벌어진 걸까.

혼자 힘으로는 할 수 없는데.

주변을 둘러보자, 그녀와 함께 이동해 온 괴물들이 서서히 눈을 뜨기 시작했다. 어둠에 눈이 익숙해지자 더 분명하게 보인다.

지금 니안느가 서 있는 곳은 넓은 공터였다. 불타 그을리고 여기저기 짐승의 뼈들이 널려 있었다. 그 가운데에 검게 탄 나무둥치가 있었다.

"설마……."

일순 주변이 컴컴하게 사라지는 듯 충격을 받았다.

아는 곳이다. 그리움과 함께 가슴 안에 간직한 곳이기도 하다.

과거에 이곳이 어땠는지 알고 있었다.

이곳에는 수천 년간 이 자리에 뿌리를 내리고 자라 하늘처럼 거대해진 물푸레나무가 있었다. 어른 키 높이만큼이나 굵은 뿌리는 이끼로 덮이고, 그 아래 촉촉한 땅에는 흰 별 같은 꽃들이 한가득 자랐다. 다람쥐들이 나무를 올라 다녀도 되었고, 크고 작은 새들이 나뭇가지에서 쉬어도 되었다. 둥치 아래 그늘에 앉아 있으면 새소리와 바람 소리가 들렸다. 바람이 불어와 그 나무의 나뭇잎들이 파도처럼 흔들릴 때면 니안느는 들떴었다.

그러나 지금 이곳에 있는 것은 폐허였다. 모두 불타 버렸다. 바닥은 검게 그을리고 나뭇가지들은 부러지고 잡아 뜯겨 나가 흔적만 남아 있었다. 둥치 위에는 나뭇잎 대신 부러진 가지의 잔해만 남아 있었다.

차마 눈뜨고 볼 수가 없었다. 가시 박힌 절망 속에서도 심장은 뛰고 있어, 시시각각 더 아프기만 했다.

지금 신목의 둥치는 반으로 쪼개져 그 너머가 훤히 보였다. 그 위에 박힌 붉은 말뚝에는 뼈만 남은 시체들이 꿰어져 있었다. 잘려 나간 머리들도 여러 개 박혀 있었다. 머리의 눈과 입에는 구멍만 남았다. 상반신만 남아 가슴이 뚫린 것도 있다. 말라붙은 살이 그 뼈에 들러붙어 있고, 두개골 위에는 넝마 같은 머리카락이 나부낀다.

"이럴…… 수가."

숲의 왕. 그리고 내 형제들.

이것은 폐허조차도 아니다. 침탈당하고 붕괴되고 약탈당하고 범해진, 그 죽음마저도 비웃음당하고 능멸당한 현장이다.

그리 망가진 신목에서는 악령들이 나오고 있었다. 나무의 둥치에서 검고 긴 개의 머리가 사악한 싹이 발아하듯 튀어나왔고, 가지에서 작고 추한 머리가 나와 공처럼 굴러 바닥으로 떨어졌다. 긴 몸체가 흘러나와 머리에 붙더니, 뱀처럼 굽이치며 숲으로 기어들어 사라졌다.

니안느는 아픔 속에 몸서리쳤다.

이제 숲은 신비로운 동방 숲이 아니다. 악령과 악귀, 괴물들로 그득한 지옥이 되어 있다. 곧 지옥의 터가 될 테고, 생명과 세계를 범하는 것들로 가득 차게 될 테지.

고향이자 가장 그리워했던 곳이며, 항상 돌아가려 했던 곳이다.

소중한 것은 모두 이곳에 있었다. 귀중한 것도 모두 이곳에 있었으며 아끼는 것도 모두 이곳에 있었다.

그런데 가장 아름다워야 하는 곳이, 가장 자비롭고 숭고해야 하는 곳이, 가장 아늑하고 찬란해야 하는 곳이 이렇게 되어 있다.

숲을 떠난 뒤 너무 막막해서 차라리 외로운 방랑을 끝내고 싶을 때가 많았다. 그냥 돌아갈까 하는 생각도 하지 않은 건 아니지만, 이런 모습을 볼까 봐 두려웠다.

니안느 주변으로 악령들이 밀려들었다. 할짝대는 소리와 침 삼키는 소리, 당장 뜯어 씹고 싶어 안절부절못하며 꺽꺽대는 소리가 들려온다.

어떻게 하지. 이대로 잡아먹히는 건가.

먹물 같은 절망감이 밀려든다. 눈을 감고 싶었다. 아무것도 하고 싶지 않았다. 단숨에 끝났으면 좋겠다……

귓가로 속삭임이 들려온다.

'웃어, 니안.'

심장을 따스하게 적시는, 배신할 수 없는 속삭임이다.

다시 보고 싶고, 사랑하고 싶고, 그와 같이 보는 세상에 있고 싶다.

그의 품에 다시 안기고 싶고, 그와 함께 눈뜨던 그 아침으로 돌아가고 싶다. 그리고…….

당신을 슬프게 하고 싶지 않아.

희망에 취한 것도 낙관에 젖은 것도 아니다.

너무나 간절히 바랄 뿐.

붉은 아침노을이 번져 드는 것을 보던 어느 날이 생각난다. 처음으로 서로의 고동 소리와 숨소리를 들으며 눈떴던 날.

'필람몬이 그러는데 아니래요. 대신 영혼을 나누는 방법은 가르쳐 줬죠. 일종의 분신술이에요. 내 영혼을 나누어 주변의 동물들의 몸에 깃들게 하는 거죠. 악한 사령(邪靈)들의 눈에는 그게 감쪽같이 나로 보이게 되는 거예요. 그들은 사람들의 육체가 아닌 영혼을 보거든요.'

'꽤 위험하게 들리는군.'

'잃어버리지만 않으면 돼요. 정신 차리고 불러오면 다 돌아오거든요.'

'그중 하나라도 잃어버리면 어떻게 되는데?'

'그 기억을 잃어요. 기억을 담은 영혼도. 스승님이 말했죠. 기억이란 영혼의 결을 만드는 것이고, 영혼의 결이야말로 영혼 그 자체라고. 그래서 기억을 잃은 영혼은 결이 달라지고, 악령들에게는 완전히 다른 사람으로 보이게 되는 거죠. 그런 것들로부터 도망칠 때는 그 방법을 쓰는 게 가장 좋아요.'

'그러면 절대 하지 마.'

절대 하지 마.

박명의 청회색 하늘 아래 새벽의 빛이 번지듯 벅차오른다.

니안느는 처음 기억나는 것부터 떠올렸다.

가장 먼저 기억나는 것은 리카르와의 기억이다.

사라피온에서 리카르를 데리고 도망칠 때 함께 숲을 통과했다. 그때 리카르는 막 탈출한 것에 기뻐하면서도 다시 잡혀갈지도 모른다는 두려움에 곤두서 있었다.

니안느의 손바닥 위에 검은 새가 앉았다. 니안느는 그 새의 이마에 입을 맞추곤 날려 보냈다. 그 기억을 담은 새가 날아갔다.

니안느를 둘러싼 악귀들이 흔들리기 시작했다. 그중 몇이 허공을 올려다보았다.

다음, 기억난다.

팔가스로 향하는 항구인 메가라에 도착했을 때, 니안느는 결국 리카르에게 말하고 말았다.

팔가스로 가고 싶지 않다고.

그 거대한 제국으로 가면 영영 잃어버릴 거라 생각했다.

숲도 소망도 나도.

니안느의 손에 금빛 새가 나타났다. 니안느는 그 새에 입 맞춘 다음 날려 보냈다. 그 기억과 함께하는 니안느의 일부도 사라진다. 악령과 괴물들은 더 크게 술렁였다.

니안느는 차례차례 날려 보냈다. 새들이 연달아 숲을 떠나며 악령들이 하나둘씩 자리를 비키기 시작했다. 괴물들이 물러나고 악령들은 바닥과 하늘로 사라진다. 몇은 새들을 쫓아가기도 하고, 몇은 새들이 사라진 방향이 너무 많아 어디로 갔는지 몰라 어리둥절하기도 했다.

수많은 새들이 니안느의 기억을 담아 사라지고, 그리 사라질 때마다 니안느는 더 안전해지면서도 사라지고 있었다.

한 움큼씩 사라지는 기억은 드디어 그렌 성에까지 이르렀다.

왜 그 성에 이르렀는지는 벌써 잊은 뒤였다. 리카르에 대한 기억은 완전히 사라져, 무언가가 떠난 자리의 온기처럼만 그를 기억하고 있을 뿐이다.

성문이 열리자 그 안으로 들어갔다. 사람들이 두려움에 찬 눈으로 니안느를 보는 동안 그가 나왔다.

칼릭스트.

성주의 아들이자 후계자.

처음 들어본 이름이었다. 하긴, 당시 니안느에게 제국 대가문의 후계자가 무슨 상관이 있었을까. 그때만 해도 하늘에 박힌 별의 이름을 들은 듯 무의미했었다.

그러나……

마주하는 순간부터 칼릭스트라는 이름은 전혀 다른 의미가 되었다. 그 눈에 깃든 것은 녹슨 칼날 같은 상처였고, 서늘한 비웃음에 담긴 것은 경계심이었다. 상처받고 지쳤지만 아름답고 고귀한 전사였다.

그럼에도, 황무지가 꾸는 꽃의 꿈인 듯 그날부터 그는 모든 것을 달라지게 했다. 그와 함께 있는 하늘, 그와 함께 서 있는 땅, 그와 함께 바라보는 노을, 그와 함께 나누는 숨결, 그와 함께하면 모든 것은 기적인 듯 변하며 낮과 밤처럼 달라진다.

기억한다. 애정을 담을 때 나른해지는 목소리, 예기치 못한 순간에 환히 드러나던 천진해 보이는 눈웃음, 어찌해야 할지 모를 때는 눈을 감는 버릇, 생각에 잠기거나 우울해지면 속눈썹 아래 고이던 깊은 그늘.

볼을 쓸어 올려 감싸는 손은 단단하고, 그 품에서 듣는 심장의 고동 소리는 깊고 뜨겁다.

목과 가슴을 뚫고 가는 날카로운 아픔은 각오했던 것보다 더 컸다. 견디거나 이겨내는 것이 불가능했다.

나는 당신은 버릴 수 없어.

내 심장이며 나 자체. 내 살이요 피고 영혼 그 자체. 나는 당신의 그 무엇도 손댈 수가 없다.

이걸 없애면 나는 정말 죽을 테니.

눈썹 끝으로 눈물이 스며들더니 혼이 몸에서 훅 빠져나갔다.

위험한 일을 하고 있다는 것을 알면서도 니안느는 몸에서 혼을 떠나보냈다.

다행히 작은 까마귀의 몸을 빌릴 수 있었다. 새는 겨울 나뭇가지에 앉아 나무껍질을 뜯다가 니안느를 받아들였다.

청회색 하늘과 그 아래로 고이는 아침의 노을이 보였다. 금적색 노을이 지평선을 적시며 푸른 하늘로 번졌다. 새는 푸드득 날아 철창이 단단하게 박힌 창가에 앉아 그 안을 들여다보았다.

나이 든 남자가 의자에 앉아 있었다. 무거운 표정으로 고개를 숙이고 있던 그가 얼굴을 들었다.

겨우 두 번째 보는 것이지만 니안느는 그가 누구인지 알아볼 수 있었다.

오베른, 칼릭스트의 아버지다.

오베른은 니안느가 깃든 새를 알아본 듯 미소를 지었다. 그 고독한 두 눈에는 짙은 애상이 배어 있었다. 무거운 짐을 짊어진 외로운 남자의 얼굴이었으나, 그래도 절망한 건 아니었다. 니안느는 그가 보이는 희미한 미소의 의미를 알 수 있었다.

살아 있다, 칼릭은.

다행이다.

감사하는 마음만이 든다. 원망하거나 미워하지 않게 되었다. 악한 것들은 그 의미도 없고 존재도 느껴지지 않는다.

니안느는 새의 몸을 떠나 숲으로 돌아왔다. 출렁이는 감각과 함께 영혼과 몸이 맞물렸다.

두 손을 들었다. 흰 손바닥에 작은 새가 앉았다. 니안느는 새의 귀에 입술을 댔다. 니안느가 불어 넣은 기억이 연기처럼 피어올라 새의 작은 머리로 스며들었다. 어쩌면 이것이 칼릭에게 보내는 마지막 속삭임이 될 수도 있다.

"가렴."

새는 날아올라 허공으로 사라졌다. 니안느는 목 뒤로 손을 가져갔다. 칼릭이 선물했던 진주 목걸이의 걸쇠가 손끝에 닿았다.

니안느는 그 진주 목걸이를 풀어 손에 얹었다. 진주알이 어두운 하늘 아래 희게 빛났다.

"새벽의 마지막 별빛."

니안느는 그 진주 위로 고개를 숙였다. 숨이 닿자 진주알은 더욱 희게 빛났다.

"아침의 첫 햇살을 기다리는 장밋빛 하늘."

투명한 눈물이 떨어져 그 진주알 표면을 미끄러지며 스며들었다.

"그리고 당신을 기억하는 나의 눈물."

이마의 각인이 희게 빛나며 그 빛으로 진주알을 적셨고, 진주는 달 그 자체인 듯 더욱더 뽀얗게 빛났다.

"그 아래 내 기억을 묻으니."

슬퍼도 당신과 함께이니 기쁨도 오로지 당신과 함께.

비수를 가슴에 넣는 것이 되어도 나는 당신을 버릴 수는 없으니.

사랑하는…….

사랑하는 나의 칼릭스트.

기억이 검게 덮인다.

다시.

사랑하는.

그러나 봉인이 끝나자 그다음 할 말이 무엇인지는 모르게 되어버렸다.

사랑하는, 그저 사랑하는,

그 단어만이 메아리칠 뿐이다.

니안느는 눈물이 스며든 진주알을 내려다보았다. 이것이 무엇을 의미하는지 몰라, 밀려드는 망각의 상실감에 니안느는 한숨을 내쉬었다. 중요한 부분을 어디다 떼어놓고 왔다가 잊은 것만 같았다.

니안느는 그 진주 목걸이를 목에 대고 걸쇠를 걸어 잠갔다.

달칵.

니안느는 머리카락을 쓸어 넘겨보았다. 긴 머리카락이 손가락에 감겼다. 손에 닿는 얼굴이나 어깨는 기억하는 것보다 더 컸다. 팔다리도 더 튼튼하고 길어졌다.

나, 언제부터 여기에 있던 거지.

깊은 잠에서 깨어난 것 같았다. 암흑 속에 있는 듯 멍했지만, 곧 하나하나 떠오른다.

내 이름은 니안느, 동방 숲의 왕이 택하여 형제들과 함께 왕에게 복종하는 니안느.

그리고…….

깨어나기 시작하는 숲이 니안느의 몸을 감싸기 시작했다. 덩굴이 저절로 자라나 니안느의 몸을 둘러싸고, 나무들은 제 위치를 변하게 하며 니안느의 몸을 가렸다.

악귀들과 괴물들은 니안느가 보낸 기억의 새들을 쫓아 사라졌지만 아직 적지 않은 숫자가 남아 있다. 숲은 그런 니안느를 지키기 위해 그 몸을 감싸 숨기고 있었다. 나무둥치는 부풀어 올라 벽이 되었고, 바닥은 부드러운 이끼에 덮인 바위로 변했다.

이제 니안느가 있는 곳은 작은 의자와 책상, 나무로 된 집들이 있는 공간이었다. 숲에 처음 들어온 어린 시절부터 놀던 곳이었다.

속삭임이 들려온다.

[……니안느.]

니안느는 주변을 둘러보았다.

[……기다리려무나.]

"필람몬?"

바람이 이마를 스친다. 니안느는 하늘을 보았다. 나뭇가지로 뒤덮인 하늘 너머로 별이 보였다.

"어디 있어요, 필람몬?"

[춥더라도 동녘을 바라보려무나. 그 붉게 물드는 하늘 아래 무엇이 오는지 기다려.]

니안느는 나무에 기댔다. 무엇인지는 모르나, 자신이 기다려야 한다는 것만은 알 수 있었다. 밤에 태어난 것은 낮이 오는 줄 모르지만, 낮을 아는 자는 언제고 새벽이 온다는 것을 알 듯 기다려야 한다.

그러나 니안느는 깊게 파인 마음의 흔적을 느꼈다.

거대한 강이 흘렀다가 사라진 빈 계곡처럼, 그 깊고도 깊은 곳으로 외로움의 메아리만이 울린다.

❖

그날, 칼릭은 창가에 앉아 책을 보고 있었다.

창문이 들썩여, 칼릭은 창틀에 책을 얹어놓고 창문에 얼굴을 바짝 들이댔다. 창틈으로 찬바람이 들어왔다. 가을로 접어들고 있어 바람은 어제보다 찼다.

읽고 있던 것은 아버지가 성에서 가져다준 책이었다. 아버지는 성에만 다녀오면 선물을 주었다. 책도 있고 검이나 작은 망아지도 있다. 아버지는 칼릭이 좋아할 만한 것이라면 뭐든 다 들고 왔지만, 성으로는 데리고 가지 않았다.

딱 한 번 성으로 가, 할아버지를 만난 적은 있다. 할아버지는 칼릭을 보더니 말했다.

'그 창녀가 낳은 사생아는 당장 내 앞에서 치워.'

할아버지가 한 말에 기분이 나쁜 건 아니다. 그 말을 들은 아버지의 얼굴이 이루 말할 수 없었기에 칼릭도 마음이 아팠다.

'칼릭, 찬바람 들어오니 이리로 와.'

어머니가 다가와 칼릭의 머리를 안아 당겼다. 칼릭이 올려다보자, 어머니는 아들의 볼을 매만지며 아버지를 불렀다.

'오베른.'

'왜.'

'내 생각인데 말이에요, 얘가 세레나를 닮은 것은 당신 집안의 특징 탓이 아닐까 해요.'

'초대 선조의 초상화를 보면 답이 나오겠지. 검은 머리에 녹색 눈이었으니. 닮기도 했어.'

'잘생겼나요? 나는 칼릭이 이 얼굴 그대로 크면 좋겠는데요.'

아버지가 웃는 소리가 들렸다.

'초대는 여자였어, 데보라. 혹시 라크세니아에서는 남자만 영지를 물려받나? 앙골랍처럼 말이야.'

'그건 아니에요.'

'오, 그렇다면 당신이 당신 아버지 영지를 물려받을 수도 있겠군. 기대해도 될까?'

'사촌들이 다 죽으면 내가 그곳을 물려받는 횡재를 할 수는 있지만 말이에요, 너무 기대하지는 말아요. 내 사촌은 많아도 너무 많으니까. 아버지하고 내가 그 성을 도망 나올 때만도 열 명이 넘었다고요. 지금쯤 서른 명이 되어 있을지도 모르죠.'

칼릭은 외할아버지가 라크세니아에서 쫓겨난 영주라는 것만 알았다. 만난 적이 없는 외할아버지는 어머니가 결혼할 무렵 여행을 떠났다. 고향인 동쪽이 아닌 서쪽으로 갔다고만 한다.

어머니가 어느 집안 출신인지 알게 된 것은 좀 더 후였다. 운텔가움을 점령한 뒤에 그 성의 초상화와 기록을 보고 알게 되었다. 어머니의 그 엄청난 수의 사촌들은 모두 마인베르크에게 죽은 뒤였다. 어머니나 외할아버지에 대해 기억하는 사람 역시 없었다.

'그리고 지금은 우리 집안 걱정할 때가 아니잖아요. 멀리 있는 우리 집안보다 당신 집안 일이 더 중요하다고요.'

'아버지는 결국 당신을 받아줄 거야, 데보라.'

'그건 상관없어요. 어쩔 수 없는 거니. 내가 걱정하는 건 따로 있어요. 나는 당신이 델 판의 공작 마인베르크와 어울리는 것이 불안해요. 델 판

은 악마의 땅이에요. 데본이 남긴 곳이라고요.'

'그게…… 사람들만의 기준이 아닐까. 정말 나쁜 존재인지 아닌지 모르지 않소. 그곳 출신이란 이유만으로 나쁘다고 생각하는 건 좋지 않다고 봐.'

'세상에는 정말 나쁜 것도 있어요. 데본이 나쁜 게 아니에요. 데본이 남긴 것이 나쁜 거지. 게다가 그 마인베르크…… 세레나가 전에 말하더군요. 너무 치근덕대는 데다 하는 짓도 기분 나쁘다고요.'

아버지는 눈살을 찌푸렸다.

'세레나의 말은 너무 곧이곧대로 듣지 마시오, 그 아이는 너무 멋대로 컸어. 멋대로 크기만 했다면 또 상관없지만, 멋대로 굴기도 하고 이용하기도 하지. 거짓말은 하지 않지만, 필요한 말을 하는 것도 아니고.'

'그건 그거고요, 내 말은 그 델 판의 공작과 세레나를 이어주려 하지 말라는 거예요. 당신 보기에야 사랑에 빠진 남자라지만, 그런 종류의 남자에게 사랑받는 것은 불행이에요.'

'당신 보기에 델 판의 공작이 어떻기에 그렇소.'

'악마예요.'

아버지가 어처구니가 없다는 듯 웃었다.

'뭐요?'

어머니는 강조하듯, 긴장한 목소리로 말했다.

'악마라고요.'

'마인베르크가 그리 못생겼나?'

'농담 아니에요, 오베른.'

'마인베르크가 그 정도라면, 당신 눈에 나는 얼마나 못생긴 거요.'

'그런 말을 하는 게 아닌데…….'

어머니의 목소리에서 난처함이 느껴졌다.

칼릭은 몰래 문을 열고 나가, 뒤뜰을 가로질러 숲으로 들어갔다.

집은 숲 근처에 있었다. 뒤뜰 너머에는 더 돌보지 않게 된 사과 과수원이 있어서, 나뭇가지마다 붉게 익은 사과들이 주렁주렁 달려 있었다. 산지기 노인의 말에 따르면 이 과수원은 '숲이 강해져서' 포기한 곳이라 했다. 사과나무에 귀신이라도 들리는 거냐고 물었더니, 비슷한 거라고 했다.

'성지가 있는데도?'

산지기는 웃으며 고개를 끄덕였다.

'동쪽으로 가면 우마니엘보다 더 오래된 신이 다스리는 숲이 있지요. 이 숲은 그 숲과 이어져 있어요.'

'동방 숲을 말하는 거라면, 여기서 아주 멀어.'

'인간들 기준으로 말하면 안 됩니다. 우리에게는 하늘처럼 멀어도, 숲의 신에게는 창밖처럼 가까울 수도 있거든요.'

칼릭은 숲을 안으로 들어갔다. 해가 저물어 나무 위 하늘은 새빨갛게 달아올랐다. 숲속은 벌써 밤처럼 어두웠다.

'칼릭.'

아버지가 뒤에서 불렀다.

'잠깐 네 엄마한테 한눈팔았다고 자리 피하는 거냐. 이리 와라. 아무리 네가 우마니엘의 축복이 내린 가문의 자손이라지만, 이 시간의 동물들에게 중요한 건 천사의 권위가 아니라 고픈 배거든.'

아버지는 칼릭을 번쩍 들어 팔에 앉혔다.

'뭐가 궁금해서 그리 들여다보고 있었니.'

'팔가스의 숲에는 왜 신이 없는 건지. 그게 궁금해서요.'

'아, 숲의 왕 말이구나. 그건 말이다, 신들이 세상을 나누어 가져서 그래. 우리들의 신은 벨사키엘이지. 이그라탄의 신이 이그라탄이듯 말이다.

여기 태어난 우리는 우리를 돌봐주는 신을 믿어야 한다. 정의의 벨사키엘을.'

정의의 벨사키엘과 진리의 이그라탄. 또는 전능(全能)의 벨사키엘과 전지(全知)의 이그라탄.

그러나 그 강력한 신들은 칼릭에게는 오히려 더 모호하게 닿아왔다. 차라리 숲이나 바위산에 산다는 신들이 더 현실감이 있다.

'있으면 좋겠는데.'

'숲의 왕은 자기가 관심이 있는 아이들에게만 말을 건다고 하는구나. 이 숲에 왕이 있어도 너하고 놀긴 글렀으니까, 네가 배워야 하는 건 벨사키엘이란다.'

칼릭은 아버지의 목을 안고 품 안으로 파고들었다. 아버지는 어린 아들의 작은 어깨를 감싸 안았다.

'춥구나. 이러다간 숲의 왕이 아니라 감기의 요정을 만나고 말겠어. 어서 가자.'

칼릭은 나뭇가지 위에 앉아 있는 푸른 새를 보았다. 새는 고개를 갸웃하며 칼릭을 내려다보고 있었다. 그 새의 눈을 통해 다른 존재가 보고 있는 느낌이었다. 새 주변으로 검은 날개들이 나타났다. 커다란 나방들처럼 보였다. 칼릭은 아버지의 어깨에 코를 묻고 물끄러미 보았다.

날개들은 어둠 속으로 사라졌다. 새가 갑자기 고개를 푸르르 털더니, 잠깐 어리둥절해하곤 날아올랐다.

어머니가 이야기해 준, 벨사키엘과 이그라탄보다 먼저 세상을 지배하던 고대신들의 이야기를 안다. 위대한 시대로부터 이어져 내려온 동방 숲, 잔학하지만 강력한 마그네시아, 숨마니아 해의 왕 오세아키나, 회색의 칼날바위 산에 사는 바위 거인 헤르니아, 겨울 삼나무 숲의 왕, 세다리온. 북방 설원의 지배자 닝귀스. 그들과 그들이 도와주는 사람들의 이야기, 그들을 위한 이국의 축제와 제사, 신앙.

고대신들에 대한 이야기는 더 듣지 못했다. 얼마 뒤 아버지는 작위를 물려받아 성으로 들어가게 되었고, 어머니의 이야기보다는 아버지가 붙여주는 선생들에게 더 많이 배워야 했기 때문이다.

그래도 종종 그날 보았던 것이 무엇이었는지 알고 싶었다. 신비로운 세상의 틈이 보인 것 같던 그 순간, 대체 무엇이 칼릭에게 다가왔던 건지.

어쩌면 그들이 말했을지도 모른다.

아주 먼 훗날의 이야기를.

너, 칼릭스트. 언제고 너는 우리들의 이야기를 듣게 될 거야.

그것은 말이야, 별빛에 담긴 수만 년 전의 이야기일 수도 있고, 어제 벌판을 비추던 달빛이 전하는 이야기일 수도 있어. 으슥한 습지에 핀 앵초 꽃들이 간직한 이야기일 수도, 계곡에 자라는 찔레덤불이 본 이야기일 수도 있지.

그리고 우리의 사자(使者), 숲의 마법사가 너에게 그 이야기들을 해줄 거야. 하늘과 땅을 지나 바람을 타고 바다를 건너, 서늘하게 식어가는 저녁 바람을 헤치고 온 그녀가.

우리들은 알 수 있어.

너, 황무지에 홀로 서 있는 나무처럼 황폐하던 네가 그녀를 보는 것을. 아니, 너는 보고야 말 거야. 어디에 있든, 어디로 향하든 너와 그녀는 언제고 만나야만 하는 운명이니.

처음에는 당혹스러워도 곧 익숙해질 거야. 조그만 손이 노크를 하듯 네 심장이 뛰는 것이. 다시 햇살이 춤추기 시작할 거야. 네가 보는 곳마다 그녀가 있을 테고, 네가 귀 기울이는 모든 곳에 그녀의 목소리가 머물 테지. 그리고 그때마다 세상은 더 아름다워지고 더 환해지고 더 소중해질 거야.

행복할 거야. 아주, 아주. 다시 웃을 테고, 내일을 기다리며 잠들 테지. 그러며 잊을 거야. 지하에서 있었던 혹독한 고문도, 네가 해야 했던 굴종도, 너와 그 악마만이 아는 일도, 네가 보았거나 해야만 했던 그 많은 살육들도, 영혼이 부서지고 심장이 얼어붙던 그 순간들이 다 잊힐 거야.

죽었어야 했던 악마가 돌아온 그날까지 넌 행복할 거야.

그러나 그날은 올 테지.

열두 살의 바퀴가 돌아가듯, 와야 할 건 와야만 해.

그리고 그날이 지나면, 칼릭스트.

너는 다시 혼자가 될 거야.

적막한 숲을 걷는 네 발끝에는 메마른 낙엽이 밟히고, 앙상한 나뭇가지를 스치는 바람만이 너를 따를 뿐.

봄이 밟고 가는 자리에 푸른 싹이 돋고 회색 묘비 옆에 제비꽃이 피어나면, 그때 너는 알게 될 테지.

너는 정말 혼자라고.

슬픔은 멀리 흘러가지도 않고 네 발아래에 고독이 되어 고일 거야.

어느 날 바람이 스치면, 잠자던 숲이 살아나고 벌판은 기지개를 켜고 네 추억도 다시 깨어날 테지.

기대오던 따뜻한 어깨, 다정한 눈, 백조처럼 부드럽게 다가와 속삭이던 그 달콤한 말.

사랑하는.

나의.

칼릭스트.

❖

칼릭은 눈을 떴다.

아직 해가 뜨지 않은 차가운 겨울 아침, 커튼 너머로는 아직 어두운 청회색 하늘이 보인다.

"일어났니."

아버지 목소리였다. 칼릭은 고개를 돌렸다. 옆에 아버지가 앉아 있었다. 성야를 위해 떠나기 전보다 훨씬 건강해 보여, 다시 젊어진 것 같았다.

"아버지?"

"그래, 나다."

일어나려 했지만 몸이 무겁다. 묵직한 사슬이 몸을 묶고 있는 것 같다.

"무리하지 말거라. 상처가 아주 깊었단다. 심장 근처였지. 그래도 다행히 늦지는 않았단다. 네 상처는 우마니엘에게 신세를 좀 졌고."

칼릭은 저도 모르게 아버지의 얼굴을 다시 보았다. 권능이란 사람을 소진시킨다. 특히나 치유력은 엄청난 고통을 바란다. 지금 아버지의 몸 상태로는 견딜 수가 없다. 다행스럽게도 아버지의 얼굴에는 병색도 지친 기색도 없었다.

"괜찮다, 나는. 오히려 나는 감사한단다. 때맞춰 힘을 허락받은 것에."

"여기, 저 혼자입니까."

아버지의 눈에 연민과 슬픔이 보였다.

"그래, 너 혼자란다."

"혼자……."

그 말이 무엇을 의미하는지 안다.

절대 열어서는 안 되는 문을 앞에 두고 있는 기분이었다. 언제고 열기는 열어야 하는데 열면 끝장인 문을.

"미안하구나."

아버지는 어떻게 위로의 말을 해야 할지 몰라 고개를 저었다.

"아들아…… 내가 본 내 최후는 말이다, 철창 안에 갇혀 있는 거였단다. 그 안에서…… 까마귀 떼를 보면서 최후를 맞이하는 것이었지."

칼릭은 어이가 없어 웃었다.

"그렇게 놔두지 않을게요."

"그래도 한 번 본 미래는 바뀌지 않는 한 계속 볼 수 있단다. 너를 보내고 성을 나올 때만 해도 그 꿈은 변하지 않았어. 또, 판디온으로 가서 성기사단을 불러올 때도 바뀌지 않았지. 각오하고 또 각오했는데, 그 미래가……."

새가 날아오는 소리가 들렸다. 새 그림자가 벽을 스치고 지나갔다.

아버지가 고개를 들었다가 눈이 멎었다. 무언가를 보는 듯 멍하니 있다, 보일 듯 말 듯 희미한 웃음을 보였다. 다시 칼릭을 보는 아버지의 두 눈에는 애상이 어려 있었다.

"사라졌단다."

"무슨 말이세요."

"네가 그 마인베르크를 죽이고…… 아, 되살아난 건 나도 안다. 하지만…… 그래도, 그 마인베르크를 죽였을 때 그 예언이 사라졌지."

"미래가 바뀌었다는 건가요."

오베른은 고개를 저었다.

"아예 사라진 거야. 벌어지지 않는 일이 된 거지. 그리고 그 예언이 사라진 날, 나는 성으로 돌아가다가 너와 만났지. 그건 정말로…… 내가 단

한 번도 본 적이 없는 미래였단다. 그다음도…… 그다음도."

오베른은 아들의 눈을 보았다.

두 고요한 눈에는 다정한 위로와 격려가 있었다.

"숙명이라 하더라도…… 변할 수 있단다. 누구도 예측하지 못한 일, 누구도 각오하지도 못할 일, 그런 일이 벌어지면. 그렇기에 일어나는 일이, 그럼에도 불구하고 일어난 일에 의해 사라지지."

"그게 뭔가요."

"사람의 마음이지. 터무니없는 질투, 어리석은 분노, 독 같은 증오…… 그리고……."

아버지가 속삭였다.

"사랑이겠지."

"……."

"그것은 모든 것을 뛰어넘지. 신이 정한 것이라 할지라도…… 섭리도 상식도 다 넘어버려. 그리고 예측도 예상도 못한 기적을 만들어."

아버지는 칼릭의 머리 위로 고개를 숙였다.

"너와 만났던 그날, 이대로 죽었으면 좋겠다고, 더 나쁜 일을 겪지 않고 그냥 죽어버렸으면 참 좋겠다고 생각했지. 그런데 지금은 다행이다. 오늘 살아 있어서."

"……아버지."

"아들아, 너는 태어난 그날부터 내 신앙이었고, 내 인생에서 가장 독실하게 지켰던 신앙이다."

칼릭은 멍하니 아버지의 얼굴을 보았다. 그리고 결코 열어서는 안 되는 문이 열리려 하고 있다는 것을 깨달았다. 예감인지 예언인지는 모른다. 벌어지고야 말 거란 것만 알 뿐.

"사랑한다, 아들아."

"저도 사랑해요, 아버지."

아버지의 눈이 젖어들었다.

"미안하구나, 칼릭."

시야가 어두워진다.

"미안해."

더 이상 아무 말도 들리지 않는다.

새가 날아오르며 타닥— 하고 창을 두드렸다.

칼릭은 다시 눈을 떴다. 어깨와 턱, 가슴으로 뻐근한 통증이 전해진다.

꿈이었나.

그런데 분명 현실 같았다. 생생하다 못해 정말 겪은 일인가 싶은.

칼릭은 가슴을 내려다보았다. 부상은 희미한 흉터만 남기고 사라져 있었다.

어떻게 된 거지. 그리 생각하며 고개를 들자, 침대 옆 의자에 아버지가 앉아 있었다. 잠든 듯 고개를 숙이고 의자 등받이에 기대고 있다.

"아버지?"

칼릭은 일어나 아버지에게 다가갔다. 눈을 감고 있는 아버지는 무척 창백하고 말랐다. 조금 전 건강한 아버지는 역시 꿈이었나. 칼릭은 오베른의 어깨에 손을 얹었다가 입술을 물었다. 목에 칼이라도 넣은 듯 아려왔다.

밖에 있던 고든이 들어왔다가, 칼릭을 보고 반색했다.

"일어나셨군요! 너무 다행입니다. 나리, 이제……."

칼릭은 아직 온기가 남은 아버지의 손을 잡았다.

충격으로 멍하니 있던 고든은 모자를 벗곤 입술을 물고 눈물을 훔쳤다. 뒤따라온 기사와 하인들도 하나둘 모자를 벗기 시작했다.

"아버지……!"

칼릭은 아버지의 어깨에 머리를 얹었다. 눈물이 볼을 스치고 흘러내렸다.

오베른 스테파니안 블랑셰리온. 블랑셰리온 가의 당주가 생을 마쳤다.

무장한 기사들이 달려오는 소리가 들렸지만 지친 리카르는 그 소리에 반응할 의욕이 없었다.

다 사라졌다. 악령도 악귀도 괴물들도 마인베르크도 세레나도.

그리고……

니안느도.

"괜찮으십니까."

리카르는 피로한 얼굴을 들었다. 처음 보는 얼굴의 기사였다. 리카르는 머리를 젖혀 벽에 기대며 말했다.

"일단 머리는 붙어 있고, 팔다리도 다 있지. 괜찮다고 봐도 되겠군. 그런데 자네는 누구인가."

기사는 답하는 대신 옆으로 비켜섰다.

바세바가 모습을 드러냈다.

"바세바?"

"나예요. 간신히 찾았네요. 무사하단 보고는 들었는데, 대체 어디로 간 건지 알 수가 있어야지."

리카르는 바세바 주변의 기사들을 보며 물었다.

"이들은 뭐요."

"내 기사죠. 미리 대기시켜 뒀어요. 파르지발의 수하들이 모르는 자들로. 내가 내 아들을 모를까. 슬슬 사고 칠 때가 되었다 싶었죠. 그래서 나가는 척하고 기사들을 대기시켰어요. 이 기사들은 전남편의 수하들이자 내 둘째 아들인 바스티앙이 물려받을 기사들이에요."

"군사가 대체 얼마나 많은 거요. 여기저기서 나오는군."

"내가 준비성이 좀 철저한 여자라, 프레데릭처럼 뒤통수에 피날 때까지 모르는 바보는 아니거든요. 그러는 당신, 용케 얼굴에 멍든 것 외에는 부상이 없네요."

리카르는 헛웃음이 나왔다. 왜 이런 상황이 벌어진 건지 이 여자가 모를 리가 없다.

지금 이 여자의 아들이 저지른 일은 역대급이다. 성야에 별별 일이 다 있다지만, 적어도 남들 안 보는 곳에서 하는 예의는 차렸다. 시체가 너무 많아 다 치우지 못하지 못한 경우를 제하고는, 무슨 일이 벌어졌는지 눈에는 안 뜨이게 한다는 것은 암묵적인 규율이다. 사람들 눈이 무서워서가 아니라, 그 자리에 있는 자들이 팔가스의 독사들보다 더한 대가문이기 때문이다.

"당신 아들이 무슨 짓을 한 건지는 알고 있소?"

"알아요."

"그 불덩이를 내게 맡겨 앙골랍의 왕위를 탈환할 생각이었소? 섬에 도착하기도 전에 제 분에 못 이겨 내 등에 칼을 꽂았겠군."

"그래요. 내가 아들을 잘못 키웠네요."

"……뭐라고?"

"미안하다고요."

너무 당당하게 잘못했다고 하니, 할 말이 없다. 그래도 리카르는 바세바가 적어도 그 상황을 막으려 했다는 것은 알 수 있었다. 리카르를 위해서라기보다는 파르지발이 대가문의 먹잇감이 되지 않게 보호하기 위해서일 테지만.

"바세바 당신에게 다행스럽게도, 아무도 당신 아들에게 신경 쓰지 못할 정도의 큰일이 벌어지긴 했군."

팔가스가 공격당한 것이다.

리카르가 앉아 있는 곳은 그나마 덜 무너진 외궁이었다. 본궁은 엉망이었다. 홀은 무너지고 불탔다. 이 정도 규모의 습격은 상투아리움에서도 드물었다.

귀족들 몇이 칼 들고 툭탁거리다 끝날 줄 알았던 프레데릭은 지금 완전히 정신이 나간 상태였으며, 대가문들은 수도에 있는 자신들의 사저에 박혀 이 상황을 어떻게 이용할지 골몰 중이다.

그 덕에 리카르는 마음 놓고 지쳐 하고 있는 중이었지만, 바세바와 다시 만나게 될 거라고는 예상 못했다.

"왜 온 거요."

"네?"

"지금 나를 다시 찾아올 이유는 없어 보여서. 그래서 묻는 거요. 왜 온 건지."

바세바가 어이없다는 듯 웃었다.

"그러는 당신은 바르가스에서 왜 내게 왔어요? 내가 죽을 때까지 기다릴 수도 있었고, 그냥 도망쳐 버릴 수도 있었는데 돌아와 나를 찾아내 줬죠. 내가 낳은 후레자식 놈은 그러거나 말거나 상관없는 듯 보이지만, 나는 당신이 그래 준 것을 잊을 수가 없네요."

멍하니 바라보는 리카르에게 바세바가 말했다.

"리카르, 나는 분명 팔가스의 독사들 중 한 마리지만, 그 정도로 자신의 의무를 지켜준 남자를 배신할 정도로 어리석지는 않아요. 또, 많은 배신을 당해봤기에 그 신뢰란 것이 얼마나 소중한지도 알죠. 당신은 말이죠 내 형제도 내 아들도, 심지어 내 아버지도 하지 않은 일을 해준 사람이라고요."

"당신……."

"그러니 이제 나를 믿어요. 어떻게든 당신을 지켜줄 테니."

그제야 리카르는 어깨의 힘이 빠지며, 지금 그의 온 마음을 뒤흔드는 말을 할 수 있었다.

"니안느가 없어졌소."

게다가 너무나 수치스러운 짓을 저질렀다.

연회장에서 리카르는 자신이 일부러 멈칫했던 것을 알고 있었다. 마인 베르크를 막기에 충분한 시간이었지만 하지 않았다.

그러지 않은 덕에 칼릭은 중상을 입었고, 또…… 니안느는 어디로 갔는지 보이지 않는다.

"칼릭스트 경과 있지 않을까요. 찾아봤어요?"

"칼릭스트는 지금 어디 있소."

"프라팔가스 대성전으로 그 가문의 기사들이 데리고 갔다더군요. 그중 자비의 탑에 있을 테죠. 그 가문 것이니. 만나러 가봐요. 같이 가줄 테니."

바세바는 주변 기사들에게 명했다. 기사들은 리카르를 둘러싸 호위했다.

"당신, 다리 괜찮소?"

바세바는 다리를 흔들었다. 멀쩡했다.

"파르지발을 속이느라 아픈 척한 거니 괜찮아요."

"당신은 안 속이는 사람이 대체 누구요?"

리카르는 기가 막혀 그리 물었다. 리카르야 어차피 이 여자에게 숨 쉬 듯 속아왔지만, 아들에게까지 그럴 줄이야.

"나 자신은 안 속여요. 자, 가요."

그때 프라팔가스 대성전의 종이 울렸다.

리카르는 핏기가 가시는 기분으로 그 종소리를 들었다.

종은 대성전 안에서 고귀한 사람이 죽었을 때 울린다. 한 번이면 귀족, 두 번이면 고귀한 일을 한 자, 그중 다섯 번이면 대가문의 일원이다.

다섯 번이다.

리카르는 급히 성전으로 달려갔다. 자비의 탑에는 다친 사람들이 상당히 실려와 있었다. 리카르는 아무나 붙잡고 물었다.

"블랑셰리온의 칼릭스트를 찾고 있다. 어디 있지?"

부상자들을 간호 중인 수녀가 어디에 있는지 가르쳐 주었다.

리카르는 사람들을 헤치고 안으로 들어갔다. 회랑의 기둥 옆으로 까마귀 한 마리가 날아갔다. 버릇처럼 까마귀를 보았고, 그 순간 리카르는 바닥이 푹 꺼지는 것 같은 현기증을 느꼈다.

"아."

리카르는 눈을 감았다 떴다.

다시 뜬 눈에 보이는 광경은 성전의 복도가 아닌 숲속이었다. 안개가 부옇게 서린 숲에 리카르 혼자 서 있었다.

"니안?"

작은 새들이 날아가는 소리가 들렸다.

리카르는 급히 주변을 둘러보다, 조금 전에 마주 보았던 까마귀가 나무 아래 앉아 있는 것을 발견했다.

그때 니안느의 목소리가 들렸다.

[조심조심 다니라고 했잖아요. 그러다 이상한 거 튀어나와서 물어도 난 몰라요.]

리카르는 주변을 살피며 앞으로 나갔다.

"니안, 여기 있으면……."

다시 니안느의 목소리가 들렸다.

[숲을 통과해야 안전하다고 한 건 당신이고, 그럴 수 있다고 한 건 나예요. 그러니 그리 미심쩍다는 눈으로 보지 말고 가자고요. 아, 정말! 올해 안으로는 나갈 수 있다니까요. 싫으면 여기서 멧돼지들하고 같이 살든가!]

리카르는 이 목소리와 이 어투는 물론이요, 이 말을 들을 때의 기분도 기억하고 있다.

사라피온을 탈출해 도망칠 때였다.

섬에서 나와 간신히 육지에 도착한 뒤, 리카르는 사람이 다니는 길로 갔다간 추적자들에게 잡힐 거라 했다. 차라리 저 숲을 통과해 가는 게 나을 거라 말했더니, 니안느는 그건 쉽다고 하며 숲속으로 들어갔다. 숲에 익숙하지 않은 리카르에게는 정말 고역이었다. 길도 없거니와, 여기저기서 나무뿌리가 튀어나오고 돌이 튀어나왔다. 그는 그리 쩔쩔매는데 니안느는 숲속을 평지에서보다 더 잘 뛰어다녔다. 반나절도 되지 않아 기진맥진한 리카르는 그런 니안느에게 말했다.

원숭이, 라고.

[원숭이? 그러는 리카르는 지렁이만도 못하다는 거 알아요? 낙엽 속에 처박아 버리고 가버릴까 보다. 아니다. 그냥 지렁이로 변하게 해서 내 주머니에 넣어 가는 게 나을 것 같아요. ……알았어요, 좀 쉬죠. 거기 앉아요. 나는 먹을 거라도 구해올 테니.]

그리고 한 시간 만에 나타난 니안느의 손에는 토끼 두 마리가 들려 있었다. 한 마리는 섬에서 들고 온 백조만 한 용에게 주고, 다른 한 마리는 리카르에게 주었다.

멍하니 보고만 있자, 니안느는 그것을 용의 코앞에 놓았다. 용은 거위 부리만 한 입을 짝 벌리고 불을 뿜었다. 토끼는 순식간에 익었다.

[자, 먹어요.]

그렇게 한 일 년 정도 지나자 리카르는 니안느가 무슨 짓을 하든 그러려니 하게 되었다. '우리 애가 좀 이상하긴 한데, 나쁜 아이는 아니오.'라고 힘없이 말할 정도는 된 것이다.

"니안, 어디 있는 거냐!"

이건 단둘만 아는 일이다. 그러니 누구의 마법도 아닌 니안느만이 할 수 있는 마법이다.

희망적이기도 하고 간절하기도 했다.

다시 사방이 확 변했다.

이젠 바닷가다.

리카르는 안개에 희미하게 덮인 잔교 위에 서 있었다. 안개 너머로 항구 도시 메가라의 상징인 시민궁의 붉은 지붕이 보였다.

물까치 한 마리가 리카르 옆에 앉아 동그란 머리를 갸웃하며 리카르를 보았다.

그때 니안느의 목소리가 들렸다.

[가기 싫어요.]

목소리가 다르다. 조금 전 그 목소리는 어렸는데, 이 목소리는 좀 더 나이 먹고 차분해져 있다.

[팔가스로 가고 싶지 않다고요, 리카르.]

리카르는 마음이 아팠다.

그때는 니안느의 투정이라 생각했다. 모르는 세상으로 간다는 것에 두려운 거라고.

리카르는 니안느가 찾고자 했던 숲의 왕과 형제들에 대한 그리움, 그 모든 것을 보내야 하는 과거라고만 여겼다. 이미 죽은 것들, 파괴된 것을 어찌 되돌린단 말인가. 리카르가 생각한 것은 니안느를 두고 갈 수 없다는 것뿐이다. 그가 아는 세상으로 데려가 귀족 아가씨처럼 살게 해주고 싶었다. 아무 데서나 자고 뒹구는 그런 삶이 아닌, 좀 더 편하고 귀한 삶을. 그것이 리카르가 생각한 니안느의 미래였고 행복이었다.

다시 듣게 되자, 그제야 그는 니안느가 한 말에 담긴 진짜 의미를 알 수 있었다.

'당신을 잃고 싶지 않아요.'

니안느가 진정 하고 싶었던 말은 바로 그것이었다.

당신과 같이 있고 싶었어요.

"리카르!"

바세바가 리카르의 몸을 잡아 흔들었다. 리카르는 바닥에 무릎을 꿇고 반쯤 쓰러져 있었다.

"정신 차려요."

회랑의 기둥 아래 앉아 있던 까마귀가 후드득 날아갔다. 리카르는 아직 어지러운 머리를 잡으며 물었다.

"내가 얼마나 사라졌었소?"

"무슨 소리예요. 내내 여기 있었는데. 그러다 갑자기 쓰러져서."

그때 리카르는 복도 맞은편에서 기사가 내려오는 것을 보았다. 덩치 큰 그 기사는 고든, 블랑셰리온 가의 기사였다. 고든은 수녀가 건네주는 검은 끈을 팔에 매었다. 주군을 잃은 기사가 하는 표식이다. 고든의 맞은 편에 서 있던 외국인 기사가 리카르를 발견하고 멈칫했다. 그는 한 걸음 뒤로 물러나, 자신이 가리고 있던 청년을 앞으로 가게 했다.

청년을 보자 리카르는 하늘이라도 되찾은 듯 안도했다.

칼릭이었다. 지쳐 보였지만 상처는 없었다.

청년은 벤자민이 가리키는 방향을 보았다. 그 차분한 얼굴을 보자 리카르는 뭐라 말해야 할지 몰라 가만히 서 있었다.

"볼프람 공."

칼릭은 조용히 말했다.

"……아버지께서 돌아가셨습니다."

리카르는 처음에는 무슨 말인지 알아듣지 못했다. 그 말이 진짜 무엇을 의미하는지는, 옆의 바세바가 말했을 때 알았다.

"블랑셰리온 공이 언제 여기 와 있었던 거지?"

"어제 도착하셨었습니다."

리카르는 혼란스러웠다.

오베른이 왜 여기에 있는 건지. 그가 세상을 떴다는 것은 또 무엇인지.

아니, 어떻게 오베른이.

"오베른이……."

리카르는 목소리가 떨리는 것을 느꼈다. 진정해 보려고 머리카락을 쓸어 올리고 이를 악물어도 소용없었다.

가슴이 뒤흔들린다.

"아버지가 공에게 한 잘못에 대해, 무슨 말씀을 하셔도 됩니다. 용서하지 못해도 어쩔 수 없습니다. 다만……."

리카르는 자기도 모르게 말했다.

"안…… 되었구나."

칼릭이 놀랐다. 그 역시 이런 말을 듣게 될 줄은 예상치 못한 것이다.

리카르는 이 순간에 그리 느낄 거라 상상도 못했던 감정을 느끼고 있었다.

슬프다.

오베른이 한 짓이 무엇이든 간에, 아직도 그를 용서하지 못하고 있는데, 그런데 오베른의 죽음 자체에는 슬펐다.

그제야 리카르는 주변에 까마귀들이 엄청나게 많다는 것을 깨달았다. 성전의 창에는 모두 철창이 대어져 있었다.

'나는 내 최후가 어떤지 알고 있어. 철창 너머에 까마귀들이 가득한 것을 보면서 죽을 테지.'

기이하게 상황만은 맞는 예언이다.

그리고 리카르는 자신이 왜 칼릭을 찾았던 건지 깨달았다.

"니안은—"

리카르는 칼릭의 얼굴을 보았다.

가슴이 뛰기 시작했다.

"니안은 어디 있느냐."

칼릭의 눈이 감겼다. 부연 휘날림이 그들 사이에 일어나는 것 같았다. 이미 모든 것을 아는 남자와 제발 그것이 아니길 비는 남자 사이로 세상이 흩어지는 것 같았다.

"오늘 제가 잃은 것이 너무 많습니다."

칼릭은 리카르의 옆으로 한 걸음 내딛으며 말했다.

"아버지도…… 그녀도."

등 뒤의 세상이 다 사라지는 것 같았다. 제발 아닐 거라 절규하듯 뛰던 가슴이 이제 슬픔과 함께 무너졌다.

무슨 일이 벌어진 건지 리카르는 더 듣지 않아도 된다는 것을 깨달았다.

가슴속에 있는 무언가가 큰 칼에 석둑 베여 나간 것 같았다. 팔다리가 사라진 것 같고, 아예 그 자신의 몸조차도 느껴지지 않았다. 하늘이 무너지는 게 무엇인지, 그 소리를 들을 수 있다는 게 무슨 의미인지 이제 알 것 같았다. 목에서부터 비통한 울음이 터질 것만 같았다.

이곳으로 오는 게 아니었다.

정말로……

정말로 오는 게 아니었다.

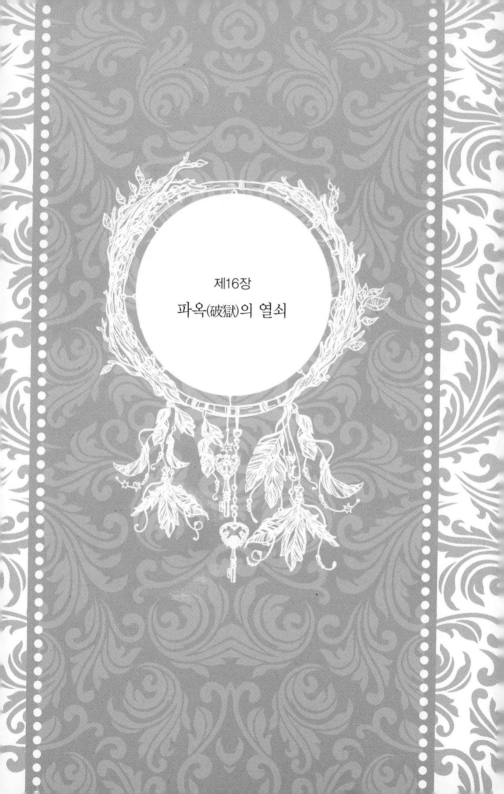

제16장

파옥(破獄)의 열쇠

프라팔가스의 성야에 재난이 일어났다.

반란, 기습, 암습 등의 피 날리는 일들이 많고도 다양한 성야지만, 이런 일이 일어난 것은 전대미문이었다.

궁이 기습당하고, 제국에서는 듣도 보도 못한 괴물들이 나타났다. 이런 일이 벌어지면 항상 누명을 써야 하는 이그라탄은 공식 부인했다. 그 정도 일을 하면 자랑을 하지 시치미 떼지는 않는다는 말과 함께.

교국 판디온 역시 그에 대해서는 동의했다. 그 정도 급작스러운 기습을 이그라탄이 할 줄 알았다면 이미 오래전에 팔가스가 멸망했을 거라며. 반쯤은 황궁을 두들겨 맞은 팔가스에 대한 비웃음이었다.

그리고 그날 블랑셰리온 가는 주인인 오베른을 잃었다. 후계자이자 외아들인 칼릭스트 블랑셰리온이 프라팔가스에서 가주의 장례를 치렀다. 일정의 마지막 날 그는 이 일에 대한 책임을 추궁할 대가문회를 소집했다. 사태의 책임이 파르지발에게 넘겨질 것은 자명했다.

칼릭스트는 그날로 대가문의 천부권을 발효해 기사와 수하들을 움직였고, 파르지발의 수하들이 가지고 있던 앙골랍의 마장기를 한가득 들추어냈다.

파르지발은 리카르를 습격한 것과 그것이 상관없다고 했지만, 블랑셰리온의 칼릭스트는 마인베르크의 귀환을 언급하며 자신도 습격을 받았다고 했다. 마인베르크가 자신이 지원할 또 다른 황족을 찾아온 것 같다는 말과 함께.

파르지발은 선택을 해야 했다. 황제의 적과 손을 잡은 대역죄인이 되어 처형당하든가, 아니면 계부를 습격하려고 한 패륜아가 되어 한바탕 망신을 당한 뒤 블랑셰리온이 요구하는 것을 들어주든가.

수습을 해야 할 책임은 파르지발에게 있었으나, 바세바가 값을 치를 것임은 누구나 다 짐작할 수 있었다. 겁에 질린 파르지발은 가장 먼저 목이 날아간 건 내 기사라고 항의했지만, 그건 대가문회에서 말하라는 답만 받았다.

보름 뒤 칼릭은 오베른의 재와 함께 블랑셰리온으로 향했다. 오베른의 정식 장례는 그곳에서였다. 프라팔가스의 대성전에서 치러진 장례보다 오히려 간소했고, 의식이 끝난 뒤 오베른은 블랑셰리온 가의 납골당이 아닌 숲에 묻혔다. 오베른이 성을 떠나기 전에 미리 작성한 유언장에 그리하라 적혀 있었다.

'모르는 사람이 나를 찾아올 필요는 없다. 재미없는 조상들이랑 같은 곳에 있기도 싫고. 그러니 네 어머니 옆에 같이 묻어다오. 장소를 잊어먹을 것 같으면 네가 알아서 묘비라도 세워두든가. 단, 이름만 적어. 내가 못 읽는다고 이상한 말 적지 말고.'

아버지다운 유언이었다.

가신들도 찾아와 애도를 표했다. 마지막으로 찾아온 것은 아직 리카르에게 점령당하고 있는 우르 판과 로덴불크의 시장과 부시장이었다. 지난 전쟁에서 리카르에게 항복했던 그들은, 당시 아버지가 보냈던 편지를 보여주었다.

"죄송합니다. 지난번에 미처 말씀드릴 시간이 없었습니다."

칼릭이 예상했던 대로 적혀 있었다. 때를 봐서 고리대금연맹원들은 처리하고 리카르에게 항복하라, 저항하지 말고 목숨을 보전하라, 모든 책임은 영주인 오베른이 지겠으니 걱정하지 마라.

리카르가 가진 군대의 실질적인 주인인 바세바가 아들 덕에 덜미가 잡혔다는 소식은 벌써 이들에게 전해졌다. 블랑셰리온이 리카르로부터 안전해질 거라 판단하고, 이제는 되었다 싶어 달려나온 것이다. 아렌만큼이나 아버지에게 충직한 사람들이었다.

"그래도 공께서도 우리를 믿어주셨으면 합니다. 예전처럼 좋아질 리는 없다는 건 알고, 그것까지는 바라지 않습니다. 그래도 믿어주십시오. 무슨 일이 벌어지든 돕겠습니다."

"변하는 건 아무것도 없을 거다. 또, 나는 아버지 뜻에 어긋나는 아들은 아니니 걱정 마. 아주 나쁜 상황에서도 아버지의 뜻을 따르고 믿고 버텨주어서 진심으로 고맙고 수고했다. 앞으로 내가 하는 선택은 이곳, 블랑셰리온을 최우선으로 하는 선택이 될 거야."

시장과 부시장의 얼굴에는 안도가 보였다.

"오베른 공은 좋은 영주님이셨습니다. 그분 곁에 끝까지 있을 수 있어, 우리들 모두 영광으로 생각합니다. 그리고…… 나리가 당주가 되신 것에, 우리 모두 감사하며 기뻐하고 있습니다. 상황이 이런데 잘 버텨주셔서 감사드립니다."

"내가 당연히 할 일이다. 감사할 일이 아니야."

시장들은 다시 한번 조의를 표한 뒤에 나갔다.

이제 칼릭은 집무실에 혼자 남게 되었다.

대가문회를 소집했으니 그에 대해 생각해야 했다.

또, 마인베르크에 대해서도.

마인베르크의 귀환 소식은 이미 곳곳에 퍼져 있었다.

대가문들은 아예 그 자리에 있었으니 다 알고 있다. 칼릭이 파르지발에게 책임을 넘기는 것에 대해서는 다들 침묵했지만, 그 멍청한 왕자가이 일의 배후라고 생각하는 사람은 아무도 없었다.

마인베르크는 그날 사라졌고, 다들 그것이 마인베르크의 죽음을 의미하는 게 아니라는 것은 알고 있다.

그 마인베르크는 멀쩡히 델 판으로 돌아와 자신의 귀환을 밝히고 정복지로 전령을 보내는 중이다.

칼릭은 그날 니안느가 칼릭을 구하는 것에 모든 것을 걸었다는 것을 깨달았다. 어떻게든 마인베르크를 막아 누구든 칼릭을 구할 수 있는 시간을 벌어주려 했던 것이다.

마인베르크는 자신이 돌아왔고, 지난 전쟁에서 잃은 것을 모두 찾겠다고 선포했다. 그중에 블랑셰리온이 포함되어 있을 거라 짐작하는 건 어려운 일이 아니었다.

칼릭은 이 모든 일을 자신이 감당해야 한다는 건 알았다. 판디온이 적으로 선포한 마인베르크지만, 대가문들은 명분이 있다 하더라도 상황이 적당하고 이익도 있어야 움직인다. 팔가스 황위 분쟁에서도 잠자코 있던 자들이, 외국과 싸우는 데 적극적일 리 없었다. 대가문들의 도움이 어느 정도 대가를 치러야 하는지 아는 칼릭도 그건 원하지 않았다.

조용한 서재가 눈에 들어왔다.

아무도 없다.

아버지도.

그녀도.

눈을 바라보며 웃을 사람이 하나도 없고, 걱정을 나눌 사람도 없으며 지키고 싶은 사람도 없다.

그런데 잘 버티고 있단다.

"하나도."

칼릭은 창틀에 기대 창밖을 보며 조용히 말했다.

"하나도 받아들이지 못하고 있으니까 그럴 테지."

그날 이후 칼릭이 받아들인 것도 납득한 것도 없다.

성야를 위해 이 성을 떠날 때만 해도, 칼릭의 세상에는 마인베르크는 없고 아버지와 니안느는 있었다. 재앙은 가고 악인은 죽었다. 선인은 돌아왔고 의인은 원하는 바를 얻었다.

그런 세상에서 칼릭이 생각한 것은 아버지를 최대한 건강하게 보살피는 것, 영지를 복구하고 사람들을 안심시키는 것, 복잡한 점령 문제를 깔끔하게 해결하는 것과……

니안느와 같이 돌아오는 것이었다.

아버지는 저 의자에 앉아 아버지다운 헛소리를 하고 있어야 했다. 온몸이 쑤시고 아프다고 하면서도 기운차게 돌아다녀야 했고, 옆에는 아렌이 그 투정을 다 받아주고 있어야 했다.

그리고……

네가 있어야 했다, 니안.

너와 함께 성으로 돌아오면, 그날부터 시작되는 모든 순간에 네가 있을 거라 생각했다.

창가에 앉아 눈을 반짝이는 네가 있어야 하고, 서재에서 책을 뽑아 읽고 있는 네가 있어야 하고, 아직 눈이 녹지 않은 뜰의 벤치에 앉아 봄에 필 장미를 기대하는 네가 있어야 했다.

사랑하는…… 사랑하는 네가.

내가 너를 사랑하며 세상은 아름다워지고, 네가 나를 사랑했을 때 그 세상은 완벽했으니…… 차라리 없어야 하는 게 맞다. 네가 없는 세상은. 네 목소리가 들리지 않는 세상은, 네가 숨 쉬지 않는 세상은, 네가 걷지 않는 세상은 없어야 한다.

네가 없던 시절 내 세상이 가시밭이었다면, 너를 잃은 지금은 심장 속이 가시밭. 죽은 이들은 가엾고, 산 자는 외로워 아프지.

그렇게 지금 나 홀로 있다.

이 적막 속에 홀로.

밀쳐 두고 싶어도 매 순간 밀려들어 오는 공허와 슬픔에 시리고, 발 언저리에 머무는 고독이 내쉬는 숨에 세상이 얼어붙는다.

이제 모든 것이 고스란히 반대의 말이 되었다.

악인이 돌아오며 선인은 사라지고 의인은 죽었다.

그리고 그런 세상에서 칼릭이 슬픔과 고독을 받아들이는 유일한 방법은 아무것도 받아들이지 않는 것이었다. 오베른은 여전히 살아 있는 것 같고, 니안느는 여전히 프라팔가스에서 그를 기다리고 있을 것 같다. 기다릴 리 없는 사람과 영원히 떠나 버린 사람을 인정하지 못하며, 매일 밤을 차갑고 까만 유리에 갇힌 듯 보내도. 그래도 그것만은 현실이 되어선 안 된다.

칼릭은 성 앞의 호수를 내려다보았다. 조상들이 공들여 고른 정경이 한눈에 들어온다.

어디 있니, 너.

지옥에 있다면 지옥으로라도 가겠고, 악마가 너를 잡고 있다면 그 악마가 세상을 다 가진 자라 해도 싸울 테니, 그리 뭐든 할 테니 어디에 있는지만 알려줘.

매번 막다른 곳에 가는 기분이다. 그때마다 칼릭은 뭐든 깨부수고 싶었고, 그중 가장 원하는 것은 마인베르크의 심장이었다. 그 머리를 박살내고 몸을 짓밟아버리고 싶다.

"칼릭스트 님."

칼릭은 열기 어린 머리를 가라앉히며 돌아보았다.

보통, 경— 아니면 나리, 공, 이라고 불리는 칼릭에게 저리 부르는 자는 이 성안에 단 하나, 벤자민뿐이다.

예상대로 고즈넉한 분위기의 벤자민이 서재 문 앞에 서 있었다.

"접니다, 벤자민."

"무슨 일인가."

"운텔가움의 일. 기억하시죠? 그래도 지금 처리해야 할 일 같아서 말이지요."

"자네가 먼저 가 있어."

벤자민은 칼릭의 얼굴을 살폈다. 뭐 하나 나아진 게 없어 보이자, 그는 포기한 듯 말했다.

"델 판을 치실 겁니까."

"내가 나서지 않아도 어차피 마인베르크는 움직일 거다. 그러니 전쟁은 언제고 벌어질 테고, 누군가는 이기고 누군가는 지겠지."

마인베르크의 사후, 칼릭은 라크세니아 쪽의 군사를 움직였었다. 델 판으로 돌아간 세레나가 상황을 수습할 수 없다는 건 칼릭도 잘 알았다. 델 판의 사정을 가장 잘 아는 것은 칼릭이고, 좋든 싫든 간에 실질적인 후계자 노릇을 했다. 델 판을 접수하고 거두는 건 칼릭의 일이었다. 세레나는 호위로 보낸 군사를 물렸으나, 칼릭은 어중이떠중이들이 델 판으로 몰려오기 전에 군사를 보낼 예정이었다. 그리고 그 일로 미리 움직였던 군사는 마인베르크가 돌아온 지금 고스란히 마인베르크에 대한 대항군이 되어야 했다.

일단 운텔가움과 포소 강 근방으로 군사를 퇴각시켜 주둔시키도록 했으니, 조만간 운텔가움에서 델 판으로 쳐들어가도록 할 예정이었다. 그 운텔가움 쪽 일을 맡은 책임자가 바로 벤자민이었다.

"어차피 한 번 죽여봤으니, 또 죽일 수도 있겠지요. 다시 살아나면 또 죽이고."

"긍정적이군."

"생각해도 소용없는 건 생각 안 하는 놈이라."

그렇게 말하며 벤자민은 장식장에 놓인 백조 목상(木像)을 만졌다. 어머니의 유품이었다. 이곳 서재는 어머니 데보라를 위한 추모의 관 같은 곳이라, 어머니의 물건들로 가득하다. 어머니의 초상화와 앉아서 쉬던 의자, 고향에서 가지고 왔던 몇 가지 장식품과 어머니가 아버지에게 배웠다던 클라비코드도 있다. 어머니 솜씨는 빈말로라도 좋다고 하긴 어려워, 어머니 손가락이 건반에 닿는 순간 모두 각오하는 표정을 지어야 했지만 아버지는 좋아했다.

"칼릭스트 님, 운텔가움 초대 군주인 백조의 여왕 엘스베타에 대한 이야기를 아십니까."

칼릭은 백조 목상을 보았다. 어머니가 예전에 그 이야기를 했던 기억은 난다. 상세히는 이야기하지 않았다. 고향이 어디인지 알려질까 봐 그랬던 듯하다.

"잘은 모른다. 그런 사람이 있다는 것만 알지."

"엘스베타에게는 동방 숲과 관련된 전설이 있지요. 뭐, 라크세니아 전설 중 절반 이상이 동방 숲과 관련된 거지만 말입니다."

동방 숲— 칼릭은 차가운 손톱이 심장을 스친 기분이었다.

"……말해봐."

"숲이 멸망한 것은 이번이 처음이 아닙니다. 수백 년 전에 한번 멸망했고, 그 숲이 불타던 날 운텔가움의 군주는 그 아들들과 함께 살해당하고 엘스베타 공주는 누명을 쓰고 도망쳤습니다. 마왕이자 반왕(反王), 백귀의 왕 세누카차가 득세한 시절이지요. 십 년 뒤 그 엘스베타는 돌아와 반왕을 죽이고 왕이 되었습니다. 그때 엘스베타를 도와준 것이 숲의 마법사였지요. 그는 숲의 왕이 내린 명에 따라 엘스베타를 도와준 거라고 했지요."

벤자민은 그리움 가득한 눈으로 백조 목상을 보다가, 조용히 창밖으로 시선을 돌렸다.

"여왕은 어느 정도 천수를 누린 뒤에 세상을 떴습니다. 숲의 마법사는 그전에 숲으로 돌아갔지요. 전해 내려오는 말에 따르면 엘스베타의 무덤으로 그 숲의 마법사가 찾아온다 하더군요. 진녹색 털빛을 가진 아름다운 수사슴이라는 말도 있고, 청동색 머리카락의 거인이라고도 하지요. 그래서 사람들은 말합니다. 숲의 왕과 마법사들이 엘스베타의 후손을 지켜줄 거라고."

"편의적인 전설이군. 그때 한 번뿐이었을 수도 있는데."

벤자민은 어깨를 으쓱해 보였다.

"전설이야 원래 사람들이 원하는 대로 전해지는 거죠. 라크세니아의 군주들은 탐욕스럽고 어리석으며 잔인합니다. 이런 곳에 사는 약한 사람들은 언제 전쟁이 벌어져 약탈당할지도 모르고, 언제 세금과 수탈로 재산과 식량을 빼앗길지 모르니 뭐든 믿고 싶은 거지요. 그들을 보살펴 주는 신이 있다고, 자비롭고 강한 신이 있다고 말입니다……."

벤자민은 백조 머리를 두드렸다.

"그래서 저는 리카르 볼프람이 숲의 마법사와 함께 이곳에 나타났을 때, 드디어 그 전설이 시작되는 거라 생각했습니다. 숲의 왕이 저 델 판의 마왕을 벌하기 위해 자신의 사제이자 마법사를 팔가스의 기사에게 보낸 거라고."

"……자네 생각이 맞던가."

"아뇨."

벤자민은 망설임 없었다.

"아니었습니다."

"아쉽군."

"아니, 저는 아쉽지 않습니다."

"델 판의 마왕에게 신이 정한 적수가 없어도?"

"칼릭스트 님, 저는 그게 아쉽다고 한 게 아닙니다."

새 한 마리가 날아와 앉더니, 부리로 창문을 톡톡 쳤다.

칼릭은 그 새를 눈여겨보았다. 사람과 시선이 마주쳐도 새는 자기 할 일만 했다.

귓가로 들리는 것 같다.

성야의 밤, 니안느가 들려주었던 그 클라비코드의 선율이.

링— 리링—

그 무엇도 돌이킬 수 없는데 그 선율만이 선명하게 들려온다. 작은 발이 두드리는 듯 경쾌하고 흥겨운 곡이었다.

칼릭은 아렌이 와 있는 것을 보았다. 아렌은 한 손에 편지를 들고 귀를 기울이고 있었다.

"아렌?"

아렌은 급히 들고 있던 편지를 내밀었다.

"죄, 죄송합니다, 나리. 편지가 와서……."

칼릭은 편지를 받아 봉인을 확인했다. 바세바 공주로부터 온 것이다. 아렌은 입을 벌리고 귀를 기울이다 물었다.

"저기, 그런데 나리. 저 안에 누가 있습니까?"

"아니. 나하고 여기 이 벤자민뿐인데. 왜 그러나."

"정말이요?"

"그렇다니까."

"그럼 저 안에서 나는 소리는 뭡니까. 귀신이라도 붙었어요?"

아렌의 얼굴이 몹시 창백했다. 요즘 아렌이 무척 힘들어하는 건 알지만, 이 정도로 정신 나간 상태가 되는 사람은 아니었다.

"왜 그러지?"

"마님의 클라비코드요. 누가 치고 있잖습니까."

칼릭은 잠시 무슨 소린가 싶어 바라보다, 아렌의 멍한 얼굴을 보자 깨달았다.

"들리나?"

"제가 귀라도 먹은 줄 아십니까. 리, 리리~ 리리리~ 죄송합니다, 제가 음치라. 대충 그런 곡이라고 생각해 주세요. 이봐요, 벤자민. 당신도 들리지요?"

벤자민은 고개를 끄덕였다.

"들립니다."

칼릭과 아렌이 물끄러미 보자—즉, 아무도 없는 곳에서 음악 소리가 들리면 이상한 것 아니냐는—벤자민은 무심한 얼굴로 마주 보았다. 아무도 없는 곳에서 음악 소리가 들리는 게 이상한 일입니까?

칼릭은 서재의 클라비코드를 보았다. 뚜껑은 닫혀 있었다. 그제야 그것을 발견한 아렌이 놀라 눈을 댕그랗게 떴다.

"정말 귀, 귀신이!"

칼릭은 입술 위로 손가락을 가져갔다.

창가의 새가 날아갔다. 소리가 멀어진다.

"......!"

칼릭은 편지를 던지고 달려나갔다.

소리가 다시 가까워졌다. 칼릭은 복도를 달리며 창을 보았다. 창밖으로 그 작은 새가 가로질러 날아가는 것이 보였다. 소리가 바로 옆에서 들리는 듯 커졌다.

칼릭은 성 밖으로 나갔다. 메피스토가 바닥을 쿵쿵 울리며 달려왔다. 메피스토는 흥분해 머리와 목의 뿔이 모두 곤두서 있었다. 입과 콧구멍에서는 연기가 피어올랐다.

메피스토는 칼릭에게 머리를 내밀었다. 칼릭은 그 위로 뛰어올랐다. 메피스토는 바닥을 박차며 날아올랐다. 몸이 붕 떠오르며 세상이 아래로 훅 내려갔다. 메피스토는 숲의 우듬지 위를 스치고 지나가며 소리를 따라갔다. 소리가 아래쪽으로 멀어지자 메피스토는 날개를 움츠려 몸에 휘감았다.

칼릭은 메피스토의 목을 잡고 허리를 숙였다. 메피스토는 숲속으로 빠르게 활강(滑降)해 들어갔다. 칼릭의 어깨와 머리 위로 나뭇가지가 휙휙 스치고 지나가고, 햇살이 눈을 깜빡이듯 반짝였다.

한참 날던 메피스토는 환한 공터에 착지했다. 갯버들이 우거진 개울가였다. 칼릭은 메피스토의 등에서 내린 다음 다시 귀를 기울였다. 소리는 개울 위쪽에서 들려왔다.

칼릭은 새가 날아간 방향으로 달렸다.

"따라와, 메피."

메피스토는 바닥을 쿵쿵 울리며 달려왔다.

잠시 뒤 숲과 덤불 속에 묻힌 낡은 울타리의 흔적이 나왔다. 다 썩어 무너진 지 오래인 울타리는 간신히 형태만 유지하고 있었다. 칼릭은 그 울타리를 넘어 마른 풀을 헤치고 달렸다. 나무가 드물어지며 누런 겨울 풀밭이 나오고, 절반 정도 무너지고 그 안에서 나무가 뚫고 나온 지붕이 보이기 시작했다. 집의 뒤뜰에는 오래전에 버려진 과수(果樹)들이 멋대로 자라고 있었다. 지빠귀 몇 마리가 가지에 몇 개 남은 사과를 먹다가 용이 나타나자 급히 도망쳤다.

칼릭은 누가 살던 집인지 알아볼 수 있었다.

예전, 어머니와 살던 집이다. 숲이 너무 강해져 더 이상은 인간이 집을 짓고 농사를 지을 수 없다더니, 칼릭과 어머니가 떠나자마자 순식간에 숲의 일부가 된 것이다.

칼릭은 메피스토가 숲의 안쪽을 바라보는 것을 보고 숲속으로 들어갔다. 마른 덤불과 앙상한 나뭇가지로 가득한 숲은 황량했다. 공기는 몹시 차고 건조했다.

그때 바람이 불었다. 겨울바람인데, 머리카락을 흐트러뜨리고 이마에 입 맞추듯 부드러웠다.

칼릭은 바람이 불어온 방향을 돌아보았다. 바람은 이번에는 주변을 감돌았다. 귓가를 스치고 턱을 건드리고 볼을 매만진다. 그냥 바람이 아니라 투명한 손길 같았다.

숲의 어둠이 술렁이며 날갯짓 소리가 들렸다.

파드드—

그리고 그 소리에 섞여 소리가 들려온다.

외국의 언어로 된 듯 알아듣기는 어려웠으나, 분명 주고받는 대화였다. 칼릭은 주변을 둘러보았다. 아무것도 없던 나뭇가지와 둥치, 바위틈과 마른 덤불 아래, 곳곳에서 회색 날개를 펼친 기억의 정령들이 나타났다.

그들이 일제히 날아올랐다. 바람에 날리는 낙엽처럼 공중으로 퍼덕대며 날다가 칼릭을 향해 쏟아졌다.

속삭임이 커졌다. 정령의 수도 폭발하듯 엄청나게 늘어나며 사방이 뒤덮였다.

주변이 지워지듯 순식간에 시작했다. 마른 덤불이 사라지고 나무도 사라졌다. 검회색으로 변한 땅과 불탄 나무들이 서 있는 폐허가 나타났다.

칼릭은 환각인 듯 실제인 듯 눈앞으로 불탄 숲이 펼쳐지는 것을 보고 있었다.

나무들은 모두 부러지거나 불탔고, 바위도 검게 그을렸다. 그 한가운데 거대한 나무가 타 죽은 짐승처럼 누워 있었다. 둥치에는 오래된 시체 조각들이 매달려 있다.

깊은 아픔이 느껴졌다. 처음 보는 낯선 곳이며 이곳에서 무슨 일이 벌어졌는지도 모르는데, 이 광경이 보여주는 비참함에 같이 애통해한다.

그리고……

칼릭은 그 풍광 안에 서 있는 여자의 마른 등을 보았다.

"니안?"

등은 가늘고 외로웠다. 노을빛 머리카락은 등으로 넘쳐흘러 허벅지까지 휘감고, 옆얼굴은 깊고 아픈 비탄에 젖어 연약하게 무너지고 있다.

바람이 불며 재가 날리고, 불타 버려져 황무지가 된 숲을 바라보는 여자의 머리카락도 흐트러진다. 여자의 눈썹 끝에 눈물이 맺혔다. 고개를 숙이자 여자의 눈물이 볼을 타고 흘렀다. 가는 목에 걸린 진주 목걸이가 달그락대며 흔들렸다.

칼릭은 니안느를 보며 아팠고, 니안느가 느끼는 것을 온전히 느끼며 더 아팠다.

곧 그 모습이 흐려지며 사라진다. 회색 폐허 안으로 겨울 숲이 밀려들며 사라지고, 이제 칼릭은 돌아와 있었다.

흰 햇살이 비껴드는 차가운 숲이 칼릭과 마주하고 있었다.

"……니안."

니안느가 귓가에 속삭이던 말들이 기억난다.

'칼릭스트 경하고 나는요, 연결되어 있어요.'

칼릭은 니안느가 있는 곳이 어디인지 누가 말해주지 않아도 알 것 같았다.

저렇게 니안느의 마음을 깊게 찢어놓으며 절망을 느끼게 하는 곳이라면 단 하나다.

동방 숲.

그곳에 있구나.

환각이거나 착각인 게 아니다.

니안느의 목에 걸린 진주 목걸이는 분명 그가 준 것이었다. 사라지던 날에 걸고 있었다.

"니안……."

바닥 아래에서부터 벅찬 기분이 밀려 올라왔다.

입술을 물고, 터지려는 고함을 참았다.

심장 안쪽부터 뜨거워지는 것 같은 기분 속에, 칼릭은 눈을 감았다.

살아 있어.

네가 세상에 있다.

다시 음악 소리가 들려온다. 화사한 선율이 숲의 바람과 어우러지자,

메피스토는 눈을 깜빡이며 나지막이 으르렁거렸다. 김이 그 코와 입 사이에서 뿜어져 올라왔다. 녀석은 천천히 고개를 숙여 칼릭의 등에 콧등을 대고 콧김을 뿜어냈다.

"이제 무엇을 해야 하는지, 어디로 가야 할지 알겠다."

그때 메피스토가 갑자기 크르릉 울더니 고개를 휙 돌렸다.

칼릭이 돌아본 숲의 그늘 아래 얇은 팔을 늘어뜨린 기괴한 괴물들이 웅크리고 있었다. 둥근 등에 돌덩어리 같은 머리가 얹혀 있었다. 울퉁불퉁한 얼굴에 박힌 눈은 그 눈빛으로 세상을 삼킬 듯 크게 번들댔다. 하나만이 아니었다. 덤불 여기저기서 그들의 둥근 등이 모습을 드러냈다. 몸에서 거미 다리처럼 긴 팔다리가 스르르 뻗어 나오며 나지막한 신음이 들려왔다. 길게 찢어진 입이 벌어지고 침이 흘러내리며 비릿한 악취가 풍겨왔다.

푹—

칼릭의 검이 날아가 괴물의 몸을 가르고 뒤에 있는 괴물까지 베어냈다. 살이 갈라지며 부러진 뼈와 내장이 튀어나왔다. 메피스토는 괴물들을 향해 불을 내뿜으려 했지만, 칼릭이 정색하며 가리키자 콧구멍으로 연기를 들이마셨다.

"불 금지다. 이 숲을 다 태워먹어 버리고 말 테니."

메피스토는 언짢아하며 달려드는 괴물을 꼬리로 날렸다. 괴물의 몸이 날아가 바닥으로 뚝 떨어졌다.

칼릭은 검을 돌려 잡고 마수들을 모두 베어냈다. 한 번에 베어져 나간 마수들이 바닥으로 밀려 나가떨어졌다.

모두 처리한 것을 확인하고 검을 넣으려던 칼릭은 마수 하나가 검에 꿰뚫려 있는 것을 발견했다.

짙은 푸른색 옷을 입은 남자가 마수의 머리에 검을 박은 채 칼릭을 보고 있었다. 칼릭의 얼굴과 마주치자 남자는 질렸다는 표정으로 말했다.

"너, 세구나."

남자는 검을 뽑았다. 죽은 괴물이 축 늘어졌다.

"볼프람 공?"

리카르였다. 칼릭이 바라만 보고 있자, 리카르는 민망한 듯 시선을 돌리며 말했다.

"금방 다시 만나게 되는구나."

"뭘 데리고 온 겁니까, 나리!"

그 '뭘'에 해당되는 리카르는 눈살을 찌푸렸다. 칼릭은 고함을 내뿜는 아렌을 만류했다.

"아렌, 진정해. 용이 왔을 때도 뭐라 안 했잖은가."

"용하고 저거하고 같아요?!"

아렌은 오베른의 장례 마지막 날 메피스토가 지붕 위에 있는 것을 보고 겁은 먹었지만 넘어갔다. '나, 나, 나, 나, 나리가, 거, 거, 거두어주, 주, 신 거니 괜찮, 괜찮, 습니다. 무, 물 좀, 물 좀!'이라고 말할 때는 좀 딱했지만.

그 메피스토는 창밖에서 얼굴을 내밀고 무슨 일이 벌어지는지 구경하는 중이었다.

"성에 붙은 귀신을 쫓아 나갔다가 데리고 온 게 리카르 볼프람입니까! 왜! 왜 이러세요, 제가 무슨 잘못을 했어요. 네?"

"리카르는 내가 알아서 할 테니 자네는 진정해."

"도련님, 저기, 아니, 나리! 제가 어떻게 진정해요!"

"알았으니 자네는 일단 나가봐."

"나가라뇨? 저 없이 단둘이 있으려고요! 저딴 게 무슨 짓을 할 줄 알고 그러십니까!"

이번에는 '저딴 거'에 해당되는 리카르는 깊이 한숨을 내쉬었다. 칼릭은 아렌을 밖으로 내보낸 뒤 문을 닫았다.

"무슨 일로 오신 겁니까."

"저 적대적인 사람을 좀 멀리 치워주면 좋겠구나. 몹시 신경 쓰여서."

아렌은 문밖에서 죽일 놈 살릴 놈 고래고래 고함을 지르며 떠드는 중이었다.

"기다리십시오."

칼릭은 나갔다. 아렌의 목소리가 갑자기 꺼지듯 사라졌다.

돌아온 칼릭을 리카르는 놀란 눈으로 보며 물었다.

"아렌에게 뭐라 한 거냐."

"제가 한 건 없고, 메피스토가 물고 갔습니다. 다시 묻겠습니다. 무슨 일입니까."

"……"

그러고 보니 저 멀리서 사람 살리라는 소리가 들리는 것도 같다.

"볼프람 공?"

"아, 미안하다. 네게 말하지 않은 게 있고, 편지로 보낼 수는 없는 말이라 직접 왔다. 불편하더라도 어쩔 수가 없더구나."

"혼자 오셨습니까?"

"출발은 혼자 했는데 이 근처로 오니 혼자가 아니더구나. 바세바가 보낸 이들인데, 너와 내가 칼부림만 하지 않으면 가만히 있을 거다."

"그럼, 공께서 하시려는 말씀은 바세바 공주나 전쟁에 대한 이야기는 아니겠군요."

"그래. 니안에 관한 거다."

칼릭은 그날 일을 생각할 수밖에 없었다. 그런 식으로 화를 내며 주먹을 휘두르는 상대 앞에 서는 건 좋아하는 일이 아니었다.

"공과 그 이야기를 또 하게 될 줄은 몰랐군요."

"그날은 내가 미안했다. 달리 화낼 데가 없어서 아무 잘못도 없는 네게 화를 낸 거다."

"괜찮습니다. 이제 기억도 잘 안 나니."

"또—"

리카르는 수치심을 참으며 말했다.

"또 그때 나서지 않은 것도 사과한다."

칼릭은 그건 또 무슨 말이냐는 듯 물끄러미 바라보았다.

"왜 그렇게 보는 거냐, 칼릭스트."

"무슨 말씀을 하시는지, 전혀 모르겠습니다."

"그때 너를 도울 수 있었다. 그러니까…… 마인베르크가 니안과 너에게 검을 휘두를 때 말이다. 마인베르크의 검을 막을 수 있었지만 그러지 않았고, 일부러 그리한 거라 해도 할 말이 없다. 나는 네가…… 어떻게든 되기를 바란 거다."

리카르는 비난을 각오했지만, 정작 칼릭이 보인 반응은 리카르가 상상도 못한 것이었다. 대체 무슨 말을 하는 건지 한참 생각하는 표정이었다가, '설마 그거?'라는 판단이 되자 기가 막히게 황당한 소리를 듣고 있는 표정이 되었다. 의아해하는 동시에 그게 왜 사과할 일인지 모르겠다는 표정이기도 했다.

"칼릭스트?"

"그게 왜 공이 사과할 일인지, 도무지 모르겠군요."

"무슨 말이냐."

"말씀드리는 그대로입니다. 정말 모르겠습니다."

"왜."

"황당해서요."

"……."

"도움이란 받으면 감사할 일이지만, 주지 않았다고 원망할 것이 아닙니다. 즉, 그날 볼프람 공이 도와주셔서 제가 다치지 않았다면 그건 감사할 일이지만, 그것을 받지 못했다며 원망할 일은 아니란 겁니다."

"네가 다치지 않을 수도 있었고, 그랬다면 상황이 달랐을 거란 말이다."

칼릭은 손을 들고 고개를 저었다.

"아닙니다. 그 모든 일은 제가 실력이 모자라서 그리된 거니, 제 책임입니다. 제 일을 제가 못한 것뿐, 공이 책임지거나 자책할 일이 전혀 아닙니다."

"못 도와줬는데."

"그럼 저를 도우려 그런 게 아니라, 마인베르크를 노렸지만 실력이 모자라서 못 한 거라 생각하십시오. 그러면 마음이 편하지 않겠습니까."

리카르는 사과할 일은 아니라는 말이 이렇게 기분 나쁜 건 처음이었다. 그런 리카르에게 칼릭이 말했다.

"그래도 미안하십니까?"

칼릭의 입술 끝이 슬쩍 올라갔다.

"저런."

몹시 안타깝다고 '비웃고' 있다.

리카르는 원망 받거나 질책 받는 것보다 더한 것이 있음을 알게 되었다.

바로 이렇게 깔끔하게 무시당하는 것이다.

자신이 눈치가 없다는 것도 모를 정도로 눈치가 없는 리카르지만, 이번만큼은 분명히 알 수 있었다.

칼릭이 우아한 목소리로 말했다.

"너무 신경 쓰지 마십시오. 공이 무능한 것은 공에게만 안타까운 일일 뿐, 제게 사과하실 일은 아니니까요."

리카르는 깨달았다. 이 녀석은 자신이 싫어하거나 경계하는 사람을 바닥까지 긁어댈 수 있는 종류의 인간이었다. 싫어하는 상대에 베푸는 배포는 알량하고 보복은 집요하며 끈질기다.

즉, 찍히면 끝장이다(그런데 이미 찍혔다).

"여전히 괴로우시다면 그건 제가 해결해 드릴 수 있는 일은 아니니 어쩔 수 없습니다. 알아서 하십시오. 괴로우시면 괴로워하시고, 잊히지 않아 힘들다면 어쩔 수 없지요. 하실 말씀이나 하십시오."

"……"

리카르는 어디로든 숨고 싶은 기분이었다. 내가 왜 왔을까, 하는 후회와 함께.

"볼프람 공?"

"오베른이 세상을 뜬 날…… 무언가를 봤다."

처음 프라팔가스에서 니안의 마법이 관련되어 있는 환상을 본 뒤로, 잇달아 환영이 보였다. 팔가스로 향하는 항구를 시작으로, 제국에 도착해 삼황자 토마스의 장수였던 틸리 장군과 전투를 벌이고 블랑셰리온으로 진격하던 날들의 기억들까지, 리카르는 니안느와 같이했던 기억들을 고스란히 보았다.

리카르는 그 기억들이 연관된 장소로 거슬러 오다 여기까지 오게 되었다. 리카르와 니안느의 기억은 여기서 끝난다. 바로 이곳에서 니안느는 동행이 끝났음을 고하고 떠나 버렸으니. 리카르는 막막해졌다. 이럴 줄 알았으면 뭐라도 배워둘 걸 그랬는데, 니안느는 어디서부터 가르쳐 줘야 할지 몰랐고 리카르는 어디서부터 배워야 할지 몰라서 포기했다.

좀 더 노력해 볼 걸 그랬다는 후회가 되었다. 니안느가 신호를 보냈는데, 리카르는 이게 뭔지 조금도 해석할 수가 없었다.

"내가 뭘 해야 하는지 알겠느냐."

"니안이 어디 있는지…… 단서는 있습니다."

"어디지?"

"동방 숲."

게다가 칼릭은 리카르가 말한 것과 관련된 마법에 대해 들은 적이 있다.

'대신 영혼을 나누는 방법은 가르쳐 줬죠. 일종의 분신술이에요. 내 영혼을 나누어 주변의 동물들의 몸에 깃들게 하는 거죠.'

어떻게 살아남았는지는 아직 모르지만, 그 마법을 쓴 이유는 도망치기 위해서일 것이다.

칼릭은 그 마법이 어째서 위험한지 알고는 있었다. 리카르가 본 만큼의 기억들을 모두 보내야 할 정도라면 앞에 엄청난 수의 적이 있었을 테고, 그렇게 많은 기억들을 보냈으니 기억을 보냈다는 사실조차 잊었을 가능성이 높다.

"그럼 왜 돌아오지 않는 거냐."

"오지 못하는 상황일 겁니다. 숨어 있어야 하는 것일 수도 있고요. 동방 숲은 지금 마인베르크가 차지하고 있을 테니."

어쩌면 당신을 잊었을지도 모르고.

그러면 나는.

나는 기억하니, 니안.

"예전에 비슷한 일이 있었습니다. 또, 숲의 마법은 기본적으로 정신의 마법입니다. 영혼을 다루는 것에 관한 한 숲의 마법을 따라갈 곳이 없지요. 그러니까 이건…… 볼프람 공?"

리카르는 알아듣는 게 아니라 각오하는 표정이다. 칼릭이 보기에, 모른다고 말은 못 하지만 모르는 건 확실해 보였다. 모르겠다고 말도 못 하는 성품인데, 안타깝게도 그 기색을 감추지도 못하는 것이다. 칼릭은 리카르에게 가장 적절하다 할 만한 설명—그가 이해하기에 무리가 없는—을 했다.

"하여간 그런 게 있습니다."

"……"

드디어 리카르는 알아듣는 표정이 되었다.

칼릭은 이런 남자를 데리고 십 년을 지냈을 니안느가 가엾어졌다.

"니안을 찾을 수 있는 거냐."

"그전에 처리해야 할 것이 있습니다. 마인베르크부터 없애야 합니다. 지금은 그게 최우선입니다. 그래야 니안이 안전해질 테고, 숨어 있던 곳에서 나올 수 있을 테니 말이지요."

"어떻게 할 거지?"

"우선 라크세니아에 있는 운텔가움 근방에 주둔하고 있는 군대를 움직일 생각입니다. 제가 이곳 블랑셰리온에서 진격하고 운텔가움으로 벤자민을 보내는 방법을 생각 중입니다. 수가 좀 모자라긴 합니다만."

"성기사들이라도 있어야 하는 거냐."

칼릭은 고개를 저었다.

"그때는 여러 특수한 상황이 있었기에 가능한 일이었고, 이번에는 무리입니다. 그리고 그들이 전쟁에서 감수해야 하는 것이 무엇인지 알고 있는 저로서는, 이 일에 끼어들게 하고 싶지 않습니다."

"달리 도움을 요청할 수 있는 곳은 없나?"

칼릭은 옆에 놓인 지도를 가리켰다.

"가장 가까운 곳이 바르가스와 바세바 공주. 이곳을 점령했던 군사를 모두 돌려 그곳 방어를 할 수 있도록 해야 하니, 바세바 공주에게 말할 생각이었습니다. 파르지발에 대한 소환을 미뤄주는 것을 조건으로 내걸 생각입니다. 혹시 바세바 공주가 그에 대해 한 말은 없습니까?"

"없다. 요즘 그런 이야기는 할 수 없으니. 그래, 거래를 하자는 거냐."

"네, 그렇습니다."

칼릭은 차분히 말했다.

"당신이 점령한 영지는 제 선에서 세습을 배제한 할당을 하겠습니다. 아버지가 당신에게 저지른 잘못에 대한 보상은 해야 하니까요. 받아들여 주면 좋겠습니다. 단, 우르 판과 로덴불크는 제외합니다."

"그래……."

리카르는 칼릭에게서 오베른이나 데보라와 닮은 점을 보려 했다가 포기했다. 이 칼릭스트는 둘 중 누구와도 닮지 않은 완벽한 타인이었다.

"칼릭스트, 네 아버지가 나에게 미안해한다는 건 나도 안다. 그리고 내게 사죄도 했지. 용서하지는 못했고, 그건 그도 납득했을 거다. 지금도 나는 네 아버지를 용서하지 못한다."

"알고 있습니다."

"그럼에도, 그가 잃게 한 것을 보상받을 수 없다는 것도 안다. 잃어버린 것은 영원히 잃어버린 것일 뿐이지. 그리고……."

리카르는 자신이 이리해도 후회하지 않을 자신은 없었다. 그러나 이것이 지금 해야 할 일이라는 것은 알았다.

"칼릭스트, 내가 맡아주겠다. 네가 델 판의 서쪽에서 동으로 들어갈 수 있다면, 나는 이 서쪽에서 동으로 치고 가겠다. 협공하면 델 판의 서쪽 근방 협곡으로 마인베르크를 가둘 수 있을 거다. 그렇게 하는 편이 나을 거다."

칼릭의 눈이 커졌다.

놀라운 상황이니 당연했다.

"네 아버지를 미워한다. 그가 살아 있다면, 나는 아마도 아직도 그를 미워하고 있을 테지. 너 역시 그의 아들이란 이유로 용서하지도 받아들이지도 못한다. 하지만…… 그럼에도, 너는 그 아이에게…… 니안에게 내가 해주지 못한 것, 하려고도 하지 않았던 것들을 해줬다."

리카르는 이마를 짚었다. 손가락에 힘이 들어가며 머리를 눌렀다.

"니안은 내게 과분할 정도로 많은 것을 주었다. 내 목숨을 몇 번이나 구해주고, 내가 힘들 때마다 위로하고 도와줬지. 그뿐이 아니다. 나는 그 아이 덕에 외롭지 않았고, 그 아이 덕에 웃을 수 있었다. 지난 십 년, 나는 그 아이가 없었으면 아무것도 아니었을 테지. 기쁜 순간도 행복한 순간도 없었을 것이고, 기억도 추억도 없었을 거다. 오로지 네 아버지에 대한 분노에만 기대어…… 내 마음은 병들어가기만 했을 거야."

또 후회했다. 그 아이를 이해하지 못하고 하려 하지도 않았던 시간들을, 결국 그 아이를 떠나게 했던 선택들을 후회했다.

그리고……

그 아이를 위해 마땅히 해야 했던 일을 하지 않은 것을 가장 후회한다.

"나는 내가 그 아이를 언제부터 사랑했는지 몰라. 그러니 언제까지 사랑할지도 알 수 없다……. 아마도 꽤 오래…… 아주 오래오래 계속될 것 같구나. 하지만 지금만큼은 사내의 욕심은 접어두고 싶구나. 내게 있어 니안과의 십 년은 너무나 소중한 시간들이고, 그런 니안에게 내가 해줄 수 있는 것이라면…… 그게 내 마지막 길이라 하더라도 가야 한다.”

리카르는 고개를 들어 칼릭을 마주 보았다. 칼릭은 항상 짓는 그 차분하고 무심한 얼굴이 아니었다. 조용한 얼굴로 귀를 기울이고 있었다.

“그리고 그런 그 아이가 너를 택했다면, 너를 위해 그렇게 많은 것을 걸었다면, 내게도 너를 지키고 도와줄 의무가 있다. 칼릭스트, 네가 그 아이에게 목숨 같았다면 내게도 목숨이다.”

리카르는 서글프기도 했다.

누군가를 되찾는 길인 동시에 잃는 길이 될 테니.

하지만 지금 중요한 건 니안느를 되찾는 것이다. 한 번이라도 다시 볼 수 있으면 되고, 그 아이가 안전하기만 하면 된다.

“내가 돕겠다. 그리고…… 오늘 이후 나는 다시는 오베른의 이름을 말하지 않을 것이다. 그가 잃게 한 것에 대해서도 말하지 않을 거야. 이제 내 안에서 네 아버지, 오베른을 지우겠다.”

그 말을 기어코 하며 리카르는 처음으로 생각했다.

어차피 이곳, 이 고향에 돌아왔어야 했다고.

몇 번이나 후회했건만, 지금 이 자리에서 그의 가슴을 어루만지는 감정은 안도였다.

이랬어야 한다는 안도, 할 일을 하고 있다는 안도, 그리고 이 끝에 무엇과 만나든 괜찮을 것 같다는 안도였다.

오베른을 용서한 것도 아니고 그가 한 일이 괜찮다는 것도 아니다. 그러나 이제는 화가 나지는 않는다. 받아들일 수도 있다. 그것의 불합리함을 받아들이는 게 아니라, 그 일이 있었다는 것을 받아들이는 것이다.

니안느를 잃은 것은 그의 잘못이다. 많은 기회가 있었음에도 택하지 않았고, 해야 할 일이 있었어도 하지 않았으니 어쩔 수 없다. 그럼에도 니안느는 여전히 그에게 소중하다. 그 아이만 돌아온다면, 세상은 그 아이가 있다는 이유 하나만으로도 살아질 것이다.

니안느야말로 이 고독한 세상에서 그가 유일하게 사랑하는 존재이자 소중한 존재이다.

"볼프람 공."

칼릭이 말했다.

"바세바 공주는 제가 찾아가겠습니다. 프라팔가스를 습격한 것은 다름 아닌 마인베르크이니, 저나 볼프람 공이 마인베르크와 싸우는 명분은 분명하게 될 겁니다. 지금 당장 시작하도록 하죠. 그리고—"

웃음이 청년의 입가에 번졌다.

잔설을 털어낸 봄처럼 온화했다.

"감사합니다."

똑같다. 뎰 판의 성에 끌려와 더 내려갈 곳도 없이 최악이라 생각하던 그때와. 아침부터 저녁까지 항상 마인베르크가 있고, 어디로 가야 할지도 무엇을 해야 하는지도 죄다 그 남자가 정해주던. 그가 허락한 것만 할 수 있고, 그가 보라는 것만 보고, 만나게 해주는 사람만 만나야 했던 그때와.

당시에는 그것이 꿈이길 바랐지만, 얼마 지나지 않아 그 현실로부터 도망치는 꿈을 꾸게 해달라는 편이 낫다는 것을 깨달았다.

그리고 지금 역시 그렇다.

악몽이 현실이다.

"오베른이 죽었다는군."

차를 마시고 있는데 마인베르크가 찾아와 전했다.

오베른, 유일한 형제.

그런데 할 말도 없고 하고 싶은 말도 없었다.

그렇게 미워했건만 세레나는 오베른의 죽음에 대해서는 단 한 번도 생각하지 않았다.

리카르를 고발해 사라피온에 보냈을 때도, 이 남자에게 끌려갔을 때도 그랬다. 세레나가 아는 세상에서 오베른은 항상 존재해야 했다. 미워하는 것을 계속 미워하도록 해주는 원동력이었다.

그런 오베른이 이제 없다 하니, 슬프지도 통쾌하지도 않았다. 이제 뭘 미워해야 하는지 몰라 암담할 뿐.

"우리는 다시 예전으로 돌아갈 거야. 이제 다 잊어. 고향 일도, 리카르 일도. 오베른도 이제 없잖아."

이미 돌아온 거 아니었나.

방도 같고 성도 같고, 이 앞에 히죽대는 남편마저도 똑같은데.

달라진 건 그 주술사 노파가 이젠 없다는 것이다. 노파의 손녀도 같이 사라졌다. 노파야 천수가 가까워 왔다 치지만, 가끔 오던 그 손녀는 어찌 되었을까. 그 못생긴 계집애는 또 좋았다. 조용하고 고분고분한데 영리하기까지 했으니.

마인베르크가 세레나의 볼에 입을 맞추었다. 입술이 닿자 혐오감이 치민다. 이것이 무엇을 예고하는지, 그리고 그것이 얼마나 끔찍할지 알기에 그러하다.

"이제 자리 비울게. 하지만 걱정 마. 오늘 밤에는 돌아올 거야. 우리, 오늘도 좋은 밤을 보내도록 하지. 나한테야 당신이 있기만 해도 좋은 밤이지만, 당신한테는 종종 아닌 것 같아서 말이야."

세레나는 입술을 물며 겁먹은 얼굴을 숨겼다. 도망쳐도 그의 역겨운 몸을 잊기 어려웠는데, 다시 받아들여야만 하는 그의 몸은 그 기억보다 더 혐오스러웠다.

"잘 쉬어. 나중에 보자고."

마인베르크의 손이 떨어지자 안심이 되었고, 그가 문을 닫고 나가자 숨을 쉴 수 있었다. 마인베르크가 성을 나가는 소리가 들릴 때까지, 세레나는 그가 쓸어내린 어깨를 문질렀다.

저 남자는 살아 돌아오니 마치 마왕이라도 된 듯하다. 데본의 힘이 원래 그런 건가 싶다. 지난번 거의 죽었다 살아나자 어마어마하게 강해지더니, 제대로 죽었다 살아나자 이제는 막강해졌다.

저런 남자를 지배할 수 있다고 생각한 자신이 어이가 없을 정도다.

남은 평생 이렇게 살 것이다. 희망도 의지도 없이. 행복하거나 즐거운 순간은 하나도 없이.

이제 나한테 뭐가 남았는가.

리카르? 그 남자는 잊어야지.

칼릭스트? 그 아이는 세레나를 좋아하지도 싫어하지도 않는다. 지금 그 아이에게 중요한 것은…… 아버지를 잃었으니 남은 것은 하나겠지. 니안느, 그 아이.

세레나는 처음 봤을 때부터 그 둘 사이가 어떻게 될지 알았다. 칼릭이 이성적 필요나 의무 없이 낯선 사람을 옆에 두고 관심을 기울이는 것은 처음 일어난 일이었다.

칼릭은 어렸을 때부터 사람을 믿기는커녕 옆에 있는지 없는지도 관심 없는 아이였다. 칼릭에게 있어 사람은 두 가지다. 받아들이고 돌봐줄 사람과 경계할 사람. 나머지는 관심 없고 성의 없이 대한다. 마인베르크와 지내며 그 성격은 더 견고해졌고, 마음의 벽에 균열 같은 것은 절대로 나지 않을 듯했다.

그런데 이국의 바람을 가지고 온 그 마녀에게 칼릭은 마음을 주었다.

세레나는 칼릭에게서 남자의 눈길을 보았고, 그 안에 담긴 열정을 보았으며, 불안과 두려움도 보았다. 관심과 열망을 담은 눈빛을 가지게 된 칼릭은 분명 남자였고 때론 소년이기도 했다.

그러니 세레나가 니안느에게 든 감정은 질투는 아니었다. 오히려 기대에 가까웠다. 질투는 오히려 바세바를 향했다. 바세바야말로 세레나가 가지고 싶던 것을 다 가진 여자여서 그랬다. 권세가 있고 자유로운 데다 리카르의 아내였으니.

세레나가 니안느에게 화가 난 것은 니안느가 가져간 리카르의 십 년에 대한 것이었다. 자신 대신 누군가가 그 옆에 있었다는 것에 화가 나서 어쩔 줄 몰라 했다.

질투라 생각했는데, 사실은 후회였다. 리카르는 세레나를 그리워했고, 세레나는 기회가 있었음에도 마인베르크를 택했던 것이다. 니안느는 세레나가 외면한 자리를 가져간 것뿐이다.

어느덧 숲에 노을이 내리고 있었다.

세레나는 붉게 번지는 숲을 보았다. 마인베르크가 니안느를 놓친 것은 알고 있다. 니안느는 프라팔가스에 마인베르크가 풀어둔 괴물이란 괴물은 죄다 휩쓸어 끌고 갔다. 엄청난 힘이 소진될 것임에도 해냈지만, 그다음 사라졌다.

도망친 걸까 숨은 걸까.

벽난로의 장작으로 불길이 번지며 열기가 볼에 닿았다.

살아 있을 것이다. 죽었거나 마인베르크 손에 있다면, 마인베르크는 절대 저리 행동하지 않을 것이다. 그 아이의 몸을 차례차례 나누어 칼릭에게 보내지.

바로 그 아이를 찾아야 한다. 저 마인베르크에게 있어 적수라면 숲의 왕뿐이고, 도움을 받으려면 그 아이가 있어야지.

그런데 어떻게?

타닥, 소리가 들렸다.

세레나는 천천히 고개를 돌려 벽난로의 불을 보았다.

그 순간 방법이 생각났다. 세레나는 당장 옷 방으로 달려 들어가 가장 먼저 눈에 뜨이는 무명 드레스를 집어 들고 난로에 밀어 넣었다. 드레스가 타오르며 연기를 내뿜었다.

세레나는 불타는 드레스 위에 책을 던졌다. 불길은 책과 옷을 삼키고 벽으로 번졌다. 나무로 된 판넬을 삼키고 창틀을 휘감았다. 세레나는 창문을 활짝 열었다. 불은 더 거대하게 타올라 방을 가득 채웠다. 밖에서 하인들의 고함 소리가 들렸다.

"불이야!"

"마님 방이다!"

"불이야!"

방문이 벌컥 열리며 시녀들이 뛰어 들어왔다.

"마님!"

"마님, 계십니까! 답해요!"

물동이를 든 하인들이 쏟아져 들어왔다. 물을 퍼부어대며 어떻게든 불길을 잡아보려 했지만 불길은 거세도 너무 거셌다. 문을 연 덕에 오히려 성안으로까지 불이 번졌다.

세레나는 그 불속으로 뛰어들었다. 불은 안개처럼 차가웠다. 머리카락과 피부는 물론이요, 그녀가 입고 있는 옷도 해치지 않았다. 불길 너머로 하인들이 날뛰며 고함을 질렀다.

"마님을 구해!"

세레나는 뒷문을 열고 뒤뜰로 도망쳤다. 모두 불이 난 곳으로 몰려가 그곳에는 아무도 없었다. 세레나는 그을음투성이가 된 치마를 걷어 올린

다음 숲속을 달렸다. 한참 달려 정말 아무도 따라오지 않는 것을 확인하기 위해 돌아보았다. 검푸르게 어두워지는 하늘 아래 시뻘겋게 타오르는 성이 보였다. 창과 지붕으로 불길이 널름댔다.

세레나는 숲속으로 들어갔다. 곳곳에서 마귀들의 울음소리가 들렸다. 비린내와 악취가 피어올랐다.

"세상에."

세레나는 주변을 둘러보았다.

마귀들이 그 모습을 드러내고 있었다. 도마뱀 비슷한 괴물도 있고, 사람의 얼굴에 주먹만큼 작은 몸체를 가진 것도 있었다. 눈 코 입이 엉망으로 헝클어진 얼굴을 가진 것도 있었으며, 등에 여러 눈동자를 매단 나방도 있었다.

그때였다.

나뭇가지와 밑동의 뿌리로 빛이 희미하게 번졌다. 팟, 츠캇, 하는 소리가 났다. 괴물들이 놀라 비명을 지르며 뒤로 물러났다. 나무들이 우두둑 움직여 세레나가 도망치도록 길을 만들었다.

세레나는 그 사이로 뛰어들었다. 나무들은 다시 제자리로 돌아와 세레나를 숨겨주고 지나온 길을 덮어 지웠다.

한참 달린 뒤 공터에 이르자 세레나는 힘이 빠져 그대로 주저앉았다. 도망친 곳은 오래된 편백나무들로 둘러싸인 공간이었다. 구름처럼 펼쳐진 잎 사이에 달린 작은 갈색 열매들이 진한 향기를 뿜었다. 겨울인데도 춥지 않고 포근했다.

세레나는 피로가 밀려들어 눈과 몸이 모두 무거워졌다. 흐려진 세레나의 눈앞에 희미하고 하얀 빛이 보였다. 나무와 나무 사이였다. 그 너머로 노을빛 머리카락이 보이더니, 곧 상냥한 은보라색 눈이 나타났다.

세레나는 벌떡 일어났다.

"가만, 기다려!"

상대는 놀란 듯 급히 몸을 감추었다.

"가지 마! 해칠 생각 없어!"

달려갔지만 아무것도 없었다. 대신 그 자리에는 세레나를 위한 개암나무 열매와 껍질이 벗겨진 호두가 가득 놓여 있었다.

제17장

숲의 심장

"뭐야?"

마인베르크가 노려보는 곳에는 전령으로 온 소년이 벌벌 떨고 있었다. 소년은 더듬더듬 말했다.

"서, 서, 성이……."

"성이 왜?"

"성에 불이 났습니다. 많이 타지는 않았습니다. 금방 가라앉혔는데……."

"그런데?"

소년은 뒤로 물러났다. 마인베르크의 손이 소년의 어깨를 움켜잡고 눌렀다.

"성에 불이 났는데?"

"마님…… 바, 방에서 났습니다. 그렇다고, 그…… 그렇다고!"

마인베르크의 입술 사이로 이가 드러났다.

"세레나 방에 말이지?"

"마님이 불을 지르신 것 같다고. 마님이…… 우리들은 죄가, 아무 잘못이 없습니다. 그렇게 전해달라고, 그러라고!"

"세레나가 불을 지르든 너희들을 다 쑤셔 죽이든 상관없어. 내가 궁금한 건 하나야. 세레나는 어떻게 되었지?"

마인베르크는 소년의 머리를 잡아 흔들었다.

"안 들려? 세레나는 어떻게 되었냐고!"

겁에 질린 소년이 아무 말도 못하자, 마인베르크는 그 귀를 그대로 잡아 찢었다.

"안 들리느냐고!"

소년이 비명을 지르며 몸을 굽혔다. 마인베르크는 그 머리를 걷어찼다. 소년이 머리를 감쌌지만, 마인베르크는 거듭 걷어차고 밟았다.

"말해!"

주변이 조용해졌다. 마인베르크는 발아래의 소년이 숨이 끊어진 것을 보았다.

"젠장!"

마인베르크는 숨을 몰아쉬며 피가 묻은 손을 가슴에 문질러 닦았다.

"누구라도 말해! 성에서 무슨 일이 있었는지!"

그리고 숨이 끊어진 소년의 머리를 밟았다. 머리가 터지며 안의 뇌수가 쏟아졌다.

"무슨 일이냐고! 누구든 말해! 말하는 놈이 나올 때까지 누구든 찢겨나갈 테니, 말하라고!"

아무도 나서지 않았다.

마인베르크는 돌아서 숲을 노려보았다. 이가 맞물리다 덜덜 떨렸다. 분노가 치밀어 올랐다.

불에 휘말려 죽었을 리 없지.

또 도망쳤다, 이 여자가.

무슨 짓을 해도 괜찮지만 그의 손에서 벗어나려 하는 것만은 용납할 수 없는데, 세레나는 항상 도망치려고만 한다.

"그래, 어디로 가든 다 박살 내주지!"

이번에는 찾지 않아. 대신 네가 가는 길을 모두 박살 내주는 게 낫겠지.

이것은 그 녀석, 칼릭스트에게도 해주어야 할 일이고.

바르가스에서의 일이 없었다면, 바세바는 파르지발이 어디로 튀어나가 무슨 사고를 치고 왔든 당당했을 것이다. 하지만 바세바는 자신이 민감한 상황에서 잘못 처신했다는 사실은 알고 있었다. 전쟁 직전 바세바는 아주 감정적으로 굴었다. 파르지발이 저리 나오는 것도 그 탓. 그리고 바세바는 파르지발이 성야에 대가문들과 프레데릭에게 빌미를 주는 것을 막지 못했고, 파르지발이 섬나라 왕위보다는 팔가스의 황위를 탐내게 되는 것도 막지 못했다.

"내가 내 아들 때문에 바보짓을 할 거라 생각하겠지? 맞아. 내 바보짓의 대부분은 내 아들 때문이고, 그 부분에 있어 나는 답답하고 멍청한 짓을 자주 해. 하지만 파르지발이 어떤 아이인지는 나도 알아. 자존심 강하고 고집도 세지."

칼릭스트가 찾아온 것은 오늘 새벽, 프라팔가스를 떠난 바세바가 머무는 마데온의 성이었다. 리카르의 휘하의 군사도 같이 머물고 있다. 칼릭이든 리카르든, 파르지발과 담판을 하고 리카르의 군사들을 데리고 가려면 와야 하는 곳이었다.

"그래도 블랑셰리온, 공이 내게 파르지발을 진정시킬 수 있는 방법을 좀 가르쳐 주면 좋겠어. 자존심 강한 아이라 리카르를 꺾지 않는 한 진정하지 않을 거야."

"일단 불러주시면 알아서 하겠습니다."

적진이라면 적진에 있는데, 칼릭스트는 무심하고 여유가 있었다.

바세바는 아들을 사랑하긴 해도 아들의 능력이 어느 정도인지는 객관적으로 판단했다. 맹금류와 야수가 득시글한 프라팔가스의 궁에서, 이 청년이 사자라면 파르지발은 짖는 소리만 요란한 강아지에 불과했다.

바세바의 전령이 파르지발의 도착을 알려왔고, 얼마 지나지 않아 접견실 문이 열리며 파르지발이 들어왔다.

"저 왔습니다."

칼릭은 앉아서 왕자를 맞이했다. 어차피 칼릭은 파르지발보다 나이도 많고 의전서열도 우위다. 후계자일 때도 그렇지만, 작위를 승계한 지금은 황족 직계 정도의 위상을 가진다. 아무리 파르지발이라도 리카르에게 했던 것처럼 할 수 없다.

"블랑셰리온 공은 리카르의 일로 왔단다, 아들아."

"그는 성을 떠났소, 블랑셰리온. 여기 없다고."

긴장한 파르지발의 말에 담긴 것은 그러니 당신도 가라는 말이다.

"왕자, 리카르 볼프람 공은 나와 있다. 그러니 그가 어디 있는지, 굳이 왕자를 통해 알 필요는 없어."

파르지발은 이게 무슨 소리냐는 얼굴로 어머니인 바세바를 보았다. 바세바는 칼릭을 가리켰고, 파르지발은 다시 칼릭을 보아야 했다.

"더, 더 말하시오."

"파르지발 왕자, 볼프람 공은 어떤 이유를 들고 왔던 간에 내 영지를 침탈했고, 그 침탈에 대한 대가와 보상을 치러야 해. 그리고 오늘 내가 논의하고 싶은 일은 그거지."

"나와는 상관없는 일이지 않소."

"나는 리카르 볼프람 공이 나와 내 가문에 대한 사죄의 의미로 내 일을 도와줬으면 한다. 그의 지휘관들과 휘하의 군사들 역시 마찬가지. 다 보내도록 해. 왕자가 이에 동의한다면, 나는 이것을 그날의 대가로 여기고 왕자에 대한 소환을 취소하겠다. 물론 왕자는 물론이요, 공주 전하까지 내가 원하는 것을 모두 들어주신다는 전제가 필요하지만."

"……나한테 원하는 건 뭐지?"

바세바가 물었다.

"공주 전하께서 볼프람 공과 이혼해 주시기를 바랍니다."

바세바의 얼굴이 굳었다.

"이혼?"

"그렇습니다, 이혼. 그를 놓아주십시오."

"그는 아직 나와의 약속을 다 이행하지 않았어."

"볼프람 공은 바르가스에서 목숨을 걸고 전하를 구했습니다. 그가 없었다면 바르가스에서의 승패도 가늠할 수 없었을 겁니다. 저는 그가 전하와 전하의 아드님을 위해 충분히, 최선을 다해 싸웠다고 생각합니다. 그것으로 계약을 끝내주십시오."

파르지발이 뭐라 말하려 했지만 바세바는 그의 팔목을 잡아 누른 다음 말했다.

"더 원하는 것은 없나, 블랑셰리온 공?"

"리카르 휘하 지휘관들의 안전만 원할 뿐, 더는 없습니다."

공주와의 이혼은 겉으로 보기에는 치명적인 일로는 보이나, 현재 리카르에게 가장 필요한 것이다. 이것으로 리카르는 목숨을 보장받게 된다.

더 이상 프레데릭과 파르지발의 일에 끼지 않아도 되고, 앙골랍까지 가서 승산이 낮은 전쟁을 하지 않을 수도 있다.

칼릭은 지금 리카르를 위해 자신이 가진 수단을 포기하는 것이다.

"리카르에게 왜 이렇게까지 해주는 거지, 칼릭스트 경?"

"그는 제 아버지의 형제입니다. 그리고 아버지께서 리카르에게 지은 죄를 사죄하고 보상할 기회가 없었으니 제가 할 수밖에요."

칼릭은 아버지가 얼마나 후회했는지 알고 있고, 또 그 잘못을 돌이키기 위해 필사적으로 노력했던 것도 알고 있다. 그러기에는 시간도 능력도 모자랐던 사실 역시 안다. 그러니, 리카르의 상황을 해결해 주고 도움을 주는 건 칼릭의 일이 된다.

"이혼은 당분간 안 하겠어."

"당분간만 안 하신다는 것으로 알아듣겠습니다."

"아내의 의무로 남편을 돕고 그 전쟁이 끝날 때까지는 이혼은 없다. 그리고 그다음은 그다음에 생각해야지. 내가 직접 그의 군사와 함께, 또 내 군사들도 데리고 가겠어."

파르지발이 끼어들었다.

"하지만……."

"내가 쓰는 건 내 군대야. 또, 리카르와 함께했던 군대이기도 하지. 그리고 파르지발, 이번에 네가 친 사고를 수습하느라 정말 골이 아팠다. 지금도 골이 아픈 중이고. 반성한다면 말이다, 엄마 말 들어."

"어머니!"

파르지발은 어머니한테 등짝이라도 맞은 듯 기겁했다.

"칼릭스트 경, 리카르의 지휘관들을 불러줄 테니 만나봐."

"그들에게는 전령을 통해 정식으로 리카르의 말이 전해질 테니, 저는 이만 가도 됩니다. 게다가 일이 급해서, 내일까지 들어가 봐야 합니다."

"어디로 가는 거지."

"운텔가움."

"거리가 꽤 되는데?"

"제게는 특이한 친구가 있고, 그 친구와 함께 가면 반나절의 반도 안 걸립니다."

칼릭은 가볍게 휘파람을 불렀다. 쿵, 하며 거대한 발톱이 접견실 창밖의 난간에 박혔다. 그 위로 거대한 용의 머리가 올라와 붉은 눈을 굴렸다.

기겁한 바세바와 기절해 버리는 파르지발을 보니, 둘 다 메피스토는 처음 보는 것이다.

칼릭은 메피스토의 콧등을 두드려 준 다음 난간에 발을 얹었다.

"그럼 나중에 뵙겠습니다. 리카르도 만족스러워할 겁니다."

칼릭은 난간을 밟고 머리를 내미는 메피스토의 목에 탔다. 메피스토는 머리를 젖힌 다음 네 발로 벽을 차며 날아올랐다. 거대한 몸이 성벽에서 떨어져 나가자 성벽의 병사들은 일제히 뒤로 물러났다.

라크세니아 서부의 가장 큰 공국 중 하나인 운텔가움의 역사는 꽤 길다. 나라나 가문의 역사가 길다는 게 아니라, 사람이 살았던 기간이 길다는 것이다.

운텔가움은 델 판만큼 크지는 않아도 아름다운 건물들이 있고 유명한 특산물들도 있다. 나름의 풍습과 규율도 명확하며, 축제와 금기도 있다.

그랬던 운텔가움이 침략당한 것은 대략 여섯 해 전, 라크세니아를 휩쓸던 마인베르크에 의해 큰 대가를 치르고 함락당했다. 성의 영주는 처형되었고, 그의 엄청난 아이들도 죄다 몰살당했다. 같이 죽을 위기에 처했던 군의 사령관은 아들과 함께 군사와 백성들을 이끌고 숲으로 도망쳤다. 그곳에서 그들은 마인베르크가 아닌 젊은 팔가스 기사에게 항복하고 그를 주군으로 받아들였다.

그 장군의 아들인 벤자민은 지금 성의 성벽에 앉아 있는 중이다. 성벽이라기보다는 돌로 된 담이라 불러야 하고, 초소 역시 여기 앉아 적이 나타났다고 외쳐 봐야 무슨 소용인가 싶을 지경이지만, 그래도 지난 여섯 해를 제하고는 수백 년간 성민들을 지켜줘 왔던 성벽이었다.

"어이."

옆에서 부른다.

"……."

"야."

벤자민은 성벽에 방음기능이 없는 것을 한탄했다. 이 시끄러운 자식은 종종 주먹을 날리고 싶게 굴더니, 이제는 얼굴만 봐도 주먹을 날리고 싶게 군다.

"왜, 다니엘."

"심심해서."

다니엘은 방긋 웃었지만, 벤자민은 저 얼굴이 울 때까지 두들겨 주고 싶었다. 인내심 깊은 벤자민을 이 지경까지 오게 했으니, 대단한 놈인 건 맞다. 그리고 이놈을 참아주는 칼릭을 향한 존경심은 더 높아졌다.

"네 친구들하고 놀지 그러나."

"내 친구라 함은 저 사람들 말하는 거야?"

다니엘은 뒤에 있는 이그라탄의 마법사 안테온과 주술사 노파를 가리켰다. 주술사 옆에는 들쥐처럼 생긴 여자애가 꼭 붙어 있었다. 노파의 손녀라는데, 말도 없고 표정도 음침해서 아무도 좋아하지 않았다.

"벤지, 나는 아무리 심심해도 저 할망구 둘한테 말을 걸고 싶지는 않아."

그 '할망구 둘'은 뜨겁게 데운 포도주를 나누어 마시고 있는 중이다. 조금 전 다정한 겔리우스가 주고 간 것이다. 그 덩치 크고 험악하게 생긴 놈의 반전 취미가 있으니, 바로 따끈한 것을 잘 만들어내는 재주다. 녀석은 말라비틀어진 생강과 맛없는 포도주, 거무튀튀한 계피와 새알만 한 유자 등을 여기저기서 주워오더니, 냄비에 넣고 팔팔 끓여 끝내주는 음료를 만들어냈다. 그 음료는 벤지라 불리는 엄청난 일을 당한 벤자민의 손에도 들려 있다.

"그럼 그냥 입 다물고 있어."

벤자민은 겔리우스의 특선 음료를 마셨다. 맛있다. 겔리우스의 음료는 맛있고 안테온은 점잖은 마법사이니, 저 둘은 확실히 유용하다. 그들이 옆구리에 끼고 온 이 다니엘만 문제다. 이놈을 다시 볼 일이 없기를 빌었건만, 허구한 날 다시 보고 있다.

"칼릭스트는 대체 언제 오는 거야? 나나 저 안테온이나, 겔리우스나, 칼릭 때문에 여기 있는 건데."

"너는 가도 상관없으니 더 묻지 말고 그냥 가라."

"내가 그렇게 싫어?"

"싫다. 그리고 그 상황을 개선하기 위한 그 어떤 노력도 시도도 하지 마라."

벤자민은 잔을 들고 겔리우스에게 갔다. 겔리우스는 새로 음료를 끓여 와 나누어 주는 중이었다.

"아직 아무 일도 없습니까, 할멈."

벤자민은 음료를 받으며 노파에게 물었다.

"이제 나도 늙었어. 뭐가 나올지 금방금방 알 수는 없지. 예측하기 힘드니, 너희들 눈에 보일 때까지 기다려. 마인베르크의 군사는…… 예측하나 안 하나 똑같으니까."

그것은 여섯 해 전 아주 처절하게도 보았다. 모두가 예측하고 준비까지 단단히 했지만 아무 소용 없었다.

벤자민은 음료를 한 모금 더 마셨다. 심상찮은 내음을 머금은 바람이 불어와 깃발을 펄럭이게 했다. 노파가 고개를 들어 그 깃발을 어두운 눈으로 보았다. 벤자민은 이 노파가 아무것도 모를 리 없다는 것을 잘 알았다. 노파의 말대로 준비를 하나 안 하나 똑같으니 그런 것이다.

"피곤하신 듯하니, 네가 모시고 들어가라."

벤자민은 노파의 손녀에게 말했다. 손녀는 꾸벅 인사를 한 뒤, 노파를 부축해 내려갔다.

그때 성벽과 마주하는 숲 위로 검회색용이 날아올랐다.

병사들이 일제히 화살을 재어 활을 올렸다. 젤리우스도 도끼를 집어 들었다. 용을 알아본 벤자민이 고함을 질렀다.

"저건 아니다! 모두 활 내려! 쏘지 마라!"

순식간에 가까워진 용은 성벽을 훌쩍 뛰어넘어 안으로 뛰어들었다. 용은 매끄럽게 착지한 뒤, 날개를 아래로 숙이고 어깨를 굽혔다.

"메피스토."

벤자민은 안도했다. 성벽의 병사들도 같이 안도했다. 강철 같은 검회색 비늘에 구릿빛 눈을 가진 메피스토였다. 용의 등 위에 있던 칼릭이 성벽 위로 뛰어내렸다.

"칼릭스트 님!"

벤자민이 칼릭에게 다가갔다.

"계속 반가워하고 싶지만, 준비해야 할 거다. 마인베르크가 보낸 것들이 몰려오려 하니."

"어느 정도입니까."

"마인베르크가 열 받은 정도? 성에 불이 나고 고모님이 실종되었다는

군. 딱 그 정도는 치러야겠지."

그 정도라면 성이 가루가 되어야 할 만큼이 될 것이다.

벤자민은 숲을 보았다.

아직은 고요하다. 그러나 이 고요함이 어떤 징조인지는 안다. 벤자민은 돌아서며 성벽의 병사들을 향해 고함을 질렀다.

"모두 준비해!"

북이 울리고, 호각과 고함, 명령이 들려왔다. 병사들이 검과 창, 화살을 챙기기 시작했다.

"서둘러! 어서!"

투석기가 장전되고 병사들은 흉벽으로 무장을 한 채 일렬로 섰다. 겔리우스도 도끼를 세웠다. 안테온 역시 손을 털었다. 칼릭은 메피스토의 등에 메인 성검을 내렸다.

숲에서 길게 이어지는 울음소리가 들려왔다.

우우— 우.

메피스토가 어깨를 낮추며 으르렁거렸다.

숲 그늘과 어둠 속, 바위 아래에서 검은 그림자들이 스르르 스미어 나오기 시작했다.

성이 점령당하던 날에 벤자민과 운텔가움의 백성들은 저 그림자를 보았다. 저항에 저항을 거듭했던 그들을 위한 마인베르크의 선물이었던 것이다. 끝없이 밀려드는 대군에 맞서, 운텔가움의 병사들은 필사적으로 방어하다 숲으로 도망쳤다. 기적이 일어나 숲의 왕이 그들을 도와주길 기대했지만, 숲은 도와주지 않았고 병사들은 끈질기게 버텼다. 그런 그들을 항복시킨 것은 마인베르크가 불러낸 전마(戰魔)들이 아닌, 칼릭이 이끌고 온 고작 백여 명에 이르는 병사들이었다.

그래서 벤자민은 미련 없이 항복할 수 있었다. 운이 없어서가 아니라 실력이 없어서 패하는 것은 받아들일 만한 일이었다.

어둠 속에서 엄청난 수의 눈동자들이 나타나 빠르게 움직이기 시작했다. 붉은 눈보라가 날리는 것 같았고, 시커먼 구름이 성으로 밀려드는 것 같았다. 그들 속에서 검은 갑옷을 입은 기사들도 나타났다. 검은 연기가 피어올라 기사를 만들어냈다. 거대한 기사들은 거인처럼 거대한 제 모습을 갖추자 지축을 울리며 돌격해 왔다.

성이 그 군대와 부딪혔다.

꽈릉—

지진이 난 듯 울린다. 성벽이 금이 가며, 일부가 함몰되었다. 무너지는 성벽 위로 여러 몸체가 짓이겨지듯 붙은 괴물이 튀어 올랐다. 인간이나 말, 소, 개, 할 것 없이 온갖 몸통들이 짓이겨 붙어 있었다. 병사들이 제대로 싸우지 못하고 물러나자, 그 괴수들은 육중한 투석기를 집어 내던졌다. 메피스토가 불을 내뿜어 그 괴물을 불살랐다.

운텔가움의 전사들도 밀려드는 괴물들과 싸우기 시작했다. 사방이 피비린내로 뒤덮였다. 비명과 고함에, 포효와 울부짖음이 터졌다. 들끓어 오르는 지옥이었다.

"칼릭스트—!"

다니엘이 괴물 하나의 목을 베어버리고 내려쳤다. 칼릭은 그를 향해 날아드는 전마의 몸에 검을 수직으로 내리꽂았다. 괴물의 몸이 갈라지고, 그 너머에서 다른 전마들이 튀어 올랐다. 칼릭은 검의 방향을 틀어 괴물들을 쓸어버렸다. 몸통과 사지가 회오리치듯 날아갔다. 검술이고 뭐고 아무 소용 없었다. 그냥 휩쓸고 베어버리는 게 우선이라, 검술보다 중요한 게 체력이 되어버렸다.

칼릭의 검에서 푸른빛이 불길처럼 번져 검은 어둠으로 휘몰아쳤다. 땅이 출렁거리더니, 그 바닥이 통째로 부풀어 올라 성을 향해 기어올라 왔다. 엄청난 크기라 성을 다 삼킬 듯 거대했다. 푸른빛이 성벽을 덮자 원래 성벽에 붙어 있던 괴물들은 갈기갈기 찢어져 그 안으로 빨려 들어갔다.

칼릭은 성벽의 난간을 밟은 다음 몸을 날렸다. 괴물이 일어나 칼릭을 향해 몸을 던졌다. 아주 어둡고 사악한 것으로 만들어진 거인 같았다.

칼릭의 검은 그 거인의 이마를 뚫고 바닥에 박혔다. 검의 푸른빛이 하얗게 변하며 번개처럼 환하게 터졌다. 괴물의 몸이 재가 되어 휘날렸다.

"마인베르크!"

칼릭이 외쳤다.

숲이 웅— 하고 울리며 바닥을 덮은 바위, 나무들, 덩굴이 들썩였다.

"그래, 네가 부를 수 있는 모든 악마들을 다 불러봐."

칼릭의 말에 답하듯 주변의 마수들이 밀려들었다. 그들 속에서 거대한 검은 기사들이 솟아나와 칼릭을 향해 달려왔다. 칼릭은 달려드는 흑기사들을 향해 검을 크게 휘둘렀다. 검이 큰 궤적을 그으며 성을 침탈하려는 자들을 갈가리 찢고 태웠다. 성을 공격하던 괴물들이 주춤하더니, 칼릭 쪽으로 몰려가기 시작했다.

"모두 엎드려!"

안테온의 손이 올라갔다.

마법이 발동하자, 성벽을 긁듯이 전격이 휘몰아치며 성벽에 붙은 괴물들을 튀겨냈다. 성벽의 괴물들이 낙엽처럼 떨어지고, 날아오른 메피스토가 불을 뿜어 그들을 해치웠다.

칼릭은 그를 향해 달려드는 거인의 다리를 베어버렸다. 거인의 몸이 숲으로 쓰러졌다. 나무들이 우지끈 부러졌다.

그때 숲에서 검은 그림자들이 새 떼처럼 꺼멓게 치솟아 올랐다. 찢어질 것 같은 울부짖음이 들려왔다. 날아온 메피스토가 불을 내뿜어 그 괴물들을 허공에서 불태워 버렸다. 재가 된 그것들이 바닥으로 떨어지며 검은 먼지로 변했다. 날아올랐던 메피스토는 칼릭 옆에 착지하곤, 어깨가 바닥에 닿도록 몸을 낮추어 뿔을 곤두세웠다. 으르렁대는 메피스토의 입안에서 불길이 이글댔다.

칼릭은 그 빛 속에서 눈에 뜨이는 자를 발견했다. 뿔이 솟은 투구와 그 어깨를 덮은 갑옷의 윤곽은 마인베르크다. 기사가 검을 뽑고 덤벼들었다. 바닥이 팍팍 파일 정도로 강력하게 달려들었다. 위로 세운 검에 닿은 나뭇가지가 검게 녹으며 연기가 되어 올라갔다.

칼릭은 발을 박차고 몸을 날려 검을 휘둘렀다. 두 검이 쩡 부딪혔다. 힘은 칼릭이 압도적으로 강했다. 상대의 검이 단숨에 밀려났고, 어떻게든 버텨보려 두 발에 힘을 주었지만 날아갔다. 상대의 검이 부러지고 갑옷도 파여 나갔다. 갑옷을 입은 몸이 나동그라졌다.

칼릭은 달려가 그 가슴에 검을 박아 넣었다. 단번에 급소가 뚫린 기사는 검은 재가 되어 흩어졌다.

칼릭은 검을 뽑고 고함을 질렀다.

"마인베르크—!"

그리고 뒤로 날아든 날개 달린 괴물의 몸을 베어냈다. 괴물의 몸이 바닥에 내리꽂히며 두 동강이 났다. 그 위로 거대한 곰을 닮은 괴물들이 밀려들었으나 칼릭은 검을 바닥에 꽂고 비틀었다.

츠캉, 하며 검에서 방사상으로 빛이 터지며 그것들을 죄 태웠다. 종이처럼 사라지는 괴물들을 향해 칼릭이 다시 외쳤다.

"더 오라고!"

사방이 비릿한 재로 가득하다.

분노가 밀려 올라온다.

숲은 왜 조용한지. 살아난 왕은 대체 어디로 간 것인지.

그리고 너는.

너는 어디에, 니안.

잠시 밀려 나갔던 괴물들이 다시 성을 향해 밀려들었다.

조금 전보다 줄기는 했으나 아직도 많았다. 성벽에서 필사적으로 버티던 운텔가움의 병사들이 경악했다. 이제 좀 살았다 싶었는데 아직도 멀었으니.

그때, 츠츠츠— 소리가 나더니 바닥에서 가시 덩굴이 솟아 나왔다. 그것은 구렁이처럼 뻗어 나와 금세 엄청난 부피로 부풀어 올랐다. 한군데만이 아니었다. 보이는 곳이라면 어디에서든 가시덩굴이 솟아 나와, 빠르게 휘몰아치며 성벽을 향해 몰려왔다. 병사들은 새로운 공격이라 생각해 겁에 질렸지만, 가시덩굴은 사람이 아닌 괴물들을 사로잡았다. 검녹색 덩굴들이 괴물들의 목과 몸을 빠르게 휘감았다.

"뒤로!"

벤자민이 외쳤다.

"모두 물러나!"

병사들이 뒤로 급히 물러났다. 성벽 위까지 올라온 가시덩굴은 이미 성벽 안으로 들어온 괴물들까지 붙들었다. 가시덩굴에 감긴 괴물들이 울부짖어도 모두 밖으로 끌려 나갔다.

"숲이……."

벤자민의 눈이 흔들렸다.

"숲이 도와준다!"

벤자민이 고함을 질렀다.

숲의 마법이 그들을 위해 싸워주고 있다. 병사들이 정신을 차리고 아직 성벽에 붙어 있는 괴물들을 향해 마구 검과 창을 휘둘러 찔러 넣었다.

그에 맞춰, 가시덩굴에서 가시가 크게 돋아나며 괴물들을 뚫었다. 괴물들이 재가 되어 흩어졌다.

칼릭도 전율을 느꼈다.

"니⋯⋯."

칼릭은 숲을 향해 돌아섰다.

"니안!"

숲의 나무둥치와 가지에서, 가시덩굴 틈에서, 바위 아래에서 빛이 방울 방울 맺혔다 사라졌다.

"니안! 답할 수 있으면 답해!"

그때 가시덩굴 사이에서 강한 빛이 보였다.

마법의 빛이 아닌 사람의 빛이었다. 누군가가 등불을 들고 오고 있다.

칼릭은 달려가 그 사람을 낚아챘다. 얇은 옷자락이 펄럭이며 물결치는 검은 머리카락이 흩어졌다. 칼릭은 여자를 알아보았다.

"고모님?"

세레나였다. 맨발이나 다를 바 없는 발에, 얇은 연황색 옷을 입고 있었다.

"칼릭스트!"

세레나는 들고 있던 등불을 들었다. 불빛이 검게 물든 숲을 밝혔다. 그 빛에 숲에 숨은 괴물들의 등이 드러났다. 손바닥만 한 벌레들이 사방을 시커멓게 뒤덮고 있다가 쏴아아— 물러났다.

"뒤! 칼릭스트, 뒤!"

세레나가 외쳤다. 칼릭은 돌아서 그에게 달려드는 괴물의 몸을 갈라 버렸다. 괴물의 몸은 재가 되어 사라졌다.

칼릭은 세레나의 팔을 낚아채 밀어붙이고 목에 칼을 댔다. 메피스토가 날아와 그 주변을 날개로 감싼 다음에 이를 드러냈다. 괴물들은 접근하지 못하고 물러났다.

세레나가 다급히 외쳤다.

"놔, 칼릭스트! 너하고 싸우려고 온 거 아니야."

"뭐 하시는 겁니까."

"길게 이야기할 수는 없―"

세레나는 이야기를 하다 말고 한 지점을 응시했다. 칼릭도 그쪽을 보았다. 그곳에 있던 빛이 희미해지며 사라졌다.

칼릭은 다시 세레나를 보았다.

"고모님!"

"정말이야. 너하고 싸우고 싶지 않아. 믿어줘. 길게 이야기할 수는 없지만!"

"고모님이 한 일을 생각한다면 지금 여기서 죽이고도 싶습니다."

세레나의 두 눈에 공포와 후회가 보였다.

"마인베르크를 살린 건 내 잘못이야. 하지만 지금은 그로부터 도망치는 중이야. 그러니 지금 믿어줘, 정말이야!"

칼릭의 눈에 더 분노가 어렸다. 세레나는 죄책감과 두려움을 느꼈다. 세레나가 마인베르크를 살려내며 칼릭은 모든 것을 잃었다. 오베른도, 니안느도.

세레나는 떨리는 목소리로 말했다.

"죽일 거니?"

칼릭은 아무 말도 없었다.

그 침묵이 세레나를 초조하게 했다.

"정말 그럴 거니?"

"⋯⋯아직 모릅니다. 그럴 가치가 있는지 없는지."

"칼릭."

세레나는 칼릭의 팔을 잡았다. 그러나 경멸과 분노에 찬 칼릭의 눈과 마주하자, 세레나는 데인 듯 급히 손을 내렸다. 당장 애정과 신뢰를 회복하자니, 그간 나쁜 건 너무 많았고 좋은 건 너무 없다.

세레나는 더듬더듬 말했다.

"칼릭스트. 네가…… 마인베르크 아래에 있을 때, 나는 두려웠어. 나는 그가 다른 데 신경 쓰는 것에 안도했어. 그리고 그게 너였지."

"그래서 좋았습니까."

"좋은지 싫은지 정하는 것도 내겐 사치였어. 두려웠어. 그가 너에게서 관심을 잃으면 또 나를 괴롭힐까 봐. 아무것도 하지 못하는 채 방에 갇혀 매일매일 창밖만 바라보아야 하는 그날로 돌아갈까 봐. 이해하라고도 용서하라고도 하지 않아. 그냥, 그렇다고만 알아줘. 나는 너무 두려웠다고."

그때 주변이 밝아졌다. 세레나는 주변을 살폈다. 그러나 빛이 보이지 않자, 실망하며 고개를 저었다.

"뭘 찾는 겁니까."

"아직 나를 피하고 있어."

세레나는 칼릭을 보며 말했다.

"내…… 말, 잠시만 들어줄래? 잠시면 된다."

"하십시오."

"나는 오베른을 무척 싫어했어. 지금도 싫어."

"어차피 아버지도 고모님 싫어했습니다."

세레나는 쓰게 웃었다.

"그래도 나는 데보라는 좋았어."

어머니의 이름이 나오자, 드디어 칼릭과 세레나 사이의 경계가 누그러졌다. 세레나의 눈에도 애정이 보였다.

"네 어머니야말로 내 유일한 친구였을 거야. 그리고⋯⋯ 너는 오베른의 아들이면서도 그런 데보라의 아들이지. 너를 싫어할 이유도 모르고 좋아할 이유도 몰라. 하지만 너를 지켜야 하는 이유는 분명하지. 데보라의 아들이니까. 그러니 지금은 나를 믿어줘, 칼릭."

칼릭은 손을 놓았다. 세레나는 바닥에 놓인 등불을 들며 말했다.

"왕이, 이 동방 숲의 왕이 이곳에 와 있어."

세레나는 등불로 숲속을 비추었다. 여기저기서 빛이 하얗게 망울졌다 잦아들었다.

칼릭은 빛이 깃든 나무를 잡았다. 빛이 칼릭을 향해 모여들었다. 처음에는 희고 가늘었지만, 곧 커지고 진해졌다. 하얀 피가 흐르는 핏줄이 그곳에 나타나는 것 같았다.

메피스토가 다가와 칼릭의 옆에 붙었다. 세레나는 나무에 손을 얹어 어떻게든 해보려 했다. 손에 들린 등불의 불이 점점 더 커지며 목소리가 들리기 시작했다. 알아듣기는 힘들었으나, 다정한 재잘거림이란 느낌은 있었다.

세레나는 필사적으로 불렀다. 이리 와, 제발. 어서 와. 의식과 의식을 연결하여 저 너머에 있는 의지와 감각을 가진 존재를 찾았다. 그 너머가 드디어 반응하기 시작했다. 느껴진다. 은빛의 힘이. 오랫동안 노력한 것에 보답하듯 저쪽의 호의와 신뢰가 느껴졌다.

"드디어⋯⋯."

세레나가 중얼거렸다.

칼릭은 세레나보다 더 강하게 듣고 있었다.

빛이 그의 얼굴과 온몸에 닿고, 그 속에서 온갖 목소리들로 된 재잘거림이 들려왔다. 적대적이진 않다. 호기심과 호의의 목소리였다.

보이지 않는 손이 칼릭의 귀를 스치고 머리카락을 흔들었다. 칼릭의 가슴 주변으로 빛이 여러 개 맺히더니 작은 나뭇잎으로 변했다. 나뭇잎들이 칼릭 주변을 돌다가 파— 하며 흩어졌다.

나무들 역시 반응했다. 뿌리가 우드득 움직이고 둥치도 들썩였다. 그 육중한 움직임의 진동이 느껴진다. 등 뒤의 나무들 역시 움직였다. 들어온 길이 나무로 뒤덮이며 운텔가움 성도 세레나도 사라진다. 메피스토만이 사라지지 않고 칼릭 옆에 붙어 있었다.

숲은 더욱더 은은하게 밝아와, 영원한 새벽처럼 그 모습을 드러낸다.

이제 칼릭은 오래된 나무들로 뒤덮인 숲속에 서 있었다.

느티나무와 떡갈나무들이 집채처럼 거대하게 자라나 뿌리를 내리고 있었다.

노랗게 물든 나뭇잎 한 장이 칼릭의 눈앞을 스쳐 갔다. 그 뒤를 따라 몇 개가 더 팔락팔락 날아갔다. 메피스토가 눈을 동그랗게 뜨고 발톱 끝으로 나뭇잎을 건드렸다. 나뭇잎의 수가 폭발하듯 엄청나게 늘어났다. 눈보라처럼 휘몰아치는 나뭇잎 사이에서 녹회색 옷자락이 나타났다. 잎이 나부끼며 만드는 잔상 아래로 옷자락이 만들어지고 노을빛 머리카락이 퍼드러졌다. 나뭇잎들은 서로 뭉쳐 그 머리카락 위에 둘러치듯 내려앉았다. 나뭇잎으로 만든 관을 쓰고 있는 듯 보였다. 나뭇잎들은 가라앉으며 바닥을 뒤덮였다. 여자가 걸음을 옮기자 잎은 가볍게 날리며 옷자락을 건드렸다.

칼릭은 아무 말도 하지 않고 여자를 보았다. 여자가 다가와 그를 올려다보아도, 마른 어깨를 덮은 녹회색 옷자락이 펄럭이는 것을 보아도, 은보라색 눈이 칼릭을 향해도 보기만 했다.

여자의 손끝이 볼을 스치는 것을 느낄 때도, 여자의 숨소리가 다가와 목덜미에 닿을 때도, 여자의 손이 내려와 그의 어깨를 건드리고 갔을 때도 참아야 했다.

놀란 새처럼 달아날까 봐. 깨어질까 봐.

여자가 멈추었다. 눈에 보인다. 조약돌처럼 매끄럽고 흰 목덜미가. 가만히 오르락내리락하는 가슴과 놀란 눈이.

칼릭은 조심스럽게 불렀다.

"니안."

니안느의 눈이 반응했다.

깨어지지 않는다. 칼릭은 니안느의 이마에 박힌 각인에 손가락을 가져갔다. 손에 온기와 단단한 이마가 닿았다.

칼릭은 노을빛 머리카락을 걷어내고 볼과 얼굴을 드러냈다. 은빛과 보라색이 섞여 신비롭게 반짝이던 눈과 항상 활기차게 웃던 입술, 그리고 연하게 물든 볼이 드러났다.

재도 아니고 환영도 아니며 꿈도 아니다.

니안느의 입술 끝에서부터 미소가 스며들었다. 눈이 가늘어지고 볼이 물든다. 저 깊은 곳에서부터 환해진다.

기적은 이제 완전한 현실이 되었다.

너다, 네가 맞다.

너무나 많은 시간이 지난 것 같다. 네가 없던 하루하루가 그렇게나 길었으니.

"어서 와요, 인간의 기사."

니안느가 말했다. 메마른 황야에 내린 비가 천 년간 잠든 씨앗마저 깨우듯, 그 씨앗이 피워낸 꽃이 붉고 붉은 듯. 달콤한 소나기처럼 환희가 쏟아져 들어온다.

가슴이 터질 것 같다.

네가 여기에 있다.

지옥이면 어떻고 천국이면 어떤가. 지옥의 꿈이라도 상관없고 천국의 자비라 해도 상관없다.

네가 여기 있다면, 여기가 어디이든 상관없다.

"니안느."

칼릭은 타는 듯 갈라진 목소리로 그 이름을 불렀다.

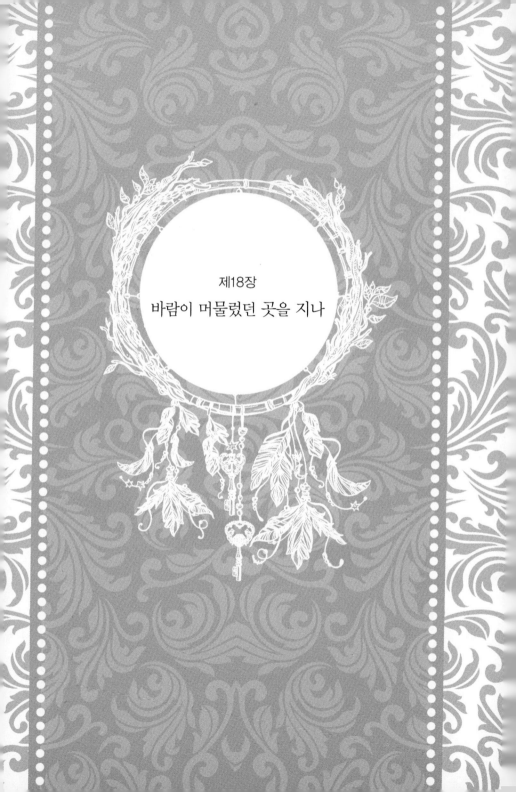

제18장

바람이 머물렀던 곳을 지나

니안느는 칼릭의 말에 답하지 않았다.

처음 만났을 때와 다를 바 없는 얼굴이다. 리카르의 명으로 성을 찾아 왔던 그때, 놀라운 능력에 대한 소문을 옷자락에 매달고 온 주제에 칼릭을 보자 자기가 더 놀라더니 활짝 웃었다. 그 표정을 본 칼릭도 저도 모르게 웃었었다. 소문은 그리 무시무시하더니, 웃는 것은 귀엽다고 생각하며.

많은 것들을 무심하게 흘려보냈건만, 그 순간은 그에게 머물고 멎었다. 봄볕에 닿은 듯 경계심이 녹고 흐트러지며 어느 순간부터 마음은 그의 것이 아니었다. 손길 하나에 흔들리고 눈빛 하나에 감사하며, 심장의 주인이 달라졌다.

"여긴 어디지."

니안느는 칼릭을 제대로 보기 위해 머리를 젖혔다. 목에 걸린 진주 목걸이가 흔들리며 달그락 소리를 냈다.

"동방 숲의 왕이 다스리는 세계지요."

칼릭은 아픔과 함께 지금 자신이 어떤 상황에 처해 있는지 깨달았다. 그때의 표정과 같은 이유가 무엇인지, 유리의 거친 단면에 베인 것 같은 통증과 함께 깨닫고 만다.

앞에 있는 니안느는 그야말로 숲에서 지내던 그때의 모습 그대로이다.

숲을 나온 적도 없고 칼릭과 만난 적도 없는 그 모습 그대로.

니안느와 성에서 같이 지낼 때 궁금하긴 했다. 숲에서 지낼 때 너는 어떤 모습이었을까. 또, 너무도 하찮은 순간들을 살아오며 소소한 것에 만족하고 벅차오르는 인간은 위대한 세상을 아는 네게 어떤 존재일 것인가.

그런 생각을 하다 보면 니안느와 마주할 때마다 드는 그 예감이 차가운 손가락처럼 스치고 지나갔다.

네가 왕을 찾는다면, 네가 머물던 숲에 왕이 깃들고 네가 다시 돌아갈 수 있게 된다면, 너는 무엇을 택할까.

나와 인간 세상일까, 아니면 너를 살려주고 네게 힘을 주고 새로이 태어나게 해주었던 숲의 세계일까.

칼릭은 자신과 이 인간 세상이 니안느에게 우선할 수 있는 그 어떤 이유도 찾지 못했다.

이곳이 칼릭의 세계라면, 저곳이 니안느의 세계. 칼릭은 니안느가 그의 곁에서 행복하길 바라지만, 니안느가 돌아가고자 하는 곳은 저 세계였다. 그러니 진솔하게 자신의 애정을 표하고 칼릭의 애정을 받아들이면서도 니안느의 전제는 항상 이별이었다. 니안느 자신도 나중에 어찌 될지 몰랐으리라. 알았다면 그 성품상 반드시 말했을 테니.

리카르와는 달리 숲은 니안느에게 있어 너무나 근본적인 것이었다. 성스러운 힘이 깃든 핏줄이라 할지라도 칼릭은 인간 세상의 기사였다. 반대로 니안느는 아무 일도 없었다면 숲에서 영원히 살아가야 했을 요정이나 정령에 가까운 존재였다.

그래도 니안느와 함께할 때면 그들을 둘러싼 세상에 다른 것은 들어올 수 없었다. 세상은 니안느와 단둘이서 행복한 곳이었고, 그 세상에 칼릭은 유일한 남자였고 니안느는 인생에 유일한 여자였다.

"숲의 왕이 다스리는 곳."

칼릭은 눈을 내리깔며 조용히 말했다.

"처음 들어보는군."

아프다. 너를 잃고서는 산산이 무너지는 아픔이었다면 이건 시린 아픔이다.

등 뒤에서 메피스토가 고개를 내밀며 나지막이 으르렁거렸다. 니안느는 메피스토 쪽으로 손을 뻗었다. 메피스토의 콧등이 손바닥에 닿자, 니안느는 팔을 벌리고 메피스토의 머리를 안았다. 메피스토의 큰 머리가 니안느의 가슴에 닿았다.

"이 아이는 당신의 것인가요? 사람을 잘 안 따르는 종류의 용인데."

"아니, 친구 사이."

메피스토가 크르릉 울었다.

"그리고…… 우리는 같은 친구를 찾고 있었지."

"그 친구를 찾는 데 내 도움이 필요할까요."

"없을 거야."

자신의 목소리가 어떻게 들릴지 칼릭은 알 수 없었다.

슬픔일까 절망일까.

니안느의 눈에 위로의 빛이 담겼다.

"그렇다면 기대해 봐요. 숲의 왕이 항상 그의 영역으로 사람을 들여보내는 건 아니거든요. 보통 사람들은 이 숲을 천 번을 다녀도 몰라요. 숲의 아이들은 항상 그들을 보죠. 때론 난처한 사람을 돕기도 하고…… 가끔은 이렇게 왕이 숲을 열어 들여보내 주는 사람과 만나요. 그런 일이 벌어지면, 필람몬은 바깥세상에 무슨 일인가 일어난 거래요. 숲의 왕이 도와줘야 하는 일이 생긴 거라고."

"그래."

"어쩌면 당신을 위해 내가 할 일이 있을지도 몰라요. 당신이 나와 만났으니까요."

니안느의 손가락이 칼릭의 턱에 닿았다. 니안느에게는 이런 버릇이 있었다. 얼굴에 손가락을 얹고는 눈을 맞추며, '자, 그러니 그런 표정 짓지 말아요. 다 말해보라니까요. 들어줄 수 있으면 다 들어줄 테니.' 라고 말하듯 웃는다.

본인은 자신에게 이런 버릇이 있다는 것을 모른다. 자신이 이 세상을 다 주고 싶다는 얼굴로 상대를 바라본다는 것도 모르고, 그러면 남자가 어떤 기분이 드는지도 모른다.

"델 판의 공작, 마인베르크가 전쟁을 벌이려는 것을 봤어요. 여기저기 자기들 군사와 괴물들을 보내죠. 이 숲을 점령하려 하고 이 숲의 힘을 가지려 하고. 조금 전에도 그랬죠."

"조금 전…… 네가 우리들을 도와준 건가."

"우리는 같은 적을 두었을 것 같아요. 내가 당신을 도왔듯, 나 역시 도움을 받을 일이 있는 걸지도 모르죠."

"난처한 일이 있는 건가."

"그건……."

말을 흐리는 니안느의 눈이 속눈썹 아래로 가라앉았다.

"일단 당신이 들어왔으니 솔직히 말할게요. 숲에 깃들었던 왕의 힘이 사라지고, 그 빈자리로 도둑 같은 힘이 들어왔어요. 그 괴물들은 비틀린 마법으로 만들어진 것이죠. 신이 없는 곳을 헤매는 혼을 잡아다, 역시나 형체를 잃은 육체에 심어 보내는 거예요. 이 숲은 온통 그런 것들로 뒤덮였죠. 하지만 난…… 왜 이 일이 벌어졌는지 몰라요. 깨어나 보니 이리되어 있었거든요."

칼릭은 자신이 어떤 표정을 짓고 있는지 알 수 없었다.

칼릭을 보는 니안느의 눈이 차츰 흐려지고 있었다.

"눈을 뜨니 시간이 아주 많이 흘러 있었어요. 나는 이렇게 컸고, 숲도 변했죠. 내가 떠났던 여행은 무척 긴 여행이었나 봐요. 숲의 왕이 보낸 것일 수도 있는……."

긴, 십 년의 여행이었다.

칼릭은 어느 순간에도 같이 못하다가 끝에 이르러서야 니안느와 만났다.

일찍 만났어야 했을까, 아니면 그때가 적당했던 걸까.

모른다. 일찍 만났으면 일찍 이렇게 되었을 거란 생각이 드니.

니안느는 칼릭에게서 시선을 내렸다.

"아무리 위대한 숲의 왕이라도 용감한 인간이 필요할 때가 있대요. 반대로…… 우리가 숲을 나가야 할 때도 있어요. 예전, 아주 먼 예전에 내 스승님도 그런 적이 있다고 하더라고요. 숲 밖으로 아주 긴 여행을 갔어야 했던 시절이 있었다고. 그분도 말했죠. 숲이 불타고 왕이 잠들자, 그 왕이 남긴 마지막 명령에 따라 긴 여행을 갔다고요. 돌아왔을 때는 거의 이십 년 가까이 흘러 있었대요. 어디로 가서 무엇을 했는지 하나도 기억나지 않는데, 시간만이 흘렀다죠. 나도 아마 마찬가지인 것 같아요……."

필람몬— 그의 이름일 테지.

나도 그를 만난 적이 있다.

비참한 운명과 혹독한 수난 속에 있던, 종말이 곧 구원이던 그를.

"네 스승은…… 그 여행에서 무엇을 보았을까."

"영원히 모르셨어요. 왕은 말해주지 않았고 스승님도 그에 대해 묻지 않았지요. 기억하면 안 될 것 같았대요. 내가 모르는 새 이가 빠진 자리처럼, 욱신거리는 통증은 있지만 원래 박혀 있던 것은 사라지고 없죠. 거의 수백 년 가까이 왕과 함께하셨던 스승님도 그런데, 고작 이런 나는 별수 없어요."

"왜 잊는 걸까."

"왕이 정하셔서요. 그 기억 속에 눈물이 있는지 웃음이 있는지 모르도록 왕이 정하신 거죠. 이유는 몰라요. 그분이 정하면 따라야 하는 것일 뿐이라. 세상 밖에서 겪은 일은 그렇게 꿈이 되죠. 부서진 보석처럼 그 조각조각은 아름다운데, 무엇이었는지는 몰라요."

"……그래."

니안느의 목소리는 힘을 잃어간다.

"당신에게 왜 이렇게 많은 말을 하는 건지 모르겠네요. 아마도 혼자 있어서 그런가 봐요. 누구에게든 떠들고는 싶어서 나무나 바위에 얼굴을 대고 떠들어댔어요. 그러다 당신을 만나니 이리 떠들어대네요."

나는…….

칼릭은 말하고 싶었다.

나는 항상 침묵했지.

아버지와 너를 잃고 홀로 지낸 그 시간은 숨 쉬며 견디는 것조차 힘들었다.

그래서 침묵했다.

힘들어 죽겠다는 의미가 뭔지 알았다. 가슴이 찢어진다는 말의 의미가 무엇인지도.

마인베르크의 성에 붙들려 있을 때보다도 더 그랬다.

텔 판에 있을 때는 그래도 있었다. 생각할 것과 여기서 나가면 만나야 할 사람이. 꿈을 꾸기도 했다. 성을 나가 자유로워지는 꿈과 아버지를 만나고 고향으로 돌아가는 꿈을.

그러나 홀로 남아 있을 때는 그 무엇도 없었다.

희망도 꿈도, 다.

그 외로움보다 더 그를 견디기 어렵게 한 것은 니안느가 어찌 되었을지 모르는 두려움이었다. 칼릭이 겪었을지도 모르는 일을 니안느가 겪는다면, 그것은 너무도 끔찍한 일이었다. 그렇다고 잃기를 바라는 것도 아니다. 차라리 죽는 것만 못하다는 건 칼릭 자신이 겪을 때나 할 수 있는 말이었다. 니안느는 살아만 있어주면 되었다.

그래서 지금 칼릭은 기쁘면서도 외로웠다. 이렇게 무사해서 기뻤지만, 그의 세상엔 아직 그녀가 있고 영원히 사라지지 않을 텐데 그녀의 세상에서의 칼릭은 사라졌다는 것에 외로웠다.

"네 왕은 잔인하군."

칼릭은 조용히 말했다.

"참으로."

칼릭은 니안느의 얼굴을 보았다. 다시 고개를 든 그녀는 슬프게 칼릭을 보고 있었지만 반짝이는 눈과 생기 넘치는 볼은 여전했다.

빛나고 아름답고 그리웠던 너. 황폐한 침묵의 세계를 깨운 너, 가을에 찾아온 놀라운 찬란함이던 너, 그런 너를 사랑하게 된 나. 그러나 그 모든 것이 어느 순간 이렇게 사라져야 하는 것이었다면……그건 잔인한 거다.

"잔인해."

칼릭은 고개를 숙여 니안느의 이마에 입을 맞추며 따뜻한 볼에 손을 얹었다. 니안느가 물었다.

"이름이 뭔가요."

"칼릭스트."

잠시 조용히 있던 니안느가 말했다.

"그러나 당신은 내 이름을 알죠. 그렇죠?"

고요한 수면 위로 물 한 방울이 뚝 떨어진 것 같다.

멀고 먼 길을 돌아가야 할 줄 알았건만, 니안느는 칼릭의 눈빛과 표정으로 이미 짐작하고 있었다.

"나를 알아요, 당신은."

"그래, 알아."

칼릭은 니안느의 마른 어깨에 이마를 댔다.

"안다고."

니안느는 그의 머리카락을 쓸어주고는 다정하게 속삭였다.

"그래서 왕은 당신을 보내줬군요. 나를 위해, 당신을 위해."

다시 말하고 싶다.

네 왕은 참 잔인하다고.

내가 어떤 마음인지 알면서도 이런 너를 만나게 했다면, 내가 어찌 될 줄 알면서도 너를 이리 만들었다면 당신은 잔인한 거라고.

"망각의 먹물에 덮여 사라진 그 기억들 속에 당신과의 추억이 있겠지요. 당신을 슬프게 하는 것들이, 알게 되면 나도 분명 아프게 할 것들이."

니안느의 한숨이 칼릭의 목에 닿았다.

"불공평하게도, 당신은 그리 아는데 나는 모르네요."

"너는 아프지 마. 그런 건 공평할 필요 없으니까."

니안느의 몸이 떨렸다. 칼릭은 다시 니안느의 볼에 입을 맞추고 그 입술로 목덜미를 쓸어내렸다.

"니안, 잊었다면 잊어버려."

"……."

"기억해 내려 하지 마. 네가 잊은 그 기억들 중 네게 좋은 건 하나도 없어. 너는 아파하고 외로워하고…… 몸부림쳤지."

　너는 네가 생각할 수 있는 것보다 더 참혹한 것을 봤지. 네가 사랑하던 남자에게 냉대 받았어. 너와 상관없는 자들의 분노와 욕망에 희생당하다가 너 혼자 버려졌지. 그리고 그렇게 애썼던 네가 서야 했던 자리는…… 아무도 없는 새벽 여울 옆.

　"잊어서 더 기억나지 않는다면, 아픔도…… 슬픔도 다 잊어버렸다면, 그러면 하지 마. 그냥 잊어버리고 흘려보내. 기억해 내려 하지 마."

　"당신도…… 그런가요."

　"나는 네게 아주 큰 것, 너무나 큰 것을 받아갔지."

　그렇게 내가 얻어간 것이 네게 가장 큰 희생을 치르게 했던 것 같다. 내내 후회했다. 네게 사랑해 달라 한 것을. 의미 없는 남자일 것을 그랬다고. 스쳐 지나가 버리는 그런 남자일 것을. 머리카락 하나도 쓸 일이 없는 그런 남자일 것을 그랬다고.

　"그래도."

　니안느의 팔이 칼릭의 어깨를 감았다. 마른 팔이 가슴을 스치고 지나가 어깨에 얹힌다.

　"당신이라면 괜찮았을 거예요. 나를 아프게 했다 하더라도 몇 배의 기쁨을 주었을 테니."

　"확신하지 마. 네 속을 엄청 썩인 놈이면 어쩌려고."

　니안느는 칼릭의 턱을 살짝 당겨 자신을 보게 했다.

　"그러면 이런 눈일 리 없죠. 이런 목소리일 리 없고, 이런 얼굴일 리도…… 없어요. 안 그런가요, 칼릭스트."

　칼릭스트—

　저리 이름을 부르는 경우는 자주 없었다. 대체로 칼릭스트 '경'이었지.

　"당신이 내 도움을 받으러 왔다면…… 말해요. 바깥세상에서의 나는 당신이 무엇을 부탁하든 기쁘게 들어주었을 테고, 이곳의 나도 마찬가지예요."

니안느의 눈빛은 맑다.

칼릭은 그 눈에 자신이 약하단 사실을 알고 있었다. 거짓은 거부하고 진심은 진심으로만 받아들이는 저 눈빛에 그는 약했다. 그래서 이 눈을 마주 볼 때마다 칼릭은 아직 세상을 모르는 소년처럼 굴었다. 가지고 싶어서 조바심 냈고, 하나라도 놓치기 싫어 안달했다. 너무나 소중해서 때론 슬펐고, 사랑스럽고 예뻐 보여 안타깝기도 했다.

숲이 날카롭게 흔들렸다.

칼릭은 본능적으로 칼자루에 손을 얹고 밀었다. 니안느가 다가와 그 가슴에 볼을 얹고는 주변을 둘러보았다. 그녀의 귀가 심장이 닿을 듯 가까웠다.

"뭐지, 니안."

칼릭이 물었다. 니안느가 고개를 들자 그의 턱 바로 아래 눈동자가 있었다.

"침략자들이요."

니안느의 손가락이 숲속을 가리켰다.

칼릭은 천천히 등을 돌려 한 지점을 노려보았다.

다리가 길고 비쩍 마른 개 한 마리가 돌아다니고 있었다. 위에 삐삐 마른 아이처럼 작은 악귀가 앉아 있었다. 아래로 늘어진 뼈나 다를 바 없는 손에는 낫이 쥐어져 있었다.

"듀러드."

니안느는 작게 말했다.

"저녁의 기사들이에요. 데본의 전령. 검은 죽음의 개를 타고 다니는 귀신들."

곧 숲속에서 똑같은 놈들이 하나둘 나타나기 시작한다.

칼릭은 검을 뽑았다. 니안느가 칼릭의 팔을 잡았다. 목 근처로 서늘한 감각이 스쳐 지나갔다. 투명한 팔이 목을 끌어안는 것 같다. 부드러운 목소리가 들렸다.

[쉿, 칼릭스트. 놀라지 말아요.]

차가운 안개 속으로 들어간 듯 볼과 피부가 서늘해진다. 칼릭은 시야가 엄청나게 넓어지는 것을 느꼈다. 처음부터 끝까지 숲이 한번에 다 보였다. 갑자기 확 몰아치는데, 익숙하지 않은 감각이라 현기증이 일었다. 여기저기 숨은 온갖 악귀와 마수들이 보였다.

"니안—"

[믿어요.]

강하게 뛰어오르는 심장 위로 부드러운 손길이 스치고, 예상했던 대로 니안느가 놀라 흘리는 탄식이 들려왔다.

[당신, 대체 무엇을 간직하고 있는 건가요. 왜 이곳에 그분의 힘이 있는 거죠.]

"그건……."

어디서부터 말해야 하는지 모르겠다.

우리가 같이 겪었던 일 중 처음으로 모든 것을 공유했던 그 순간을. 운명의 시작이자, 반드시 했어야 하는 일이었던 그 순간을.

"할 수 있는 일은 무엇이든 해. 괜찮으니. 그리고 처음도 아니니까."

니안느는 그의 몸을 통해 힘을 펼쳤다.

눈에 보였던 것들이 단숨에 씻은 듯 사라진다. 앞에서 어슬렁대던 개에 탄 악귀들도 휩쓸려 사라졌다.

"되었어요."

칼릭의 몸에 깃들었던 니안느의 영혼이 그를 떠나 자신의 몸으로 돌아갔다. 칼릭은 니안느의 몸을 잡고 일으켰다. 칼릭의 품에 기댄 니안느의 눈은 놀라움과 혼란으로 흔들리고 있었다.

"어떻게 그분이 당신 안에 있는 건가요."

"설명할 시간을 준다면 해줄 수 있을 거야."

"그럼 이리 와요."

니안느는 몸을 떼고는 칼릭의 손을 잡았다.

나무들이 옆으로 물러나며 긴 터널이 만들어졌다. 니안느는 칼릭을 잡아끌며 그 사이를 지나갔다.

잠시 뒤 그들은 엄청나게 굵은 떡갈나무가 우거진 숲으로 들어갔다. 그곳은 봄날같이 온화하고 풍성했다. 사람들이 살았던 흔적이 있기도 했다. 작은 탁자, 그릇, 책, 주사위와 놀이를 위한 통이 널려 있었다. 아이들이 놀다가 사라진 곳 같았다. 메피스토도 따라와 그 나무둥치에 기댔다.

"그곳보다는 나아요. 내가 몇 번이나 결계를 쳐둔 곳이니까. 나보다 더 강한 존재가 온다면 어쩔 수 없지만요."

니안느는 그 안으로 칼릭을 이끌었다.

"당신 말대로 당신은 내 속을 꽤나 썩인 사람일 수도 있어요."

"아니. 그런 남자가 있긴 하지만 나는 아니야. 다른 남자야."

"네?"

"나는 네가 나쁜 선택을 하게 한 거고, 그 남자는 네 속을 꽤나 아프게 했지. 그러니 그건 내 이야기가 아니었어."

니안느는 눈을 깜빡였다.

"나는 그 남자도 기억 안 나는데요."

"계속 잊고 있어. 그 남자야말로 잊어 마땅하니."

니안느는 어처구니없어서 웃었다. 누군지 몰라도 당신한테 엄청 미움 받네요, 라는 생각을 하며.

"나에 대해서도 기억할 필요 없어. 너를 아프게 했던 것, 네가 아파서 나도 고통스러웠던 것, 그런 것들…… 다 잊어. 나쁜 건 나만 기억할 테니."

칼릭은 니안느에게 다가가 허리에 손을 얹었다. 그리워하던 감각이 스며든다. 달아오르는 니안느의 살과 긴장하는 숨소리가 느껴진다. 숨을 타고 흘러들어 오는 체향도 진해진다.

"오늘부터 나에 대해 알아도 상관없어, 니안."

칼릭은 고개를 숙여 볼에 입을 맞추었다. 따뜻한 감각이 입술에 닿았다. 니안느가 살짝 몸을 떨자, 칼릭은 고개를 깊이 숙였다. 손이 목을 감싸 올려 머리카락 속으로 파고들어 갔다. 작고 단단한 머리를 휘감아 잡고 입술을 깊이 밀었다. 다른 팔은 등을 쓸어내리고 허리를 감았다. 매끄럽게 벌어지는 입술 사이로 혀를 밀어 넣고, 그 안을 음미하며 나른히 신음을 흘렸다. 숨이 뜨거워지고 목덜미는 달아오른다. 허리를 감은 손에 힘을 주며 니안느의 몸을 기울여 눌렀다. 그리고 당혹감과 긴장, 설렘과 놀람 속에 혼란스러워하는 니안느에게서 입술을 떼며 속삭였다.

"너에 대해서는 내가 다 기억하고 있으니까."

칼릭은 니안느의 볼을 어루만졌다. 여전히 혼란해하면서도 니안느는 그 접촉이 주는 감각에 몸을 맡겼다.

"네가 무엇을 좋아하는지. 무엇에 기뻐하고, 무엇에 즐거워하는지, 무엇에 웃는지, 무엇을 질색하는지, 무엇을 소중히 여기는지. 나는 다 기억해, 니안."

다시 입술을 덮었다. 매끄러운 입술 안쪽이 맞물리며 미끄러졌다. 이제 기다리는 것을 배워 버린 달콤한 혀가 그를 기다리고 있었다. 경직되었던 니안느의 어깨도 부드럽게 풀리며 기대왔다.

가슴 깊은 곳에서부터 열기가 번진다. 온몸을 젖게 하던 그 열정이 다시 돌아온다. 안고 더 깊고 뜨겁게 돌아가고 싶은 것을 억누르는 데는 많은 인내가 필요했다.

"칼릭스트―"

니안느가 긴장하며 속삭였다. 니안느의 두 눈에 담긴 불안감을 본 칼릭은 고개를 저었다.

"너는 기억하지 않아도 좋아. 내가 너를 얼마나 사랑했는지도, 네가 나를 사랑하려고 노력했던 시간과 그리하게 된 기억들을 다 잊어도 상관없어……."

칼릭은 한숨을 내쉬었다.

"너는…… 내가 너를 사랑하게만 해주면 되는 거야."

기억 못해도 상관없어.

우리 사이에 가치가 있는 것이 추억만인 건 아닐 테니까.

너를 알게 되어가며 사랑했고, 그런 네가 아직 여기에 있다는 것만이 중요할 뿐.

비바람 치던 날 밤에 품에 안겨주던 너와 사랑한다고 속삭여 주던 네가 사라져도, 둘만의 시간에 속삭이던 말들과 그 순간의 감각과 추억들이 다 사라져도 괜찮다.

잊힌 것들을 돌이킬 필요 없으니, 내게는 너만 있으면 된다.

너와 나는 내일이 더 빛날 것이고, 왕이 다시 너를 데려간다 하더라도 나는 다시 찾아갈 거야.

"불공평한 일이네요."

"괜찮다고 했잖아."

"아니, 불공평해요. 아름다운 것, 굉장히…… 소중하고 근사한 것을 당신 혼자만 알고 있잖아요. 나는 모르는데."

"나는 좋아."

너다워서. 또, 모진 시간들을 견뎌내고도 간직했던 네 모든 것이 이리 온전히 있어서.

"그렇다면 더 불공평한데요. 당신이 아는 나는 내가 아는 나보다 더 근사한 여자였을 것 같으니까."

"책망 받는 것 같잖아."

니안느는 통증과 허전함을 동시에 느끼고 있었다. 남자의 심장이 뛸 때 니안느의 영혼도 같이 설레고 두근댔다. 남자와의 기억이 있든 없든 심장은 진실을 말하고 있었다. 씨앗이 그 싹이 트는 순간부터 그 근본과 정체를 숨길 수 없듯, 이 감각과 감정이 말하는 진실은 너무나 분명했다.

그때의 나는 이 남자를 사랑했다. 이 남자도 나를 사랑하고.

니안느는 그 기억들을 너무나 간절히 가지고 싶었다. 이곳에서 눈을 뜬 이후로 내내 느끼던 외로움이 절절히 느껴지면서, 이 남자와 같이하던 기억은 더 간절해진다.

사랑했던 기억이 그립고 다시 사랑하고픈 욕망이 든다.

그러나 숲이 다시 경고를 보냈다.

웅—

나무, 풀, 바위 등 숲에 있는 모든 것들은 숲의 아이들과 다 연결되어 있다. 나무 하나가 보는 것도 모두 다 볼 수 있는 것이 숲의 아이들이다. 그런 숲의 아이인 니안느는 결계의 근방이 흔들리는 것을 알아챘다. 침범하려는 힘이 느껴진다.

"또 침입자들이 와요."

알려주는 이도 알려줄 이도 없다. 지금 숲에 있는 숲의 아이는 니안느 하나였다. 다른 형제들이 오기를 기다렸지만 아무도 오지 않았고, 말을 걸어도 답하는 이들이 없었다. 니안느는 유령이 된 기분이었다.

이 남자는 알고 있을 것이다. 무엇이 벌어졌던 건지, 왜 그녀 혼자 있는 건지. 남자는 그것은 아프고 슬픈 기억이라 말하지만, 니안느도 말하고 싶었다.

당신과 있었다면 그렇지만은 않았을 거예요.

남자의 아름다움 때문만이 아니라, 남자의 눈에 담긴 진심 때문이었다. 세상에 온전히 그녀 하나만 보았던 남자의 눈이었고, 그런 사랑을 받았던 남자의 눈이기도 했다.

칼릭의 등 뒤에 있던 검회색 용이 으르렁댔다. 용은 마법의 생명체라, 그들이 불쾌해하는 존재— 즉, 그들의 적에게 민감하게 반응한다.

니안느는 칼릭의 팔을 당겨 그를 뒤로 물러나게 한 다음 앞으로 나섰다.

아직 숲으로 돌아온 사람은 하나도 없는데, 적들은 빠르게 강해지고 있었다. 니안느가 그동안 공들여 만들어둔 결계도 깨어지려 하고 있다.

"가만. 여기서 기다려요."

니안느는 치마를 잡고 결계 근방으로 달려갔다. 결계를 이룬 나무들이 옆으로 물러나며 깊은 나무의 터널을 만들었다. 니안느는 그 터널 사이를 달렸다. 부드러운 이끼로 덮인 바닥이 끝나고 가시와 돌로 뒤덮인 험한 바닥이 나타났다. 가면 갈수록 나무들은 작아지고 왜소해졌다. 곧 불탄 나무들이 나타나며 경계에 이르렀고, 그 경계를 넘자 안개 같던 장막이 걷혀 나가며 숲이 그 모습을 드러냈다.

말라붙은 풀과 시든 덩굴, 검게 탄 나무들이 보였다. 운석이라도 떨어진 것 같은 폐허의 한가운데 검게 탄 물푸레나무가 있다. 끔찍한 제례의 흔적인 듯 형제들의 시체가 박혀 있다. 나무가 삐걱 소리를 내며 움직였다. 뿌리가 우두두 뽑혀져 나와 꿈틀댔다.

"안 돼……!"

니안느는 절망과 분노가 일었다.

숲의 왕이었던 그 나무, 성스러운 신목이 뿌리 뽑히며 움직이고 있었다. 이 가혹한 모독에 니안느는 보고 있을 수조차 없었다.

적의 힘이 깃들고 있었다. 붉은 피 같은 것이 껍질에서 흘러나오고 그 나무에 박힌 아이들의 머리와 사지가 꿈틀댔다. 나무는 고통스럽게 몸부림치며 다른 생명체로 거듭나고 있었다. 나뭇가지는 여러 개의 팔처럼 보이고, 둥치 뒤로 뻗은 나뭇가지는 그 괴물의 뿔처럼 보였다.

우르릉—

나무가 드디어 완전한 모습을 드러내고 발을 옮기자 대지가 울렸다. 나뭇가지가 아래로 휘어져 바닥을 짚더니, 그 나무는 몸을 위로 곧게 펴며 일어났다. 거대한 나무로 된 거인은 너무나 커서 이미 밤인 주변을 더 어둡게 했다. 밤에 봐도 이리 참혹한데, 낮에 보면 어떠할지 상상조차 두려웠다.

니안느는 이제 절망을 넘어 증오를 느꼈다. 아무리 사악하고 간악한 자라도, 아무리 무자비한 자라도 이래서는 안 된다.

눈앞이 어두워지며 니안느를 향해 나뭇가지들이 쏟아져 내렸다. 너무 갑자기 날아온 것이라 니안느는 피할 순간을 잡지 못했다. 이마가 차게 식는 것 같은 순간, 낚아 채여 뒤로 확 당겨졌다. 그녀의 몸을 덮치려던 나뭇가지 더미는 검에 베어졌다. 잘려 나간 나뭇가지가 바닥으로 떨어졌다.

"어떻게 된 거야."

칼릭이 묻자 니안느는 고개를 저었다.

"도망칠 수가 없었어요. 어디로 가야 할지도 모르겠고. 계속 이 안에 갇혀 있었어요! 아무 데도 갈 수가 없어, 이 안을 빙빙 돌며 도망만 다녔어요."

칼릭은 니안느의 머리를 감싸 안아 가슴으로 당겼다. 눈앞의 광경은 칼릭이 보아도 참혹했다. 신의 나무는 타락이라 말할 수도 없을 정도로 비참한 노예가 되어 있었다. 몸부림치는 나무에는 불탄 시체가 달려 있었다. 못 박힌 아이들은 비명을 지르는 채로 들러붙어 있었다. 산 채로 불태워진 것이다. 숲의 신목은 피에 더럽혀진 채 아끼고 사랑했던 아이들과 함께 비참하게 죽은 것이다.

신목의 몸이 꿈틀대기 시작했다. 꿈틀대는 나무 안에서 악귀들이 튀어나왔다. 신은 이제 괴물들의 태(胎)가 되어 있다. 달빛도 별빛도 그 나무의 그림자에 빨려 들어갔다.

당장 니안느를 데리고 떠나고 싶었지만, 니안느는 세상 반대편까지 데려가도 이곳으로 돌아올 거란 사실도 안다. 이대로 가만히 있을 수도 없고 도망칠 수도 없다면 어떻게 해야 하나.

칼릭은 손에 쥔 검의 존재를 깨달았다. 푸른 불꽃이 검을 타고 서서히 피어오르고 있었다.

"니안, 기다려."

칼릭은 니안느의 머리에 입을 맞추곤 놓았다.

"뭘 하려고요!"

칼릭은 앞으로 나가며 검을 들었다.

성검의 푸른빛이 하얗게 변하기 시작했다. 몰려들었던 괴물과 악령들이 그 빛에 놀라 도망쳤다. 육중한 거목은 뒤틀리고 꿈틀대며 칼릭을 향해 느릿느릿 다가왔다.

칼릭은 검을 세웠다. 이마에 차가운 검날이 닿았다. 가슴 안에 있는 왕의 힘이 반응했고, 칼릭이 불러낸 권능도 검에 모이기 시작했다.

숲의 왕은 이 숲에서 도망치다 쓰러졌던 칼릭을 도와주었다. 칼릭에게 은혜를 갚으라고 그런 기적을 베풀어준 것이 아니었다. 니안느가 칼릭을 살려주기 위해 숲의 왕의 마지막 힘을 쓴 것은 마음에서 나온 일이지, 누가 시켜서 한 일이 아니다. 몇 년간 세웠던 계획을 때려치우고 니안느에게 달려간 칼릭도 무언가를 바란 게 아니었다.

오로지 마음뿐.

감정적이라는 말과는 다른, 가장 소중한 존재를 위해 최선을 다한 것이었다.

그런 희생이 그때의 기적으로 이어졌다.

지금도 그러하다.

가장 하고 싶은 일을 위해 가장 중요한 일을 하는 것이다.

빛이 검을 휘감으며 섬광처럼 타오르고, 칼릭의 피도 같이 타올랐다.

칼릭이 무엇을 하려는지 알아챈 니안느는 두 팔을 뻗었다. 이마의 각인에서 빛이 터지며 가시덩굴이 솟구쳐 올랐고, 가시덩굴은 칼릭을 공격하려는 괴물들을 막아냈다. 느리지만 막강하게 움직이는 거인의 몸을 향해서도 가시덩굴이 뻗어나가 그 몸을 휘감았다. 거인은 몸부림치며 가시덩굴을 끊어냈다. 그러나 그 등 뒤에서 그만큼이나 거대한 바위 거인이 솟아났다. 바위 거인이 몸을 던져 그 움직임을 막았다. 두 거인이 뒤엉켜 주춤한 사이, 칼릭은 바닥을 박차고 몸을 날렸다. 팔을 내리치며 권능이 담긴 검을 거인의 가슴에 꽂았다.

일격이 나무를 꿰뚫었다. 우두둑, 둑둑, 하며 껍질이 깨지는 소리가 났다. 나무가 기우뚱 기울었다. 박힌 곳을 중심으로 빛이 그물처럼 퍼졌다. 빛은 점점 더 진해졌고, 나무는 우르릉— 소리를 내며 쓰러졌다. 둥치에 매달려 있던 뼈들이 와작와작 부서졌다. 그 몸에서 나오던 악령이 연기처럼 사라졌다. 꿈틀대던 뿌리는 늘어진다. 그가 불러낸 괴물들도 힘을 잃고 바닥으로 떨어져 재가 되어 흩어졌다.

니안느는 그토록 사랑했던 존재가 이렇게 괴로워하다 쓰러지는 것이 고통스러웠다. 심장과 마음이 재처럼 휘날리는 것 같았다. 칼릭이 니안느의 목을 감아 안아 당겼다.

쿵, 쿵 울리는 심장 소리가 니안느의 귀 너머로 들렸다. 남자는 슬퍼하고 있다. 니안느의 슬픔에 같이.

"네 왕이 잔인하다고 했던 것, 그건 취소할게."

"……."

"취소야."

"……칼릭스트."

칼릭의 눈이 니안느를 향했다. 피로해 보였지만 다정하다. 단순히 상냥하고 친절한 것이 아니다. 상대를 너무나 소중히 여기는 다정함이다.

니안느는 이 순간에 이 남자와 있다는 것이 다행으로도 여겨졌다. 그만큼 안타까움이 다시 느껴진다.

당신은 나를 위해 이리도 슬퍼하는데 나는 왜 모르는 건지. 우리 사이에 있던 일들은 잃어버리기에는 너무나 귀중했을 텐데.

날이 밝아오며 서쪽 하늘에 맺힌 별이 빛을 잃어가고 있다.

새벽의 마지막 별빛이다.

니안느는 천천히 고개를 들었다. 두 눈에 쓰러진 거대한 신목(神木)의 폐허와 서서히 붉게 물들어가는 검푸른 하늘이 보였다.

아침을 기다리는 장밋빛 하늘이다.

칼릭이 조용히 속삭였다.

"좋은 것."

"……좋은 것이요?"

익숙한 설렘이 니안느의 심장을 건드렸다.

"그래. 좋은 것을 생각해. 세상이 너를 괴롭히고 지치게 해도. 네게 좋았던 것들과 네가 보고 웃었던 것들을. 그리고……."

칼릭이 타는 목소리로 말했다.

"다시는 내 마음을 찢어놓지 마."

바람이 스치는 빈 계곡의 메아리처럼 마음이 울린다.

니안느는 눈물이 고이는 것을 느꼈다.

무엇에 슬퍼하는지 모를 슬픔이었다. 몸 여기저기에 니안느의 머리는 모르는 것이 각인되어 있었다. 입술이 기억하고 목덜미가 기억한다. 이마와 손가락이 기억하고 어깨가 기억한다.

그리고…… 심장이 기억한다.

고인 눈물이 볼을 타고 흘러내려, 목덜미를 서늘하게 훑고 지나가 진주알로 스며들었다.

하얀 번뜩임이 그 진주알을 스치고 지나갔다. 차가운 한숨 같은 것이 그 진주알에서 스미어 나왔다.

이건, 내가 걸었던 주문.

선명한 금이 가는 듯, 쩡— 하고 쪼개지며 새로운 것이 드러난다.

아침의 빛이 볼에 번지는 것이 느껴진다.

숲의 모든 것에 아침이 찾아온다.

나뭇잎과 가지와 바위와 풀, 샘과 냇물과 덤불이 깨어난다.

새의 날갯짓 소리가 들렸다.

이어 귓가를 적신다.

달콤하고 경쾌한 선율, 붉은 술로 가득 찬 은잔이 부딪히는 소리처럼 즐겁던 그 선율이 들린다. 한 발 두 발 찍히던 발자국과 두근대던 가슴과 달아오르던 숨소리가 느껴진다.

그리고 두 눈 가득 담았던 남자가 보인다.

"다행…… 이네요."

내가 건 마법의 열쇠들.

그것은……

새벽의 마지막 별빛.

아침의 첫 햇살을 기다리는 장밋빛 하늘.

그리고……

당신을 기억하는 나의 눈물.

절대 모일 수 없을 것이지만, 당신이라면 할 수 있을지도 모른다고 생각했던 일들.

"깨어나 바라보는 새벽에 당신이 있어서. 내가 눈감는 마지막 순간에 당신이 있었고…… 내가 눈뜨는 그 세상의 첫날에 당신이 있어서."

니안느는 칼릭의 품 안에 몸을 던졌다. 심장의 고동 소리와 가슴의 뜨거움을 기억하는 대로 온전히 느낄 수 있었다. 칼릭의 두 팔이 온몸을 끌어안았다.

"그러니…… 당신만 사랑하게 하지 말아요. 칼릭스트 경."

세레나는 아직 조용한 숲을 보며 초조해졌다.

성공한 건지 실패한 건지.

세레나는 자신이 한 일을 알기에, 왕이 깨어나는 즉시 벌을 내려도 상관없다고 생각하지만 아직 아무 일도 없다.

어깨를 감싸 안고 고개를 숙였다.

니안느, 너는 어찌할까.

그래도 그 아이는 숲으로 도망 온 세레나에게 자비를 베풀었다. 세레나가 자는 동안 머리맡에 마른 과일이나 호두, 개암 등을 놓고 가기도 했고, 편히 잠들 수 있게 이끼 가득한 휴식처로 보내주기도 했다. 도와는 주면서도 니안느는 마인베르크를 두려워하고 있었다. 나타나는 것을 꺼리고 피했다.

칼릭과 만났을 때 이 아이만은 만나줄 거라는 데 생각이 미쳤다. 그리고 과연, 칼릭은 세레나와는 달리 안으로 들여보내 주었다.

많이 궁금했다. 왕의 계시에 따라 리카르를 찾아냈다던 니안느는 왜 가장 중요한 순간에 리카르를 떠났던 걸까. 또, 하필이면 칼릭과 만난 이유는 뭘까.

그러다 세레나는 자신이 생각하지 않았던 게 있다는 것을 깨달았다.

칼릭이 어떻게 이 동방 숲을 통과해 도망칠 수 있었던 건지.

어쩌면 칼릭이 도망치던 날 이 숲에서 무언가가 있었고, 애초에 왕은 니안느와 칼릭이 만나기를 원했던 것일지도 모른다. 그러면 숲의 왕이 택했던 것은 처음부터 칼릭이었던 것이다.

인도하고자 했던 대상도, 니안느가 찾아야 했던 것도 칼릭이다.

마인베르크를 증오하던 칼릭스트, 동시에 신의 권능을 직접 쓸 수 있는 허락을 받은 대가문의 후계자. 그런 칼릭이 숲의 왕이 보낸 전령이자 그 힘의 전승자인 니안느와 만났다면 얼마나 적절한 안배인가.

그러나 왕은 예상했을까. 둘의 눈이 서로에게서 멎으며 그들에게 세상이 다시 채색되는 순간이 올 거라는 것을. 기적은 그 소중함 하나를 위해 모든 것을 내던지는 순간으로부터 올 것임을 알았을까.

어두운 숲이 밝아오고 있었다. 새벽의 냉기가 사방에 가득해도 새날은 온다. 세레나는 추위에 몸서리쳤다.

그 블랑셰리온 가문의 숙녀가 이 숲에서 이러고 앉아 있다니. 블랑셰리온 가문의 꽃 같은 세레나는 항상 귀한 보살핌을 받아야 하는데.

자조적으로 웃었다. 다들 꽃이라 했건만 세레나라는 꽃은 사랑받아 꽃이 아니었다. 꺾으면 꺾여주고 짓밟으면 짓밟혀 주어야 해서 꽃이었다. 그리 살다, 마침내 남편으로부터 도망쳐 배에 탔을 때, 그 순간 세레나가 느낀 것은 희열이었으며…….

"자유."

그래, 자유였다.

칼릭스트가 찾아낸 것이 이 숲의 마지막 마법사이고 그 마법사가 찾아낸 것이 고독한 칼릭스트였듯, 세레나가 혼자가 되어 찾아낸 것은 그녀를 위한 자유의 순간이었다.

가장 원했던 것은 복수도 야심도 아니었다. 리카르조차도 아니었다. 그 사람만 생각했더라면 세레나는 머뭇거리지 않았을 것이다.

너무도 간절히 원하는 것, 가장 바라던 것은 바로 그녀 자신의 자유였다.

부스럭거리는 소리가 들린다.

세레나는 무릎에 묻었던 얼굴을 들었다. 푸릇하게 밝아오는 새벽 숲에 온갖 기괴한 형상들이 나오고 있다. 거미의 몸에 사람의 머리가 얹혀 있거나, 두 사람이 등을 맞대고 들러붙어 있기도 했다. 황소의 몸에 사람의 다리들이 달려 있기도 하다.

경계의 마물들이다.

비틀린 틈에서 방황하는 혼이 아무 데나 들러붙어 만들어진 악귀들.

이들은 의지는 없고 탐욕만 남았기에 힘에 쉽게 홀리고 휘말린다.

"새벽이 오는구나."

세레나는 중얼거렸다.

그들의 온몸을 속박하던 힘이 벗겨지고 있었다.

이곳에 있어서는 안 되는 것들은 모두 사라지고 있었다. 얼룩진 천이 물에 잠기며 그 얼룩이 빠져나가듯, 숲에 깃든 악령들이 흘러나와 사라진 다. 그것을 보고 있자니, 버려진 창고처럼 텅 빈 마음이 따뜻해진다. 발에 밟히는 낙엽은 차가워도 바람은 신선하다. 그것들을 바라보던 세레나는 환각인지 상상인지 모를 환시(幻視)를 보았다.

이 숲 어딘가에 고대신이 깃든 나무가 있다.

처음 그 나무는 평범했을 것이다. 수많은 씨앗 중 하나가 낙엽 위에 떨어졌고, 그 씨는 부드러운 흙 속으로 파고들어 뿌리를 내리고 싹이 돋았다. 그 싹에 신이 깃들며 숲은 신의 것이 되었다.

자신의 땅을 얻어낸 신은 다른 신이 그러하듯 인간을 필요로 했다. 모든 신은 인간이 필요하고 인간은 신이 필요하다. 그래서 그 왕도 여러 아이들을 불러들였고, 어느 가난한 마을에 사는 작은 소녀가 택해지는 순서가 왔다.

아이의 이마에 숲의 왕이 보낸 각인이 새겨진 날, 숲의 신은 그 소녀의 운명이 무엇인지 알았다.

고독한 방랑의 운명.

그래서 그 소녀, 노을빛 머리카락을 가진 니안느란 이름의 소녀가 숲으로 왔을 때 왕은 슬프면서도 기뻐했다.

이제 파멸의 날이 찾아오리라. 그날 이후의 네 운명은 나도 모른단다. 살아남아 희망을 찾을지, 아니면 실패할지. 대신 나는 너에게 나 자신을 주마. 간직하렴. 하지만 명심해라. 정해진 것은 이미 네가 걸어온 길뿐.

세레나는 숲의 모든 것이 되살아나는 것을 보며 웃었다.

성공한 것 같다.

아, 온 세상이 은빛이다.

모든 잘못을 되돌릴 수는 없다 하더라도 멈추는 것을 보는 것만도 얼마나 다행인지.

이제는 오베른에게 분노하지 않았다. 미워하지도 않았다. 애도한다. 안타깝다.

보고 싶어, 나의 형제.

니안느는 지난 바르가스의 협곡에서 느꼈던 것보다 더 분명한 신의 귀환을 느낄 수 있었다.

왕이 완전히 돌아왔다.

왕의 힘이 비처럼 내리며 사방에서 생명의 기운이 넘치고 있었다.

니안느는 무너진 고목 더미로 갔다. 바로 그곳에서 녹색 흔적을 발견하자, 니안느는 급히 바닥을 덮은 재를 헤쳤다. 잿더미 사이에 푸른 싹이 돋아 있었다.

기쁨의 웃음과 함께 니안느는 고개를 숙였다. 노을빛 머리카락이 어깨와 등을 쓸어내리며 바닥으로 흘러내렸다. 이마의 각인은 희고 아름답게 빛났다. 싹이 이마의 각인에서 나오는 빛을 빨아들여 더 진한 녹색으로 물들였다. 달콤한 봄비를 마신 듯 조금 더 자라기도 한다.

왕이 오염된 옛 육체를 헤치고 새로 태어나고 있다. 이제 숲은 다시 약속하고 있었다. 장대한 생명의 시작을, 태어났거나 태어날 새로운 아이들을 찾을 것임을. 다시 숲이 번성할 것임을, 숲의 요정들과 정령들이 돌아올 것임을. 그들이 다시 속삭일 것을. 숲의 이야기를 만들어 나갈 것임을 약속한다. 스승과 다른 파수꾼들의 혼도 정령이 되어 돌아올 것이다. 이 숲이 다시 번성하여 그들의 영혼을 부를 수 있을 정도로 풍요로워진다면, 분명 느낄 수 있을 것이다. 그리고 더 이상 외롭지 않을 것이다. 그들이 돌아오고 예전처럼 되어서가 아니다. 새로 시작되기 때문이다.

진정한 여정의 끝이 이곳에 멈추니, 소망이 담긴 바람이 숲에 머물고 아침 햇살은 볼을 어루만지고 있었다.

이 여정은 니안느가 항상 두려워하던 대로 아무것도 얻지 못한 방황으로 끝날 수도 있었다. 그러나 가파른 절망의 절벽을 이어준 것은 희생이었다. 필요한 순간에 치러진 희생이. 그리고 그 희생을 가능하게 해준 것은 이성도 의무감도 증오도 복수심도 아니었다.

"끝난 건가."

칼릭이 말했다.

바로 이 사람, 이 사람이 가능하게 해주었다.

"아뇨, 이제 시작이에요."

니안느는 일어나 칼릭의 가슴에 얼굴을 묻었다. 칼릭의 팔이 니안느를 안았다.

"시작이에요, 모든 것이. 새벽, 아침, 환한 아침…… 무엇이든 할 수 있는 시작이고 무엇이든 해도 되는 시작."

"너는 참……."

한숨 소리가 들리긴 해도 그가 웃고 있다는 건 알 수 있다. 심장 소리만 들어도 안다.

"너와 하는 시작이라면 뭐가 나쁠까."

"그날로부터 얼마나 시간이 지난 건가요."

"길면 길고 짧다면 짧지. 버틸 때는 길었는데, 이렇게 만나고 나니 또 있지도 않았던 듯 짧으니까."

니안느는 마음이 아팠다.

"당신 혼자만 그렇게 지내게 해서 미안해요."

"괜찮아. 너도 이곳에서 그랬으니."

그때 새 한 마리가 날아와 니안느의 어깨에 잠깐 앉았다가 날아갔다. 흰 발자국이 남더니 이내 사라졌다. 오목눈이 몇 마리도 날아와 니안느의 어깨에 앉았다가 날아갔다. 이번에는 회색 발자국이 남았다.

"이건 뭐지."

"기억이 돌아오는 거예요. 기억해요? 예전에 내가 했던 말……기억을 나누어 보내는 거요. 그렇게 해야 했어요. 어떻게든 도망치고 숨어야 했으니까."

니안느는 그날 있었던 일에 대해 말했다. 이 숲에서 악령에게서 도망치기 위해 무엇이 필요해서 무엇을 버렸는지.

"그래도 당신은 버릴 수가 없어서…… 지우는 대신 봉인했어요. 위험하다는 것을 알았지만 어쩔 수가 없었어요."

니안느의 얼굴이 미소로 흠뻑 젖었다.

"당신을 없애는 것만큼은 내 의지로 할 수 없는 일이었네요. 또, 당신을 떠나는 것도."

"기억이 돌아오지 않으면 어쩌려고."

"처음부터 봉인의 열쇠는 당신이었어요. 당신과 만나야 풀릴 수 있는 봉인. 하지만 당신과 만나지 못하면 영원히 풀리지 못하는 봉인."

"어떤…… 봉인이었는데."

"당신을 잊는 봉인인 동시에 당신을 죽어도 잊지 못한다는 것을 알기에 한 봉인이죠. 열쇠는 당신이 가지고 있었어요."

또 새가 날아왔다. 이번에는 찌르레기였다.

"이제 날려 보낸 기억들이 다 돌아오는 거예요. 드디어 내가 나를 찾았으니."

칼릭의 표정이 미묘하다.

니안느는 짓궂게 눈살을 찌푸리고는 말했다.

"그 말, 나 기억해요. 당신이 '기억할 필요가 없다.'고 한 게 무엇인지."

"그건 잊어버리지."

칼릭이 정색했다.

"혹시 불안해요?"

"내가? 설마."

칼릭의 입술 끝이 올라갔다. 비웃는 표정인데, 니안느의 말을 비웃는 게 아니라 리카르 자체를 비웃는 것이다. 그까짓 남자가 어떻게?

"기억을 돌이키면 돌이킬수록 내가 뭐에 홀렸던 것 같아요. 어느 순간 정신 차리고 보니 홀딱 빠져 있었지 뭔가요."

"그건 쉽게 넘어온 게 아니야. 내가 정말 노력한 거지."

니안느는 정말이냐 묻는 얼굴이었다.

"정말 노력했어."

칼릭은 니안느의 귓가에 입술을 가져가 입을 맞추곤 속삭였다.

"네가 지난번에 허락한 거, 취소하지는 않겠지."

"같이 가자는 거요?"

"그래."

그 목소리 끝에 담긴 슬픔을 니안느도 알아챘다.

"당신 아버지—"

"응."

"봤어요, 당신하고 당신 아버지. 기억을 봉인하기 직전에. 아마도…… 그 순간이었을 테죠."

칼릭의 떨리는 숨소리에서 슬픔이 느껴진다.

"혹시 아버지하고 마주쳤나?"

"네. 마주쳤어요. 분명 날 보셨어요. 알아본 건지 아닌지는 모르지만. 그래도…… 나도, 내 왕과 스승님, 형제들도…… 모두 그분께 감사할 거예요. 그분에 대해 오해한 것도 미안하고. 당신에게 그런 식으로 말했던 것도 미안하고……."

"돌아가셨어."

니안느의 눈에 눈물이 맺혔다.

"어머니 무덤 옆에 묻어드렸지. 묘비도 세웠어. 이름만 간단하게 적으라 하셔서 그리했지. 오베른, 데보라. 묘비에는 그것만 적혔어."

"그분의 무덤에 가서야 나는 비로소 그분에게 합당한 인사를 할 수 있을 테죠."

"니안―"

칼릭이 고개를 숙이자, 니안느는 그 입술에 입 맞추고 볼에도 입 맞추었다.

"당신 아버지는 내가 만난 사람 중 가장 고귀한 사람이에요. 진심이에요."

"그런데 아버지는 너무 큰 잘못을 했지."

"알아요. 아무리 잘못했다고 인정하고 사죄해도, 당신 아버지가 리카르와 세레나에게 한 잘못을 되돌릴 수도 보상할 수도 없겠지요. 그래도 칼릭스트 경의 아버지는 고귀한 분이에요. 또, 그분이 있었기에 이 모든 일이 가능했죠. 당신에 대한 그분의 사랑과 희생이 있었기에."

"……고마워."

다시 눈이 마주친다. 조금 전까지는 남의 것 같았던 기억이 피와 심장과 살 속으로 스며든다. 한번 잃었다 찾은 것이기에 순간순간 더 소중해진다.

칼릭은 니안느에게 속삭였다.

"은방울꽃."

"네?"

"은방울꽃이 어울릴 거야, 네 머리에는. 흰 리본과 엮어 네 머리에 얹으면 참 예쁠 테지. 그리고 나는 그 꽃에 어울리는 진주 귀걸이를 가지고 있어. 그리고……."

니안느는 벅찬 감정이 올라오는 것을 느꼈다.

이 남자가 의미하는 것이 무엇인지 알겠다.

"나누어 낄 한 쌍의 금반지도 있어."

칼릭의 머리카락이 귓가를 간질였다. 부드러운 입맞춤이 목덜미에 닿으며 가만히 눌러왔다.

"뭐가 더 필요할까. 정원에는 장미보다는 사과나무가 좋겠지. 사과 맛이 형편없어져도 봄에 꽃을 따지 않을 거야. 너를 위한 서재를 마련한 다음 거기에 푹신한 침대와 의자를 놓아둘게. 메피스토는 홀에 계속 살게 해주고, 또……."

칼릭이 잠시 조용히 있다가 말했다.

"혹시 내가 너에게 가야 하는 거라면 미리 말해. 집안은…… 조상님들이 알아서 보살피겠지."

"왕과는 안 싸울 거죠?"

"설마. 숲의 왕이나 네 스승님들이나, 내가 매우 잘 보여야 하는 네 식구들이잖아. 나는 되는대로 비굴해져야 한다고. 제법 이름 높은 가문에, 잔소리할 친척들도 별로 없고 괜찮은 땅과 집을 가지고 있다 하더라도…… 상대는 신이잖아. 뭘 가지고 와도 웃길 테지."

"두 가지만 지키면 돼요. 내가 할 일과 당신이 할 일."

"뭔지 말해봐."

"당신이 할 일은 숲에 대해 비밀을 지킬 것, 내가 할 일은 당신과 나이

드는 것을 감수하여 그것을 거스르는 그 무엇도 하지 않는 것."

"그건 몰랐군."

"숲의 아이들은 숲과 함께할 때는 나이를 먹지 않아요. 나이를 먹은 파수꾼들은 모두 숲 밖으로 나갔던 적이 있는 분들이죠."

칼릭의 얼굴이 살짝 굳자, 니안느는 고개를 갸웃했다.

"왜 그래요?"

"알고 보면 무시무시한 연상일 수도 있다는 거네, 니안."

"숲을 나와 고향을 다시 찾아갔을 때 꽤 오랜 시간이 흘러 있었어요. 그런 표정 짓지 말아요. 내가 당신 할머니보다 나이 많을 수 있다는 건 나도 알거든요. 내가 숲으로 들어갈 때, 델 판의 영주는 마인베르크도 그 아버지도 아니었으니까."

"그렇다면 리카르보다 먼저 태어날 수도 있었군."

"왜 자꾸 리카르예요."

"억울하면 너도 다른 여자 대보든가."

니안느는 눈살을 찌푸렸다. 화를 내는 건 아니다. 당하는 게 좀 분해서일 뿐이다.

"그럼 칼릭스트 경은 왜 진주 목걸이를 가지고 있었나요. 언젠가 나타날 여자를 위해 이 비싼 것을 가지고 있을 리는 없는데."

"가지고 있어야겠다는 예감이 들어서."

니안느의 눈에 의문이 보였다.

"그런 게 있어. 문득문득 예감이 드는데, 잘 골라야 해. 그냥 기분인지 정말 예감인지."

"내가 왔을 때는 어떤 예감이었어요?"

"사랑에 빠질 예감."

니안느는 볼과 목이 달아올랐다. 가슴 안이 아주 빛나는 것으로 꽉 차서 터질 것만 같다.

"그런 것도 예언에 들어가나요."

"아니, 감정은 예언할 수 없어."

칼릭은 니안느의 이마에 드리워진 앞머리를 걷어내고 맨살에 입을 맞췄다.

"돌에 맞으면 아프고 칼에 찔리면 피가 나듯이, 너를 보면 나는 사랑에 빠지는 거야."

니안느는 칼릭의 품에 깊이 안겼다. 따뜻한 고동 소리가 그녀를 감쌌다.

"그리고 사랑에 빠졌지."

제19장

일출(日出)

마인베르크는 세상이 확 좁아드는 것을 느꼈다.

앞에 있는 것만 보고 뒤에 있는 소리만 들을 수 있게 되었다.

세레나는 그의 손안에 있었는데, 더 이상은 모르겠다. 잔 속의 벌레처럼 어디에서 뭘 하는지 훤히 알겠던 그 여자가 사라진 지 벌써 사흘이다.

운텔가움으로 보냈던 전마들은 모두 사라졌다. 그 지역이 아예 시커멓게 물들어 없어진 것 같다. 그날 이후로 보이지 않는 곳이 아주 빠르게 늘어나고 있었다.

십 년 전 그 여자가 도망쳤을 때는 화가 치밀었지만 그래도 결국은 찾아냈다. 그러자 세레나는 우마니엘의 성지, 데본이 봉인된 그곳에서 마인베르크를 찔렀다. 죽음에 근접한 경험이었지만, 데본은 죽음의 신이니 그에 가까이 가면 갈수록 힘을 얻게 된다.

그날 마인베르크는 성지에 봉인된 데본의 힘과 닿았다.

한번 그리됨으로써 힘을 얻어내자, 마인베르크는 그 세레나에게 감사했다. 이제 너를 보내주지 않아도 되겠네. 원하는 게 있으면 뭐든 말해. 다 들어줄 테니.

신들의 힘을 받은 인간들은 그냥 살아가지 못했다. 재화와 승리에만 눈멀며 더럽혀지고 천해졌다. 적이 없으면 없어질수록, 얻는 게 많으면 많고 강해지면 강해질수록 그리되는 게 인간의 본능이다.

그러나 마인베르크는 아니었다. 전쟁이든 승리든 이겨도 상관없고 약탈해도 별 필요도 없었다. 신앙은 세레나였고, 그가 얻는 모든 것들은 그녀를 위한 제물일 뿐이었다. 세레나가 원하는 것을 위해 신이 되어야 한다면 될 것이다. 파괴하라면 하고, 가지고 오라면 가지고 간다. 이유는 단순하고 과정도 단순했다. 세레나가 원하면 그게 이유고, 과정은 그냥 하면 되는 거다.

그러던 세레나가 도망쳐 몬타로 갔을 때에는 화가 났다. 너무 흥분하다 보니 마인베르크는 빈틈을 많이 보였고, 그래서 세레나의 의도대로 너무 제대로 흘러갔다. 어떻게든 해보려 했지만 결국 칼릭에게 져서 죽었다.

진 건 기분 더럽지만 죽은 건 나쁜 건 아니다. 마인베르크에게 있어 죽음은 죽음이라기보다는 봉인에 가까웠으니.

컴컴한 곳에 갇혀 있는 기분이었는데, 그런 그를 세레나가 풀어주자 아주 기뻤다. 이 여자에게 자신이 그리도 중요하다는 것에 만족했다.

드디어 세레나와 만족할 만한 관계가 되었는데 그 여자가 어디 있는지 또 알 수 없게 되었다. 이가 갈리고 화가 치밀었다. 세레나 없는 세상은 기둥이 모두 사라진 집처럼 불안할 뿐이다.

이즈모가 뭐 더 시킬 일이 없느냐 물어보자, 마인베르크는 그다운 답을 해주었다.

"닥치고 있어."

"네?"

"닥치고 있으라고!"

"마, 마님을 찾으셔야 하지 않습니까. 여기서 이러고 있기보다는……."

전쟁에 나가기 싫어서 저러는 거다.

마인베르크는 비웃었다.

저 자식, 조금 전 머리를 깨놨어야 하는 건데.

"내가 알아서 한다고 했잖아. 나불대지 마!"

마인베르크는 으르렁대며 일어났다.

불을 피워놓고 배급받은 저녁을 씹는 수천의 병사들이 보인다. 그들은 그릇을 입으로 당기며 눈치를 살폈다. 저들 중 몇은 탈영하려다 붙잡혔다. 마침 화가 나 있던 마인베르크는 그들을 죄다 찢어버렸다. 남은 병사들은 죽은 동료들의 조각들이 팔은 팔대로 다리는 다리대로 움직이는 것을 보고 난 뒤 꿈에서도 탈출하지 않게 되었다.

"일어나."

모두 바라만 보자, 마인베르크는 고함을 질렀다.

"모두 일어나라고!"

그리고 가만히 있는 병사 하나의 얼굴을 후려갈겼다.

"으아!"

병사의 이와 턱이 날아가며 피가 튀었다. 병사들은 그릇을 던지고 허겁지겁 일어났다.

마인베르크가 크게 외쳤다.

"어서 일어나! 그 굼뜬 발을 죄다 끊어버리기 전에! 그리고 내 말! 말 가지고 와!"

종자가 말을 끌고 왔다.

마인베르크는 말에 타고 이즈모에게 뒤를 따르게 하라 한 뒤에 먼저 출발했다.

옆으로 그의 기사들이 따라붙었다. 모두 급하게 뛰쳐나와서 허둥대고 있다. 그들 주군이 변덕스러운 건 어제오늘 일이 아니었으나, 오늘은 좀 심했다.

"뭐 이리 느린 거냐! 왜 당장 안 움직여! 내 말이 들리지 않아?"

이즈모가 답했다.

"죄송합니다. 정말, 정말 죄송합니다!"

이즈모는 주인이 질책하면 일단 죄송하다고 말하고, 다시 질책하면 가장 마음에 안 들었던 녀석을 끌어내 이놈 탓이라 한다. 그놈들 탓이 아니란 건 마인베르크도 알았다. 그래도 화는 났고 화는 풀어줘야 한다. 그래서 그때마다 놈들을 죽였다.

"어쩌실 겁니까."

"아, 계획이 바뀌었어. 조금 전까지는 리카르의 군사를 피해 숲을 통과해 블랑셰리온까지 진격할 생각이었다만, 지금은 아니야."

"저, 그럼 어떻게 바뀐 건지…….."

"그냥 리카르를 먼저 죽여 버리기로 했어."

"네?"

"지금은 밤이고 밤은 델 판의 친구지. 그러니 리카르 볼프람을 먼저 죽이려고."

그다음 세레나를 찾고 칼릭스트는 다시 붙들어둬야지. 세레나에게는 다시 말해야지. 정말로 사랑한다고. 칼릭스트 녀석에게는 이번에야말로 제대로 가르쳐 둬야겠지. 아주 제대로 말이야.

마인베르크는 자신의 두 손을 내려다보았다. 소문에는 마인베르크와 그 형제들이 집안의 전통에 따라 모두 들러붙어 싸운 뒤에 살아남은 자가 공작이 된 거라 하지만, 실제로는 아니었다. 마인베르크는 살아남은 게 아니라 그저 모조리 죽인 것뿐이다. 드디어 그 멍청한 것들을 다 없애도 되는 순간이 되자, 그때만큼은 흥분되었다. 마음껏, 마음대로 죽였다. 그런데 정작 그 살육이 끝나고 공작이 되자, 세상은 더럽게 지루하기만 했다.

델 판은 느릿느릿하게 돌아가는 형편없는 세상이었고, 그곳을 다스리는 일도 그러했다. 더 강해질 이유도 더 악해질 이유도 없었다. 고만고만한 악과 고만고만한 선이 시시하게 부딪혀 시시한 소리를 내며 꺼지는 세상. 그런데 그 지겹던 세상이 세레나를 발견하며 달라졌다. 마인베르크는 자신이야말로 세레나를 근본부터 알고 있는 자라고 생각했다. 그 사나운 야성을 알아본 것도 마인베르크고, 고집 세고 자존심 강한 성품을 알아본 것도 마인베르크다. 따분한 리카르하고 결혼해 봤자, 예쁘고 얌전한 숙녀인 것처럼 가식 떨며 지겹게 살았을 것이다. 세레나는 그런 남자의 품 안에서 행복할 수 있는 여자가 아니었다. 마인베르크는 세레나를 구원한 셈이었다.

마인베레크는 시간이 지나면 세레나가 델 판의 생활에 적응하고 익숙해질 거라 생각했다. 거의 이십 년이 흐르며 세레나는 델 판에는 적응했지만 마인베르크에게는 그러지 않았다. 애증 섞인 눈으로 델 판을 봐도 마인베르크는 항상 증오하는 눈으로 보았다.

타이르고 설득했다. 세레나, 우리는 행복해질 수 있는데 왜 항상 다른 방향으로만 가려고 해. 내 말을 좀 들어.

세레나는 듣는 시도조차 하지 않았다.

숲의 그늘에서 음산하고 조용한 기척이 들리기 시작했다. 그 기척을 품고 온 것들은 숲으로 들어온 병사들을 하나둘 낚아채 잡아먹기 시작했다. 비명과 울부짖음이 들렸지만 마인베르크는 무시했다. 뼈가 뭉개지는 소리와 인육을 삼키는 소리도 무시했다.

이즈모가 겁에 질려 말문이 막히자, 다른 기사가 말했다.

"각하! 저기, 저것들을 어떻게 해볼 수 없습니까? 다 죽을 겁니다!"

"멍청한 놈은 먹히는 거다. 스스로 생각해. 너 자신이 멍청한지 아닌지 말이다! 아닌 것 같으면 안심하고, 그런 것 같으면 먹히면 되는 거잖아!"

"다 도망치고 말 겁니다. 모두 겁에 질렸어요!"

"아, 상관없어. 어차피 저놈들은 몸뚱이 외에는 쓸모가 없거든. 도망쳐도 다 먹힐 거야."

그리고 마인베르크의 팔에 그 기사의 멱살이 낚아 채여 바닥으로 내동댕이쳐졌다. 어둠 속에서 검은 발톱이 나와 그 기사를 잡아 끌고 갔다. 갑옷 뜯어내는 소리와 살 찢는 소리가 비명과 함께 들렸다. 질린 기사들은 꾹 참으며 마인베르크의 뒤를 바짝 따랐다. 나무들이 저절로 비켜나며 그들을 들여보내 주었다.

곧 나무둥치들 사이로 기사들이 보이기 시작했다. 리카르는 그들 사이에 있었다.

잠깐이나마 죽이지 말까 하는 생각도 들었다. 팔다리를 다 잘라 버리고 벌레처럼 뒹굴게 만들고 싶어진다. 그러나 괜한 욕심을 채우려는 것보다는 목적 자체만 달성하는 게 낫다.

진작 없었어야 했는지도 모른다. 저놈은 세레나의 지긋지긋한 미련이니. 있으면 있는 대로 세레나를 빼앗아갈지도 모르는 놈이고, 없으면 없는 대로 세레나가 더 살아갈 의지조차 잃게 만들지도 모르는 자였다.

마인베르크의 검이 리카르의 등을 꿰뚫었다. 리카르는 피하지도 반격하지도 않았다. 일격은 단숨에 그의 몸을 뚫어 말에서 떨어뜨렸다. 큰 새가 쓰러지는 것 같았다.

마인베르크는 검을 뽑았다.

"스친 거야."

상황이 너무 시시해서 도리어 화가 치민 마인베르크가 외쳤다.

"스친 거라고! 일어나, 이 자식아!"

그런데 아무 답도 없다. 있어야 하는 일이 없으면 이건 좋은 징조가 아니다. 불길한 느낌에 마인베르크는 쓰러진 존재를 다시 내려다보았다.

회색 옷을 입은 여자가 마인베르크 앞에 있었다. 여자의 가슴에서 흐르는 피가 옷과 손을 시뻘겋게 적시고 있었다.

마인베르크는 경악했다. 처음에는 믿을 수가 없어서, 그다음에는 그까짓 믿음이 뭐가 중요하나 싶어서 고함을 질렀다.

"세레나!"

"안녕, 내 남편."

세레나는 창백한 얼굴로 웃었다.

"아프긴 한데, 죽을 만큼 아픈 건 아니네."

마인베르크는 말에서 뛰어내려 달려갔다. 세레나의 흐트러진 몸이 그의 팔에 잡혔다.

"왜 당신이 여기 있어!"

"당신, 내게 말했지. 절대…… 절대, 절대로 리카르를 죽이지는 않을 거라고. 아니네. 거짓말했어. 하긴, 당신은…… 항상 변덕이지. 이 말을 하고 다음 날 저 말이 맞다 하고, 저 말을 한 뒤에는 다시 이 말을…… 하지."

마인베르크는 세레나를 안은 채 주변을 둘러보았다. 조금 전에 보이던 것은 아무것도 없다. 공포에 질려 바라보는 그의 기사들만이 있을 뿐. 특히 이즈모는 당장 도망치고 싶다는 듯 주춤주춤 물러나고 있었다.

"왜, 왜 이런 짓을 한 거야!"

"한번…… 되나, 으, 되나 보려고. 지난번에는…… 당신이 나를 속였는데 이번에는…… 내가 성공…… 했네. 당신 머리, 잠깐이나마 완전히 내 손에 들어왔거든. 아주…… 아주 흥분했나 봐. 당신은 흥분할 때마다 쉽게 다룰 수 있거든……."

마인베르크는 고개를 저었다.

"이러지 마, 아니, 이러면 안 되는 거야. 나한테 당신을 해치게 하는 건 안 되는 거야!"

"마인베르크, 당신은…… 항상 나를 파괴했어. 그러던 어느 날 나는 알게 되었지. 내가 원래 무엇이었는지도 모를 정도로 망가져 있다는 것을. 그런데…… 그런데 당신이 나를 해치지 않았다 생각하는 거야?"

"다 너를…… 너를 사랑해서였어. 쉿, 쉿. 아프지. 조용히 해! 제발, 입 다물어! 어떻게든…… 어떻게든 해볼 테니까……."

마인베르크의 얼굴은 엉망이었다. 세레나를 못 알아본 자신의 눈을 후려갈기고 싶었고, 이 몸에 상처를 입힌 팔을 물어뜯고 싶었다.

"마인베르크……."

세레나는 피에 젖은 손을 그의 턱에 얹었다.

"이리된 마당에…… 이게 무슨 소용이 있나 싶은데 말이야……."

"조용히 하라니까!"

"지금…… 말해야 해서 그래…… 당신은 왜 내 말에 귀를 기울이지 않았는지, 왜 들어보려 하지 않았는지…… 궁금해. 왜 물어보지 않았어?"

"뭘 말이야!"

"아주 중요한 거…… 안 물었어. 그것만 물어봤으면 참…… 좋았을 텐데."

"뭐든 다 들어줄게. 물어봐! 하지만 지금…… 지금은 이러지 마!"

마인베르크는 피가 흐르는 세레나의 가슴에 손을 얹었다. 피는 뜨거웠다. 당연하다. 금방 몸에서 흘러내리는 피였으니. 멈추지도 않는다. 세레나는 힘이 빠져나가는 것을 느끼며 힘겹게 말했다.

"당신을 사랑할 수 있는지 없는지, 왜 그걸 묻지 않았…… 어. 그것…… 그것만 제대로 물어봤으면 말이야, 그리고 내가 하는 말을 들어줬으면 말이야, 우리는 이렇게 불행하지 않았을 거야. 그러니 내게 물어봐 줘. 당신을 사랑할 수 있는지."

마인베르크의 눈이 흔들렸다.

"나를 사랑할 수 있어?"

세레나는 온화하게 웃었다.

마인베르크는 겁에 질려 외쳤다.

"나를 사랑할 수 있냐고!"

이리 기쁠 수가.

항상 세레나를 비웃으며 매일 밤 범하던 자가 이런 얼굴이라니.

이 백치처럼 순진무구한 얼굴이라니.

"마인베르크, 내 남편…… 세상이 백번 무너지고, 하늘이 천 번 쪼개지고…… 당신이 무슨 짓을 하든 간에."

벅찬 환희 속에서 세레나는 속삭였다.

"너를 사랑할 일은 없어."

마인베르크의 이가 분노로 부딪히는 것을 보며, 세레나는 얼굴에 기쁨의 미소를 담아 말했다.

"당신이 나를 얼마나 사랑하든 간에, 얼마나 내 사랑을 바라든 간에, 차라리 증오라도 바라든 간에. 내가 당신을 사랑할 일은 절대, 결단코…… 없어……."

"너를 사랑한다고!"

"그건 당신 사정이지…… 내 남편, 당신을 미워해야 살 수 있을 줄 알았어. 그런데…… 당신이 있으니까 더 못 살겠더라. 내가 멍청했어. 실수했고, 잘못했지…… 그냥 자유롭게 가…… 버릴 것을……."

그랬으면 나는 그날부터 행복했을 텐데. 십 년 증오하고 십 년 버틴 것 따위 다 집어던졌더라면 한 백 년 행복했을 텐데.

"세, 세레나. 난 너를……."

"사랑한다고? 백번 천 번, 한 만 번…… 쯤 들었네. 그런데 마인베르크, 그것이 네가 하는 짓을 다 용서해야 할 이유가 될 수는 없어…… 나를 그리도 사랑하면…… 네가 나를 위해 해줄 일은 단 하나야. 세상을 정복하는 일도, 나를 여왕으로 만드는 일도 아닌……."

세레나는 일그러지는 마인베르크의 얼굴을 보며 말했다.

"그냥 네가 죽어버리면 되는 거였어."

그리고 마주하는 표정은 정말로 그녀를 기분 좋게 했다.

이제야말로 드디어 나를 증오하는 표정이네. 사랑한다며 비웃고 무시하는 얼굴보다야 이게 나았다.

마인베르크가 목을 조르려는 듯 손을 들었지만 이내 내렸고, 후려치고 싶어서 들었다가 또 내렸다. 두 눈에는 불길이 불타올랐다.

"각하! 각하, 위험합니다!"

이즈모가 외쳤다.

마인베르크는 돌아섰다가 그의 목을 향해 날아오는 검을 보았다. 저도 모르게 팔을 들었고, 그 검에 팔이 잘려 날아올랐다.

"가, 각하!"

급히 달려온 부하 기사의 검이 마인베르크를 보호하려 했지만, 적의 검은 기사와 기사의 검을 동시에 날렸다.

이즈모가 외쳤다.

"각하를 보호해라!"

흑익의 기사들이 마인베르크를 둘러싸고 마인베르크를 잡아당겼다. 마인베르크는 그 팔을 뿌리치며 고함을 질렀다.

"비켜! 저리 꺼지라고!"

마인베르크는 으르렁대다 그를 공격한 자를 보게 되었다.

리카르였다.

리카르가 말 머리를 돌리며 외쳤다.

"모두 공격해라! 여기에 흑익의 공작이 있다!"

숲에서 검과 창을 쥔 병사들이 뛰어나왔다. 사방이 고함과 병장기 부딪히는 소리로 뒤덮였지만, 델 판을 도울 악귀나 괴물들은 씻겨 나간 듯 사라지고 없다. 그들이 오지 않자 마인베르크가 외쳤다.

"다 어디 갔어! 저놈 죽이라고! 어서!"

이즈모가 급히 말했다.

"각하, 피하셔야 합니다!"

"지금은 아냐! 아니라고! 이 자식아, 가고 싶으면 너 혼자 꺼져!"

"아뇨, 지금 가야 합니다!"

이즈모 옆의 다른 기사가 달려와 마인베르크의 머리를 후려갈겼다. 이즈모는 비틀거리는 마인베르크를 번쩍 들어 빈 말에 태웠다.

"모두 도망쳐, 어서!"

이즈모가 외쳤다.

"세레나."

리카르는 말에서 내려 세레나에게로 달려가 부축했다.

"어떻게 된 거요."

"걱정 말아요. 크게 다친 건 아니니까. 좀 더 가까이 와봐요, 리카르."

리카르는 고개를 숙였다. 세레나는 리카르의 팔을 잡았다. 파르르 떨리는 손에 고통이 담겨 있었다.

"힘내시오, 세레나. 치료할 만한 사람을 불러다 줄 테니."

"내가 힘내봤자 당신 옆은 내 자리가 아니죠."

"세레나, 그래도 살아."

"……알아요, 당신과 나는 끝났다는 것을. 당신더러 나를 사랑하라 해 놓고선 나 역시 증오하는 게 우선이었던 거죠……."

세레나는 고통에 숨을 몰아쉬며 힘겹게 말했다.

"나는…… 도망 나온 날 알았어야 했던 것 같아요…… 내가 대체 무엇에 그리도 기뻐했던지. 난…… 난, 자유로웠어요. 이십 년 만에 처음으로 내가 원하는 곳으로 갈 수 있었고 내가 원하는 대로 달릴 수도 있었어요……. 방문을 불안하게 노려보며 떨 필요도 없었고, 행여 마인베르크를 화나게 해서 또 방에 갇히게 되지나 않을지 걱정할 필요도 없었고……."

"이제 다 괜찮으니, 그러니 아무 말 말고 있으시오."

세레나는 자신이 한심했다. 미련이 미래와 기회를 앗아갔다. 가치도 없는 것을 가지겠다고 가장 가치 있던 것을 버렸다.

"세레나, 돌아가면 그리할 수 있게 도와주겠소."

"정말…… 요?"

"그래. 그러겠소. 도와주겠어."

세레나는 웃었다. 오랜만에 진심으로 웃어본다. 리카르는 정말로 그녀를 걱정하고 있었다.

"미안. 또, 거짓말…… 했어요. 이건 용서해 줘요."

"무슨 거짓말을."

"치명상이에요. 아마도 지금 죽을 것 같아요……."

리카르의 눈이 커졌다.

"세레나!"

"그런 눈 하지 말아요. 죽으려니 미안…… 하잖아요……."

리카르의 손이 어깨를 당기는 것을 느끼며 세레나는 말했다.

"행복…… 행복해져요. 어떻게든 행복해져요. 앞으로 있을 당신의 기억이 행복으로 충만하길 빌게요."

"그러지 마. 힘을 내. 기회가 있을 거요!"

"기회는 이제 내 몫이 아니에요. 남은 게 하나도…… 없네요…… 그러니 당신만은 행복해요, 리카르. 미련도 후회도 남기지 말고……."

세레나는 눈이 흐려지는 것을 느꼈다.

이제 보이지 않는다.

나는 내가 참 못된 여자라 생각했는데, 그렇게까지 못되지는 않았나봐, 그나마 이렇게 끝나는 것을 보니.

다행이다.

"사랑…… 해요. 그 고통 속에서 내가 간직한 가장 아름다운 것이 있었다면 그것은 당신과의 추억……."

당신이 그랬듯이 나 역시 그랬어요.

하지만 당신의 고통이 끝났을 때 나는 더 필요 없었고, 나의 고통 역시 선택을 해야 할 순간이 오자 당신이 필요 없었지요. 그래서 우리 둘 다 이렇게 있게 된 거지요.

입술이 더 이상 움직이지 않는다.

세레나는 완전한 망각을 기다렸다. 무거워진 몸이 가벼워지며 새로이 거듭난다. 그 속에서 세레나는 무언가를 보기 시작했다.

언덕 위에 서 있었다. 지평선 끝까지 벌판만이 펼쳐진 낯선 곳이다. 회색 옷은 여전히 그녀의 몸에 감겨 있었고, 두 발이 딛고 있는 풀의 서늘함은 실제 같았다.

머리카락이 바람에 날려 감긴다. 세레나는 그 방향을 보았다. 그곳에 거석들이 서 있었다. 그 주변으로 순례자의 회색 옷을 입은 자들이 등불을 들고 있었다.

안둔, 망자들의 땅이다.

어깨가 선뜩해 내려다보았을 때, 그녀가 발견한 것은 어깨에 박힌 불꽃의 각인이었다.

개운해졌다. 드디어 해방되었다는 후련함과 있을 곳에 제대로 있게 되었다는 만족감이었다. 그러나 어쩔 수 없이 느끼게 되는, 원래 알던 세상과 영영 헤어진다는 서글픔 속에서 세레나는 생각했다.

행복해요, 리카르.

너도, 칼릭스트.

또, 숲의 마법사……

우리는 영원히 만나지 못할 테지만, 이 모든 기억의 땅에서 나는 너를 기억할 테니, 행복해.

리카르는 세레나의 얼굴을 덮은 검은 머리카락을 걷어냈다.

아직 온기가 남아 있으나, 이제는 더 이상 말하지 않으리라. 생을 떠난 육신은 남은 자들에게만 의미가 있다.

리카르는 세레나는 품으로 당겨 안았다.

"세레나."

언제고 희미한 웃음이나마 지으며 만날 수 있을 거라 생각했는데. 언제고, 그래도 언제고— 그런데 그날은 결코 오지 않을 것이다.

산 자는 슬픔 속에 외칠 뿐이다.

"왜 당신이 이리되는 거요……!"

왜 그리 대했는지, 왜 그리 말했는지.

잘못한 것만 생각난다. 차갑게도 대했고, 죄책감을 가지고 외면하기도 했다. 그러나 그 모든 것이 부질없다. 남은 것은 후회뿐. 남은 자의 몫은 그뿐, 아무것도 나아지게 할 수 없는 자는 거듭 후회할 뿐이다.

"미안해."

리카르는 눈물을 참으며 말했다.

"정말 미안해, 세레나."

마인베르크는 숲 밖에서 대기하고 있던 그의 군사들과 합류했다. 리카르에게 급습당한 타격은 컸다. 한 줌도 안 되는 놈만 기어나와 그의 옆에 있었다.

괜찮아, 세레나의 시신만 있으면 얼마든지 다시 살릴 수 있다. 돌아가야 한다고 생각했지만, 지평선 너머로 횃불이 일렬로 늘어서서 돌아가려는 마인베르크를 막았다. 그 횃불 너머 또 횃불이 있었다. 숲의 가장자리까지 횃불이 가득 차 있었다.

마인베르크는 울음 섞인 고함을 토해냈다.

"이, 빌어먹을! 비켜!"

손을 적신 세레나의 피가 아직도 뜨겁다. 나에게서 그 여자를 빼앗아 가는 것은 무엇도 용서 못한다. 그의 생은 세레나를 가지고 사랑하는 것으로만 의미가 있다.

횃불들 너머로 흰 말에 탄 기사가 달려오는 것이 보였다.

리카르다. 그 분노 어린 얼굴을 보며 마인베르크는 무슨 일이 벌어졌는지 알 수 있었다.

"세레나?"

마인베르크는 뱃속까지 불타는 기분으로 외쳤다.

"세레나는 어떻게 된 거야!"

마인베르크는 잘려 나가 뿌리만 남은 손을 당겼다. 손에서는 출혈만 계속될 뿐, 아무 일도 일어나지 않았다.

"왜!"

마인베르크는 그에게 불타는 고통만을 주는 오른손을 움켜잡았다. 수하 하나가 급하게나마 묶어 지혈을 시킨다고 시켰으나, 마인베르크가 원하는 것은 피만 멈추는 것이 아니었다. 마인베르크는 그의 소원을 들어주지 않는 몸을 보면서 깨달았다.

힘이 줄어든다. 조금 전부터 느끼고 있던 불길한 진실이다. 그 속도도 무시 못하게 빨랐다. 구멍이라도 난 듯 빠르게 줄어든다.

마인베르크는 고함을 질렀다.

"다 나와라! 나와서 싸워! 저놈, 저 적을 다 없애 버려! 이로 갈아 뱃속에 넣으라고! 난 세레나를 찾으러 가야 해!"

나무 아래에서 창백한 몸뚱이들이 천천히 기어나왔다. 베어져 나간 몸, 뜯겨 나간 몸, 배가 갈라진 몸, 성한 데가 하나도 없는 것들이었다. 조금 전 숲으로 들어갔다가 전마들에게 찢겨 나간 자들이다.

저건 겁주는 데나 쓰일 버려지들이잖아. 더 강한 게 있어야 해.

마인베르크가 노려보는 눈앞은 적군이 세운 횃불로 가득하다.

그래도 아직은 내가 더 많고 강력해. 밤은 더 많은 군사들을 만들어낸다. 지금도 바닥에서 샘솟듯 검은 그림자들이 나타나며 그의 군사들을 만들어내고 있지 않은가. 이들에게는 북소리도 나팔 소리도 행군도 필요 없다. 검은 그림자들이 바닥에서 연달아 치솟아 올라 인간의 병사들을 향해 달려들었다. 절망에 찬 울부짖음이 무수히 들려왔다.

리카르의 질린 얼굴이 보였다. 그는 악귀들을 검으로 쓰러뜨리다 결국 방패를 버리고 양손으로 검을 휘둘렀다. 검에 맞은 마수들이 갈려 나가며 쓰러졌다.

"자, 이게 끝이 아니야."

마인베르크는 웃으며 말했다.

밤의 숲이 우수수 흔들렸다. 뿌리가 들썩이고 나뭇가지가 뻗어 나왔다. 나무들이 몸을 뒤틀며 뿌리를 뽑아내고 움직였다.

그리고…… 뿌리들이 뻗어나가 마인베르크의 전마들을 움켜잡았다.

기사들이 신음을 삼켰다.

마인베르크는 믿어지지 않는 광경을 보아야 했다.

델 판의 전마들이 모두 공격받고 있었다. 마인베르크의 명령을 들어야 하는 숲이 마인베르크에게 대항하고 있었다. 나무는 물론이요, 그 나무 아래에서 튀어나온 가시덩굴들이 전마들을 잡아들였다. 괴물들의 몸은 바위처럼 변하여 부서졌다. 전마들이 파괴될 때마다 그 몸에 깃들었던 악령들은 바닥으로 꺼져 원래의 세상으로 돌아갔다. 바르가스에서보다 더 빠르게 그들은 무너지고 있었다. 온 세상을 다 휘어잡을 수 있을 듯했던 그 힘이 지금 하나도 남김없이 다 사라진 것 같다.

"이게……"

그때 등지고 있던 숲에서, 핑— 하고 날카로운 소리가 들려왔다.

마인베르크는 소리가 들린 방향을 돌아보았다. 화살이 달빛 속에 날아올라 가장 높은 허공에 멎었다가, 폭발하듯 타올라 불꽃이 되었다. 불화살은 마인베르크 바로 옆에 있는 기사의 몸을 꿰뚫었다.

다시, 핑— 핑—

화살이 밤하늘을 검은 비처럼 뒤덮었다가, 일제히 타오르며 바닥으로 떨어졌다. 불화살들이 전마들을 모조리 꿰뚫고 불태웠다. 화살의 공격이 멈추자, 이제 본격적으로 진짜 공격이 시작되었다. 검은 기마대가 숲을 빠져나와 비탈의 경사를 타고 돌격해 왔다. 인간과 인간이 뒤엉키며 전력이 약하고 당황한 쪽이 일방적으로 무너지기 시작했다. 마인베르크의 병사들은 숲과 벌판으로 도망쳤다.

새롭게 나타난 기마병들 사이로 검은 갑옷의 청년이 보였다. 청년의 뒤를 따르는 병사들이 깃발을 세웠다. 운텔가움과 블랑셰리온의 깃발이었다.

델 판의 기사들이 청년을 향해 달려들었지만 인간들을 상대하는 것은 칼릭에게는 손쉬운 일이었다. 칼릭의 검은 쉽게 그들을 맞받아치고 내려쳤다. 검에 맞은 기사들이 나가떨어졌다. 말들이 울부짖으며 뒤로 물러났고, 다른 기사가 칼릭을 찌르려 덤볐다가 검에 베여 나갔다.

빠르고 강력하며 검다. 청년의 암흑은 우아한 힘을 품은 암흑이며, 휴식의 밤을 가지고 오는 고독한 기품이 깃든 암흑이기도 했다. 그 앞에서 델 판은 분명 무너지고 있었다.

"칼릭스트."

마인베르크가 떨리는 목소리로 말했다. 칼릭은 검을 휘둘러 마인베르크 앞의 기사의 목을 후려쳐 날렸다. 피보라와 함께 목과 몸이 떨어졌다. 그리고 그 피에 젖은 검이 마인베르크 앞에 있었다. 마인베르크는 맞서 싸울 생각도 못한 채 말했다.

"세레나가 죽은 것 같다, 칼릭스트."

칼릭의 두 눈은 차분했다. 이제는 지난번 같은 분노조차 없다. 피로한 눈일 뿐이다. 이제 좀 너를 그만 보고 싶다는.

마인베르크는 웃으며 말했다.

"이제 나한테는 너밖에 없구나."

마인베르크는 히죽대고야 있지만 한 손은 날아가고 없었다. 항상 이글

이글 타오르던 눈과 갈망에 번들대던 얼굴도 엉망이다.

죽었어도 살아나는 놈인데 고작 팔 하나 날아갔다고 이럴까.

그런데 정말 그랬다.

칼릭은 이 남자가 털 뽑힌 닭처럼 아무것도 아니게 되었다는 것을 깨달았다.

"이제 나는 진 거냐?"

마인베르크는 더 크게 물었다.

"졌냐고!"

"졌지. 분명히. 제대로."

칼릭은 검을 세워 마인베르크를 가리켰다.

"그리고 너는 그 대가를 치러야겠지."

"하, 나를 죽이려고? 너는 그런 아이가 아니잖아."

"그런 아이가 아니라면…… 너를 용서하거나, 아니면 용서를 빌 기회를 주거나. 참회를 할 기회를 주거나…… 좋은 일을 할 기회를 주란 건가."

칼릭은 그리 말할 것 같은 마인베르크를 담담하게 보았다. 이제는 밉지도 않다. 화도 나게 하지 못한다.

"이제부터 선한 자가 될 거라는 건가."

"그……."

말이 끝나기도 전에 칼릭의 검이 마인베르크의 허리를 내리쳤다. 갑옷이 박살나고 피가 튀었다. 그러나 칼릭의 검은 성검이 아닌 보통 검이었다. 철을 벼려 만든 녹슬 운명을 가진 검이다.

"마인베르크."

마인베르크의 몸이 쿵, 쓰러졌다. 피는 붉었다. 보통 사내와 같은 붉은 피가 그 몸에서 흐르고 있었다. 마인베르크는 몸을 돌리고 바닥을 짚었다.

"나는 나 혼자 여기 온 게 아니다."

칼릭은 마인베르크의 목에 검을 대며 말했다.

"나와 같이 싸워준 사람, 나를 위해 싸워준 사람, 나를 도와준 사람, 그 모든 사람과 함께 이곳에 있는 거다."

"나……."

칼릭은 마인베르크의 검붉은 눈을 똑바로 보며 말했다.

"그러니 내가 받을 것은 참회가 아니고, 할 일 역시 용서가 아니지."

칼릭의 검이 마인베르크의 이마에 내리꽂혔다. 마인베르크의 얼굴에 희망이 보였다. 목을 베어내지 않은 것에 대한 희망이다. 마인베르크의 피로 붉게 물든 땅 위에 둥근 원이 그어졌다. 그 원을 따라 뿌리가 사르르, 사르르, 소리를 내며 뻗어 나왔다.

"평범한 검으로도 네가 죽으니."

칼릭이 말했다.

얇은 덩굴이 땅을 뚫고 나와 마인베르크의 다리를 휘감았다. 가는 뱀처럼 갑옷으로 덮인 무릎을 타고 올라가고 허리를 감고 목으로 뻗어나갔다. 더 굵은 덩굴이 나와 마인베르크를 감았다.

"신이 너를 거두어가는 것은 참 쉽겠지."

마인베르크는 앞으로 가려 했지만, 갑자기 나무 덩굴이 단단해지며 그를 붙들었다.

"나는 너도 세레나도 사랑했어!"

"지난번에도 말했지만."

칼릭은 그 머리에 박힌 검을 뽑았다. 피가 흘러나와 마인베르크의 얼굴을 적셨다. 경악한 얼굴이 시뻘건 피로 물들었다.

"그게 나하고 무슨 상관이냐."

피에 젖은 얼굴이 덩굴로 덮이기 시작했다.

"칼릭스트!"

마인베르크는 몸을 뒤틀었지만 꿈쩍도 할 수 없었다. 고함을 질러도 비명을 질러도 그 힘은 아랑곳하지 않았다. 덩굴 틈으로 칼릭을 노려보는 마인베르크의 붉은 눈이 보였다.

"칼릭—"

덩굴이 얼굴을 마저 뒤덮으며 마인베르크의 붉은 눈도 사라졌다. 그는 있는 힘껏 팔을 뻗었으나 그 팔이 우뚝 멈추었다. 팔등에 힘줄이 돋더니 검게 물들기 시작했다. 고통의 비명조차 지를 수 없는 듯, 막힌 소리만 나온다. 잠시 뒤 그 소리마저도 멎었다.

덩굴이 스르르 풀어지며 바닥으로 내려갔다. 하나하나 풀려 나가자 재가 부스스 날리며 안으로 함몰되었다.

덩굴은 완전히 물러나 숲속으로 사라졌다. 그리고 그곳에 남은 것은 검은 잿더미뿐이었다. 마인베르크가 가졌던 그 어떤 것도 그 잿더미에서는 찾을 수 없었다.

칼릭은 발로 그 재를 찼다. 재가 부옇게 흩어지며 하늘이 밝아오고 있었다. 푸른빛이 어둠으로 번져 들고 있다.

이것으로 끝인가.

그래, 완전히 사라진 것이다.

삶의 파괴자였던 그자가.

동정도 후회도 미련도 없다.

곧 해가 뜰 것이다. 아주 환한 해가. 그리고 붉은 아침이…… 정말로 붉은 생명의 아침이 올 것이다.

발에 잔설이 밟혀 바스러졌다. 아침 바람에는 겨울의 차가움이 남아 있었으나 착한 아이의 입맞춤 같은 온기도 담겨 있다.

푸르게 떠오르는 세상의 아침 속에서 칼릭은 떠올렸다.

기대오던 따뜻한 어깨, 다정한 눈, 새처럼 재잘대다 문득 생각났다는 듯 다가와 속삭이던 달콤한 목소리, 그리고 그녀가 가지고 왔던 바람의 내음.

그녀가 속삭인다.

나의 칼릭스트.

칼릭도 말할 것이다.

내 목숨, 내 숨, 내 피. 내 모든 유일한 것의 시작.

가장 소중한 너, 니안.

전장은 마무리되고 있다.

리카르는 화살에 꿰뚫린 적의 기사가 몸을 일으키려 하자 목을 베어버렸다. 옆에서 공격하려던 다른 기사가 있었으나, 갑옷 차림의 여자가 내려친 철퇴에 맞아 나가떨어졌다.

여자를 보게 되자, 리카르는 믿을 수 없어 눈을 크게 떴다.

"바세바?"

여자는 갑옷으로 덮인 가슴을 당기며 리카르를 내려다보았다.

"그래요, 나예요."

"도와주러 온 거요?"

"도와주러 온 게 아니라 구해주러 온 거네요. 아, 그런 얼굴로 보지 말아요. 나는 정말 힘들게 온 거니."

바세바가 이끌고 온 군사는 칼릭의 군사와 함께 마인베르크의 군사를 다 제압하고 뒷마무리 중이다. 리카르는 여태 그들이 블랑셰리온이 숨겨두었던 군사인 줄 알았으나, 알고 보니 모두 바세바의 군사였다.

"어떻게 된 거요."

리카르는 자신이 어찌 이리 멍청한 소리를 할 수 있는지 놀라면서 물었다.

"설명하자면 길지만, 또 짧기도 하네요. 뭐든 다 말하려 하면 길죠. 하지만 필요한 말은 항상 참 짧네요."

바세바는 연민을 담은 눈으로 리카르를 보며 말했다.

"당신, 괜찮아요?"

"괜찮……."

괜찮다고 말하고 싶었지만 그러지 않다.

어디든 쓰러져 자고 싶었다. 지쳐서만이 아니다. 잊고 싶은 일이 있어서였다.

"……세레나가 세상을 떴소."

바세바의 눈이 흐려졌다.

"안 되었네요. 그 여자의 일에 내가 가슴 아플 일이 생길 줄은 몰랐어요."

"고맙소. 위로해 줘서."

"위로로 받아들여 줘서 고맙네요."

그러나 리카르는 위로 받은 얼굴이 아니었다. 아직도 멍하다.

바세바는 한숨을 내쉬었다.

"리카르, 나는 다정한 말은 잘 할 줄 몰라요. 또, 다른 사람이 내게 다정한 말을 하면 그게 진담인지 내 약한 마음을 이용하려 하는 건지 구분하기 어려워서 그냥 차갑게 굴죠."

"나는 뻔한 거짓말도 제대로 못하는 남자요. 의도를 가지고 행동하면 당신 눈에는 훤히 보일 거요. 내가 고맙다는 말은 정말 고마워서 하는 말이오."

"또 고지식하게 군다. 내 말은 말이죠, 나도 연습과 훈련이 필요하단 말이에요. 내가 좀 퉁명스러워도 한번 정도는 봐달라고."

여전히 빈정대고는 있었으나, 그래도 바세바의 눈에 가득한 것은 상대에게 건네는 위로였다.

몰랐다. 이 여자도 이런 표정을 지을 수 있다는 것을, 진심을 보여줄 수 있다는 것을, 그리고 자신이 그것에 이리도 안도하며 감사할 거라는 것도.

"내게도 시간이 필요할 것 같소."

리카르는 쓰러지고 싶은 몸을 간신히 가누며 말했다.

"내가 여태 걸어온 길은 험난했고, 잃은 것은 너무도 많소. 하지만 당신도 기다려 주면 좋겠소. 나는……."

리카르는 얼굴에 손을 얹었다. 눈에서 눈물이 흘러나오고 있었다.

"난……."

이것을 하고 싶었다.

울고 싶었다. 목 놓아 고함을 지르며 울고 싶었다. 그의 슬픔에 같이 슬퍼할 수 있는 사람 앞에서 울고 싶었다.

복수고 뭐고, 야망이고 뭐고, 지금 필요한 것은 그저 사람이다. 그 앞에서 울어도 되는 사람이다.

바세바가 충격 받은 듯 바라본다. 항상 적밖에 없던 여자는 누군가에게 부드러워지는 것에 서툴렀다. 그래서 지금 그녀는 그를 위로해야 할지 보기만 해야 할지 못 본 척해야 할지 모른다.

아침의 햇살이 눈을 스친다.

눈부시다.

빛이 이리 반가운 것은 처음이다. 완전히 홀로 맞이하는 아침인데, 미련도 복수도 분노조차 없이 홀로 맞이하는 아침인데, 그런데 그런 아침이 너무나 반갑다. 오늘 살아 있어서 반갑다.

리카르는 터지는 회한 속에 말했다.

"이번에야말로…… 이번에야말로 너무 늦지 않기를 바라오."

전마들은 모두 숲에서 몰아냈고, 전쟁터에서 날뛰는 놈들도 모두 처리했다. 전쟁이 끝났는지 제대로 확인하기 위해 보낸 니안느의 전령들은 여기저기 날아가 그들이 본 것을 보내주었다. 니안느의 명령에 따라 전마들을 공격했던 숲의 힘은 이제 제자리로 돌아갔고, 숲은 예전처럼 조용해졌다.

힘을 회복한 숲은 숨은 침입자들을 원래의 세상으로 돌려보내고, 잠들었던 정령들을 깨워 오염된 나무와 대지를 씻어냈다.

왕이 돌아와 새로운 힘으로 다시 태어났으니, 이 숲은 니안느가 예전에 알던 것과는 다른 숲이 될지도 모르겠다.

다른 전령이 날아와 니안느의 어깨에 앉았다. 니안느는 그 새가 본 것을 받아들이며 나무둥치에 손을 얹었다. 이마에 닿는 햇살은 부드럽고 따뜻했다. 어깨를 스치는 바람은 달콤하다.

두 눈 가득 보인다.

흰 말에 탄 청년이. 고독한 기품을 담은 녹색 눈은 지쳐 있었으나 그 얼굴에 깃든 것은 희망과 미래를 향한 기대였다.

"그를 만나게 해줘요."

왕이여, 내가 그와 나눌 수 있는 삶까지 허락받을 수 있기를 바라면 그건 과욕일까요. 그가 일으킨 그 많은 회생과 기적들로 당신의 자비를 받을 수는 없을까요. 아니면 나는 예정된 대로 이 숲에 속하고 그를 떠나야 하는 걸까요.

칼릭이 속삭였던 말들 중 언제고 그의 가슴을 찢어놓을 거라는 말.

사실, 매 순간이 그런 순간이었다. 자신의 임무가 끝나면 어찌 될지 몰랐으니.

필람몬이 말했던 적이 있다. 임무에서 돌아와 모든 기억을 잃었을 때 몇 번 숲 밖으로 나갔지만 기억이 날 만한 그 무엇도 없었다고 했다. 그가 숲으로 돌아와 머문 시간은 숲 밖의 시간보다 빨랐고, 그는 잠시 들어와 있었으나 숲 밖에는 벌써 수십 년이 지난 뒤였다. 밖에서 무엇을 했든 그 흔적이 흐려지기에는 충분한 시간이었다.

니안느는 자신이 기억을 잃은 뒤의 칼릭을 이미 봤다. 그가 그렇게 고통 받을 때 자신은 모른다면, 그런 자신도 용서하기 힘들 것 같다.

바람이 스치며 감각이 흐릿해진다. 니안느는 이것이 필람몬이 말한 그 망각의 순간으로 가는 것이 아니기를 바랐다. 거부하고 싶었지만 아무리 정신을 차리고 있으려 해도 버티기 힘들었다. 그러다 이것이 환시(幻視)임을 깨달았다.

숲이 멸망하던 날에 숲의 나무에 기대어 이런 환시를 보았다. 리카르, 사라피온, 그리고 빛. 숲의 왕은 모든 힘을 그러모아 그리 전하고 사라졌다.

그런데 이건 좀 다르다.

그때가 필사적인 느낌이라면, 지금은 상냥한 이야기를 하듯 부드럽고 안온하다.

니안느는 걷고 있었다. 울창하고 푸른 숲 사이로 난 흰 오솔길을.

숲이 끝나자 푸른 호수로 이어지는 벌판이 나왔다.

니안느는 싱그럽게 익어가는 포도원을 보았고, 윤기 흐르는 초록색 잎이 바람에 반짝이는 것도 보았다. 벌판에 싱그러운 풀이 가득 자란 것도 보았고, 호수의 물이 하늘과 함께 푸른 것도 보았다.

그리고……

그 모든 것을 지켜보는 아름다운 성을 보았다.

포도가 익어가는 계절의 성은 니안느가 아는 가을과 겨울의 성 못지않게 아름다웠다.

그 앞에 검은 머리카락에 흰 옷을 입은 아이가 서 있었다.

아이가 고개를 든다.

이 숲이 그렌 숲이고 저 성이 내가 아는 그 성이라면, 너는 아마도 어린 시절의 그 사람일까.

니안느는 아이의 볼을 만지고 이마를 쓸어주고 싶었다.

상앗빛 이마에 녹색 눈이겠지. 천사처럼 아름다운 소년일 거야. 나는 이교도라 천사를 모르지만, 그것이 아름답다는 의미라면 너는 분명 그럴 테지.

아이는 돌아섰고, 그 시선이 향하는 곳에 숲 입구에 있는 묘비가 있었다.

오베른, 그리고 데보라.

아이와 같이 바라보던 니안느는 놀라움 속에 깨달았다.

아버지는 어머니 옆에.

칼릭이 말했었다.

그리했어. 묘비에는 이름만 적어드렸지.

오베른의 이름을 가진 남자와 데보라의 이름을 가진 여자의 무덤.

이건 과거가 아니다.

아이가 니안느를 바라보고 있다. 그 은보라색 눈이 니안느를 향하며 활짝 웃는다. 옆에서 큰 손이 내려와 아이를 끌어 올렸다. 아이의 어깨를 안는 손은 길고 아름답다. 어깨는 넓고 곧다. 아이의 어깨너머로 녹색 눈이 보였다.

그 순간 환시는 끝났다.

니안느는 현실로 돌아왔고, 머리카락에는 봄의 시작을 알리는 바람이 스며들었다. 어깨에는 온화한 숲의 향기가 닿는다.

천천히 눈을 뜨자 두 팔이 니안느의 몸을 안았다. 소나무 향을 닮은 체취가 온몸을 감싼다.

"칼릭스트."

눈물이 고이며 뜨거워진다.

숲이 말한다.

이제 행복할 수 있을 거란다, 나의 아이야. 네 둥지에서 방랑의 날개를 접거라. 쉬렴. 네 깃털을 다듬고 가슴으로 네 행복을 품어라.

니안느는 볼을 스치는 바람에 실린 속삭임을 듣고 목덜미를 스치는 바람에 담긴 축복을 들었다.

햇살이 퍼지며 눈부신 은빛으로 보이는 그 숲에 방랑했던 바람이 머문다.

"칼릭스트, 내가 뭘 봤는지 알아요?"

THE END

외전

1) 여름빛

세상에는 시기라 불릴 만한 날들이 있다.

조짐의 시기라 할 수도 있고, 새로운 시대의 시작이라 할 수도 있다. 누구나 평화롭고 자유로운 시대에 살고 싶을 테지만, 서 있을 땅을 고를 수 없듯 자신이 살 시기를 고를 수도 없다.

그저 바랄 뿐이다.

자신의 시대가 빛나는 시기이기를, 어두운 시대가 아니기를. 택할 수 없는 일이 너무 많은 시기가 아니기를.

그런 시기가 지나면 자신이 거쳐 온 시대가 어떤 시대인지는 보이리라.

발걸음을 멈춰야 비로소 풍광이 보이는 법이니.

라크세니아를 한때나마 장악했던 마인베르크의 시대는 마인베르크가 전사하고 델 판이 블랑셰리온에 점령되면서 끝났다.

흑익의 날개를 꺾은 자는 블랑셰리온의 새로운 주인인 칼릭스트 블랑셰리온, 델 판 공작의 거대한 땅과 그 역사 깊은 성은 이교도이자 이방인인 제국인의 손에 들어갔다.

승리한 정복자가 보여줄 시대는 지난 시대보다는 평화로워 보였다. 칼릭스트는 영주를 잃은 운텔가움과 윈더미어로 그가 고른 수하와 군대를 보내며 오랜 전쟁과 약탈로 피폐해진 그곳을 정비할 의지를 보였다. 애초에 델 판이 점령하고 칼릭스트가 관리하던 곳이라, 점령이라기보다는 재확인하여 제대로 통치하기 시작했다는 편이 옳았고, 앞으로 어떤 시대가 라크세니아에 펼쳐질지에 대한 어렴풋한 예고이기도 했다.

니안느는 델 판, 흑익의 성채라 불리는 그 고성을 보며 낡은 쇠로 만든 것 같다고 생각했다. 용이 남기고 간 동굴 같기도 했다. 어딘가에는 보물이 있고, 어딘가에는 살해된 자들의 뼈가 쌓여 있는 그런 동굴 말이다.

성벽은 원래는 미황색이었을 테지만 오랜 시간이 지나 마치 불에 그슬린 듯 검게 물들어 있었다. 그 벽에 붙어 있는 괴물들의 조각상들은 날카롭고 화려한 느낌이었다.

중앙에는 높고 둥근 본성의 탑이, 사방에는 좁고 높은 첨탑들이 솟아 있었다. 꼭대기는 가시처럼 날카로웠다. 성민들을 보호하는 성벽은 없었다. 그 본성 하나만이 거대하게 앉아 있을 뿐, 성 아래는 적들 앞에 무방비하게 놓여 있었다.

행여 약탈이라도 벌어질까 봐 숨어 있던 델 판의 사람들은 두려움에 찬 얼굴로 새로운 정복자들을 맞이했다. 원래 살던 자도 있었으나, 끌려와 노역하는 자들도 많았다. 비참한 운명에 시달린 자들 특유의 황폐한 눈이 새로운 주인들을 맞이했다.

익숙하고 포악한 주인 대신 나타난 정복자들이다. 제국의 깃발과 블랑셰리온의 깃발과 함께 입성하는 군대는 그들에게 낯설었다. 단단하고 정교한 갑옷도, 이국적이고 차가운 풍모도 그들을 두렵게 했다. 군중에 둘러싸인 제국군이 성으로 들어가는 동안, 니안느는 혼자 성으로 들어갔다.

성안에서 니안느는 본성 뒤에 증축된 부분이 있는 것을 발견했다. 제국 식의 건물을 덧붙여 지은 것이다. 이 성에서 가장 호화로운 곳이었을 그곳은, 지금은 일부 불타서 원래의 성보다 더 까맣게 변해 있었다. 잿더미 너머로 성의 내부가 훤히 보였다. 불타 너덜대는 커튼, 까맣게 탄 채 바닥에 널브러진 기둥과 서까래들에, 타다 만 가구들이 뒹굴고 있었다.

니안느는 성벽으로 다가가서 표면을 건드려 보았다. 원래의 성채를 허물어내고 증축한 것이라, 불탄 부분을 포기하면 그럭저럭 성을 복구할 수 있어 보였다. 새로운 주인을 맞이하는 성을 이렇게 놓아두고 싶지 않아, 니안느는 일단 고쳐 보기로 했다.

우선 주변에 흩어진 돌들을 살펴보았다. 원래 성이 지어졌을 때 그 벽을 이루고 있던 돌들이었다. 없애지 않고 개축할 때 재활용한 것이다. 돌 하나하나에 이들이 원래의 성벽을 이루었던 때의 기억이 남아 있었다.

"기억을 따라, 너희들의 운명을 찾아."

돌들이 들썩이며 올라가더니 공중에서 빙글빙글 돌며 들러붙기 시작했다. 겉을 덮은 재를 털어내고 저절로 맞물리며 원래 그들이 이루었던 벽으로 돌아갔다. 돌이 쿵쿵 소리를 내며 성벽을 완성하자, 살처럼 드러난 맨 땅에는 새싹이 돋기 시작했다. 앵초와 동자꽃, 패랭이꽃이 피어났다. 벽은 녹색 이끼로 뒤덮이고, 납작한 풀 틈에서 제비꽃들이 무더기로 피어났다. 황폐했던 곳은 오랫동안 평화로웠던 듯 변했다.

일을 마친 니안느는 완성된 성벽을 상기된 얼굴로 보고는 중얼거렸다.

"다음은 어디로 가볼까."

이마와 목덜미로 신선한 바람이 달콤하게 닿았다.

무너진 곳을 복구했으니, 이제 본성으로 가보기로 했다.

경쾌한 발걸음으로 활짝 열린 성의 정문으로 달려갔다. 성의 어둡고 거대한 홀이 그녀를 맞이했다. 검은 돌로 덮인 바닥에, 문의 맞은편에는 털가죽이 깔린 의자가 놓여 있었다. 벽에 걸린 반들반들한 방패가 홀을 비추었다. 촛불 몇 개가 켜져 어둑어둑하게 안을 밝혔지만, 그 홀을 이루는 높고 큰 창은 모두 두꺼운 커튼으로 막혀 있어 어둑어둑했다.

니안느는 홀의 끝에 서 있는 기사를 발견했다.

큰 키에 반듯한 어깨를 가진 칼릭이었다. 넓은 등을 덮은 검은 옷 위로 어두운 촛불이 번졌다. 칼릭은 벽에 걸린 태피스트리를 올려다보다가, 니안느가 들어오자 돌아보았다. 조금 놀라긴 했지만, 곧 빙그레 웃었다.

니안느는 홀의 중앙을 가로질러 달려갔다. 창문을 덮어 누르던 커튼이 양옆으로 걷히며 햇살이 안으로 쏟아냈다. 펑, 펑, 하며 커튼이 터져 올랐다. 창문도 저절로 열리며 차가운 바람이 안으로 쏟아졌다.

"칼릭스트 경!"

더 가까워지기도 전에 칼릭이 달려와 니안느를 안아 들었다. 넓은 어깨를 가진 몸이 니안느를 덮었다. 몸이 허공으로 들리면서도 니안느는 칼릭의 목을 안고 가슴을 받아들였다.

"니안."

칼릭은 니안느의 목덜미에 얼굴을 묻었다. 그의 강한 두 팔이 허리를 단단하게 감싸 안자, 니안느는 칼릭의 목덜미에 자신의 머리를 비비고는 그의 목을 더듬었다. 부드러운 머리카락이 손에 감긴다.

마인베르크가 없는 성에 와서야, 그들을 해칠 것이 없다는 것이 실감 나고 있다.

세상은 안전하고 평화롭고 아름답다.

니안느는 칼릭을 안은 채 태피스트리를 보았다.

청회색 낡은 색조가 깃든 태피스트리에는 전쟁의 한 장면이 짜여 있었다. 뒤엉켜 전쟁을 벌이는 병사들과 갑옷을 입은 기사들, 꽃을 뿌리는 아름다운 여자들과 온갖 신비로운 동물들로 가득 차 있다.

"으리으리하네요. 엄청나게 비싸 보이기도 하고요."

"니안, 다른 데 보지 마."

칼릭의 팔이 녹아내리듯 풀어지며 니안느를 내려주었다. 이마가 스치고 코끝도 닿았다.

"너는 내가 없었던 세상에서 살았고, 나는 네가 없어진 세상에서 살았잖아. 그러니 한동안은 나만 봐. 나에게는 세상 끝까지 다녀올 정도로 긴 시간이었으니까."

칼릭은 니안느의 볼을 매만졌다. 니안느는 자신의 손을 칼릭의 손등에 얹으며 바라보았다.

뜨겁고 달콤한 눈동자가 니안느 앞에 있었다. 바라만 봐도 가슴이 넘실대는, 소중한 남자의 눈빛이다.

"그러니 네 눈에 항상 내가 있으면 좋겠어. 네 머릿속에도. 그리고 무엇보다…… 네 앞에 항상 내가 있으면 좋지. 네가 없는 하루가 있다면, 네가 있는 십 년이 필요하니까."

"당신 말대로라면 천 년쯤 필요하게 된 것 같은데요."

"그러면 영원히 같이 있으면 되겠군."

칼릭은 니안느의 눈 옆에 입을 맞추었다. 간지러워서 니안느는 눈을 가늘게 떴다. 칼릭의 손이 니안느의 등을 매만지다 허리를 잡았다. 강한 엄지손가락이 니안느의 살을 부드럽게 문질렀다.

"그리고 그동안, 나를 위해 뭐든 다 해달라 할 생각이지."

"말해봐요. 내가 뭘 해야 할까요."

"우선, 내 손을 잡아주고, 입 맞춰주고, 그리고⋯⋯."

말이 길게 늘어진다.

니안느는 기대에 찬 눈으로 보았다.

"아내가 되어주고."

놀라서 심장이 바짝 조이는 기분이었다. 얼굴에 그 긴장이 모두 드러났을 테니 벌써 들켰다. 니안느는 정직하고 칼릭은 예리하다.

"그리고 영원을 함께하는 그 서약에 나는 많은 맹세를 넣을 거야. 내 모든 것을 줄 테니, 너의 모든 것을 달라고."

"그게⋯⋯."

"둘러대거나 싫다는 말은 꿈도 꾸지 마. 이미 다 끝났으니까."

"이미 끝나다니. 대체 언제요?"

칼릭의 입술 끝이 슬쩍 올라갔다.

"네가 날려 보낸 작은 새 한 마리에 내가 청혼하고 네가 허락한 기억이 담겨 있을 거야. 그런데 지나가는 고양이 한 마리가 그 새를 집어삼켰나 봐. 아직도 돌아오지 않은 걸 보니."

"네?"

"너는 이미 허락하고 맹세했으니, 이제 나하고 결혼하는 것만 남았다는 거야. 니안은 내 거고, 니안도 나를 아낌없이 가져."

니안느는 고개를 저었다.

"그럴 수가 없어요! 설마 내가 그렇게 중요한 걸⋯⋯."

항변하려다, 니안느는 '못되게 웃는' 칼릭의 눈을 보고 깨달았다. 놀린 거다. 니안느는 눈살을 찌푸렸다. 놀림 받은 게 맞는데, 그렇다고 화를 낼 수도 없었다.

깜빡 잊었다. 이 남자, 예쁜 여우 같은 요물이었지.

칼릭이 그런 니안느의 손을 잡아당기며 말했다.

"이제 다른 데로 가자. 여기 말고 어디든."

아무리 마인베르크가 없어졌다 하더라도 이 홀은 칼릭이 델 판에서 가장 싫어하는 곳이었다. 이곳에서 그 지긋지긋한 날들이 시작되었으니.

"우선 어디로 갈까요?"

"찾아봐야지."

니안느는 칼릭의 가슴에 손을 얹고 돌아섰다가 탄성을 내지르며 눈을 크게 떴다. 그리고 칼릭은 이곳이 싫은 이유를 하나 더 추가할 수 있게 되었다.

"리카르!"

활짝 열린 홀의 문 너머에 리카르가 서 있었다.

"니안?"

리카르의 두 눈이 울기라도 할 듯 흐려졌다.

믿을 수 없는 선물을 받은 놀라움에, 결코 다시 만날 수 없는 사람을 다시 만난 벅차오름으로 가득했다. 니안느도 지금이 얼마나 기쁜 상황인지 깨달았다. 니안느가 사라지고 난 뒤, 이 남자 역시 힘든 날을 보냈던 것이다.

"정말 너구나."

"네, 나예요."

칼릭은 리카르가 무엇을 하고 싶어 하는지 한눈에 알아볼 수 있었다. 죄다 칼릭이 조금 전에 한 일이었으니 당연히 알 수 있다. 두 팔을 벌려 니안느를 끌어안고, 기쁨의 탄성을 내지르며 입 맞추고, 얼마나 그립고 보고 싶었는지에 대해 이야기하는 것 말이다.

칼릭만 없었다면 리카르는 정말 그랬을 것이다. 달려와 니안느를 끌어안고 감격했을 것이며, 니안느가 사라진 뒤의 힘들었던 날들에 대해 오늘

자정이 넘어서까지 이야기했을 것이다. 그러나 니안느의 등 뒤에는 칼릭이 싸늘하게 보며 서 있었다. 호오, 그러기만 해보세요.

리카르가 가만히 서 있기만 하자, 니안느는 리카르에게 다가갔다.

"보고 싶었어요."

니안느는 두 손으로 리카르의 머리를 당기곤 볼에 입을 맞췄다. 칼릭에게는 다행스럽게도, 정답고 순수한 반가움의 인사는 그것으로 끝났다.

"좀 고생했지만, 그래도 이렇게 돌아왔어요."

리카르는 니안느의 얼굴을 눈부시다는 듯 보았다.

"이번에야말로 너를 잃는 줄 알았다."

"위험하긴 했었죠. 하지만 기회가 있었어요. 다행스럽게도. 기뻐요, 이렇게 당신을 다시 만나서."

"……나도 그렇구나."

리카르의 어깨에 힘이 들어갔다. 이렇게 얌전한 인사만 하며 얼굴 맞대는 것으로는 부족했다. 좀 더 제대로 이 마음을 표현하고 싶었다.

니안느가 돌아온 것을 알게 되었을 때, 리카르는 당장 달려가고 싶었다. 이 아이의 유일한 남자가 될 수는 없을지라도, 그래도 십 년간 같이해 온 가장 소중한 존재다. 그런 니안느가 세상에 돌아온 것에 진심으로 기뻤으니, 그 마음까지 바꾸거나 버릴 수는 없다. 자신이 다시 살아난 것처럼 기뻐, 온몸을 던져 니안느를 안은 다음 얼마나 기쁘고 다행스러워하는지 말해주고 싶었다.

그러나……

리카르는 니안느 뒤에 있는 칼릭을 보았다. 무시하고 싶었으나, 무시할 수가 없는 상대다. 니안느가 없는 동안 리카르는 칼릭 덕에 많은 문제들을 해결했다. 그것도 이 칼릭이 답지 않게 상당히 관대해져 있을 때 얻어낸 성과였다. 이 녀석을 수틀리게 하면 그 모든 문제가 도로 복잡해진다. 또, 이 칼릭은 그리하는 데 별 가책도 느끼지 않는 인성의 소유자이기도 했다.

이런 구차한 이유로 내가 조심해야 한다니.

기분은 몹시 더러웠으나, 리카르가 조심해야 할 이유가 맞기는 했다. 둘이 다시 사이가 나빠지면 니안느만 난처해지고, 그런 상황에서 둘 중 하나를 택하라면 니안느는 당연히 칼릭을 택할 것이다. 저 요물은 세상 모든 것을 다 가지고 있으면서도 니안느 앞에서는 아무것도 없는 척할 수 있고, 니안느는 그렇게 구는 남자를 버리지 못하는 성품인데다가 속기도 잘 속는다.

리카르는 지금 상황에 깊은 후회를 느꼈다. 니안느에게 저런 남자를 반드시 조심하라고 가르쳤어야 했다.

"리카르?"

니안느는 리카르가 조용히 있자 걱정이 되어 물었다.

"아, 니안…… 봤다. 네가 보낸 너와 나의 기억들. 정말 많았더구나. 좋았던 것도 있지만, 내가 너를 힘들게 했던 것도 있었지…… 정말 미안하다."

니안느가 오히려 미안한 듯 웃었다.

"좋은 것만 보낼 걸 그랬네요."

"아니다. 괜찮다. 좋든 아프든, 다 우리들의 기억 아니겠니."

"원망하거나 리카르 탓 하지 않아요. 당신에게도 정말 힘든 일이 있었으니 그런 건 다 잊어요. 그리고 세레나…… 숲에 숨어 있을 때 그분과 만났었어요. 겁에 질려 있었죠."

니안느는 그때를 생각하며 흐린 눈을 보였다.

"그때의 나는…… 그분이 너무 겁에 질려 있어서 지켜주고 싶었어요. 하지만 다 해주지는 못했네요. 내가 잘했더라면, 그때 당신에게 그분이 얼마나 소중한지 기억하고 있었더라면 더 노력했을 텐데.”

“아니야. 너는 누구보다 노력했을 테고, 그 노력을 대신하거나 그보다 더 할 수 있는 사람은 세상에 없을 거다. 그러니 괜찮아. 또 나도 받아들일 수 있게 될 테니 걱정하지 마.”

세레나가 행한 일은 많았으나, 니안느는 세레나 자신이 대가를 치렀다고 생각해 잊기로 했다. 그리고 그토록 그리워하던 세레나를 잃은 리카르에 대한 연민도 진심이다.

“나는 항상 당신 편이에요, 리카르. 그러니 힘들면 언제라도 말해요. 우린 가족이고, 나는 리카르를 내 핏줄처럼 사랑하니까.”

“그래, 핏줄.”

리카르는 이 안에는 엄청난 것이 담겨 있다는 것을 알았다.

그들 두 사람이 결코 끊어지지 않을 인연이라는 말임과 동시에…….

당신은 핏줄, 그리고 이 칼릭은 내 남자.

“…….”

젠장.

리카르는 성야의 날에 겪었던 그 끔찍했던 기분으로 돌아갈 수밖에 없었다. 그날의 리카르는 질투로 반 미치고 후회로 반 미친 상태에서 평생 후회할 일을 저지르고 말았다. 이불을 걷어차며 잠드는 것으로 끝났다면 모를까, 그 뒤로 엄청난 일들이 벌어졌으니 나중에는 후회가 되다 못해 비참할 지경이었다.

“……나도.”

칼릭이 말했다. 니안느가 돌아보았다. 니안느의 눈빛이 완전히 달라지는 것을, 리카르는 모르려야 모를 수가 없었다. 가슴에 못이 퍽퍽 박히는 것 같으면서 후회로 몸이 떨릴 지경이었다. 조금만 더 노력했더라면, 조금만 더 눈치껏 행동했더라면, 조금만 더 용기 있고 남자답게 굴었다면,

저놈과 리카르의 위치는 반대였을 것이다.

니안느가 보자 칼릭은 싱긋 웃으며 말했다.

"나도 리카르를 그렇게 여기고 있어. 내 핏줄처럼."

"정말요?"

"그럼. 내게 리카르는 아버지 같은 분이거든."

그러더니 칼릭은 입술에 주먹을 대고 미묘한 웃음을 참았다.

리카르는 따귀 맞은 데 뒤통수까지 맞은 기분이었다.

저 가증스러운 놈.

그러나 이 상황은 리카르와 칼릭 본인만 제하고 주변 모두가 좋아할 상황이었다. 두 남자가 깊은 원한을 청산하고 화해한단다. 이제 부자지간처럼 지내겠단다.

즉, 니안느가 무사한 것을 알았으니 어서 꺼지라는 말이다.

두 남자는 그간의 원한은 청산해도 지금의 원한은 청산할 생각이 없었다. 가문과 가문의 이름으로 열 번쯤 더 화해할 수는 있어도, 남자 대 남자로는 백번도 더 싸울 수 있었다. 여자의 선택이 끝났다 하더라도 남자의 미련이 끝나는 건 아니다.

칼릭이 정중하게 말했다.

"이러니 공도 저를 그리 생각해 주길 바랍니다."

그리고 칼릭의 입술이 슬쩍 올라갔다.

"아들, 처럼, 말입니다."

못된 녀석.

리카르는 아들을 저따위로 키워준 오베른을 원망했다.

다음 날, 성에 대해 잘 아는 칼릭은 마인베르크의 약탈품이 쌓인 창고를 금방 찾아내 열었다. 온갖 금은보화가 있었지만, 가지고 놀다 집어 던진 장난감들처럼 성의 없이 쌓아두었다.

"정말 많이 약탈했군요."

벤자민이 감탄했다. 칼릭은 그중에 운텔가움에서 약탈해 온 백조의 신상을 찾아내 벤자민에게 건넸다. 신상 정도는 각 성으로 돌려보내야 하니 미리 골라두기로 했다.

나머지는 흔한 금은보화였다. 칼릭은 규율에는 엄해도 포상에는 공정하면서도 후한 수장이었다. 성을 복구하는 데 들어가야 할 것을 제하고는 승리한 수하들에게 나누어 주기로 했다.

같은 날 저녁, 승리의 연회를 위해 뜰과 부엌에 큰 솥이 걸리고, 화덕에 불이 피워졌다. 돼지와 양이 구워져 그들 앞에 쏟아졌다. 부지런히 먹고 마시는 그들을 위한 노래와 음악도 있었다.

리카르는 조용히 있고 싶다며 빠졌다. 그의 수하 삼인방은 몰려나와 각자의 취향대로 즐겼다. 바세바는 그녀의 기사들과 함께 군영에서 쉬었다. 엄격하기 그지없는 그들은 승리하고 난 다음에도 술은 혀를 적실 정도만 마시고 고기만 좀 뜯었을 뿐 조용했다.

니안느는 성을 거닐었다.

그을린 벽의 벽돌을 쓸며 가다가, 기둥이 길게 늘어선 복도 끝에 있는 강철로 된 작은 문을 발견했다. 그 안에 가장 중요한 비밀이 숨겨져 있는 듯, 철문은 묵직한 자물쇠로 잠겨 있다.

니안느는 주변을 둘러본 다음 자물쇠에 손가락을 댔다. 철컹, 컹, 소리가 몇 번 나더니 자물쇠가 풀려 떨어졌다.

문을 열고 들여다본 그 안은 정말 컴컴했다. 니안느는 오른손을 들었다. 손을 중심으로 흰 빛이 피어올라 실타래처럼 뭉치기 시작했다. 빛은 점점 더 진해지며 흘러넘쳐 벽과 바닥을 적셨다. 어두운 통로가 밝혀지며 바닥으로 내려가는 좁은 계단이 나타났다. 비릿하고 불길한 내음이 그 안에서 풍겨왔다.

니안느는 치마를 잡고 계단 아래로 내려갔다. 가죽신이 계단을 밟는 자박자박 소리가 길게 이어졌다.

한참 뒤에 평평하고 넓은 공간으로 나올 수 있었다. 돌로 된 공간을 파낸 듯, 벽에는 끌 자국이 그대로 나 있었다. 굵고 큰 기둥들이 그다지 높지 않은 천장을 받쳤다. 그 기둥이 서 있는 공간을 지나자, 곧 두꺼운 장막으로 덮인 벽이 나타났다. 장막을 치우자, 장식도 무늬도 없는 투박한 철문이 나왔다. 그 문을 밀어 젖혀 열며 안으로 들어갔다. 빛이 니안느를 따라 들어와 그 안을 환하게 비추었다.

벽과 기둥에는 피 얼룩이 검게 튀어 있고, 바닥에는 더러운 뼈들이 흩어져 있었다.

누가 말해주지 않아도 어떤 흔적인지 알 수 있었다.

형제들의 시신이다.

시리고 날카로운, 조금은 옅어졌을 거라 생각한 상실감과 아픔이 다시 가시처럼 가슴에 박혀왔다.

니안느는 두 팔을 들어 이곳에 머무는 형제들의 영을 불렀다. 여러 목소리로 된 속삭임이 들려오기 시작했다. 머리카락과 옷이 가만히 흔들렸다.

니안느가 서 있는 공간의 천장과 벽에 빛의 그물이 흐릿하게 드리워지더니, 점점 더 선명해지며 나무뿌리로 변했다. 굵은 뿌리에서 머리카락처럼 가느다란 뿌리가 무수히 뻗어 나왔다.

가느다란 뿌리는 천장에서 바닥으로도 내려왔고, 벽에서 벽으로도 건너갔다. 사방을 뒤덮은 그 뿌리 틈으로 벽이 허물어지고, 그 안에서 맑은 물이 흘러나와 바닥에 고였다. 지하의 공간은 물 흐르는 소리로 가득 찼다.

니안느는 바닥을 손가락으로 살짝 건드렸다. 바닥이 움푹 파이며 푸른 빛이 나는 물이 고였다. 니안느는 흩어진 뼈들을 모아 그 푸른 샘에 던져 넣었다. 풍당풍당 소리와 함께 뼈들은 샘 바닥으로 가라앉으며 사라졌다. 빛이 물속에서 더 환하게 번져 나와 안을 비추자, 니안느는 물속에 손을 넣었다. 물고기 등이 스친 듯 누군가의 차가운 손가락이 니안느를 건드렸다.

니안느는 물속을 들여다보려고 고개를 더 깊이 숙였다. 머리카락이 흘러내려 물에 잠겼다.

옆으로 사람의 그림자가 드리워지며 니안느의 어깨를 잡았다. 니안느는 고개를 들었다. 두 눈 가득 칼릭의 얼굴이 보였다.

"칼릭스트?"

칼릭은 니안느를 일으켜 세웠다. 칼릭의 굳은 얼굴에 배인 두려움을 본 니안느는 걱정 말라고 말하고 싶었다. 나는 이제 항상 당신과 함께 있어요.

"어디로 가든, 먼저 내게 말해야지."

"바빠 보여서 그냥 왔어요."

"무슨 일이 있든 간에 나에게는 항상 네가 먼저야. 이제는 좀 알아줘."

칼릭의 말이 니안느의 가슴에 가책이 되어 아프게 파고들어 왔다.

나는 왜 이렇게 이 남자에게 모자라게만 대하는 건지.

"내 형제들이 여기로 끌려왔었어요. 느낄 수 있어요."

칼릭의 눈이 떨리는 것을 본 니안느는 고개를 저었다.

"괜찮아요. 그때처럼 절망한 건 아니니까요. 슬프고 쓸쓸하긴 하지만…… 또, 아프기도 하지만…… 내가 느낀 건 그런 게 아니에요."

니안느는 나무뿌리에 손을 얹었다. 손을 중심으로 빛이 번지며 뿌리가 달처럼 하얗게 보였다.

"이건 뭐지."

"숲의 왕이 찾아온 거예요."

"벌써 이렇게……."

"어느 정도 회복하는 데까지는 많이 걸리진 않을 것 같아요. 형제들의 영이나 파수꾼들이 더욱더 빨리 돌아올 수 있을 테고, 고통 받던 형제들은 원하는 곳에 깃들 거예요. 땅이나 바위, 샘이나 개울…… 어디든. 다시 햇살을 보고 땅의 내음을 맡고 신선한 바람을 느끼겠죠. 머지않아 나 역시 그들을 느낄 수 있고 이야기도 나눌 수 있을지 몰라요."

니안느는 손을 뻗었다.

"봐요."

샘물이 검은 하늘을 비추어냈다. 하늘 가득 흰 별들이 보였다. 굽어보듯 광경이 변하며, 비탈이 보이기 시작했다. 검회색 바위가 박혀 있었다.

"칼릭스트, 이곳이 어디인지 기억나요?"

"기억하지 않을 수가 없지."

어떻게 잊을 수 있겠는가.

온몸에 새겨진 기억을 남긴 곳인데, 어찌.

바로 안둔이다.

니안느가 잠시 마인베르크를 피해 피신했던 곳이며 가장 중요한 사실을 알게 된 곳이기도 하다.

"저곳에도 내 형제들이 있죠. 왕은 저기로도 형제들을 찾으러 갈 거예요. 내 형제들은 어디서든 올 거예요. 그리고……."

니안느는 칼릭의 옷을 잡았다. 니안느가 무슨 말을 하려고 하는지 칼릭은 금방 눈치챘다.

"떠난다는 말 같은 건 하지 마."

"그래도 내가 있으면 더 빨리 찾을 수 있어요. 부르기도 쉽고요. 기다리다 보면 저절로 오기야 할 테지만, 그렇게 놔두기에는 그들이 겪은 일들이 참혹해서…… 어서 빨리 평화롭게 해주고 싶어요."

"니안."

"알아요, 당신 마음."

"아냐, 몰라."

니안느는 걱정 말라고 말하고 싶었지만, 그럴 수가 없다. 아무 일도 없었던 게 아니니까. 니안느 자신도 그럴 지경인데, 칼릭은 더하겠지.

"나는 반드시 당신에게 돌아가요."

니안느는 눈에 미소를 담았다.

"당신과 해야 할 일이 많거든요. 칼릭스트, 당신은 왕이 내게 준 상 같은 존재예요. 그러니까 당신을 포기할 생각, 절대로 없어요."

"상? 내가?"

칼릭이 어이가 없다는 듯 되물었다. 그러나 기분 나쁜 건 아니다. 니안느는 미소를 머금어 가늘어지는 그의 눈가에 손을 얹고는 말했다.

"그래요, 상이죠. 용사는 마왕을 무찌르고 공주를 얻고, 용감한 소녀는 모험을 마치고 왕자를 얻죠. 그리고 나는 당신을 얻었어요. 나의 기사, 나의 칼릭스트를."

칼릭의 팔에 힘이 들어가며 니안느를 안았다. 니안느는 그 강인한 느낌이 좋았다. 내내 이 기분에 기대고 싶었다. 한순간도 놓치고 싶지 않은 마음이다. 하루도 아쉽고 한 달은 더욱 아쉽다.

"그래도 가지 마. 너 없이 한시도 지내고 싶지 않아."

"가는 게 아니에요, 칼릭스트. 숲의 마법사인 나는 숲에 있어야 하는 건 맞지만, 내가 당신을 사랑하면서 당신 옆 역시 내가 있어야 할 곳이 된 거예요."

니안느는 칼릭의 몸에 기대며 허리를 잡았다.

"그러니 나는 반드시 돌아와요. 내 일을 마치면. 내가 행복한 순간에 그들 역시 평안하다는 것을 믿을 수 있으면, 당신과 더 행복할 수 있을 테죠. 당신은 내 상이고, 나는 보배롭게 보살필 생각이거든요."

"하지만 니안, 네가 그렇게 말해도 서운한 건 서운한 거고, 무서운 건 무서운 거야. 네가 내 눈앞에 없으면 항상 그럴 거야."

"믿어줘요, 칼릭스트. 그리고 내가 올 때면 그 누구보다 당신이 가장 먼저 알 수 있을 거예요. 게다가 떠나 있는 것도 아닌 걸요. 우린 이어져 있다고 했잖아요. 내가 보는 것을 당신도 볼 수 있을 거예요. 나도 마찬가지고. 어디에 있든 우리는 같이 있어요."

칼릭은 더 말하지 않았다. 고개를 숙여 콧잔등을 입술로 스치더니 인중을 건드리고 입술을 덮었다. 고요한 물소리만 들리는 가운데, 니안느는 서서히 달아오르는 입술을 음미하며 몸을 맡겼다.

가슴이 뜨거워지는 기분이었다. 달콤하게 녹아내리는 것 같다.

"니안."

달고 뜨거운 순간 속에 심취해 있을 때 칼릭이 나른하고 부드럽게 불렀다.

"그냥 정해줘. 언제 올 건지. 나는 정확한 게 좋아. 네가 이러면 나는 항상 속 좁은 남자가 된다고. 초조해지고 성격 급한 남자가 되기도 하고."

단단한 손이 니안느의 볼과 턱을 쓸어내리곤 멎었다. 엄지손가락이 가만히 살을 눌러왔다.

"그런 내게 뭐든 쥐어줘. 거짓이 아닌 것으로."

니안느는 칼릭의 얼굴을 물끄러미 보았다. 칼릭의 두 눈에 보이는 것은 아픔은 아니었다. 배려와 양보였다.

"앞으로 너와 내가 함께할 시간이 영원이라 할지라도, 그건 앞으로의 일일 뿐이야. 오늘 못 보고 내일부터 영원히 볼 수 있더라도, 오늘 못 보는 건 사실이잖아."

"믿어요."

"니안, 나는 내 손안에 네가 있을 때만 믿어. 네 심장이 뛰는 것만 믿고, 네 눈이 나를 보는 것만 믿어. 그러니 그런 말은 하지 마. 믿으라는 말은."

"칼릭스트— 나는 봤어요."

니안느는 칼릭의 양 볼에 손을 얹어 당겼다. 이마가 닿았다. 숨소리와 들뜬 심장 소리가 서로에게 밀착되었다.

"우리가 서로 같이 살게 될 것임을, 부부로 맺어진 모든 남녀가 신에게 기대하는 선물을 받을 것임을."

"정말?"

"네. 왕은 내게 언제고 당신을 찾게 될 거라 말해줬어요. 그리고 만났죠. 그랬던 왕이 내게 새로운 운명을 보여줬으니…… 칼릭스트, 우리의 운명은 이제 우리의 것이에요."

"안 믿어. 네 왕은 네게 말해주지도 않았잖아."

"뭘요?"

"내가 너를 얼마나 사랑할지."

칼릭은 니안느의 맨 어깨를 엄지로 매만지며 속삭였다.

"네가 내게 얼마나 소중하게 될지."

니안느는 벅차서 더 말하기 어려웠다. 귀 너머로 들리는 칼릭의 심장 소리는 점점 더 뜨겁게 울리고 있었다.

"그리고 부부로 맺어진 남녀라고 했지? 그렇게 하면 안 되는 거야, 니안."

칼릭은 니안느의 이마에 이마를 댄 채로 고개를 저었다. 머리카락이 부드럽게 이마를 문질렀다.

"나는 분명 청혼했지만 너는 아직 '그래요.' 라는 답은 안 했어. 너 혼자 우리는 이미 부부예요, 라고 말하는 건 좀 너무하네. 내 권리는 어디 있는 거야."

니안느는 피식 웃었다.

"사랑한다면서. 그러면 된 거 아닌가요."

"네 신은 진실한 마음만 있으면 된다며 얼렁뚱땅 넘어가도 될지 모르지만, 내가 믿는 신은 그렇지 않아. 반드시 약속의 반지를 나누고 입맞춤과 함께 신 앞에서 보증해야 인정해 줘."

"당신은 이미 내 남자고요, 나는 당신의 여자예요."

"우리들끼리만 이러면 아무 소용 없다니까."

이 남자, 어떻게든 답을 듣고야 말겠다는 것이다.

니안느는 조금 심술궂어지는 기분으로 말했다.

"그럼, 내가 당신의 청혼을 받아들인 기억을 담은 작은 새를 어떻게든 찾아낼게요. 기다려 봐요."

"아, 그거 찾지 마. 그럴 필요 없어."

"왜요?"

"왜 번거롭게 찾아. 그냥 여기서 네, 하면 간단하게 끝나는 것을."

니안느는 눈을 가늘게 뜨고 고개를 젖혔다.

"놀렸던 거죠, 역시?"

"맞아."

니안느는 화내고 싶었다. 그러면 이 남자는 무적의 필살기를 들이밀 것이다. 미안 그럴게. 미안. 그리고 그것으로 끝내지 못하는 일이란 이 세상에 존재하지 않는다.

"허락하자마자 당장 여기서 결혼할 건 아니죠?"

"발목 잡힐까 봐 겁먹는 거 봐라. 걱정 마. 기사답고 신사다운 결혼을 할 테니."

"기사답고 신사다운 게 대체 뭘까요."

"굉장히 좋을 거야. 함께하는 시간은 항상 짧은 것 같다는 문제만 제하곤. 다 좋을 테지."

강한 두 손이 허리를 잡았고, 니안느는 배 너머로 좀 더 부끄럽고 쑥스러운 것을 느꼈다.

"칼릭스트―"

"어서. 네, 하고 답해줘. 그래요, 도 좋고."

니안느는 입술을 물었다가 작게 답했다.

"좋아요."

칼릭의 웃음소리가 들렸다.

"그건 생각 못했네. 좀 분한데."

"마음에 안 들어요?"

"아니, 전혀. 이제부터 그 말은 네가 한 말 중 가장 사랑스러운 말이 될 거야. '좋아요'."

칼릭은 니안느의 몸을 밀어붙여 벽에 댔다.

입술을 깊게 빨아들이며 몸을 바싹 붙였다. 등으로 벽을 느끼지도 못하는 채로 머리를 젖혀 그를 받아들였고, 숨이 막힐 정도로 다급해져 옷을 잡아 꽉 쥐었다. 심장이 터지는 것만 같았다.

이 남자의 말이 맞다. 내일 영원을 맞이하게 될지라도, 가장 중요한 건 역시 오늘 이 남자의 품 안이다.

❖

"거기서 뭐 해요? 혼자서."

바세바의 목소리를 듣자, 리카르는 뭐라 답해야 할지 잠시 고민해 보았다.

"그게……."

상관하지 말라고 할까. 그러나 그렇게 말해서 기대했던 답을 들었던 적이 없다. 이 바세바는 나날이 리카르를 다루는 솜씨가 노련해지고 있다.

상관하지 마시오. 왜요?

혼자 조용히 있고 싶소. 여기 별로 안 조용한데?

내버려 두시오. 어, 하고 싶은 거 마음대로 해요. 나는 아무 상관 안 한다니까.

둘 사이에 적대감과 경계심만 있을 때보다 지금이 더 힘들다. 리카르는 적은 다룰 줄 알아도 여자를 다룰 줄은 모르는 남자였으니. 그래서 리카르는 포기하고 솔직해지기로 했다.

"앞으로 어찌할지, 그걸 고민하고 있었소."

"그냥 놀고먹으면 되는 거지, 뭘 그리 고민해요?"

"영원히 그럴 수는 없잖소."

"최소 반년은 그러고 살라고요. 설마 그사이에 아무 생각도 안 나겠어요? 지겨워서라도 생각날 테지요."

놀고먹다 보면 지겨워져서 답이 나온다.

그걸 몰랐네, 내가.

"어찌라고."

비꼬는 게 아니라, 정말 어쩔 줄 몰라서 묻는 것이었다.

"네?"

"나는 놀고먹는 법을 모른단 말이오."

바세바는 턱을 긁적였다.

"우선, 영지 관리는 칼릭스트에게 맡겨요. 알아서 관리하고 수익금 줄 테니까. 놀고먹는 것에 거부감 가지지도 말고요. 당신은 놀고먹고 싶어서 여기까지 치열하게 살아온 거잖아요. 좀 일찍 그리된다고 해서 나쁠 건 없잖아요."

"그런 목적으로 살아온 게 아니오."

"아니긴 뭐가 아니에요. 오베른을 때려잡고 그의 영지를 차지한 다음, 나와 계약한 일을 다 마치고 난 당신이 할 일이 뭐였죠? 놀고먹는 거였잖아요."

"아니오."

"그럼 뭘 할 생각이었어요? 자, 말해봐요."

"그건……."

캄캄해진다. 생각해 둔 게 정말로 없어서.

리카르는 오베른에게 복수를 하고 난 후에 대해 생각해 본 적이 없었다. 오베른의 성을 점령하고 그 땅을 차지하자. 그런데 그다음은 없었다. 그렇게 하나만 생각하며 달려왔으니, 그런 성을 점령했을 때 허탈하고 허무하기만 했던 것이다. 복수나 승리가 싫었던 게 아니다. 복수 자체의 문제인 게 아니라, 그 이후를 생각하지 않았던 리카르 본인의 문제였던 것이다.

"거 봐요. 어차피 없지. 자, 그러니 이제부터 당신은 진정 하고 싶었던 일을 하게 되는 거예요. 규모는 조촐해졌지만 오히려 실속은 있잖아요. 돈은 풍족하고, 싸우러 다닐 필요도 없으니 안전하고. 몸도 편하고 마음도 편하고 등도 안전하고."

그렇긴 하다. 바세바의 아들을 위해 싸울 일도 없거니와, 괜히 팔가스 황가의 일에 끼어들어 목숨이 오락가락할 일도 없어졌다. 팔가스 황제는 궁전에서 얼쩡대는 공주의 남편인 리카르는 경계해도 시골에서 놀고먹는 리카르를 경계할 리는 없다.

니안느가 떠나지 않았다면, 조용히 은둔하여 사는 것은 너무나 행복한 삶이었을 것이다.

무수히 전쟁을 치르며 이기기도 많이 이겼으나 그 피 냄새 나는 삶을 좋아했던 적은 없었다. 재능도 있었고 운도 있어 무위를 떨치고 인정받아도, 내내 평화로운 삶을 원했다.

오베른이 몰락하며 복수심을 일깨우지 않았다면, 그래서 블랑셰리온으로 돌아가지 않았다면, 정말로 그런 삶을 얻었을 것이다. 니안느는 그의 곁에 있었을 테고, 성지와 내전에서 세운 공으로 풍족한 삶을 보장받아 니안느와 전장을 떠날 수 있었을 것이다. 그 아이와 함께 나무 식탁에 식사를 하고 아침마다 새소리를 들으며 사는 나날은 참 즐거웠을 것이다.

그 삶에서 완전히 벗어난 것은 아니다. 거의 얻었다. 적들은 사라지고 그는 부와 지위, 안정을 얻었다.

그러나 사랑하는 여자는 없다.

"……."

니안느만 돌아온다면 그깟 전쟁 백번도 더 할 수 있으나, 인생은 그에게 많은 것을 주었으나 사랑은 빼앗아갔다.

그렇다고 칼릭에게 사랑만 주고 나머지를 다 앗아간 것도 아니다. 뭐든 다 주었는데 사랑까지 주었다.

이리 불공평할 수가.

칼릭에게 너는 나이도 젊고 얼굴도 잘생겼으니 새 여자 찾으라고 하고 싶었건만, 그 칼릭스트로부터 어떤 비웃음을 당할지 무서워서 차마 말할 수가 없었다. 딱한 사정이긴 합니다만, 그거하고 저하고 무슨 상관이? 저런.

그뿐 아니라, 지금 리카르는 그 성야의 밤에 대해 칼릭이 침묵해 주는 것만도 다행으로 여겨야 할 처지였다. 그날 발생한 타격 중 딱 두 대만 리카르가 때린 것이고 나머지는 죄 두들겨 맞은 것이지만, 리카르가 먼저 주먹을 내밀었다는 이유 하나만으로도 경멸받을 상황이었다. 원래는 내 자리였다고, 내가 조금만 더 노력했으면 걔는 내 여자였을 거라고 이를 박박 갈며 후회해도 소용없다.

다 끝났다.

이제 니안느가 그의 품으로 돌아올 수 있는 유일한 상황은, 리카르 혼자의 착각일 경우를 제하고는 없었다.

점점 침울해지는 리카르를 보며 바세바가 물었다.

"내가 놀고먹는 거 도와줄까요?"

"그럴 필요 없소. 당신이 아는 놀고먹는 방법은…… 좀 방탕한 게 아닌가. 내 취향이 아닐 거요."

"그럼 이제부터 연구해 보도록 하죠. 당신이 좋아할 만한 놀고먹는 방법 말이죠."

"생각…… 한 게 없는 건 아니오."

"뭔데요?"

바세바는 눈을 반짝였다.

"이곳의 일이 정리되면 수하들에게 거취를 물을 생각이오. 이에 대해서는 당신 의견도 듣고 싶소."

"테날디는 당신이 어딜 가든 따라갈 거예요. 뭐로 써먹든 마음대로 해요. 그는 영원히 당신에게 충성하고 식탁과 지붕을 나눌 수 있는 남자니까. 베르나르는 내가 자리를 제안하죠. 어쨌건 계속 싸워야 살 수 있는 남자니까요. 그가 내 아래로 오면, 나는 아내와 땅, 작위를 주고 계속 싸우게 할 생각이에요."

"그럼 울리치는?"

바세바는 급히 외면했다.

"필요 없소?"

바세바의 눈길은 돌아오지 않았고, 리카르는 더 묻지 않기로 했다. 예상대로다. 불쌍한 놈. 그 녀석은 실력이 문제가 아니라 인성이 문제였다. 능력이 없는 건 아닌데, 그 정도 능력을 갖추고 있으면서도 성격도 좋은 사람도 많다.

"그들이 제 자리를 찾으면 나는 내 고향으로 갈 생각이오. 그곳에서 좀 쉬다 보면 뭐든 생각나겠지."

"설마 블랑셰리온으로 가게요?"

바세바의 두 눈이 몹시 혼란스러워 보였다.

그러지 마요, 복장 염장 다 터질 거야.

리카르는 급히 손을 저으며 말했다.

"아니, 그곳 말고. 내 진짜 고향 말이오. 내 아버지의 땅."

바세바는 알아듣지 못해 바라보다 잠시 뒤에야 눈을 크게 떴다.

"세상에, 나도 잊고 있었네요."

리카르에게도 영지는 있었다.

블랑셰리온에 오기 전에 살던 곳으로, 리카르의 조상이 물려준 땅이었다.

"어떤 곳인데요?"

"나도 기억 잘 안 나오. 너무 어렸을 때 떠나왔으니. 시골 중의 시골이었는데, 전염병으로 부모님 모두 돌아가시는 바람에 나 혼자 남아 고아가 되었지. 크지도 않은 영주관에서 어쩔 줄 몰라 하던 나를 블랑셰리온 공스테판이 데리러 왔었소. 그곳을 나와 그렌 성으로 갔을 때, 나는 그렇게 으리으리한 성도 처음 보고 그리도 넓고 아름다운 풍광도 처음 봤지."

당시 리카르는 말 그대로 촌뜨기였다. 그래도 그때는 오베른도 친절해서, 행복할 수 있을 거라 생각했다.

또, 그곳에는 세레나가 있었다.

스테판의 딸이자 그의 첫사랑이었던 바로 그 세레나가.

세레나를 본 순간 리카르는 그렇게 예쁜 존재가 눈앞에 있는 것부터 믿어지지 않았다. 어둡던 밤하늘에 달이 떠올라 세상에 빛이 가득 차는 것 같았다. 그 어여쁜 눈에서 호기심과 호의를 보자 너무나 행복했다.

스테판의 아내도 리카르에게 상냥했다. 공정하고 관대한 여인이었던 부인은 현명하며 인내심도 깊었다.

부인이 살아 있을 때 오베른이 데보라를 데리고 왔더라면, 부인은 분명 따뜻하게 맞이해 주었을 것이다. 데보라와 칼릭스트가 그리 냉대를 받을 일도 없었을 것이며, 오베른의 가슴에 증오와 울분이 심어지지도 않았을 것이다.

리카르가 그리될 일 역시 없었을 것이고.

"고향 소식, 들은 것 있나요?"

"오베른이 관리했다는 말은 들었는데, 어찌 되었을지는 몰라."

"그럼 주인 없이 버려져 정말 엉망이 되어 있을 텐데요. 오베른은 자기 영지도 관리 못하던 처지였는데, 당신 영지는 어떨까."

"그래도 가보고 싶소. 어떤 모습이든 그래도 고향 아닌가."

"같이 가줘요?"

"볼만한 곳은 아닐 텐데. 당신 말대로 오두막 몇 채만 있을지도 모르고, 그나마도 없을지도 몰라."

"그건 내가 알아서 할게요. 원래 귀부인들 사이에서는 시골 별장에서 농부 놀이 하는 게 유행이라고요."

"별장이 아니라 정말 시골이오. 영주관 문이 떨어져도 고치지도 못하는 곳이었어."

호화롭게 사는 공주에게 어울리지 않는 곳이란 말인데, 바세바는 웃음을 터뜨렸다.

"당신, 내가 고생을 안 했을 거 같아서 그러는 거죠? 그런 걸 보고 충격이라도 받을까 봐?"

"그럼 뭐요."

"난 말이죠, 앙골랍에서 탈출할 때 조각배나 다를 바 없는 어선을 타고 왔어요. 품에 아들을 안고 생선 썩는 냄새가 나는 그물 속에 숨어서 왔다고요. 그뿐인가요. 근처 주둔하는 군대를 찾아갔다가 비렁뱅이 취급 받고 쫓겨나, 프라팔가스까지 걸어서 갔다고요, 걸어서. 돼지우리에서 잠든 적도 있고요, 사흘을 내리 굶고 구걸해서 간신히 한 끼를 먹기도 했어요. 그때 나한테 먹을 것을 나눠 줬던 여자에게는 나중에 농장 하나를 선물로 줬어요. 너무 고마워서."

"대체 왜…… 그리 고생한 거요?"

"당시 황후가 고티에의 어머니였죠. 주변에 명령을 내려뒀더라고요. 내가 찾아오면 나를 사칭하는 가짜니까 쫓아내라고. 그 여자는 자기 아들 고티에를 황제로 만들고 싶어, 나와 프레데릭을 어디로든 치워 버리려고 이를 갈고 있었거든요. 앙골랍 왕의 재혼 자리로 날 밀어 넣은 것도 그 여자고요. 벌을 받으려고 한 건지, 그 여자가 그렇게 바쁘게 돌아다니는 동안 시녀였던 쟈클린이 아버지를 유혹했어요. 그 여자도 아들을 낳았어요. 그 아들이 바로 토마스지요. 알죠?"

"조금 알고 있소."

쟈클린은 처음에는 황제의 정부였다가 황후를 쫓아내고 그 자리를 꿰어 찼다. 폐위된 고티에의 어머니는 탑에 유폐되어 세상을 떴다. 고티에는 황제의 총애를 잃을까 봐 어머니가 굶어죽든 말든 한 마디도 하지 않았다.

황후가 된 쟈클린은 어떻게든 자기 아들을 다음 황제로 만들려고 황제가 후계자를 발표하지 못하도록 방해했다. 황제가 회개를 하네 마네 하며 느닷없이 성지로 떠났던 것도 그 쟈클린의 부추김 덕이었다. 황제가 없는 동안 쟈클린은 신하들을 모아 토마스를 황제로 만들려 했으나, 고티에가 얌전히 있었던 것도 아니라 부지런히 세력을 모아 훼방을 놓았다.

황자들의 내전이 벌어진 데는 그런 내막이 있었다. 사랑도 존중도 받지 못한 황후의 아들인 프레데릭, 한때 사랑받았지만 쫓겨나 가장 미움받게 된 황후의 아들 고티에, 가장 사랑받았지만 욕심이 지나쳤던 황후의 아들인 토마스. 싸움이 안 나려야 안 날 수가 없다. 모두가 장점은 있었으나 단점도 컸다. 프레데릭은 자질은 있었지만 인덕도 인맥도 부족했고, 고티에는 사람들을 끌어들이는 술수는 뛰어나 마인베르크까지 한편으로 만들었으나 능력 자체가 없었으며, 토마스는 어머니인 황후가 살아 있었다.

바세바는 바로 그런 황가에서 생존해 내, 이 내전에서 가장 결정적인 역할을 한 것이다. 보통 능력이나 성격으로는 이루기 힘든 일이다.

"그래서 리카르 당신을 처음 봤을 때 마음에 들었어요. 아, 나하고 동류구나. 귀한 대접을 받다가 바닥까지 떨어져 뒹굴다가 돌아온 사람이구나. 당신은 그런 자신을 정직하게 내보이기도 했죠."

"그랬나."

"그럼요. 언젠가 리카르 당신도 그걸 알기를 바랐죠. 남녀 사이가 되지 않아도 서로 이해하는 친구는 될 수 있기를 바라기도 했고요. 물론 당신을 내내 신뢰하지도 못했고, 그 바르가스에서는…… 아직도 미안하지만."

"그건 잊기로 하지. 나도 실수한 게 있잖소."

"그럼 서로 실수한 셈 치고 같이 갈래요? 당신 고향이 정말 형편없으면 그때 비웃어줄게요. 당신 수하들 끌고 가는 것보다는 아내와 같이 가는 편이 낫잖아요."

"괜찮겠소?"

바세바는 고개를 끄덕였다.

"그럼요. 당신 친구는 이제 나 하나만 남았잖아요. 또, 내 친구는 당신이 처음이고요."

그리고 시원하게 웃었다. 보기 좋은 웃음이다.

이 공주를 처음 봤을 때, 리카르는 오만하고 도도하고 욕심 많은 여자로 보면서도 웃는 모습만은 참 시원하다고 생각했다.

리카르는 오랜만에 사람을 대하며 기분이 좋아지는 것을 느꼈다. 니안느를 잃은 뒤에 다시는 오지 않으리라 생각했던 기분이기도 했다.

"그럼 준비하도록 하지. 그전에 나는 이 근방을 혼자 둘러보고 싶소. 먼저 들어가시오."

"알았어요. 나는 돌아가 쉴 테니, 당신도 나름대로 즐기다 와요."

바세바를 보낸 뒤, 리카르는 숲을 보았다.

봄을 맞이하는 밤의 숲이 있었다. 동방 숲 자체라기보다는 초입이라 보아야 하나, 비탈에 서서 숲의 깊은 곳을 보는 것만으로도 눈앞이 묵직해지는 기분이었다. 스스로가 먼지 한 톨처럼 초라해지는 거대함이었다. 좀 더 깊고 제대로 느껴보고도 싶었지만, 안타깝게도 리카르에게는 보이는 것을 보는 능력 외에는 주어지지 않았다. 이 숲에 대해 알 수 있는 것은 니안느가 사랑한 고향이라는 것뿐, 그리고 니안느가 마침내 그 고향을 되찾았다는 것도.

좀 쓸쓸하지만, 그래도 리카르는 니안느가 돌아와서 기뻤다. 어리석은 질투와 쓸데없는 걱정을 할 여유라도 있는 편이 더 행복하다.

이제 고향으로 돌아가 마음을 추스른 다음 미래를 생각하기로 했다. 다음 할 일이 있고 바람이 이리도 신선하니, 오늘은 편히 잘 수 있을 것 같다. 그리고 푹 잔 다음 고향으로 가는 것이다.

2) 결실의 색

봄이 무르익어 온 세상이 한 해에서 가장 신선한 녹색이 될 무렵, 블랑셰리온의 장원(莊園)으로 그 주인이 돌아왔다.

블랑셰리온의 영지민들은 승전과 함께 귀환한 젊은 주인을 환영했다. 십 년 만의 승리였고, 확고부동한 승리이기도 했다. 십 년 전에 잃어버린 평화와 안정을 되찾을 수 있을 거라, 그만큼 살지는 못해도 적어도 두려울 일은 없을 거라며 안심했다.

그렇게 영지로 돌아온 칼릭은 오베른이 필사적으로 숨겨놓았던 이중 장부를 더 발굴했다. 지난번보다 더 큰 규모였다.

"아렌."

"네, 나리. 말씀만 하십시오."

"더 있지?"

"……"

아렌은 천천히 고개를 돌렸다.

"더 있군."

게다가 이중장부로 숨겨만 둔 게 아니라 여기저기 투자해 돈까지 벌었다. 전쟁이 벌어지는 동안 무기 수송과 식량 수송선에 투자해 원금의 몇 배로 불려놓았다. 예언으로 알아냈을 리는 없으니, 다 아버지의 재능이다.

참으로 감탄이 나오는 자질이다. 횡령과 재산은닉의 귀재다.

아버지가 둘째 아들이어서 사제가 되었다면 비리 사제로 이름을 날렸을 것이며, 셋째 아들이라 궁중 관료나 군인이 되었으면 횡령과 착복으로 블랑셰리온 방계 가문을 하나 더 세웠을 것이다. 자기 재산도 이렇게 잘 빼돌리는데 남의 재산은 얼마나 잘 빼돌렸을까. 그 독하다는 고리대금연맹도 발견하지 못한 돈이니, 이로써 오베른은 그들을 이긴 유일한 자가 된 것이다.

"말리지 못해 죄송합니다. 대가문의 귀족이 장사로 돈 버는 일에 이리 자질을 보이는 건 부끄러운 일이지만……."

"빼앗거나 과한 세금을 거둔 것도 아니요, 투기를 한 것도 아니잖은가. 괜찮아."

그러나 칼릭은 이런 아버지를 두고 성의 재정을 걱정했던 날들이 몹시도 억울했다. 이럴 거였으면 귀띔이라도 하지. 아무리 마인베르크가 무서워도 그렇지, 이렇게 숨기셨나.

리카르 볼프람에게 양도한 영지는 예상한 대로 칼릭이 계속 관리하게 되었다. 바세바가 리카르 대신 편지를 보내, 수익금만 보내주고 나머지는 알아서 하라고 했다. 칼릭은 관리비는 공제하겠다고 답장을 보냈다. 그에 대한 답은 아직 오지 않은 상태다.

"이것으로 일은 해결되었다고 보고, 이제부터 내가 하고 싶은 가장 중요한 일을 하려 하는데."

"뭐든 성심성의껏 도와드리겠습니다. 말씀만 하십시오."

"응. 결혼하려고."

아렌과 고든은 동시에 눈을 크게 떴다.

"결혼이라니요!!"

"그래. 결혼."

칼릭은 당당했지만, 아렌은 몹시도 복잡한 얼굴로 물었다.

"누구…… 하고요?"

"내가 데려왔던 여자는 니안 뿐인 걸로 아는데."

그리고 칼릭은 빙긋 웃었다.

어린 시절 저 얼굴로 웃으며 부탁하면 사람들은 다리 힘이 풀리고 눈앞이 흐려지며 뭐든 들어주게 되었다. 유일하게 엄격했던 사람은 데보라 뿐이었으나, 그 데보라도 칼릭이 프라팔가스로 교육 받으러 떠났다 돌아왔을 때만큼은 절절한 호구였다.

"가만, 가만요."

아렌은 웃는 얼굴을 더 보고 싶다는 욕망을 간신히 참으며 물었다.

"그러니까, 그, 공작의 마녀…… 와 말입니까?"

"아렌. 니안은 숲의 마법사지 공작의 마녀가 아니야. 다시는 그리 말하지 마."

"할 건데요."

"화낸다."

칼릭이 정색하며 말하자, 아렌은 방어력과 전투력이 확 떨어지는 것을 느꼈지만 투항하지는 않았다. 옆의 배신자 고든은 이미 반대할 모든 명분을 버리고 투항한 상태였다. 네, 그렇죠, 나리가 좋아하시면 뭐든 다 됩니다. 세상에 그게 제일 중요한 거죠! 하하하. 끝.

"나리, 황당한 결혼을 하는 영주님이 오베른 나리만이 아닐 거란 거 알고는 있었습니다. 대가문의 전통이란 것도 알아요. 저기 저, 오만하기로 이름 높은 히페리움 공도 웬 점쟁이하고 결혼한 거, 저도 알아요, 안다고요! 그러나 결혼은 신중하게 해야 할 문제입니다. 평생 같이할 사람을 고르는 거고, 또……."

"그러니 내 마음이 가장 중요한 것 아닌가."

그렇게 말하며 맑게 웃는 칼릭에게 저항할 수 있는 사람이란, 이 성에서는 있을 수가 없다.

"펴, 평범한 결혼을 하실 수 있지 않습니까."

"추천할 만한 상대라도 있는 건가? 그러니까 모두가 만족할 만큼 평화롭고 조용한 상대 말이야."

그러나 아렌은 자신이 적절한 상대를 골라 바칠 수가 없다는 것을 알고 있었다. 황족은 절대로 대가문과 결혼할 수 없으니 죄 탈락이고, 대가문들 역시 다 탈락. 게다가 현 상황 상, 쓸 만한 재산이나 땅을 들고 올 상대와 결혼하려 해도 다른 대가문들에서 견제가 들어올 게 뻔하다.

법도가 아니라 하자니, 다른 귀족 가문이라면 몰라도 대가문에서는 괜찮다. 일곱 여인의 몸에 그 보좌의 화신을 내려 보내며 벨사키엘은 전언을 내렸다. 가장 높은 곳에서 가장 낮은 자를 돌보라. 욕심과 오만을 버려라, 가장 낮은 곳으로 갈 때 가장 귀한 자가 될지니. 네가 보는 것만이 모든 것이 아니란 것을 아는 자, 네 등을 밝혀주고 네 발 앞의 땅을 보여줄 자를 만나라.

즉, 괜히 가문 빛낸답시고 근친혼 하고 귀족들하고만 결혼하려 하지 말라는 것이다. 이 말 때문인지, 권능을 발휘할 수 있는 후손은 높은 귀족이나 친족과의 결합보다는 '엉뚱한 결혼'에서 더 잘 태어났다. 그들의 격이 다른 결혼은 영광과 부를 나누어 주는 일인 동시에 신에 가까운 후계자들을 얻게 되는 일이기도 한 것이다.

다만, 이 때문에 서자들이 신성을 보이는 경우가 더 많아 성기사단이 '서자 기사단'이라는 오명을 가지게 되었다. 아무리 낮은 곳으로 임한 결혼이라 하더라도 집안사람으로 받아들이고 평생을 같이해야 하는 상대다 보니 한계는 있다. 그러나 사고 치거나 놀아나는 데는 한계가 없다.

오랫동안 대가문에 봉사해 온 아렌 역시 그 사실을 잘 알았다. 바로 이 앞에 있는 칼릭이 그 증거이니.

"제정신으로 결정하는 거 맞습니까?"

"내가 제정신이 아닐 경우는 대체 뭔가, 아렌."

"저주, 요술, 마법."

"저런. 그런 거에 당했다 하더라도, 걸린 줄도 모르고 풀리지도 않는다면 괜찮은 거 아닌가. 어차피 나는 모를 테니까."

"제발 그런 표정으로 그런 말 하지 마세요. 도저히 반대할 수가 없단 말입니다!"

그러나 아렌이 반대해서 뭘 어쩌겠는가. 이 문제에 있어 난폭한 잔소리를 퍼부어댈 발레리안 추기경은 가엾은 운명을 당했다. 오베른은 유서에 칼릭이 누굴 신부로 데리고 오든 허락하며, 그 신부를 위한 지참금은 '비밀금고'에 넣어두었다고 밝혀두었다(그리고 칼릭은 그것으로 아버지의 비밀금고를 또 발견했다).

"혹시, 니안이 싫은 건가."

"인간적으로 싫지는 않습니다만, 여러모로 복잡한 분이지 않습니까. 리카르 볼프람과 같이 온 데다, 또……."

리카르의 이름이 나오자 칼릭은 눈살을 찌푸렸다. 아렌은 죄송하다며 엎드려 빌고 싶은 기분이었다.

"설마 이디스가 뭐라고 하던가?"

"아, 아닙니다."

아렌은 급히 부인했으나, 맞다. 그 둘의 권력구도에 대해 모를 칼릭이 아니다.

"이디스는 내가 누구와 사귀든 그럴 테지만, 어차피 말로만 그러는 거니까 깊게 신경 쓰지 마."

"하지만 소문이 날 거란 말입니다! 칼릭스트 님의 신부가 볼프람의 마녀라니! 사람들이 나리를 우습게 알면 어떻게 해요! 신분이 문제인 게 아닙니다! 분명 나리가 협박을 받거나 이용당한다고 생각할 텐데요! 성이 완전히 리카르 손에 넘어간 거라 쑥덕댈 테고, 가문의 명예는 흔들릴 거란 말입니다."

아아, 그런 문제인가.

역시 리카르가 문제였던 것이다.

오해받기 쉬운 상황이긴 하다. 리카르가 자기가 데리고 있던 니안느와 칼릭스트를 강제로 결혼시키고 영지에 권위를 행사하려 한다고. 물론 리카르 본인은 그딴 거 아무 필요 없으니 니안느나 돌려달라고 할 테지만.

"아렌, 그 문제는 내가 알아서 할 테니 더는 걱정 마. 또, 내가 이 문제를 해결하면 자네도 더 이상 반대 안 하는 거야. 알겠지?"

"제가 반대해서 뭐 어쩌려고요. 네? 신경 쓰기라도 하실 겁니까. 그럴 거냐고요?"

아렌이 성질을 피우자, 칼릭은 다정하게 웃으며 말했다.

"아렌, 그래도 나는 아렌이 기뻐해 주면 좋겠어. 진심으로 말이야."

"……"

이것으로 아렌은 항복해 버렸다.

칼릭스트 님이 원하시는데 당연히 좋아해야지요! 하하. 가만, 그런데 이게 아닌 것 같은데? 도련님? 아니, 나리?

❖

그로부터 한 달 뒤, 성 주변으로 '아주 믿을 만한 소식'이 퍼졌다.

칼릭이 동부 출신의 귀족 아가씨와 결혼하게 되었다는 것이다.

영지 내의 모든 여자들과 일부 남자들은 한탄했으나, 자기 남자가 될 게 아니라면 행복한 모습을 구경하는 것도 괜찮다고들 생각하기 시작했다. 대체 누구냐는 질문은 당연히 나왔다. 그에 대한 답은 니안느가 숲의 마법사라는 사실과 꽤 절묘하게 섞였다.

즉, 니안느는 신비로운 힘이 전승되어 온 가문의 아가씨로, 마인베르크에 의해 가문이 멸문하여 도망쳤다가 리카르 볼프람을 돕게 된 몸이었다. 그리고 그 과정에서 칼릭과 만나 결혼하게 된 것이다. 리카르와 오베른 사이에 원한은 있었으나, 그의 딸이나 다를 바 없는 니안느와 오베른의 아들인 칼릭이 결혼하며 보기 좋게 청산되었다. 두 집안 사이에 남은 것은 미래와 행복뿐이며, 이 땅에는 평화가 올 것이다.

니안느의 집안으로는 마인베르크에게 몰살당한 운텔가움 가문이 선택되었다. 따지자면 운텔가움과 니안느가 아예 관련이 없는 것도 아니지 않은가. 어느새 니안느는 유니콘을 타고 와 칼릭을 도운 성녀가 되어 있었으며, 리카르는 그 보호자이자 후견인이라는 멀찍한 거리로 밀려났다. 니안느가 듣게 되면 그건 또 누구 이야기냐고 경악할 테지만, 이쯤 되니 아렌은 더 반대할 수가 없었다. 바로 옆에 있는 이디스조차 그리 믿고 있었으니 더더욱.

일이 해결되는 동안, 계절은 봄을 지나 여름으로 향했다. 산과 벌판에 녹색 연무처럼 싹이 돋고, 흰 야생 벚꽃과 아몬드 꽃으로 온통 하얗게 뒤덮었다. 그 뒤를 이어 살구꽃과 복숭아꽃, 사과 꽃이 연달아 피었다. 호수와 강은 햇살을 받아 푸른빛으로 물들고, 수백 년 묵은 버드나무와 플라

타너스 나무들이 드리우는 그늘은 짙어졌다.

블랑셰리온의 사람들은 올해 처음으로 봄을 맞이하는 듯 신났다. 밭을 갈고, 양떼를 풀었다. 양들은 새끼를 낳아 젖을 먹였고, 말과 소들은 밭을 갈았다. 포도나무 줄기에서는 신선한 녹색 덩굴이 뻗어 나와 열매를 맺었다.

그들의 젊은 영주는 흰 말에 타고 새롭게 시작하는 장원을 누볐다. 영지민들은 그들의 주인을 선망의 눈으로 보았다. 칼릭스트, 델 판의 마왕을 꺾고 동방반도를 손에 넣은 전사가 바로 그들의 새로운 주인이었다.

한참 늦봄의 벌판을 달리던 칼릭은 말고삐를 당기고 숲으로 들어섰다. 바람이 불어 쏴아아— 하는 소리가 들려왔다. 나뭇가지를 통과한 햇살은 숲 바닥에 금화처럼 흩어졌다.

작년 가을에 니안느와 걸었을 때는 차갑고 맑은 가을 숲이었으나, 지금은 흙냄새와 풀냄새가 피어오르는 늦봄의 숲이다. 들뜬 새 울음이 들리는 가운데, 나무둥치 너머로 보이는 커다란 호수에는 쇠물닭과 백조들이 수면에 그림자를 드리우며 헤엄쳐 다녔다.

숨을 몰아쉬듯 바람이 불어와 자작나무의 잎들이 하얗게 파닥인다.

쏴아아—

들썩인다, 세상이.

칼릭은 말을 멈추고 그 숲의 소리를 들었다.
니안느의 다정한 속삭임이 들리는 것 같았다.

우리가 어디에 있든.

우리는 연결되어 있어요.

나뭇잎을 통과하는 빛이 칼릭의 얼굴을 스쳤다.

쓸쓸해진다.

하나가 있으면 세상이 가득한데, 그 하나가 없으면 세상이 이리도 쓸쓸하다.

어디에 있니.

너는 느낄 수 있다는데, 나는 그 방법을 모르겠어.

어떻게 하면 내가 너를 느낄 수 있을까.

연결되어 있지 않아도 내 눈은 항상 너로 가득하고 내 두 팔은 너를 느끼고 내 심장은 너만 생각하며 뛰는데.

그렇게 내 세상은 네 것인데.

왜 나는 너를 느낄 수 없는 건지.

아무래도 나는 네가 내 앞에 온전히 있어야만 하나 보다.

손을 잡을 수 있고 네 살을 느끼고 네 입술을 가질 수 있어야만 하나 보다.

서늘한 그림자가 스치며 햇살이 사라지는 것을 느꼈다. 구름 그림자라도 나타난 것 같다.

칼릭은 고개를 들었다.

숲 위로 나타난 검회색 거대한 몸이 세상을 어둡게 하더니, 긴 꼬리가 이어졌다. 용은 날개로 허공을 치며 붕 떠올랐다. 햇살이 날개와 꼬리를 날카롭게 파고들었다.

메피스토였다.

칼릭은 눈을 가늘게 뜨고 그 메피스토를 보다, 온 숲이 터지듯 일렁이는 소리를 들었다.

숲이 기쁨으로 폭발하는 것 같았다. 탄성을 지르는 것 같았다. 칼릭의 혼과 몸을 다 덮어버리는 것 같았다.

그리고…….

칼릭은 그의 볼을 감싸는 두 손을 느낄 수 있었다.

흐트러지는 노을빛 머리카락을 보았고, 기쁘게 반짝이는 별빛 같은 은 보라색 눈동자를 보았다.

두 팔이 목옆을 스쳐 지나갔고, 가슴 안으로 가늘고 날씬한 허리가 안겨들었다.

가슴이 차오른다. 그가 아는 가장 감동적인 질감의 것들로 가득 가득.

"니안."

칼릭은 부드럽게 불렀다.

오늘 이 바보에게 솔직하게 말해야겠다.

나는 네가 없으면 너를 느낄 수 없어.

내가 숨소리와 심장의 고동 소리를 들을 수 있는 곳에, 내 눈길이 닿는 곳에, 내 손길이 닿는 곳에, 내 품 안에 네가 있어야 너를 느낄 수 있어.

"나 왔어요."

상냥한 속삭임이 들려왔다.

그리고 이 정직한 애정을 속삭이는 목소리가 내 옆에 있어야 하지. 나를 끝없이 채워줘야 해.

칼릭은 두 볼을 감싸는 니안느의 부드러운 손바닥을 느꼈다. 싱그러우면서도 달콤한 체취도, 니안느가 여기에 있다고 느끼게 하는 체온도.

"다시는."

칼릭이 속삭였다.

"다시는 안 보낼 거야."

손이 니안느의 목덜미를 잡아당겼다. 다른 팔은 허리를 감싸 안았다. 칼릭은 니안느의 머리카락에 얼굴을 묻었다. 체취와 니안느의 존재 자체가 가슴 안으로 쏟아져 들어온다. 온몸이 그 모든 것을 받아들여 터질 것 같았다.

나의 마녀, 나의 마법사.

"오늘 내가 여기로 올 줄 알았어요?"

"아니. 오늘부터 여기서 계속 기다리기로 했었지. 조금만 더 늦게 왔으면 나는 여기서 뿌리라도 내렸을 거야."

"그동안 뭐 하고 지냈나요."

"니안이 먼저 자백해. 나는 조금 전에 다 잊어버려서 좀 생각해 봐야 하니까."

"나도 좀 생각해 봐야 하는데."

니안느는 칼릭의 입가에 맺힌 웃음이 보기 좋았다. 처음에는 드문드문 보였는데, 지금은 어느새 저곳에 자리 잡아 버렸다. 그리고 어쩌다 웃는 것보다 항상 웃는 게 더 좋았다.

드디어 다시 보게 되니 더 눈부셔졌다. 웃음은 더 깊어지고 어두운 분위기는 가셨다. 섬세한 눈빛과 다정한 손길은 그대로, 그러나 품에 안을 듯 다가오는 가슴과 니안느의 어깨 옆에 머무는 단단한 팔은 더 뜨겁다.

"여러 일을 하긴 했는데, 당신에게 지루하고 재미없는 이야기가 될 것 같아요."

"전혀 아닐 거야. 네 이야기인데 내가 왜."

"하지만 나에게는 그랬어요. 기다리는 당신을 생각하면 그 모든 것이 다 너무 느리게 흘러가는 것 같았거든요. 얼마나 당신 생각을 했는지, 제대로 말할 수 있는 건 그것뿐인 것 같아요."

"다행이네. 나만 그런 줄 알았는데."

연결되어 있으니까요. 영원히, 아주 오래오래.

"자, 이제 말해줘요. 당신은 내가 없는 동안 무엇을 했는지."

"중요한 준비를 했지. 전에 내가 말한 모든 것을. 너와 내가 나눌 금반지, 그리고 은방울꽃."

"어떻게 해요. 이제 은방울꽃은 다 졌는데. 설마 내년이란 것은 아니겠지요?"

"그럴 리가."

칼릭이 고개를 숙여 입술을 맞췄다. 니안느는 그의 입맞춤을 받아들이며 그의 옷을 잡았다. 온몸이 그를 향해 다 빨려 들어가는 기분이었다. 속에 있는 나비들이 춤을 추는 기분이었다. 두 발 끝으로 서 즐겁게 춤추며 들뜨고 싶기도 했다.

"이미 알 테지만."

칼릭이 입술을 떼며 말했다.

"사랑해."

칼릭이 가장 먼저 건네준 것은 연갈색 양피지 위에 가문의 문장이 근사하게 그려져 채색된 문서였다. 서체는 아주 아름다웠으나, 무슨 말인지 알 수가 없었다. 감도 안 잡혔다. 주문이나 기도문 같다.

"이거 뭔가요?"

니안느가 종이 위로 눈길을 들자 칼릭이 말했다.

"성혼 서약서."

"그럼 여기 열 줄 넘게 적힌 건 뭐죠?"

"내 작위."

니안느는 눈을 크게 떴다.

"네?"

모르는 말로 된 주문이나 기도문인 줄 알았는데, 이게 다 작위란다. 블랑셰리온, 그렌, 클레이프, 엘카테스 드 세이, 등등, 등등. 이게 다! 열 줄도 넘는데!

"이, 이게 다?"

"응."

"정말?"

"그래."

"다 어디서 난 호칭이에요?"

"조상 대대로 여기저기 정복하면서 수집한 거야. 누락된 게 있을지도 몰라. 아버지 성혼 서약서를 찾아 베낀 건데, 아버지 성격상 의미 없다 싶거나 너무 긴 것은 안 했을 것 같아서."

"어디에 있는 건지 기억은 해요?"

"당연히 아니지. 빠진 것도 있을 거야. 선조 대대로 성혼 서약서를 베끼는 전통이 있고, 그중에 게으른 사람이 없었다고는 말 못하잖아. 우리 아버지처럼."

니안느는 끝도 없는 호칭을 보다 머리가 아파와 눈을 감았다.

"우리 사이에 아들딸들이 생긴다면 정말 원망 받을 것 같네요. 이 끔찍한 이름을 태어나자마자 물려줬다면서. 대가문들은 다 이런 식인가요?"

칼릭은 고개를 저었다. '우리 사이에 아들딸들이 생긴다면'에 약간 설레기도 하며.

"블랑셰리온하고 노티온 정도야. 악펠리와 히페리움은 모든 성의 대문을 가문의 문장으로 갈아치웠지. 간편하긴 한데, 자기들도 지명을 헷갈리는 게 문제라면 문제일까."

중요하지 않다는 것을 알게 되자 대충대충 넘겨 읽은 뒤, 니안느는 드디어 칼릭스트의 이름이 끝나고 새로운 이름이 시작된 것을 발견했다. 이

건 누구 것일까, 궁금해하며 읽어가다 보니 니안느의 것이었다.

"어라, 내가 어쩌다 운텔가움의 공녀가 된 건가요?"

"아, 그럴 일이 있었어."

"거짓말이잖아요! 그곳 족보를 뒤지면 들통날 거라고요!"

"내가 다 태웠으니 걱정 마."

"언제?"

"한 달 전에."

즉, 전쟁 끝나고 속전속결로 태워 버렸다는 것이다.

웃는 칼릭을 보며 니안느는 반박하거나 항의할 의욕도 의지도 잃었다. 아, 그래요, 칼릭스트 경이 하고 싶다면 해야죠. 니안느 역시 칼릭이 하는 일에 엄해지는 데는 많은 노력이 필요했다.

"신 앞에서 거짓말을 하는 셈이 되는데도 괜찮은 건가요."

"니안느는 이교도니 괜찮고, 결국 나만의 문제인데…… 내가 믿는 신이 그런 사소한 문제로 굳이 벌을 주겠다면 받지 뭐. 하지만 우주를 다스릴 정도로 배포가 있는 신이 이 정도에 화를 낼 것 같지도 않아."

"의심하거나 반대할 사람은 없나요?"

"있을 리가."

니안느는 그의 태연한 얼굴을 보며 확신했다. 정말 없어서가 아니라, 이 남자가 없앴을 것이다. 거추장스러운 것은 눈에 안 뜨이게 신속하게 처리하는 것이야말로 이 남자가 가장 잘하는 일이니. 반대한다고? 네가 뭔데. 품격에 안 맞는다고? 그러든가. 가만, 뭐라고 했지? 아, 쓸데없는 말이네. 신경 쓸 이유가 없잖아. 등등.

아아, 훤히 보인다.

칼릭이 그런 니안느를 보며 물었다.

"얼굴이 왜 그래."

"완전히 홀린 게 맞는 것 같아서요. 무슨 말을 하든 다 속아 넘어간다니까."

"다행이네. 계속 홀려둬야겠어."

칼릭은 니안느의 볼에 입을 맞추곤 말했다.

"그리고 아버지께서 니안에게 남겨주신 게 있어."

"저한테요? 어떻게 이 일을 아시고?"

"물론 니안에게 주라는 말은 적혀 있지 않았지만, 니안에게 주라는 의미의 말이 있었지. 이리 와. 보여줄게. 좋은 거니."

니안느는 칼릭이 이끄는 대로 서재의 벽 앞으로 갔다. 칼릭은 벽에 붙은 금고를 열고, 그 안에서 호박색 상자를 꺼냈다. 칼릭의 팔에는 가볍게 들렸으나, 책상에 놓자 묵직한 소리가 났다.

나무에 쇠로 테를 두른 단순한 상자지만, 앞에 달린 자물쇠는 꽃과 사슴이 호화롭게 새겨져 있어 값져 보였다. 칼릭은 앞에 열쇠를 놓았다.

"아버지가 유서에 이것에 대해 적어두셨더군. 니안 거야."

"정말 내 것이 맞나요?"

"믿어지지 않으면 열어 보고 확인해. 그리고…… 혹시나 싶어 몰래 확인해 봤는데, 이상한 건 없었어."

니안느는 구멍에 열쇠를 넣고 돌렸다. 달칵, 맑은 소리가 나며 자물쇠가 부드럽게 열렸다.

상자의 뚜껑을 살짝 열고 안을 들여다보니, 가죽 주머니 두 개와 편지와 문서가 들어 있었다. 니안느는 우선 문서를 확인했다. 농장과 포도원을 이 문서를 가진 사람에게 양도한다는 것이었다. 등기와 공증도 끝나 있었다. 니안느는 그것을 다시 잘 접어 정돈해 넣은 다음, 사슴 가죽 주머니를 열어 보았다. 굵은 금반지 몇 개와 세공을 마친 보석이 들어 있었다. 다른 주머니는 은행장 발행의 금화가 가득했다.

"지참금 같은 건가 봐요."

그 가운데 붉은 밀랍으로 봉인한 편지가 놓여 있었다. 봉인은 뜯겨 있지 않았다.

니안느는 편지를 매만지며 물었다.

"이 편지를 열어보니 내 것이 아니면 어떻게 하죠?"

"태워. 그러면 우리 둘만의 비밀이 될 테지."

"칼릭스트 경도 참."

니안느는 웃으며 봉인을 뜯었다.

오베른의 필체로 된 편지였다. 둥글둥글해서 귀여운 글씨체였다. 거대한 영지를 다스리던 영주라기보다는 다정한 소년이 쓴 편지 같았다. 칼릭도 그 서체를 알아보았다.

"아버지가 쓰신 게 맞는데, 뭐라 적으셨지? 소리 내 읽어봐."

"우선, 이 편지를 읽기 전에 할 일을 말해주마. 옆에 칼릭이 보고 있거든 당장 나가라고 하려무나. 나는 너에게만 말하고 싶으니까."

칼릭은 난처하다는 듯 보았다.

"맙소사, 정말 그렇게 적혀 있는 거야?"

"정말이에요."

니안느는 첫 문장을 가리켰다.

"알았어. 아버지하고 둘만의 시간을 보내. 나는 물러나 있을 테니."

칼릭은 자리를 비켜 창가로 갔다. 니안느는 그를 등진 채 편지를 읽어 내려갔다. 한낮의 햇살이 종이를 비추었다.

─……기대를 하면서 이 편지를 쓰는 거지, 예언을 하고 편지를 쓰는 건 아니란다. 그러니 모른다. 이 편지가 언제 네 손에 들어갈지, 네가 읽을 수는 있을지.

모르기에 나는 진심으로 바란단다.

이 편지를 읽는 이가 너였으면. 네가 이곳, 이 자리에 있었으면.

소망을 하고, 그 소망이 이루어졌을 때 감사하는 것은 앞날을 모르는 인간이 누릴 수 있는 행복이란다.

나는 아직 네게 감사하지도 못했단다. 이 편지가 네게 간다면 아마도 영원히 못한 거겠지. 그래도 좋다. 이 편지를 네가 읽을 수만 있다면, 그것만도 괜찮으니.

돈과 보석은 네가 비상금으로 챙겨둬라. 내 선물이란다. 많지는 않지만 그럭저럭 지낼 만큼은 될 거다. 온 숲이 너의 집이요, 온 나무가 너의 형제인 네게 이런 인간의 황금 같은 건 참 보잘것없지만, 그래도 챙겨두렴.

칼릭이 말을 안 들으면 그 돈 가지고 도망쳐. 참아줄 필요 없어. 아들을 그모양으로 키운 나를 욕해도 좋아. 그래도 포기하지는 말고, 그 녀석은 이제 네 것이니 네 방식대로 길들여.

그날 너를 그리 보낸 것이 항상 미안했단다.

너는 나를 몰랐지만 나는 너를 알았단다. 한 번도 보지 못했어도 수백 번을 본 것이나 다를 바 없어.

나는 두려움 속에서 너를 기다렸고, 마침내 너를 보았을 때는 더 두려웠단다. 내 작은 실수와 부주의로 모든 것을 망칠까 봐, 영영 모든 것을 잃게 될까봐.

그러나 그날 내가 한 일을 사과할 순간은 오지 않을 것 같구나. 그건 슬프지만, 내게 그것까지 허락되길 바라는 건 무리라는 건 알고 있으니 괜찮다.

진심으로 말하마.

그날 너를 보고 나는 너무나 감사했단다.

나는 내가 하는 일이 성공할지, 내가 기다리던 그 고대의 마법이 내게 찾아올지 가늠할 수도 확신할 수도 없었으니까.

신은 내게 보는 것은 허락했지만 믿음까지는 허락하지 않았더구나. 믿지 못하는 자에게는 두려움만이 있을 뿐이지. 그리고 두려움은 사람을 비참하고 비굴하게 한단다.

내가 그랬단다.

그러나 그런 보잘것없던 내게 네가 찾아왔지.

너를 보는 순간 나는 의심했던 모든 순간들을 신께 무릎 꿇고 사죄하고 싶었단다. 스스로를 돌아보지 못하고 바라기만 했던 나 자신에 대해서도 속죄하고 싶었지. 원망하던 자신이 부끄러웠단다.

그러니 지금, 그 모든 힘든 일이 행복하게 끝났기를 바라며 쓴다.

고맙다.

칼릭을 구해준 것을, 그 아이를 위해 그런 희생을 하고 기회를 준 것을.

또한, 고맙다. 리카르를 구해준 것을. 내 어리석은 분노 때문에 말할 수 없이 혹독한 고초를 겪은 그에게 삶을 돌려주고 살아갈 힘을 준 것을.

그리고 이 세상에 있어줘서 고맙다.

너는 내가 할 일을 너무 많이 해주었단다. 내게 있어 너는 감사하는 것 외에는 아무것도 할 수 없는 경이이자 기적이었단다.

내가 착한 일을 해서도 아니었고, 신에게 축복받을 만한 일을 한 것도 아니었지. 그런데 너와 신의 자비로 내가 지었으나 해결할 수 없었던 죄가 구원받았단다.

또…… 내 아들이 너를 사랑하게 되어서 다행이고 그런 내 아들을 사랑해 줘서 고맙구나.

지금의 나는 너희 둘을 축복하는 것 외에는 할 수 없단다. 이 모든 일은 해가 뜨고 꽃이 피듯 이루어진 일이니 충고 같은 것은 더더욱 소용없겠지. 이 하잘것없는 인간이 신이 정하신 것에 무엇을 더할 수 있겠느냐.

더 보지 못하는 것만이 내가 받은 유일한 벌 같구나. 그 외에는 고통스러운 것은 아무것도 없으니 말이다.

가장 힘든 것도 이겨냈을 너희들이 항상 강하기를.

또 세상은 항상 너희들보다 약하기를 소망한다.

—오베른.

니안느는 편지를 접었다.

기다렸다, 너를 알고 있었다, 고맙다.

와줘서, 만날 수 있어서.

네가 해준 모든 일들은 기적이다.

그 말들이 마음을 꾹꾹 누르고 들어왔다.

놀랍고 충격적이라 머리가 하얗게 비어 있다가, 이내 밀려드는 뜨거운 감정에 눈앞이 흔들렸다.

처음으로 이 성에 왔을 때 한 일에 대해 죄책감이 든다.

그때의 오베른은 그 상황에 오히려 감사하고 있었을 거라 생각하니, 더더욱.

왜 몰랐을까.

알았더라면 그렇게 하지 않았을 텐데. 그렇게 말하지도, 그렇게 생각하지도 않았을 텐데.

또.

오베른, 나는 당신에게 이런 감사를 들을 만큼의 자격이 없어요. 이곳을 찾아왔을 때의 나는 원망하는 마음과 절망하는 마음으로만 가득 차 있었어요.

구원을 받은 것은 오히려 나고, 내 길을 찾게 해준 것은 칼릭이에요. 칼릭이 기울여 준 사랑과 희생이 없었다면, 나는 아무것도 하지 못하고 낙엽처럼 저물었을 거예요.

감사할 건 오히려 난데, 당신이 이리 말하면 나는 어쩌나요.

고였던 눈물이 떨어졌다.

"인사를……."

니안느는 작게 말했다.

"그분께 단 한 번도 인사를 못했어요. 말조차 걸지 못했죠."

얼굴은 단 두 번만 보았고, 그중 한 번은 직접 본 것도 아니다. 그러나 니안느는 오베른의 모든 것을 본 것만 같았다. 감당할 수 없는 잘못을 저질러 인생을 걸쳐 속죄해야 했던 남자를.

칼릭의 손이 머리를 감아 당겼다. 니안느는 몸을 기대며 눈을 감았다. 칼릭의 손이 목덜미를 부드럽게 문질러 주다 머리를 쓸어 올렸다. 그 손바닥 안으로 머리가 온전히 감싸인다.

"또 여기있네."

칼릭 앞에는 고서가 잔뜩 쌓여 있었다. 지난번 성에 왔을 때부터 탐내 왔던 서고(書庫)라, 니안느는 시간이 나자마자 서재로 들어가 고서(古書)들을 뒤지며 원하는 것과 귀한 것 등을 골라내었다. 칼릭이 찾아온 지금도 그 작업 중이었다.

칼릭의 할아버지인 스테판은 책에 관심이 하나도 없었고, 오베른은 다른 책은 다 봐도 고서에는 흥미가 별로 없었다. 2대에 걸쳐 방치되어 창고나 다를 바 없게 된 지하 서재는, 니안느의 손에 의해 먼지가 털려 나가고 정리되었다. 서재 안으로 니안느가 마법으로 만들어낸 가느다란 덩굴이 흘러 다니며 니안느가 원하는 책을 건네주거나 정리했다. 때론 창문을 열기도 하고, 빗자루를 들고 바닥의 먼지를 쓸어내기도 했다. 페이나 하녀들이 차나 과자를 가지고 오면 그것을 받아 니안느에게 주기도 했다.

칼릭이 왔을 때, 니안느는 낡은 책을 덮은 먼지를 털어내고 있었다. 칼릭은 니안느의 콧잔등에 묻은 먼지를 닦아주었다.

"닦으면서 해. 먼지투성이네."

"어라, 잠깐요."

니안느의 얼굴과 머리카락에 묻은 먼지가 일제히 한데 뭉치더니, 허공으로 떠올라 창밖으로 보내졌다. 먼지 덩어리는 밖에서 파— 하고 터지며 바람에 섞였다.

"재미있어 보이네."

"그럼요. 이곳은 읽을 게 너무 너무 많아요!"

"그래도 니안이 한동안은 나한테만 신경 써주면 좋겠는데."

"내가 도와줄 수 있는 일이 있다면 뭐든 말만 해요."

"도와줄 일이 있긴 한데, 니안느가 생각하는 것과는 좀 다른 종류의 것이야."

니안느는 기대하는 눈으로 올려다보았다.

"뭔가요?"

"우선, 지금은 우리 둘만의 시간인데……."

칼릭은 니안느의 볼 옆에 드리워진 머리카락을 귀 너머로 넘겨주었다.

"나는 니안한테 아주 집중하는 중인데, 니안은 아닌 것 같아서. 그게 좀 서운하네."

"칼릭의 재능이 너무 놀라워서, 내가 따라가기 힘든 것뿐이에요. 하지만 더 노력할게요."

칼릭은 니안느가 뭘 좋아하고 싫어하는지, 어디에 만족하고 어디에 겁을 집어먹는지, 샅샅이 알고 있다.

니안느는 칼릭이 당사자인 니안느 자신도 모르는 것을 말할 때마다 깜짝깜짝 놀랐다. 자신은 그만큼은 모르는 것 같아 분하기도 하며.

"혹시 내가 당신에게 무성의한 것 같아요?"

"아니. 니안이 달려오기만 해도 좋아. 예쁘고 사랑스러워서."

니안느는 얼굴이 붉어졌다. 얌전하고 우아한 숙녀까지는 바라지 않지만, 강아지처럼 구는 듯 보이고 싶지는 않았는데. 인간으로 산 것만 치자면 고작 두 살 차이인데, 왜 이 남자 앞에서는 어린아이처럼 되는지 모르겠다.

"물론 그런 모습은 나한테만 보여주면 좋겠어. 그런 니안은 내 두 눈에 담아두고 싶거든. 그리고……."

칼릭은 니안느의 볼을 감싸며 말했다.

"우리 둘이 법적인 관계가 되면 말이야, 다른 사람들도 다 니안에 대해 알게 될 거야. 나는 니안을 다른 사람에게 보여야 하고, 니안은 한동안은 전혀 다른 세계에서 살던 사람과 지치도록 만나야 할 테지."

"까다로운 사람들…… 인가요?"

"까다롭기보다는, 무시하는 방법을 알아야 하는 종류의 사람들이지. 적어도 일 년은 그 사람들에게 진절머리 낼 거야. 나하고 괜히 결혼했다고 투덜댈지도 몰라."

니안느는 아무리 귀찮더라도 해야 할 일이라고 생각했다. 이 남자와 아이가 생기면, 그 아이는 니안느만의 아이가 아닌 이 대가문의 후손이 되는 셈이니. 시골 마을에서도 사람들 간의 관계가 중요한데, 대가문이면 어느 정도이겠나.

긴장하는 니안느에게 칼릭이 위로하듯 말했다.

"물론 안 만나도 상관없어. 너무 귀찮게 하면 둘이서 도망쳐 버리자."

"아뇨, 나 할 수 있어요."

"무리하지 않아도 괜찮아. 사람마다 체질이나 천성이란 게 있다는 거, 나도 알거든. 니안이 어떤 사람인지도 알고. 너무 애쓸 것까지는 없어."

칼릭은 니안느의 머리카락으로 손을 넣어 감아 당겼다. 칼릭의 입술이 그 머리카락을 스치자, 감각이 없는 부분임에도 니안느는 화끈해졌다. 그의 입술과 손가락이 살갗에 닿는 것 같았다.

"내가 원하는 건…… 나만 아는 니안을 좀 많이 만들어줬으면 한다는 거야."

"어떻게요."

"흠, 우선은…… 페이와 함께 드레스를 골라도 좋고, 목걸이나 귀걸이를 해도 좋아. 나를 눈부시게 해줘."

"꾸며달라는 말이었나요. 저런. 내가 그렇게 엉망으로 다녔나."

"그건 아니야. 나한테만 잘 보이려고 꾸며주는 것만큼 좋은 것도 없다는 거지. 기왕 이리된 거, 나를 제대로 노예로 만들어보라는 거야. 네가 너무 예뻐서 숨도 못 쉬게 해줘."

칼릭의 손이 허리를 감싸 잡았다. 손가락에 서서히 힘이 들어가며 단단해졌다. 압박감이 느껴진다. 묶인 듯 꼼짝도 못하게 되었다.

"오로지…… 나만을 위해."

속삭임이 달콤하다.

니안느는 그 가슴에 턱을 대고 올려다보았다.

칼릭의 눈에 미소가 고였다. 칼릭은 이렇게 순진하게 기대며 올려다보는 니안느의 얼굴이 좋았다. 당신이 정말 좋다는, 그 감정을 진솔하게 보여주는 이 얼굴이.

니안느가 작게 말했다.

"당신을 위해?"

"그래. 나를 위해."

니안느는 칼릭의 팔을 매만져 보았다. 단단한 팔이 손바닥에 닿는 감촉이 좋아 니안느는 생긋 웃었다. 칼릭의 손에 힘이 들어갔다. 허리를 잡은 손이 천천히 내려와 엉덩이에 닿자, 니안느는 몸을 비틀어 손을 피했다.

"좋아요, 뭐부터 할까요."

피하려는 니안느 쪽으로 칼릭이 팔을 밀어 넣었다. 니안느는 반대로 가려 했지만, 그쪽도 막혔다. 결국 멈추었고, 칼릭은 고개를 숙이고 몸을 굽혀 더 깊이 니안느를 가두며 말했다.

"진수성찬을 내밀며 하나씩 차례로 골라 먹으라는 것 같군. 그렇게 대놓고 말하면 어떻게 해."

니안느는 칼릭의 가슴만 보아야 했다. 두근두근 올라온다.

"미안, 말재주가 없어서요."

그가 더 다가오자 셔츠 너머의 단단한 가슴이 느껴진다. 살짝 흐트러지는 호흡도.

칼릭이 니안느의 볼에 입을 맞췄다. 니안느는 저 아래에서부터 부드러우면서도 느린 날갯짓이 일어나는 것 같았다.

"그래도 말해봐요. 가장 먼저 생각나는 걸로."

"우선, 내일 아침 일찍 일어나."

"네."

"일어나자마자 페이에게 말해서 푸른색 모슬린 드레스를 달라고 해. 그러면 페이가 같은 색 비단 머리끈도 있다고 하겠지."

"드레스, 머리끈…… 나, 그런 거 없는데요?"

"있게 될 거야."

칼릭은 니안느의 손바닥 아래에 입을 맞추었다. 오후의 햇살이 얼굴 위로 드리워지며 그 수려한 얼굴 윤곽을 더 진하게 했다. 입술이 손목에만 닿아도 온몸이 떨려왔다.

"그리고…… 페이에게 내가 어디에 있는지 물어봐. 아마 뒤뜰에 있을 거라 말할 테지. 성을 나와 기다리는 나와 만나면, 우리 둘이서 숲으로 놀러 가는 거지. 이 세상에 오로지 우리만 남을 수 있는 곳으로."

칼릭은 니안느의 두 손을 잡아 올렸다. 양손의 손가락 끝에 다시 칼릭의 입술이 닿았다.

"그렇게 집중해 주면 좋겠어. 여기저기에 우리 둘만 있었던 곳을 만들자."

니안느는 칼릭을 눈부시다는 듯 보았다.

단둘만이 아는 일은 많았지만, 그것만으로는 부족했다. 더 많이, 더 많이 있었으면 좋겠다.

칼릭이 입술에 입을 맞췄다. 달콤하도록 뜨거운 입술이 닿자, 칼릭은 팔을 니안느의 머리 위에 대고 몸을 더 깊이 숙였다. 니안느는 칼릭의 팔과 가슴 사이에서 그의 입술을 받아들였다.

처음부터 마음을 흔들던 입술은 지금도 그렇다. 긴장되면서 몸에 힘이 들어가고, 몸을 밀어 올려 더 가까워지고 싶어진다.

입술이 떨어지자, 니안느는 아쉬움에 두근거리는 것을 느끼며 속삭였다.

"더 원하는 건 없어요?"

숨결이 살갗에 닿는 거리로 다가온 칼릭이 답했다.

"물론 있지."

칼릭의 얼굴에 은근한 미소가 보였다. 한쪽 입 꼬리가 살짝 올라가는, 니안느가 '못된 미소'라 부르는 그 웃음이었다.

니안느는 칼릭의 단단한 목을 손가락으로 쓸어 올리며 말했다.

"결혼 전까지는 침대를 같이 하지 말라고 그러던데."

"침대만 아니면 된다는 거네."

어, 하는 순간에 칼릭이 몸을 확 당겼다. 이제 서재의 긴 의자에 그가 앉고 니안느는 무릎 위로 올라갔다. 칼릭은 니안느의 허리를 끌어안고 머리를 잡아당겨 다시 입을 맞췄다. 다른 손은 옷을 조인 끈을 풀었다.

니안느는 실내라 얇게 입고 있는 옷 아래로 그의 허벅지에 힘이 들어가는 것을 느꼈다. 그의 뜨거워진 손이 옷 속으로 들어와 니안느의 무릎에서부터 깊이 쓸어 올렸다.

"자, 이제 원하는 것을 들어줘."

칼릭이 나른히 속삭였다. 떨리는 숨소리를 따라 달콤한 관능이 그의 몸을 흐르고, 미소와 목소리에 배어든다. 그 목소리가 뜨겁게 적셔주는 것 같다. 심장이 뛰어오르며 황금빛 뜨거운 물결이 흘러넘치는 것 같다.

긴장과 흥분으로 흐트러진 숨소리가 닿는다. 깊이 느끼고 싶어 몸을 젖히자 그의 입술이 목덜미를 듬뿍 빨아들이는 것이 느껴진다.

달콤한 산딸기가 입술 안으로 굴러들어 오는 것 같고, 심장과 배에서는 수많은 날개가 퍼덕이는 것 같다. 감각만으로도 행복하다. 어느새 열린 몸 안으로 그가 뜨겁게 들어왔다.

다음 날 날씨는 무시무시하게 좋았다.

햇살은 딱 맞게 따뜻하고 숲과 벌판은 푸른 하늘 아래 맑은 녹색이었다. 계곡에는 보리수나무 흰 꽃이 피고 산당화도 붉게 피었다. 뜰에도 붉은색, 노란색, 금색에 가까운 주황색, 등등의 온갖 색의 장미가 듬뿍 피어나 향기를 뿜어냈다. 오솔길을 따라 옅은 보라색을 머금은 아스트란티아나 종 모양의 풍경초가 활짝 피어나 산책을 즐겁게 해주었다.

아침 일찍 니안느에게 라넌큘러스를 가득 담은 꽃바구니가 왔다. 꽃을 꺾는 것은 미안한 일이라 생각하는 니안느지만, 바구니 안에 담긴 꽃은 예쁜 비단 리본을 잘라 만든 듯 고와서 잠시 그 생각을 잊었다. 그렇게 꽃을 보고 좋아하느라, 페이가 옷을 들고 와 부산스럽게 돌아다닐 때에야 자신이 뭘 잊었는지 깨달았다.

"미안! 말하지 그랬어!"

"이사벨라가요, 숙녀분이 직접 말을 할 때까지는 가만히 있어야 한다고. 그래서!"

니안느는 페이가 들고 있는 상자 안의 옷을 보았다.

색다른 옷이었다. 허리 부분은 몸에 부드럽게 감기도록 만들어져 있고, 소매도 그리 넓지 않아 움직이기 편했다. 이그라탄의 여자들이 입는 옷과 비슷했으나, 그보다는 화려한 느낌이었다.

"이사벨라가 그러는데, 이게 요즘 유행하는 스타일이래요. 지금 입은 아가씨 옷은 마님 옷이어서 좀 옛날 거라면서요. 제가 보기에도 이게 더 예쁜 것 같아요!"

그 이사벨라는 얼마 전 바세바가 보내준 시녀였다. 귀족 출신의 수행 시녀가 아닌 전문 직업 시녀라, 나이도 제법 되고 성격은 돌처럼 차가웠다. 예법이나 귀족집안 계보를 달달 외우는 것은 물론이요, 꾸미는 요령은 무척 잘 알았지만, 문제라면 니안느가 그런 그 수준에 감탄할 만큼의 소양도 없다는 것이다.

니안느는 바지와 치마, 짧은 치마와 긴치마밖에는 구분하지 못했다. 이사벨라가 이런 치마 저런 치마 요런 치마, 이런 소매 저런 소매 요런 소매, 하고 이야기할 때는 머리가 터지는 줄 알았다. 이게 어울리고 저게 어울리고…… 하는 말을 멍하니 들으며, 이런 걸 다 익히느니 차라리 벌거벗고 지내는 편이 낫겠다는 생각마저 했다. 결국 니안느는 이사벨라에게 교육 업무를 제외시켰다.

"그런데 이건 어디서 났니?"

"어, 나리가요."

"칼릭이? 이럴 필요는 없었는데."

"주인 나리가 하고 싶어 하는 대로 놔두세요. 이사벨라가 그러는데, 남자가 이러면 무조건 들어줘야 한 대요. 어서 입으세요. 이사벨라 불러올까요?"

"아니야. 네가 도와주렴."

원래는 이사벨라가 무슨 의식 집전이라도 하듯 치장을 시켰으나, 이틀 만에 몹시 귀찮아진 니안느는 특별한 경우가 아니면 돕지 않아도 된다고 했다. 이사벨라는 흔쾌히 동의하며 계약서를 다시 쓰자고 했다. 계약은 바뀌었다. 니안느가 이사벨라에게 배우는 것이 아닌, 니안느가 필요할 때 이사벨라가 서비스를 제공하는 방식으로 말이다.

"나리는 뒤뜰 체리 나무 아래에서 기다리고 계세요. 그리고오오오……
으아아아아아아!"

창밖에서 메피스토가 웃고 있었다.

"이런, 페이. 진정해."

이제 이 성 사람들은 메피스토를 덩치 큰 개 정도로 여기게 된 지 오래
고, 파견직인 이사벨라도 '키우는 게 좀 크군요.' 하고 넘어갔다. 그런데
유독 페이만은 메피스토에게 익숙해지지 못했다. 눈치 빠른 메피스토는
아렌과 페이만 집중적으로 골려먹는 중이다. 니안느는 이 메피스토에게
더 엄격한 훈육이 필요하단 생각은 들었지만, 메피스토가 페이나 아렌을
제하고는 점잖게 구니 도저히 기회를 잡을 수가 없다.

니안느는 울먹이는 페이를 달래고, 메피스토를 저 멀리 날아가라 한
뒤에 나갔다.

기다리던 칼릭은 달려나오는 니안느의 허리를 감싸 안으며 말했다.

"예쁘네."

그리고 볼에 드리워진 머리카락을 넘겨주었다.

"예상했던 것보다 더."

니안느는 칭찬에 뿌듯해지며 볼이 달아올랐다. 물론 스스로 한 건 하
나도 없지만.

"이렇게 할 필요는 없어요. 그러니까, 이건 참 고마운데요, 너무 받기
만 하는 것 같아서."

"내가 하고 싶은 대로 하게 놔둬. 나는 니안도 좋고 예뻐진 니안도 좋
으니까."

칼릭은 니안느의 목덜미에 입을 맞춘 뒤에 말했다.

"내 여자잖아, 니안은."

쇄아, 하는 바람 소리를 듣는 것 같았다. 빛이 튕겨 오르는 순간을 보는 것 같기도 했다. 니안느는 몸을 살짝 대곤 말했다.

"이렇게 좋은 당신에게 나는 뭐로 보답해야 하죠?"

"필요 없어. 니안은 주고 싶은 대로 주고, 하고 싶은 대로 하면 되는 거야. 니안의 입맞춤 하나, 나에게 닿는 몸짓, 신경 써서 마련하는 선물 하나에도 기쁠 테지."

"나는 자수도 모르고, 요리도 모르거든요. 칼릭스트에게 뭘 해줘야 할지 모르겠어요."

"굳이 그런 일을 할 필요는 없어. 지난번에 말했듯, 그런 건 시키면 되는 거야. 그리고—"

칼릭은 숲을 움직이는 마법사의 야망치고는 참 소박하단 생각을 하며 말했다.

"……내가 생각하는 건 좀 야한 것뿐이라."

니안느는 새빨갛게 달아올랐다.

"그, 그러지 말고요."

"농담 아냐."

칼릭이 그 '못된 미소'를 보였다. 니안느는 더 붉어졌다.

"자, 가자."

칼릭이 손을 놓고 말고삐를 잡았다.

"어서."

"알았어요."

이 남자가 눈을 바라보며 은근히 속삭이면 뭐든 다 부옇게 흐려지는 기분이었다. 세상에서 제일 좋은 일들이 일어나는 것 마냥 들뜨고 몽롱해진다. 이렇게 흠뻑 빠지는 건 좋지 못한 상황인 것 같은데, 벗어나고 싶지도 않다.

칼릭은 니안느를 데리고 성의 뒤로 난 길을 올랐다. 덤불과 나무로 둘러싸인 오솔길이었다. 잠시 걷자 풀로 덮인 넓은 공터가 나왔다. 톱풀 꽃, 앵초, 엉겅퀴 꽃 등 온갖 꽃이 무리지어 피어나 풍요로운 여름이 올 거라 알리고 있었다. 꽃으로 덮인 비탈 위에는 아주 큰 물푸레나무가 있었다. 토끼 몇 마리가 그 아래에서 풀을 먹다 인기척을 느끼고 얼른 달아났다.

니안느가 말에서 내리자, 칼릭은 니안느의 팔을 잡아 가슴으로 당겼다.

"저기 봐."

칼릭은 품 안으로 들어온 니안느의 어깨를 잡아 비탈 아래를 보게 했다.

"와아."

니안느는 감탄했다.

화창한 날의 블랑셰리온이 펼쳐져 있었다. 평원의 밀밭과 보리밭, 비탈의 포도원과 소와 양들이 풀을 뜯는 초원까지. 지난 전쟁의 흔적은 어쩌면 이리도 쉽게 씻겨갔나 싶다. 풀이 자라고 꽃이 피니 인간들이 남긴 파괴는 지워졌다.

"푸르고 넓네요."

"가을은 붉고 넓겠지."

칼릭은 갈색 암말의 허리에 매인 짐을 풀었다.

"칼릭, 가만."

니안느가 손가락 몇 번만 휘두르는 것으로, 짐은 저절로 풀어져 바닥에 놓이고 깔개도 판판하게 펼쳐졌다.

바람이 그렇게 열심히 일하는 동안, 니안느는 바구니 안을 들여다보았다. 이디스가 정성스레 마련한 음식이 안에 있었다. 흰 빵과 견과류를 넣어 구운 파이, 훈제 돼지고기, 산딸기 머핀, 버터 향 물씬 풍기는 과자, 그리고 유리병에 담긴 포도주도 들어 있었다.

"이디스가 애썼네."

칼릭도 바구니 안을 들여다보며 말했다.

"뭐라 하면서 부탁한 거예요?"

"아, 맛있는 것으로 부탁한다고."

그리고 이디스가 영혼을 불사르게 하는 데는 그것만으로도 충분했다.

아직은 배가 고프지 않아, 니안느는 바구니를 나무 아래에 있는 구멍에 넣었다.

"서재에서 재밌는 것을 발견했어요. 이거 봐요."

니안느는 가지고 온 가죽 가방을 열고, 두꺼운 공책을 꺼냈다. 아무런 무늬도 장식도 없는 갈색 양가죽으로 장정된 것이었다.

"여기에서 봐요."

니안느는 공책을 펼쳤다. 갈색 테두리만 쳐진 빈 종이였다.

"아무것도 없는데."

"쉿, 봐요."

니안느는 손가락으로 종이를 가볍게 그었다.

허공에 부연 빛 무리가 번지더니, 잠시 뒤 남색 나비가 나타났다. 커다란 날개를 퍼덕이는 나비 주변으로 풍광이 보이기 시작했다. 붉은 꽃이 가득 핀 언덕이었다.

페이지를 넘기자, 녹색 덩굴로 가득 덮인 계곡이 나타났다. 그 사이로 맑은 물이 흘러갔다.

니안느는 눈을 반짝이며 말했다.

"주변 풍광을 기억하게 하는 마법이에요. 이그라탄에도 이런 마법이 있지만, 이건 이그라탄보다는 브리세니아의 마법에 가깝네요. 여기저기 여행 다니면서 모은 풍광이 다 여기에 있고, 또……."

니안느는 다음 페이지를 펼쳤다.

여자의 얼굴이 나타났다.

약간 그을린 듯 연갈색 피부에 짙은 갈색 머리를 치렁치렁 늘어뜨린 젊은 아가씨였다.

칼릭이 멍하니 보자, 니안느가 물었다.

"아는 분인가요?"

"어머니."

니안느는 깜짝 놀랐다.

"어머니요?"

"내가 기억하는 것보다 어리긴 하지만, 맞아. 어머니야."

칼릭은 종이를 손바닥으로 쓸어 올렸다. 부드러운 질감이 손바닥에 닿았다.

"외할아버지 물건 같네."

"어떻게 이런 걸 얻으셨어요?"

"여기저기 여행 다니며 온갖 이상한 물건들을 다 모으고 다니는 분이셨다고, 어머니가 말씀하셨지. 여행 다니며 노는 것만 좋아해, 결국 영주가 되지 못하고 동생에게서 추방당해 여기까지 오시긴 했지만."

"혹시 마법을 할 줄 아셨나요? 라크세니아, 그것도 운텔가움의 영주 집안인데. 가능하잖아요."

"잘 몰라. 어머니가 거의 말씀 안 하셨으니. 나는 운텔가움에 갈 때까지 그곳이 어머니 고향인 줄도 몰랐다고. 어머니가 결혼한 직후에 외할아버지가 여행을 떠나셨다는 것만 알아. 내가 열 살 좀 안 되었을 때 어머니 앞으로 작은 꾸러미가 왔지. 어머니는 한번 열어본 다음 치워 버렸지만, 나는 그게 할아버지 짐이란 것을 알았어. 이건 그 안에 있던 것 중 하나겠지."

종이의 마법에 담긴 데보라는 열일고여덟 정도 되어 보였다. 표정이 부루퉁한 건 이때 이런 표정이어서 그런 걸 테지.

그 페이지는 유독 닳아 있었다. 몇 번이나 펼치고 또 펼쳤던 것이다. 맨 아래에 펜으로 적혀 있었다.

—데보라, 내 사랑, 내 심장, 내 영원한 소녀.

"……."

칼릭은 책장을 넘겼다.

소녀의 얼굴이 흐릿하게 지워지며, 이번에는 푸른 호수가 나타났다. 호수 위에는 백조와 검은 오리 몇 마리가 천천히 헤엄치고 있었다.

부드러운 목소리로 부르는 노랫소리가 들린다.

아가야, 뜰에 핀 민들레 위로 나비가 날아오르는구나. 너를 깨울까 조용히 나풀나풀 날지. 요람의 네 볼은 향기롭고, 네 숨소리는 사랑스러워라.

자장가를 부르는 나이 든 남자의 목소리는 정과 그리움에 젖어 있었다.

연갈색 옷을 입은 여자가 아이의 손을 잡고 호숫가 산책로를 거닐고 있었다. 그 뒤에서 다리가 길고 몸이 날렵한 남자가 달려와, 아이를 안아 들고 여자의 허리를 감싸 당겼다. 남자는 인기척을 느낀 듯 고개를 돌렸다. 남자의 얼굴이 보이려는 순간, 눈을 감은 듯 모든 것이 사라졌다. 다음 책장을 넘겨보았지만 더 이상은 없다. 이게 마지막이다.

"……뭘까요."

남자의 얼굴은 니안느도 알아볼 수 있었다.

젊은 오베른. 그럼 그 아내는 데보라, 아이는 분명 칼릭이다.

"기억……."

칼릭의 조용한 목소리가 들렸다.

"아마도 누군가가 살아온 흔적이겠지."

그리고 그 삶의 궤적을 따라 영근 추억들은 애정과 애착으로 꿰어져 찰랑이겠지. 소중하게 심장에 담기고 간직될 거야.

칼릭은 니안느의 몸을 깊이 안았다.

"니안, 너와는 많으면 좋겠어."

"뭐가…… 요?"

"너와 함께 보는 노을이 많으면 많을수록 좋고, 너와 함께 눈 뜨는 아침이 많으면 많을수록 좋겠어. 내 일생의 모든 기억이 항상 '너와 함께'로 시작하면 좋겠어……."

니안느는 칼릭의 뜨거운 목덜미에 얼굴을 묻었다.

칼릭이 니안느의 머리를 감싸듯 잡으며 말했다.

"너에게 하는 말은 다 진심이고 진실이야. 좋다면 좋은 거고, 안 한다고 하면 안 하는 거고, 미안하다면 미안한 거야."

"이미 그러기로 다 맹세했잖아요. 맹세당한 것에 가깝지만."

칼릭이 피식 웃었다.

"그래서 억울해?"

"좀."

"그러지 마. 너, 나 사랑하잖아."

니안느는 칼릭의 눈을 보았다. 세상에 그녀 하나만 있다는 눈빛, 그녀만을 바라보는 눈. 열기와 숭배, 애정과 갈망이 모두 담긴 눈이기도 하다.

내 모든 것을 바치니 네 모든 것을 바란다는 눈.

이 남자에게 나의 눈은 어떻게 보일까. 사랑하는 눈일까, 믿음을 담은 눈일까.

지상의 모든 아름다움을 다 보는 듯 바라보는 이 남자에게는, 니안느 자신이 무엇을 내보이든 모자랄 것 같았다.

"알아요. 아마도 내가 세상에서 제일 잘 알 걸요. 내가 당신을 사랑한 다는 거."

"아니, 내가 더 잘 알아."

하지만 이건 모른다. 얼마나 더 사랑할 수 있을지, 얼마나 더 소중해질 지, 얼마나 더 원할지, 얼마나 더……

지금도 가슴이 터질 듯 가득한데, 여기서 또 더하면 어찌 될지.

칼릭은 니안느의 몸이 기대 오는 것을 느꼈다. 향긋한 체취가 풍겨오 고 체온이 젖어 들어온다.

여러 단어들이 올라온다.

아름다운, 사랑하는, 진하고 달콤한 매혹.

환한 봄의 낮. 이 넓은 세상에 단둘이다.

너와 영원히 같이 있고 싶어.

아무도 모르는 곳에 너와 단둘이 있어도 좋지. 너와 바라보는 세상은 어디든 아름다울 테니.

사랑해.

아렌은 용납하기 어려운 말을 들은 표정이었다.

즉, 이번에는 반드시 반대하겠다는 표정이란 말이다.

"뭐라고 하셨습니까, 지금?"

"조용하게 치르고 싶다고."

"이 영지에서 참으로 오, 오랜만의 좋은 일인데 굳이……"

"나쁜 일들이 연달아 있었잖은가. 갑자기 즐기는 건 예의가 아니라고 봐."

맞는 말이긴 하다.

오베른이 세상을 뜬 것이 고작 몇 달 전이고, 뒤이어 세레나까지 세상을 떴다. 거창하고 요란한 결혼은 도리가 아니다.

그러나 너무나 사랑하고 생각만 해도 가슴 벅차는 칼릭스트가 결혼한다는 건, 아렌이 인생에서 가장 기대하던 일이었다. 거의 십여 년간 즐거운 일이라곤 하나도 없었는데, 드디어 생긴 기쁜 일이 바로 이 결혼인데, 그런데 이걸 조용히 하자니.

호화롭거나 요란하게 할 수 없다는 데는 동의하지만, 그건 그거고 이건 이거다. 이디스도 서운해 했지만, 아렌이 기대할 수 있는 지원군은 그정도였다. 고든은 벤자민과 대련하느라 바빠 신경 쓰지도 못했고, 벤자민은 결혼 정도는 당사자들의 취향대로 할 일이라고 말했다.

"그래도 하는 둥 마는 둥 하게 하고 싶지는 않습니다, 나리."

"알았어. 대신 지난 전쟁과 어려운 영지 형편으로 고생했던 영지민들에게 음식과 술을 보내고 각 마을마다 즐기도록 하게. 그렇게 같이 축하하면 좋지."

"저기, 저기, 나리. 그것만이 아니라 축하연만큼은 성대하게 베풀도록 합시다. 돈이 없어서 그리 결혼하는 게 아니라는 건 보여야지요."

조촐한 결혼은 좋지만, 이런 상황에서 너무 조촐하면 사정이 나빠서 그러는 거라 여긴다는 것이다. 그러나 이건 핑계고, 아렌은 즐기고 싶었다. 마음껏 놀고 춤추고 노래 부르고 떠들고 싶었다. 밤새도록 술을 마시고 고래고래 노래를 부르고 축하한다고 하고 싶었다. 그러니 이 조용한 결혼을 결사반대해 막아야 했다.

"제발요. 이것만은 허락하십시오, 나리!"

"알았어. 그건 아렌과 이디스가 알아서 해."

아렌은 만세를 불렀다. 그나마 마음대로 된 유일한 일이다. 당시 칼릭은 몰랐으나, 나중에 그 '성대한'의 의미를 알게 되자 계획된 것을 절반으로 줄여서 기어코 아렌을 울렸다.

그다음은 초대 명단을 만드는 일을 해야 했다. 초대받은 사람은 블랑셰리온 가의 가신들과 기사들, 블랑셰리온 아래에 있는 영주 몇과 군의 지휘관, 그리고 몇 안 되는 친족과 교단에 있는 블랑셰리온 사제들이었다. 그중에 추기경으로 추대할 자도 포함되어 있었다. 지금 많은 사제들이 자기가 추기경이 될 수 있지 않을까 설레고 있을 것이다.

"내가 초대할 사람은 내가 정하는 건가요, 칼릭?"

초대 명단에 대해 듣게 된 니안느가 물었다.

"당연하지. 니안이 원하는 사람은 모두 초대해."

겉으로는 관대한 태도를 취했지만, 칼릭은 리카르가 올 것이 분명해 상당히 신경 쓰였다. 니안느가 이 제국에 아는 사람이라곤 그 남자뿐이고, 가장 중요한 보호자이자 가족 같은 존재이니 와야만 하는 사람이다.

칼릭은 블랑셰리온에 신부 아버지나 보호자가 신랑에게 신부를 인도하는 풍습이 없어서 다행이라고 생각했다. 니안느가 리카르의 팔짱을 끼고 칼릭 앞으로 온다면 몹시 불쾌할 것 같았다. 그 리카르가 넘겨 줄 지도 의문이고.

아무리 너그럽게 넘어가려해도 리카르에 관한 한 속이 확 좁아지는 건 어쩔 수 없었다. 니안느에게 화가 나는 건 아니다. 리카르에게 잘해주는 것도 괜찮고, 웃어주는 것도 괜찮다. 신경 쓰고 걱정하는 것 역시, 니안느가 원한다면 얼마든지 할 수 있다. 니안느는 리카르에게 보일 애정과 칼릭에게 쏟을 애정을 분명히 구분할 줄 안다. 칼릭도 니안느에게 가족 같은 남자가 있는 게 싫은 것이 아니었다. 오히려 니안느가 위급할 때 믿을 사람이 하나 더 있다는 건 감사할 일이다.

칼릭은 그냥 리카르라는 인간이, 존재가, 목소리조차 싫은 것뿐이다. 눈앞에 있는 것도 싫고 뒤에 있는 것도 싫다.

그로부터 며칠 뒤, 칼릭은 이른 하객을 맞이했다. 굳이 따지자면 하객도 아니었다. 초대장을 보낼 예정이긴 했지만 아직 보내지는 않았으니, 손님이 아닌 지나가다 들른 놈들일 뿐이다.

"안녕, 에밀리오."

노티온 가의 에밀리오와.

"안녕, 네이필레."

악펠리 가의 네이필레였다.

에밀리오는 당장 연회장으로 달려갈 듯 화려하게 차려입고 있었으며, 네이필레는 당장 싸움을 벌일 듯 여성용 짧은 튜닉에 바지 차림이었다. 참으로 그들다운 차림새다. 에밀리오는 하프만 쥐어주면 당장 노래를 부르며 즐겁게 뛰어놀 남자였고, 네이필레는 뭐든 얼리고 썰어버릴 듯 싸늘한 여자였으니.

이들이 친구가 된 것은 제국의 법 때문이다. 대가문의 직계들은 어린 시절부터 판디온과 프라팔가스로 보내져 사 년간 교육을 받아야 한다. 그러나 또래의 자존심 강한 남자애와 여자애를 섞어놓으면 당연히 싸움질부터 해댄다. 여자애들은 여자애들끼리 뭉치고 남자애들은 남자애들끼리 뭉치고, 그 속에서 가문별로 뭉쳐 또 싸웠다. 승천제 날이라도 되면 학당 안은 전쟁터가 따로 없었다.

그래도 이 셋만큼은 어디에도 섞이지 않았다. 모두가 격렬한 야만의 시기를 보낼 때, 이 셋은 이미 다 겪은 뒤라 시큰둥했다. 또, 칼릭은 그 어디에도 성의가 없었고, 네이필레는 모두하고 싸워댔으며, 에밀리오는 노느라 바빴다. 그러다 보니 셋이서 뭉치게 되었는데, 여름에는 각자의 집에서 번갈아가며 손님으로 지냈고, 겨울에 셋이서 같이 여행을 간 적도 있었다. 열다섯이 되어 자기들 집으로 돌아간 뒤, 에밀리오는 여전히 놀기만 했고 네이필레는 눈보라 속의 미친 마녀로 이름을 날리느라 바빴다. 칼릭은 굳이 설명할 필요도 없이, 당시 마인베르크에게 억류되어 있던 상태였다.

피바다로 끝난 지난 성야는 이 셋이 거의 십 년 만에 처음 모인 자리였다. 그동안 네이필레는 어린 시절 개처럼 질질 끌고 다니던 가문의 기사 소년과 결혼했다. 에밀리오는 약혼하기는 했지만 애인이 많아도 너무 많아 약혼녀가 에밀리오와 결혼하느니 그냥 죽겠다고 목 놓아 우는 상태였다. 에밀리오는 '마가렛, 당신도 애인을 만들어. 당신 자식이라면 누구 자식이든 상관없이 키워줄게.' 하고 말했다가 약혼녀가 가출하게 만들었다. 지금 에밀리오는 그 약혼녀를 잡으러 예비 장인과 형이 자리를 비운 틈에 도망쳐 온 것이다. 언제 호적이 불타오를지 모르는 주제에, 천하태평이었다.

"너희 둘, 대체 어떻게 알고 온 거냐. 소문낸 적 없는데."

에밀리오는 활짝 웃으며 말했다.

"너는 안 냈지만 네가 주문을 한 몬타의 보석상은 냈지."

"아아, 그거."

칼릭이 주문한 물건이 완성될 즈음에 하필이면 에밀리오가 있었던 것이다. 그 보석장인이 얌전히 있어줄 리 없다는 건 알았지만, 꽤 떠들어댔나 보다.

"네이필레는?"

네이필레는 싸늘한 얼굴로 옆의 에밀리오를 가리켰다.

"얘가 같이 가자고 해서 왔어. 마침 나도 몬타에서 무기 주문하고 있었거든."

"아아……."

쉼 없이 서로 긁어대고 으르렁대면서도 이럴 때만은 사이가 좋다. 누군가를 고통스럽게 하고 싶을 때 말이다.

에밀리오가 말했다.

"그런데 칼릭스트, 왜 연락 안 한 거야? 미리미리 말했어야지."

"초대장 보낼 생각이었는데, 그러기도 전에 너희들이 온 것뿐이다."

칼릭은 책상에 놓인, 아직 봉인을 하지 않은 편지 봉투 두 개를 보여 주었다. 일찍 초대하지 않은 이유는 정직했다. 이 둘이 오면 도저히 조용한 결혼이 되지 못하기 때문이다. 네이필레는 사나워도 너무 사납고, 에밀리오는 심해도 너무 심한 바람둥이였다. 그런 둘이 한꺼번에 있으면, 결혼식은 분명 번거로운 방향으로 시끄러워질 것이다.

"어차피 왔으니 미리 경고하지. 네이필레, 누구에게도 시비 걸지 마. 시비 걸면 그 즉시 쫓겨날 줄 알아라. 그리고 에밀리오, 너는 침실 외의 장소에서 음란행위 금지다. 하녀 허리에 손만 얹어도 추방이다. 알겠지?"

"알았어, 알았어. 까다로운 놈. 약혼녀나 소개해 주지 그래?"

"결혼한 다음에 소개 받아."

"이야, 내가 유혹할까 봐 겁나는 거냐. 다른 남자라면 몰라도 천하의 칼릭스트가."

"주제 파악해. 내가 너 따위에 경쟁심을 느낄 리가 있나. 결혼한 다음이라면 너희 둘 같은 친구가 있어도 무르지 못할 테니까 그러는 거다."

칼릭은 에밀리오가 야유를 하든 말든 아렌을 불러 저 둘은 본성에서 최대한 멀리 떨어진 숙소로 주라고 명령했다.

"이 근방에 나타나면 즉시 보고해. 내가 직접 쫓아낼 테니."

"처음 뵙는 분들도 아닌데요, 뭐. 두 분 다 그때와 똑같기도 하고요."

"열두 살 때와 똑같다니, 절망적이군."

아렌은 웃으며 말했다.

"그리고 몬타에서 물건이 도착했습니다. 어디로 보낼까요?"

"여기로 가지고 와."

잠시 뒤 아렌은 편백나무 상자를 두 손으로 받쳐 들고 돌아왔다.

"귀한 선물인 것 같으니, 저는 물러나겠습니다."

"그래. 수고했어."

혼자 남게 되자 칼릭은 상자를 열어 상품이 얼마나 그의 요구대로 만들어졌는지 확인했다. 기대보다 더 좋은 물건이 안에 들어 있었다. 이것을 만든 장인이 뻐기고 싶은 마음이 들 만도 하다.

칼릭은 상자를 들고 니안느를 찾았다.

니안느는 서재가 아닌 방에 있었다. 창가에 기대 깊이 잠들어 있다. 한낮에 이렇게 고요히 누워 있으면, 자는 게 아니라 근방의 동물들 몸속에 들어가 있는 것이다. 요즘은 그러려니 하고 보게 된다. 돌아오기를 기다리며 바라보는 것도 괜찮았다.

칼릭은 그 앞에 앉았다. 니안느의 노을빛 머리카락이 햇살에 물들어 투명해 보였다.

"니안."

니안느는 조용히 눈을 떴다. 칼릭을 발견하자, 눈이 가늘어지며 그 안으로 은보라색 눈동자가 가득 찼다.

"칼릭."

"어디 다녀왔지?"

"근방에 있는 까마귀 안에 들어 있었어요. 손님이 왔던데요. 얼굴은 못 봤지만. 당신 표정을 보니 좋아하는 손님들인가 봐요."

칼릭은 빙그레 웃었다.

"성야에 내 옆에 있던 녀석들이야. 네이필레와 에밀리오. 시끄러운 놈들이지. 기억나?"

"네. 구릿빛 얼굴의 미남과 눈처럼 희고 예쁜 귀부인이었던 것 같은데요. 맞아요, 내 기억이?"

"아, 그래. 미남."

칼릭은 정색했다.

"미남이라고 했나?"

"잘생긴 편이라고는 생각했는데. 여기 기준으로는 아닌가요?"

"이봐, 니안."

칼릭은 니안느의 볼 옆에 손을 얹고 자신을 보게 한 뒤에 말했다.

"내가 앞에 있으면 항상 나만 봐. 내가 앞에 없으면 내 생각만 하고—잠들면 내 꿈만 꿔. 다른 남자는 절대 칭찬하지도 말고. 알겠지? 좀 언짢아."

"왜 이렇게 초조해요."

"나는 니안을 다른 남자에게서 간신히 데리고 온 남자라고. 다른 놈이 나처럼 유혹하면 어떻게 하겠어. 니안 때문에 불안한 건 아니야. 유혹 그 자체가 불쾌한 거지."

이것이 리카르를 초대한 것에 대한 불만임을 니안느가 모를 리가 없었다.

"칼릭, 뭐가 부족해서 엉뚱한 데 한눈을 팔아요. 집은 한 채면 되고, 장미는 한 송이면 족하다고요. 나는 남자는 당신만 있으면 된다고요."

"흐음, 그렇단 말이지……."

칼릭이 만족스러운 듯 고개를 살짝 젖혔다.

"다행이군. 나도 그렇거든."

칼릭은 손에 든 것을 내밀었다. 포도덩굴 모양의 고리가 달린 편백나무 상자를 본 니안느가 물었다.

"이건 뭔가요."

"지난번에 내가 말한 것."

"지난번? 언제?"

니안느는 고개를 갸웃했다.

"열어보면 언제 말한 건지 알게 될 거야."

니안느는 햇빛이 잘 드는 창가에서 상자를 열었다.

안에 든 것은 백금으로 만든 관이었다. 섬세하고 선명한 은빛 잎과 꽃 줄기에, 상아로 조각한 은방울꽃이 매달려 있었다. 꽃의 중심에는 다이아 몬드가 박혀 반짝였다. 백금으로 된 잎과 줄기는 은방울꽃을 돋보이게 하면서도 감탄이 나게 아름답고 정교했다. 은으로 된 씨앗에서 싹이 나 상아 꽃이 피어난 것 같았다. 거기에, 백금의 관 끝은 다이아몬드로 장식해 햇살에 무수히 반짝거렸다.

니안느는 숲에서 칼릭이 했던 말을 기억하고 있었다.

은방울꽃 화관이 어울릴 거야, 너에게는.

돌아온 니안느가 말했었다.

은방울꽃은 졌을 테죠.

"세상에."

니안느의 눈에 눈물이 맺혔다.

"니안?"

"아뇨, 좋아서 이러는 거니 놀라지 말아요. 정말 좋아서."

그리고 결혼 선물로 이것을 주문한다는 것을 알아챈 공방에서 칼릭스트가 주문했다고 소문을 낸 것이다.

칼릭은 아직 모르지만, 성야 이후에 블랑셰리온 공 칼릭스트가 뭘 하든 소문이 나게 되어 있는 상황이었다.

그중에 결혼은 대사건 중의 대사건이니, 안 나려야 안 날 수가 없다.

소문은 널리 널리 퍼졌고, 그 이야기를 들은 스테파니아 공주는 충격을 받아 방에 처박혀 울기만 했다. 앙리에타 황후는 너는 공주라 대가문 당주와는 절대 결혼할 수 없다는 말을 백번쯤 해야 했다. 바세바의 딸 프레데리카는 자신은 사랑을 위해서라면 얼마든지 가문과 재산을 버리고 결혼할 수 있다고 했다. 나중에 이에 대해 듣게 된 바세바는 비웃으며 말했다.

'딸, 너는 신분과 재산 빼면 아무런 장점도 없어.'

칼릭이 말했다.

"드레스는 내일이나 모레 올 거야. 바로 결혼해 버리고 싶긴 한데, 내가 번거로운 가문 출신이라."

"괜찮아요. 어차피 아직 리카르도 오지 않았는데. 당신 친구들을 보니, 리카르가 얼른 왔으면 싶네요."

"……"

칼릭은 그냥 내일이나 모레 결혼해 버리고 싶어졌다.

"칼릭?"

니안느에게야 리카르는 영원한 과거지만 리카르에게는 아직 현재다. 아직도 마음이 생생할 텐데, 그렇게 말해 니안느를 걱정시키고 싶지는 않은 칼릭은 붉은 공단을 입힌 작은 상자를 옆에 놓았다.

"아냐, 아무것도. 이게 또 있어서. 잊을 뻔했네."

"뭔가요?"

"이것 역시, 그날 말한 것."

니안느는 상자를 열어 보았다. 귀여운 진주 귀걸이가 들어 있었다.

"니안하고 가장 어울릴 만한 걸로 골랐어."

"어디서."

"어머니 유품 중에서."

니안느는 소중한 물건들을 손가락으로 쓸어보았다.

"너무 예쁘네요."

가슴이 행복으로 차오른다.

믿어지지 않았다.

작년 이맘때만 해도 내가 이런 남자와 만나 결혼하게 되리라 예상이나 했을까. 이렇게 행복하고 가슴이 두근댈 거라 알기나 했을까.

칼릭이 니안느의 손을 가만히 당겼다. 손가락 틈으로 그의 손가락이 밀고 들어와 파고들었다. 크고 단단한 손가락이 니안느의 부드러운 손가락 사이를 더듬고 손바닥을 건드렸다. 간지러움을 견디지 못해 손을 움츠리자, 칼릭은 니안느의 네 번째 손가락을 폈다.

"그리고 이 자리가 아주 중요한 맹약의 자리지. 그건 오늘 못 줘서 안타깝군."

이마가 닿았다. 니안느는 눈을 감고 이마를 더 바짝 댄 다음 칼릭의 등을 쓸어내렸다.

"고맙다는 거야, 기특하다는 거야."

"사랑한다는 거죠."

니안느는 입을 맞췄다.

살짝만 맞출 생각이었지만, 칼릭이 와락 끌어안아 당기고 격렬하게 덮쳐 버렸다.

감은 눈 위로 닿는 햇살이 좋았고, 숨소리가 빨라지고 몸짓도 격해지는 칼릭도 좋았다. 가슴이 기분 좋게 뛰어오른다. 이보다 더 좋아지면 어쩌나 두려울 정도로.

❖

리카르는 고향에서는 조용한 시골 생활이 가능할 거라 생각했다. 사람도 거의 없고 소리도 거의 없는. 한낮에는 죽은 듯 고요하기만 한 그런 시골 생활 말이다.

그런데……

그래야 하는 고향이 완전히 변해 버렸다.

거의 삼십 년도 넘게 떠나 있던 고향이라 어느 정도는 달라졌을 거라 생각했는데, 이 지경이 되었을 줄이야.

"조용한 곳이었소."

"네, 그랬던 적이 있기는 했겠네요."

바세바는 웃음을 참으며 말했다.

잘못 온 거다. 여기가 내 고향일 리 없어.

그러나 지명도, 리카르에게 인사하며 어서 오라 하는 사람도, 익숙한 뒷산도 이곳이 리카르의 고향이라 말하고 있었다.

"나는 나갔다 올게요. 편하게 충격 받아요. 바스티앙, 나가자."

바세바는 아들 바스티앙과 함께 자리를 떴다. 기사들도 그 뒤를 따라 우르르 나갔다.

"조용했는데."

더 이상 조용하지가 않다.

이제 이곳은 나셸베르크로 모직 옷감의 재료를 공급하는 부유한 고장이 되었다. 근방 수도원에서 만드는 맥주가 유명해지면서 순례자들에게 각광받는 관광지가 되어 있기도 했다(맥주가 맛있으면 왜 순례자가 모이는지는 잘 모르겠지만).

스테판이 보냈다던 토지 관리인은 물러나고 없고, 리카르가 어린 시절부터 봐왔던 남자가 관리인으로 앉아 있었다. 그는 장부를 펼쳐 그간 리카르의 몫으로 예치되어 있던 금액을 보여주었다. 엄청난 돈은 아니었으나, 쌓이고 쌓이다 보니 제법 모여 있었다.

"이곳이 어쩌다…… 이리되었나."

"별거 아닙니다. 근방으로 나셀로 향하는 길이 나게 되더니, 이 지역에서 나는 양들의 털로 짠 모직물이 인기를 끌게 되었습니다. 기왕 이리된 거, 제대로 하자는 생각에 좀 노력했더니, 이렇게! 대박이 났지요."

"다들 나 없이도 부지런히 살았군."

집도 몇 개 없던 시골은 상당한 규모의 마을로 변해 있었다. 영주관도 개축을 해놓았고, 그 정도 되는 집을 빈집으로 둘 수는 없어 귀족이나 상인들에게 빌려주었었다. 다행히 지금은 비어 있었다. 리카르 볼프람이 돌아왔다는 소문이 퍼지자, 그 집을 빌려 살던 상인이 나갔다고 한다.

그 영주관도 엄청나게 변해 버렸다. 어린 시절에 살던 영주관은 농부의 집이나 다를 바 없이 초라한 곳이었으나, 지금은 번듯한 저택이 되어 있었다. 부엌 겸 응접실이던 곳을 개축해 큰 홀을 만들었고, 2층에는 침실과 휴게실, 서재까지 있었다. 방 안은 소박한 떡갈나무 벽장과 편백나무 궤로 장식되어 있었다.

"침대, 책상, 홀의 테이블 등은 원래 있던 겁니다. 새로 장만하고 싶으시면 언제든 말씀하십시오. 몇 년 살던 분도 계셨지만, 반년 정도만 살다 가는 분도 있었거든요. 그런 분들을 위해 언제라도 쉽게 들렀다 갈 수 있도록 꾸몄지요. 편하긴 하지만 좀 가벼운 건 사실이라, 마음에 안 드시면 말씀하십시오."

"밀짚 위에서 잘 거라 생각하면서 온 거네. 이 정도면 왕이나 다를 바 없는 대접이니 신경 쓰지 말게."

"감사합니다. 그리고 이리 오셔서, 너무나 기쁩니다, 나리."

관리인은 성지의 영웅이자 공주의 남편이 된 옛 영주의 아들을 뿌듯하게 보았다.

리카르는 창문을 열었다. 짚으로 된 오두막 몇 개만 있어야 했을 풍광은 이제 우물이 있는 광장과 돌담으로 이루어진 마을로 변해 있었다. 풍족하고 살기 좋은 마을이 된 것이다.

"물어볼 게 있는데."

나가려던 관리인이 돌아보았다.

"말씀하십시오."

"누가 자네를 이곳으로 가라 했나."

스테판이 임명했던 관리인은 정직하지도 않았고 유능하지도 않았다. 상당히 착복한 다음에 보냈을 것임에 분명한 수익금은 푼돈이나 다를 바 없었으나, 스테판은 명예로운 기사는 그런 문제에 신경 써서는 안 된다고 했기에 참았다.

"데보라 마님이었습니다. 나리께서 잡혀가시고 난 뒤, 이곳에 오셨지요. 당시 데보라 마님은 나리가 내년이나 내후년에 돌아올 거라 하셨는데, 이렇게 이십 년이나 걸릴 줄은 몰랐습니다."

"데보라가?"

"네."

어째서 데보라가 그런 말을 한 걸까. 사라피온으로 끌려갔다는 것을 알았다면 고작 일이 년 안에 돌아올 수 있을 리 없다는 것도 알았을 텐데.

"내가 왜 끌려갔다고 했나?"

"자세히는 말씀하지 않았습니다. 나리께서 실수를 하셔서 엘 다룬의 참회소로 갔다고, 중한 실수는 아니니 한두 해 정도 봉사하고 돌아올 거라 하셨지요. 우리도 다 그런 줄 알았는데, 거의 십 년이 지나서야 사라피온으로 끌려 가신 걸 알게 되었지 뭡니까."

"엘 다룬?"

"네."

엘 다룬이라면 귀족들이 가는 참회소다.

데보라가 그리 알고 있었다면 오베른도 그리 알고 있었을 테지. 아내에게 거짓말을 할 남자가 아니니까.

원래는 그리되었어야 했는데 중간에 마인베르크가 농간을 부려 사라피온으로 가게 된 것일지도 모른다. 자세히는 모른다. 리카르조차도 꽤 최근까지 사라피온으로 보낸 당사자가 오베른일 거라고 생각했으니.

리카르는 당시 그에 대한 고발장 아래에 있던 죄목을 떠올렸다. 파렴치한. 재산을 강탈하려 하고 후계자를 위해하려는 시도. 그러나 자비를 베풀어 기사 작위만 박탈하니 참회로 죄를 갚기를 바란다. 즉, 리카르가 오베른을 해치고 블랑셰리온 가문을 차지하려 했지만 참회 정도로 봐준다는 뜻이었다. 당시 리카르는 사라피온이 참회를 위한 장소로는 부적절하다고만 생각했을 뿐이다. 참회해야 할 만한 죄를 저지르긴 했는지 기억나지도 않았고.

아직도 의문이나, 오베른은 리카르 앞에서 그 어떤 해명도 하지 않았으니 자신이 무슨 죄로 그리된 것인지 모른다. 처음부터 자기 잘못이니 끝까지 자기 잘못이라 생각한 것이다. 참 자존심 강한 남자였다.

나갔던 바세바가 상기된 볼로 돌아왔다.

"이야기는 잘되었나요?"

"할 이야기도 별로 없었소."

뜰에는 바세바의 막내아들인 바스티앙이 기사들과 이야기를 나누는 중이었다. 바세바는 창문 너머로 그런 바스티앙을 살폈다.

바스티앙이 그들을 따라온 것은 리카르가 예상하지 못했던 일이다. 프레데리카가 프라팔가스의 황궁에서 스테파니아와 머물겠다고 한 뒤, 바스티앙은 어머니와 같이 가기로 했다. 바세바의 장남에 대한 편애는 유명하지만, 그건 장남에 대한 사랑이 유별나다는 말이지 다른 두 아이에 대한 사랑이 모자라다는 말은 아니었다. 바세바는 다른 두 아이에게도 좋은 어머니였다. 바스티앙도 파르지발과는 달리 사랑스러운 아들이었다.

"당신은 이곳이 생각만큼 시골이 아니라 실망하진 않는군."

"재밌어요. 기대한 재미는 아니지만."

"오래 머물 거요?"

"생각해 보고요. 이 정도라면, 휴가 삼아 쉬는 것도 나쁘진 않겠네요. 바스티앙도 좋아하고. 당신은 내가 어떻게 하는 게 좋은데요?"

"그게……."

리카르는 뜰을 보았다. 바스티앙이 리카르의 시선을 느끼고 돌아보았다. 바세바를 닮은 얼굴이지만 성격은 부드럽다. 사람의 입장을 헤아릴 줄 아는 친절하고 귀여운 아이이기도 했다.

"혼자 있는 것보다는 같이 있는 게 낫겠지. 셋이서 잘 지내봅시다."

"리카르, 나는 바스티앙에게 아버지가 필요하다고는 생각하지 않아요."

"가족놀이를 하자는 건 아니었소. 외로움을 보상받고자 하는 것도 아니고. 그냥 옆에 있으면 괜찮을 것 같다는 말일 뿐이오."

리카르가 굳은 얼굴로 하는 말에 바세바는 깔깔 웃었다.

"또 고지식하게 군다. 내 말은 말이죠, 내 아이들에게도 내 자신에게도 남편이나 아버지가 필요하다고 생각했던 적은 없다는 것뿐이에요. 난 반드시 그런 사람이 있어야 한다고는 생각지 않아요. 그저…… 좋은 사람이면 돼요."

"이해가 안 되는데. 그게 그거 아닌가?"

"좋아할 가치가 있는 좋은 사람이면, 옆에 있는 것만으로도 괜찮다는 의미예요. 남편이니 아버지니, 애써 정할 필요는 없다는 거죠. 바스티앙에게 당신이 좋은 사람이면 저 아이와 당신은 좋은 사이가 될 거예요. 그러기를 바라고요. 내게 당신이 그렇듯이 말이에요."

이혼할 거라고 할 때는 언제고. 리카르는 그렇게 말하려다 그만두었다. 예전처럼 적대적인 감정은 들지 않지만, 아직은 그런 말을 격 없이 하기에 불편한 사이란 생각이 든다.

그러나 분명한 건, 경계심도 사라지고 손해 보지 않으려는 마음도 사라졌다는 것이다. 우위를 차지하려는 공격적인 태도도 집어치웠다. 말을 할 때 귀를 기울이게 되고, 계산 없이 말을 걸 수 있기도 하다.

예전에 그랬었다. 니안느와 같이 지내며, 도저히 잊히지 않을 거라 생각했던 것들이 잊히기 시작했다.

그러던 어느 날 겨울 아침, 리카르는 잉걸만 남은 불을 보다 깨달았다. 꽤 오래 고향을 잊고 있었고 그만큼 니안느와 오래 지내왔다는 것을.

지금도 그러하다.

잊히지 않을 거라 생각했던 것들이 흐려진다.

그때 시종이 와 전령이 왔다는 것을 알리며, 편지를 전한 다음 물러났다. 여러 장이었다. 안부 편지일 리는 없고, 저 중 절반이 보고서일 것이다.

"여기서도 일이오?"

"내가 모든 것을 알고 있을 때가 가장 편해요."

바세바는 가장 앞에 놓인 편지의 봉인을 뜯고 편지를 읽었다. 리카르는 봉인의 문양이 익숙하다는 것을 깨달았다.

"어디서 온 거요."

"블랑셰리온 가의 칼릭스트가 보낸 거예요."

리카르는 저절로 긴장했다.

"얼굴이 왜 그래요?"

"아니, 아니오. 그, 뭐, 뭔가. 무슨 말이오."

"이건 내 거고요."

바세바는 봉투 안에 들어 있던 다른 편지를 꺼냈다.

"이건 당신 거네요."

"칼릭스트가 내게도 편지를 보낸 거요?"

"아니에요. 이 편지를 쓴 사람이 당신에게 전해달라고 칼릭스트 경에게 부탁했어요. 그러자 칼릭스트는 당신에게 전해달라고 나에게 보낸 거죠."

즉, 칼릭에게 편지를 주며 이것을 리카르에게 전해 달라 했으나, 칼릭은 리카르에게 직접 주기 싫어 바세바에게 주라고 한 것이다.

이 못된 녀석.

다시 울컥 치민다.

"자, 어서 받아요."

바세바가 다시 편지를 내밀었다.

리카르는 이가 갈리면서도 편지는 받았다. 봉투는 작고 아담했고, 봉인에는 인장이 없었다.

리카르는 봉인을 뜯고 편지를 읽자마자 하얗게 질렸다. 그의 얼굴이 삽시간에 변하자, 바세바가 놀라서 물었다.

"설마 마인베르크가 또 살아났어요?"

"아니, 아니오!"

"얼굴을 보니 그에 필적할 만큼 두려운 일이 벌어진 건 알겠네요. 대체 뭐예요?"

바세바는 리카르의 어깨 너머로 편지를 보았다. 매끄럽게 흘려 쓰는 서체로, 바세바에게는 익숙한 서체였다.

"니안느가 보낸 거네요. 뭐래요?"

"카, 칼릭스트와 있다는군."

"그건 알아요. 새삼스러운 것도 아니고. 그런데 그게 왜?"

리카르는 배신이라도 당한 표정이었다.

"왜 말 안 했소!"

"눈 맞은 남녀가 같이 지내는 게 뭐 큰일이라고. 그런데 무슨 일이기에? 당신에게 편지를 보낸 걸 보니, 공식적이고 중요한 일인 것 같은데."

"겨, 결, 결혼, 결혼한다고, 그러니까!"

"아, 드디어."

"이것도 알고 있었소?"

"네. 니안느가 불편할 것 같아서 내가 시녀도 보내줬는걸요. 가만, 당신. 니안느가 영원히 숲으로 돌아갈 거라고 생각했어요?"

"그, 그, 그것까지는 아니지만. 좀 당혹스럽긴 하군."

"당혹스럽다니! 그러면 어떻게 해요. 속 좁은 홀아비처럼 굴지 말고, 어깨 펴고 당장 답장 보내요. 반드시 갈 거라고. 어서!"

충격이다.

"오늘이 며칠이오!"

바세바가 가르쳐 준 날에서 결혼은 이 주일 정도 남았다. 거리를 고려하면 닷새 뒤에 출발해야 한다.

"갈, 갈 거요, 당신은?"

"당연하죠."

"그럼 왜 말 안 한 거요!"

"당신도 알고 있는 줄 알았죠! 게다가 나도 날짜는 몰랐어요."

니안느 앞에서 결혼한 적도 있는 리카르지만, 정작 니안느가 다른 남자의 여자가 된다 생각하니 정신이 빠스스 소리를 내며 흩어졌다.

니안느가 없을 때는 살아 돌아오기만 하면 된다 생각했는데, 일이 해결되고 평화가 찾아오자 자다가도 벌떡 일어날 지경이다. 간신히 접었던 마음이 도로 펴진 것이다.

둘의 신분이 달라도 너무 다르다는 구차한 생각도 했다. 그러나 바세바의 말을 들어보니, 그 문제는 칼릭이 니안느의 신분을 깨끗하게 세탁하는 것으로 해결되었다.

니안느는 어느새 가문의 가족을 잃고 방황하다 리카르와 만난 귀족 소녀가 되어 있었다. 리카르도 그런 소녀를 거두어들여 보살핀 품격 있는 남자가 되어 있기는 했다.

니안느의 놀라운 마법도 해결되어 버렸다. 델 판의 공작이 악마를 떼로 불러낼 수 있으니, 운텔가움의 공녀는 바위 거인을 만들고 가시덩굴을 제 손가락처럼 부릴 수 있겠지.

이렇게 되니, 리카르는 무슨 핑계를 대도 안 갈 수가 없는 처지가 되고 말았다. 니안느의 아버지나 다를 바 없는 은인이니.

하루하루는 삽시간에 가버렸다. 자고 일어나면 하루가 사라져 있었고, 결정해야 할 날도 성큼성큼 다가왔다.

출발해야만 하는 날이 되자, 리카르는 달팽이처럼 그렌으로 향했다. 그 속도에 맞춰 가야 하는 삼인방은 서서히 미치기 시작했고, 상관없는 바세바와 바스티앙은 풍광을 구경하며 즐겁게 갔다.

그 침울한 달팽이가 멈추었을 때는 결혼식 당일이었다. 성 입구에서부터 알 수 있었다. 여기저기 꽃이 걸려 있고, 사람들은 좋은 옷을 입고 돌아다니며 명랑하게 인사를 했다.

리카르는 더 늦을 걸 그랬다며 후회했고, 삼인방은 기뻐하며 연회장으로 달려갔다.

"니안!"

"신부, 신부 찾아!"

연회장 앞에 흰 옷의 여자가 사람들에 둘러싸여 서 있었다. 바로 그들이 찾는 오늘의 주인공인 신부였다. 흰 면사포로 노을빛 머리를 감고, 손에는 예쁜 부케를 들었다. 목에 걸린 다이아몬드 목걸이가 햇살에 반짝였다. 활짝 웃는 얼굴이 그중에 가장 빛났다.

놀란 리카르를 뒤에 남겨두고, 삼인방은 니안느에게 달려갔다.

"니안!"

"어서 와요. 그리고 리카르!"

니안느는 순수하게 좋아하며 리카르에게 달려왔다.

"못 오는 줄 알았어요!"

"미안하다, 좀 늦었구나."

"괜찮아요. 왔으니까."

리카르는 니안느의 양 볼에 입을 맞추었다.

"잘 지낸 것 같구나."

"리카르는 잘 지냈어요? 바세바 공주님은 잘 지낸다고 했는데."

리카르는 놀랐다.

"둘이 편지를 주고받았나?"

"공주님이 종종 보내주셔서 답장을 한 정도예요. 공주님이 당신이 어찌 지내는지 자세하게 알려줘서 고마웠어요."

어떤 말을 했을지 몹시 궁금했으나, 리카르는 묻지는 않기로 했다. 여자들끼리 하는 말이니, 들어도 좋을 것 같지가 않았다.

"너무 좋아요. 드디어 내가 자랑할 하객들이 온 거잖아요. 테날디, 베르나르! 그리고 오늘은 반가워할게요, 울리치!"

베르나르가 감탄하며 큰 소리로 말했다.

"우리 딸 맞아? 끝내주네."

"뿌듯하죠?"

"정말, 정말 끝내줘. 뿌듯한 정도가 아니라, 예뻐 죽을 지경이야."

니안느는 우아한 상아색 드레스 차림이었다. 달라붙는 허리선은 마른 니안느의 체형을 늘씬하게 돋보이게 해주었다. 귀는 진주 귀걸이로 꾸미고, 머리에는 상아로 만든 은방울 꽃 화관을 쓰고 있었다. 머리를 덮은 얇은 면사포 아래로는 노을빛 머리가 은은하게 비쳤다. 풀잎처럼 싱싱한 매력이 넘치는 신부였다.

"까마귀처럼 날뛰던 때가 엊그제 같은데. 죽여주는 놈으로 잡아서 기특하고, 이렇게 예쁘니까 그런 놈한테도 아깝다!"

"말이 점점 느네요, 베르나르."

"늘기는! 진심만 말하는 거다! 나, 너 무진장 예뻐했어. 몰랐냐?"

"알아요."

울리치는 항상 니안느를 깎아내리는 말만 했지만, 베르나르는 좋은 말만 했다. 거칠어도 자신이 좋아하거나 존중하는 사람들에 대해 기분 나쁜 말은 못하는 베르나르다.

니안느는 리카르 쪽으로 손을 내밀었다.

"리카르, 와요. 칼릭은 저기 있으니까."

세상에, 이젠 칼릭이라 부른다. 칼릭스트 경이 아니다.

리카르는 다시 한 번 내일이나 내일모레 왔어야 했다고 후회했다. 게다가 신부인 니안느는 아침 장미처럼 싱그럽고 향기로웠다. 이제야 리카르는 니안느에게 은색이 얼마나 잘 어울리는지 깨달았고, 진주가 은보라색 눈과 얼마나 어울리는지도 깨달았다. 웃는 모습이 예쁘다고만 생각했지, 이렇게 환하게 웃을 줄 안다는 것도 처음 알았다.

"리카르?"

"예뻐서 그러는 거다."

니안느는 볼을 붉혔다.

"고마워요."

그리고 뼈저리게 후회하는 중이었다.

그날 리카르가 보냈어야 하는 사람은 니안느가 아닌 울리치였다. 지금 생각하니, 리카르가 니안느를 보낸 진짜 이유는 오베른에게 자랑하고 싶어서였던 것 같다. 네가 나를 그 꼴로 만들었지만 나는 이 아이의 구원을 받았다고.

그러나 그게 최악의 선택이었다.

그날 니안느가 눈에 담은 사람은 오베른이 아닌 아들인 칼릭스트였다. 칼릭스트 역시 마찬가지였고.

그때 니안느가 리카르를 잡고 돌아섰다.

"칼릭이 왔어요!"

키 큰 남자가 성큼 다가와 리카르를 맞이했다.

"아, 볼프람 공."

칼릭의 예복은 단순했지만, 워낙 용모가 뛰어나다 보니 오히려 더 우아한 분위기를 풍겼다. 표정은 딱히 반갑지는 않지만 성의는 보이겠다는 정도였다.

"어서 오십시오."

칼릭은 니안느의 손목을 잡았다. 리카르를 잡았던 손이 떨어져 칼릭의 팔에 얹혔다. 칼릭은 니안느의 허리를 안아 당기고는 리카르를 보았다.

"좀 늦으셨군요."

"더 늦지 않아서 다행이다."

차라리 내일 오지 그랬느냐는 말이요, 누구 좋으라고 내가 그리 오느냐는 답변이었다.

"니안이 많이 기다렸습니다. 오늘 아침에는 초조하게 보이기까지 했지요. 다행입니다. 제때 오셔서."

"니안에게 나는 가족이니 당연히 와야지."

니안느가 너를 기다리는 게 매우 마음에 안 들었다는 말이요, 네가 뭐라 하든 그 아이는 나하고는 십 년을 지냈다는 말이기도 했다.

"그렇죠. 그리고 저도 이제 공의 가족이군요. 아들처럼 여겨주십시오."

리카르는 칼릭이 너무나 얄미웠다. 그러나 차마 후려칠 수는 없어서 억지로 웃었다.

칼릭은 니안느의 손목을 당기곤 볼에 입을 맞추었다. 리카르는 제발 그것으로 끝나기를 바랐지만, 칼릭은 니안느의 입술에도 입을 맞췄다.

"가자."

칼릭은 니안느를 이끌었다.

단단한 팔이 등을 감싸는 것을 느끼며, 그 든든한 힘에 안도감을 느끼며 니안느는 칼릭을 따랐다. 리카르는 뼈저린 후회와 사무치는 질투로 서 있었으나, 바세바가 푹 찌르자 별 수 없이 식장으로 향해야 했다.

니안느는 칼릭과 함께 가장 중요한 제단으로 향했다.

바람이 분다. 면사포를 흔들고 머리카락을 스친다.

니안느는 그 바람의 길을 따라 고개를 들었다. 칼릭의 머리카락을 건드리고 미소가 깃든 입술을 스치는 그 바람을 따라. 깊은 열정을 담은 눈을 건드리고 유록색 숲으로 쏟아지는 그 바람을 따라.

숲이 흔들리자 세상이 녹색 물결의 바다처럼 보였다.

그리고…….

니안느는 그 바람에 실린 목소리를 들었다. 필람몬의 속삭임과 스승들과 형제들이 건네는 인사와 재잘거림을 들었다.

그 순간 니안느는 몸 안에서 들리는 새로운 속삭임, 여태 단 한 번도 들어보지 못한 목소리를 들었다.

탄성이 올라왔다. 입가로 미소가 번지는 것을 주체할 수 없다.

니안느는 볼에 얹히는 손, 입가로 다가오는 성혼의 키스, 쿵쿵 울리는 심장 소리를 느끼며 눈에 미소를 담았다.

새로운 세상이 오고 있다.

여태 알았던 것보다 더 아름답고 두근거리는 세상이다.

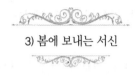

3) 봄에 보내는 서신

행복한 시간은 빠르고 곱게 흐른다.

그날 이후 시간은 그렇게 흘러갔다.

칼릭이 그에 대해 할 수 있는 말은, 매일매일이 비슷하게 행복하다가 어느 날은 더 좋다는 것이었다.

종이를 펼치고 잉크를 적신 펜으로 적어 내려가는 지금 역시. 그녀를 향해 하는 모든 것들이 그를 그렇게 만든다.

숲의 마녀와 결혼한 영주가 어떻게 살게 되었는지에 대해 생각하고, 그 첫날이 어떠했던지를 기억하며 앞으로 어찌할지를 생각하게 된다.

―니안, 뭐부터 써야 할까.

당신도 관심 없고 나도 관심 없는 날씨 이야기부터 해야 할까. 아니면 내 안부를 이야기해야 할까.

당신과 알게 된 지 거의 십 년이 흘렀지.

얼굴을 보며 이야기하는 것은 처음부터 쉬웠는데 편지를 쓰는 것은 아직도 어려워.

그러나 어쩔 수 없지. 이번 승천제는 나 혼자 가게 되었고, 고작 두 달 일정 이지만 하루라도 당신에게 이야기하지 못한다면 내가 견딜 수 없으니까.

그래도 어떻게든 한 줄을 쓰고 나면 더 이상 빈 종이가 아니라는 생각에 자 신감이 생기고, 마음 놓고 뭐든 말하게 될 거야.

아, 드디어 빈 종이가 아니게 되었군.

내 이야기가 당신을 기쁘게 했으면 좋겠어. 그리고 알아줘. 어디에 있든 항 상 당신을 생각한다는 것, 지금 당신이 옆에 있었으면 배로 즐거웠을 거라 생 각한다는 것도.

이번 승천제는 어쩔 수 없이 나 혼자 가게 되었지.

우리 아들 크리스에게 너무 미안해하지는 말라고 해. 하필 그날 감기가 걸 린 건 그 아이 잘못이 아니니까.

니안, 당신이 없으니 프라팔가스로 가는 길은 평탄하지는 않았어. 가는 내 내 비가 와서 길은 진탕이었고, 끙끙대며 가다 보니 계획했던 것보다 거의 일 주일 넘게 늦어버렸지.

도착은 승천일에 있는 검술대회 전날이었어.

성문에는 나만큼이나 늦은 에크하르덴 공 바스티앙이 있었지. 바세바 공주 의 둘째 아들이자, 프레데리카의 동생 말이야(그리고 그 프레데리카의 일에 관한 한,

그 애가 나한테 청혼한 건 내 잘못이 아니야. 나는 분명 유부남이라 밝혔고, 모르는 사람도 없잖아. 상관없다고 한 쪽이 잘못이지).

에크하르덴 공은 이젠 정말 다 자랐더군. 바세바 공주와 많이 닮았어. 얼굴만 봤을 때 공주인 줄 알았다니까. 아, 나는 바스티앙은 좋아. 앙골랍 왕자인 그 형에 비하면 좋은 청년이고, 그런 형과 굳이 비교하지 않아도 훌륭해.

그 파르지발 왕자가 앙골랍 원정을 들어갔다가 포로가 된 건 아직도 사람들 입에 오르내리더군. 리카르가 과거의 원한을 무릅쓰고 구하러 간 것도 말이야.

물론 그 리카르를 도우러 나까지 가야 했던 건…… 그때 고생했던 걸 생각하면 아직도 머리가 아파.

블랑셰리온 해안이 그 앙골랍 군에 공격받지 않았다면 나는 절대로 나가지 않았을 거야.

정말이라고.

내가 왜 그 골치 아픈 파르지발을 구해. 포로가 되었다고 놀리면 놀렸지. 아, 무슨 표정을 짓고 있는지 알 만해. 하지만 니안, 당신이 아무리 변호해도 나는 파르지발은 정말 싫어.

오면서 들으니, 히페리움 가의 나이젤과 비스토니온 가의 사라는 결국 파혼했다는군. 히페리움 공의 막내 동생과 비스토니온 공의 장녀가 눈이 맞은 것이 놀랄 만한 사건이긴 하지. 그중 하나가 상속권을 포기해야 하는데, 딸인 너희들이 양보하라는 히페리움 공과 우리는 외동딸이지만 너희는 아들만 다섯이니 보내라는 비스토니온 공 사이에 의견이 조율되지 않는 것도 당연하고. 아, 여기서 사라 공녀 아래로 아들이 둘 더 있다는 사실은 중요하지 않아.

결국 사라와 나이젤은 헤어지기로 했는데, 거기서 또 싸움이 났더군. 너희가 뭔데 내 아들(또는 딸)을 차냐는 거지. 아직도 싸우고 있어. 이번 승천제는 아주 기대할 만할 거야. 어마어마하게 시끄러울 테지. 기사들에게는 싸움 구경은 좋지만 끼지는 말라 했어.

저녁에 만난 에밀리오가 이에 대해 평하더군. 자기처럼 미리미리 엉망으로 살아둬야 가문에서 시원하게 포기해 준다나.

이에 대해서는 그 누구도 할 말이 없지. 이놈은 네이필레가 남편을 잃자 얼마 지나지 않아 청혼해 버렸고, 네이필레의 아버지가 대가문 사이의 결혼은 안 된다고 하자 자기 형한테 호적에서 파달라고 했잖아. 그 형은 동생 말을 듣자마자 그 자리에서 호적을 태워 버렸고. 그놈은 바로 자리를 박차고 달려가, 네이필레의 아버지 앞에 무릎 꿇고 나는 아무것도 없는 놈이니 사위로 받아들여 달라고 했지.

우리 딸이자 첫째인 에즈라는 건강하게 잘 지내고 있었어.

맞을까 봐 걱정인 아이보다야 때릴까 봐 걱정인 편이 나은 거라고 했잖아.

당신이 그 아이를 학술원으로 보내고 얼마나 서운해 했는지 알지만, 녀석은 아주 잘 지내고 있어. 잘 보여야 하는 사람이 없으니 더더욱 신나하더군. 그리고 늦게 간 덕에 무방비 상태인 녀석을 급습할 수 있었지. 여자애들끼리 있다고, 얌전하게 수놓고 요리나 하고 있을 리가.

진흙탕이 다 된 운동장에서 날뛰고 있더군. 애들 여섯 명이 죄다 진흙 범벅이 된 건 두말할 것도 없고. 율리케…… 그러니까, 네이필레의 막내딸 말이야, 그 녀석이 상대편 주장이었어. 네이필레의 딸과 에즈라가 붙었으니, 축구가 아닌 격투경기 비슷하게 된 건 어쩔 수 없지.

평소에 어떻지 궁금하기는 했는데, 애들 선생이 절대로 말하지 않으려 하더군. 내가 나서면 분명 네이필레도 나설 텐데, 대가문의 당주 두 사람이 동시에 학술원에 나타나는 일은 사양한다나. 히페리움과 비스토니온으로 충분하대.

하여튼, 잡아다 씻기고 입을 만한 옷으로 갈아입힌 다음 앞에 앉히니 거의 반나절이 넘어 있더군. 입도 가만히 있지를 않아. 승천제에서부터 시작될 검술대회에 자기도 가고 싶다, 마상시합에 나가고 싶다, 등등의 이야기를 들어주어야 했지. 너는 대가문 직계라 민간인 상대로 싸우면 못쓴다는 말을 해주긴 했지만.

인정해, 니안. 이 성격은 당신 닮은 거야. 겁내는 것도 없고 호기심도 많은 것. 얼굴은 나를 닮았고, 나날이 더욱더 닮아가지만 성격은 당신 거지.

나하고만 닮았다는 말에 에즈라는 슬슬 싫다며 짜증내고 있어. 남자 닮은 얼굴이라니, 하면서. 그런데 과연 언제 이야기할 수 있을까. 당신마저도 얘가 태어나기 직전까지 아들로 믿고 있었다는 거.

환시로 봤다고, 분명 남자아이라고 했지? 그리고 이 녀석이 태어나자 다른 아이를 본 것 같다고 둘러댔지. 물론 아들이 태어나긴 했지. 그런데 크리스티안은 당신과 닮은 적금받이잖아. 역시, 그 아이는 에즈라가 맞아. 그리고 당신은 멀쩡한 여자아이를 남자아이로 본 거고.

나중에, 아주 나중에 말해줄게. 네 엄마는 너를 보고도 아들인 줄 알았다더라. 네가 사내애처럼 생겼다는 말은 아니란다. 오해 마. 네 엄마가 원래 사람 보는 눈이 없어.

니안, 나는 아직도 수정처럼 뚜렷이 기억해.

이 녀석이 태어났을 때 당신의 얼굴을.

아이의 몸을 어루만지고 볼에 입 맞추던 당신의 미소와 작은 발과 손을 매만지던 당신의 눈을. 에즈라는 내가 보자마자 사랑에 빠진 두 번째 여자고, 당신이 사랑하기에 내가 평생 지켜야 할 희망이지.

하지만 나를 사랑했던 어머니 아버지만큼 해낼 수 있을지, 또 당신을 사랑했던 필람몬처럼 할 수 있을지 모르겠어. 그런 사람들을 알고 있을 숲의 왕에게 나는 어떨지도 모르겠고.

다 모자랄 테지.

사랑은 항상 사람을 긴장하게 해. 그 때문에 질투하고 실수하고 조바심 나기도 하지. 당신이 사랑스러우면 사랑스러울수록, 당신이 완벽하면 완벽할수록, 그런 당신에게 사랑받는 내가 두렵지.

당신이 아는 세상은 내가 아는 세상보다 더 깊고 오래되었으며 더 완벽한 곳이지.

아직도 당신이 숲 앞에 있을 때, 그 숲과 이야기할 때의 당신을 보면 좀 두려워. 당신이 나하고만 기뻐했으면 좋겠고, 나에게만 웃어줬으면 좋겠지. 당신의 세상이 행복으로 가득 차기를 빌면서도, 그 행복이 나로부터만 우러나왔으면 좋겠어. 그렇게 당신의 모든 것이 나였으면 좋겠어.

하지만 그럴 수 없어서 나는 내가 완전히 소유하지 못하는 그 빈틈을 질투로 메우는 거야. 내가 리카르를 비롯한 남자들에게 툴툴대고, 가끔은 메피스토한테도 눈치를 주더라도 이해는 해줘. 나도 어쩔 수 없거든.

니안, 저곳에 있는 에즈라도 어른이 되면 내게서 벗어나겠지. 언제고 가문의 일을 배우고 준비를 해야 해. 결혼도 할 테지. 나는 아직 그 아이 세상의 유일한 남자지만, 슬슬 '다른 여자의 남자에게는 관심 없다.'며 발칙하게 굴거든.

그리고 당신이 없으니 시간이 흐르고 있다는 것을 느껴.

당신과 있으면 순간처럼 짧아 느낄 수 없어. 당신과 함께하며 내가 얻은 유일한 손해지.

여러 일들이 있지만, 해내고자 하는 용기와 다른 사람을 이해하며 사랑할 수 있는 마음이면 된다고, 적어도 그것만 있어도 성공한 거라 생각해.

나머지는 그때그때 알아서 하면 될 테지.

나는 언제 어디서나 아이를 사랑할 테지만, 이 아이가 나 말고 다른 세상을 가져야 한다는 것도 알아. 크리스티안도 마찬가지지.

하지만 니안, 숲이 내게 보내준 당신은 아니야.

당신의 세상은 나고, 나의 세상은 당신이야. 지금 내가 누리는 모든 행복은 당신이 가지고 온 것이고, 당신이 비추는 빛과 당신이 베푸는 사랑으로 이루어진 것이지.

아이들이 우리들 곁을 떠나 제 삶을 살기 시작하면 다시 우리 둘만 남을 거야.

시작하던 그날, 그 장밋빛 안개가 깔린 그날처럼.

그러니 나를 바라봐, 니안.

당신이 나를 바라보지 못하게 하는 그 무엇이든 내가 처리할 테니, 당신은 나만 바라봐 줘.

숲이 푸르고 호수는 깊듯이, 당신을 사랑해.

그렌 성에서,
니안느가 칼릭스트에게.

—칼릭.

당신의 편지를 전해 받고, 열지도 못하고 한참이나 들여다봤어요. 한번 읽으면 사라지기라도 할까 봐요.

펼쳐 본 다음에는 읽고 또 읽었어요. 안 읽으면 사라질까 봐.

그러다 보면 당신이 옆에 있는 것 같아요.

고작 두 달이라고 하지 말아요. 내게는 참 기네요.

그저께 리카르가 왔다 갔어요. 울리치도요.

그의 방문은 이제 너그러이 봐줘요. 리카르에게 이곳은 고향이잖아요. 외롭거나 좀 우울해지면 그리워지고, 찾아와 며칠 머물면 기분이 좋아진다고 하네요. 또…… 에즈라는 그와 사이가 서먹서먹하지만 크리스는 그를 좋아하고 그도 크리스를 좋아해요. 나와 참 닮았다고 하며, 조금만 더 크면 처음 만났을 때의 나와 똑같을 거라 하네요. 물론 나보다는 훨씬 얌전하다는 말도 했고요.

지난 앙골랍의 전쟁이 끝났을 때는 정말 힘들어 보였는데, 어제의 그는 많이 편해진 듯 보였어요. 그 분은 항상 조용히 살고 싶어 하는데 세상이 그분을 그리 쉽게 봐주지는 않네요. 번거로운 일을 만들어 불러요.

그래도 바세바 공주와는 잘 지낸데요. 친구 같다고, 그런데 참 좋은 친구 같다고 하더군요. 그가 가질 수 있는 가정이 이런 거라면 만족한다고도 했고요.

그 두 분에 대해, 테날디나 베르나르는 항상 말하죠. 아무리 봐도 사이좋은 부부인데 둘만 모르는 것 같다고.

내가 봐도 그래요. 그분은 바세바 공주님과 같이 있을 때 가장 편하고 행복해 보이니까요. 바스티앙이 그분께 좋은 아들이 되어서 다행이에요. 두 분 사이의 아이는 아직은 어리니까, 바스티앙이 잘해주는 게 고맙죠.

궁금해할까 봐 말하는데, 울리치의 혼담은 깨졌대요. 울리치가 거절했대요. 당신은 울리치가 눈만 높다고 하는데, 대체 어느 정도 눈이 높기에 저러는 건지 아직도 모르겠어요.

그래도 예전과는 달리 내 안부를 꽤 상세하게 물어보더라고요. 어디서 보고 외운 듯 진부하긴 해도 칭찬하려고 애쓰기도 하고요. 오기 전에 리카르나 테날디에게 한소리 들은 것 같아요.

지난번에 내가 편하게 입고 나왔을 때 좀 짜증나게 굴어서 내가 화냈잖아요. 너는 이곳의 백작부인이면서 보석 하나 없느냐, 그놈이 안 사주냐, 등등. 리카르가 말리질 않아서 리카르에게도 화가 났었죠. 당신이 마침 들었기 망정이지, 그러지 않았으면 끝도 없이 떠들어댔겠죠.

그런데 그날 대체 무슨 일이 있었던 거예요? 바로 다음 날 울리치가 연기처럼 사라져서 당황했는데. 게다가 절대로 반성할 리 없는 울리치가 오늘 너무 얌전하고 비굴해서 놀랐고요.

그 두 사람이 머무는 동안 고든은 당신이 시킨 대로 리카르의 시중을 들었어요.

하지만 칼릭, 다음에는 시중은 다른 사람들에게 맡기도록 해요. 다들 고든은 아무것도 안 하면서 붙어만 다닌다고 했거든요. 고든은 경비대장이지 시중이 아니에요. 할 줄도 모르고요. 기사라고 기사 시중을 잘 들을 거란 생각에는 반대예요. 전쟁터도 아니잖아요.

그리고 왜 리카르 침실 앞에서 자는 거예요? 리카르가 자기가 포로냐고, 왜 감시원을 붙이냐고 하던데. 시중들라고 칼릭이 보낸 거래요, 하고 말하니 표정이 이상하긴 했네요. 그가 무슨 말을 했는지는 묻지 말아요. 아주 작게 말해서 잘 안 들렸거든요.

가면서 리카르가 선물을 줬어요. 와서 봐요. 예쁘네요. 단, 지난번처럼 나 몰래 치워 버리지 말아요. 내가 받은 선물인데 그렇게 해버리면 어떻게 해요. 실수인 척하고 깨버리지도 말고, 메피스토 입안에 던지지도 말고요.

편지가 도착할 때면 승천제가 다 끝나 있을 텐데, 잘 끝나기를 바라고 있어요. 블랑셰리온 가의 우승이면 좋고요. 전령조를 날려 보내면 금방 다 알 수야 있지만, 당신과 이야기할 때의 즐거움으로 남기고 싶어요. 내 눈으로 보는 것보다 당신의 눈이 보고 당신의 목소리로 들을 때가 더 좋거든요.

처음 승천제를 봤을 때가 기억나네요.

온 거리마다 대가문들의 깃발이 걸리고, 기사는 물론이요 하인들까지 대가문의 문장이 수놓아진 천을 매고 다니죠. 누구에게나 응원하는 대가문들이 있어서, 그들이 지지하는 대가문들의 승패에 세상의 운명이 걸린 듯 흥분하죠.

전통적인 적대관계인 비스토니온 가와 히페리움 가는 소문만 들었지 그렇게 으르렁대는 줄도 몰랐고요. 나는 그날 이 나라가 쪼개지는 줄 알았지 뭐가요.

물론 그 해에 우승한 대가문은 블랑셰리온이었죠. 거의 당신 혼자 싸웠다며, 이제는 대가문 직계는 직계들끼리만 싸우게 해야 한다며 히페리움의 당주 엘렌드가 말했던 것도 기억해요.

꼭 이길 필요는 없지만, 이겼다는 것만으로도 기분이 좋긴 했어요. 우승한 블랑셰리온의 깃발이 프라팔가스의 성문에 걸리고, 승천제 내내 모든 사람들이 당신 생각만 했을 테죠. 나는 항상 하는 일이지만 말이지요.

승천제에서 에즈라가 즐거웠으면 해요. 그 아이는 뭐든 해야 직성이 풀리는 아이고, 어디든 가야 역시나 직성이 풀리죠. 당신은 그게 나를 닮은 거라 하지만, 당신도 알죠. 그 아이는 그냥 그 아이라는 것을.

그 아이가 자라 두 발로 걷고 당신의 손을 잡는 것을 지켜보았죠. 당신은 항상 모든 것을 알고 있는 것 같았어요. 그 아이가 무엇을 좋아하는지, 무엇을 조심해야 하는지, 무엇을 할 수 있는지. 크리스티안에게도 그래요. 크리스는 항상 침착하고 조용하죠. 당신은 그 아이를 위해서도 무엇을 해야 할지 알아요. 당신이 나에 관한 것은 무엇이든 다 알 듯이 말이에요.

그 아이들이 무척 작았을 때, 당신의 품에 안겨 그 작은 머리를 당신의 어깨에 얹고 잠드는 것을 보는 것이 제일 좋았어요. 아이들은 당신의 신과 나의 신이 준 선물이고, 우리들이 하는 가장 좋은 일들인 것 같아요.

나는 지금 숲을 나와 가장 위대한 우주를 보고 있어요.

위대한 동방 숲, 그 숲에 영원히 머무는 아이들과 정령들, 또 숲과 이어진 거대한 자연의 힘…….

그러나 나는 가장 위대한 힘, 가장 숭고한 힘은 당신과 아이들에게서 봤어요.

권력을 가진 힘, 파괴할 수 있는 힘, 지배할 수 있는 힘…… 그 모든 것보다 더 큰 것을요.

어떤 힘은 거대하고, 그 힘이 불러오는 욕망도 야심도 참 무시무시하죠. 세상을 지배하고 권세를 얻는 힘도 있고, 사람들의 가슴과 머리에 공포를 새겨 넣어 비굴하게 만드는 엄청난 힘도 있지요.

하지만 나는 폭압과 권력에서 그 어떤 숭고함도 위대함도 희망도 보지 못했어요. 권력에 관대함과 정의로움이 없으면 이 세상이 얼마나 비참해지는지만을 알게 되었을 뿐이죠.

마인베르크가 있을 때 라크세니아는 세상에서 가장 강한 남자를 가진 곳이었지만 고통 받았지요. 그 자비 없는 힘에 나는 내 형제들을 잃었고, 당신은 고통과 굴욕 속에 당신 자신을 잃었지요. 그자는 무엇이든 할 수 있었지만, 그를 제한 모든 이들은 파괴되기만 했죠.

그래서 그 델 판에서 반란이 일어났을 때, 나는 너무나 불안했어요. 또 그런 자가 나타나 세상이 고통 받는 것인지. 그리고 그 무엇보다, 당신이 다치거나 힘들게 될까 봐 불안했어요.

그자가 불러일으킨 파괴와 맞서야 할 때 두려웠지만, 그를 반년 만에 단죄하여 사라지게 했을 때는 안심이 되었지요. 누군가의 죽음에 그리 깊이 안도의 한숨을 내쉬다니. 하지만 세상에는 반드시 사라져야 하는 악이 있다는 건 알아요. 사람은 관대해야 하지만, 모두에게 해악이 되는 자와 맞서야 하는 의무도 있지요.

그럼에도 나는 세상에 무엇이 선이고 무엇이 악인지 분명하게 말할 수 없어요. 그런 문제에 명백해질 수 있는 사람은 그만큼 무지한 사람이겠지요. 단 두 개를 나누는 것은 쉽잖아요. 딱 하나만 정하고, 그것인지 아닌지만 나누면 되는 거니까.

그러나 이 세상은 수많은 것들이 혼탁하게 섞인 물과도 같아 나눌 수가 없지요.

어떤 악은 사소하고, 어떤 악은 도저히 가늠할 수가 없을 정도로 거대하건만 선의 껍질을 쓰고 있지요. 선의로 시작된 악이 있는가 하면, 악으로 시작된 선도 있고요. 어떤 악은 너무나 거대해 세상 그 자체이기도 하고요.

그런 세상이지만, 그 속에서도 분명한 것은 내가 당신을 사랑한다는 거예요.

내게 있어 악은 부도덕이 아닌 공정하지 못함과 비참함이에요. 사랑할 수 없는 것이요, 사랑할 곳이 없는 곳이요, 사랑할 대상이 없는 것이지요. 또, 당신을 괴롭히는 모든 것이에요. 당신이야말로 내게 있어 가장 고귀하고 소중한 선이니까요.

꽃향기를 품은 바람은 너무나 포근하네요.

종종 바람은 숲의 소식을 보내줘요.

숲의 왕이 얼마나 강해졌는지, 숲이 얼마나 힘을 되찾았는지. 그 속삭이는 목소리에는 내 형제들의 목소리가 섞여 있어요.

숲은 그에 답하지요. 그 답을 듣다 보면 어디에서 온 누구의 목소리인지 이제 하나하나 구분할 수 있답니다.

나는 그들에게 이야기해요.

이 그렌, 당신의 숲이자 나의 숲인 이곳에서 내가 어떻게 지내는지.

그 영향 탓에 사람들은 숲이 강해지고 있다고 해요. 블랑셰리온 공이자 그렌 성의 백작인 당신이 숲의 여자와 결혼해서 이리된 거라고 하지요. 성이 숲 속으로 들어가는 날이 올 거라고 말해요.

그렇게는 하지 않을게요. 정원의 나무는 좀 울창해질 테지만.

크리스가 에즈라와 당신이 언제 오느냐고 하네요. 에즈라가 무섭다고 하면서도 몇 달 떨어져 지내니 그립나 봐요.

나 역시 그래요.

어서 당신이 와서 같이 있었으면 좋겠어요.

같이 여름을 맞이했으면, 달콤한 소나기 소리를 듣고 당신의 볼에 입 맞출 수 있었으면 좋겠어요.

우리가 함께 있을 때 우리 곁에 머무는 시간은 항상 빛나니까요.

그러니 어서 와요, 나의 칼릭스트.

당신을 기다리고 있어요.

사랑해요.

♠